김우창 金禹昌

1936년 전라남도 함평 출생. 서울대학교 문리과대학 정치학과에 입학해 영문학과로 전과했다. 미국 오하이오 웨슬리언대학교를 거쳐 코넬대학교에서 영문학 석사 학위를, 하버드대학교에서 미국 문명사 박사 학위를 취득했다. 서울·대학교 영문학과 전임강사, 고려대학교 영문학과 교수와 이화여자대학교 학술원 석좌교수를 지냈으며《세계의 문학》편집위원,《비평》편집인이었다. 현재 고려대학교 명예교수, 대한민국예술원 회원으로 있다.

저서로『궁핍한 시대의 시인』(1977),『지상의 척도』(1981),『심미적 이성의 탐구』(1992),『풍경과 마음』(2002),『자유와 인간적인 삶』(2007),『정의와 정의의 조건』(2008),『깊은 마음의 생태학』(2014) 등이 있으며, 역서『가을에 부쳐』(1976),『미메시스』(공역. 1987),『나, 후안 데 파레하』(2008) 등과 대담집『세 개의 동그라미』(2008) 등이 있다. 서울문화예술평론상, 팔봉비평문학상, 대산문학상, 금호학술상, 고려대학술상, 한국백상출판문화상 저작상, 인촌상, 경암학술상을 수상했고, 2003년 녹조근정훈장을 받았다.

산과 바다와
생각의 길

산과 바다와
생각의 길

김우창 전집

14

민음사

간행의 말

1960년대부터 글을 발표하기 시작한 김우창은 문학 평론가이자 영문학자로 글쓰기를 시작하여 2016년 현재까지 50년에 걸쳐 활동해 온 한국의 인문학자이다. 서양 문학과 서구 이론에 대한 광범위한 천착을 한국 문학에 대한 깊은 관심과 현실 진단으로 연결시킨 김우창의 평론은 한국 현대 문학사의 고전으로 읽히고 있다. 우리 사회의 대표적 지성으로서 세계의 석학들과 소통해 온 그의 이력은 개인의 실존적 체험을 사상하지 않은 채, 개인과 사회 정치적 현실을 매개할 지평을 찾아 나간 곤핍한 역정이었다. 전통의 원형은 역사의 파란 속에 흩어지고, 사회는 크고 작은 이념 논쟁으로 흔들리며, 개인은 정보 과잉 속에서 자신을 잃고 부유하는 오늘날, 전체적 비전을 잃지 않으면서 오늘의 구체로부터 삶의 더 넓고 깊은 가능성을 모색하는 김우창의 학문은 우리가 믿고 의지할 수 있는 소중한 자산의 하나가 아닌가 한다. 그리하여 간행 위원들은 그 모든 고민이 담긴 글을 잠정적이나마 하나의 완결된 형태로 묶어 선보여야 할 필요성을 절감했다. 이것이 바로 이번 김우창 전집이 기획된 이유이다.

김우창의 원고는 그 분량에 있어 실로 방대하고, 그 주제에 있어 가히 전면적(全面的)이다. 글의 전체 분량은 새로 선보이는 전집 19권을 기준으로 약 원고지 6만 5000매에 이른다. 새 전집의 각 권은 평균 700~800쪽 가량인데, 300쪽 내외로 책을 내는 요즘 기준으로 보면 실제로는 40권에 달한다고 봐야 할 것이다. 이 막대한 분량은 그 자체로 일제 시대와 해방 전후, 6·25 전쟁과 군부 독재기 그리고 세계화 시대에 이르기까지 한국 현대사를 따라온 흔적이다. 김우창의 저작은, 그의 책 제목을 빗대어 말하면, '정치와 삶의 세계'를 성찰하고 '정의와 정의의 조건'을 탐색하면서 '이성적 사회를 향하여' 나아가고자 애쓰는 가운데 '자유와 인간적인 삶'을 갈구해 온 어떤 정신의 행로를 보여 준다. 그것은 '궁핍한 시대'에 한 인간이 '기이한 생각의 바다'를 항해하면서 '보편 이념과 나날의 삶'이 조화되는 '지상의 척도'를 모색한 자취로 요약해도 좋을 것이다.

2014년 1월에 민음사와 전집을 내기로 결정한 후 5월부터 실무진이 구성되어 본격적인 활동을 시작했다. 방대한 원고에 대한 책임 있는 편집 작업은 일관된 원칙 아래 서너 분야, 곧 자료 조사와 기록 그리고 입력, 원문 대조와 교정 교열, 재검토와 확인 등으로 세분화되었고, 각 분야의 성과는 편집 회의에서 끊임없이 확인, 보충을 거쳐 재통합되었다.

편집 회의는 대개 2주마다 한 번씩 열렸고, 2016년 8월 현재까지 42차례 진행되었다. 이 회의에는 김우창 선생을 비롯하여 문광훈 간행 위원, 류한형 간사, 민음사 박향우 차장, 신새벽 대리가 거의 빠짐없이 참석했다. 이 회의에서는 그간의 작업에서 진척된 내용과 보충되어야 할 사항에 대해 서로 의견을 교환했고, 다음 회의까지 무엇을 해야 할지를 결정했다. 일관된 원칙과 유기적인 협업 아래 진행된 편집 회의는 매번 많은 물음과 제안을 낳았고, 이것들은 그때그때 상호 확인 속에서 계속 보완되었다. 그것은 개별 사안에 대한 고도의 집중과 전체 지형에 대한 포괄적 조감 그리고 짜임새 있는 편성력을 요구하는 일이었다. 이렇게 19권의 전체 목록은 점차 뚜렷한 윤곽을 잡아 갔다.

자료의 수집과 입력 그리고 원문 대조는 류한형 간사를 중심으로 서울대학교 국어국문학과 대학원의 천춘화 박사, 김경은, 허선애, 허윤, 노민혜, 김은하 선생이 해 주셨다. 최근 자료는 스캔했지만, 세로쓰기로 된 1970년대 이전 자료는 직접 타자해야 했다. 원문 대조가 끝난 원고의 1차 교정은 조판 후 민음사 편집부의 박향우 차장과 신새벽 대리가 맡았다. 문광훈 위원은 1차로 교정된 이 원고를 그동안 단행본으로 묶이지 않은 글과 함께 모두 검토했다. 단어나 문장의 뜻이 불분명한 경우에는 하나도 남김 없이 김우창 선생의 확인을 받고 고쳤다. 이 원고는 다시 편집부로 전해져 박향우 차장의 책임 아래 신새벽 대리와 파주 편집팀의 남선영 차장, 김남희 과장, 박상미 대리, 김정미 대리, 김연정 사원이 교정 교열을 보았다.

최선을 다했으나 여러 미비가 있을 것이다. 독자 여러분들의 관심과 질정을 기대한다.

2016년 8월
김우창 전집 간행 위원회

일러두기

편집상의 큰 원칙은 아래와 같다.

1   민음사판『김우창 전집』은 1964년부터 2014년까지 한국어로 발표된 김우창의 모든 글을 모은 것이다. 외국어 원고는 제외하되,『풍경과 마음』의 영문판은 포함했다.(12권)

2   이미 출간된 단행본인 경우에는 원래의 형태를 존중하였다. 그에 따라 기존『김우창 전집』(전 5권, 민음사)이 이번 전집의 1~5권을 이룬다. 그 외의 단행본은 분량과 주제를 고려하여 서로 관련되는 것끼리 묶었다.(12~16권) 이 책의 저본은『기이한 생각의 바다에서』(돌베개, 2012)와『깊은 마음의 생태학』(김영사, 2014)이다.

3   단행본으로 나온 적이 없는 새로운 원고는 6~11권, 17~19권으로 묶었다.

4   각 권은 모두 발표 연도를 기준으로 배열하였고, 이렇게 배열한 한 권의 분량 안에서 다시 주제별로 묶었다. 훗날 수정, 보충한 글은 마지막 고친 연도에 작성된 것으로 간주하여 실었다. 예외로 자전적 글과 수필을 묶은 10권 5부와 17권 4부가 있다.

5   각 권은 대부분 시, 소설에 대한 비평 등 문학에 대한 논의 이외에 사회, 정치 분석과 철학, 인문 과학론 그리고 문화론을 포함한다.(6~7권, 10~11권) 주제적으로 아주 다른 글들, 예를 들어 도시론과 건축론 그리고 미학은『예술론: 도시, 주거, 예술』(8권)에 따로 모았고, 미술론은『사물의 상상력과 미술』(9권)으로 묶었다. 여기에는 대담/인터뷰(18~19권)도 포함된다.

6   기존의 원고는 발표된 상태 그대로 싣는 것을 원칙으로 삼아 탈오자나 인명, 지명이 오래된 표기일 때만 고쳤다. 단어나 문장의 의미가 불분명한 경우에는 저자의 확인을 받은 후 수정하였다. 단락 구분이 잘못되어 있거나 문장이 너무 긴 경우에는 가독성을 위해 행 조절을 했다.

7   각주는 원문의 저자 주이다. 출전에 관해 설명을 덧붙인 경우에는 '편집자 주'로 표시하였다.

8   맞춤법과 외래어 표기는 국립국어원 규정에 따르되, 띄어쓰기는 민음사 자체 규정을 따랐다. 한자어는 처음 1회 병기하는 것을 원칙으로 하고, 문맥상 필요하다고 판단되는 경우 여러 번 병기하였다.

본문에서 쓰인 기호는 다음과 같다.

　　책명, 전집, 단행본, 총서(문고) 이름:『　』

　　개별 작품, 논문, 기사:「　」

　　신문, 잡지:《　》

1부

기이한 생각의
바다에서

책머리에[1]

　인문 강좌 주최 당국과의 약조는 강좌가 끝나고 오래지 않아서 강좌의 원고를 정리 보완하여 책으로 출간할 수 있게 한다는 것이었다. 그러나 강좌를 끝낸 지 벌써 2년하고도 몇 달이 지났다. 원래 강의 담당을 수락한 것은 별 준비가 되지 않은 상태의 일이어서, 원고를 거의 강좌의 진행과 더불어 작성할 수밖에 없었다. 그중에 행복의 문제를 다루는 부분은 다행히 그 전에 김문조 교수의 초청으로 사회학회에서 발표할 기회를 가졌던 원고를 참고할 수 있었기 때문에 약간 일이 가벼울 수 있었다. 그러나 문제들을 제대로 전개할 만한 시간을 갖지 못하면서 원고가 작성되었던 것이 사실이다. 그 결과, 새로 정리하려 했지만 다른 일들에 밀리기도 하여, 원고를 다시 정리할 엄두를 내지 못하였다. 그러나 약조도 있고 하여 교정 정도의 수정으로라도 출간 준비를 하기로 하였다.
　원고를 다시 한 번 읽어 보면서 감명 깊었던 것은 토의에 참가하였던 분

---

1 『기이한 생각의 바다에서』(돌베개, 2012) 수록.

들이 참으로 진지하게 강의를 경청하고 적절한 질문들을 내놓은 사실을 새삼스럽게 확인한 것이었다. 강의의 기초가 되었던 원고를 새로 작성한다면, 이 질문들에 충분히 답이 되게 작성하는 것이 글 전체를 향상하는 좋은 방법의 하나인 것으로 여겨졌다. 민은경 교수는 강의에 언급된 동서양의 철학자들을 논하는 데에는, 인간 형성을 포함한 여러 개념이 동서양 전통에서 서로 다르고 또 시대에 따라서 다르다는 것을 밝히는 것이 필요하다는 점을 지적하였다. 필자도 원고를 다시 읽으면서 이 구분을 더욱 분명히 하는 것이 필요한 일일 뿐만 아니라 주제를 보다 짜임새 있게 조직하는 방법이라는 것을 생각하였다.

민 교수가 언급한 것 가운데에는 결론 부분이 산문적인 사실이 아니라 시적인 모호함으로 끝난다는 것이 있었다.(물론 이러한 표현을 쓴 것은 아니지만.) 이것은 민 교수가 언급한 시몬 베유나 트릴링 그리고 프로이트가 함축하여 말한 초월자에 유사한 것이 끝에 올 수밖에 없기 때문이었을 것으로 생각한다. 존재의 신비에 대한 느낌은 플라톤의 이데아이든지 또는 신성한 어떤 것이든지 간에 서양의 존재론적 사고의 근본에 들어 있는 한 특징이라고 할 수 있지 않나 한다. 동양에도 사물의 근본 원리가 현세의 현실을 넘어가는 것이라는 생각은 있다. 또는 그것은 조금 더 강하게 이야기된다고 할 수도 있다.

그러나 서양 사상의 특징은 — 물론 이것은 거창한 일반화가 되지만 — 이 신비적인 차원을 인간의 인식 능력이나 언어에 의하여 끊임없이 접근되는 것이면서 접근되지 않는 것이라고 생각하는 데에 있는 것으로 보인다. 자크 데리다의 글에 「어떻게 말하지 않을 것인가(Comment ne pas parler)」라는 것이 있지만, 물론 이것은 말하지 않으면서 말을 하고 있는 글이다. 진실의 근본에 대한 이러한 역설적인 접근이 서양적 사고의 중요한 특징이 아닌가 하는 것이다. 그리하여 아포리아를 맴도는 탐구가 쉬지 않고 계속된다. 물론 이러한 개념 하나로 이 책에서 말하여진 것이 다 조직화될 수 있는 것은 아니다. 필요한 것은 개념의 자세한 판별과 그것의 현실적 관계를 밝히는 것이다. 그것은 앞으로 필자가 더 시도해 보아야 할 일이다.

강좌의 마지막 회에서는 여러 질의에 답하는 것이 주어진 일이었으나, 필자는 귀를 기울여 듣는 것이 얼마나 중요한 것인가를 길게 말하면서도, 듣고 답하는 일을 제대로 하지 못했다. 여건종 교수의 질문 가운데, 오늘의 물질주의 사회에서 사회적 삶의 조직 원리로서 심미적 이성의 설 자리가 얼마나 되겠는가 하는 것이 있었다. 이 문제를 가지고 개념을 더 분명히 분석하고, 또 오늘의 사회 조건을 검토하는 것은 이 책에 또 하나의 중심을 세우는 일이 되었을 것이다. 그것은 새로운 작업을 요구한다. 다만 간단히 생각할 수 있는 것은 인간이 지상에 거주하는 데에 있어서 심미적 지향의 강화야말로 안정과 평화와 행복의 방법이 아닌가 하는 것이다. 그리고 이것은 상당히 나쁜 조건하에서도 가능한 일이라고 보아야 한다. 반드시 사회적, 물질적 모순을 완전히 해결한 다음에만 가능한 것은 아니다. 그러나 이러한 문제도 물론 더 생각하고 연구해 보아야 할 문제이다.

김형찬 교수는 강좌에서 이야기한 곤학(困學)의 역정이 너무 괴로운 것이 아닌가 하는 질문을 하였고, 필자 자신의 개인적인 학문의 역정에 대하여 언급하는 것이 있으면 좋겠다는 의견을 피력하였다. 여기에도 제대로 답하지 못하였다. 강좌에서 언급한 정신의 삼엄한 단련의 과정은 필자의 개인적인 삶에서 나온 것이 아니라 책을 읽고 생각하고 하는 사이에 엮어 본 서사일 뿐이다. 그러니까 김 교수가 권하는 대로 이야기된 것보다는 편한 삶 속에서 이야기가 꾸며진 것이라고 하는 것이 옳다. 그러나 삶의 역정이, 나의 것이든 남의 것이든 고난으로 가득한 것이라는 것은 틀림이 없다. 시인 존 키츠의 유명한 말로, 인생이 눈물의 골짜기라는 말에 대하여, 그것이 "영혼을 단련하는 골짜기"라고 한 것이 있다. 인문 과학의 사명은 이 눈물과 단련의 고통을 인지하면서, 그것이 누구와 관계되든지 간에, 그것을 조금은 미소로 바라보고 찬미할 수 있는 것으로 바꾸려는 노력에 있는 것이 아닌가 한다.

강좌에 도움을 주신 모든 분에게 감사를 드린다. 강좌를 조직하고 초청해 주신 것은 서지문 교수이시다. 문광훈 교수는 강좌의 사회를 참을성 있게 맡아 주셨다. 그리고 위에 이미 언급한 김형찬, 여건종, 민은경 교수는 그야말로 참을성 있게 듣고 평하여 주셨다. 앞에서 말한 대로 처음에 행복론을 써 볼 기회를 주신 것은 김문조 교수였다. 지금의 책 원고는 새로 교정을 하고 최소한의 논리적인 수정을 가한 것이지만, 이 원고는 강좌에서 배포되기 전에 인문 강좌 측에서 교정을 일단 거친 것이었다. 이 자리를 빌려 감사드린다. 물론 그 외에도 이러한 강좌를 운영하는 데에는 보이지 않게 애를 써 주시는 분들이 많다. 감사드린다. 이제는 이경아 선생 그리고 최양순 선생을 비롯하여 돌베개출판사에서 수고해 주시게 되었다. 감사드린다.

2012년 9월 20일
김우창 근지(謹識)

1장

사회 속의 개인에 대하여

자기 형성에 관하여

서문

1

미완성의 인간 글에서 주제로 삼고자 하는 것은 자기 형성의 문제이다.
태어났을 때의 사람이 완전한 존재가 아님은 말할 필요도 없다. 이것은 육
체적인 것을 말하지만, 정신적으로도 그러하다. 그리하여 인간은 성장하
여 비로소 완성되는 존재이다. 이 성장의 상당 부분은 저절로 이루어진다.
그것은, 육체적인 의미에서든 정신적인 의미에서든, 주어진 생물학적 가
능성이 저절로 현실로 발전되어 나오는 과정이다. 그렇지 못한 부분이 있
다고 하더라도 그것은 사회의 문화적인 퇴적이 마련해 놓은 실천 지침에
따라 거의 저절로 일정한 종착점에 이른다고 할 수 있다.

그러면서도 인간의 성장에서 개체적으로 형성되는 부분이 있게 되는
것을 완전히 부정할 수는 없다. 그것은 주어진 가능성들의 조합의 형태
가 될 수도 있고 새로운 발견이 될 수도 있다. 또 사람은 일단의 성장이 끝
난 이후에도 끊임없이 달라져 가는 존재이기 때문에, 일생 계속적으로 스

스로를 형성해 가는 존재로 생각할 수도 있다. 어떤 것이든지 간에 개체적인 요소 그리고 개체적 형성의 사실이 무엇을 의미하며, 어떠한 종류의 그리고 어떤 인정을 받을 수 있는가를 생각해 보고자 하는 것이 이 글의 목표이다.

육체와 지능의 발달 사람은, 방금 말한 바와 같이, 신생아일 때 다른 동물의 경우에 비하여 더할 나위 없이 불완전한 상태에 있는 존재이다. 낳자마자 자력으로 세상을 향하여 걸어 나갈 수 있는 동물을 보면 우리는 놀라움을 금할 수 없다. 어미의 도움이 없이 완전히 자립할 수 있는 것은 아니지만, 그러한 동물들은 이미 상당한 정도로 평형을 갖춘 육체를 가지고 태어나고 어미의 사육을 받아야 하는 기간도 그다지 길지 않다. 이에 비하여 사람은 오랜 기간 동안 어머니 또는 그에 대신하는 보모의 도움이 없이는 독립된 존재로서 세상에 나갈 수 없다.

그러나 육체적 미완성은 정신적 미완성에 비하여 오히려 덜 심각하다고 할 수 있다. 그러면서 전자의 미완성은 여기에 밀접하게 연결되어 있다. 동물의 경우도 먹이를 찾고 피신처를 찾는 것을 완전히 본능의 기능으로만 볼 수는 없지만, 사람은 이 부분의 많은 일을 본능에 못지않게 지능에 의존하여 수행하여야 한다. 기본적인 삶의 수단의 확보를 위한 생물학적 기능도 지능의 발달을 기다려 보다 완전해진다. 그러니 인간의 미완성이 더욱 심각할 수밖에 없다고 할 것이다. 그러면서도 이러한 지능과 지적 능력의 양성 그리고 확대는 대부분의 경우 어머니를 비롯하여 성장하는 아이가 필요로 하는 여러 사람의 도움으로, 또 결국은 삶의 무대가 되어야 할 보다 넓은 사회의 도움으로 가능하다. 또 사회에는 이러한 도움의 전통이 퇴적하여 존재한다. 이것이 문화의 전통이다. 교육이 이것을 전달한다.

2

불확실성에로의 열림 지능의 발달은 확실성을 보장받을 수 있는 것이 아니다. 육체의 발달도 그와 다르다고 할 수는 없지만, 지능은 보이지 않는 잠재력이다. 그것은 많은 가능성을 감추어 가진 힘이다. 그러면서 그것이 여러 가지의 진로를 의미하는 한, 그것은 불확실성의 원인이 된다. 그리고 그것이 움직이고 있는 곳에서 세계 자체가 불확실한 것이 된다. 그러면서 그것은 자기와 세계의 새로운 가능성으로 열린다. 지능이 사람의 삶에 중요한 기능을 수행하게 되어 있다고 한다면, 사람과 사람의 삶의 장(場)으로서의 세계와의 관계는, 지능의 매개를 통하여, 다양하고 복잡한 것이 된다. 지능은 먹이와 피신처를 찾는 데에 한정되지 않는다. 사람이 살아간다는 것은 생존의 수단을 찾는다는 것을 말할 뿐만 아니라 그 수단과 수단을 서로 잇고 또 그 전체 환경을 새로 만들어 내며, 이러한 생존의 기본을 넘어서 세계와 존재의 전체에 대한 접근을 확대해 나간다는 것을 말한다. 지능은 이러한 과정에서 지적 능력이 된다.

오류와 창조적 재구성 지능에 의하여 매개되는 인간과 세계의 불확실성은 두 가지 가능성을 갖는다. 인간 능력의 불확실성은 물론 오류의 가능성을 뜻한다. 개인적으로도 그러하지만, 집단적으로도 사람의 세계는 오류에 찬 것일 수 있다.(물론 완전히 잘못 상상되는 세계는 존재하지 않을 것이다. 그것은 쉼 없이 실천적 시험으로 검증되고 수정되어야 할 것이기 때문이다.) 다른 한편으로 인간 지능의 세계에 대한 불확실한 관계는 인간을 새로운 발견과 창조에로 열릴 수 있게 한다.(물론 이것은 개인적 영감에서 출발할 수는 있지만, 집단적 창조 작업을 통하여 현실이 된다.) 물론 이것이 완전한 창조가 될 수는 없다. 새로운 창조는 많은 경우 완전히 새로운 것이라기보다는 주어진 세계의 잠재적인 가능성이다. 변함이 없는 사실은 사람이 이 세계에 산다는 것이다. 그리하여 인간의 창조적 가능성도 결국은 그의 세계를 만들어 내는 데에 기여하여야 한다. 사람이 세계를 창조적으로 구성할 수 있다면, 그것은 세계의 구성 또는 재구성일 수밖에 없다. 사람의 구성적 능력은 결국 근원적 유리(遊離)와 일치 사이에 존재한다. 그것은 인간과 세계 사이의 간격에서 일어나는 모순된 창조의 힘이면서 그것에 일치할 수밖에 없는 필연성이다.

이성 현실적으로 우선적 관심이 되는 것은 자아와 세계의 창조적 개방성이 가지고 있는 위험이다. 그것은 이점이면서 약점이다. 생존의 관점에서 그것은 이점이라기보다는 약점이다. 앞에서 말한 대로, 세계는 자유와 오류의 공간에서의 선택적 구성의 결과이다. 개체의 관점에서 이것은 인간을 불안한 존재가 되게 한다. 개인의 선택은 그것이 통시적이고 집단적인 검증이 없다는 점에서, 집단의 경우보다도 더욱 큰 오류의 가능성을 가지고 또 직접적으로 생존을 위협하는 것이 될 수 있다. 여기에서 중요해지는 것은 이 선택이 일정한 원리에 의하여 —삶의 필요와 그 충족의 수단을 적절하게 조정하는 원리에 따라서 이루어져야 한다는 것이다. 그리고 그것은 일정한 시간적 지속을 고려하는 것이라야 한다. 다시 말하여, 삶의 필요는 여러 선택의 가능성과 그 시간적 지속과 일정한 우선순위의 질서를 가진 것으로 파악되어야 한다. 여기에는 판단이 요구된다.

판단은 세계의 가능성과 그 현실화를 위한 기술적 능력과 그 시간적 지속과 삶의 안정성을 확보하기 위하여 필요하다. 다시 말하여, 인간은 제일차적으로는 주어진 본능의 담지자이다. 인간을 움직이는 것은 본능이다. 그러나 인간에게 그것은 환경 조건에 대한 충분한 지침의 역할을 하지 못한다. 그것은 전체적인 통괄의 원칙에 의하여 일관성을 얻어야 한다. 그리고 여기에서부터 자아라는 개념이 생겨난다. 이 개체적 일관성이 없이는 자아가 있을 수가 없다. 이 일관성은 의식의 지속을 요구하고, 이 지속에서 중심이 되는 것도 본능적 요구라고 할 수 있다. 이러한 관점에서 환경 조건에 반응하면서 자아의 생물학적 일관성을 유지하는 지능은 거의 본능의 일부라고 할 수 있다. 그러나 보다 넓고 지속적인 관점에서 자아를 형성하고 그 환경과의 대사를 가능하게 하는 데에는 그때그때의 필요에 반응하는 지능 이상의 원리를 요구한다. 보다 높은 지속과 일관성의 원리로 작용하는 것을 이성이라고 부를 수 있다. 이성의 발견은 사람의 세계와의 불확실한 관계에 보다 높은 안정성을 부여한다. 따라서 인간의 자기 형성이, 생물학적 잠재력의 발전과 경험적 지혜의 근본으로서 전통과 문화의 흡수와 함께, 이성적 능력의 함양을 지향하는 것은 당연하다.

3

이성의 내면과 외면 이성의 특이함은 인간의 내면의 원리이면서 세계의 원리일 수 있다는 것이다. 그리하여 그것은 앞에서 말한바 외부 세계에 대한 통제력을 확보하는 수단이 된다. 그러나 인간의 자기 이해에서 더 중요한 것은 그것이 인간의 내면의 원리라는 사실이다. 그럼으로 인하여, 그것은 외적인 대상 세계의 강제력을 떠나서 인간의 내면의 자발성의 원리가 될 수 있다. 인간은 이성에 의지함으로써, 스스로 주체적인 인간이라는 느낌을 가질 수 있다. 어떻게 하여 이성에 있어서, 내면의 능력과 외면적 세계가 일치하게 되는 것인가는 쉽게 답할 수 없는 문제이다.

주체의 신비 이성은 어떻게 하여 사람의 내부에서 우러나오는 것인가? 그 힘이 완전히 개체의 내부에서 나오는 것이라고 하는 것이 정당한 것인가? 이성은 일정한 기율을 받아들임으로써만 나의 내적인 원리가 된다. 기율이란 밖으로부터 주어지는 어떤 것이다. 이성의 원리가 자의와 같은 것이 아니라는 것은 누구나 알고 있는 상식이다. 여기에서 자의는 '자의(恣意)'가 아니면서, 또 다른 의미에서의 '자의(自意)'가 아니다. 그러나 이것이 전적으로 밖에서 오는 것이라고 하는 것도 옳지 않다. 그것은 바로 우리 자아를 구성하는 핵심 원리라고 할 수 있기 때문이다. 그것은 간단한 의미에서의 나와 세계의 구분을 초월한다. 이러한 구분을 거부하는 신비는 이성의 근본적인 움직임 속에도 드러난다.

불확실하고 창조적인 세계는, 이미 시사한 바와 같이, 기성의 수단으로 통제할 수 없는 것이 생긴다는 것을 말한다. 그리하여 통제 수단을 찾는 것은 가장 중요한 부수적인 탐구가 된다. 현재에 있으면서 미래를 통제하는 것은 법칙적 체계이다. 그러나 모든 것이 일정한 법칙을 따라 풀어 나갈 수 있는 알고리즘으로 환원될 수 있는 것은 아니다. 창조는 숨어 있던 어떤 것을 발견하는 일이지만, 거기에는 언제나 발견되지 않는 부분이 있다. 발견에는 발견하는 주체가 있다는 것을 의미한다. 이것도 일단은 발견되는 것이면서 발견 이전에 전제되는 것이기 때문에, 이 주체의 발견에 있어서도 전제되어야 하는 것이다. 그리하여 그것은 객관적으로 포착되지 아니한다. 그 근원이 무엇인가는 사색 — 생각하고 탐색하는 대상으로, 그러면서 끊임없이 둔주(遁走)하는 대상으로 남을 수밖에 없다. 이것은 초보적인 단계에서나 발달된 단계에서나 하나의 신비로 남는다. 사실 지능의 개발은 이 보이지 않고 포착되지 않는 능력 — 보이지 않게끔 되어 있는 능력을 개발한다는 것을 말한다. 또는 그것은 대상적으로 개발되는 것이라고 할 수 없기 때문에, 개발보다는 그 보이지 않는 힘에 이어진다는 것을 말한다.

개체와 초월적 이성 이러한 내적, 외적 힘 — 자아의 내면에서 일관된 자발적 힘이면서 동시에 세계를 이해하고 구성할 수 있는 힘으로서의 이성의 근원은, 되풀이하건대, 간단히 포착되는 원리라고만은 할 수 없다. 그것은 이성적으로 파악된 세계를 넘어 그것을 가능하게 하는 주체성의 힘이다. 이 주체성은 개체적인 것이면서 그것으로 한정되는 것이 아니다. 그리고 그것은 분명하게 법칙적으로 파악될 수 있는 것이 아니다. 사람들은 본능과 충동의 다발이 인간이라는 사실로 인간이 예측할 수 없는 존재라는 사실을 설명할 수 있다고 생각한다. 그러나 다른 한편으로 이성 자체가—인간의 내적 그리고 외적인 관계를 통괄할 수 있는 이성 자체가 대상적 법칙의 합리성으로 환원되지 않는다는 사실이 인간을 예측할 수 없는 존재가 되게 한다고 할 수 있다. 이성 자체가 불분명한 근원에 입각해 있는 것이다.

하여튼 개체가 개체적이라는 것은 그것이 일반적, 합리적 공식으로 환원되지 않는다는 것을 말한다. 개체는 개체가 속하는 일반적 종(種)의 견본이 아니다. 개체는 개체로서의 유일함을 가짐으로써 개체이다. 이것은 개체가 시간 속에 반복되지 않는 단 한 번의 사건—일정한 지속을 가진 사건으로 존재한다는 것을 상기시킨다. 그러면서도 개체의 삶은 일정한 형상—혼란된 사건적 연쇄를 넘어가는 형상을 갖는다. 그리고 그것은 인간의 한 전범(典範)이 된다. 그리하여 개체가 세계를 구성하거나 재구성한다면, 그것은 일반적 법칙의 실례를 제공한다는 의미를 넘어가는, 또는 단순히 이성이나 합리성으로만 설명되지 않는 새로운 가능성을 시사한다. 무엇보다도 그 새로움은 스스로만의 삶이 곧 하나의 전범이 된다는 사실로 나타난다. 이것은 더 간단한 차원에서의 생명의 원리라고 할 수도 있다. 가령, 한 송이의 장미는 장미라는 종(種)의 한 사례이다. 그러면서 특히 아름답게 피는 장미 한 송이가 있을 수 있다. 그리고 어떤 아름다움의 가능성을 가진 장미는 육종 실험을 통하여 전혀 새로운 장미의 전형을 보여 줄 수 있다. 인간의 자기 형성의 문제는 이에 비슷하면서도 조금은 더 신비스러운 것이다. 외면의 형상으로서의 인간은 내적인 형상으로서의 인간에 대한 비유에 지나지 않고, 내면의 형상──그 영혼의 모습은 간단히 만들어 낼 수도 없고 지각될 수도 없다.

4

개체적 존재로서의 인간 그러나 이러한 신비에 이어지는 개체성은 삶에 있어서의 독특한 그리고 중요한 인자(因子)로 인정되지는 아니하는 수가 많다. 여기에 깊이 관련되어 있는 것은 성장과 교육의 과정에 대한 이해이다. 어떤 이해에서, 이러한 개체성은 이 과정을 통해서 소거되어야 하는 것으로 간주될 수도 있다. 그러나 그것은 완전히 없어질 수는 없다. 그것이 소거되는 경우에도, 그것은 없어지는 것이 아니라 단지 억압되는 것일 것이다.

어떤 경우에 있어서나 개체가 개체로서 존재한다는 것이 단순히 주어지는 것이라고만은 말할 수 없다. 그것은 발견되고 형성되어야 하는 과제이다. 우선 개체가 되기 위해서는 자기에 대한 의식을 가진 존재가 되고, 자기가 행하는 것을 의식하고 그것을 적어도 어느 정도까지는 스스로 선택할 수 있는 행위로 생각할 수 있어야 한다. 행동의 동인이 밖에서 강요되는 경우는 물론, 심리의 내부에서 밀려 나오는 경우라고 하더라도, 사람이 의식적 선택이 아닌 강요나 강박에 의하여 움직이는 것을 자유로운 개인으로 존재하는 사람의 모습으로 생각할 수는 없다. 물론 여기에서 의식적 선택은 이 강요나 강박을 불가피한 것으로 인정하는 경우를 포함할 것이다. 자유는 의식적 선택의 자유를 의미한다. 이때 행동자는 비로소 개체적 존재라고 할 수 있다. 이 개인은 자유로우면서 주체적인 존재이다. 또 그때에 사람은 창조적인 존재라고 할 수 있다. 그렇다는 것은 자유로이 선택된 행동은 스스로 창조하는 행동이라고 할 수도 있기 때문이다. 주체가 된다는 것 자체가 창조적 행위이다. 그런데 이때 스스로를 창조하는 주체는 어떤 것인가? 한편으로 그것은 사람에게 주어진 가능성이다. 그러나 동시에 그것은 스스로 창조한 것이다. 스스로를 형성한다는 것은, 주로 성장의 과정의 문제라고 할 수도 있지만, 더 확대하여, 삶의 전체를 스스로 형성해 간다는 것을 말한다.

수양과 교양 그런데 인간의 자기 형성을 주요한 인간 됨의 방법으로 생각하는 문화가 있고 그렇지 않은 문화가 있다. 또는 그것을 인정하는 경우에도 역점의 차이가 있다. 이 인정의 차이와 역점의 차이는 다분히 인간을 어느 정도까지 앞에서 말한 바와 같은 주체적 존재로 파악하느냐 그렇지 않으냐 하는 데에 따라 생겨난다고 할 수 있다. 이것은 물론 철학적 반성의 전통의 문제이기도 하고 그 현실적 기반으로서의 사회적, 정치적 제도의 문제이기도 하다.

동양에서 수양, 수신, 수행 등은 인간이 일정한 방법으로 형성되어야 한다는 것을 인정하고 있는 인간 이해의 일부이다. 그런데 수양의 끝에 기대되어 있는 것은 많은 경우 이미 정형화된 인간형에 맞는 인간이다. 물론 이 정형화 과정의 개체적 성격을 부정하거나 그 창조적 가능성을 무시하는 것은 아니다. 그러면서도 일반적으로 받아들여지고 있는 인간형이 일정한 테두리에서 생각되는 것임은 틀림없다. 통속적으로 말하여, '사람이 되어야 한다'라는 말은 이러한 정형성을 표현하는 말이라고 할 수 있다. 서양에도 인간 수양의 이념 또는 형성의 개념이 있다. 그러나 이것은 조금 더 개성적인 인간의 독자성을 존중하는 것으로 생각된다. 그러면서도 그것은 하나의 전범적 양식을 갖는다. 중세의 『그리스도의 모방(*De Imitatione Christi*)』이라는 저서에서 모방이란 그리스도의 모형에 맞추어 사는 삶을 말한다. 그러나 이 모방이 영혼의 독자성에 관계되는 것인 한, 개인의 개체성의 신비는 모델의 단일성을 넘어 남아 있다고 할 수 있다. 근대에 들어와서, 역설적이라고 하겠지만, 개체가 구현할 수 있는 전범은 전범이면서 전적으로 독특한 것으로 생각된다. 이것은 특히 낭만주의 그리고 그 후의 시대에서 그렇다. 이렇게 파악되는 인간 형성의 개념 ― 교양은 독일 문학과 철학에 핵심적인 개념이 된다. 그것은 어떤 이상에 접근해 가는 것을 말하면서도 그것이 개인의 개성적 성취라는 사실을 중요시한다. 20세기 초에 있어서도 교양의 개념은 독일 문학에서 중요하다. 그러면서 그것의 개인적인 의미는 한층 강화된다고 할 수 있다.

헤세의 교양 교양의 문제를 다룬 소설가로서 대표적인 사람의 하나가 헤르만 헤세이다. 헤세의 교양의 개념에서 이상적 인간은, 주어진 모습에 닮아야 한다는 것과는 다른 근본적인 의미에서 있어서의 자기 형성의 결과이면서, 하나의 의미 깊은 전범적 형상을 나타낸다. 헤세는 소설 『데미안』의 머리 부분에서 개인의 삶이 갖는 이러한 독특한 의미 ― 개인의 삶의 독자성을 드러내면서 동시에 우주적인 차원을 갖는 인간 형성, 즉 교양의 의미를 요약하고 있다.(이것은 이러한 사실이 소멸되어 가는 것이 그의 시대라는 것을 개탄하는 방법으로 말하여진다.)

오늘날은 어느 때보다도 살아 있는 현실의 인간이 무엇으로 되어 있는지를 이해하지 못하는 시대가 되었다. [그는 이 소설의 첫머리 부분에서 쓰고 있다.] 개체적인 삶 하나하나는 자연이 시험하는 독특하고 값비싼 실험인데, 이 것을 없애 버린 것이 오늘이다…… 한 사람 한 사람은 자기 자신 이상의 것이다. 개인은 세계의 현상이 저런 방식이 아니라 꼭 이런 방식으로 한 번, 다시는 반복되지 않게 교차하게 된, 유일하고 특별한 그리고 의미심장한 교차점이다. 그리하여 한 사람 한 사람의 이야기는 중요하고 영원하고, 신성하다. 그리하여 각 개체는, 살아가고 자연의 뜻을 실현하고 있는 한, 놀라운 존재이고 주목의 대상이 될 만하다. 모든 개인에 있어서, 정신은 육화되고, 모든 개체에 있어서, 피조물이 괴로워하고, 모든 사람에 있어서, 구원자가 십자가의 못에 박히는 것이다.

이러한 개인의 독자성에서 출발하는 개체는 자신을 발견하고 형성하는 일을 운명으로 받아들이지 않을 수 없게 된다.

한 사람 한 사람의 삶은 그 자신에로의 길이고 길을 시험하는 것이고, 하나의 길을 시사하는 일이다. [헤세는 계속 쓰고 있다.] 어떤 사람도 완전히 전적으로 자기 자신이 된 일은 없다. 그러나 각자 그렇게 되도록—어떤 사람은 서투른 모양으로, 다른 어떤 사람은 보다 현명한 형태로 최선을 다하여 노력한다. 한 사람 한 사람은 모두 탄생의 흔적, 원초적 탄생의 진흙과 알 껍질의 과거를 삶의 끝까지 지니게 된다. 어떤 사람은 사람이 되지 못한다. 그리하여 개구리나 도마뱀이나 개미로 남는다. 어떤 사람은 허리 위는 사람이고 그 아래는 물고기로 남는다. 모든 사람은 자연에 의한 인간 창조의 실험의 도박이다. 우리는 모두 같은 근원, 어미들을 함께하고 있다. 우리는 다 같은 문으로 세상으로 나온다. 그러나 각자는—깊은 곳에서 일어나는 실험으로서, 자신의 목적을 향하여 나아가려고 애를 쓴다. 우리는 서로서로 의사를 소통할 수 있다. 그러나 우리 각자는 자기 자신을 자기 자신에게만 이해 해석하여 줄 수 있다.[1]

---

1 Hermann Hesse, *Demian*(Franfurt am Main: Suhrkamp Taschenbuch, 2007), pp. 7∼8.

5

행복한 삶/기이한 생각의 바다의 항해 『데미안』은 당대의 청년들에게 큰 삶의 안내서가 되었다고 하지만, 헤세가 말하는 자기로 가는 길을 현실 속에서 추구하는 것은 지극히 어려운 일이었다. 시대는 과연 개인의 의미가 말살될 수밖에 없는 시대였다. 세계는 나치즘과 전쟁으로 치달아 갔다. 헤세는 반전 운동과 평화주의의 노선을 따르다가 스위스로 이주하고 스위스 국민이 되었지만, 작품으로나 생활상으로나 그의 길은 주로 현실 연관성이 약한, "내면에의 길"을 이루었다고 할 수밖에 없다.

자기 형성의 노력은 대체로 개인적인 차원에 머문다. 자기 형성은 자기와 세계의 조화 ── 일정한 발전을 통해서만 성취될 수 있는 조화와 균형에서 끝날 것이기 때문이다. 중요한 것은 집단의 운명이었다. 그리고 그것이 개인적 삶의 탐구에 우호적인 것이 아닐 때, 그러한 탐구가 성립할 수는 없다. 그러나 그것이 장기적으로 볼 때 문명의 질에 무의미한 것이라고 할 수는 없다. 개인이 가는 자기의 길을 향한 모험은, 헤세가 말하는 바와 같이, 보다 큰 인류 전체의 모험의 일부로서 존재한다. 개인의 삶은 이미 자취가 나 있는 길을 가는 것이다. 그리고 그것은 지나간 시대에 있어서의 개인의 삶의 실험에서 개척된 것이다. 다만 그것이 중단되었을 뿐이다. 그리고 이 중단은 삶의 창조적 표현을 경색시킬 위험을 갖는다.

앞에서 사람의 삶은 독창적이면서 동시에 전범을 이루는 것이라고 하였는데, 그것은 ── 특히 문학적, 철학적 구조물로 형상화되었을 때, 보다 구체적으로 사례 또는 범례가 된다고 할 수 있다. 사람들은 자신의 삶을 살면서 다른 사람의 삶을 참조한다. 그리고 이것은 반성적 언어로 되찾아지고 표현되고 또 그것이 고전적인 모형이 되었을 때, 다른 사람들을 위한 중요한 참조의 틀을 구성하게 된다. 그것을 모방하여 산다는 것이 아니라, 자신의 삶을 형성적으로 생각하고 그에 대한 사색을 심화하고자 할 때 참조의 틀이 된다는 말이다. 헤세가 말한 것처럼, 모든 사람의 삶은 각각 자연의 존재론적 실험이다.

개인의 삶의 실험은 단순히 삶의 형상의 실험이 아니다. 거기에서 나오는 창조적 업적 — 예술 작품, 과학적 발견, 제도적 실험 등은 인류 전체의 관점에서 진행되는 거대한 실험의 가장 분명한 증거이다. 자기의 삶의 전범성은 자아실현의 만족과 행복의 한 근거가 된다고 할 수 있다. 그러면서 그것은 그것을 가능하게 하는 사회의 이상을 암시한다. 개인적이면서 사회적인 삶은 그 자체로 중요한 실천적 의미를 가지면서, 지적 반성 속에 거두어들여질 때, 또 다른 초개인적인 의미를 가지게 된다. 하나의 삶의 형상적 완성에서 지적인 깨달음은 특별한 의미를 갖는다. 그것을 통해서 비로소 그것은 어떤 의미 있는 것으로 파악되고 거두어들여질 수 있는 것이 된다. 이것은 단순히 하나의 삶에 대한, 또 삶 일반에 대한 경이감에 불과할 수 있다. 그러나 그것은 우리를 삶 전체로 열어 주는 창문이다. 이 경이감은 잠재적으로 모든 삶, 모든 물질세계, 시간의 시종(始終) 전부를 향한다.

현실적 삶의 실험이 지적으로 거두어질 때, 그 수확은 개인의 삶의 기술의 숙달을 넘어 개인적 삶의 완성보다는 지적 능력의 전 인류적인 발전, 또는 존재의 신비의 해석으로 연결된다. 여기에 관계되는 것은 가장 넓은 의미에서의 인간 지성의 진화이다. 우리가 말할 수 있는 궁극적인 질문은 인간의 지적 진보 — 또는 더 좁게 말하여, 학문적 진화의 존재론적 의미에 관한 것이다. 워즈워스는 케임브리지의 트리니티 칼리지의 뜰에 서 있는 뉴턴의 석상을 보고, 그것을 "기이한 생각의 바다를 홀로 항해하는 마음의 대리석 지표"라고 기술한 바 있다. 그것은 그 자신의 마음에도 존재하는 '기이함'에 대응하는 것이었다. 그것은 그로 하여금 자신의 주변의 대학 생활을 호감을 가지고 보면서도 그 경쟁과 허영을 넘어 자신의 존재가 그 자리 그때만을 위한 것이 아니라 보다 넓은 현실과 우주로 나아가는 운명을 가진 것이라는 것을 깨닫게 한다.[2] 뉴턴이나 워즈워스가 아니라 하더라도 사람은 모두 이러한 마음의 모험 속에 있다. 이 모험은 사람으로서 살아가기 자체에 수반된다. 다만 우리는 삶의 길에서 이미 우리의 어머니와 스승과 사회의 도움을 받기 때문에 그것이 알 수 없는 낯선 바다에서 홀로 하는 행위의 일부라는 사실을 깨닫지 못한다. 그러면서도 종국에는 미지의 공간에 홀로 가는 기이한 노정(路程)이라는 것을 생각하게 되는 순간들을 갖는다. 이 글에서 주로 생각해 보고자 하는 것은 서두에 말한 바와 같이 인간의 자기 형성의 문제이면서 그것이 지시하는 이러한 알 수 없는 존재의 바다에서의 항해에 관한 문제이다. 물론 여기의 시도는 대체로 깊은 차원에서보다는 세속적인 관점에서 약간의 관찰을 시도하는 데에 그칠 것으로 생각한다.

---

2   William Wordsworth, "Residence at Cambridge." *The Prelude or Growth of a Poet's Mind*, Bk III.

사회 속의 나

1. 교육과 자기 형성

제도와 비판적 의식 누누이 말한 바와 같이, 미완성으로서의 인간 됨은 완성을 요구한다. 미완성의 인간에게 제일차적으로 필요한 것은 단순히 삶의 유지에 필요한 기술 능력이다. 그것은 초보적인 것일 수도 있고 조금 더 큰 범위의 것일 수도 있으나, 구태여 되돌아본다면 그것은 이미 세계에 대한 지적 이해를 내포한다. 그러나 이것은 보다 넓은 지적인 능력에 이어지는 것일 수 있다. 이러한 능력은 저절로 습득되는 것이기도 하고, 적극적인 노력을 통해서 개발되는 것이기도 하다. 그리하여 사람은, 어느 쪽이든지 간에, 배움의 존재이다.

이 배움의 노력은 개인적인 것일 수도 있으나, 대부분의 사회에서 사회적인 제도로서 조직화된다. 이것이 사회적 계획으로 정립된 것이 교육이다. 이러한 사회 제도로서의 교육은 개인적인 노력의 경우보다도 능률적이고 더 포괄적인 것일 수 있다. 그러나 제도의 특징의 하나는 자기 비판적인 것이 되기 어렵다는 것이다. 제도는 그 자체로 자기 영속화의 경향을 갖는다. 그것은 제도가 갖는 관성이나 거대함 또는 권위주의 등으로 인한 것이기도 하지만, 외면화된 것을 다시 의식의 내면으로 끌어들여 오는 일의 어려움으로 인한 것이기도 하다. 대체로 의식의 밖에 있는 것 또는 그렇게 정립된 것은 상당한 노력 없이는 의식의 재귀적 반성의 과정에 편입되지 않는다.

　　정보와 정보 비판　이러한 물화(物化)는 도처에서 일어난다. 외부 세계의 내면화의 과정으로 얻어지는 결과는 다시 외부 세계의 일부로 간주된다. 이것이 정보이다. 사람의 지식의 많은 부분은 이러한 정보로 이루어진다. 외부적인 사물과 사안과 개념은 정보의 단편으로서 의식에 흡수되게 마련이다. 이러한 단편적 정보는 일정한 체계를 이룬다. 그리고 이것이 지속적 의식의 움직임의 내용이 되는 것이다. 정보의 재의식화가 어려운 것은 이 체계의 전부를 인지하기가 어렵기 때문이다. 그런 데다가 근년에 와서 정보의 걷잡을 수 없는 확산은 이것을 다시 의식의 과정으로 끌어들이는 것을 더욱 어렵게 한다. 그러나 전체성에 대한 요구는 사람이 가진 근본적인 요구의 하나이다. 그것은 쉽게 현실을 통제할 수 있는 지렛대가 된다. 그리하여 정보의 종합적인 이론이 생겨난다. 동시에 그것에 대항하는 여러 이데올로기가 생겨난다. 그것이 현실에 맞는 것이든 아니든 그것은 통제를 위한 심리적 요구를 충족해 준다. 이러한 체계와 전체성은 사람들에게 삶을 형성해 나가는 데에 당연한 한 원리가 된다.

　　이러한 연유들로 하여, 무비판성은 개인이 자기의 삶의 능력을 기르고 삶을 헤쳐 나가는 지적 능력을 기르는 데에 있어 대체적인 특징이 된다. 지적 과정의 정보화는 더욱더 사람들로 하여금 배움을 사회적으로 처방된 범위 안에서만 파악하게 한다. 교육의 많은 부분도 이러한 외면화된 지식의 단편 또는 이것의 피상적 체계 — 진정한 의미에서의 내면적 의식이 없이 다시 외면화된 정보로서의 체계의 집적이 된다. 이러한 정보 교육을 크게 강화하는 것은 물론 제도 — 그중에도 시험 제도이다. 그러나 비판적인 의식은 이것을 다시 보다 열려 있는 의식의 움직임 — 자기 고유의 의식의 움직임이면서 그것을 넘어가는 보편적 의식의 움직임에 끌어들일 수 있는 의식을 말한다. 자기 형성은, 사회적 교육 제도와 연결되면서도 별도로 개인의 차원에서 배움을 적극적으로 만드는 노력이 있음으로써 가능해진다. 그것은 비판적 의식의 발달을 요구한다.

교육과 자기 형성 사람의 삶은 외적인 여러 요인과의 교환을 필수로 한다. 삶의 주체인 개인이 처음부터 외적인 요인들에 의하여 침투되어 있는 것은 당연하다. 생물학적 존재로서, 또 사회적 존재로서 사람은 주어진 본능과 충동과 욕망 그리고 내적인 소망에 따르고, 또 사회가 다져 놓은 삶의 길을 걸어간다. 그리하여 사는 것을 배우는 것은 대체로 그 사회화의 과정에 일치한다. 생물학적인 것들은 반드시 사회적인 것이 아니라고 하겠지만, 그것도 사회와 역사와 문화에 의하여 형성된 형태로 사람의 삶에 내재한다.

교육은 주로 사회화의 수단이다. 강조되는 것은 사회가 제공하는 여러 길과 길잡이이다. 그 결과 교육은 그것이 가질 수 있는 자기 형성적 의미를 보이지 않게 한다. 그것은 상당 부분 스스로를 형성하는 것이 아니라 사회적 타자에게 그것을 맡기는 일을 지향한다. 그리하여 그것은 대체로는 자기 형성보다는 별로 반성되지 않는 정형화를 의미한다. 형성보다는 성형을 의미하는 경우가 많은 것이다. 다만 이 성형이 진정한 의미에서, 위에서 말한바, "자신에로의 길, 적어도 그러한 길을 만드는 일, 그것을 여러 가지로 짐작하는 일" 그리고 "전적으로 자기 자신이 되는 일"을 목표하는 것이라고 할 수는 없다. 정보의 폐쇄 회로를 형성하는 제도는 자기 형성의 관점에서는 미로가 된다. 그리하여 자기 형성은 이 미로의 체제에 대한 일정한 거리를 유지하는 것을 요구한다. 추구되어야 하는 것은 미로를 피하여서 보다 넓은 삶의 가능성을 찾아가는 것이다.

한국인의 교육열 교육열은 한국 사회의 큰 특징의 하나이다. 이것은 스스로도 인정하고 이제는 세계적으로도 인정되어 가고 있는 사실이다. 오바마 대통령이 미국 교육의 문제점들을 고쳐야 한다는 것을 강조하는 연설에서, 한국의 예를 비교하여 말한 것도 한국인이 교육에 대하여 바치고 있는 특별한 에너지가 한국의 밖에서도 주목을 받고 있다는 증거가 된다. 물론 오바마 대통령의 연설에 그 내용에 대한 특별한 언급이 있는 것은 아니다. 미국에서 고교 탈락자가 없게 하여야 한다는 것을 강조하면서, 한국의 교육 제도에서 배워야 한다고 말했을 뿐이다.

한국에서 교육의 의미는, 전체적인 관점에서는, 교육 입국이라든지, 교육 강국이라는 말로 표현할 수 있다. 그러면서 이것이 개인의 이익의 동기를 통하여 작용한다. 개인과 그 가족으로는 입신양명 또는 부귀영화가 그 주된 동기가 된다는 말이다. 이렇게 말하는 것은 그것을 지나치게 천박하고 단순화된 동기로 해석하는 것일 수 있다. 크게 보면, 개인의 입신양명은 공익과 대의에 봉사한다는 의지에 의하여 매개된다. 이 이익이 물질적인 것이 아닌 경우에도, 공익에 대한 봉사는 개인적 야심의 성격을 가지고, 그러한 의미에서 결국 개인 이익으로 환원될 수 있다. 그것을 사회가 이용하는 것이다.

교육에서의 개인과 사회의 역학 물론 인간의 성장 과정에서 개인의 독특한 발전을 도와주는 것이 교육의 본령이라는 생각이 있는 것은 사실이다. 이것은 자유주의적 사회에서의 교육의 기본적인 전제이다. 그러면서 사회의 필요도 교육의 중요한 목적이 되지 않을 수 없다. 자유주의 또는 민주주의 국가에서 교육이 의무가 된다는 사실에서 이것은 알 수 있는 일이다. 그러나 여기에 전제되어 있는 것은 개인의 발전의 총체가 사회의 필요를 충당한다는 것이다. 그러나 이것은 지나치게 낙관적인 전제라고 할 수 있다. 사회와 국가의 필요는 교육의 대전제가 될 뿐만 아니라 그 세부 과정에 스며들게 마련이다. 우리 사회에서 도덕주의의 전통은 이것을 강화한다. 그리하여 개인의 자기 형성은 개체적 발전이 아니라 사회가 부과하는 도덕적 당위의 내면화를 의미한다. 개인도 거기에서 개인적 성취감을 얻는다. 그런데 이 도덕주의는, 많은 경우, 순수한 것이라기보다는 숨은 개인주의에 연결되어 있다. 개인의 성장, 이익, 도덕주의, 사회와 국가의 요구 ─ 이러한 것들이 혼합되어 움직이는 것이 우리의 사회 동역학의 특징이다. 교육도 이 동역학 속에서 움직인다.

목적으로서의 이익과 가치 이렇게 말하면서, 한 가지 지적할 수 있는 것은 개인과 사회 어느 쪽에 역점을 두든지 이것을 하나로 묶고 있는 것이 이익의 논리라는 점이다. 개인이 이익에 의하여 움직이는 것은 물론이지만, 사회적 필요도 거의 전적으로 집단적인 이익으로 이해된다. 대체로 집단적인 목적은 반성의 대상이 되기 어렵다. 목적이 된 집단 이익도 반성의 대상이 되지 아니한다. 그리고 개인 이익의 추구가 이것에 일치하는 것이다. 이익은 개인의 경우에도 무의식적인 동기로 작용하기 쉽다. 그것이 집단의 이익에 일치할 때, 그것은 특히 반성의 대상이 되지 아니한다.

이러한 이익의 영역에서 개인의 독특한 자기 형성의 추구 ─ 세속적 이해관계를 초월하는 자기 형성의 추구는 갈 길을 잃을 수밖에 없다. 자기 형성은 세속적 의미에서의 이익 추구에 일치하는 것은 아니기 때문이다. 그것은 궁극적으로는 그것을 넘어가는 가치를 지향한다. 자연의 모든 형성적 움직임의 종착역이 일정한 형상의 완성이라고 한다면, 완성은 형성적 가능성의 성취이고 일단은 그 자체로 목적이고 가치이다.

2. 사회 통합의 역학

사회 통합/시장주의 그러나 이익의 관점에서의 개인과 사회의 통합이 반드시 나쁜 것은 아닌지도 모른다. 개인적인 이익의 각축이 공공 공간의 당연한 공리가 되어 있는 사회에 비하여 이것이 한 단계 높은 사회라고 할 수는 있을 것이다. 개인 이익의 동기가 사회 전반에 확산됨에 따라, 사회 통합은 더욱 강조된다. 그러면서도 사회의 이익은 모든 인간 행동의 이해에서 가장 중요한 범주로 남아 있다.

어떻게 시작되었든지 개인 이익의 세계에서 사회성의 강조는 심리적인 강제력의 동원 ─ 도덕적 수사를 수반하는 강제력의 행사를 의미한다. 여기에 대하여 생각해 볼 수 있는, 다른 방안의 하나는 도덕적 시장 원리이다. 개인적인 동기란 사회 속에서 일정한 자리를 차지하려는 것이고, 사회 속에서 일정한 자리를 차지한다는 것은 그 사회에서 요구하는 일을 한다는 것이다. 개인이 얻고자 하는 것은 사회적 재화이고, 이 사회적 재화는 사회가 필요로 하는 작업 또는 그것에 따르는 보상이다. 그러니까 앞에서 이기적인 것처럼 말한 입신양명의 출세욕은 결국 사회 봉사로 귀착한다고 할 수 있다. 또 생각할 수 있는 것은 사람의 일에 일어나는 기이한 연금술의 작용이다. 나쁜 동기에서 이루어진 일에서도 일의 수행 과정에서 동기 자체를 바꾸어 놓을 만큼의 정화 작용이 일어나는 일이 있다. 개인적 동기가 일단 사회적 재화를 향하여 움직여 갈 때, 그것은 세속적인 차원에서 시작하였다가도, 수행의 과정을 통하여, 참다운 공적 봉사의 행위로 바뀌기도 한다. 어떤 경우에나 살아남는 것은, 동기에 관계없이, 사회 검증을 통과하는 행위이다. 그러니까 동기의 성격에 관계없이, 교육열은 교육 입국의 동력이 될 수 있다고 할 것이다. 다시 말하여, 여기에서 개인적 동기와 사회적 성취의 관계는 개인적 이윤의 추구가 국가의 부를 확대하는 데 기여한다는 자유 시장의 원리와 비슷한 원리 속에 움직인다고 할 수 있다.

사회 통합/명분과 도덕 그러나 개인적 추구와 사회적 성취의 모순적 일체화는 인간의 사회생활의 복잡한 변증법 속에 움직인다. 개인적인 동기 또는 이기적인 동기의 중요성에도 불구하고, 사회 전체로 보아 우위에 있는 것은 사회의 필요이다. 그러나 이것은 그것대로 가치와 도덕의 왜곡, 위선, 숨은 폭력으로 나아가는 계기가 될 수 있다. 사회적 생존에서 서로 떼어 낼 수 없는 두 가지인 사회와 개인 가운데 사회의 우위는 불가피한 것일 수 있으면서도, 일방적으로 강조될 때, 그것은 도덕과 윤리에 관계된 인간 심리의 많은 부분을 이중화한다.

개인이 개인의 이익을 추구하고, 그리고 그것이 공언될 때에는 적어도 거기에는 감추어진 이중성이 없다. 문제는 개인을 완전히 소거할 수 없는 상태에서 사회가 일방적으로 강조될 때이다.(말할 것도 없이 개인을 완전히 초월하는 봉사 ── 사회 봉사가 없는 것은 아니다. 그것은 성자나 위대한 영웅의 경우에만 가능하다.) 이 상황에서 사회적 요구의 절대성은 위선의 계기가 된다. 즉 개인적인 동기에 의하여 추구되는 것이 사회 전체의 이익에 기여하는 것으로 위장되는 것이다. 전체주의 국가에서 독재자의 이익은 국가 이익에 일치하는 것으로 말하여진다. 그 실질적인 목적이 무엇이든지 간에, 그가 말하는 국가 이익은 모든 사람이 받아들여야 하는 공적 명분이다. 다른 경우에도, 흔한 예로 쉽게 생각할 수 있는 것은, 반드시 공공 목적을 위한 것이라고 할 수 없는, 또는 그에 교묘하게 겹치는 토목, 건설 등의 사업이 국가적 명분으로 추진되는 경우이다. 부패는 이러한 위장 속에서 일어난다. 그러한 일이 아니라고 하더라도 도덕적 명분의 경쟁은 그 자체로 도덕을 타락시킨다.

국제 관계에서의 국가적 명분 특히 주목할 것의 하나는 앞에서 말한, 전체주의, 여러 형태의 사회에서의 부패, 그리고 도덕주의의 왜곡은, 오늘의 민족 국가 시대에서는, 민족 국가의 자기주장을 배경으로 한다. 국제 관계 속에서 파악된 민족 국가의 명예는 국가적으로만이 아니라 개인 심리에서도 중요한 무게를 가지고 있다. 한 사회는 그 자체로 자족적인 것으로, 그 자체의 삶의 조건의 자족 상태로 생각되기보다는 경쟁적인 관계에서 파악된다. 원시, 문명, 선진, 후진, 대국, 소국 등의 가치가 함축된 평가들은 이러한 현상의 일반화의 한 표현이다. 그것이 실제 나라의 삶의 내실에 반드시 관계되는 것이 아니라도 국제적 비교와 그 비교에서의 우위는 현대 세계에서 늘 국가의 자기 이해와 평가에 중요한 요소가 된다. 그리하여 국가적인 의미에서 중요한 것이 되어 마땅한 것이거나 아니거나 국가적인 프라이드가 되고 또 그것이 나의 자아와 신진대사 되는 대화의 일부이기 때문에, 자기 가치의 일부가 된다.

3. 가치 이중성의 사회

사회성의 우위 정치 논쟁에서 어떤 형태로든지 국가와 민족 그리고 사회적 의무의 숭고함이 강조되는 것은 이해할 만한 일이다. 그러나 분명하게 그렇게 표현되지는 아니하면서도, 그것이 개인적 이익의 방패막이가 될 수 있다는 것은 앞에서 이미 언급하였다. 그런데 이것은 오히려 숨은 동기이면서 쉽게 드러날 수 있는 것이라고 할 수 있다. 더 착잡한 것은 보다 직접적인 도덕의 실질적 내용에 일어나는 기묘한 변화이다. 국가나 민족의 이름을 말한다는 것은 누구에게나 가능한 것은 아니고, 그것은 경쟁을 통해서 획득되는 특권이다. 그것은 궁극적으로 권력 투쟁으로 이어진다. 그러나 그렇지 않다고 하더라도 도덕적 우위를 점유하는 것은 인간의 중요한 심리적 필요이다. 그리고 그것은 자기주장과 자기 정당화의 근거가 되고 명성의 자원이 되고, 다른 한편으로는 경멸과 질시의 동기가 된다. 이러한 것들은 소위 인간의 깊은 욕구의 하나인 인정을 위한 투쟁으로 설명할 수 있을는지 모른다. 이러한 명분의 싸움에 권력 의지의 요소가 반드시 의식적으로 작용하는 것은 아니다. 적어도 의식의 차원에서 그것은 선을 위한 투쟁으로 의식될 수 있다. 그러나 그것은 보다 넓은 인간 이해를 방해하고 궁극적으로는 보다 넓은 인간성에 대한 인정을 어렵게 한다. 이것은 물론 도덕적 함축을 갖는다.

어떤 한정된 경계에 의하여 정의되는 공동체에 대한 강조가 보다 개방된 상호 존중과 자비와 사랑의 사회보다는 대인(對人) 긴장이 높은 사회에서 일어나는 것은 역사에서 흔히 볼 수 있는 일들이다. 제한된 공동체는 아(我)와 비아(非我), 적과 동지를 구분하고 집단의 결속과 충성을 강조함으로써 집단 내부에서도 강제력을 만들어 낸다. 이것이 전체적인 사회관계를 긴장된 것이 되게 하는 것이다. 그리고 선 아래에 숨은 악을 보이지 않게 한다. 그러나 이러한 이중화는 더 일반적으로 도덕주의에 따르는 위험이다.

동기와 표현 도덕적 우위는 권력에 이어지고 권력은 강제력을 의미한다. 그러면서도 도덕은 폭력과 동일한 것은 아니다. 도덕적 지배가 필요로 하는 것은 강제력보다도 사회적 실천에 있어서의 전략적인 접근이다. 그것은 많은 경우 '악마와의 협약'을 정당화할 수 있다. 그러나 더욱 일반적인 것은 언어 메시지의 이중화 ─ 사용자 자신도 의식하지 않는 이중화이다. 권력이 기능하는 데에 개별자들의 동의는 불가결의 요소의 하나이다. 이것을 위하여 동원되는 것은 선전이나 설득이나 합리적 토의의 방법이다. 그러나 방법론과 절차에 대한 엄격한 성찰이 동반되지 않는 한, 이것은 권위와 상징의 신화화, 그것을 위한 언설의 독단화로 흘러갈 경향을 갖는다. 그러면서 그것은 언제나 어떤 특정 인간이나 집단의 의지보다는 신성화된 사회의 명분을 표방한다. 그리하여 담론과 인간관계는 알게 모르게 숨은 의도를 가진 것이 된다. 목적과 수단이 갈라지게 되고, 선의 추구는 비선(非善)을 수단으로 하는 이중성을 갖게 되는 것이다.

사회적 가치의 이중성의 관행 속에서 사회 행위에 있어서의 외적인 표현과 동기의 괴리는 일반화된다. 그리하여 표현은 늘 숨은 동기나 의도를 의심하게 한다. 권력에 있어서 목적과 수단이 ─ 서로 다른 모습을 가지고 있는 목적과 수단이 동전의 양면을 이룬다는 것은 대체로 사람들이 받아들이는 인간 행동의 전형이다. 여기에서 더 나아가 이러한 이중성은 모든 인간적 거래에서 암암리에 전제되어야 하는 사항이 된다. 그런데 표현이 반드시 숨은 뜻과 일치하지 않는 것이 관행이 된다면, 말은 전반적으로 존중될 수 없는 것이 된다. 그것은 자기도 모르게 거짓을 포함하는 것으로 이해되기 때문이다.

가치의 전략화 사회성의 일방적 강조는 반드시 도덕적인 왜곡이 아니라도 모든 자체적인 가치를 사라지게 한다. 그리고 물론 사회의 이름으로 모든 것이 전략화되기 때문에 스스로도 의식하지 못하는 거짓이 기본적인 삶의 기술이 된다. 위선이나 마키아벨리적 의도가 있는 것이 아니면서도 단순히 사회성의 지나친 강조가 의도를 넘어서 사회생활에 이러한 효과를 낳는 것이다. 어쨌든 이것은, 선악의 문제를 떠나서, 독자적인 가치가 없어지는 것 ─ 그리고 인간의 삶에서 다원적인 가치의 근거가 없어지는 것을 의미한다. 과학이나 문학에서 그 자체로 존귀한 성취보다도 노벨상과 같은 외적으로 부여되는 명예에 대한 관심이 높은 것과 같은 현상도 이러한 왜곡의 결과이다. 문화가 문화 산업으로 또는 문화 콘텐츠로 변화하는 것도 왜곡 내지 변화의 한 표현이라고 할 수 있다. 이것은 조금 더 복잡하게 이해되어야 하는 현상이기는 하지만, 스포츠에서 성취의 탁월함보다 국가적 명예와 그에 따르는 금전적, 사회적 보상이 크게 생각되는 것도 비슷한 현상이다. 올림픽 정신이라는 것이 말하여지던 때가 있었다. 그러나 이제는 육체적 기량의 경쟁이 중요하고 그 경쟁에서 이기든 지든 잘 싸우는 수행(performance)이 중요하다는 올림픽 정신의 담론은 완전히 잊힌 것이 되었다.

앞에서 든 경우들은, 신성한 것의 엄숙성을 가진 것이든 아니면 조금 더 일상적인 것이든, 전체성으로서의 사회가 인간의 담론과 활동과 가치에 영향을 주는 경우이다. 그런 강조가 없는 경우에도, 사회의 우위 속에서 많은 본질적 가치는 사회 전체의 이름으로 정당화되어야 된다는 압력을 받는다. 즉 그 자체로 가치 있는 것이 없어지는 것이다. 그리하여 많은 것이 내면이 없는 외면이 된다. 이 관점에서 선(善)은 그 자체보다 선행이 가져올 수 있는 사회적 인정으로 인하여 중요하다. 진리의 경우도 물론 진리의 발견 자체가 뜻 깊은 것이 아니라 그것이 가져올 수 있는 명예와 보상이 중요하다. 아름다움도 그것이 가져올 수 있는 물질적 또는 명성의 보상 또는 인정으로서만 실체를 갖는 것이 된다.

4. 인간 형성의 우상들

시장의 우상, 극장의 우상 이러한 왜곡이나 명분과 실체의 괴리에 관련하여 보다 넓게 오늘의 사회에서 인간이 추구하는 많은 목적과 가치는 이에 비슷하게 이중화되어 있다고 할 수 있다. 그리고 그것은 대체로 개인적인 추구이면서도 사회성의 절대적 지배하에서 일어나는 일이 아닌가 한다. 그러나 이것이 반드시 그러한 것으로 의식되지는 않는다. 그것들은 우리 마음속에서 우리를 저절로 승복하게 하는 우상이 된다. 프랜시스 베이컨은 과학적 사고를 방해하는 원인들을 말하면서 그것을 네 개의 우상, 즉 종족의 우상, 동굴의 우상, 시장의 우상, 극장의 우상이라고 부른 바 있다. 그 가운데, 종족의 우상과 동굴의 우상은 어떻게 보면, 인간이 피할 수 없는 것이다. 종족의 우상은 원래부터, 세계 인식에 있어서 세계를 있는 그대로 보지 못하게 하는, 고르지 못한 인간의 심성의 생김새를 말한다. 그것은 세상의 모습을 비뚤어진 형태로 비출 수밖에 없다. 동굴의 우상은 개인적 품성과 취향으로 하여 일어나는 편견과 왜곡 그리고 오류를 말한다. 왜곡을 최소화하는 노력이 있을 수 없다는 것은 아니지만, 이러한 것들은, 방금 말한 바와 같이, 인간이 진리에 가까이 가고자 할 때, 인간에게 어찌할 수 없이 주어지는 한계라고 할 것이다.

오늘의 세계에서 그 의미를 현대화한다면, 피할 수 없는 것이 아니면서도 중요하게 작용하고 있는 것은 시장의 우상과 극장의 우상일 것이다. 시장의 우상은 사람들 상호 간의 교환의 과정에서 생겨나는 오류이다. 그것은 어떤 용어가 존재한다고 하여 그것이 지칭하는 사물의 존재를 당연시하는 것과 같은 경우이다. 그러나 이러한 베이컨의 정의를 떠나 용어 자체의 의미를 따라 그것을 좀더 넓게 생각한다면, 시장이 우리의 사고에 끼치는 엄청난 영향은 새삼스럽게 말할 필요도 없다. 다만 이것은 금전적인 영향 관계만이 아니라 유행하는 여러 용어들 ── 학문적인 깊이를 가지고 있는 것 같으면서도 상품적 성격을 가진 여러 용어와 개념 들에도 그대로 해당되는 것이라 할 수 있다.

이러한 유통 시장의 힘은 곧 극장의 우상에 연결된다. 베이컨에 있어서 이것은 잘못된 철학 체계, 이념 체계에 의하여 정당화되는 사실의 왜곡과 오류인데, 이것은 오늘의 이데올로기적 사고에 그대로 해당된다고 할 수 있다. 그러나 그것은 보다 확대하여 또는 보다 자유로운 뜻으로 사용할 수 있는 비유가 될 수 있다. 과시 소비(conspicuous consumption)는 상품 시장에서 일어나는 현상의 중요한 특징을 말한 것이지만, 이 테두리 안에서 상품의 가치는 간단한 의미에서의 사용 가치나 교환 가치가 아니라 사회적인 인정에 의하여 매개되는 가치이다. 과시 소비에 있어서 상품 수요는 물론 그것이 표현해 주는 사회적 지위에 의하여 자극된다. 상품이 아니라도 사회적으로 정당화되는 많은 개인적 추구는 이러한 성격을 갖는다.

우상의 극복 사회의 우상들이 진리의 탐구를 위하여 무엇을 뜻하든지 간에, 이러한 것들이 참으로 우리의 마음을 움직이는 주인이 되어 있다고 한다면, 그것들은 자기다운 자기의 형성을 어렵게 하는 요인이 된다고 하지 않을 수 없다. 적어도 일단은 시장과 극장의 허상을 허상으로 인식하고 검토되지 아니한 사회적 명령과 자신의 편견을 극복하도록 노력하는 것이 자기 형성의 요건이 된다고 할 수 있다. 물론 현대의 과학적 사고의 선구자가 된 베이컨과 같은 사상가가 생각하였던 선입견 없는 세계 인식이 가능한가는 다시 한 번 문제 삼을 수밖에 없다. 이것은 특히 과학적 사고보다도 사회적 존재로서의 인간의 사고에 해당된다. 결국 사람이 하는 일은 개인적인 것도 사회와 인간적 한계의 테두리에서 일어나는 것일 수밖에 없고, 또 그 안에서 의미 있는 것으로 정당화되는 것이라야 할 것이다. 다만 이 테두리는, 적어도 인간에게 가능한 범위 안에서는, 우상으로 부과되는 것이 아니라 반성적으로 수용되는 것이라야 할 것이다.

이때, 개인과 사회의 관계는 하나가 다른 것을 흡수하는 것이라기보다는 긴장과 길항을 통하여 하나로 지양되는 것이 될 것이다. 이러한 과정 속에서 개체의 개체성과 함께 사회의 사회성도 온전하면서 하나의 삶의 공간을 이루는 것이 될 것이다. 그러나 이것이 결코 자의적인 것일 수는 없다. 결국 인간은 인간을 넘어가는 세계 안의 존재이기 때문에, 그 한계 속에 있기 마련이다. 인간의 한계는 이 세계의 한계 속에 있다. 그러면서 이세계가 인간에 의하여 끊임없이 접근되어야 한다는 점에서, 그리고 그것이 진리로서 드러난다는 점에서, 이러한 것들은 진리의 테두리 안에 있다. 인간은 개체로서, 또 사회적 존재로서, 진리의 과정 속에 있지 않을 수 없다. 즉, 사회의 일체성과 안녕과 발전 그리고 문화의 가치들이 이 과정 속에서 반성적으로 검증되면서 다시 하나로 융합되어야 한다고 할 것이다.

엿듣는 독백 이 하나의 과정 속에서 역으로 문화의 가치들 — 여러 가지의 진선미의 가치들이 그 자체의 근거를 가지면서도 사회적 의미를 갖게된다. 그리고 사회로부터 개인에로 배분되는 보상으로서의 명성과 이익도 삶의 진정한 보람의 일부가 될 수 있다. 다만 이 관계가 하나에 의한 다른 것의 흡수라는 형태일 수는 없다. 시인이 사용하는 화법을 설명하여, 시인의 시란 다른 사람을 상대로 말하는 것이 아니라 시인이 스스로에게 말하는 것을 다른 사람이 엿듣게 된 결과라고 하는 해석이 있다. 이것은 많은 예술적 표현에 해당되는 것이다.

그러나 지금에 와서 미술과 문학의 표현은 거의 전적으로 관중이나 독자의 관심을 끌기 위한 상업적 전략 — 또는 적어도 대외(對外) 전략의 지배하에 있다고 할 수 있다. 같은 역설적인 안과 밖의 관계는 정치적, 사회적, 윤리적 가치 일반에도 적용된다. 여기에서도 이상적으로 말하면, 이러한 가치는 그 자체로 의미를 갖는 것이면서 사회적 기여가 되고 사회적으로나 개인적으로 명예의 이익의 열매를 가져오는 것이 되는 것이 바람직하다. 언어 또는 매체적 표현에 있어서의 자아와 타자 그리고 사회적 요인의 상호 작용은 일방적으로 단순화할 수 없게 복잡하다. 그러나 타자와의 외적 세계가 최대한으로 배제된 자기 집중이 —— 독자적인 가치의 체계에 의하여 여과되지 않는 형태로는 외적 간여가 배제된 —— 일단 예술적 표현과 기타 가치 행위의 초점이 되어야 한다는 것은 모든 중요한 예술적 성취 그리고 도덕적 행위가 증언해 주는 것이다. 이것은 다른 인간 행위에 있어서도 마찬가지이다.

5. 가치의 독자성과 자기 형성

가치의 독자성/개체적 선택 사회에 대한 궁극적인 관계가 어떤 것이든지 간에, 앞에서 말한 바와 같은 가치의 독자성은 개체적 인간의 독자성을 구성함에 있어서 중요한 의미를 갖는다. 가장 기본적인 관점에서 가치의 독자성은 개인이 선택하는 것이다. 그러므로 그것은 개인의 자유의 표현이다. 물론 이것은 개인의 선택이 자유 의지에서 나온다는 것 외에 그것이 가치를 가지고 있다는 것을 말한다. 그것의 존재는 사회적 뒷받침에 관계없이 중요할 수 있다. 이 가치는 어디에서 오는가? 그 근거로서 사회적 또는 생물학적 목적이나 필요를 생각할 수 있지만, 그 경우 그 자체로서의 가치가 손상될 가능성이 크다. 독자적 가치는 칸트적으로 말하여 무목적의 목적성(Die Zweckmäßigkeit ohne Zweck)을 보여 주는 어떤 심미적 형식으로 설명될 수밖에 없을 것이다. 물론 이것은 심미적 영역을 넘어 존재론적인 드러남을 나타내는 것으로 생각할 수도 있다. 많은 초월적, 정신적 가치는 이러한 무목적의 목적성의 형태를 갖는다고 할 수 있다.

사람이 자기의 삶을 형성한다고 할 때, 그것도 결국은 그 자체로 완성감을 주는 자기실현을 말하는 것이다. 이러한 자기실현은 이상적으로 말하여 삶 자체의 총체적 구현을 암시하는 형식이 된다고 하겠지만, 이것은 대체로 그 자체로 의미 있는 특정한 가치 창조의 행위에 집중된다. 그리하여 그 자체로 의미 있는 가치의 추구가 인간 자유의 표현이면서 동시에 자기실현이 된다. 그러면서도, 앞에서 말한 바와 같이 이것은 다시 사회적인 의미 그리고 한 발 더 나아가 존재론적인 의미를 갖게 된다.

개인의 이익/사회적 유통 속에서의 개인 사회성은, 되풀이하건대, 직접적인 의미에서는 지나치게 강조될 수 없다.(예를 들어, 사회봉사로서의 자선 행위도 행위 자체의 직접성이 아니라 그 사회적 명분이 표방될 때 그 순수성이 손상된다.) 특히 세속적인 집단 이익이 인간의 행위를 정의하는 테두리가 될 때, 여러 가지의 왜곡이 스며들게 한다. 이것은 방금 말한 높은 차원에서 일어나는 인간적 추구에서의 왜곡만을 말하는 것이 아니다. 앞에서 우리는 사회적 명분하에서의 개인적인 이익의 추구가 가져오는 왜곡 효과에 대하여 언급하였다. 그런데 이때 추구하는 개인의 이익은 참으로 개인적인 것인가? 생물학적 필요는 생존의 필요에 관계되는 것인 만큼 그것에 관계되는 이익을 확보하는 것은 어떻게 달리할 수 없는 개인의 이익이라고 할 수 있을 것이다. 그러나 그 이외의 얼마나 많은 것이 개인의 이익에 속하는 것일까?

가령 어떤 귀금속 장신구는 그것의 사회적 과시의 가치를 떠나서 얼마나 개인의 독자적인 평가를 나타낸다고 할 수 있는가? 돈은 누가 보아도 가치의 운반자라고 할 것이다. 그러나 그것이 현실의 삶에서 쓸모 있는 것이 아니라 교환을 통해서만 가치를 얻게 된다는 것은 이미 일반적 상식이 되었다. 또 이 교환의 세계가 튼튼한 것이라고 하더라도, 일정한 화폐권을 넘어가서 — 국제적인 화폐 교환의 제도가 없다면, 그것이 본질적으로 귀한 것, 개인 이익의 필요에 관계된 것이라고 할 수 있을 것인가? 한 사회를 넘어 다른 사회에서 의미를 갖는 명예가 얼마나 될 것인가? 또는 한 사회에서도 역사의 혁명적 변화가 있다면, 한 제도 속에서의 명예가 새로운 제도하에서의 명예로 교환될 수 있을 것인가? 삶의 명예가 죽음 후 명예로 지속되는 것이 개체적인 생명의 관점에서 어떤 의미를 갖는 것일까?

개인 이익의 사회적 쟁탈전이 심각하다고 한다면, 그것은 다분히 많은 사람들이 같은 재화의 이익을 탐하기 때문이라고 할 터인데, 그것은 그 재화에 대한 사회적 평가가 소통되고 있고 그것을 여러 개체들이 받아들이기 때문이라 할 것이다. 물론 사회에서 인정하는 가치가 모두 헛된 것은 아니다. 다만 사회적 소통과 순환 속에서 부풀려진 것들이 많다는 것이다. 그리고 그 사회적 가치들이 진정한 것이라고 하더라도, 거기에 개인적 평가가 개입되지 않은 한 그것은 개인의 자유로운 선택에서 또 그 판단에서 나오는 것은 아니다. 그럼으로써, 그것은 어떤 경우에 있어서나 선택된 것이 아니고 밖으로부터 부과된 것이다. 그러는 한도에 있어서, 개인의 선택은 개인의 선택이 아니다. 그것은 의식 없는 무리의 일부로서 맹목적인 어떤 힘에 휩쓸리고 있다는 것을 나타낼 뿐이다.

그리하여 모든 개인 이익의 추구에도 불구하고 무반성적으로 받아들여지는 사회의 우위가 보이지 않게 하는 것은 개인이다. 또는 개인이 사회의 명분 아래에 잠행하는 것이라면, 개인은 보이지 않게 하기보다는 뒤틀린 모습으로 비치게 된다고 할 수 있다. 개인은 존재한다고 하더라도 사회적인 정당화가 없이는 가치 없는 존재이다. 또 개인은 전적으로 사적인 이익을 동기로 하는 존재이고, 그러니만큼 가치의 근원인 사회의 관점에서도 무가치의 또는 반(反)가치의 존재이다.

사회의 진정한 이익 그런데 개인 이익과 사회적 가치가 혼란스럽게 섞여 있는 데에서, 사회는 사회대로 참모습을 갖는 것일까? 이때의 사회란 너무나 당연한 것으로 판촉(販促)되기 때문에, 그것은 성찰의 대상에서 제외된 어떤 것, 당연한 것으로 상정된 당위가 된다. 이 사회는 대체로 무반성적으로 투입되는 정보들로 구성된다. 그러면서, 그것은 참으로 가치 있는 그리고 지속하는 사회의 모습이 되기 어렵다. 진정한 개체의 존재는 진정한 사회를 위한 가장 중요한 기초이다. 그러한 진정성이 없는 사회는, 앞에서 말한 것처럼, 대체로 여러 가지 명분하에 얽혀 있게 마련인 권력과 이익이 구성해 낸 결과이다.

권력은 이데올로기를 만들어 낸다. 또는 반대로 지나치게 추상적인 구도를 가진 이데올로기는 자기 정당성을 과신하기 때문에 권력을 추구하지 않을 수 없게 된다. 어느 쪽이든 그것은 물론 큰 공동체의 명분을 정당화한다. 그러나 이때 보다 복합적인 변증법적 이념으로서의 사회 자체는 보이지 않게 된다. 그것은, 한편으로는, 가족과 친족 그리고 대면 공동체와 민족과 국가라는 구체적 내용을 가진 ── 감각과 감정과 정신 그리고 지구의 일부로서의 산하(山河)에 친밀하게 연결되어 있는 내용을 잃어버리기 쉽다. 그러면서 그것은, 다른 한편으로, 다른 생명체와의 공존 공간 그리고 실존의 존재론적 바탕으로 열리는, 순수한 공존의 공간이 아니게 된다. 이러한 공간에로의 열림을 매개하는 것이 개체적인 생존이다.

자기 형성/사회/보편성 그렇다고 개인의 개인 됨이 좁은 자기에로의 침잠을 말한다고 할 수는 없다. 개인은, 앞에서 말한 바와 같이, 독자적인 존재이면서 보다 큰 바탕에 열려 있음으로써만 참다운 가치를 갖는 존재이다. 다시 헤세의 말을 인용하여, 사람은 "자신에의 길"을 만드는 존재이다. 그러면서 "개체적인 삶 하나하나는 자연이 시험하는 독특하고 값비싼 실험이다." 그리하여 "한 사람 한 사람은 자기 자신 이상의 것이다. 개인은 세계의 현상이 저런 방식이 아니라 꼭 이런 방식으로 교차하게 된, 유일하고 특별한 그리고 의미심장한 교차점이다."

말할 것도 없이 이러한 열린 세계에 못지않게 중요한 것이 개인의 실존을 둘러싸고 있는 여러 사회적 차원이다. 좁은 자아의 한계를 넘어가는 것은 현실의 사회적 관계에 의하여 촉발된다. 이 관계의 보편화의 훈련이 없다면, 사람이 자연과 우주적인 진리에로 나갈 수 있을는지 자못 의심스럽다고 하지 않을 수 없다. 이것은 사유의 문화적 전통에 의지하지 않고는 초개인적인 넓은 공간을 바르게 인식할 도리가 없다는 점에서도 그러하다. 그러나 이러한 것도 개인적인 실존의 사건을 통하여 가능해진다. 뉴턴의 독특한 삶이 없이는 뉴턴의 물리학은 태어날 수 없었다고 할 수 있다. 보편적 진리는 언제나 개인의 실존 속에서 일어나는 사건이다. 그런데 이것은 위대한 인간만이 아니라 모든 사람의 삶에 그대로 해당되는 것이라고 할 수 있다. 여기에서 일어나는 것은 일단은 일반화될 수 있는 우주 법칙이라기보다는 어떤 독특한 실존적 사건이다. 그것은 그 나름의 일반적 서사 구조를 가지고 있으면서도 그 독특한 계시적 성격으로 하여 간단히 버릴 수 없는 의미를 갖는다.

사람들은 자신의 삶 ─ 범용하면 범용한 대로 자신의 삶의 독특함을 느끼는 순간을 갖는다. 그러면서 그러한 순간은, 비록 그것을 분명하게 포착하지는 못한다고 하여도, 자신의 삶에 일반적 존재의 법칙이 비쳐 드는 순간이라고 할 수 있다. 만유인력에 대한 뉴턴의 깨달음은 떨어지는 사과를 본 데에서 시작되었다고 말하여진다. 이것이 만들어진 이야기라는 해석이 있지만, 그 이야기는 사람의 삶에 사건과 우주적 계시가 교차하는 방식을 예시하는 것이라 할 수 있다. 자연법칙이 드러나는 것도 많은 경우 개인적인 체험의 틈새를 통하여서이다. 그렇지 않은 경우에도 사람의 삶은 진리가 일어나는 바탕이 되는 사건적 시간의 연쇄라 할 수 있다. 인간의 자기 형성은 지극히 현실적인 차원에서 자신의 삶을 살고자 하는 노력이면서 그것을 다시 보편적인 차원에서 이해하고 형성하려는 시도이다. 그러면서 여기에는 사회와 문화가 개입된다. 개인적 사건으로서의 보편성은 집적되고 반성되어 집단적 주체성이 되고 다시 보다 넓은 보편성을 가능하게 한다. 뉴턴의 물리학은 그 자신의 사건이면서 다른 과학적 사고의 누적 속에서 일어난 사건이다.

2장

자기를 돌보는
방법에 대하여

개체와 그 환경

　　인간의 사회적 형성　많은 경우 성장한다는 것은 독자적 인간으로 자기를 형성한다는 것을 말하는 것이라기보다는 주어진 사회적 요구에 합치되는 인간이 된다는 것을 말한다. 이것은 부과되는 것이면서 인간이 다른 사람과의 관계 그리고 그것의 총체로서의 사회의 규범적 정의(定義)에 민감하다는 것을 전제한다. 그러한 의미에서 사람은 도덕적 존재(homo ethicus, homo moralis)이다. 이것이 사회로부터 주어지는 도덕주의에 반응하게 하는 것이다. 그러나 이러한 압력 이전에 사람은, 이미 말한 바와 같이, 생물학적으로 환경적인 요인 ─ 사회화된 환경적인 요인과 교섭하는 가운데에 형성된다. 가장 기초적인 동작과 습관을 넘어선 차원에서 사회적 성장의 요인은 삶의 작업에 관계되는 것이라고 할 수 있다.

　　사람은 거의 본능의 차원에서 공작하는 존재(homo faber)이다. 그리고 그것은 여러 선택을 가지고 실험하는 것을 요구하고 또 실험의 공간은 목적을 넘어가는 여러 동작의 즐거움을 가능하게 하기 때문에, 유희하는 존재로서의 인간 됨(homo ludens)도 여기에 이어진다고 할 수 있다. 사람은 이러한 본래의 성향에 따라 일과 놀이를 배우고 자기를 형성한다. 그리고 이것은 전체적으로 사회적 구조화에 의하여 일정한 정향을 얻는다. 농업 사회 또는 이것보다는 수공업이 번창하는 사회에서 사람의 성장은 거의 유희적인 형태로 주어지는 여러 가지 일들을 배우면서 이루어진다. 그리하여 놀이는 흔히 일의 한 측면이 되고, 일은 놀이의 한 측면이 된다. 또 놀이는 사회화의 한 부분을 이룬다. 공동체적인 축제와 같은 형태의 놀이는 놀이의 충동을 표현하면서 보다 적극적으로 일정한 사회적 기능을 수행한다.

오늘날에도 성장과 자기 형성에 있어서, 이러한 요인들은 그대로 존재한다고 하겠지만, 그것들이 하나의 통일체로 파악되기는 어려운 것이 되었다. 사람이 성장해 가면서 적응해야 할 보다 큰 사회는 현대에 올수록 한없이 다양화된 분업의 체계를 이룬다. 이것은 인간 역사의 어느 때에 있어서보다 합리화되고 비인격적이고 착잡한 것이 되었다. 그리고 공작의 충동에 의존하는 기술과 직업 훈련은 인간 형성의 가장 큰 압력이 되었다. 그러면서 그것의 전체적인 의미는 간단히 이해되지 않는다. 개인적으로 작용하는 것은, 작업 자체의 흥미 이외에는, 개인적인 이익에 대한 관심이다. 이 이익은 한편으로는 물질적인 것이고, 다른 한편으로는 사회적 인정에 관련된 이익 —— 사회적 지위와 존경에 관계된다. 그러나 일의 전체적인 의미는 대체적으로 윤리적 요구와 도덕주의를 통하여 부여된다. 그것은 극히 추상화된 —— 집단의 이익으로 모든 것을 정당화한다. 일이 삶의 전체성으로부터 유리되어 있는 만큼 도덕주의가 강화되는 것이다.

자기 형성의 세 가지 요인/그 변증법 이러한 과정에서 개인적인 자기 형성은 뒷전으로 물러날 수밖에 없다. 이것은 사회 전체의 의미와 형성도 마찬가지이다. 그것도 일정한 거리에서 반성되는 대상이 되지 못하는 것이다. 이러한 사회화의 폐단은 앞에서 충분히 이야기한 바 있다. 우선 필요한 것은 자기 형성과 교육에 관계된 요인들을 분명하게 확인하는 것이다. 결국 인간의 형성에는 —— 개인적인 의미에서나 사회적 의미에서나 이러한 요인들이 하나로 조화되어야 한다고 하겠지만, 일단 중요한 것은 이 요인들을 별개의 것으로 분명히 하는 것이다. 그런 다음 그 얽힘을 밝혀야 한다.

인간 존재의 기반으로서의 자연 되풀이하건대, 교육에 그리고 인간 형성에 관련되는 큰 요소는 개인과 사회이지만, 특히 강조되어야 할 것은 모든 것의 바탕으로서의 자연이다. 도덕적 인간, 공작의 인간, 유희의 인간은 인간 본성에 관계되는 것이면서 궁극적으로 사회적 존재로서의 인간의 여러 측면, 그러니까 부분적 요소를 나타낸다. 이에 대하여 자연은 이것을 넘어가는 삶의 전체적인 조건을 생각할 것을 요구한다. 다만 자연은 개인의 삶 그리고 모든 삶의 가장 큰 테두리를 이루면서도, 대체로는, 특히 현대 산업 사회에 있어서, 사회적으로 매개된다. 그리하여 일단 자기 형성의 주요 요인은 다시 개인과 사회로 환원된다.

그러나 자연과 개체적 존재를 사회에 흡수할 수 있는 것으로 생각하는 것은 많은 왜곡을 가져온다. 그 관계는 종속 또는 귀속이 아니라 변증법적 길항 속에 존재한다. 이것들은 완전히 독립하여 존재하지 않으면서도 무시될 수 없는 독자성을 갖는다. 이것을 잊지 않는 것은 개인의 삶에 중요한 것일 뿐만 아니라, 결정적인 삶의 한정 조건으로서의 삶을 생각하고 그 사회 질서를 생각하는 데에 중요하다. 달리 말하면, 개인과 사회 그리고 자연은 선형적으로 확대되는 것이 아니라 순환적인 변증법 속에 존재한다. 그러면서도 이 순환의 회로의 바탕이 되는 것은 자연이다. 그것은 이 둘을 초월하여 존재하면서 그 사이에 끼어드는 매개자이다. 사실 자연은 사람의 삶의 환경적 조건이면서도 사람의 내면에 이미 들어가 있다. 내면에 있다는 것은 제일차적으로는 그것이 천부의 생물학적 자질이라는 말이다. 이것은 다시 본능 그리고 정신적 요구로서 인간의 생존 방식에 표현된다. 이 요구 중 가장 기이한 것은 아름다운 자연에 대하여 사람이 가지고 있는 심미적인 갈구이다. 그러나 보다 쉽게는 그것은 모든 사람이 가지고 있는 자연의 근접성에 대한 내면적 요구에서 일상적으로 나타난다.

그러나 특히 상기할 필요가 있는 것은 자연이 사회적 인간관계에서도 기본이 된다는 사실이다. 개인의 민족적 근원, 또 민족적 소속은 삶의 중요한 조건이다. 이것은 생물학적 진리이다. 또는 성이나 나이에 의한 사람의 구분도 사람의 주어진 생물학적 구분을 말하는 것이다. 그러나 인간의 삶을 규정하는 여러 조건은 생물학적이면서도 대체로는 사회적 변용을 통하여 삶의 사실적 조건이 된다. 어떻게 출발했든 사회는 그 자체로 사람의 생존을 규제한다. 사실 민족이나 성이나 연령이 중요한 것도 대체로 생물학적인 이유에서보다도 그것이 사회적 범주로 사실성을 얻기 때문이다. 보다 순수하게 사회적인 범주로서 사람의 삶에 결정적인 영향을 주는 것은 사회 계급이나 신분과 같은 것이다.(이러한 것들이 중요하면서도 그러한 결정론이 불합리한 판단을 가져온다는 것은 전통 사회의 선입견에서나 새로운 사회 실험의 편협한 정책들에서 흔히 볼 수 있는 것이다.) 여기에서 주의하고자 하는 것은 이러한 사회적 범주를 넘어 자연이 인간의 삶에 보다 직접적으로 개입한다는 점이다. 사회화된 범주를 넘어 여러 인간적 관계가 생기고 연대가 생기는 것은 모든 인간이 자연적 조건을 공유하고 있기 때문이다. 어떻든 사회적 한정 조건 아래에서도 사람의 일상적 삶의 많은 일들은 사회적 범주를 통해서가 아니라 자연과의 직접적 교섭 속에서 이루어진다. 이때 자연과 사회는 혼성되어 존재한다고 할 수도 있고 서로 교차하면서 존재한다고 할 수도 있다. 그러면서 자연은 여전히 가장 기본적인 바탕이 된다. 그럼으로 하여 사람은 이러한 사회적 한정을 넘어 보편적 인간의 개념으로 나아갈 수 있다.

우리가 개인을 생각할 때도 그러하지만, 그리고 그 개인이 그의 자질과 능력을 발전시킬 수 있다는 것을 말할 때, 그것은 반드시 민족적으로 또는 사회적으로 미리 한정된 자질과 능력을 말하는 것은 아니다. 그것은 그것을 넘어 자연이 부여한 인간적 자질과 능력을 발굴해 낸다는 것을 말한다. 이것은 상식적인 입장에서도 말할 수 있는 것이지만, 자아를 보다 넓게 하는 과정의 논리가 요구하는 것이기도 하다. 자기 또는 자아 형성의 문제를 생각할 때 하나의 축을 이루는 것은 자아의 총체적인 모습에 대한 반성적 의식이다.(자기와 자아는 같은 뜻을 가진 것으로 말할 수 있지만, 자아는 아마 현실적인 의미에서의 자기보다도 반성적 의식에서 이루어지는 주체를 말하는 것으로 해석할 수 있지 않나 한다.) 반성은 대상을 그것을 넘어가는 관점에서 본다는 것을 의미한다. 자아 반성에서 자아를 넘어가는 관점은 자아 —— 조합된 자아 전체를 넘어가는 전체의 관점이다. 이 전체는 자아 의식의 운동이면서, 많은 경우 자아의 외부에 설정되는 큰 것이기 쉽다. 이 큰 것에 사회가 있고 자연이 있고 또는 더 큰 초월적 차원이 있다. 어쨌든 현실적으로 사람이 보다 넓고 지속적인 자아에 이르는 것은 —— 이 의식은 자아 형성의 전체이고 소득이라고 할 것인데 —— 그것을 넘어가는 큰 것과의 관계를 통하여서이다. 인간의 자기의식에 사회적 귀속감이 중요한 것도 그것이 단순히 외부적으로 부과되는 경험적 조건이 아니라 거의 선험적인 요청이기 때문이다. 그러나 개인은 여기에서 자연이라고 부른 더 큰 테두리와의 관계를 의식화함으로써만, 보다 경직된 사회 범주를 넘어갈 수 있고 보다 진정한 자아로서 정립될 수 있다. 적어도 자연은 사람이 쉽게 접할 수 있는 가장 큰 테두리이다. 이것이 사람이 가지고 있는 큰 것에 대한 근원적 요청을 충족시킨다.

물론 이것이 그러한 추상적인 의미만을 가지는 것은 아니다. 그것은 조금 전에 말한 바와 같이 경험적으로도 자연이 거의 모든 것의 근본이기 때문이다. 개인은 단순히 사회로만 환원될 수 없다. 그것은 존재론적 의미에서만이 아니라 경험적으로도 자연으로 열려 있는 존재이다. 이 관점에서 그러한 개인의 집합으로서의 사회는 이차적인 성격을 갖는 범주일 뿐이다. 다음에서 생각해 보려는 것은 개인으로부터 출발하는 삶의 방법이다. 그런 다음에 그것은 다른 보다 넓은 세계로 이어지게 된다. 여기에는 우리의 전통적인 사상의 흐름에서 배울 수 있는 것이 있을 것으로 생각한다. 그렇다는 것은 사람의 삶의 근본으로서 사회적, 국가적 의무 ─ 국가적 의무를 강조하는 것이 전통 유교 사상이지만, 동시에 그것이 개인의 확립으로부터 시작해야 한다는 것을 강조하였기 때문이다. 그리고 그것을 잊어버리는 경우의 위험을 무엇보다도 강하게 의식하고 있었다.

위기지학 爲己之學

1. 자기/화합/정치

자기와 타자의 눈 많은 전통에서 자기 형성은 대체로 배우고 공부하는 일을 요구하는 것으로 생각된다. 이것이 자기 형성의 전부를 말한다고 하는 것은 인간성과 그에 대한 이해를 지나치게 좁히고 학문과 학자를 특권화하는 것이 된다고 할 수 있지만, 이러한 위험을 잊지 않는 한, 학문적 노력이 자기 또는 자아 형성의 핵심이 될 수 있다는 것은 사실일 것이다.

우리는 학문의 추구가 — 자기 형성에 한정되는 것이 아닌 넓은 의미에서의 학문을 포함하여 — 한편으로 사회적 명성과 명분의 획득, 다른 한편으로 여러 가지 이익의 배분에 연결되고, 자기 형성의 노력까지도 여러 가지 사회적 우상에 의하여 움직이게 된 것은 우리 근대사의 필요와 자본주의 체제가 갖는 성격으로 인한 것이라고 말하였다. 그러나 여기에 관련된 문제는 조선 시대로부터 있어 왔던 문제이다. 조선 시대에 학문이 중요했던 것은 학문이 사회적으로나 국가적으로 유용한 것으로 파악된 때문이라고 할 수 있다. 유학(儒學)에 있어서 거의 모든 사고(思考)의 목적은 사회 윤리의 확립을 겨냥하는 것이었다. 그러나 물론 이와 아울러 또는 이것을 명분으로 하여 학문은 입신양명하는 개인적인 이익 추구의 수단이 되었다. 국가적 또는 개인적인 관련 어느 쪽도 지나치게 단순화될 수는 없는 일이지만, 생각하여야 할 것은 학문이, 그것이 어떤 것이든지 간에, 학문 외적인 목적과 동기에 너무 직접적으로 연결될 때, 그 참의미를 벗어나기 쉽다는 사실이다. 국가나 사회의 관점에서도 학문의 중요한 효용의 하나는 역설적으로 그 자율성이다. 학문과 여러 의미에서의 사회적 이익의 추구가 예로부터 전승되어 온 것이라면, 그 압력에 대항하여 배우고 공부하는 일을 자기 자신에서부터 출발하게 하여야 한다는 것도 예로부터 강조되는 학문적 지침이었다. 유학에서 학문에 작용할 수 있는 타율적 동기 그리고 사회적 종속을 경고하고 그 자기 충족성을 강조하는 말은 위기지학(爲己之學)이다. 이것은 원래 『논어』에 나오는 "옛날에 공부하는 사람들은 자신의 수양을 위해서 했는데, 요즘 공부하는 사람들은 남에게 인정받기 위해서 한다.(古之學者爲己, 今之學者爲人.)"[1]라는 부분에서 비롯되었다. 이것은 유학에서 중요한 지표가 되었지만, 이 지표까지도 시대에 대한 비판으로 이야기된 것을 보면, 학문 연구에는 어느 시대에나 이러한 양극의 끌림이 존재했다고 할 수 있다.

그런데 『논어』의 이 구절은 문자 그대로 자기를 위하고 남 또는 사람을 말하는 것으로 해석할 수도 있을 것이다. 조금 냉소적으로 생각하여, 자기를 위하여 하는 것이 학문이라고 하면, 그것은 바로 개인적인 이익을 위하여 학문을 한다는 말인가? 물론 위의 번역에 의하면, 자기를 위한다는 것은 자아 수양을 말하고 남을 위한다는 것은 남에게 인정받기를 위한다는

---

1   김형찬 옮김, 『논어』(홍익출판사, 2007), 162쪽.

뜻이다. 이것은 유교 전통에서의 일반적인 해석이다. 주자의 주석도 그러하다. 그러나 이 두 가지 있을 수 있는 해석을 하나로 한다면, 자기를 위한다 할 때의 자기는 새로 발견되어야 하는 진정한 자아라고 할 수 있다. 그러한 의미에서 여기의 자아는 형성되어야 하는 자아이다. 그런데 주자의 주석에는, 남이나 사람(人)을 위하면 결국 사물의 참모습에 이르지 못하고 자기를 잃어버린다는 것이 포함되어 있다. 결국 자기를 위하는 것 또는 진정한 자기를 발견하는 것은 사물의 질서를 발견하는 것으로 완성된다는 뜻이 여기에 들어 있다고 할 수 있다.(爲己, 其終至於成物.)[2] 자기 형성의 필요 이외에, 중요한 점은 아마 자기를 위한 학문이 바로 학문 자체의 자율성을 살리고 그 객관성을 기약할 수 있다는 역설일 것이다. 위기지학의 역설적 의미는 같은 주제에 대한 주자의 다른 언급에서도 볼 수 있다.

> 지금 배우는 사람에게 긴요한 것은 공부의 방향을 분명히 하는 것이다. 요점은 자기를 위하는 것과 다른 사람에게 내보이려는 것의 구분이다. 자기를 위하는 것은 직접 외물과 일거리를 이해하려는 것이니 스스로 이해하려고 도모할 뿐이다. 그렇게 느긋하게 이해하는 것이 아니며, 그렇게 좋게 보이도록 적당히 이해하여 다른 사람에게 자기도 정말 그렇게 생각한다고 말하게 만드는 것이 아니다.[3]

학문을 하는 것은 다른 사람에게 잘 보이기 위하여 다른 사람의 말을 별 생각 없이 추종하거나 거기에 동의하는 일이 아니다. 이러한 것이 부질없는 일이라는 것은 주자가 드는 보다 일상적인 사례에서 더 분명하게 드러난다.

---

2 서상갑 옮김, 『사서집주(四書集注) 1: 논어(論語) / 중용(中庸)』(삼성출판사, 1982), 268쪽.
3 서정덕 엮음, 허탁·이요성·이승준 옮김, 『주자어류(朱子語類) 3』(청계, 2001), 99쪽.

배우는 사람은 반드시 자기를 위해야 한다. 비유컨대 밥을 먹는 것과 같으니, 점차 조금씩 먹으면서 배불리 먹는 것이 옳은가, 아니면 문을 열고 대문 밖에 놓아두고서 우리 집에 많은 음식이 있다는 것을 다른 사람에게 알리는 것이 옳은가? 요즘 배우는 사람들은 자기가 마땅히 행하는 일을 다른 사람들에게 말한다.[4]

학문은 자신의 정신적 성장을 위한 것이지 결코 다른 사람에게 잘 보이기 위한 것 또는 자기를 과시하려는 것이 아니다. 그러면서 중요한 것은 이 자신을 위한 학문이 학문의 객관성의 기초가 된다는 사실이다. 자기를 위한 학문이 향하는 것은, 맨 처음의 인용에 나와 있듯이 "외물과 일거리(物事)"이다. 이것은 궁극적으로『대학(大學)』에서 공부의 가장 중요한 항목으로 말하여지는 격물치지(格物致知)를 가리키는 것일 것이다. 이것은 현실 세계에서의 윤리적 실천을 말할 수도 있지만, 세상의 이치에 대한 연구를 말할 수도 있다. 주자가 물질세계의 법칙에 대하여 깊은 관심을 가지고 있었다는 것은 잘 알려진 사실이다.

자기의 삶 그러나 다른 한편으로 우리는 "외물과 일거리"가 반드시 이러한 고매한 것만을 가리키는 것은 아닐 수 있다는 것을 생각할 필요가 있다. 유학의 가르침도 그러하지만, 사실 일상적 삶에 대한 주의는 자기 형성의 과정에서도 중요한 한 부분이어서 마땅하다. 앞에서 말한 밥을 먹는 일에 대한 주자의 비유는 반드시 비유에 그치는 것이 아니라 현실적인 사례를 말한 것이라고 할 수 있다. 밥의 의미는 먹는 데 있다. 그리고 그것이 삶의 필수 사항이라는 것을 인정하는 것은 삶의 태도의 근본적 정향에 관계

---

4 같은 책, 101쪽.

된다. 주자는 "우리 집에 많은 음식이 있다는 것을 다른 사람에게 알리"려는 것이 옳은 태도가 아니라는 것을 말한 다음에 학문적인 것의 일상적 이용에 대하여 이렇게 말한다.

근래 배우는 사람들은 대부분 고원한 것을 좋아하여 의리는 마음속에 잠재워 두고, 수많은 말만 반복하고 있다. 예전에 어떤 사람이 결혼 증명서를 작성하는 것을 구경한 적이 있는데, 역시 하늘의 명령과 사람의 윤리를 들먹였다. 남자가 장가들고 여자가 시집가는 것은 본디 일상적인 일이다. 생각건대 비근한 것을 싫어하는 것이 있기 때문에 일상에서 행하는 일을 번거롭게 치장하는 것이다. 그런 행동은 단지 자기를 위하지 않고 자신에게 유익함을 추구하지 않는 것이며, 단지 명성을 좋아하여 좋게 보이도록 꾸미는 것이니, 역시 자기를 속이는 것과 관련이 있다.[5]

자신을 위한 학문이라는 것은, 이와 같이, 일상적 삶에서의 사실성도 포함하는 것이라고 할 수 있다. 자기의 삶은 자기 형성과 함께 누구나 수행하여야 하는 삶의 작업을 포함한다고 해야 할 것이다. 이것은 사실 존중으로서의 학문의 기본 자세에도 깊이 관계되어 있는 일이다. 사물의 원리에 충실하다는 것은 높은 우주적인 원리만을 말하는 것이 아니다. 사실성은 나날의 삶에도 있다.

삶의 체험과 정치 철학 일상성에 대한 비유로서 밥을 먹는 일을 다시 생각해 본다면, 그것은 단순히 굶지 않고 밥을 먹는 것보다는 적절한 수준에서 먹는 일을 말한다고 할 것이다. 여기에 추가하여 일어나는 문제는 궁극적

---

5   같은 책, 100~101쪽.

으로 적절하게 밥을 먹는 일, 또는 적정한 수준의 소비를 위하여서는 그 배경으로서 어떠한 사회 질서가 일정한 균형을 이루어야 하는 문제일 것이다. 그것을 위하여서는 통치자가 학문을 가진 사람이어야 하고, 보통 사람의 경우에도 그것을 저울질할 수 있게 하는 공부가 필요하다고 할 수 있다.

전통적인 유학이 윤리적 가르침과 정치 원리에 관계된다는 것은 우리가 다 알고 있는 일이다. 공자는 그가 생각하는 윤리와 정치 철학의 격률(格率)을 널리 이야기하여 정치가와 제자들에게 전파하고 유교의 정치 철학의 기초를 놓고자 하였다. 그러나 우리는 그의 삶의 철학이 삶의 최소한 그리고 그 이상의 조건들을 깊이 인식하게 된 체험으로부터 나왔다는 것을 잊어버리기 쉽다. 그 점에 있어서, 지금 우리가 묻고 있는 인간 형성 — 또는 수신의 문제에 있어서 공자의 윤리와 정치 철학의 근본에 잠겨 있는 체험적 근거를 상기하는 것은 중요한 일이다. 다시 말하여, 공자는 정치 윤리의 대가(大家)가 되고 현자 또는 성인이 된 것은 윤리 교사로서의 그의 명성이 널리 퍼진 다음이라고 하겠지만, 그의 윤리적 수신의 필요는 삶의 필요에 이어져 있는 것이었다. 사는 법을 궁리하다 보면 이르게 되는 것이 윤리적 수신이다. 그리고 그것이 정치적 지혜의 일부가 된다. 그것은 그의 구체적 인간적 체험에서 나오는 하나의 결과이다.

『논어』의 도처에는 그가 안정을 얻지 못하고 궁색한 처지에 있었다는 언급들이 있다. 자공이 공자의 재능과 박식이 이야기되었을 때에 이것을 설명하여, 성인의 운명을 타고난 때문이라고 설명하자, 이에 대하여 공자는 그의 어린 시절의 경험을 말한다. "나는 젊었을 때 천하게 살았기 때문에 여러 비천한 일에 능한 것이다." 공자의 다른 제자들도 말하여 "여러 가지 재주를 익힌 것"은 등용되지 못한 때문이라고 한다.(「자한(子罕)」⁶) 이것

---

6 같은 책, 106쪽.

은 나이가 더 든 다음의 이야기로 생각되지만, "육포 한 묶음 이상의 예물을 갖춘 사람이라면 나는 가르치지 않은 적이 없다."(「술이(述而)」7)라고 공자가 말할 때, 그것은 단순히 그의 가르침을 차별을 두지 않고 시행했다는 것보다는, 그의 생활의 절박성을 말하는 것이라 할 수 있다. 적절한 자리와 고장을 발견하지 못하고 유랑한 공자를 보살핌을 받지 못하는 상갓집의 개와 같았다고 한 것은 『공자가어(孔子家語)』에 나오는 유명한 비유이다.

이러한 사례나 비유로 보아 공자가 보다 편하게 생활할 수 있는 방도를 생각하지 않은 것은 아닌 것으로 보인다. 전기적 회고가 많은 「술이」 편에서, 부귀와 직업에 대하여 말하는 것은 그가 삶의 물질적 측면에 대하여 가지고 있던 대체적인 생각을 엿보게 한다. "부(富)가 만약 추구해서 얻을 수 있는 것이라면, 비록 채찍을 드는 천한 일이라도 나는 하겠다. 그러나 추구해서 얻을 수 없는 것이라면 내가 좋아하는 일을 하겠다."[7] 그는 이렇게 아무 일이라도 할 용의가 있었다.

2. 학문과 삶의 즐거움

즐김으로서의 학문 『논어』에서 볼 수 있는 공자의 모습은 여러 가지 의미에서 자기가 살아가는 방법에 대하여 끊임없이 궁리하는 사람이다. 『논어』는 학문에 대한 취미를 가지고 있으면서도 어려운 처지에 처해 있는 사람이 어떻게 살아가야 하는가 하는 문제가 공자의 주된 관심사라는 느낌을 준다. 그때 학문은 취직의 수단 ― 밥벌이를 위한 수단의 의미를 가질 수 있다. 그런데 밥벌이가 중요한 사람에게 정치는 어떤 의미를 갖는가?

---

7 같은 책, 89쪽.

한 가지 답은 밥벌이의 수단으로 관직을 얻고자 한다면, 정치에 대한 지식이 필요하다. 특히 높은 관직을 희망하는 경우에 그러하다. 그러나 다른 한편으로 정치를 말하는 학문은 밥이 충분하건 충분하지 않건 삶에 필요한 요건이라고 할 수 있다. 일정한 사회의 지도(地圖)가 없이는 정신적 안정이 있는 삶을 살 수 없기 때문이다. 통치 철학은 통치자에게 필요하고 정치를 생각하고 그것에 따라 정치에 참여하는 것을 의무로 생각하는 사람 — 전통적으로 군자라고 불리는 사람에게 필요한 것이다. 그러나 그것은 정치와는 큰 관계가 없는 사람에게도 필요하다. 그렇다는 것은 누구나 자신의 삶을 전체적인 상황 속에 위치하게 하는 데에는 사회에 대한 지도 — 이상적인 지도와 현실적인 지도를 가져야 하기 때문이다. 물론 이것은 자신의 삶을 이해하면서 살고자 하는 사람의 경우이다.

그런데 자신의 삶을 의식적으로 살려는 사람에게 학문은 그 자체로 의미를 갖는다고 할 수도 있다. 『논어』에 나오는 공자의 생각은 이러한 것이 아니었나 한다. 학문은 그에게 삶의 보람의 하나였다. 궁극적으로 사람이 학문을 하되 자기를 위하여 해야 한다는 것은 이러한 의미를 포함하는 것일 것이다. 그런데 이것은 긴 노력의 다음에 오는 보람이라기보다는, 당장에 생기는 즐거움이라는 인상을 준다. 그리고 배움의 대상도 반드시 거창한 주제만을 뜻한 것은 아니었던 것으로 보인다.

배우고 때때로 그것을 익히면 또한 기쁘지 않은가? 벗이 먼 곳에서 찾아오면 또한 즐겁지 않은가? 남이 알아주지 않아도 성내지 않는다면 또한 군자답지 않은가?(學而時習之, 不亦說乎; 有朋自遠方來, 不亦說乎; 人不知而不慍, 不亦君子乎.)

이것은 『논어』의 유명한 시작이다. 여기에서 학문의 의의는 그것의 사회적인 뜻이나 고상한 정신적 의의보다도 사람이 가질 수 있는 즐김의 체험에 연결되어 있다. 학문은 멀리서 오는 친구가 주는 기쁨과 같은 것이다. 그 즐거움이 그 자체의 것이라는 것은 친구 만나는 일에 비유된 것에서도 볼 수 있지만, 남이 알아주는 것과 관계가 없다는 발언에서도 다시 강조되어 있는 사실이다. 사실 『논어』 전편에 걸쳐서, 학문은 대체로 즐거움에 관련되어 있지, 엄숙한 의무로 해석되지 아니한다.

작은 실천의 배움과 즐거움 그런데 '배운다'라고 할 때, 무엇을 배운다는 것인가? 아마 그것은 공자의 후대에 경서(經書)가 된 문서들을 공부하는 것일 것이다. 배워야 하는 것은 그가 삶의 가장 중요한 요건으로 생각한 의례를 배우는 것을 말하기도 할 것인데, 이것은 그의 생각으로는 주 대(周代)의 전통에 기초한 것이기 때문에, 경서를 배우는 것은 이 점에서도 중요한 일이었을 것이다. 그러나 이에 추가하여 공자는 배움의 대상을 폭넓게 생각하였을 것이다. 가령 그가 시를 배우는 것이 중요하다고 말할 때, 시는 마음을 깨끗이 하여 정치에 임할 수 있게 하고, 감흥을 일으키고, 사람을 사귀고, 외교 활동을 하는 데에 중요한 역할을 한다고 하면서, 다른 한쪽으로는 짐승과 풀과 나무의 이름을 아는 데에 도움이 된다고 하였다.(「양화(陽貨)」9)

배움의 대상에서 현실 생업의 기술과 일상적 행동에서 배우는 것도 배제하였다고 할 수는 없다. 공자가 젊었을 때 익힌 천한 일들에도, 그것이 반드시 군자가 배워야 할 것은 아니라고 하면서도, 배움에 도움이 되는 것이 없지 않았을 것이다. 공자에게 ── 그리고 물론 유교적 수행 전반에서 중요한 것은 삶의 실천적인 면 ── 요즘 말하는 정치적 실천만이 아니라 일상적 행동의 실천이었다. 그의 제자들이 그를 회상하면서, 자로가 비질하고 물 뿌리는 일이 군자의 일에서 말단이 된다고 말하는 데 대하여, 자하는 그것은 나무나 풀의 종류가 다른 것처럼 항목을 달리할 뿐이지, 군자의 도에 들어가지 않는 것은 아니라고 말한다.(「자장(子張)」12)

『소학(小學)』을 편집한 주자도 이러한 작은 일상적 실천을 강조하였다. 그는 모든 것이 어린 시절의 실천에서 오고 나중의 학문은 그것을 다시 이론적인 관점에서 이해하려고 하는 시도라고 되풀이하여 말하였다. 어린 시절의 실천에 이미 학문의 시작이 존재한다는 것이다. 어린아이에게 불을 지피게 하고 마당을 쓸게 하는 것은 아이들이 그러한 일에서 신중한 행동의 방법을 배우게 되기 때문이다. 그의 어록은 이렇게 기록하고 있다.

어린아이가 숯을 집어넣어 산만하게 불을 피웠다. 선생님께서 말씀하셨다. 나는 이런 사람을 좋아하지 않는다. 이것은 곧 불을 지피는 데 경건하지 않은 것이다. 그래서 성인은 어린이에게 물 뿌리고 마당 쓸고 손님을 맞이하는 일을 가르쳐서 매사에 조심하게 하였다.[8]

사실 이러한 의도적인 교육 목적을 위한 것이 아니라도 주자의 말에는 일상적인 행위에 대한 언급이 많은데, 다음과 같은 것은 일상의 비속한 일에서 배움을 얻는 그의 마음을 넘겨보게 한다.

내가 아침 목욕을 하다가 한 가지 설명이 생각났다. 무릇 등을 밀 때는, 반드시 왼쪽부터 손을 움직여야 힘이 절약되고 때를 제거할 수 있다. 여기에서 조금 밀고 저기에서 조금 밀면서 두서없이 힘을 준다면, 하루 종일 고생을 하더라도 결과가 없게 된다.[9]

이것은 공부를 할 때에도 일정한 방법이 있어야 한다는 데에 대한 비유

---

8 서정덕, 앞의 책, 3, 43쪽.

9 같은 책, 118쪽.

에 불과하지만, 그 자체로 하나의 작은 깨달음이 되는 것이라고 하여야 할 것이다. 그리고 그것의 연속이 학문과 덕의 실천에 이르는 것이다.

미적 실천 그러나 다시 한 번 이것들을 지나치게 엄숙하게 해석할 필요는 없다. 그러면서 그것은 심각한 뜻을 갖는다. 즐거움은 공자에게서 — 또 근본적으로는 유학에서, 무엇보다도 중요한 것이었다. 이것은 도덕적 실천에서도 그러하다. 『맹자』에서 가족의 안녕과 형제의 원만한 관계와 함께 하늘과 땅에 부끄럽지 않게 사는 것, 즉 도덕적으로 바르게 사는 것, 그리고 영재를 가르치는 것을 군자의 세 가지 즐거움(君子三樂)이라고 한 것도 우연한 일은 아니다. 즐거움은 공자에게 삶의 근본이었다. "무엇을 안다는 것은 그것을 좋아하는 것만 못하고, 좋아한다는 것은 즐기는 것만 못하다.(知之者, 不如好之者, 好知者, 不如樂之者.)"(「옹야(雍也)」18)[10] 이것은 모든 것의 정점에 있는 것은 즐거움이나 기쁨이라는 말이지만, 동시에 아는 것과 좋아하고 즐기는 것이 하나라는 말이기도 하다. 이것은 도덕적 내용의 배움을 말하는 것일 것이다. 그러나 작은 일상적인 일들에서의 배움도 여기에서 제외하여야 할 이유는 없다. 배움에 있어서, 현실의 움직임의 방법적 이해는 배움의 즐거움의 핵심적인 요소이다. 앞에서 말한 배워서 즐거운 것은 큰 것에나 작은 것에나 해당된다고 하여야 할 것이다.

조금 심하게 말하면, 공자는 탐미주의자였다고 할 수도 있다. 학문이 그에게 즐김의 대상이었다고 한다면, 모든 지적 활동에서 그에게 가장 즐거운 것은 음악이었던 것으로 보인다. 『논어』에 수없이 나오는 것이 음악에 대한 언급이다. 제나라에서 소(韶)라는 음악을 듣고 석 달 동안 고기 맛을 잊었다는 이야기는 그의 음악 기호를 가장 극적으로 표현해 주는 삽화

---

10 김형찬, 앞의 책, 82쪽.

이다.(「술이」13) 여러 제자들이 각자가 원하는 것을 말하는 장면에서 어떤 제자는 정치를 말하고 어떤 제자는 학문을 말하지만, 공자는 시원한 놀이터에서 노는 것이 소원이라는 제자 증석의 말에 전적인 공감을 표현한다. "증석이 말하였다. 늦은 봄에 봄옷을 지어 입은 뒤, 어른 다섯에서 여덟 명, 어린아이 예닐곱 명과 함께 기수에서 목욕을 하고 무우에서 바람을 쐬고는 노래를 읊조리며 돌아오겠습니다."(「선진(先進)」25)[11] 공자는 자기도 여기에 함께하고 싶다고 말하는 것이다.

앞에서 음악이 고기 맛에 비교되는 것을 보았지만, 공자가 고기와 음식을 즐긴 것은 그를 참으로 탐미주의자가 되게 한다고 할 수 있다. 뿐만 아니라 모든 개인적인 일에 있어서 그는 섬세한 취미를 가지고 있었다. 제자들의 관찰에 의하면, 공자는

쌀은 고운 쌀이라야 싫어하지 않으셨고, 회는 가늘게 썬 것이어야 싫어하지 않으셨다. 밥이 쉬어 맛이 변한 것과 생선이나 고기가 상한 것은 드시지 않으셨다. 빛깔이 나쁜 것도 안 드셨고, 냄새가 나쁜 것도 안 드셨다. 잘못 익힌 것도 안 드셨고, 제철이 아닌 음식도 안 드셨다. 썬 것이 반듯하지 않은 것도 안 드셨다. 고기가 아무리 많아도 밥 생각을 잊을 정도로 드시지는 않으셨다. 술만은 한정을 두지 않으셨으나, 품격을 어지럽힐 정도까지 이르시지는 않았다. 사 온 술과 사 온 육포는 드시지 않으셨다. 생강은 물리치지 않으셨으나, 많이 드시지는 않으셨다. 나라의 제사에서 받은 고기는 하룻밤을 묵히지 않으셨다."(「향당(鄕黨)」)[12]

---

11 같은 책, 130쪽.
12 같은 책, 116쪽.

다만 이러한 탐미주의에도 불구하고, 앞의 인용에서도 알 수 있는 것은 그가 절도를 잃어버릴 만큼의 탐식가나 관능주의자는 아니었다는 사실이다. 그는 좋은 음식을 즐기면서도 그 즐김에 절제를 두고자 하였다. 뿐만 아니라 그 절제는 한편으로 단정한 모양 ― 심미적 형상에 관계되고, 다른 한편으로 의례 관습의 격식 ― 제례의 형식에 관계되어 보다 큰 의미를 함축한다. 그러니까 공자는 단순한 의미에서 미적인 만족감을 추구했다고 할 수는 없지만, 구체적인 사항들에서 조화된 즐김 또는 즐김 속의 조화를 추구한 사람이라고 할 수 있다. 미적 실천이 그의 행동의 양식이었던 것이다. 이것은 그의 삶의 전체와 사회 철학에서 중요한 의미를 갖는다. 그에게서 많은 것은 이러한 미적인 감성의 훈련에 관계되기 때문이다.

반소식의 즐김과 조화 공자의 심미주의에서 중요한 것은, 다시 한 번 말하여, 전체적인 조화이다. 그것이 즐김의 조건이다. 또는 즐김은 이 조화를 ― 삶의 조건으로서의 조화의 충족을 감지하는 데에서 일어난다고 할 수 있다. 그리하여 이 조화는 개인적으로나 사회적으로나 공자가 추구하는 가장 중요한 목표이다. 그리고 그것은 단위의 크고 작음에 상관없이, 적어도 어느 정도 이룩할 수 있는 목표이다. 그가 강조하는 검소함은 ― 그것도 절대적인 관점에서 말하는 것은 아니지만 ― 그것이 보다 간단한 조화를 용이하게 하는 때문이라고 할 수 있다. 공자가 검소한 삶을 강조한 것으로 흔히 『논어』의 「술이」 편에 나오는 다음 구절이 인용된다.

거친 밥을 먹고 물을 마시며 팔을 베개 삼고 누워도 즐거움은 또한 그 가운데 있다. 의롭지 않으면서 부귀를 누리는 것은 나에게는 뜬구름과 같은 것이다.(飯疏食飮水, 曲肱而枕之, 樂亦在其中矣, 不義而富且貴, 於我如浮雲.)[13]

여기에서 공자가 말하고 있는 것은 최소한의 음식과 안락에 만족할 수도 있다는 사실이다. 주목할 것은 그러한 빈곤 속에서도 삶을 즐겁게 누리는 것이 가능하다는 것이다. 그렇다고 공자가 이러한 검소한 생활을 적극적으로 추구하였다는 것은 아니다. 그는, 최소한도의 물질적 생활의 조건에 부쳐서, 부귀에 대하여서도 말하고 있다. 이것은 부귀와 의가 양립할 수 없는 경우를 말하는 것인데, 단순히 공자를 도덕주의자로 생각하면 이것은 부귀보다는 의를 강조한 것으로 취할 수 있으나, 그러한 도덕적 엄격주의적 입장을 떠나 보면, 부귀가 의로운 경우라면, 공자가 그것을 거부하였을 것이라 말할 수는 없다. 그에게 중요한 것은 빈곤이나 부귀보다도 주어진 테두리 안에서 이룰 수 있는 조화된 즐김의 삶이었다.

3. 조화의 정치학

조화의 동심원 앞의 "반소식(飯疏食)"의 인용에 포함되어 있는 부귀와 의에 대한 공자의 견해는 이렇게 비교적 유연한 삶의 조화에 대한 관심에 이어져 해석할 수 있다. 이미 말한 바와 같이 그것은 부귀의 향수는 의와 양립할 수 있는 것이라야 한다는 것이지만, 그것은 한 발 더 나아가, 전체적인 삶의 조화에 대한 그의 소망을 특수한 경우에 해당시켜 표현한 것이라고 읽을 수 있다. 하필이면 부귀와 의에 대한 견해가 검소한 음식이 가져올 수 있는 즐거움에 대한 견해에 이어져 표현되어 있는 것인가? 그것은 음식에 대한 즐거움도 부귀와 의의 적절한 상태 안에 존재하여야 한다는 것을 말하는 것일 것이다. 공자가 엄격한 금욕주의자가 아니라고 한다면, 그

---

13 김형찬, 앞의 책, 90쪽.

가 말하고 있는 것은 부와 귀가 의로운 행위의 결과이거나 그것에 양립하는 것이 아닐 때에는 침식의 검소함에서 기쁨을 찾아야 하고, 그것이 모두 조화된 상태에 있을 때에는 반드시 그러한 금욕적 절제가 필요한 것은 아니라는 생각이었다고 할 수 있다. 그렇다면 그에게 최선의 상태는 이 일상적인 삶의 여러 차원이 위축됨 없이 펼쳐지는 것이었을 것이다. 이것은 한편으로 일상적 삶을 가능하게 하는 것이면서 사람이 발붙이고 사는 고장의 경제와 정치가 적정한 상태에 있고, 다시 그 안에서의 전체의 삶이 조화를 이루고 있는 경지를 말한다. 이렇게 조화의 가능성은 여러 동심원을 이루고 있다. 그리하여 사람의 삶을 즐겁게 하는 테두리는 작은 것이 될 수도 있고, 큰 것이 될 수도 있다.

그런데 동심원이 하나로 유지되는 데에 일정한 원리가 있다. 사회적 존재로서의 사람의 내면적, 외면적 행위를 조절하는 예(禮), 그리고 그것들의 보다 내적인 원리로서의 덕이나 인(仁)이 이러한 원리들이다. 이것이 바르게 작용할 때, 삶은 인간적인 것이 된다. 수신과 정치는 여기에 관계된다. 하나는 내적 원리를 다지고 다른 하나는 그것의 표현으로서의 질서를 돌보는 일을 한다.

화합의 인간관계와 공동체 이러한 이상적 조건 —— 개인적으로나 사회적으로 조화된 사회에 대하여 가지고 있는 상상은 빈곤과 낮은 직업과 생활의 필요에 대한 공자의 체험에 연결하여 생각하여 볼 수 있다. 거기에서 출발하여 공자는 무엇보다도 편안할 수 있는 삶을 원하고 상상하게 된 것이라고 할 수 있다. 편한 삶은 부나 귀에 의하여 가능해지는 안락한 삶이 아니라 많은 것이 조화를 이루고 마음이 편하거나 즐거울 수 있는 삶이다. 그러나 기초적인 삶의 필요의 핍박하에서, 또 그것을 넘어선 다음에도 거기에서 출발한 원한에 사로잡힐 때, 사람의 삶은 난폭하고 짧고 저열한 것이 될 수 있다. 이것을 완화할 수 있는 것은 부드러운 인간관계이며, 그것에 기초한 공동체이다.

물론 이것은 쉽게 얻어질 수 없는 것이었기에 그것은 상상되고 생각되는 것일 수밖에 없었다고 할 것이다. 이러한 생활의 필요, 그것을 넘어갈 수 있는 방법에 대한 연구와 공부 —— 이러한 것들이 공자를 정치 철학으로 나아가게 한 것이 아닌가 —— 우리는 이렇게 생각해 볼 수 있다. 그렇다는 것은 그의 정치 철학이 철저하게 온화한 인간관계를 설교하는 것이기 때문이다. 그러한 그의 생각의 원형은 친밀한 가족과 친지 그리고 서로 가까이 지낼 수 있는 사람들의 공동체이다. 앞의 사정들과 관련하여 볼 때 『논어』의 처음에 있는 효도와 인간관계에 대한 강화(講話)는 단순히 상투적인 윤리 강령을 반복하는 것이라고만 읽을 수 없다.

> 젊은이들은 집에 들어가서는 부모님에게 효도하고 나가서는 어른들을 공경하며, 말과 행동을 삼가고 신의를 지키며, 널리 사람들을 사랑하되 어진 사람과 가까이 지내야 한다. 이렇게 행하고 나서 남은 힘이 있으면 그 힘으로 글을 배우는 것이다.(「학이(學而)」6)[14]

앞의 인용에서 흥미로운 것은 공부를 중시하는 것이 공자의 생각이면서도 인간관계를 그보다 우위에 둔다는 점이다. 또는 그러한 인간관계의 훈련은 공부의 전초이고, 그것을 반성적으로 성찰하는 데에 도움을 주는 것이 공부이다.

가족 관계에서 볼 수 있는 평화로운 인간관계에 대한 바람을 확대된 조건 속에서 실현하는 것이 정치이다. 「위정(爲政)」편에 나온 한 삽화에서 왜

---

14 같은 책, 30쪽.

정치를 하지 않는가 하는 질문을 받고, 공자는 『시경(詩經)』의 "오직 효도하고 형제간에 우애하며 이를 정사(政事)에 반영시켜라."라는 말을 인용하며, "이 또한 정치를 하는 것인데 어찌 관직에 나가야만 정치를 한다고 하겠는가?"라고 말한다.(「위정(爲政)」 21)[15] 이것은 모두가 화합하는 상태에 있으면 정치가 필요 없다는 말이지만, 물론 가족에서 경험할 수 있는 인간 관계를 나라에 확대하는 것이 정치라는 뜻을 시사하는 말이기도 하다. 일반적으로 말하여, 내적 조화가 국가의 원리라는 것은 무수히 반복되는 공자의 말이다. 이것은 다음과 같이 영토를 확장하는 문제에 대하여 공자가 답하는 데에서도 볼 수 있다.

> 내가 듣건대, 국가를 다스리는 사람은 백성이나 토지가 적은 것을 걱정하지 말고 분배가 균등하지 못한 것을 걱정하며, 가난한 것을 걱정하지 말고 평안하지 못한 것을 걱정하라고 했다. 대개 분배가 균등하면 가난이 없고, 서로가 화합을 이루면 백성이 적은 것이 문제일 리 없으며, 평안하면 나라가 기울어질 일이 없다. 그렇기 때문에 먼 곳에 있는 사람들이 복종하지 않으면 문화와 덕망을 닦아서 그들이 따라오도록 하고, 그다음에는 그들을 평안하게 해 주는 것이다.(「계씨(季氏) 1」)[16]

중요한 것은 국력이 아니라 국민을 화합하게 하는 정치이다.

---

15 같은 책, 43쪽.
16 같은 책, 181~182쪽.

4. 인간적 수련

예(禮) 이러한 사회 집단─가족, 친지, 친밀한 인간들의 공동체의 모델을 두는 사회 집단의 삶에서 중요한 화합의 분위기는 단순히 따뜻한 마음씨로서 가능해지는 것은 아니다. 이것을 매개하는 것은 도덕적 품성이다. 여기에서 덕의 중요성 그리고 그것의 개발과 유지의 중요성이 나온다. 도덕적 품성 또는 그 매개자로서 가장 중요한 것은, 앞에서 말한 바와 같이, 그것이 덕성의 외면적 표현을 중재한다는 점만으로도, 예(禮)이다.『논어』는 유자(有子)의 말을 빌려 이를 다음과 같이 설명한다.

예의 기능은 화합이 귀중한 것이다. 옛 왕들의 도는 이것을 아름답다고 여겨서 작고 큰 일들에서 모두 이러한 이치를 따랐다. 그렇게 해도 세상에서 통하지 못하는 경우가 있는데, 화합을 이루는 것이 좋은 줄 알고 화합을 이루려 하되 이를 예로써 절제하지는 않는다면 또한 세상에서 통하지 못하는 것이다.(「학이」12)[17]

인간관계의 객관화 화합을 기하는 데에 예가 중한 것은 그것이 인간관계를 객관화하는 것이기 때문이라고 할 수 있다. 도덕적 규범의 의의는, 인간 행동을 일관되게 하는 일 외에, 개체들의 갈등의 관계를 규범의 세계에 대한 자율적 복종으로 전환할 수 있게 하기 때문이다. 예에 개인 관계를 조정하는 경우를 말하는 「학이」편의 다음 항목은 이러한 것을 암시한다.

약속한 것이 도리에 가깝다면 그 말을 실천할 수가 있고, 공손함이 예에 가

---

17 같은 책, 32~33쪽. 역문 수정.

깝다면 치욕을 멀리할 수 있다. 인척이 되고도 그 친한 관계를 잃지 않을 수 있다면 또한 종친이 하나가 될 수 있다.[18]

앞에 든 여러 상호적 인간 행위 가운데에서, 가장 주체들의 갈등의 가능성을 줄일 수 있는 것을 말하고 있는 것은 무엇보다도 "공손함이 예에 가깝다면 치욕을 멀리할 수 있다."라는 부분일 것이다. 공손은 지나치게 개인적인 것이 될 때, 자신을 참으로 낮추는 것이 될 수 있지만, 그것을 규범에 따르는 것이 되게 한다면, 그것은 그러한 갈등을 줄이는 것이 될 것이다. 이 경우에 나를 낮추는 것은 다른 사람에게 굴종하는 것이 아니라 내가 받아들인 규범을 따르는 것이다. 그것은 나 가운데에도 나의 최선을 따르는 것이다. 이것은 다른 경우, 약속과 그 실행, 인척 관계와 그것이 요구하는 도리의 경우에도 해당된다. 그리하여 이러한 주체 갈등의 변증법에 대한 예민한 의식으로부터 출발하여, 공자는 그 자신과 정치 지도자들이 취하여야 하는 태도로서 "온화, 선량, 공손, 검소, 겸양(溫良恭儉讓)"(「학이」 10)[19]을 손꼽아 말한다. 여기에서 부수적으로 말할 수 있는 것은 정치 지도자의 온화하고 겸손한 태도는 공자의 개인적인 경험 —— 그의 여러 잡역의 경험으로부터 깨달은 것일 수 있다는 점이다. 어떤 경우에나 현실의 주종 관계가 요구하는바 자기를 낮추는 일로부터, 또 비굴함이라는 간교함의 전략으로부터 사람을 구해 주는 것이 예의이다.

예/인간의 사회적 존재 방식 유교 문화에 있어서 예의 중요성은 거의 절대적이라고 할 수 있는데(물론 그것이 공허한 것이 되었을 때에 따라오는 피해가

---

18 같은 책, 33쪽. 역문 수정.
19 같은 책, 31~32쪽. 역문 수정.

막대할 수 있다는 것도 경계해야 할 일이지만), 이것을 유교의 가르침의 핵심으로 파악한 미국의 철학자 허버트 핑거렛(Herbert Figarette)은 개인과 사회의 변증법에서의 그 기능을 매우 적절하게 설명해 준다. 그는 개인적으로나 사회적으로 마땅히 이루어져야 할 일을 저절로 이루어지게 하는 마술적인 힘이 예라고 해석한다. 예는 사회의 전통과 관습에서 만들어진 형식이다. 그러나 그것은 개인과 사회를 다 같이 포용하는 신성한 힘을 매개하는 기능을 가지고 있다. 예는 개인으로 하여금 보다 본질적인 자아의 차원에 접근할 수 있게 한다. 그러면서 그와 그의 행동을 사회의 원활한 움직임의 일부가 되게 한다. 핑거렛의 생각으로는 이 포괄적 차원이 존재론적으로 개인이나 사회보다 근본적이고 그 두 항목을 선행한다. 이러한 근본적 예를 수련하는 사람이 군자이다. "정신적으로 고양된 사람(군자)은, 사회적 형식 곧 예와 다듬어지지 않은 개인적 경험을 하나로 융합하여, 인간다움의 진정한 힘, 덕(德)을 현실화하는 존재 방식의 연금술에 정진하는 사람이다."[20] 이 예가 인간의 사회를 '성스러운 의례'가 되게 한다.

인간 본성에 이르는 길/인에 대한 핑거렛의 해석 그런데 주의할 것은, 핑거렛의 해석에 나와 있듯이, 예가 반드시 사회적 의의만을 가진 것은 아니라는 것이다. 그것은 개인이 자신의 진정한 자아에 이르는 길이기도 하다. 그러니까 그것은 인간의 내적인 필요에 대응하는 것이다. 그러면서도 예가 주로 외적 형식에 표현되는 것임은 틀림이 없다. 이에 대하여 이것을 가능하게 하는 내적인 힘이 인(仁)이다. 진정한 예는 인이 동반하는 예이다. 인은 어질다든지 자애롭다든지 하는 말로 옮겨 볼 수 있지만, 쉽게 해석하기 어려운 개념이다. 핑거렛의 인에 대한 이해는 매우 특이하다. 그것은 단순

---

20 Herbert Fingarette, *Confucius: The Secular as Sacred* (Prospect Heights: Waveland Press, 1998), p. 7.

히 어진 마음, 또 자애로운 마음을 말하지 않는다. 핑거렛은 이것을 심리나 태도로 설명하는 것은 부적절하고 예의 삶을 가능하게 하는 내적인 힘으로 보는 것이 제일 적당하다고 말한다. 인은 개인 중심적으로 "자신의 힘 전부를 펼치고자 하는 의지"이다.[21] 이 의지는 보다 완전한 삶을 지향한다. "인간 성장의 개화(開花)에 도움이 되도록 완전하게 조직되어 있는 삶"이 예 속에 들어 있는 삶인 것이다.[22] 그렇다면, 자신의 힘의 전체적 발휘를 뜻하는 사람은 예에 맞게 살도록 노력하지 않을 수 없다. 인은 이렇게 하여 자신의 힘을 전부 발휘하고자 하는 사람이 그가 구현될 수 있는 인간성을 완전히 실현하는 방법이다. 그러므로 인은 참다운 의미에서 '개체성의 정위치(the locus of the personal)'가 된다.

인을 이룩하는 것이 쉽지 않은 것임은 물론이다. 핑거렛은 인과 예를 성취하는 것을 한 개인이 뛰어난 피아니스트가 되어 주어진 악곡을 완전하게 연주하는 것에 비교하여 말한다. 좋은 피아니스트가 되는 데에는 타고난 자질이 있어야 한다. 그것은 개체의 자질이다. 그러나 그것은 절제된 자기 훈련으로 개발되어야 의미 있는 것이 된다. 그러면서 자질의 개발은 자신을 음악의 요구에 맞추어 객관화할 수 있는 힘을 기르는 것을 말한다. 완전한 연주는 주어진 곡을 완전히 객관적으로 연주하면서, 그 가능성이 한껏 표현되게 하고, 이 객관성 속에 자기 자신의 능력을 구현하는 행위이다. 인(仁)에도 이에 비슷한 여러 가지 자기 훈련이 필요하다. 그러나 인과 예를 위한 단련은 기능의 훈련을 넘어선 인간적 자질의 자기 단련인 만큼 더욱 어려운 것이라고 할 수 있다. 인을 실천하는 데에 주어진 대로의 자기를 버리고 자기의 이익을 버리는 일이 필요하다. 어려운 일을 먼저 하고

---

21 Ibid., p. 38.

22 Ibid., p. 47.

소득은 뒤로 미루는 마음의 준비가 있어야 한다.(仁者, 先難而後獲.)(「옹야(雍也)」 20) 그러면서 사람은 예로 나아간다. 예를 닦는 것은 "칼로 자르는 듯, 줄로 가는 듯, 정으로 쪼는 듯, 숫돌로 광을 내는 듯(如切如磋 如琢如磨.)"(「학이」 15)²³ ── 끊임없이 자기를 닦을 것을 요구한다. 이 훈련은 자기를 버리는 것까지를 의미할 수 있다. "자기를 이겨 내고 예로 돌아가는 것"이 인인 것이다.(克己復禮爲仁.)(「안연(顔淵)」 1)

자아의 일관성 그러나 동시에, 이렇게 자기를 극복하는 것은 자기를 완전히 버린다기보다 근본적인 자기를 찾고 또 자기를 보다 확실한 바탕 위에서 세우는 것을 의미한다. 이러한 인간의 보편성 위에 놓임으로써 발휘되는 인간 됨은 일관된 삶을 위하여 필요하다. 인은 자아의 원리이다. "인을 실천하는 것이야 자신에게서 나오는 것이지 다른 사람에게서 나오는 것이 아니다.(爲仁由己, 而由人乎哉.)"(「안연」 1) 공자는 자기가 "하나의 이치로 모든 것을 꿰뚫고 있는(一以貫之)"(「위 영공(衛靈公)」 2) 사람이라고 하였다. 이것은 그의 앎이 많은 것을 하나로 꿰뚫고 있다는 말이기도 하지만, 이 일관성의 뒷받침이 되는 인간 됨, 즉 인으로 그렇다는 것을 의미하는 것이라고 할 수 있다. 그리고 삶의 여러 상황에서 하나로써 모든 것을 꿰뚫는다는 것은 일관성을 위하여 많은 것을 삼간다는 것을 의미할 수도 있다. 필요한 것은 많은 것에서의 자기 절제이다. 모든 것을 다 가질 수는 없다. "군자는 먹는 것에 대해 배부름을 추구하지 않고, 거처하는 데 편안함을 추구하지 않는다. 또한 일하는 데 민첩하고 말하는 데 신중하며, 도의를 아는 사람에게 나아가 자신의 잘못을 바로잡는다. 이러한 사람이라면 배우기를 좋아한다고 할 만하다."(「학이」 14)²⁴ 그것은 이보다도 더한 노력과 희생 ── 죽음을

---

23 김형찬, 앞의 책, 34쪽.

요구할 수도 있다. "뜻있는 선비와 인(仁)한 사람은 살기 위해 인을 해치지 않으며, 자신의 목숨을 바쳐서 인을 이룬다."(「위 영공」 8)[25]

이것은 공자가 가장 강조한 것이 조화의 원리라고 할 수 있음에도 불구하고 인이 사회적 삶에 맞지 아니한 것일 수도 있다는 것을 말한다. 그러면서도 그것은 사람다운 삶을 위해서 필요한 것이고, 또 궁극적으로는 사회의 바른 조화를 위해서 필요한 것이다. 그러나 인은 멀리 있는 것이 아니고 가까이 있는 것이다. "내가 인을 실천하고자 하면, 곧 인은 다가온다.(仁遠乎哉, 我欲仁, 斯仁至矣.)"(「술이」 29)[26] 그러면서 그것은 하루를 지탱하기 어렵고(「이인(里仁)」 6) 그것을 지탱하기 위해서는 강한 의지를 요구한다. 책임은 무겁고 길은 멀다. 그것을 위한 노력은 죽음에 이르러서야 그만둘 수 있는 것이다.(「태백(泰伯)」 7)

---

24 같은 책, 33쪽.
25 같은 책, 171쪽.
26 같은 책, 94쪽.

자신을 돌보는 방법

1. 자기에서 이성에로

위기지학과 자기를 돌보는 기술 사람이 삶을 살아가는 데에 관계되는 요인에서 중요한 것이, 자연을 일단 빼어 둔다면, 특히 사회와 개인의 두 요소인데, 이 글의 이 부분에서 시도하는 것은 이러한 인간의 문제를 개체의 관점으로부터 이야기하는 것이다. 그러한 각도에서 공자의 생각을 일단 생각해 본 것이 앞부분이었다. 그것은 공자의 사상이 한국의 전통에서 중요한 때문이기도 하지만, 해석의 각도에 따라서는 그것은 사회적 존재로서의 인간을 개체적인 관점으로부터 시작하여 고찰하는 것이기 때문이다. 그리하여 우리는 앞에서 공자를 즐김의 인간이라고 보고 즐김을 삶의 핵심이 되게 하기 위하여 사람이 사회의 이상을 어떻게 생각하고 거기에서 도출되는 사회를 위하여, 그리고 자기 자신의 본성을 찾기 위하여 어떻게 예와 인을 수련하여야 한다고 생각하였는가를 살펴보았다.

그런데 인간을 철저하게 개체의 관점에서 파악하려 한 것은 근대적 서양 사상의 특징이라고 하겠지만, 그렇다고 하여 사회적 존재로서의 인간을 완전히 무시하려 한 사상의 흐름을 많이 찾을 수는 없다. 대부분의 시도는 개인의 자유 의지로부터 시작하여 사회적 유대에로 나아가는 회로를 확인하려는 것이었다. 여기에서 그러한 흐름을 전체적으로 전망할 수는 없지만, 우리는 미셸 푸코의 만년의 사상에서 특히 개체와 사회적 윤리의 회로를 찾으려는 노력에 대하여 잠깐 언급해 보기로 한다. 그의 생각은 이 회로를 의도적으로 설정하고자 한 점에서 앞에 설명하고자 한 공자의 생각과 비슷한 데가 있다. 그렇다고 푸코에 공자의 영향이 있다는 것은 아니다. 푸코는 공자와 비슷하게 초월적인 차원을 거치지 않고 개인으로부터 출발하여 사회에 이르고자 하였다. 이때에 이르게 되는 결론은 비슷한 것이 되는 것인지 모른다. 다만 푸코의 생각은 공자의 경우보다도 더 분명하게 자기 — 이기적일 수 있는 자기에서 시작하고 그 과정을 분명한 매뉴얼로써 제시한다.

위기지학과 비슷한 미셸 푸코의 용어는 '자기의 기술'이다. 이것은 푸코의 만년에 분명하게 주제화되는 개념이다. 그것은 그가 어떻게 보면 공자의 경우보다 더 분명하게 개인주의적인 시대와 문화에서 그의 사고를 전개하기 때문이라고 할 것이다. 그는 서슴지 않고 사람의 초미한 관심사가 "자기를 돌보는 일(souci de soi, care of the self)"이라는 전제를 받아들인다. 그러나 이것이 간단히 되는 일은 아니다. 그것은, 공자의 경우에서나 마찬가지로, 여러 가지 복잡한 경로를 통하여서만 가능하여진다. 이 자기를 돌보는 일을 위한 여러 가지 방책이 "자아의 공학(techniques de soi, technoligies of the self)"이다.

자기의 목숨을 어떻게 보존할 것인가, 무엇을 위하여 살아갈 것인가 — 이러한 물음에 대한 답변을 안다고 하더라도 어떻게 해야 그것이 가능할 것인가의 물음은 사람이 떨쳐 버리기 어려운 물음이다. 이것은 복을 빈다든지 점을 친다든지 하는 행위에도 들어 있는 근본적인 질문이지만 철학과 문학의 근본에 잠겨 있는 물음이기도 하다. 다만 일상적 차원에서의 질문은 대체로 운수(運數) ─ 외적 조건의 기복에 대한 물음이지만, 철학적인 질문은 그것에 맞추어 어떻게 행동해야 하는가 그리고 그 행동이 적절하기 위해서는 자기 자신을 어떻게 단련해야 하는가 하는 질문 ─ 즉 덕성을 기르는 데에 대한 질문이 된다고 할 수 있다.(르네상스 유럽인이 사람과 정치의 기복을 결정하는 요인으로서 생각한 운명(fortuna)과 덕 또는 힘(virtu)의 대조에서 후자의 중요성을 강조하는 것이 철학적 질문이라고 할 수 있다.) 그런데 이러한 물음에 대한 답변은 보다 깊은 사유를 담은 것일수록 운수나 외적인 조건이 아니고 다시 개인을 넘어가는 어떤 큰 것과의 관계에서 주어지는 것이 보통이다. 구체적인 상황에서 나오는 구체적인 문제에 대한 물음까지도 결국은 인생의 의미에 대한 설명을 그 배경으로 하여서만 답하여지는 것이다. 이 의미는 큰 것으로부터 온다. 이때 큰 것은 운수나 운명처럼 밖으로부터 주어지는 조건이 아니라 내적인 의미로 전환 해석되는 초개인적인 조건이다. 그리하여 답변은 나라나 정의나 진리나 신과 같은 큰 범주의 것으로 정당화되는 삶을 암시하게 된다.

이에 대하여 푸코가 말하는 자기를 돌보는 방법 또는 기술의 특징은 거의 전적으로 구체적인 삶의 문제, 자신의 삶의 문제를 그 사고의 출발점으로 하고 또 종착점으로 한다. 푸코의 자아의 기술은, "개인들에게 자기가 가진 수단을 써서, 또는 다른 사람들의 도움을 빌려, 자기의 몸과 영혼과, 생각과, 행동과 존재의 방식에 일정한 작용을 가함으로써, 자신을 변용하여, 행복과 순수성과 지혜와 완성 또는 불멸의 어떤 상태에 이르고자 하는 기술이다."[1] 그러니 이 기술은 철저하게 자신을 위한 것이다. 그것은 보다

---

1   Michel Foucault, *Ethics*, ed. by Paul Rabinow(New York: The New Press, 1994), p. 225.

잘 살기 위하여 또는 건강하게 살기 위하여 의학적 기술을 빌려 오는 것에 유사하다. 그러나 역설은 이러한 시술(施術) 행위가 다시 사회로 이어진다는 것이다. 이 자아의 기술에 대하여는 다른 곳에서도 이야기한 일이 있지만,[2] 이야기의 순서상 여기에서 다시 그것을 언급하지 않을 수 없다.

푸코의 계보학/경험적 방법 잘 알려진 바와 같이 푸코의 방법은 '계보학'이다. 이것은 추상적 논리에 의존하는 철학적 사유에 대조될 수 있다. 그는 사람들의 생각이, 여러 사회적이고 역사적인 원인이 전혀 없는 것은 아니지만, 대체로는 우연의 연쇄처럼 발전하는 것으로 생각하고 이 관계를 추적하는 것으로써 여러 아이디어의 근원과 의미를 밝히려고 한다. 그리고 자신의 생각도 그러한 계보적 해석을 통해서 거의 간접적으로 전달한다. 이것은 그가 추상적 사고에서 나오는 체계를 거부하는 것과 관계되어 있다. 그는 체계적인 진리의 가능성 —— 적어도 인간 과학에서는 그러한 가능성에 대하여 깊은 회의를 가지고 있는 것이다.

사람이 배울 것이 있다면, 그것은 연역적으로 도출될 수 있는 것이 아니라, 수많은 범례를 통하여서일 뿐이다.(이것은 자연 과학에 대조되는 인문 과학의 방법론이다. 푸코는 이러한 범례들을 철학적으로 검토하는 것이 인문 과학의 방법이라고 생각했을 것이다.) 그가 즐겨 찾는 범례는 주로 희랍과 로마 제국에서의 헬레니즘 시대의 저서들에서 나온다. 그 시대의 철학은, 그의 생각으로는, 큰 철학적 진리의 탐구를 포기하고, 현실에서 개인이 부딪치는 문제에 답하는 일에 관심을 가지고 있었다. 그리하여 철학은 병을 치료하는 의학에 가까웠다. 스토아 철학이나 에피쿠로스 학파의 철학이 그러한 것이다. 그리하여 푸코는 여기에서 예를 끌어오기를 즐긴다. 그런데 그의 범례에

---

2 「자아의 기술, 전통의 의미, 되돌아오는 진리」, 《지식의 지평》 제5호(아카넷, 2008).

의한 학습의 방법은 정작 그의 생각을 정확히 잡아내기 어렵게 한다. 여기에서 시도하는 것은 푸코의 글에 나오는 약간의 예를 다시 들어 그의 견해를 살펴보는 일이지만, 범례들에 비쳐 있는 것들은 그의 생각인지, 아니면 원전에 대한 그의 해석인지 분명치 않다. 어쩌면 그의 의도는 이것들을 참조하면서 독자로 하여금 스스로의 삶을 위하여 스스로 생각을 더듬어 가고 삶을 실험하라는 것인지 모른다.

　　자아의 진실과 자아의 현실 문제　자아의 문제에 대한 전통적인 접근과 푸코의 차이는 델포이의 신탁 신전 앞에 쓰여 있었다는 말, "너 자신을 알라."라는 말에 대한 해석을 소개하는 데에서부터 짐작할 수 있다. "자신을 알라."라는 것은 전통적으로 참다운 의미에서의 자기가 누구인가 또는 무엇인가를 알아야 한다는 말로 해석된다. 푸코는, 여기에 대하여, "네가 신이 아니라는 것을 알라."라는 해석이 있고, 또 하나, "네가 신에게 묻고 싶은 것이 무엇인가를 정확히 알라."라는 해석이 있다고 말한다. 이 두 해석 가운데에 아마 그에게는 후자의 경우가 적절한 해석으로 생각되는 것이 아닌가 한다. 어떤 일반적인 문제보다도 그때그때의 현실 상황에서 일어나는 문제가 중요한 것이고, 그에 대한 답을 구하는 것이 인간적으로 의미 있는 일이라는 것이 푸코의 생각의 흐름이기 때문이다. 흔히 "너 자신을 알라."가 고대 철학이 물었던 가장 중요한 도덕적 질문이라는 것이 통념이지만, 실은 그보다는 "자기를 돌보는 것"이 고대 철학에서 개인의 삶이나 사회적 삶의 관점에서 제일 많이 회자된 주제였다는 것이 푸코의 생각이다.[3] 당장의 문제가 무엇인가를 묻는 것은 이렇게 설정된 문제의 지평에서 나오는 자연스러운 물음이다.

3　Michel Foucault, op. cit. pp. 225~226.

이기의 술책 그런데 그때그때의 문제를 정확히 알아야 된다는 것을 넘어서, 자기를 돌본다는 것을 생각하면, 그것은 상당히 자기 이익을 챙기고 그것을 위하여 전략적 행동을 취한다는 ── 그러니까 다른 사람과 세상에 대하여 상당히 교활한 술책으로 대하는 것을 서슴지 않는다는 것을 의미하지 않는가. 오늘날 우리 사회에서도 일반화된 처세술의 하나가 이러한 것이다. 사실 모든 자아의 공학에는 그러한 사술(詐術)이 없을 수가 없다. 완전히 초월적인 차원이 배제된 처신의 방법이 그렇게 되는 것은 불가피한 것으로 보인다. 그러면서도 푸코의 미묘한 철학적 해석학에서 이 이기의 철학은 조금 다른 차원으로 나아간다. 이기의 술책에서 출발한 것이 다른 사람과 사회와 인간 일반을 포용하는 것이 되는 것이다.

이기와 사랑의 변증법 푸코의 『자아의 공학』의 처음에 나오는, 아테네의 귀족 청년 알키비아데스의 경우는 이 기이한 이기의 철학의 복합적인 함의를 예시해 준다. 플라톤의 저작으로 되어 있는 『알키비아데스 1』에 나오는 이 이야기에 대한 푸코의 주석에 의하면, 알키비아데스는 매우 자존심이 높은 귀족 출신의 젊은이여서 당대의 젊은이들의 습관과는 달리 보다 나이 든 사람의 사랑을 받는 애인, 두 사람의 관계에서 제2인자가 되는 애인이 되기를 거부한다. 그러다가 결국 그는, 육체적인 관계에서가 아니라 정신적인 관계에서이지만, 소크라테스에게만은 제2인자의 자리에 들어가는 것에 동의한다. 그것은 그의 정치적 야망의 달성을 위하여 필요한 지혜를 소크라테스로부터 배우고자 하는 동기가 강하기 때문이다. 극히 전략적인 동기에서 낮은 자리를 받아들이는 것이다. 그러나 이 관계에서 미묘한 변화가 일어난다.

알키비아데스가 소크라테스를 통해서 배우게 되는 것은 법이나 정의 또는 화합이 무엇인가 하는 것이다. 그러나 그가 배우는 것은, 푸코가 시사하는 바로는, 이러한 주제에 대한 어떠한 가르침보다도 스승 소크라테스와의 인간적 관계에서 얻게 되는 깨달음이다. 푸코의 생각으로는 성적 관계와 정치 사이에는 밀접한 유사성이 있다. 그에게 성적 관계는 언제나 동등한 것이 아니라 불평등한 것이다. 그러니만큼 성관계에서의 두 주체는 팽팽한 긴장 속에 있을 수밖에 없다. 그러면서 그것이 사랑 속에 하나로 해소된다. 이러한 긴장과 사랑의 화해는 스승과 제자의 관계에서도 비슷하다. 그리하여 어느 경우에나 두 주체의 변증법적인 관계는 배움의 중요한 부분이 된다. 이 관계에서 법이나 정의 그리고 화합의 문제가 일어나는 것은 자연스럽다고 할 수 있다. 이런 점에서 사랑과 정치는 상사(相似) 관계에 있다.

영혼의 탄생과 공정성의 원리 이것은 푸코의 불분명한 설명을 풀어 본 것이지만, 그는 이러한 기묘한 인간관계에서 자아에 대한 깨우침이 일어난다고 생각하는 것이다. 이 자아의 발견은, 앞에 말한 바와 같이, '변증법적 운동'에서 일어난다. 그것은 인간관계에서 — 사실상 어떤 대상과의 관계에서도, 전략적 고려의 들고남이 생겨남에 따라 그것을 일관하는 원리가 필요하게 된다는 사실에 연유한다. 두 자아의 평등과 불평등의 승강이 사이에 자아가 생겨나는 것이다. 또는 푸코가 대담하게 끌어들이는 용어로는, 이 자아가 사람의 영혼이다. 긴밀하면서도 긴장이 있는 인간관계에서 자기를 돌본다면, 자기가 돌보는 것은 반드시 몸을 돌보는 것이 아니다. 돌봄의 대상으로서의 자아는 "의상도, 도구도, 소유물"도 아니고, "이 도구들을 사용하는 원리 — 신체의 원리가 아니고 영혼의 원리"이다.(이렇게 하여 '자아'가 성립한다. 우리말 용법에서 '자기'는 다른 사람(人)에 대비하는 말이고 '자아'는 보다 독자적인 주체를 말하는 것으로 생각된다. 푸코의 '수아(soi)'는 이 둘 사이를 왕래한다.) 이 영혼은 어떤 '실체'라기보다는 '행동'이지만, 그것은 '신성한 요소' 가운데에 스스로의 이미지를 확인한다. 그러면서 또 하나의 도약이 일어난다. 즉 이 신성한 요소를 명상 속에 관조함으로써, 영혼은 "정당한 행위와 정치적 행동의 기초가 되는 규칙"을 발견한다. 그리하여 영혼이 자기를 알려고 하는 노력에서 나오는 이러한 신성한 요소를 명상하게 될 때, 바른 정치적 행동이 나오는 것이다.[4] 애인이든 스승이든 다른 사람과의 친밀하고 긴장된 관계에 들어가는 사람은, 한편으로 자신의 행동에 일관되는 원리를 발견하고, 다른 한편으로 일관된 원리를 통하여 깨닫게 되는 순수한 이념의 가능성에 접하고 공정한 윤리적 규범의 존재를 인식하게 되는 것이다.

그러면서 다시 한 번 강조해야 할 것은 이러한 영혼의 자각이 길거나 짧거나 한 번의 명상이 아니라 삶의 현장으로부터 출발하는 것이라는 사실이다. 명상이 여기에 작용한다면, 그것은 현장과의 교환 관계 속에 끼어드는 요소이다. 자기를 돌본다는 것은 "나의 소유지를 돌보고 건강을 돌보는 것"이다. 그것은 "농부가 자기 밭과 가축과 집을 돌보는 일, 임금이 도시와 시민을 돌보는 일, 조상과 귀신을 섬기는 일, 또는 의료업에서 환자를 돌보는 일"[5]과 같은 일이다. 그러는 가운데에도, 앞에 말한 애인 간의 관계, 정치적 행동에서의 인간관계 또는 사제 관계 등은 특별한 의미를 갖는다. 그것은 앞에서 말한 바와 같이 변증법적 운동을 통하여 바른 인간관계와 그 배경으로서의 신성한 이념의 세계를 깨닫게 하는 계기가 되기 때문이다. 사제 관계는 더욱 특별하다. 그것은 여기에 인간관계의 변증법 이외에 이념에 대한 관심이 개재될 수밖에 없기 때문일 것이다.

---

4   Ibid., pp. 229~231.

5   Ibid., p. 230.

보편성의 훈련 인간관계의 이러한 보편성에로의 확대는 소크라테스와 알키비아데스와 같은 철학적 사제 관계에서도 예시되지만, 고대에 있어서 철학을 공부하는 동아리들에서 더욱 분명해진다고 할 수 있다. 피타고라스에게서는 그것은 "질서 있는 공동 생활"이 되고, 더 나아가 "영혼에 대한 일련의 의미와 봉사"가 된다. 철학은 자기를 돌보는 방법으로서의 성찰의 훈련이 중심이 된다. 철학은 단순히 공부하는 것만을 뜻하지 않는다. 그것은 일상적 실천을 포함한다. 하루, 수주일, 수개월 동안의 피정(避靜)을 통하여 자기를 되돌아보는 계획은 그 실천의 일부이다. 그것을 통하여, "공부하고 읽고, 불운이나 죽음에 대비"하는 것이다.[6]

글쓰기의 변증법 이렇게 철학적으로 또는 정신적으로 확대된 자기 돌봄의 방법 가운데 푸코가 역점을 두고 길게 언급하는 또 하나의 계기는 글을 쓰는 일과 같은 것이다. 물론 공부하고 읽는 것이 중요함은 말할 것도 없다. 피정의 내용의 한 부분이 이것이다. 그러나 공부는 어떤 교리를 배우는 공부가 아니라 자기의 삶의 모양과 일관성을 찾아가는 일이다. 공부는 범례에 대한 공부이다. 범례는 많은 것일 수밖에 없다. 중요한 것은 하나하나와의 조우(遭遇)이면서 그것에서 일관된 원리를 찾아내는 일이다. 일관된 원리를 얻어야 한다는 것은 이 조우가 변증법적 교환이 되어야 한다는 것을 말한다.

침묵과 자아 또 주목할 수 있는 것은 이 과정에 스며드는 침묵의 요소이다. 읽고 쓰는 것은 침묵의 작업이다. 그러면서 거기에서 변증법적 조우가 일어난다. 푸코는 교사와 제자의 관계에서 듣는 법, 침묵 속에 앉아 있는

---

6 Ibid., p. 232.

법을 익히는 것이 중요하다고 말한다. 인간관계에서의 위계를 완전히 배제할 수 없기 때문에 온순한 경청이 중요하다는 것일까? 모든 정신의 과정에는 조용한 가운데 진행되는 일종의 '꿈의 작업(Traumwerk)'이 필요하다는 것일까? 또는 발견되는 일관된 원리가 '신성한 요소'를 포함하는 것이라면, 그것은 언어를 초월하는 직관에 의하여 드러나는 것이라고 할 수 있다. 푸코는 사제 간의 교환에서의 침묵의 중요성을 말하지만, 이것도 이러한 관점에서 설명하는 것이 가장 적절할지 모른다. 침묵은 변증법적 교환의 바탕을 이룬다. 그리고 그것은 자아의 기이한 바탕이 된다.

언어/서간(書簡) 그러면서도 중요한 것은 침묵이 언어와 일정한 관계 속에 있다는 것이다. 두 주체의 친밀하면서도 긴장된 해후(邂逅)에서 일어나는 것이 변증법적이라고 하는 것은 그것이 말을 매개로 하여 일어난다는 것을 말한다.(디알렉티케(dialektike), 즉 변증법은 디알렉티코스(dilekticos), 즉 대화에서 나왔다.) 두 사람의 대화는 어떤 경우에나 언어의 구성적 질서 속으로 편입되게 마련이다. 이 질서 ─사람의 모든 질서화 작업의 바탕을 이루는 언어의 질서가 가장 분명하게 작용하는 것은 글쓰기에서이다. 글에서 말하는 것은 자신의 이야기이지만, 그러면서 그것은 독자를 상대로 한 글이다. 그것은 자신의 행적을 적고 다시 검토하는 수단이 되고 그것이 검토되는 것을 기대하는 것이다. 그러면서 그것은 자신을 보다 잘 돌보기 위한 방법이다.

이러한 글로 대표적인 것은 친구에게 보내는 편지이다. 편지에서(푸코가 생각하고 있는 것은 로마 사람들의 편지 교환인데) 내용은 반드시 중요한 화제나 주제에 관한 것이 아니라 일상적인 삶 ─매우 자질구레해 보이는 일들이다. 또 하나 편지의 내용은 몸의 상태에 대한 보고를 포함하는 것이 보통이다. 자기의 행동을 바르게 한다는 것은, 궁극적으로 영혼의 상태가 바르게 된다는 것을 말하면서, 동시에 몸의 움직임 하나하나에 마음을 쓴다는 것을 말한다. 그리하여 편지는 몸과 마음 전체가 일정한 규범 ── 스승에게 배우고 스스로 깨닫고 익힌 진리 또는 행동의 규범에 맞게 했는가를 검토하는 계기가 된다.

편지는 다시 말하여 여러 사람의 눈 속에서 자신을 보다 바르게 돌보아진 존재가 되게 하는 것을 의미한다. 편지를 쓴다는 것은 자기를 보여 준다는 것이다. 그것은 있는 대로 보여 주는 것이면서 보다 좋게 보이게 하려는 것이다. 그러는 사이에 참으로 보여도 좋은 사람이 될 수 있다. 세네카가 바람직한 삶을 말하면서 즐겨 인용한 격언 ── "모든 사람이 모여 있는 데에서 살고 있는 것처럼 살아야 한다."라는 격언은 보임과 실상의 기이한 연금술을 압축하는 말이다.[7] 이것은 유교에서 혼자 있을 때에 늘 조심하여야 한다는 말, '공구신독(恐懼愼獨)'을 생각하게 한다. '자신을 돌본다'는 것은 '스스로 조심한다'는 말이 될 수도 있다. 일기를 적고 편지를 쓰고 하는 일은 "단편적으로 그러나 선택적으로 말하여진 것을 소유하고, 통일하고 주체화함으로써 자기를 합리적 행동의 주체로서 구성하는 일이다." 여기에 다른 사람의 눈이 중요한 역할을 한다. "편지에 자신의 일을 적는 것은, 자신의 삶의 일상적인 일을 삶의 기술의 바른 법칙에 비추어 재어 봄으로써, 타자의 눈과 스스로에게 주는 자기의 눈이 맞아 들어갈 수 있게 하는 것이다."[8] 그러면서 글쓰기의 변증법은 두 사람 사이를 넘어 필자와 언어의 보편적 구조와의 사이에 펼쳐지는 변증법이 되고 그것은, 글쓰기의 침묵 속에서, 언어의 저쪽에 있는 보편적 문법, 이성의 원리 그리고 '신성한 요소'에 대면하는 것이 된다.

---

7 "Self-Writing", *Ethics*, p. 216.

8 Ibid., p. 221.

2. 금욕적 수행

금욕적 수행 이러한 과정들을 포함하는 자아의 기술은, 푸코에 의하면, 금욕주의에서 핵심적으로 나타난다고 할 수 있다. 앞에서 말한 기술은 말할 것도 없이 기율과 절제를 요구한다. 그것은 보다 심각한 금욕적 훈련, 아스케시스(askesis)에 접근하는 계기가 된다. 아스케시스는 전통적으로 "성적인 금욕, 물질적 결핍, 기타 정화(淨化)의 의례"[9]를 의미할 수 있다. 자아의 기술도 이러한 전통으로부터 늘 멀리 있는 것은 아니다. 다만 푸코의 생각으로는, 이 경우에 금욕은 세상이나 자아를 버리는 것을 의미하지 아니한다. 그것은 "현실 세상을 버림으로써가 아니라 진실을 얻고 포섭함으로써, 자아에 대한 배려의 진전, 자신에 대한 통어력의 증가"를 꾀하는 것이다. "그것은 최종적 목표로서 다른 세상의 현실이 아니라 이 세상의 현실을 겨냥한다."[10]

명상과 단련 아스케시스는 두 가지의 훈련을 포함한다. 대화나 편지에도 그러한 계기가 있지만, 이것은 더 적극적으로 이러한 것들을 요구한다. 그 하나는 명상(melete, meditatio)이다. 이것은 일어날 수 있는 일과 그에 대해 자신이 해야 할 반응을 생각하는 것이다. 이러한 상상의 훈련에서 중요한 부분은 최악의 경우, 고통과 죽음과 같은 것을 생각하는 것이다. 이것은 스토아 학파의 사람들에게 중요한 것이었지만, 푸코에게도 의미가 있는 것으로 생각된다. 아스케시스의 다른 한 부분은 신체적 단련, 김나시아(gymnasia)이다. 앞에 말한 전통적인 금욕적 수행 ─ 성적, 물질적 금제(禁制)

---

9 "Technologies of the Self, " *Ethics*, p. 241.

10 Ibid., p. 238.

와 그 밖의 의례 등도 이에 속한다. 명상이 마음속에서의 기율을 위한 것이라면, 이것은 현실에 대한 거리와 통제력을 기르기 위한 것이다. 즉 "개인이 외부 세계에 대하여 가질 수 있는 독립성"을 확립하고 시험하려는 것이다.

푸코가 들고 있는 재미있는 예를 보면, 심한 운동을 한 다음 성찬을 차린 밥상에 앉아 있다가, 그것을 먹지 않고 노예에게 주어 버리고 자기는 노예의 음식을 먹는 것과 같은, 『플루타르코스 영웅전』에 나오는 금욕 단련과 같은 것이 있다. 자기 단련을 위하여 에픽테토스가 권장하는 일의 하나는 산보이다. 이것은 김나시아의 운동이면서도, 마음을 자유자재로 통어하는 일에 관계되어 있다. 산보 시에 심리적 반응을 관찰하면서 그에 관계된 마음의 표상을 일정한 기율로 통제하는 것이다.(세부의 기술이 어떤 것인지는 분명치 않다.) 하여튼 멜레테와 김나시아의 결합은 신체적 훈련과 함께 마음을 훈련하는 방법이다. 마음의 통어에서는 쓸모없는 환상과 잡념을 없애는 것이 중요하다.[11] 이러한 극기 훈련은 기독교의 확립과 더불어 자기를 죽이고 세상을 버리고 신에게 자신을 맡기는 행위로 끝난다. 그러나 스토아 학파 그리고 기타 헬레니즘에서, 그리고 정녕코 푸코의 관점에서는, 아스케시스는 보다 독자적인 자아를 활발하게 만들기 위한 것이다. 그것은 자기를 버리는 것이 아니라 보다 적극적으로 새로운 자기를 구성하는 것을 목표로 한다.

3. 자기 기술의 사회적 차원

윤리적 인간   그렇다고 이렇게 구성되는 자아가 완전히 자기중심적인

---

11 Ibid., pp. 240~241.

인간 또는 이기적인 인간의 자아라고 할 수는 없다. 그러한 자아를 발전시킨 사람은 양심과 이성을 내면화한 사람이고 무엇보다도 바른 행동 규범 — 아마 사회 관습으로, 이성의 기준으로 그리고 스승과 같은 신뢰할 만한 사람들의 동의하는 바에 따라, 바른 것이라고 생각되는 행동 규범의 달인이 된 사람으로 스스로를 재형성한 사람이다. 푸코의 생각으로는 자아의 기술을 터득한 사람은 무엇보다도 윤리적 인간이다. 이때 윤리란 인간관계의 규칙을 말한다. 그리고 그것은 사회의 관습에 일치한다. 그러니까 윤리(Sittlichkeit)는 헤겔이 생각한 것처럼, 푸코에 있어서도 관습(ethos, Sitte)의 소산이고 그것이 활발한 상태에 있을 때에, 개인과 사회는 다 같이 행복한 상태에 있다고 할 수 있다. 그러나 이것이 개인이 사회 윤리의 부산물이 된다는 것은 아니다.

이 윤리의 문제는 푸코가 죽기 몇 달 전에 있었던 인터뷰에서 가장 중요한 화제가 되었다. 출판된 그 인터뷰의 제목은 "자유의 실행으로서의 자아 돌보기의 윤리(The Ethics of the Concern for the Self as a Practice of Freedom)"이다. 여기에서 푸코는 윤리를 "자유가 반성을 수용했을 때에 취하게 되는 형식"이라고 정의하고 있다. 그것은 "자아가 스스로를 알고, 행동 규범을 알고 진리와 처신의 규칙을 알"[12] 때 저절로 내면화되는 행동 방식이다. 다시 말하여 그것은 이미 이성과 진리를 자기 것으로 한 사람의 자연스러운 사회적 표현인 것이다. 이렇게 훈련된 사람 또는 스스로를 훈련한 사람의 예로 푸코는 플루타르코스가 말하는 이성적 인간을 들고 있다. "행동의 원칙을 일관되게 익히면, 당신의 욕망과 충동과 두려움이 개들처럼 깨어나서 짖어 댈 때, 이성은 개들의 주인처럼 일갈로써 이것들을 조용하게 할 것이다."— 플루타르코스는 이렇게 말한다. 이 경우 이성은 사람의 일부가

---

12 "The Ethics of the Concern for the Self as a Practice of Freedom", *Ethics*, pp. 284~285.

되고 사람은 이성의 일부가 된 것이다.

그러나 이것이 반드시 이성의 도덕화를 말하지는 않는다. 중요한 것은 이성이 사회적 행동 방식에 들어 있는 절제를 분명히 해 준다는 사실이다. 이것은 사물의 이치와 사회 공동체의 존재 방식을 예견하는 절제이다. 이미 시사한 바와 같이, 희랍어로 에토스(ethos)가 되는 윤리는 일반적 사회 풍습으로서 "존재하는 방식이고 행동하는 방식"이다. 그러면서 그것의 달인이 된 사람은 다른 사람의 눈에 띄게 된다. "사람의 에토스는 옷에, 외모에, 걷는 모습에, 일을 처리하는 침착한 태도 등에 드러난다." 그러면서 그런 사람은 다른 사람의 눈에 매어달린 것이 아닌, 자유로운 인간이다. "자기를 두고 철저하게 다듬는 일을 하면, 개인의 자유권의 행사는 선하고, 명예롭고, 존경스럽고, 기억할 만하고 모범이 될 에토스 안에서 펼쳐지게 된다." 그리하여 자유의 실천과 윤리는 하나가 된다. "자기를 돌보는 것은 그것 자체로 윤리적인 것이지만, 자유의 윤리화가 다른 사람을 돌보는 것을 뜻하는 것인 만큼, 그것은 다른 사람과의 복합적인 관계를 내포한다." 이렇게 하여, 자기를 돌본 사람은 자연스럽게 "도시와 공동체에서 그리고 일반적으로 인간관계에서 일정한 자리 ── 목민관으로서 또는 친구로서의 일정한 지위를 얻게 된다."[13]

자기를 돌보는 사람과 권위주의 정치 이렇게 하여 자기를 돌보는 것은 저절로 공동체나 사회에 화합해 들어가는 사람이 되는 길이 된다. 그러나 이 화합은 결코 둘이 완전히 일체가 된 것을 말하지는 아니한다. 말하자면, 화이부동(和而不同)의 상태 속에서 사회에 조화되는 것인데, 유교에서 생각하는 것보다는 더 분명하게 인정되는 긴장이 여기에 개입되어 있다. 앞에 언

---

13 Ibid., pp. 286~287.

급한 윤리의 주제는 주로 푸코 최후의 인터뷰에서 거론되는 것인데, 이 인터뷰에서 질문자들이 관심을 집중하고 있는 것은 자기를 돌보는 기술이 가지고 있는 정치적 의미이다. 그들의 중요한 질문의 하나는 이성과 윤리의 관점에서 자기를 완성한 사람이 사회의 존경을 받고 중요한 자리에 오르고 정치를 담당한다는 것은 권위주의적 질서 또는 위계질서의 정치 체제를 상정하는 것이 아니겠느냐 하는 것이다. 결국 자기를 돌본다는 것은 자기를 바르게 다스린다는 것을 말하고, 그것은 다른 사람을 다스리는 일로 쉽게 번질 수 있는 일이다.(이것은 수양을 한 군자(君子)의 경우에도 마찬가지이다.) 이에 대한 하나의 답은, 자기를 돌보는 기술에 숙달한 사람은 다른 사람을 다스리는 일, 다른 사람을 지배하는 일이 옳지 않은 일이라는 것을 잘 알기 때문에 그러한 결과가 되지 않을 것이라는 것이다. 이것은 반드시 다른 사람에 대한 배려 때문만은 아니고 세상과 사람에 대한 바른 인식이 그러한 일을 하지 않게 한다는 뜻에서이다.

자기를 바르게 돌보는 것을 바르게 알게 되면, 즉 존재론적으로 자기가 누구인가를 알게 되면, 자기의 능력이 어떤 것인가, 한 도시의 시민이 무엇인가, 집안의 주인이 무엇인가를 알게 되면, 무엇을 두려워하고 무엇을 두려워하지 말아야 할 것인가를 알게 되면, 이성적으로 생각하여 어느 정도의 희망과 기대가 현실적인가를 알게 되면, 그리고 다른 한편으로 어떤 것이 나에게 중요한 것인가, 그리고 마지막으로 죽음을 두려워할 것이 아니라는 것을 알게 되면 — 이렇게 되면, 사람은 자신의 힘을 남용하여, 다른 사람을 부리려 들지 않을 것이다.[14]

---

14 Ibid., p. 288.

즉 인생의 참의미를 아는 사람은 지배욕을 갖지 않는다는 것이다. 그러나 이러한 달관에 이른 경우가 얼마나 되겠는가? 기독교에서는 자기를 죽이는 것이 자기를 살리는 것이라고 한다. 믿음의 인간은 모든 세속적인 것에 대한 체념을 단련한 사람이다. 그리하여 헛된 세상을 지배한다는 것은 무의미한 일이 된다. 푸코는, 희랍 로마 시대의 생각은 그러한 초월적인 것에 대한 믿음이 없이도 그것이 가능했다고 말한다. 그러나 기독교의 예는 이미 현실적 달관만을 통하여 타자와의 관계에서 권력을 버리는 것이 얼마나 어려운 일인가를 예시해 준다고 할 수 있다.

아(我)와 타(他)의 변증법적 일치 사실 푸코의 보다 근본적인 생각은 사람의 타자와의 관계는 언제나 긴장을 내포하는 권력의 관계라는 것이다. 사실 바로 타자와의 관계에서 '통어력(governmentality)'을 확보하려는 의도를 포함한다는 것이 그의 자아의 기술에 대한 정의의 하나였다.[15] 이것은 정치의 세계에서 그러하고, 사제 관계에서 그러하고, 남녀 관계를 비롯하여 가족 관계에서 그러하다. 필요한 것은 이것을 정면으로 바라보고 인간 현실의 근본으로 인정하는 것이다. 그리고 그다음에야, 그것을 벗어나고 그것을 시정할 수 있는 방법이 존재할 수 있다. 저항, 도망, 속임수 등 상황을 역전시킬 수 있는 전략들이 여기에 부수하는 시정의 방법이다. 이것들보다 조금 더 온건한 방법은 '진리의 놀이'이다. 사람의 생존은 물질세계와 사회에 대한 일정한 진리 인식에 연결되지 않을 수 없다. 그러나 어떤 진리가 중요하고 진리를 어떻게 해석하고 하는 문제는 사회의 지배 체제에 밀접한 연계 관계를 가지고 있다. 그렇다고 진리가 완전히 지배 권력의 전유물이 되는 것은 아니다. 그것은 다른 진리와의 길항 속에 또 권력에 대

---

15 "Technologies of the Self", *Ethics*, p. 225.

한 저항 속에 존재할 수 있다. 가령 생태 환경 운동은 그 나름의 진리에 의하여 뒷받침되어 있는 과학과 기술에 대항하여 자연이라는 생명의 복잡하고 지속적인 과정에 대한 다른 진리를 내놓는 운동이다. 사회에 있어서 진리나 권력의 관계는 언제나 다양하게 인정되는 진리의 놀이 속에 있는 것이다. 놀이는 극렬한 것이 될 수도 있지만, 그것을 순조로운 상태에서 진행할 수 있게 하는 수단들이 없는 것은 아니다. 사회와 인간관계에 반드시 끼어들게 마련인 권력의 관계를 완전히 해소할 생각을 하는 것보다, "권력 놀이를 최소의 지배와 억압을 가지고 놀 수 있게 하는, 법의 규칙, 경영의 기술, 도덕률, 윤리적 관습(ethos), 적절한 자아 수행을 일반화하는 것이 현실적인 대책"[16]이라고 푸코는 생각한다.

이러한 현실적인 방안의 하나가, 시사되어 있는 바와 같이, 자기를 돌보는 기술이다. 그것은 앞에서 본 바와 같이 궁극적으로 사회적 에토스에 귀착한다. 그런데 이러한 현실적이면서도 — 또 그 나름의 방책들과는 달리, 어떤 사람들은 사람 사이의 갈등의 문제가 완전히 해결될 수 있다고 생각한다. 그 하나가, 푸코가 이름을 들어 말하는 것으로는, 하버마스의 소통의 이론과 같은 것이다. 완전한 소통의 달성으로 완전히 조화된 사회 질서가 성립할 수 있다는 것은 유토피아적인 환상에 불과하다. 이 하버마스에 대한 비판은 다른 유토피아의 꿈에도 해당될 것이다.

현실과 유토피아 푸코는 그가 그리는 사회가 어떠한 것인가에 대하여 분명한 답을 내놓지는 않는다. 그러나 한 가지 말할 수 있는 것은 유토피아가 가능하다고 하더라도, 그것은 현실의 복합적인 요인들을 면밀하게 인지하는 데에서부터 출발하여야 한다는 것이다. 그런 다음에 이것을 초월할 수

---

16 "The Ethics of the Concern for the Self as a Practice of Freedom", *Ethics*, p. 298.

있는 길이 있다면 ── 푸코의 생각에 어긋나는 것이겠지만, 그것은 이 판별된 모순의 요인들을 지양할 수 있는 다른 차원에서의 통합을 기하는 노력이 될 것이다. 어쨌든 모순과 갈등의 극복이 단순한 도덕주의적 구호로 해결될 수 있다고 하는 것은 단순히 유토피아가 아니라 역유토피아(dystopia)를 가져오는 일이 되기가 쉬울 것이다. 그렇다는 것은 현실의 복합적 구조를 무시한 도덕주의는, 앞에서 말한 바와 같이, 인간관계의 적대화를 심화하는 것이 될 수 있기 때문이다. 이 적대화는 보이지 않는 것이면서도 인간의 편안한 행복을 빼앗아 가는 것이 된다. 그러나 물론 푸코의 긴장의 변증법이 참으로 편안한 삶을 보장하는가 하는 것은 또 하나의 문제로 남을 수밖에 없다.

3장

행복의 추구에
대하여

금욕과 행복

자신을 돌보는 일/수신/금욕　푸코는 밖으로부터 주어지는 정언적 도덕률을 전적으로 거부하는 철학자이다. 그의 윤리 사상에서 출발점이, 다른 무엇보다도, 자기 자신을 돌보는 일이 되는 것은 자연스럽다. 놀라운 것은 자기를 돌보는 일의 종착역이 윤리적 인간이라는 사실이다. 자기를 돌보는 사람은 에토스(ethos)의 인간, 곧 이 희랍어를 영어로 변형한 데에서 나온 에틱스(ethics)의 인간, 윤리적 인간이 되는 것이다. 실제 이렇게 자기를 돌보는 사람은 ─ 그 방법과 기술을 체득하여 자신을 돌보는 사람은 복장을 비롯하여 몸가짐이 볼만해서 외형적으로 존경을 받는 사람일 뿐만 아니라, 다른 사람을 돌보고 사회에 필요한 의무를 다하고 그에 대하여 책임을 지는 사람이기도 하다. 그리고 또 놀라운 것은, 그의 여러 저서들을 보면 금방 드러나듯이, 쾌락(plaisir)에 적극적인 가치를 부여하는 사람이 푸코인데, 자기 돌봄의 기술의 핵심에 금욕의 단련을 둔다는 점이다.

물론 금욕의 단련이 즐기면서 사는 것을 포기하는 것은 아니다. 그것은 바로 즐거운 삶을 위해서 필요하다. 자기 일관성을 유지하고 자기의 모습을 일정하게 갖추는 데 금욕이 필요한 것이다. 우리의 관심사인 형성이라는 말 자체가 이미 금욕 또는 자기 한정을 함축하는 개념이다. 모양을 갖춘다든지 모양을 만든다는 것은, 백지에 모양을 그려 내는 경우에도, 금을 그어 안으로 끌어들이는 부분과 밖으로 밀어 내는 부분을 갈라놓는 행위이다. 사람의 자기 형성에도 이러한 원칙이 작용하지 않을 수 없다. 얼핏 보기에도 상당히 불확정된 공간에 흩어져 있는 가능성들을 될 수 있는 대로 널리 포용하면서 이것을 하나의 원리 ─ 창조적 원리로써 통합하고 또 공간을 넘어 시간적 지속 속에 일정한 형식을 만들어 내려는 것, 이것이 자기 형성의 핵심이라고 할 수 있다. 그러나 다른 한편으로, 방금 말한 자기 형성의 정의에 이미 그것이 함축되어 있지만, 자기 형성에 있어서의 금욕적 단련은 인간의 삶의 한계에 대한 대처라는 의미를 가지고 있다. 중세 서양에서 생각을 하면서 사는 사람들의 한 관행은 책상에다 해골을 놓아두고 삶과 죽음에 대하여 명상하는 것이었다.(이것을 "죽음을 잊지 않는 것(memento mori)"이라고 불렀다.)

푸코의 자기 돌봄의 기술에서 금욕적 실천을 위한 명상도 그 대상으로서 죽음을 포함한다. 이것은 죽음을 마주 볼 수 있는 힘을 기르는 것을 목적으로 한다. "무엇을 두려워하고 무엇을 두려워하지 말아야 할 것인가……. 어느 정도의 희망과 기대가 현실적인 것인가" 등을 알고, "죽음은 두려워할 것이 아니라는 것"을 아는 것이 ─ 물론 이것은 죽음을 인간의 운명으로 태연하게 받아들인다는 것을 말한다. ─ 자기를 돌보는 사람의 성취라고 푸코가 말할 때, 그것은 삶의 한계에 대한 인식을 보여 주는 것이다. 자기를 돌보는 것은 이러한 한계 가운데에 적절한 삶을 사는 방법이다. 그러니까, 다시 말하여, 푸코에 있어서 자기를 돌보는 데에 대한 관심은 비관주의적 인생관에 이어져 있다고 할 수 있다.

삶에 대한 우수(憂愁)는 일관된 정조(情調)로서 공자의 언행에서도 느껴진다.(사실 한시의 주조를 이루는 것도 우수이다. 그리고 가을은 시적 소재로서 가장 중요한 계절이다. 수(愁)가 가을의 마음이라고 한다면, 수심이야말로 인생을 넓은 관조 속에 되돌아보게 하는 심리 상태이다. 시는 많은 경우 수를 통한 인생 관조의 시도이다.) 그러나 공자에서 삶의 부정적인 요인에 대한 의식은 푸코에서만큼 또는 헬레니즘 시대의 철학자들의 경우에 보는 만큼 적극적으로 표출되지 않는다. 인생에 대한 바른 태도로서, 검약한 조건하에서도 기쁨을 찾아야 한다는 것이 그의 근본적 자세였다는 것은 앞에서 말한 바이다. 그러면서도 인(仁)의 실현을 위해서는 죽음을 각오할 필요가 있다는 것은 인생에 일어날 수 있는 극단적인 경우의 표현이지만, 이러한 극한 상황을 그가 무시한 것이라고 할 수는 없다.

공자의 가르침의 핵심의 하나가 예(禮)인 것은, 앞에서 말한 바와 같지만, 이것을 두고 아서 웨일리(Arthur Waley)는 지켜야 할 예의 규칙이 3000개에 이르는 것으로 계산한 바 있다. 『예기(禮記)』 등에 나오는 행동 규범은 복잡하기 짝이 없다. 이것을 지키면서 살기는 간단한 일이 아니었을 것이고, 또 사람의 삶에 그러한 규율들이 존재하여야 한다고 하는 것은 인생을 상당한 두려움으로 보기 때문이라고 해석할 수 있다. 훨씬 후의 일이지만, 성리학에서 이(理)를 강조하는 것 자체가 역설적으로 세계의 혼돈을 가리키는 것이라고 할 수 있다. 주일무적(主一無適) ── 하나에 머물러 옮겨 가지 않는다는 원리도 현실의 이러한 두 가지 면을 가리킨다고 할 수 있다. 풍랑에 흔들리는 배를 타고 물을 건너던 정이(程頤)가 수양이 있는 인간으로서 흔들리지 않고 중심을 지켜야 한다는 각오를 하고 자세를 바로잡고 있다가 풍랑 가운데도 깊은 잠에 빠져 있는 사공을 보고 자신의 태도를 새로이 심화하여야 할 필요를 절감했다는 일화와 같은 것도 이러한 현실과 사람의 관계에 대한 양면적 이해를 드러내는 것이라고 할 수 있다. 풍랑 속에 흔들리지 않는 사람의 비유는 그 외에도 수시로 나오는 수신인의 이미지이다.

억압 없는 행복의 추구 이러한 말은 자기를 돌보는 일이나 수신하는 일이 다 같이 경계심의 인생론이 된다는 말이다. 계근(戒謹), 공구(恐懼), 지경(持敬), 신독(愼獨) ── 이러한 성리학의 수신 지침들은 다 같이 두려움과 조심을 나타내는 말이다. 퇴계가 경(敬)을 설명하면서 주자로부터 빌려 온 글에서, 경을 지키는 사람은 "개미집의 두덩(蟻封)까지도 (밟지 않고) 돌아서 가"는 사람이라고 한 것은 수신이 기르고자 하는 전전긍긍한 마음에 대한 대표적인 비유가 될 것이다.[1] 이러한 것들은 사람이 사는 데에 필요한 요주의 (要注意) 사항임에 틀림이 없겠지만, 이러한 엄숙주의의 표현은 삶의 가능성을 지나치게 제한하는 것이 될 수도 있다. 그리고 그것은 보이지 않는 억압의 원인이 되고, 또 처음에 말하였던 바와 같은 도덕주의의 여러 폐단에 문을 열어 놓는 일이 될 수 있다. 그렇다면, 이러한 부정적 요소를 완전히 제거한 삶은 불가능한 것인가? 여기에서 생각해 보려는 것은 그러한 가능성이다.

물론 이것이 반드시 퇴폐적인 향락주의에로 나아가는 것은 아니다. 퇴폐적 향락은 삶의 질서 전체가 감추어져 있는 억압으로 인하여 커지는 것인지 모른다. 앞에서 우리는 자기 자신에 대한 관심과 돌봄으로부터 시작하여 윤리적 인간이 될 수 있다는, 그리고 그에 기초한 조화된 사회가 성립할 수 있다는 생각들을 살펴보았다. 그러나 거기에도 사회적 의무에 대한 걱정이 들어가 있다고 하지 않을 수 없다. 그러한 걱정을 떠나서 개인의 삶이 성립하고, 또 사회 질서가 성립할 수는 없는 것일까?

행복과 사회의 관계 이 질문을 생각하는 데에 주가 되는 것은 인간의 행복에 대한 추구이다. 그렇다고 사회를 완전히 이탈한 행복을 생각해 보자

---

1 윤사순 역주, 『퇴계선집』(현암사, 1983), 369쪽.

는 것은 아니다. 결국 행복도 어떠한 경우에나 상호적 인정의 테두리 안에서 존재할 수 있기 때문이다. 가장 쉽게 생각할 수 있는 것은 사회 안에 행복을 위한 별도의 공간을 배정하는 것이다. 이 경우에도, 이것을 존중하거나 보호하는 사회적 틀이 있어야 한다. 다른 한편으로 행복은 바로 사회 구성의 원리 자체일 수도 있다. 그러나 이때 그것이 존재하는 방식은 간단히 해명할 수 없다. 이와 관련하여 맨 처음에 생각해 보고자 하는 것은 행복에 대한 요구가 바로 사회 구성의 요인이 된다는, 조금은 신빙성이 약할 수밖에 없는 행복 개념이다. 개인의 행복의 추구가 사회를 요구하는 것이다. 그 다음에는 사회에 대한 강박을 벗어 버린 듯한 행복의 이념을 생각해 본다. 그것도 그 나름으로 일정한 질서 ─ 사회 질서의 구성에도 기초가 될 수 있는 질서의 개념으로 귀착한다.

행복의 공적 공간

행운과 복 행복이라는 말은 어원도 그렇지만, 뜻을 정의하기도 쉽지 않다. 복이라는 말은 옛날부터 있어 왔던 말이지만, 행복은 현대에 와서 중국이나 일본에서 이에 해당하는 서양 말을 번역한 것이 그 시작이 아닌가 하는 생각이 든다. 복은, 흔히 정초에 쓰는 "복 많이 받으세요."라는 말에 시사되듯이, 밖으로부터 주어지는 수혜(受惠) 사항을 말하는 것으로 생각되는데, 행복은 이것을 누리고 있는 상황, 외적인 조건에 뒷받침되면서 심리적으로 만족하고 있는 상태를 지칭한다고 할 수 있다. 서양어에서의 행복이라는 말도, 언어에 따라서 다른 것은 당연하지만, 영어 해피니스(happiness)나 독일어의 글뤽젤리히카이트(Glückseligkeit)의 경우, 거기에는 우리가 사용하는 한자어에 비슷하게 우연이라는 뜻이 들어 있다. 앞의 독일어는 '글뤽(행운)'과 '젤리히카이트(만족)', 즉 외적인 행운과 내적인 만족을 결합한 단어라고 할 수 있다.

어쨌든 행복은 일반적으로 우연히 주어지는 복 때문에 만족스러운 상태에 이른다는 것을 말하는 것으로 생각해 볼 수 있다. 그러니까 행복하다는 것은 수동적인 것으로, 그것을 향수하기만 하면 되는 심리적 상태 그리고 물론 그것을 뒷받침하는 외적 조건의 균형을 말한다. 이것이 간단한 수동적인 상태의 심리를 말한다면, 그것은 기본적인 생존의 요건만 충족되면 아무에게나 비교적 일상적인 상태에서 도달할 수 있는 상태로 생각할 수 있다.

행복의 창조 그러나 사람은 이 수동적인 조건에 대하여 여러 가지로 복잡한 관계를 가지고 있다. 그 관계가 사실은 자동적인 것이 아니고 불확실한 것으로서, 행복의 향수자는 스스로의 움직임에 의하여 그 조건에 접근하고 그것을 조율해야 한다. 수동적인 것이라는 것 자체가 해체와 구성의 작업에 의하여 확인되어야 하는 조건이다. 그리고 이 수동적인 것도 자신의 노력으로 바꾸기를 원한다. 사람은 스스로를 만들고 스스로의 환경을 만들어 가는 존재이다. 사실 오늘날 수동적인 조건은 이미 사람들에 의하여 변형된 것, 변형된 것의 역사적 퇴적이다. 이러한 특성은 행복을 누리는 사람과 그것을 누리는 심리에도 그대로 해당된다. 수동적인 조건과 그에 반응하는 심리는 조금 더 역동적인 관점에서 이해되어야 한다. 양자는 모두 새로 확인되고 조율되어야 할 조건이다.

현대에 와서 행복은 지속적인 환경과 인간성을 상정할 수 있었던 근대 이전의 시대에 비하여 더 동적이고, 더 적극적인 의미를 가진 것이 되었다 할 수 있다. 설사 최후의 행복한 상태는 수동적인, 그리고 조용한 평정의 상태를 가리킨다고 해도, 거기에 이르는 도정은 한결 역동적인 또는 힘을 들여 얻어 내야 하는 것으로 생각되는 것이 요즘의 사정이 아닌가 한다. 그리하여 행복이 행과 복의 결합이라고 할 때, 이 양극은 더욱더 적극적으로 발견되고 새로 설정되어야 할 조건이다. 그러나 그것을 적극적으로 또는 지나치게 적극적으로 추구하는 것이 좋은 일인가? 그것은 인생의 참목적을 손상하고 사회적 존재로서의 인간을 부정하는 결과를 가져오는 것이 아닌가?

행복과 사람의 삶/사회적 테두리 행복은 모든 사람이 원하는 것이다. ── 이 것은 현대 사회, 특히 자본주의 사회가 받아들이고 있는 인간에 대한 기본 명제이다. 그런데, 다시 말하여, 그것은 참으로 보람 있는 추구의 대상이 될 만한 일인가, 그것은 인간 존재의 전체적인 이해에서 어떠한 위치에 있 는가? 이것을 물어보게 되면 문제는 복잡하게 될 수밖에 없다.(여기의 문제 제기는 공연한 것이 아니다. 그것은 성(性)이나 먹는 일이 사람에게 자연스러운 욕망 의 대상이 된다고 하더라도, 삶의 전체적인 이해에서 그것이 어떤 위치에 있어야 하는 가를 문제 삼는 것과 같다.) 행복이 인간에 대하여 갖는 의의를 생각하는 것은 철학적 이해를 요구하는 일이 되지만, 더 쉽게 공적인 성격을 가지게 되는 것, 또 가져야 되는 것은 행복의 사회적, 정치적 의의에 대한 질문이다.

우리 헌법 10조에는 "모든 국민은 인간으로서의 존엄과 가치를 가지며, 행복을 추구할 권리를 가진다."라는 규정이 있다. 이것은 일단 앞에서 말 한 심리 상태를 말한다고 할 수 있다. 그러나 구체적인 규정은 없지만, 이 것은 그것을 뒷받침할 수 있는 조건의 확보가 사회적 책임이 될 수 있다는 것을 말하는 것이라 할 수 있다. 행복하여야 한다는 것은 당연한 것이면서, 그것을 공적 권리로 규정하는 것은 단순하게 행복한 것이 좋은 것이라고 하는 것과는 차원이 다른 일이다.

삶 전체에서 행복이 차지하여야 하는 비중은 여러 가지로 정의될 수 있 고, 앞에 말한 것처럼, 궁극적으로는 인간 존재의 철학적 정위(定位)를 요 구하지만, 전통적으로 그리고 지금에도 그것은 대체로 공적인 세계의 무 게에 대비하여 생각될 수 있다. 여러 번 지적한 바와 같이, 한국에서 사람 의 도리는 오랫동안 윤리적, 정치적 의무의 수행에 있다고 생각되어 왔다.

개인적인 행복이 없지는 않았다고 하더라도 그것이 국가적 차원에서 과제가 될 만하다고는 생각하지 않은 것이 전통 사상이다. 민생이 중요했지만, 사적인 행복은 낮은 백성의 차원에서의 문제이고 보다 높은 삶의 목표는 수신제가치국평천하(修身齊家治國平天下)와 같은 것이었던 것이다. 이러한 생각은 얼른 보아 당연한 것 같으면서도, 이것도 앞에서 말한 바와 같이, 정치와 사회에서 여러 가지 왜곡을 가져올 수 있는 인생 지표이다. 그것은 인간의 소망과 필요의 중요한 부분을 억압하는 일이 되기 쉽다. 그리고 억압된 것의 비공식적 재귀(再歸)는 불가피하다.

국가 목적을 위한 개인 희생에 대한 무제한한 요구는 이러한 부분적 인생 이해의 자연스러운 결과의 하나이지만, 공적인 이름으로 일어나는 가렴주구(苛斂誅求)는 모든 것을 공공의 것이 되게 하는 체제의 부산물이라고 할 수 있다. 조선조에서 많은 국가 공무원의 봉급은 원칙적으로는 존재하지 않았다. 사람을 전적으로 공적인 차원에서 보는 유습은 지금에도 큰 영향으로 남아 있다. 되풀이하여, 그것은 고상한 인간관이면서 온갖 술책의 동인이 된다. 그런데 이제야 사적인 존재로서의 인간이 공적으로 인정된 것은 근대화를 시작한 이래 경제 성장이 어느 정도 그 과실을 느끼게 할 정도가 되었다는 것을 의미한 것일 것이다. 그러나 이것은 인간 존재의 사회적 의미에 대한 전환을 나타내는 일이기도 하다. 현대적인 의미에서의 경제는 단순히 부국강병(富國强兵)이 아니라 국민 하나하나의 행복에 의하여 정당화된다. 행복권이 공적으로 정치적 권리로 규정되었다는 것은 이렇게 사상사적 전환의 의미를 갖는다.

물론 행복권이 최초로 헌법에 규정된 것이 1980년이라는 사실에는 이러한 뜻 이외에도 하나의 아이러니가 들어 있다고 하는 해석이 있을 수 있다. 행복권을 최초로 규정한 1980년의 헌법은 쿠데타로 성립한 전두환 대통령 정권의 합법화를 목표로 하는 헌법이었다. 여기에서 사적인 행복 추구의 권리를 규정한 것은 국민으로부터 정치적 권리를 박탈하는 대신 국민을 사적인 행복에 만족하여야 하는 사적인 존재로 규정하려 한 것이라고 할 수 있다. 이것은 하나의 해석에 불과하지만, 그 함축되어 있는 의미는 그 나름으로 행복의 본질적 성격에 들어 있는 양의성을 드러내 준다.

행복의 공공 의무　행복은 사적인 것인가? 그리하여 그것은 엄숙한 공적 의무에 대립되는 것인가? 그렇다고 하더라도 이 대립이 전적으로 극복될 수 없는 것이라고 한다면, 공적 질서로서의 민주주의의 근본은 어디에서 찾아야 하는가? 그것을 찾는 것이 불가능하다면, 민주주의는 허구이거나 속임수에 불과하다. 삶의 근본이 전적으로 사적인 행복에 있다고 하는 것은 공적 공간을 전적으로 사적인 행복을 위한 수렵 채취의 공간이 되게 하거나 방치된 폐기물의 집적장이 되게 하는 일이 되기 때문이다. 이 결과의 하나는 결국 사적인 행복 자체를 공허하게 하는 것이다. 사적인 행복도 그 실현의 외적 조건으로서 정치 질서를 필요로 하기 때문이다. 대책의 하나는 다시 공적 공간을 절대화하는 것이다. 그러나 그것은 동시에 공적 공간이, 그 공적인 명분에도 불구하고, 사적인 행복의 은밀한 수렵장이 되게 하는 것이다. 이때 난무하는 것이 공적, 도덕적 명분이다. 이것은, 앞에 비친 바와 같이, 조선조의 도덕 정치에서 볼 수 있는 것이고, 오늘에도 관찰할 수 있는 현상이다. 필요한 것은 행복과 공적 사회 공간의 바른 관계 — 그리고 그것들과 존재론적인 인간성의 실현, 이 셋 사이의 균형의 기술이다. 그러나 지금의 상태에서 이것은 실현은 물론이고 생각하기도 조금 어려운 것이라고 아니할 수 없다.

공적 행복

행복권 우리 헌법에서의 행복의 추구라는 말은 다른 나라 헌법에서 규정하고 있는 것을 옮겨 온 것이 아닌가 하는 생각이 든다. 그리고 여러 나라의 헌법에 이 조항이 들어가게 된 것은 미국의 독립 선언서에서 연유한 것으로 생각된다. 그런데 미국의 독립 선언서에 이것이 들어가게 된 것도 모호한 상황에서라고 이야기된다. 인간 행복의 의미의 모호성을 생각하는 데에 그 사정은 그 나름으로 하나의 실마리를 제공해 준다.

미국의 독립 선언서에 이 말이 나오는 부분은 다음과 같다.

우리는 이 진리를 자명한 것으로 취한다, 즉 모든 사람은 동등하게 창조되었고, 창조주에 의하여 양도할 수 없는 일정한 권리를 부여받고 태어났으며, 그 가운데는 생명, 자유 그리고 행복의 추구가 있다는 것을 당연한 것으로 취하는 것이다.(We hold these truths to be self-evident, that all men are created equal, and that they are endowed by their Creator with certain unalienable Rights, that among these are Life, Liberty, and the pursuit of Happiness.)

독립 선언서에서 행복의 추구라는 말은 원래 18세기의 정치 철학자들에 의하여 인간의 천부의 권리로 말하여지던 생명(Life), 자유(Liberty), 재산(Property)의 권리라는 문구에서 재산이라는 말을 대신한 것이다. 이러한 통념에 따라, 원래는 재산이라는 말의 삽입이 고려되었던 것이나, 이 선언서를 보다 보편적 인권에 관한 것이 되게 하기 위하여, 선언서의 기초 위원이었던 토머스 제퍼슨이 이것을 행복의 추구라는 말로 대체한 것이라고한다. 그렇다면, 비록 대체되기는 하였으나, 이 구절에서 행복의 추구는 재산 소유 또는 소유를 위한 노력에 가까운 것을 뜻하였다고 할 수 있다.

공적 행복 그런데, 한나 아렌트는, 미국 혁명 그리고 프랑스 혁명 등을 다룬『혁명론(*On Revolution*)』에서, 여기에서의 행복은 18세기 정치 철학에서 많이 등장했던 다른 말, '공적 행복(public happiness)'이라는 말에서 나온 것이기도 하다고 주장한다. 그리고 그것을 재산이라는 말에 연결하여 생각하는 것 그리고 '사적인 행복(private happiness)'을 말하는 것으로 해석하는 것은 이 말의 한쪽 의미만을 이해하는 것이라고 한다. "행복의 추구"라는 문구에서의 행복이 사적 행복이라고 한다면, 정치 질서는 이것의 통합 방법이고, 이와 달리 그것을 공적 행복이라고 한다면, 그것은 정치 질서가, 사적인 행복에 이어져 있는 것이면서도, 그것 나름으로 별개의 차원을 이룬다는 것을 말한다. 제퍼슨의 이해는 모호하다. 아렌트에 의하면, 그의 다른 글들로 미루어 보아, 제퍼슨은 이 '공적 행복'이라는 말을 이해하고 그에 대하여 깊은 공감을 가지고 있었다. 그렇기는 하나 그 자신이 행복의 두 가지 의미에 대하여 모호한 태도를 가지고 있었고, 여기에 분명한 판별력을 행사하고 있지 않았기 때문에 이 말에서 '공적'이라는 형용사를 뺀 것이라고 아렌트는 말한다. 또는 제퍼슨은 전적으로 사적인 행복의 영역이있고 사적인 행복이 공적인 행복에 일치하는 부분이 있다고 생각하였다고 할 수도 있다.

하여튼 독립 선언서에 나오는 행복의 참다운 의미는, 아렌트의 해석으로는, 공적 행복을 가리킨다. 이 행복은 사적인 것과 공적인 것을 하나로 융합한다. 그것은, 엄숙한 의무에 사적인 것을 대립시키는 것이 아니라, 행복의 개념 속에 공적 공간을 편입한다. 행복은, 어떤 경우에나, 개인의 심리를 경유하지 않고는 별 의미를 갖지 않는다. 그리고 그것이 침해되지 않는 한 공적 의무는 정신적, 현실적 의무 그리고 강제력을 뜻하지 않는다. 더 나아가 이것은 행복의 일부가 될 수 있다. 공적인 것에서 행복이 이루어진다면, 그것에서 양자 사이의 모순과 긴장은 해결되는 것이다.

아렌트에 의하면 공적 행복은 공적인 정치 공간에서 얻어지는 행복이다. 그것을 가장 잘 이해한 것은 미국 독립 혁명기에 정치 지도자이고 사상적 지도자이고 제2대 대통령이었던 존 애덤스였다. 애덤스는 도시의 대중집회, 그리고 혁명 운동의 여러 모임에서 참여자들이 느끼게 되는 '토의, 숙고, 결정' 등 공적 공간에서의 행위가 주는 만족감, 행복감을 누구보다도 분명하게 의식하였다. 이들의 행복은, 우리가 생각하듯이, 반드시 모두가 모여 하나가 된다는 연대감의 확인이나 공동체를 위하여 도덕적 의무를 완수한다는 데에서 오는 만족감이 아니다. 그것은 본질적으로 사회적 상호 작용이 주는 그 나름의 고유한 가치를 가진 행복이다. 그리고 이것을 원하는 것은 어떤 사람에게만 한정되는 것이 아닌, 모든 사람에게 있는 인간적 본능이다. 아렌트가 인용하는 존 애덤스는 아래와 같이 기록하였다.

남자나 여자나 아이들이나, 노인이나 젊은이나, 부자이거나 가난하거나, 높거나 낮거나, 똑똑하거나 어리석거나, 무식하거나 박학하거나, 누구라 할 것 없이, 사람들은 주변 사람들, 자신의 알고 있는 범위 안의 사람들이 자기를 보고, 말을 들어 주고, 말을 걸어 주고 인정하고, 존경할 것을 바라는 강한 욕

망으로 움직이는 것을 본다.[1]

이러한 다른 사람과의 관계에 대한 열망을 특히 두드러지게 표현하는 것이 정치 행동이다. 애덤스가 정치 행동을 촉구하면서 하는 말 — 아렌트에게 매우 중요한 말은 "우리가 행동하는 것을 보여 주자.(Let us be seen in action, spectamur agendo.)"이다.[2] 이러한 사람의 본래적인 사회성에서 탄생하는 것이 정치의 공간이고, 이 공간을 제도적으로 조직화하는 것이 헌법 또는 영어나 독일어로 표현할 때의, 구성이면서 헌법을 의미하는 컨스티투션(Constitution), 페어파숭(Verfassung)이다.

공적 행복과 현실의 문제 그러니까 이러한 정치적 공간은 만인 공유의 행복 추구의 욕구에 의하여 뒷받침되어 그것 자체의 의의를 갖는 것이다. 그 것은 사람의 공적 행복에 대한 갈구를 충족시켜 주는 역할을 한다. 그렇다고 할 때, 우리는 몇 가지 질문을 내놓을 수 있다. 그것이 인간 행복의 전부인가? 그렇지 않다면 다른 형태의 행복에 대한 관계는 어떤 것인가? 그것이 그 자체로서 이미 값있는 것이라면, 그것은 아무런 실용적인 기능을 갖지 않는 것인가?

오늘날의 일반적인 관점이 정치를 거의 전적으로 실용적 관점에서 파악하는 것이라고 한다면, 이 마지막 질문은 공적 행복의 공간으로서의 정치가 실용적 의미를 갖지 않은 것으로 보이기 때문에 나오는 질문이다. 이러한 물음들에 대하여 아렌트는 분명한 답을 내놓지 않는다고 할 수밖에 없다. 그가 인용하는 바에 의하면, 제퍼슨은, 행복은 "나의 가족의 품에, 그

---

1 Hannah Arendt, *On Revolution*(New York: The Viking Press, 1965), pp. 112~113.

2 Ibid., p. 133 et passim.

사랑에, 나의 이웃과 나의 책의 교류에, 나의 농장과 용무의 건강한 일들에" 있다고 생각했다.[3] 중요한 것은 이것들이 공적인 행복과는 별개의 행복이었다는 점이다. 공적인 행복과는 별도로 사적인 행복도 존재하는 것이다. 아렌트는 『혁명론』에서도 그러하지만, 다른 여러 글에서도 인간사에서의 공적인 영역과 사적인 영역의 엄격한 분리를 중요시하고 공적 공간은 그 나름의 인간성의 요구에 대응하여 성립하는 것이라고 주장한다. 그의 많은 노력은 정치 공간의 독립적 의미 ── 그것이 갖는 독립적 의미를 통하여 정치 공간을 별개의 영역으로 분명히 하는 데에 경주된다.

공적 행복, 이성, 정치 공적 행복과 다른 행복과의 관계, 공적 행복의 궁극적인 의미를 묻는 것은 철학의 영역에 속하는 것이지만, 공적 공간은 공적 행복 ── 사람들 사이에서 행동하며 자신의 모습을 보여 주는 일의 행복 이외에 어떤 현실적 기능을 수행하는가? 이 질문은 조금 더 절실한 현실적 질문이다. 아렌트는 이에 대하여서는 분명한 답을 내놓지 않는다. 그런데 여기에는 의도적인 것이 있는 것으로 보인다. 그러나 실용적 관점에서도, 공적인 행복의 공적 공간이 만들어 내는 것은 사회의 여러 문제를 다룰 수 있는 이성의 공간을 구성하고 유지하는 일이라 할 수 있지 않을까 한다. 어떤 문제를 해결하고자 할 때 중요한 것은 이성이다. 그런데 인간사의 중요한 가치가 그러하듯이 바른 의미에서의 이성은 많은 층위를 포괄하는 것으로 이해되어야 한다. 아렌트처럼 생각할 때, 일단 실용적 목적과는 관계가 없는 것이 공적 공간이다. 그러나 공적 행복의 공간은 반드시 이성의 공간이 아니면서 이성을 탄생하게 하는 공간이다. 이 공간이 이성의 출처가 되는 것은 그 자율적 형식성으로 인한 것이다. 사람들이 함께 행동하는 것

---

3 Ibid., p. 125.

을 보여 주는 공간은 보기에 좋은 공간이다. 그것은 말하자면 역동적인 공간이면서 저절로 생겨나는 코리오그라피(choreography)에 의하여 심미적 형식성을 갖추게 되는 공간이다. 이것은 그 나름의 이성적 구조를 갖는다. 그러나 여기에 움직이는 이성은 도구적 성격이 강한 이성이 아니라 형식적 균형을 강하게 의식하는 이성이다. 그것은 심미적이다. 동시에 그것은 규범적 사고의 바탕이 된다. 그리하여 토의의 공정성을 위한 근본이 된다.

다시 생각할 것은 이 공적 공간의 이성이 체계적, 이론적 또는 이데올로기적 이성에 일치하는 것이 아니라는 점이다. 그것은 열려 있는 이성이다. 아렌트의 가장 유명한 저서의 하나는 『전체주의의 근원(*The Origin of Totalitarianism*)』이라는 것이지만, 이것은 전체주의가 내세우는 일목요연한 체계에 들어 있는 합리성의 정치적 폐해를 밝히는 저작이라고 할 수 있다. 그에게 정치적 이성은 어디까지나 사람들의 집회에서 진행되는 '토의, 숙고, 결정' 가운데에 움직이는 원리로서의 이성이다. 이 이성은 틀림없는 진리 그리고 그 확신을 뒷받침하는 것이 아니라 사람이 모여서 엮어 내는 '의견'들을 추출해 내는 데에서 생겨나고 그것을 가능하게 하는 정치 공간의 원리이다. 정치에 이성이 작용한다면, 그것은 공적 공간, 민주적 공간에 그리고 인간의 공적 행복을 향한 욕구에 대응하여 생겨나는 원리여야 한다.[4] 어떤 경우에 인간의 현실 문제 —— 살고 죽는 문제를 처리하는 데에는 철저하게 합리적 이성 또는 독재 체제나 절대 군주 체제가 더 효율적일 수도 있다. 그러나 다른 한편으로 그것은 궁극적으로는 인간의 행복과 자유를 부정하는 것이고, 현실의 유동성 가운데에 적절하게 대응할 능력을 잃어버리는 일이기 때문에 현실에 대하여서도 좌초할 수밖에 없는 이성이고 힘

---

4 물론 정치에 있어서 이성과 진리의 기능은 더 복잡하다. Cf. "Truth and Politics" in Hannah Arendt, *Between Past and Future*(New York: The Viking Press, 1961).

의 논리가 된다. 이것과 다르게 존재할 수 있는 것이 그것대로의 독자성 속에 있는 공적 공간 ─ 인간의 공적 행복을 충족시켜 주는 공적 공간이다.

정치에 이성이 작용한다면, 그것은 숙의(熟議)의 이성이다. 그렇다고 이것이 대중적 집회의 자의성에 일치하는 것은 아니다. 여기에서 작용하는 이성은 사회 전체의 개체의 인간적 상황을 충분히 고려하는 공정성의 원리이다. 그것은 숙의 가운데에 스스로 규범을 따라서 움직이는 이성이 있기 때문이다. 이렇게 생각할 때, 공적 행복이 구성하는 공적 공간은, 그 자체의 동기를 제외한 다른 숨은 동기를 갖지 않기 때문에, 행복의 요구에 합당하면서, 동시에 실용의 문제를 다룸에 있어서 균형과 공정성과 규범성을 유지할 수 있는 가능성을 갖는다고 할 수 있다.

공적 행복의 공간, 사회 문제, 권력의 추구

겨룸, 야망, 권력 그러나 공적 공간의 공적 행복이 참으로 사회적, 정치적, 인간적 여러 가지로 착종되어 있는 연계를 떠나서 순수한 행복의 공간 ── 그리고 이성적 숙의의 공간으로 존재할 수 있는 것일까? 공적 공간은 앞에서 비친 바와 같이 일사불란한 단합의 공간은 아니다. 그러면서도 그것이 하나의 통일된 공간으로 유지되어야 하는 것은 틀림이 없다. 여기에 기준이 되는 것은 인간 행동의 규범성에 대한 의식이다. 그러나 이것은 복잡한 역학 속에서의 균형으로 표현될 수 있어야 한다. 공적 행복에서 공적 토의에로 나아가게 하는 심리의 현실적 동기 또는 '덕성(virtue)'은 '상호 겨룸(emulation)'이고 '다른 사람을 앞서려는 욕구(a desire to excel another)'이다. 그런데 이것은, 아렌트 자신이 지적하는 바와 같이, 쉽게 '악덕'으로 바뀔 수 있다. 즉 '야망(ambition)', 그리고 '진정한 뛰어남(distinction)에 관계없이' 추구될 수 있는 '권력(power)'에 대한 욕심으로 쉽게 연결된다.[1] 그리고 이 악덕의 힘은 정치적 공간의 파괴를 가져온다.

전체주의의 계획/사회 문제 그렇다면 이 악덕들로부터 정치를 지키는 것이 어떻게 가능한가? 아렌트는 진정한 의미에서의 민주주의 — 공통의 공간에서의 여러 사람의 경쟁적이면서도 수월성의 성취 열망으로 성립하게 되는, 민주주의의 질서가 이 악덕의 침해로부터 스스로를 지킬 수 있을 것으로 생각한다. 그러나 그것은, 앞에서 말한 것처럼, 일관된 전체주의적 이데올로기를 비롯하여 사실과 진실을 정치 전략에 의하여 조종 호도하려는 많은 시도들에 의하여 손상되기 쉽다. 그러면서 그것은 체제 순종적 인간들에 의하여 '진부한' 일상성의 일부가 될 수도 있다.(아렌트가 나치즘의 유대인 학살과 관련하여 사용한 유명한 말, "악의 진부성(banality of evil)"은 이것을 지칭한다.)

그런데 이 모든 것이 미묘하게 연결되어 있으면서 정치적 자유와 공적인 행복을 전복할 수 있는 것은 사람의 생활에 있어서의 경제적 요인이다. 아렌트는 정치가 빈곤이 가져오는 '사회 문제'를 중심 의제로 하면서 정치적 자유와 공적 행복 그리고 정치 공간이 소멸의 위험에 노출되게 되었다고 말한다. 그의 견해로는 미국 혁명이 민주주의의 지속적인 헌법 체제를 만드는 데에 성공한 데 대하여, 프랑스 혁명이 헌법 질서 전복의 되풀이로서의 정치 운동만을 가져온 것은 사회 문제가 그 중심 의제가 되어 버린 때문이다. 물론 그가 말하는 헌법 체제의 안정이 정치 질서의 경직화를 뜻하는 것은 아니다. 정치의 공적 공간은 끊임없이 움직이고 있는 공공 행동과 언어의 자유를 뒷받침하는 공간이다. 이 공간의 유지 자체가 정치 행동의 '영구 혁명'을 요구한다. 그러나 그것이 근본적인 의미에서의 불안정과 무질서를 의미하는 것은 아니다. 이미 말한 바와 같이, 사회 문제의 해결에는 반드시 민주적 정치 체제가 필요하지 않다. 그것을 해결하는 데에는 정치

---

1 Hannah Arendt, *On Revolution* (New York: The Viking Press, 1965), p. 116.

권력은 어떻게 구성되든지 간에 민생을 위한 선정(善政)이면 그것으로 충분하다. 이 경우에 공적 공간은 이 민생 정치를 위한 방도일 뿐이다. 즉 그것은 공적 행복과 이성적 토의가 연출되는 공간이 아니라, 경제적 이익 관계를 조정하는 공간으로의 기능을 갖는 것이다. 그리고 그것은 착취 관계의 해소와 함께 불필요한 낭비가 되고 만다. 사회 문제를 정치의 핵심에 놓은 대표적인 정치 체제는 마르크스주의이다. 그 '인민 민주주의'가 정치의 공공 공간을 파기하고 독재를 지향하게 되는 것은 자연스러운 일이다.[2]

부의 파괴적 효과 그런데 공적 행복의 정치 공간은, 전체주의 체제가 아니라도, 경제 문제에 의하여 파괴될 수 있다. 빈곤의 문제가 기술적 해결을 요하는 문제라는 것은 앞에서 말한 것이다. 사회 공간은, 빈곤의 경제 문제에 비슷하면서 다른, 부에 대한 과도한 욕심에 의하여 침해될 수도 있다. (이것은 빈곤에서 유래하는 원한이 확대된 것이라고 아렌트는 해석한다.) 아렌트가 인용하여 말하는 대로, 18세기에 이미 버지니아의 판사 에드먼드 펜들턴(Edmund Pendleton)은, '급작스러운 부에 대한 갈망'이 공화국의 기초를 무너뜨릴 것을 걱정했다. 그것은 모든 정치적, 도덕적 의무감을 파괴하고 공적 행복의 공간을 파괴할 수 있다. 그럼에도 유럽의 경우와 대조하여, 아렌트는 미국이 이 부의 파괴적인 힘을 일정 기간 이겨 내고 공적 공간을 구성해 내는 데에 성공했고 그것을 지탱할 수 있는 사회적 요인들을 상당 정도 유지하였다고 생각한다. 그러나 그에 대한 우려가 더없이 팽창하게 된 것이 20세기임은 말할 필요도 없다. 아렌트 자신은, 인간의 공적 행복에 대한 갈망과 정치 공간의 자율성에 대한 믿음을 완전히 버리지는 아니하면서도, 부의 동기로 인하여 현대의 미국 사회의 공적 공간이 소멸의 위험에 처

---

2 Cf. "The Social Question", *On Revolution*.

하게 되었음을 다음과 같이 말하고 있다.

미국 사회로부터 공적 행복과 정치적 자유의 이상이 사라지지는 아니하였다. 그것은 정치 구조와 사회 구조의 일부가 되었다. (그러나) 이 구조가 풍요와 소비에 깊이 빠져 있는 사회의 부질없는 장난질을 버티어 낼 수 있을 만큼 반석 같은 토대를 가지고 있는지, 비참과 불행의 무게로 인하여 유럽 사회가 그랬듯이, 부의 무게 아래 주저앉게 될지 어떨지는 앞으로 두고 볼 도리밖에 없다. 두려움을 안게 하는 증후나 희망을 가지게 하는 증후들이 반반쯤 되어 있는 것이 지금의 형편으로 보인다.[3]

정치, 과도의 부, 권력 아렌트 정치 철학의 의도는, 이러한 위협으로부터, 그리고 권력을 향한 야망과 부를 향한 탐욕으로부터 정치 공간을 — 행복한 토의의 공간으로서의 정치 공간을 옹호하려는 것이었다고 할 수 있다. 그것이 가능한 일일까? 아렌트는, 이를 위하여, 사라져 가는 것으로 느낀 정치 공간의 독자적인 의미 — 공적 공간으로서의 의미를 다시 일깨우는 일이 필요한 한 작업이라고 생각한 것인지도 모른다. 그러나 그것은 거의 불가능한 것처럼 보인다. 자본주의의 동기는, 흔히 말하여지듯이, 이윤의 극대화이다. 이윤의 극대화의 결과는 어디에 사용되는가? 그것은 다시 투자되고 경제 성장을 가져오는 것이 될 수도 있지만, 개인적인 차원에서는 과대 소비와 사치를 향한다. 현대 자본주의 경제에서 소비는 필요의 충족보다는 그 자체로 의미 있는 것이 된다. 과대 소비와 사치는 자본주의의 필연적 결과로 보인다. 펜들턴이 말한 부의 위험은 그대로 지속되고 확산된다. 소스타인 베블런(Thorstein Veblen)이, 유한계급의 큰 특징이 '과시 소

---

3 Ibid., p. 135.

비'라는 말을 한 것은 1899년의 일이다. 그러나 오늘날 이것은 더 이상 문제시되지도 않는 사회의 풍습이 되었다. 공적 공간이 있다면, 그것은 야망과 권력과 지위와 과시 소비의 무대로만 살아남아 있는 것으로 보인다. 이것은 미국의 이야기이지만, 한국의 경우 그러한 부귀의 병이 조금이라도 덜 심하다고 말할 수는 없다. 물론 공적 도덕에 대한 엄숙한 교훈들이 없는 것은 아니지만, 그것은 많은 경우 권력 의지의 수단이고 표현으로 존재한다. 아렌트가 말하는 공적 행복의 공간의 덕성은 처음부터 악덕으로 전락하게 되어 있다고 아니할 수 없다.

공적 행복의 하부 구조 모든 정신적 가치에 대한 하부 구조를 생각하지 않을 수 없는 오늘의 입장에서는 공적 공간의 공적 행복에 대하여 그 현실적 토대가 무엇인가를 물을 수밖에 없다. 아렌트는 미국 혁명이 공적 정치 공간을 구성하는 데에 성공할 수 있었던 원인을 혁명의 주체가 되었던 사람들이 상당한 자산가였다는 데에서 찾는다. 그들에게 정치의 공간은 사회나 경제 문제의 해결을 위한 공간이 아니다. 그것은, 앞에서 말한 바와 같이, 공적 공연의 공간이고 토의와 숙고와 공적 결정을 위한 공간이다. 그것의 심리적 동기는 공적 행복의 필요이다. 사회 문제나 경제 문제는, 미국 혁명의 행동가들의 경우, 이미 그들의 사적인 노력, 사회적 활동을 통하여 해결된 것이었다. 사적 영역에서 또 사회적 영역에서 그것을 해결하지 못하고 있는 사람들을 위하여 이 정치적 공공 공간에서 희망할 수 있는 것이 있다면 그것은, 앞에서 비친 바와 같이, 그것에 관련된 여러 공정한 규칙들을 의결할 것을 기대할 수 있다는 것일 것이다.

그러나 사회적, 경제적 문제가 압도적이라면, 어떻게 하는 것이 옳은 것인가? 아마 유럽에 비하여 볼 때, 혁명기의 미국 정치에 대한 아렌트의 해석은 미국 역사가들이 말하는 미국 예외주의(American exceptionalism)를 받아들여 미국에서는 그것이 공적 영역을 침해할 정도로 큰 것이 아니었다고 생각한 것이라고 할 수도 있다. 그렇지 않은 경우, 정치 공간의 자유가 반드시 유지되어야 하는 것이라면, 그것을 위하여 투표권 그리고 일반적 정치 참여권을 일정한 재산의 보유에 연결하였던 전근대적인 민주 사상을 지지하여야 할 것이다. 아렌트의 생각에 이러한 요소도 들어 있는지 모른다. 그렇다면, 그의 정치 공간에 대한 해석은 보편성을 결여하고 있다고 할 수밖에 없다. 자본주의가 세계화된 21세기의 관점에서 볼 때, 그의 모델은 미국을 포함하여 세계적으로 정치 현상의 근본 동력을 설명하는 것이라고 하기는 어렵다고 할 수밖에 없다.

사회에 있어서의 공적 공간의 토대 그렇다고 그의 이론이 무의미한 것은 아니다. 정치의 본질이 여러 사람이 함께하는 토의와 숙고와 행동의 공간이라는 것 그리고 그것이 인간성 본유(本有)의 욕구인 '공적 행복'의 추구에 대응하는 것이라는 것은 중요한 지적이다. 또 그 존재가 잊히지 않도록 하는 것은 좋은 사회를 위하여 절실하게 요구되는 일이다. 그것은 이미 말한 대로 형식과 규범 그리고 공정한 토의의 모태이기 때문이다. 다만 이 공적 행복의 공적 공간을 어떻게 그 순수성 속에 유지하느냐 하는 것은 간단히 처리될 수 없는 과제로 남는다.

공적 공간의 규범과 정치 생각하게 되는 문제의 하나는, 앞에서 시사된 바와 같이, 어떻게 하여 사회적 문제 — 빈곤과 처참함의 문제를 해결하여 정치를 공적 행복의 공간으로서 해방할 것인가 하는 것이다. 물론 이것을 재산에 의한 참정권의 제한이라는 각도에서 해결하는 것은 시대착오의 해결 방식이 될 것이다. 그리고 그것은 대부분의 사람들에게 현실적으로 받아들일 수 없는 것이다. 전제가 되어야 하는 것은 사회, 경제 문제의 선행

해결이다. 그렇다고 이것으로 정치 공간의 문제가 끝나는 것은 아니다. 그것은 현실 문제의 공간이 아니라 규범적 사고의 공간으로 구성되어야 한다.(동기는 공정한 규범성을 가능하게 하는 공적 행복이다.) 그리고 그것은 현실 문제를 다루면서도 보다 높은 이상으로, 다음 단계의 이상으로 남아 있어야 한다. 그리고 사실상 어느 시점에서나 이 이상이 공공 공간의 원리가 됨으로써만, 현실 문제의 바른 해결도 가능해진다. 그러나 이러한 이상에의 지향은 이미 빈곤의 격차가 있는 상황에서, 빈곤의 격차를 주어진 상황의 전제로 하는 정치 공간의 구성에서 이루어져야 하는 사회적, 정치적 성취이다.

공적 공간의 규범적 수련/대결과 투쟁 현실 문제를 해결하는 데에도, 적어도 그것을 초연하게 볼 수 있는 규범적 사고가 필요하다고 한다면, 그것은 아렌트의 의미에서의 순수한 정치의 공간에서 사회, 경제 문제를 긴급 의제로 — 계속되는 긴급 의제로 다루는 것이 되어야 한다. 정치의 공간이 그것 나름으로 스스로를 유지하면서 사회 문제를 해결하는 공간이 되어야 하는 것이다. 그런데 정치 공간이 이미 경제적 압력으로부터 해방된, 공적 행복의 동기에 의하여 행동하는 사람들로 구성되었다고 한다면, 그 공간에서의 모든 결정은 '아랫사람'의 입장에 놓인 사람들에게는 수혜의 굴욕을 받아들이는 것이 될 것이다. 이것은 굴욕적인 것으로 생각될 수 있다. 정치 공간에 무산자가 포용되어 있어서 공평한 토의와 결정에 참여하는 경우는 어떠한가? 그 경우 무산자는 비참 속에서 비참을 초월할 수 있는 정신적 수련을 가지고 있어야 할 것이다. 그런데 자산가는 참으로 이 공간에서 자신의 이익을 초월하여 공정한 토의를 벌이고 공적인 결정을 내릴 수가 있을 것인가? 아렌트가 시사하는 바대로 부에 대한 무한한 탐욕이 빈곤과 비참의 심리의 확대라고 한다면, 대부분의 자산가도 이미 수월성 경쟁의 공간으로서의 정치 공간에 참여할 자격 ─ 공적 덕성을 갖추어야 한다는 자격을 상실하고 있는 것이라고 할 것이다. 그에게도 탐욕을 ─ 비참에서 발원했을 수 있는 탐욕을 초월할 수 있는 정신적 수련이 필요한 것이다. 그런데 자본주의적 질서의 어디에서 이러한 수련이 가능할 것인가?

공적 행복에의 충동이 인간 본유의 심성의 한 부분이라고 하여도, 그 수련은 간단하게 얻어질 수 없는 것이라고 할 수밖에 없다. 사적 영역, 공적 영역, 그리고 행복의 이상의 적절한 관계의 유지에는 아무래도 이성적 문화의 영역이 별도로 살아 있어야 한다고 생각하는 것이 옳을 것이다. 이것은 경제, 사회 문제가 하부 구조의 문제만으로는 해결될 수 없는 문화의 문제 ─ 규범과 공정성의 존재를 전제할 수 있게 하는 문화의 문제이기 때문이다. 그러나 이러한 이성의 영역 ─ 숙의를 본질로 하는 사회적 이성의 가능성이 현실로부터 전적으로 분리되어 있는 것이 오늘의 자본주의 문화라고 할 수 있다. 모든 문제의 해결 방식은 이익의 대결과 길항에 또 불가피한 협상과 타협에 있다고 생각되는 것이다. 물론 그것은 그것에 저항하는 세력의 경우에도 마찬가지이다. 마르크스주의적인 사고에서도 이러한 대결의 투쟁에로의 고양은 모든 문제에 있어서의 유일한 해결 수단으로 간주된다.

자연과 원시의 행복

인정을 위한 정치 물론 이러한 사정은 공적 행복의 의미 자체가, 다시 한
번 말하여, 매우 복합적인 성격을 가지고 있다는 사실에 관계된다. 앞에서
아렌트로부터 인용한 애덤스의 말은 사람의 사회적 본능의 움직임을 일상
적 경험 속에서 관찰한 것이다. 그것은 다른 사람과 어울리면서 다른 사람
이 알아주기를 원하는 심정이다. 이것은 많은 사람들이 주목한 현상이고,
그것이 가지고 있는 의미에 대한 해석도 여러 가지이다.

근년에 와서 악셀 호네트(Axel Honneth)나 찰스 테일러(Charles Taylor)의
이름과 관련하여 문제 되는 정치 철학의 용어로 옮겨서 말하면, 여러 사람
과 어울리면서 그것을 보이고자 하는 공적 행동의 추구는 인정(recognition,
Anerkennung)을 향한 인간의 욕구에 일치한다. 이것은 인간의 사회성에서
출발하여 사회생활에 적극적인 자산이 될 덕성의 기초가 된다. 정의, 인권,
상호 존중, 접객에서의 선의(hospitality) 등이 여기에서 나올 수 있고, 칸트
가 말하는바 모든 사람을 수단이 아니라 목적으로 간주하며, 자신의 행동
을 모든 사람에게서 요구되는, 보편적 규칙에 의하여 규제하여야 한다는,

실천 이성의 원리가 도출될 수도 있다.

두 주체의 투쟁/과시 소비의 경쟁 그러나, 앞에서 언급한바, 아렌트의 '수월성(excellence)'을 두고 벌이는 '겨룸(emulation)'은 헤겔의 주인과 노예의 변증법에서는 생사를 건 두 주체의 투쟁으로 격화되는 현상으로 생각된다. 과시 소비에 대한 베블런의 관찰이나 미국 독립 전쟁 당시의 벼락부자의 욕망에 대한 펜들턴의 경고는 소비주의 문화가 일반화되기 이전의 이야기이다. 그런데 이것은 오늘날에 와서 인간 행동의 가장 핵심적인 동기가 되어 있다. 사실은 사치가 아니라 검소가 경제생활, 특히 지도층의 생활 철학이 되어야 한다는 것은 로마에서나 중국 또는 전근대의 조선에서 고대로부터 되풀이되던 윤리적 경고이다. 그러나 역설적으로 이러한 경고 자체가 필요했던 것은 욕망이 일정한 테두리에 한정되지 않는다는 사실을 배경으로 한 것이었다고 할 수 있다. 사회성이 가질 수 있는 부정적 효과는 어쩌면 근원적인 것이라고 할 수 있다. 공적 행복은 부정할 수 없는 인간성의 요구이면서, 그것의 현실적인 움직임은 호네트나 칸트보다는 헤겔의 투쟁의 변증법으로 설명된다고 하지 않을 수 없다.

루소에 있어서의 사회적 교류 사람의 사회적 교류가, 그 원시적 출발에서 벗어나기 시작할 때부터, 권력 투쟁과 부의 과시적 경쟁, 그리고 일반적으로 인간관계의 악화를 가져온다는 것을 가장 분명하게 경고한 것은 루소이다. 그의 자연 속의 인간이란 바로 사회관계의 타락으로부터 자유로운 인간의 행복한 모습을 이상화한 것이다. 앞에서 우리는 존 애덤스의 서로 경쟁하고 함께 행동하면서 서로를 보이고 자랑하는 인간에 대한 묘사를 인용하였다. 『인간 불평등 기원론(*Discours sur l'origine de l'inégalité*)』에 나오는 인간의 회동(會同)의 효과에 대한 기술은 애덤스의 묘사 그리고 그에 대한 아렌트의 논평에 비교될 수 있다.

인간 회동의 즐거움과 그 타락 자연 속의 고독한 존재는 그야말로 순진무구한 존재이다. 그러나 자연 속의 인간이 함께 어울린다고 하여 당장에 도덕적 타락이 일어나는 것은 아니다. 그것은 삶의 보람을 높이는 일이면서 동시에 타락의 시작이 된다. 고독했던 원시인들은 차차 자신들의 초가에서 나와 함께 노래하고 춤추는 것을 즐기게 된다. 이렇게 함께하는 가창과 무도는 진정으로 '사랑과 여가의 산물'이다. 그러면서 그들은 서로를 지켜보게 된다. 이 '봄'으로부터 여러 착잡한 심리적 특성들이 생겨나게 된다. 만나서 가무를 함께함에 있어서 사람들은,

> 사람마다 다른 사람을 생각하게 된다. 그리고 다른 사람이 자기를 생각해 주기를 바라게 된다. [루소는 쓰고 있다.] 그리하여 여기에서 공적인 존경이 가치를 얻는다. 누구보다도 노래를 잘하고 춤을 잘 추는 사람, 가장 잘생긴 사람, 힘이 센 사람, 재주 좋은 사람, 달변인 사람, 이런 사람들이 가장 많은 생각의 대상이 된다. 이렇게 하여 불평등 그리고 악덕이 시작된다. 이러한 평가의 차등으로부터 한편으로는 허세와 경멸이 생기고 또 다른 한편으로는 수치감과 질시가 생긴다. 그리고 이러한 새로 이루어진 반죽에서 발효된 결과가 인간의 순결과 행복에 결정적 타격을 가한다.[1]

자연 속의 인간/자애/애기 그러니까 루소에게는 공적 공간은 쉽게 행복의 공간이 아니라 불행의 공간이 된다. 그리하여 대체로 인간의 사회적 만남에서 태어나는 사회 체제는 부패하고 타락한 체제이게 마련이다. 이 타락

---

1   Jean-Jacques Rousseau, ed. by C. E. Vaughn, *Political Writings* (Oxford, 1962) Volume, p. 174.

은 중요한 사회적 함축을 갖는 것이지만, 그것에 못지않게 중요한 것은 그것이 개인의 행복을 크게 왜곡한다는 점이다. 어느 쪽을 위해서나 루소에게 바람직한 인간상은 사회 속에 존재하는 사람이 아니라 자연의 주어진 대로의 삶 속에 있는 인간에서 발견된다. 순결과 행복의 인간은, 사회를 전부로 아는 사람들의 관점에서 보면, 오히려 자기에 몰입되어 있는 이기적인 인간이라는 느낌을 준다. 자연인의 삶의 근본적 동력은 자기에 대한 사랑, '자애(自愛, amour de soi)'이다. 그것은 동물의 생명 보존의 본능과 비슷한 것이다. 거기에는 타자에 대한 의식이 없다. 그러나 이것은 자기 폐쇄적이면서도 그것을 넘어갈 수 있는 도덕적 가능성을 갖는다. 그것은 자애가 자기의 온전함, 진정성, 일관성의 의지의 기초가 된다는 데에서부터 시작된다. 나아가 그것은 연민과 이성으로 열리고 이것을 통하여 다른 생명체에 이어질 수 있는 가능성을 갖는다.

이러한 기초를 가지지 않는 사회성은 '애기(愛己, amour propre)'가 된다. 이것은 자신을 타인의 눈에 비치는 외면적 효과와 평가로서 값 매기려는 이기적 자기 사랑이다. 애기의 자아는 늘 타자를 필요로 하는 까닭에 한없이 다른 사람을 향하여 나아간다. 그러면서 물론 그것은 깊은 동기에 있어서는 자기 팽창의 방편이다. 여기에서의 자기 팽창은 진정한 자기를 왜곡하고 잃어버림으로써 생겨나고 커지는 자아로 이어진다. 다른 한편으로 애기는 다른 사람과의 관계에서 순정성을 없앨 뿐만 아니라, 다른 사람이 그 사람 자신보다도 나를 사랑할 것을 요구하는 폭력성을 띤다. 어떤 경우에나 그것은, 앞에서 본 바와 같이, 허세와 경멸, 수치심과 질시의 모태이다. 루소에게 자기만의 삶이 행복의 조건이 되는 것은 당연하다. 그에게 행복한 인간의 이미지는 공적 공간에서 공적 행복을 추구하는 사람이 아니라 숲 속을 거니는 고독한 산보자이다.

단독자의 우주적 행복

감각적 체험/지속적인 생존의 느낌 자연 속의 인간은 타고난 대로의 인간이다. 그는 자연대로의 가능성, 자연의 충동, 성품을 받아들이고 표현한다.[1] 이 자연스러운 인간의 "영혼은, 아무것에 의하여서도 혼란되지 않으면서, 현재의 존재의 느낌에 스스로를 내맡긴다."[2] 이것은 자연의 감각적 쾌락을 향유하는 것을 말하는 것이기는 하지만, 특정한 쾌락을 탐닉하고 그것을 열광적으로 추구하는 것을 의미하지 않는다. 이것이 준비해 주는 것은 행복의 근본이다. "황홀함과 정열의 순간은, 아무리 생생한 것이라 하더라도, 바로 그 생생함으로 인하여, 삶의 진로에서, 흩어지는 순간들에 불과하다." 진정한 행복은 "지나가는 감각의 순간의 다음에도 살아남는 단순

---

1   Cf. Ronald Grimsley, "Rousseau and the Problem of Happiness", Maurice Cranston and Richard S. Peters eds., *Hobbes and Rousseau: A Collection of Critical Essays*(New York: Anchor Books, 1972). 행복에 대한 루소의 생각은 이 글에 따라 요약하였다. 이 부분에서의 루소 인용은 출전 없이 이 글의 페이지만 밝혔다.

2   Ibid., p. 439.

하고 영원한 상태"이다.[3] 그것은 삶의 기쁨과 아픔을 넘어가는 "생존의 느낌"이다.[4] 그러면서도 그것은 생생한 체험으로 존재한다. 이것의 향수는 개인적인 것이지만, 개인적인 범위 안에서의 인간적 사귐을 배제하지는 않는다.

루소의 가장 강한 행복의 추억은 그의 보호자이면서 애인이었던 마담 드 배랭과의 삶이었다. 행복의 상태란, 브리스톨 대학의 로널드 그림슬리 (Ronald Grimsley)의 목록을 따르면, "생의 충일감(充溢感), 절대적인 내적 일체성, 함께하는 친밀함, 근접한 주위 환경과의 조화되고 막힘없는 연결감, 생생하고 직접적인 체험으로서의 모든 가능한 욕망의 자연스러운 실현"을 포함한다.[5]

행복과 교육과 사회 물론 이러한 행복의 실현은 간단한 의미에서의 자연의 상태를 상당히 넘어간 것이다. 그러나 이 모든 조건이 스스로를 사랑하고 스스로에 의지하는, 그리고 태어난 대로의 자연인의 연장선상에서 이루어지는 것임은 틀림이 없다. 이러한 행복에 있어서 사회는 어떤 위치에 있는가? 루소는 자기 충족적인 자연인과 사회인의 사이에 큰 간격이 있음을 잘 알고 있었다. 그의 교육론 『에밀』의 주제의 하나는 이 대립이다. 에밀에게도 교육의 종착점은 사회이다. 에밀은 결국 자연으로부터 벗어나 사회로 나아가야 한다. 그러면서도, 루소의 생각하는 바로는, 적어도 열두 살까지의 교육의 주안점은 소년 에밀을 사회의 침해로부터 지켜 내는 일에 있다. 그러나 사적 행복과 시민적 덕성의 대립은 루소의 사상에서 극복될 수 없는 대립으로 생각되었다는 해석도 있지만, 그림슬리가 말하는 것

---

3 Ibid., p. 446.

4 Ibid., p. 447.

5 Ibid., p. 452.

처럼, 자연의 자질 위에서 도덕적, 정치적 덕성을 첨가하여 성장하는 것이 루소가 생각한 이상적인 교육의 방향이었다는 것이 맞는 것일 것이다.

자연/의지 교육/성숙한 행복의 공동체 자연의 삶을 떠나지 않을 수 없게 된 다음, 인간은 자신 안에 잠자고 있던 새로운 가능성을 일깨워야 한다. 그것은 한편으로는 '거짓된 사회적 가치'를 벗어 버리는 것으로부터 출발한다. 그러나 다른 한편으로 그것은 사회적 관련 속에서 새로 드러나는 잠재력을 살려 내어 자기를 완성하는 것을 뜻한다. 그것은 "새로운 '자연의 본성'을 선택하고, 특정하게 선정된 이상을 추구할 뿐만 아니라 이 이상을, 신의 의지에 못지않게 강한 의지를 가진, 다른 사람들과의 관계 그리고 어쩌면 갈등이 개입될 그러한 상황에서 추구하여야 한다는 것을 의미한다."[6] 이것에 정면으로 대결하는 교육을 통하여 사람은 도덕적 존재가 되고 책임 있는 시민이 된다. 그러나 이것은 구체적인 인간적 교환으로 다시 되돌아온다. 보다 성숙한 인간성을 위하여 개발되는 보다 도덕적이고 보다 정치적인 인간 품성에 대응하는 것은 "진정으로 기쁨과 행복에 찬 공동체"이다. 이것은 큰 도시나 국가가 아니라 작은 마을, 마을의 모임이다. 이것은 포도 수확기에 자연 속에서 벌어지는 마을 사람들의 축제와 같은 데에서 구체화된다.

보편적 질서로서의 자연 흥미로운 것은 감각적 체험과 구체적인 인간적 유대가 가능한 공동체를 강조하면서도 다시 이 모든 것의 바탕으로 보편적 질서 ——궁극적으로 신이 창조한 보편적 질서가 상정된다는 것이다. 이것은 루소가, 당대의 제도 종교의 신앙에 일치하는 것은 아니면서, 종교적

---

6 Ibid., p. 440.

인 믿음을 가지고 있었기 때문이라 할 수 있지만, 그보다도 인간의 주체적 삶에서의 필연적인 요청으로 인한 것이라고 할 수도 있다. 루이 알튀세르 (Louis Althusser)는, 큰 주체의 부름을 받아서 사람은 주체가 된다고 말한 바 있다.[7] 루소의 경우에도 그가 독립적 개인의 주체로 서기 위해서는 그 주체성을 호명(呼名)하는 큰 주체가 필요했다고 할 수 있다. 알튀세르에 의하면, 오늘날 이 큰 주체로부터의 부름을 담당하고 있는 것은 국가의 이데올로기 기구이다. 또 이 큰 주체는 주어진 대로의 사회일 수도 있고 주어진 국가나 사회를 대체하려는 엄숙한 도덕의 교사일 수도 있다. 아렌트가 생각한 공적 행복의 공간은 스스로 안에서 그것을 초월하는 규범을 탄생하게 하는 공간이다. 어떤 것이든지 간에, 많은 경우 이러한 것들은 무반성적인 의식에 침투해 오는 사회 암시와 그 상징들이다. 소비 사회에서, 소비와 사치는 사회의 초월적 전체성으로서의 소비의 덕성을 그리고 그것이 만들어 내는 사회의 힘을 가리키는 작은 손짓들이다.

어디에서 발원하는 것이든지 간에 "거짓된 사회적 가치"를 극복하고자 하는 루소에게 필요한 것은 사회를 넘어가는 초월적 질서의 부름이었다. 그림슬리에 의하면, 루소는 행복을 완성해 주는 적절한 사회에 더하여, "완전한 행복을 획득하는 데 있어, 개체는 정치적 질서를 넘어 광활한 존재의 영역, 보편적 질서"[8]를 볼 수 있어야 한다고 생각하였다. 자연은 이 질서를 나타낸다.(오늘날 생태주의자들의 주장에서도 국가, 민족 사회를 대체하는 큰 주체로서의 자연의 역할을 볼 수 있다.) 그러면서 이 주체는 물론 단순히 물질이 아니라 정신을 가지고 있다. 그럼으로써 그것은 주체가 된다. 루소가 명상을 강조한 것은 여기에 관계된다. 명상은 자연의 저쪽에 있는 어떤 신성함

---

7 Cf. Louis Althusser, "The State and Ideology", *Lenin and Philosophy and Other Essays*(New York: Monthly Review Press, 1971).

8 Ibid., p. 443.

이다. 그러면서 그것은 인간으로 하여금 영적인 존재로서의 자기를 깨닫게 한다. 우주의 전 질서를 바라볼 수 있는 행복 —— 지복(至福)은 죽음 후에 얻을 수 있는 것이지만, 그것을 명상하는 것은 지복에 가까이 가는 인간 행복의 하나이다.

보편적 질서의 직접성과 정신성 다만 이것은 지적인 작업만을 의미하는 것은 아니다. 그것은 충만한 현재적 현실의 체험이다. "내가 우주의 질서를 명상하는 것은 그것을 헛된 체계화로 설명하기 위해서가 아니라, 그것을 쉴 없이 찬탄하고, 거기에 자신을 계시하는 창조주를 찬양하기 위해서이다." —— 루소는 이렇게 썼다.[9] 완전한 행복은 루소에게 구체적인 생존의 느낌과 공동체와 이것을 뒷받침하는 보편적인 질서를 구성 요소로 하였다고 할 수 있다. 그리고 그것은 그에게 직접적으로 현존한다. 찬양이 의미하는 것이 그것이다. 그것은 직접 느껴지는 것이다.

감각적 체험과 반성적 구성으로서의 자연 그러나 이 세 요소의 관계는 삶의 성숙 또는 진행을 나타내면서, 처음부터 서로 맞물려 있는 요소들이라고 할 수 있다. 사회와 인간에 대한 루소의 명상의 출발점은 주어진 대로의 삶을 사는 자연 속의 인간이다. 이 삶을 움직이고 있는 것은 자기에 대한 사랑이다. 그러나 루소에게 이 사랑은 그의 반성 속에서 발견되고 주제화된 것이다. 그것은 인류 진화의 최초의 단계를 나타내는 것으로 말하여지면서, 사실은 지적인 반성을 통하여 구성된 이미지이다. 루소는 이것을 발견함으로써 사회가 무반성적으로 부과하는 거짓된 사회적 가치를 거짓된 것으로 인식할 수 있게 된 것이다. 이러한 이미지의 인지는 그가 이미 삶의

---

9 Ibid., p. 444.

전체를 조감하고 그것을 전체적으로 평가하고 있다는 것을 말한다.

자애/자연에 대한 사랑 이 평가에서 자애(amour de soi)는 무엇이 진정하고 거짓된 것인가를 헤아리는 잣대가 된다. 이 자애의 개념에는 이미 보편성의 지평을 바탕으로 하여 사물을 보는 사유가 움직이고 있는 것이다. 그러면서도 여기의 사유는 추상적인 것만은 아니다. 루소가 사랑한 것은 자연이고 자연의 구체적인 사물이며, 그것이 주는 감각적 기쁨이었다. 그에게 무엇보다도 큰 위안의 원천이 된 것은 자연의 풍경이고, 또 꽃과 나무들의 식물원이었다. 그의 최후의 소원은 문필의 세계를 버리고 자연으로 돌아가는 것이었다. 그렇다고 그의 소망이 감각적 탐닉이나 막연한 자연에의 향수였다고 할 수는 없다. 그것은 어디까지나 식물학적 이해, 즉 지적인 성찰을 수반하는 감각적 향수였다. 거꾸로 말하여, 그가 원한 감각과 지성의 일체성에 대한 체험은 보편적, 우주적 질서에 대한 명상의 접합점이었다. 이 접합점을 통한 우주적 질서에의 지향이 그의 삶의 궤적을 이룬다. 그는, 앞에서 비친 바와 같이, 이 질서의 일부이기를 원했다. 그러면서 그것이 그의 주어진 대로의 삶에서 일어나는 한 사건이기를 ── 구체적 체험이기를 원했다. 우주적 질서는 단순히 이론이 아니라 그를 감복(感服)하게 하는 질서여야 했다.

우주적 질서와 실존의 변증법

실존과 이성의 교차 여기에 관련되어 있는 삶의 변증법 ── 자애의 변증법은 깊이 있는 실존적 각성에 대한 어떤 종류의 실존주의적 통찰을 생각하게 한다. 가령 루소의 자아와 우주적 질서에 대한 직관은 실존과 이성의 관계에 대한 야스퍼스의 설명으로 이해될 수 있는 것이 아닌가 한다. 야스퍼스에게 모든 것을 포괄하는 질서는 이성의 질서이다. 그에게 이성은 우주적 질서의 원리이다. 그러면서 이것은 정신을 매개로 하여 역동적인 열림이 되고 개체적 실존을 매개로 하여 생생한 현실이 된다. 루소의 자연적 질서가 이성의 질서인가 하는 것은 분명치 않다. 그러나 그것이 포괄적인 질서인 것은 틀림이 없다. 그리고 그것은 무엇보다도 야스퍼스의 이성과 마찬가지로 실존적 체험이라고 할 감각과 생존의 느낌을 통하여 스스로를 드러낸다. 이 우주 질서와 실존 그리고 이성과 실존의 교차를 말하는 글을, 조금 길기는 하지만, 야스퍼스의 『이성과 실존』으로부터 인용해 본다.

우리 존재의 거대한 극(極)은 이성과 실존이다. 이성과 실존은 분리할 수 없다. 하나가 상실되면 다른 것도 상실되고 만다. 이성은 절망적으로 개방성에 저항하는 폐쇄적인 반항을 위해 실존에 굴복해서는 안 된다. 실존은 그 자체가 실체적 현실로 혼동되는 명석성을 위해 이성에 굴복해서는 안 된다.(그러면서도) 실존은 오직 이성에 의해서만 명료해진다. 이성은 오직 실존에 의해서만 내용을 얻는다.

이성에는 정당한 것의 부동성(不動性)과 임의의 무한성으로부터 정신의 이념의 전체성에 의한 생생한 결합으로, 또 이러한 결합으로부터 정신에 처음으로 본래적인 존재를 부여하는 담당자로서의 실존으로 나아가려는 갈망이 있다. 이성은 타자, 곧 이성에 있어서 명료해지고 또한 이성에 결정적인 충동을 주며, 이성을 지탱하고 있는 실존의 내용에 의존하고 있다. 내용이 없는 이성은 단순한 오성일 것이며, 이성으로서는 지반을 상실할 것이다. 직관이 없는 오성의 개념이 공허한 것처럼, 실존이 없는 이성은 공동(空洞)이다. 이성은 단순한 이성으로서가 아니라, 가능적 실존의 행위로서 존재한다.

그러나 실존도 타자, 곧 자기 자신을 창조하지 않은, 실존으로 하여금 처음으로 이 세계의 독립된 근원이 되게 하는 초월자에게 의존하고 있다. 초월자가 없으면 실존은 결실이 없고 사랑이 없는 악마의 반항이 된다. 실존은 이성에 의존하면서 이성의 밝음에 의해 비로소 불안정과 초월자의 요구를 경험하고 이성의 물음의 자극에 의해서 비로소 본래적인 운동을 일으키게 된다. 이성이 없으면 실존은 활동하지 못하고 잠을 자며, 마치 없는 것과 같다.[1]

이성과 실존의 길항과 포섭/그 변증법 "이성이 없으면 실존은 잠을 자며 마치 없는 것과 같다." 자연인은 스스로 안에 갇혀 있는 존재이다. 그것은 보

---

1 마르틴 하이데거·카를 야스퍼스, 「이성과 실존」, 『철학이란 무엇인가/ 형이상학이란 무엇인가 외/ 철학적 신앙·이성과 실존』(삼성출판사, 1982), 413~414쪽.

다 큰 질서의 원리를 통하여, 정신으로 일깨워지고, 세계에로, 창조적 삶에로 나아간다. 그러나 이것은 반드시 스스로의 동기에 의하여서만 그렇게 되는 것은 아니다. 큰 질서 자체가 그것을 촉구하는 것이다. 또는 달리 말하면, 세계와의 관계 맺음은 인간 존재의 근본 충동이 되게끔 되어 있다. 그리하여 사람은, 이성의 부름에 의하여, 정신의 세계로, 이성의 세계로, 보편적 질서로 나아간다. 그러나 그것은 완전히 큰 것에 흡수되는 것을 의미하는 것은 아니다. 인간 실존의 관점에서나 이성적 질서의 관점에서, 현실적 절실성을 유지하는 것은 실존적 행위를 통하여서이다. 또 달리 말하면, 사람이 잠자는 상태를 벗어난다는 것은 상황 속에서 그리고 보다 큰 전체성과의 관계 속에서 자신을 되돌아본다는 것이고 그것은 반성적 사고가 삶의 영원한 원리로 도입된다는 것을 말한다. 그러니만큼 큰 질서로 나아가면서도 그것에 완전히 흡수될 수가 없는 것이다. 사람이 이 질서의 일부가 된다면, 그것은 반성적이고 비판적인 관계 속에서만 일어나는 일이다. 그리고 다른 한편으로 이러한 합일이 단순한 포섭과 동일하지 않은 것은 그것이 창조적 과정이기 때문이다. 그리하여 실존의 움직임은 이성적 질서 자체의 수정과 변형 그리고 창조를 뜻한다. 사람은 이와 같은 실존의 현실과 큰 질서 양극의 긴장된 변증법 속에서 자아를 실현할 수 있다. 또는, 이것을 행복의 관점으로 옮겨 말한다면, 완전한 행복에 이를 수 있다.

　　이성과 실존의 변증법/그 사회적 의의　이것은 중요한 사회적 의미를 갖는다. 그렇다는 것은 큰 이성적 질서와의 반성적 관계에 있는 실존은 사회 질서에 대하여서도 비판적 검증의 기능을 가지게 될 것이기 때문이다. 실존적 검토가 없는 사회 질서는, 이성적 동기를 가졌든 갖지 않았든, 비인간적인 질서가 되기 쉽다. 모든 것을 하나로 포괄하려는 이데올로기적 이성에 의하여 지배되는 사회가 그 대표적인 경우이다. 인간적 질서는 구체적 삶 — 그것도 인간 실존의 전체적 진리에 가까이 가려고 하는 삶에 의하여 검증되고 수정되어야 한다. 그러면서 그 실존은 사회와 진리의 부름을 통하여 진정한 개체적인 의미를 얻게 된다. 진정한 인간적 사회는 살아 움직이는 삶의 논리 — 개체적이면서 집단적인 논리에 의하여 움직이는 사회이다. 어떤 경우에나 그것은 이성과 실존의 창조적 상호 작용 속에서 새로운 질서를 탄생하게 하는 것을 허용하는 사회이다. 반드시 전체주의 사회가 아니라도 인간이 권력 의지를 숨겨 가진 사회 도덕적 가치의 압력, 그리고 소비주의 가치의 세뇌로부터 해방되는 데에는 자신의 실존적 기반으로 되돌아가는 것이 필요하다. 물론 이것이 반성적인 깨달음의 필요를 말하는 것이라면, 또 경계하여야 할 것은 그것이 오늘날 우리 사회에서 너무 많이 볼 수 있듯이, '사랑이 없는 악마의 저항'에 그칠 수도 있고, 더 나아가 그것을 전체화한 이념이 될 수도 있다는 것이다. 다시 한 번 필요한 것은 쉼 없는 자기반성, 자기비판의 움직임이다.

추가하여 기억하여야 할 것은, 심각한 의미에서의 실존과 이성의 탐구가 반드시 일반화될 수 있는 것은 아니라는 것이다. 그것은 적극적인 의미에서나 한정된 의미에서나 그러하다. 앞에서 우리는 인간 행복의 중요한 형태로 그리고 큰 사회적 함축을 가진 것으로 공적 행복과 공적 공간을 말하였다. 공적 행복이 참으로 추구되고 공적 공간이 참으로 밝은 공간으로 유지될 때, 그것은 개체적으로나 집단적으로 인간 존재의 차원을 넓히고 높이는 것이 된다. 아렌트가 생각하는 이러한 차원은 평상적인 것들의 명랑함 속에 있는 것으로 보인다. 그것은 자연인의 자연스러운 자애의 연장선상에서의 사회적 발전을 나타낸다고 할 수 있다. 그럼에도 불구하고 그것은 사회의 다른 곳에서 또는 역사의 위기의 시기에 보다 어두운 실존과 이성의 고뇌에 의하여 회복되어야 하고, 복합적인 사회에서는 그러한 고뇌를 수반하는 반성과 비판의 지속으로 뒷받침되어야 한다. 야스퍼스가 말하듯이, 실존과 이성의 합일을 향한 탐구는 결국 '예외자', '단독자'에 의하여 행해진다. 실존의 과정은 공적 공간, 우주적 질서의 과정의 일부이면서 어디까지나 개체적 존재의 책임이라고 하지 않을 수 없다. 그것은 개인의 각성된 자아를 통하여 일어나는 사건이다. 거기에서 개인은 스스로의 삶을 하나의 형성적 여정으로 파악할 필요가 있다. 그러면서도 개인의 각성은, 희망적으로 생각하건대, 그로부터 사회 일반으로 퍼져 나간다. 그러는 한에 있어서 공적 공간은 부패와 타락을 피하여 독자적인 영역으로 존재한다. 그리고 개인은 그 안에서 행복한 삶을 누릴 수 있다.

4장

곤학困學의
역정歷程

진정성의 결심

1. 감각과 그 너머

감각과 자아의 전체성 되풀이하여 말하건대, 앞에서 루소의 자연을 구성된 것이라고 말하였지만, 그 바탕은 자연에 대한 감각적 경험이다. 루소에게 감각은 자연 체험의 통로이다. 거기에서 그는 그를 지탱해 줄 수 있는 행복을 찾는다. 감각적 체험의 직접성은 그에게 인간관계에서도 중요한 기준이다. 그것은 마담 드 배랭과의 관계에서도 그러하고, 그가 긍정적으로 말하는 작은 공동체의 경우에서도 그러하다. 그러나 그가 추구하는 것은 일시적인 감각적 쾌락이나 황홀이 아니다. 그에게 중요한 것은 이것이 지속하는 생존의 느낌으로 변조되는 것이다. 이것은 그의 실존의 자연스러운 리듬 속에서 일어나는 것이면서, 동시에 이성적인 일반화나 확대에 의하여 가능하여진다. 그럼으로 하여 그것은 자연의 질서 전체에 대한 직관적 이해에 이어진다. 그러면서도, 이것도 앞에서 말한 것이지만, 그의 우주에 대한 이해는 단순히 이성적인 것만은 아니다. 그것은 감각과 마음에 직접적으로 현존한다. 이때 이 혼성의 감각 그리고 마음을 가장 잘 표현하는 것은 찬탄 또는 찬미의 느낌이다. 그것은 직접적이면서 그것으로부터 거리가 있는 기묘한 마음 — 이성이 혼합된 마음의 상태이다. 루소의 자연과 자연 상태의 인간에 대한 생각이 구성적이라는 것은 이러한 감각과 이성의 동시적 혼합을 지적하려는 것이다. 이 혼합은 자기 형성의 노력에서 얻어진 정신의 한 효과일 가능성이 크다.

감각의 시험 이렇게 복합적인 성격을 가진 것이 감각적 체험인데, 그것이 함축하고 있는 특별한 의미를 다시 한 번 주목해 보기로 한다. 거기에서 오는 느낌은 어긋나지 않는 삶의 길을 가는 데에 중요한 계기를 이룬다. 앞에서 우리는 사람의 삶을 에워싸고 있는 커다란 테두리 — 주로 사회적 테두리를 말하였다. 이것은 많은 경우에 추상적인 이데올로기나 반드시 이데올로기로서 체계화되지 아니하면서도 무반성적으로 일반화된 세계관에서 파생되어 나온 상투적 이념이 대신한다. 그러면서 이것이 사람의 행동을 규제하는 것이다. 이러한 것들의 규제 작용에 대하여 하나의 시험제가 되는 것이 감각이다.

가령 음식이 어떤 맛인가는 먹어 보는 것 이외에는 달리 그것을 알 수 있는 방법이 없다. 그것은 추상적 설명으로는 알 수가 없는 것이다. 또 맛을 보는 경우, 그것은 어떤 것으로 느끼라고 강요될 수가 없다. 이러한 점에서 맛은 그 자체로 진리성을 가지고 있다고 하겠다. 맛이라는 감각의 이러한 성격은 인간 체험의 원초적인 사실이지만, 감각은 보다 큰 의미에서 중요한 시험제가 될 수 있다. 그러나 이 맛의 시험이 반드시 원초적인 것만은 아니라는 점에도 주의할 필요가 있다. 그것은 여러 가지 요인이 — 간접적인 요인들이 합치면서 다시 즉각적인 것으로 변화한 맛이다. 한 사람에게 아무리 맛이 있는 음식이라고 하더라도, 또 그렇게 느끼는 것이 당연하다는 말을 듣더라도, 그것이 곧 모든 사람에게 같은 맛으로 느껴질 수는 없다. 맛의 차이는 본래적인 생물학적인 차이로 인한 것일 수도 있고, 습관의 차이 또 문화적 차이로 인한 것일 수도 있다. 이것은, 가치 평가를 떠나서, 기호(嗜好)가 개인적이면서도 문화적이고 그러니만큼 인격적 조직과 문화적 훈련의 전체성에 관계되어 있다는 것을 말한다. 그러니까 한 사람이 맛이 있다고 다른 사람에게 반드시 그렇게 되지 않는다는 것은 직접적으로 작용하는 생물학적 반응 안에 인격과 문화 전체가 개재된다는 것을 말한다. 감각이 우리의 판단에서 지극히 강력한 증거로서 작용하고 어떤 사항의 진정성을 시험하는 시험제가 되는 것은 이러한 사정으로 인한 것이다. 루소가 자연에서 갖는 기쁨도 이러한 성격의 시험제로서의 의미를 갖는다고 할 수 있다.

   카탈렙시스의 확신 이러한 감각적 시험은 조금 더 확대하여 구체적인 실존적 계기에서도 적용된다고 할 수 있다. 결혼과 관계하여 사랑에 빠진 당사자들과 집안 어른들의 견해의 차이는 사안 자체에 대한 정보와 판단의 차이의 문제이면서 사안의 여러 맥락이 감각적으로 집합되는 경험적 계기에 관련된, 서로 다르게 형성된 확신으로 인한 것이라고 할 수 있다. 부모의 판단은 정보 일반에 기초하는 것인 데 대하여 자식의 판단은 체험의 구체적인 증거로부터 일반적 판단에로 나아가는 것이라고 할 수 있다. 또는, 최선의 경우에, 전자에 의하여 후자가 시험된 결과라고 할 수 있다. 추상적이고 일반적인 판단이 가지고 있지 않은 것은 판단의 기초로서의 감각의 시금석이다.
   마사 너스바움(Martha C. Nussbaum)은 문학과 철학의 양편에 걸쳐 있는 여러 에세이에서 젊은 당사자들의 사랑은 간단한 합리주의적 관점에서 이해할 수 없는 진실을 가지고 있다는 것을 설명한 일이 있다.(이것은 그

의 사회 철학에 중요한 기초의 하나가 된다.) 그가 드는 예로서 가장 그럴싸한 것
은 헨리 제임스(Henry James)의 한 소설에서 딸의 약혼자를 탐탁하게 여기
지 않는 아버지가 딸과의 긴 대화를 통해서 딸의 삶의 실존적이고 경험적
인 독자성을 깨닫게 되는 예이다. 또 이 깨달음은 일반적 이해의 과정이 아
니라 딸과의 구체적인 만남 — 구체적이면서 넓은 이해의 틀 안에서 일어
나는 만남을 통해서 아버지에게 주어진다.[1] 인간 이해에서의 이러한 구체
적인 진실의 중요성은 사람이 자기 자신에 관한 진실을 알게 되는 과정에
도 작용한다. 너스바움의 또 하나의 예는 마르셀 프루스트(Marcel Proust)
의 『잃어버린 시간을 찾아서』에서 마르셀이 사랑의 괴로움을 합리성과 건
전한 습관에 의지하여 극복하려다가 무엇이 문제인가를 깨닫게 되는 과정
을 분석한 것이다. 너스바움은 이것을 위하여 스토아 철학의 '카탈렙시스
(katalepsis, 확신)'의 개념을 끌어들인다. 제논(Zenon)은 사람의 외적 세계에
대한 지식은 궁극적으로 세계에 대하여 사람이 갖는 특정한 지각적 인상
에 근거한다고 했다. 이 인상들은 그 특별한 성질로 하여 자체의 진실을 증
거하는 것으로 생각된다. 이러한 감각에서 오는 것이 카탈렙시스의 — 경
직증(硬直症)에 비슷한 현상이다.

여기에서 감각의 증거는 다른 어떤 것으로도 쉽게 반박할 수 없는 확신
이 된다. "이 (감각에 근거한) 강직한 인상은, 오로지 그 느낌의 질로 하여, 우
리로부터 동의를 끌어내고, 틀림이 없다는 확신을 가지게 하는 힘을 가지
고 있다." 그렇다고 이것이 광신과 같은 것은 아니다. "그것은 제논의 말대
로, 실재가 실재의 모습 그대로 우리에게 각인하는 인상, 실재하는 것이 아
닌 것으로부터 나올 수가 없는, 그러한 표지이고 인상이다." 과학 자체도
이러한 카탈렙시스를 체계화한 것이다.[2] 마르셀은, 그의 이루지 못한 사랑

1 Cf. Martha C. Nussbaum, *Love's Knowledge*(Oxford University Press, 1990), pp. 149~154.

에서 느끼는 고통의 느낌이 모든 이성적인 판단에 비하여서 그의 보다 깊은 생존의 궤적에 관계되는 진리를 담고 있었다는 것을 깨닫게 된다. 카탈렙시스의 증거에 굴복하는 것이다.

이렇게 볼 때, 느낌이나 확신은 여러 층으로 이루어졌다고 할 수 있다. 그것은 어떤 종류의 지각에서 나오는 것일 수 있다. 우리가 어떤 이야기를 하면서, "내 눈으로 보았는데 그것을 부인하려 하느냐?" 하는 말, 또는 반어적으로 하는, "서울을 이야기할 때, 서울 안 가 본 사람이 서울 가 본 사람을 이긴다."라는 것과 같은 말은 눈으로 본 증거의 카탈렙시스적 효과를 말하는 것이다. 또는 맹자가 윤리의 기초로서 말하는 불인지심(不忍之心), 차마 못하는 마음은 거의 본능적으로 확실한 것으로 느껴지는 측은한 마음이다. 보다 높은 차원에서는, 루터가 자신의 소신을 취소하라는 요청에 대하여, "나는 달리할 수 없다."라고 하였을 때, 여기에도 조금 더 복잡한 실존적 진리의 변증법이 작용하는 것이기는 하지만, 비슷한 확신 ── 거의 감각적인 확신이 작용한다고 할 수 있다.

감각의 에피파니 강한 감각적 또는 지각적 인상은 다시 말하여 삶의 진실에 대한 중요한 증거이다. 그리고 이것은, 개인과 사회의 관계에 대한 우리의 논의에 관련시켜 볼 때, 삶의 진리에 대한 기본으로서 개인의 중요성을 다시 확인하는 일이 된다. 인간적인 현실은 모두 체험적인 내용을 가지고 있다. 그리고 체험은 개인을 떠나서 생각할 수 없다. 인간 현실의 진상이나 경험에 대한 일반적 서술은 이것을 귀납적으로 집계한 것이다. 사회를 이야기할 때에도 그 구조나 구성이 좋은 것인가 나쁜 것인가는 그 이론적 정합성만으로는 말할 수 없다. 그것은 체험적으로 시험될 수밖에 없다. 이것

---

2 Ibid., p. 265.

은 사회관계의 경우에도 그러하다. 원만한 사회관계가 있는 사회인가 아닌가는 결국 그 사회에 사는 사람들의 느낌으로 시험된다고 할 수밖에 없다는 말이다.

그러나 모든 감각이 삶의 진실에 대한 신뢰할 수 있는 증거가 되는 것은 아니다. 그것은 감각이면서도 감각을 초월하는 어떤 신성한 성격을 가진 것일 때 그러한 의미를 갖는다. 그 구조는 제임스 조이스(James Joyce)가 말한 에피파니(epiphany)의 구조에 비슷하다. 그는 "저속한 말이나 몸짓 또는 마음의 어떤 국면에 갑자기 드러나는 미묘한 정신성의 현현(顯現)"을 에피파니라고 정의하였다.(『스티븐 히어로(Stephen Hero)』) 조이스의 작품은 단순히 이러한 경우만이 아니라 어떤 특정한 계기가 사건이나 상황의 전모를 드러내 보여 주게 되는 것을 그리는 경우가 많다. 에피파니는 원래 신이 그 모습을 드러낸다는 뜻을 가지고 있다. 조이스에게도 에피파니는 이러한 성격을 가지고 있다. 다만 그것은 초월적인 평면보다는 경험적인 평면에서 일어난다고 할 수 있다. 어쨌든 그것은 어떤 구체적 계기가 상황의 큰 의미를 한 번에 환하게 알게 하는 경우를 말한다. 이때 구체적인 계기는 신성, 정신성 그리고 의미를 느끼게 한다. 사실 조이스만이 아니라 문학의 많은 부분은 이러한 에피파니의 현상을 포착한 것이다.

정치의 감각적 테스트 그런데 이것은 정치적인 의미도 가질 수 있다. 위에 말한 불인지심과 같은 것 ─ 즉 현장에서 갑자기 느끼게 되는 구체적인 진실에 대한 느낌과 판단이 인간 진실의 중요한 부분으로 인정되었더라면, 어쩌면 정치적 정의의 이름으로 일어나는 많은 정치적 잔학 행위는 일어나지 않았을지도 모른다. 이렇게 생각해 보면, 개인의 감각적 체험은 개인의 삶의 고락(苦樂)에만 관계되는 것이 아니다. 자주 지적되는 것은 루소의 민주 정치론이 함축하고 있는 전체주의 편향이다. 그러나 그는 다른 정치 철학자들에 비하여 인간의 감수성이 드러내 주는 인간 현실에 민감하였다. 이 민감성은 감각적 체험에 대한 그의 존중에도 관계되는 것이라고 할 수 있다. 그러나 그것은, 앞에서 살핀 바와 같이, 보다 큰 것을 비추어 내는 것이었다. 그 감각은 단순히 타고난 대로의 감각이 아니라 더 큰 것을 감추어 가지고 있는 것이었다. 그의 감각은 에피파니적인 구조를 가지고 있었다고 할 수 있다.

2. 감각의 진정성

감각 체험의 담지자로서의 개체적 인간 그러니까 그의 감각은 모든 사람이 함께 가지고 있는 감각이면서 동시에 특수한 이성적 작용을 통하여 다듬어진 감각인 것이다. 이것은 그가 글에서 말하는 감각적 경험의 경우에도 해당된다. 그것은 감각을 그대로 이야기한 것이 아니라 이성적 담론의 테두리 안에서 재구성한 것이다. 그가 개인과 사회, 개인과 자연 또는 개인과 사회와 자연의 관계를 말하면서, 개인의 사회화를 일단 보류하고 개인으로부터의 출발을 시도한다고 할 때도, 그 개인은 있는 대로의 현실의 개인이 아니라 본질로 환원하여 생각된, 진정한 의미에서의 개인이다. 이것은 자연에도 해당되는 이야기이다. 그러니까 루소가 말하는 자연이 참으로 있는 대로의 자연이라고 할 수 없다는 말이다. 구태여 말한다면, 그의 자연의 개인은 진정한 자연에 있는 진정한 개인이라고 하여야 할 것이다. 앞에서 우리는 진실성의 테스트로서의 감각에 대하여 말하였다. 그러나 감각이 단순하게 그 순수성 속에서 존재하는 것이 아니라면, 그 테스트는 감각의 복잡한 변용을 전제하지 않고는 수긍할 수 없는 것이 된다. 그리하여 그 전제로서, 문제 삼아야 할 것은 그것이 어떤 감각인가 하는 것이다. 그리고 감각의 진리성이 그것의 이성적 변용에 관계된다고 한다면, 다시 문제 되는 것은 어떤 이성적 변용이 있었는가, 그 이성의 보유자가 어떤 사람인가 하는 것이다.

다시 자연 속의 인간의 문제로 돌아가서, 자연은 동양에서도 은사(隱士)들의 피난처였다. 자연과 인간의 만남이 일정한 직접성을 가지면서 우리의 삶에서 치유 효과를 갖는다는 것은 보편적인 인간의 진실로 보인다. 그러나 여기에 문제 되는 자연이, 가령 부동산 투자가의 입장에서 보는 자연은 아닐 것이다. 그렇지 않은 사람의 경우라도 어떻게 하는 것이 자연을 제대로, 있는 그대로 접하는 것인지 그것을 바르게 정의하기는 쉽지 않은 일이다. 루소에게 자연은 직접적인 감각적 호소력을 가진 것이었으나, 그는 이것을 보다 섬세하게 하는 방법의 하나가 식물학을 공부하는 것이라고 생각하였다. 시인이나 화가의 작품들의 많은 부분은 인간과 자연과의 만남을 이야기한 것이지만, 그 전체적인 의의와 뉘앙스에 대한 변조는 거의 무한하다고 할 수 있다. 이외에도 자연의 감식은 다른 많은 섬세한 방법적 연구나 감성의 세련에 의하여 심화가 있을 수 있을 것이다. 하여튼 자연을 대하는 데에도 사람이 개입되고 그 사람은 일정한 태도를 가지고 또 훈련을 가진 사람이어야 한다.

3. 진정한 인간 존재의 가능성

진정한 인간 이러한 점에서 바른 정향을 가진 사람 또는 자연의 모든 것에 열려 있는 사람은 어떤 사람인가? 위에서 잠깐 비친 바와 같이, 우리가 자연 풍경을 보는 경우에도 그 체험을 대하는 우리의 태도는 여러 가지일 수 있다. 그렇다면, 우리가 자연에서 느끼는 것이 우리의 사고에서 어떤 기준이 될 수 있겠는가? 또는 우리의 느낌이 그런대로 확신의 기초가 되고 진리의 기본이 된다고 하는 입론에서, 그 느낌의 자의성에 비추어 어떻게 그것이 기준이 될 수 있겠는가? 여기에서 문제가 되는 것은 단순히 편견을 가지고 자연에 열려 있는 것이 아니라 진정으로 자연에 열려 있는 사람이다. 루소도 그러하지만, 우리가 자연 속의 인간을 생각하는 것은 거기에서 인간적 경험의 진정한 출발의 극(極)을 찾고자 하는 것이다. 그러한 관점에서 진정한 인간은, 그러한 감성을 가지고 있으면서, 동시에 더 넓게 인간적 가능성으로 스스로를 열고 그 가능성을 자신의 것으로 한 사람이어야 할 것이다. 그러나 어떤 사람이 그러한 사람인가? 진정한 인간은, 우리 자신이 바로 그것인바, 좁고 무지할 뿐만 아니라 반성되지 않은 통념과 편견에 찬 인간이 아니라는 말이기는 하지만, 그것을 적극적인 의미에서 정의하기는 어려운 일이다. 그러면서도 이것은 자연을 문제 삼고, 우리의 감각적 증거를 문제 삼으면서 피할 수 없는 질문이다.

진정한 자아 진정한 인간이라는 개념을 인간 이해의 중요한 열쇠로 생각한 철학의 하나는 실존주의의 철학이다.(사실 이것을 생각하지 않는 철학 또는 철학적 인간학은 없다고 하겠지만.) 우리가 원하는 것에 반드시 맞는 것은 아니지만, 이 진정성(Eigentlichkeit, authenticity)이 하이데거의 철학에서 어떻게 생각되는가를, 이에 관계된 몇 가지 사항을 추출하여 간단히 살펴보기로 한다.

가장 넓은 의미에서 하이데거가 인간의 있음을 정의하는 말은 '현존재(Dasein)'이다. 그가 말하는 현존재의 첫 번째 특징은 그것이 언제나 '나의 것으로서의 성격(Jemeinigkeit)'을 가지고 있다는 것이다. 그러면서 그것은 사물이나 도구처럼 정의될 수는 없고 스스로를 어떤 것으로 선택하여야 할 존재이고 그리고 이 선택에 있어서 열려 있는 존재이다. 진정성은 완전히 보장될 수는 없는 것이면서, 이러한 선택에서 하나의 기준으로 작용할 수 있는 자아의 속성이다.(그러나 이것도 당위로서 주어진 것이라기보다는 스스로 선택하여야 하는 기준이다.) 다시 이에 관련된 하이데거의 원문 — 물론 번역하여 인용하는 원문은 다음과 같다.

> 현존재, 다자인은 이런저런 방식으로 나의 것이다. 다자인은 그때마다 나의 것으로서 그때마다 존재하는 방식에 대하여 일정한 결정을 내린다. 존재함에 있어서 이 존재 자체를 문제화하는 존재자는 자기의 존재에 대하여 가장 강한 스스로의 가능성으로써 행동한다. 그러할 때마다, 다자인은 그 가능성이고, 그 가능성을 '갖는다.' 그러나 이것을 대상적 존재의 경우에서처럼 속성으로 갖는 것은 아니다. 그리고 다자인은 경우마다 그 자신의 가능성이기 때문에, 그 존재함에서 스스로를 선택하고 그것을 얻을 수 있다. 또한 다자인은 스스로를 잃을 수도 있거나 스스로를 얻은 것처럼 또는 잃은 것처럼 보일 뿐일 수도 있다. 그러나 그것이 본질상 '진정한' 어떤 것, 즉 자신의 것일 수 있다는 전제하에서만, 그것을 스스로 잃고 스스로 얻지 못했다고 할 수 있다. 존재의 양식으로서의 진정성과 비진정성은 — 이 용어들은 엄격한 의미로 쓰고 있는 것인데 — 다 같이 다자인이 나의 것이라는 사실에 근거한다. 그러나 다자인의 비진정성은 보다 작은 존재 또는 낮은 존재를 의미하지 않는다. 다자인이 그 열중과 흥분과 흥미와 즐김에 있어서 가장 완전하게 구체화된 경우에도 비진정성을 특징으로 할 수 있다.[3]

얼른 읽기에 위의 인용문은 매우 난삽하다. 그러나 하이데거의 문장은, 많은 경우, 지극히 난삽하면서도 우리가 다 알고 있는 우리의 경험을 미세

---

3   Martin Heidegger, *Sein und Zeit*(Tübingen: Max Niemeyer, 1972), pp. 42~43.

하게 분석한 것이어서 반드시 추상적인 개념적 해석을 통하여서만 설명되는 것은 아니다. 그것은 삶에 대한 우리의 직관적 이해를 분석하는 데에 철저할 뿐이다.

앞의 인용문을 간단히 재해석하면, 첫째 주장은, 사람은 자기의 삶을 선택하여 산다는 것이다. 선택한다는 것은 어떤 특성을 몸에 지닌다는 결정이 아니라 자신의 존재 방식 전체를 스스로 결정한다는 것이다. 이것은 그렇게 존재할 수 있는 여러 가능성 가운데 하나를 선택하는 것이다. 그런데 어떤 것은 진정한 자기의 존재 방식에 맞고 다른 어떤 것은 그것에 맞지 않는다. 그러나 이 차이는 절대적인 것이 아니다. 진정하지 못한 존재의 방식, 삶의 방식도 삶과 존재의 가능성 안에 있는 것이기 때문이다. 둘 다 존재의 양상(Seinsmodi)이다. 헤겔은 모든 존재하는 것은 이성적이라고 말한 일이 있지만, 하이데거는 모든 사는 방식은 삶의 가능성의 범위 안에 있다고 한다.

모든 것이 존재의 가능성 안에 있다고 한다면, 진정한 삶──그 진정성이라는 것은 무엇을 의미하는가? 간단하게, 진부하게 말한다면, 진정한 삶을 사는 것은 사람답게 사는 것이라고 할 수 있을지 모른다. 통속적으로는, 어깨를 펴고 활기 있게 사는 것이 잘 사는 것, 진정으로 사는 것이랄 수도 있을 것이다. 요즘의 우리 신문에 보면, '사로잡혔다', '푹 빠졌다' 등의 말이 많이 쓰이는 것을 본다. 이러한 기사를 쓰는 사람들이 원하는 것은 열광하는 삶일 것이다. 다만 하이데거는, 앞의 인용으로 보건대, 진정성의 증거가 열중과 흥분과 흥미와 즐김에 있는 것은 아니라고 말한다. 그러나 진정하다는 것도 그렇게 전제될 수 있을 뿐이고, 선택의 가능성일 뿐이다. 그러면서도 삶은 보다 본질적인 것일 수 있고, 보다 자신 고유의 것일 수 있다. 그렇다면, 모호한 대로, 그것이 완전히 자의적인 선택인 것은 아니다. 그것은 원래 있는 것이 아니라 찾아져야 할 어떤 것이다. 그러면서 자의적인 것이 아니라 사람의 존재 방식의 어떤 핵심에 연결되는 것이다. 이렇게 말하는 것은, 순환 논법에 빠지는 것이기는 하지만, 어떤 진정한 삶의 방식 — 참다운 삶의 방식이 있다는 생각을 전제하는 것이다.

평균적 삶과 그 지평 그렇다고 하더라도 인간 존재의 참모습은 대체로 평균화된 삶 속에 감추어져 버린다. 그러면서도 찾아져야 할 진정성은 이러한 삶, 그 일상성 속에 있다. 그리하여 진정한 삶은 찾기 어려운 것이면서도 바로 가까이 있는 것이다. 결국 모든 가능성은 연속적인 평면에 존재하기 때문이다. 이론적으로도 일상적 삶의 분석은 이미 그 막연한 불분명함 속에 있는 일상성을 넘어 그 구조를 드러내는 일을 한다. "현존재적(ontisch)으로 일상성 속에 있는 것은 존재론적(ontologisch)으로는 의미심장한 구조 속에서 파악될 수 있다. 이것은 구조적으로 다자인의 진정한 존재의 존재론적 특징으로부터 구분되지 아니한다."[4] 하이데거는 이렇게 말한다.

그가 시도하는 것은 인간 존재 해석의 기본을 밝히는 이론적인 작업, 현존재 분석(Daseinsanalyse)이지만, 이것은 개체적으로도 자신의 진정한 모습을 찾으려는 일에 일치하는 일이다. 그가 인용하고 있는 아우구스티누스의 말은 이론적 다자인 분석에 들어 있는 이러한 개인적인 차원에서의 노력을 실감하게 한다. "나에게 나보다 가까운 것이 무엇이겠는가? 나의 애씀은 여기 이곳에서이고 나 자신에서이다. 나는 가파르고 너무 많은 땀을 흘리는 땅이 되었다."[5] 이 표현에 나와 있는 것은, 참다운 삶을 위한 아우구스티누스의 노력은 바로 이 순간 이 장소에 집중되어 있고, 또 자신의 내면

---

4 Ibid., p. 44.

5 Ibid., p. 44.

의 탐색에 있다는 것이다. 바깥의 땅을 일구면서 동시에 그것에 근거하여 심전(心田)을 경작하는 것이다. 그리고 그러는 사이에 마음의 단순성을 잃어버리는 삶의 아이러니를 아우구스티누스는 한탄한다. 다시 말하여, 하이데거의 존재 분석은 결코 과학적 의미에서 경험 세계의 개념을 분명히 하는 것이 아니라 반성적 노력을 통하여 모든 것의 기본으로서의 인간 존재의 구조를 들추어 내는 노력이다. 그리고 그것은 우리가 사는 일상적 삶속에 있다.

그러나 분석적 작업에는 논리가 필요하다. 하이데거의 존재 분석도 논리를 요구한다. 희랍 철학에서 알 수 있는 것은 사람이 사물들을 만나는 것은 '노에인(noein)' 또는 '로고스(Logos)'를 통해서라는 사실이다. 그러나 존재를 밝히는 데 개입하는 로고스는 특별한 로고스이다. 즉 사물들의 존재 됨은 특별한 종류의 로고스, "'레게인(legein)'을 통하여 ── 사물을 있는 그대로 보이게 하는 특별한 '로고스'를 통하여 밝혀진다. 그러면서 이 존재 됨은 미리, (즉 사물이 있다고 인지되기 전에) 있는 것으로서, 또 모든 사물에 들어 있는 것으로서 이해된다."[6] 이 까다로운 문장들에서 하이데거가 말하려는 것은 단순하게 다시 말하여질 수 있다. 즉 사람이 사물을 지각하거나 인지하는 것은 존재의 사실을 전제로 한다는 것이다. 즉 우리가 사물을 인지하는 데에는, 사물들이 존재할 수 있다는 일반적 존재의 가능성을 알고, 또 어떤 특정한 사물이 이 존재의 지평에서 일정한 존재성을 갖는다는 것을 안다는 것이 예비 조건으로 전제되어 있는 것이다.

이러한 지평의 존재는 분석을 통해서 밝혀지는 것이지만, 모든 지각에는 이미 이것이 작용하고 있다. 이것은, 또다시 옮겨 보면, 게슈탈트 심리학이 특정한 사물(figure)의 지각에는 반드시 그 배경(background)이 수반된

---

6 Ibid., p. 44.

다고 하는 것에 비슷하다. 이러한 지각과 인지의 구조는 사람의 실존의 구조에 그대로 해당된다. 일상적 삶이 진정한 존재론적 구조를 알 수 있게 한다는 것도 사물과 존재에 들어 있는 비슷한 예비 구조로 인하여 가능한 것이다. 일상적 삶이란 그때그때의 일에 사로잡혀 있는 삶이지만, 그것도 보다 넓고 깊은 삶의 전체 구조 속에 있는 것으로 인식될 수 있는 것이다. 이 것이 사람으로 하여금 일상적 삶에 즉해 있으면서 그것으로부터 깨어나는 것을 가능하게 한다. 물론 이것은 그렇게 하겠다는 각성을 전제로 한다. 이 각성에 도움이 되는 것이 이성이다.

공중 속의 삶 하이데거에서 일상성은 삶의 일반적 형태이지만, 그것이 강화되는 것은 우리가 여러 사람 사이에 살기 때문이다. 사람의 존재 방식은 다른 사람과 함께 있고 더불어 있음이다. 그리하여 다른 사람으로부터 멀리 떨어지는 거리는 늘 걱정거리가 된다. 다른 사람에게서 떨어져 혼자 있으면 불안한 것이다. 그래서 사람들이 있는 곳으로 다가가는 일은 하나의 강박이 된다. 그러다 보면 자신의 삶은 다른 사람들에 의하여 완전히 휘둘리는 것이 된다. 반드시 그것이 인위적으로 일어나는 것이 아니라도 여러 사람 사이에서 사는 방식, 공중 속에서 사는 방식은 이러한 평준화를 불가피하게 한다.

공중 교통을 이용하고, 신문과 같은 공중 매체의 정보를 이용하고 하는 사이 모든 타자는 비슷해진다. 이러한 더불어 있음은 내 자신의 다자인을 해체하여 버리고 그것을 '타자들'의 존재와 하나가 되게 한다. 그리고 점차로 타자들과 구별되고 분명한 존재이기를 그치게 된다. 이 미구분과 미확인성 속에서 '그들(das Man)'의 독재가 시작된다. 우리는 그들이 즐기는 바를 그들처럼 즐기고, 문학과 예술에서도 그들이 읽고, 보고, 판단하는 바와 같이 보고 판단한다. 그리고 그들이 다수 군중을 기피하면 자신도 기피하고 그들이 분격하는 것에 대해서는 자신도 분격한다. 확실하게 정의되는 것이 아닌 그들, 숫자 상으로 그러한 것은 아니면서 전체가 되는 그들은 일상성의 존재 양식을 처방한다.[7]

이 공중성(Die Öffentlichkeit)이 인간 존재의 진정성을 흐리게 하는 효과를 하이데거는 계속하여 다음과 같이 말한다.

거리감, 평균성, 평준화가 그들의 존재 방식으로서 공중이라고 부르는 것을 구성한다. 공중은 모든 세계와 다자인 해석을 직접적으로 통제한다. 그것은 언제나 옳다. 옳다고 하는 것은 '사물'에 관계하는, 특별하게 원초적인 존재의 관계 방식이 있기 때문에 그렇게 말하는 것이 아니고, 그것이 특히 다자인의 투명성을 빌려 오고 이용하기 때문도 아니다. 그것은 공중으로의 삶이 모든 차원의 차이와 순수성을 감지하지 못하고 사물의 핵심에 결코 나아가지 못하기 때문이다. 공중성은 모든 것을 어둡게 한다. (그것 안에서) 감추어진 것은 익숙히 아는 것이 되고 누구나 접근 가능한 것으로 통하게 된다.[8]

결단의 삶 이와 같이, '그들'은 개별적 다자인의 개체성을 말살한다. 그것은 사실 개체적인 책임을 빼앗아 가는 것이지만, 그 삶의 부담을 덜어 주고 편안함을 확보해 준다. 그런 가운데 다자인은 그 뒷받침을 받아 그 테두리 안에서 그 나름으로 자기가 된다. 그러나 여기에서 나의 다자인은, 또 타자의 다자인도 참된 자신을 발견하지 못한다. 공중으로서의 '그들'의 일

---

7   Ibid., p. 126.

8   Ibid., p. 127.

부로서 존재하는 것은 "비진정성의 존재 방식이고 자기로서 바로 서기에 실패하는 것이다."[9]

그렇다면 이러한 일반적인 것에 함몰되어 있는 상태를 벗어나는 것은 어떻게 가능한가? 하이데거는 다자인이 '결단(Entscheidung)'을 향하여 나아갈 때, '그들'은 사라져 버린다고 말한다. 이것은 어떠한 결단이어야 하는가? 앞에서 말한바, 다자인의 분석에서 드러나는 바와 같은 로고스를 통한 전체적인 자기 인식을 결심하는 것 — 이것은 그러한 결단의 하나라고 할 수 있다. 그러나 이것이 하이데거의 『존재와 시간』을 읽고 그에 따라 자기의 삶을 되돌아보는 것을 의미하는 것은 아닐 것이다. 그러한 학문적 결심이 중요하다고 하더라도 필요한 것은 자기가 얻게 되는 분석적 이해를 자신의 존재의 근본이 되게 하는 것일 것이다. 그것은 이 결단을 실존에 연결하고 또 그것을 지속적인 것이 되게 하는 것이다. 이것을 가능하게 하는 것은 단호한 결심(Entschluss(Entschlossenheit)이다. '결심'은 "다자인의 존재 가능성(또는 잠재력)을 실존적으로 증빙하는 것"[10]이다.

존재의 전체적 가능성 다시 말하여 결심은 다자인이 가지고 있는 여러 특징을 미리 바르게 이해하고 그것을 자신의 삶에 그대로 수용하면서 삶을 기획하는 것을 말한다. 그 특징들은 불안이라든지 죽음, 죄책감, 양심, 걱정, 돌봄 등을 포함한다. 하이데거가 인간 존재를 "죽음에 이르는 존재"라고 정의한 것은 유명한 말이지만, 앞에 든 다자인의 실존적 조건의 항목들 가운데 특히 중요한 것은 죽음이다. 죽음의 문제는, 앞에서 말한 것처럼, 서양의 기독교적 수련에서나 푸코에서나 다 같이 중요한 것이었다. 죽음

---

9 Ibid., p. 128.

10 Ibid., p. 302.

에 대한 명상은 어느 경우에나 인간의 한계 속에 있다는 것을 기억하는 것을 의미하지만, 기독교에서 그것은 체념과 기세(棄世)에 관계되어 있고, 푸코에서 그것은 삶의 현실을 한껏 장악하는 데에 관계되어 있다. 하이데거의 경우에도 죽음은 반드시 체념이나 병적 집착을 의미하는 것이라기보다 삶의 절실한 완성에 관계되어 있다고 할 수 있다.

죽음을 생각하는 것은 사람이 시간의 한계 안에 있다는 사실을 상기하고, 그 안에서 할 수 있는 일을 한껏 하도록 기획하는 데에 도움을 준다. 하이데거는 '결심'은 '예견(Vorlaufen)'과 불가분의 관계에 있다고 말한다. 결심은 "전체로서의 존재 가능성을 예비적 결심으로 풀어내는 것"이다.[11] 실존의 다른 문제들, 가령 죄책감 — 할 일을 다하지 못한 데에서 오는 죄책감이라든지 해야 될 일을 어긋남이 없이 성실하게 해야 한다는 양심이라든지 이러한 것들은 모두 인간의 삶이 죽음으로 끝나게 될, 제한된 시간 속의 일이라는 것 — 말하자면 급하게 할 일을 하여야 하는 삶이라는 사실에 관계되어 발생하는 문제들이다. 그리하여, 가령 "양심의 부름을 이해하면, (자기가) '그들'의 세계에서 헤매고 있었다는 것이 드러난다. (그리고) 단호한 결심은 다자인을 그의 절실한 자아로서의 존재의 가능성으로 돌아오게 한다." 이와 같이 "결심한다는 것은 삶의 전부를 미리 생각하며 그에 따라서 행동하는 것이다. 결심은 자신으로서의 존재를 위한 그의 가장 자기다운 가능성으로 다자인을 되돌아오게 한다. 사람이 죽음을 향한 존재를 이해하면 — 죽음을 자신의 가장 밀접한 가능성으로 이해하면, 사람의 존재를 향한 가능성은 진정한 것이 되고 완전히 투명한 것이 된다."[12]

---

11 Ibid., p. 303.
12 Ibid., p. 307.

진리와 확신 그러나 다시 말하여, 진정한 자기로 산다는 것이 제 마음대로 산다는 것을 뜻하는 것이 아님은 물론이다. 그것은 진리에 따라 살고 또 진리에 대한 확신에 따라 행동한다는 것을 말한다. 그러나 하이데거가 절대적인 진리가 있고 사람이 이 절대적인 진리에 따라 살아야 한다고 하는 것은 아니다. 이것은 어디까지나 개체의 존재론적이고 실존적 자각에 달려 있다. "결심이라는 현상은 우리를 인간 실존의 진리에로 이끌어 간다." 그러나 하이데거는 다시 말한다. "진리는, 진리를 진리로서 견지하는 일에 대응한다." 진리는 진리를 진리로 견지하려는 결심의 소산인 것이다. 이러한 주관성에도 불구하고, 또는 바로 그 때문에, 진리에는 확신이 따른다. "드러난 것, 찾아진 것을 분명하게 자기 것이 되게 하는 것이 그것에 대하여 확신하는 것이다. 실존의 근원적 진리는, 결심이 드러낸 것 가운데 스스로를 지탱하는 것임으로 하여, 똑같이 근원적인 확신을 요청한다."[13] 다시 말하면, 진리를 진리로 지탱하려면, 거기에는 실존적인 결심이 수반되어야 하는 것이다. 또는 진리를 만드는 것은 실존적 결심이기 때문에, 진리에 확신이 따르는 것은 필연적인 것이다.

상황 속에서의 실존 이 모든 것은 주어진 상황에 철저하게 즉하여 살려는 결심에 밀착되어 있다. 결심은 자신이 처해 있는 상황 속에 살려는 의지를 나타낸다. 그러면서 물론 상황 자체는 따로 있는 것이라기보다는 이러한 결심으로 분명해지는 어떤 것이다. 결심이 상황을 드러나게 하고 또 결심한 자로 하여금 스스로 일정한 상황 속에 있음을 보여 주는 것이다. 이것을 구체적으로 규정하는 것이 발견되는 진리이고 그것을 인지하고 자기의 것으로 받아들이는 것이 확신이다. 그러나 이 진리나 확신이 광신적인 성격

---

13 Ibid., p. 307.

을 띠지는 아니한다. "확신은 그 드러남에서 정의되는 대로 현재적인 사실적 가능성에 대하여 열려 있는 것으로 자유로운 상태에 있는 것으로 생각되어야 한다." 그러면서, "결심의 확실성은 그것을 취소할 자유를 가지고 있다는 것 — 그 사실적 필연성을 취소할 수 있다는 것을 의미한다."[14]

공존의 문제 결심은 다시 말하여 사람으로 하여금 그때그때의 사실적 상황에 충실하게 하는 기제이다. 그것은 사람이 여러 가능성 속에 살고 있기 때문이다. 목전의 현실을 떠나 버리는 것이 하나의 가능성이라면, 그것을 택하는 것은 인간의 자유에 속하는 일이다. 그러나 반대로 주어진 사실적 상황에 충실하게 하는 것은 결심이다. 그리고 그것은 지속적인 것이 되어야 하기 때문에, "스스로 되풀이하는 진정한 결심"[15]이다. 이 결심은 순간의 충동을 실현하려는 것이 아니라 다자인의 존재 가능성의 전부를 현실화하려는 것이다. 그것은 삶의 전체성을 현재에 구현하려는 노력이다. 여기에서 존재 가능성의 전부란 개체적인 실존에 잠재해 있는 것을 말하고 그것을 위하여 결심하는 것은 자신의 가능성에 집중한다는 것을 말한다.

그렇다면 다른 사람과의 관계는 완전히 등한히 하여도 괜찮은 것인가? 앞에서 본 바와 같이, 하이데거가 강조하는 것은 '그들'의 독재를 벗어나는 것이다. 그러나 하이데거의 현존재 분석에서 실존적 현실로부터 다른 사람의 존재가 완전히 사라지는 것은 아니다. 그것은 오히려 다자인의 결정적 조건으로 확인된다. 다자인의 한 양상은 함께 존재(Mitsein)한다는 것이다. 이 함께 있음이 철저하게 다자인을 한정하기 때문에, "다자인의 혼자 있음도 세계 안에서의 함께 있음이다. 타자가 없는 것도 함께 있음 안에

---

14 Ibid., pp. 307~308.

15 Ibid., p. 308.

서 또 그것을 위하여 가능하다. 혼자 있음은 함께 있음의 결여 양식이다."[16] 그리하여 사실적으로 혼자 있는 때에도 현존재로서의 사람은 다른 사람과 함께 있다. 하이데거는 이렇게 말한다.

그러면 이 다른 존재 또는 다른 사람들과의 관계는 어떤 것이어야 하는가? 하이데거는 자기 자신이 진정한 자아가 되었을 때 사람은 다른 사람의 진정한 자아를 생각하게 되고 그것을 자기의 관심사로 만들고 그렇게 함으로써 진정한 의미에서 함께 존재할 수 있게 된다고 말한다. "결심으로서의 진정한 자아의 존재가 될 때, 다자인은 세상으로부터 벗어나 자유롭게 부유하는 '나'라는 자아가 되는 것이 아니다." 결심은 진정으로 세계 안에 존재하겠다는 것이고 그것은 이미 자신의 존재 안에 준비되어 있는 것이기 때문에, 그것은 바로 사물과 다른 인간과의 관계를 결심 속에 포함한다는 것을 의미한다. 뿐만 아니라 자신이 자신의 진정한 존재 가능성을 향하여 나아간다는 것은 세계를 위해서 스스로를 풀어 놓는다는 것이고, 그 자유 속에서 타자를 타자로서 존재할 수 있게 하고 또 진정한 의미에서 함께 있게 된다는 것이다. 이 진정한 공존을 향한 해방이 없이는 사람들은 '그들'의 몽매한 상태에서 벗어나지 못한다.

스스로가 선택한 가능성이라는 목적의 관점에서, 다자인은 세계를 위하여 자기를 자유롭게 한다. 다자인의 스스로를 위한 단호한 결심은 함께 있는 타자들로 하여금 그들의 가장 절실한 가능성 속에 있게 하고 힘차고 해방적인 상호 배려 속에서 이 가능성을 함께 드러낼 수 있게 한다. 다자인의 단호한 결심은 타자의 '양심'이 된다. 결심한 진정한 자아적 존재에서만 진정한 상호성이 생겨난다. 그것은 양의성과 시새움의 합의, '그들'과 그들이 벌이는 일들을

---

16 Ibid., p. 120.

통한 부질없는 잡담의 교류에서 생겨나는 것이 아니다.[17]

4. 긴장된 결심의 삶과 편안한 삶

긴장된 삶과 진리의 존재 방식 인간 공존의 방식에 대한 하이데거의 관찰은 사뭇 삼엄하다. 그것은 비록 자기 고유의, 따라서 다른 용어로 옮기기 어려운 추상적인 용어로 표현되어 있지만, 어떤 파시즘 또는 실제 하이데거가 가담한 일이 있었던 나치즘과 같은 동원의 정치를 연상하게 한다. 물론 전제되어 있는 것은 개인적 결심과 각성이다. 그러나 하이데거가 말하는 것은 개인적 결심이 진정한 집단적 공존을 만들어 낸다는 것이지만, 집단적 열광은 흔히 개인적 존재감의 고양에 중요한 역할을 하고, 둘 사이의 교환은 선후를 가려내기 어렵게 한다. 이러한 것을 연결하여 생각하면, 그 것은 진정한 인간 존재의 가능성을 위한 그의 추구 자체를 미심쩍은 것이 되게 한다. 그러나 사회적이든 정치적이든, 인간 공존이, 개인적 진정성의 추구와 피상적 협정을 넘어, 보다 근원적인 차원에 있다고 하는 분석은 어떤 이상적 가능성 —— 인간의 존재론적 진실에 근거한 이상적 가능성을 말하고 있다고 할 수 있다. 그러면서도 그것은 지나치게 삼엄한 인간학을 말하는 것으로서, 인간의 존재 방식 전부를 설명해 주는 것이 아니라고 하는 것도 틀린 말은 아니다.

인간 존재의 다층적 구조 이 두 가지 견해를 하나가 되게 하는 방식은 인간의 존재 방식이 ——사회적으로나 개인적으로나 다층적 구조를 가지고 있

---

17 Ibid., p. 298.

다고 말하는 것이다. 통상적 사회 현상이나 정치 현상이 있고 그 아래에 그러한 존재론적 층이 있다고 생각하는 것이다. 우리가 개인으로 존재한다는 것은 이와는 또 다른 층을 이룬다. 인간이 보편적 인간이면서 국가의 성원인 것과 같은 경우에도 층위가 다른 것이 존재하는 것은 마찬가지이다. 이러한 다층적 인간 존재의 층들이 어떻게 서로 관계되는가 하는 문제는 또 다른 분석의 대상이 될 것이다. 그러나 여기에서 중요한 것은 이러한 다층성의 존재를 생각하는 것이 사태를 분명히 하는 데에 도움을 준다는 점이다.

결심의 순간과 층위 하이데거의 함께 있음(Mitsein)의 개념을, 이미 시사한 바와 같이 정치로 옮겨 볼 때, 그것은 결단과 결심과 동원을 말하는 것으로 들린다. 정치에서 이것은 앞에 말한 바와 같이 영웅주의적 정치에 이어진다고 하겠지만, 어떤 정치 행동의 근본에도, 또는 더 나아가 사회적인 행동—가령 자기희생적인, 높은 자아실현을 의미할 수 있는 자기희생의 행위, 정의, 사랑, 자비 등의 이상을 위한 자기희생의 경우에도 상정될 수 있는 것이다. 그러면서, 이렇게 말할 때 이러한 정치 그리고 사회 행위에 결여되어 있는 것은 일상적 차원이다. 그리고 일상의 정치이다. 아렌트의 정치관에서도 정치는 사회 문제로부터 일정한 거리를 유지하여야 한다는 생각이 있다. 그러면서도 아렌트의 경우 정치적 욕구는 여러 사람의 함께 행동하고 서로의 모습을 자랑스럽게 보여 주고 싶어 하는, 보통 사람의 욕구로부터 단절되어 있는 것은 아니었다. 하이데거의 현존재 분석에서 일상성은 가장 미천한 삶의 양식을 이루고, 정치는 물론 이것으로부터 멀리 있어야 하는 것이다.

그러나 우리가 아는 정치는 일상성의 정치이다. 인간 역사에 공통된 근대가 있다고 한다면, 그 근대의 한 특징은 정치가 영웅적 차원으로부터 일상으로 돌아오게 된 사실에 있다고 할 수 있다.(그러나 지금에도 정치를 영웅의 관점에서 파악하는 유습이 없어졌다고 할 수는 없다. 그리고 정치는 일상성 속에서도 영웅적 차원을 지니고 있는 인간 활동이라고 하는 것이 맞는 말일 것이다.) 민주주의나 공산주의, 의회 제도나 인민회의, 선거의 방법, 그 외의 여러 정책 결정의 목표와 절차도 일상적 삶의 질서를 어떻게 하느냐 하는 문제에 이어져 있다. 그러면서도 정치가 그러한 차원에만 머무를 수 없다는 것은, 흔히 인정되는 것은 아니면서도, 부정될 수만은 없는 정치의 한 층위일 것이다. 앞에서 아렌트를 말하면서, 우리는 정치의 규범적인 차원 — 인간 행동의 공연적 성격에 연결되어 나오는 규범적 차원을 말하였다. 하이데거의 '진정한 공존(das eigentliche Mitsein, das eigentliche Miteinander)'은 인간 존재와 정치의 존재론적 바탕으로서 그보다도 더 깊은 차원을 말하는 것이라고 할 수 있다. 그것은 인간의 공존 방식에 대한 근본적 진리를 밝혀 준다고 할 수 있다. 그러나 그것은 다른 층위 아래 존재하는 근본적 층위를 이룰 뿐이다. 어떤 때 정치는 이런 층위 위에서 이루어지는 행동이다. 그리고 개인적으로도 그러한 층위에 서서 행동하여야 하는 때가 있다. 그리고 이때의 단호한 행동은 그것이 아래로 가라앉아 존재하는 경우에도 계속 보다 평이한 행동의 틀에 영향을 미치게 된다. 그러나 삶의 모든 면이 이 평면의 분출에 직접적으로 이어지는 것은 아니다. 물론 그것을 원하는 사람들이 없지는 않다고 하겠지만.

개체적 삶의 진정성과 일상성/그 다층적 구조와 시간적 전개 이러한 것들은 개체의 관점에서 인간 존재의 심층을 말하는 경우에도 해당된다. 하이데거의 인간 존재의 심층에 대한 관심은 개체적 생존에 있어서도 일상성을 철저하게 경멸의 대상이 되게 하는 것으로 보인다. 앞에서 논한 것들을 다시 상기하여 보면 즐거움, 조화 속의 인간관계, 교류, 담소의 즐거움, 행복, 유머, 감각의 기쁨, 자연의 기쁨과 감격 — 이러한 것들은 하이데거의 실존 분석에서 전적으로 부재하는 것들이다. 물론 그의 철학적 관심에서 자연이 절대적으로 중요하고, 결단과 결심이 아니라 있는 것을 있는 그대로 두는 평온의 마음(Gelassenheit)이 주요 관심사가 되는 것도 고려해야 한다. 그러나 적어도, 여기에서 논하려 한 것처럼, 진정성을 주제로 삼을 때 그것이 매우 엄숙하고 긴장된 정신의 자세를 요구하는 것임은 분명하다. 그리하여 일상적 삶이 들어설 자리가 없는 것이다. 그러나 이것을 바르게 이해하기 위해서는, 이미 시사한 바와 같이, 인간의 심성도 다층적인 구조를 가지고 있다는 것을 상기해야 한다.

많은 정신적 수양의 가르침은 마음의 평정에 관한 것이다. 그러나 이것은 극히 엄격한 금욕적 수행을 통하여 이르게 되는 종착점이다. 방황과 금욕과 고통의 여로를 거쳐서 사람은 하나의 마음의 상태에 이르게 되고, 이 마음의 상태, 이 마음을 일상적 행동과 마음의 바탕이 되게 함으로써 어떤 세속적인 상황에서나 평정을 유지할 수 있게 될 것이다. 인간의 심성을 공간과 시간의 이미지로 생각해 본다면, 일정한 수련은 시간적으로 하나의 단계를 이루고 공간적으로 심리 작용의 바닥을 구성하여 항존하는 층위가 된다고 할 수 있다. 그러면서 그 수련을 간직한 층이 늘 표면에 있는 것은 아니다. 그것은 다른 층위에서의 사람의 삶 — 일상적인 삶의 먼 지표로서 작용한다. 사람이 겪는 모든 경험이 우리의 일상적 삶에 영향을 끼치는 것도 이와 같은 형태를 취한다. 보다 쉬운 예를 들어 보아도, 우리는 일단 겪은 경험이 늘 삶의 표면에 남아 있는 것이 아니라는 것을 안다. 고통과 비극을 겪은 사람도 그 안에 항구적으로 남아 있는 것이 아니고, 보통의 삶으로 돌아온다. 그러면서 깊은 체험은 보이지 않게 이 표면의 삶을 다른 것이 되게 한다. 진정한 자아에 이르는 길에 대한 하이데거의 분석도 이러한 자아 발견과 정신적 역정과 그리고 그것의 지속적 영향에 대한 것이며, 그중에도 가장 근원적인 부분에 관한 이론이라고 해석되어야 하지 않는가 한다. 그것은 인간의 심성의 가장 근원적인 층위의 형성에 대한 통찰을 담은 것이다.

우리는 다른 자기 수련의 이론과 경험에서 이와 비슷한 역설의 과정을 본다. 이하에서 이러한 정신의 모험에 대하여 조금 살펴보고, 간단하게나마 그것이 사람의 일상적 삶에 어떠한 역할을 하는가를 생각해 보기로 한다. 첫 번째 생각하는 것은, 말하자면 하이데거의 진정한 자아의 형성에 비견되는, 심층적 경험에 대한 것이다. 이것은 불가피하게 실존적 위기를 문제로 삼는다. 그러나 그것은 다시 보통의 삶의 정위(定位)를 위한 심층적 바탕이 된다. 위기를 포함하는 정신의 역정을 살펴본 다음에 잠깐 생각하려는 과제는 그것이 일상성에 복귀하는 경위이다.

곤학의 역정

1. 정신적 추구의 길의 형태

일상적 습관과 결심 앞에 말한 결심의 삶은, 다시 말하건대 삶의 전부라기보다 한 부분이라고 할 수 있다. 보통의 삶은, 좋든 싫든, 하이데거식으로 말하여 대체로 흐릿한 내용의 합의, 부질없는 잡담의 교류 속에 영위된다. 시간은 일상성 속에서 그리고 습관과 관습 속에서 지나간다. 이것 없이는 사람의 삶은 살 수 없는 것이 되고 만다. 삶에 있어서 정해진 일상적 습관의 중요성을 인정한 윌리엄 제임스는 다음과 같이 말한 일이 있다. "담배 한 대 피우고, 물 한 잔 마시고, 시간 맞추어 자고 일어나고 하는 것이 모두 미결정의 상태에 있는 것", 다시 말하여 이러한 모든 것이 결단과 결심을 요구하는 사항이 된 것만큼 사람을 "비참하게 하는 것은 없다." 그리고 이러한 자동적인 습관이 없이는 사람은 한없이 작은 일에 사로잡혀 큰일은 해낼 염두도 내지 못하게 된다.(『심리학 원리 1』) 결단이나 결심이 없이도 저절로 되어 가는 것 없이는, 사람의 삶은 살 수 없는 것이 되는 것이다.

게라센하이트 앞에서 비췄듯, 하이데거도 말년의 발언에서는, 사람이 지향해야 하는 것은, 평온한 마음(Gelassenheit) —— 있는 대로의 사물들을 있는 대로 두고 그 있음을 존중하는 태도라고 하였다. 이것은 불도(佛道)에서 일상적인 일에 편한 마음으로 임하는 평상심(平常心)의 세계를 연상하게 한다. 그러나 하이데거에 있어서, 결심으로부터 평온한 마음으로 나아가는 것은 한 큰 전환(Kehre)을 나타낸 것으로 말할 수도 있지만, 이러한 결심을 바탕으로 한 것이라고 할 수도 있다. 이것은 크고 작은 많은 정신적 경험에 공통된 것이다. 불교에서 득도한 사람은 지극히 평상적인 인간이 된 것으로 보이지만, 그것은 매우 어려운 수행을 거친 다음에 가능해진 것이다. 커다란 정신적 경험이 있은 다음에 일상으로의 삶에 평온한 귀환이 가능해지는 것은 인간 정신의 한 역설이다.

풍랑 속의 고요함 풍랑 속에서 조용한 마음을 지닌 수양인의 이야기를 앞에서 하였다. 바로 수양이 있기에 풍랑 안에서도 조용할 수 있는 것이다. 그런데 수양이 있어서 조용하게 앉아 있는 것이 아니라 풍랑을 많이 겪으면 조용하게 앉아 있을 수 있게 된다고 할 수는 있다. 수양한 군자 곁에서 풍랑 속에 자고 있는 뱃사공은 풍랑을 많이 겪은 사람이다. 다만 그는 그것을 경험으로 체득하면서도 완전히 삶의 일반적인 태도로 지양한 사람은 아니라고 할 수 있다. 어쨌든 삶의 고난과 수행 사이에는 밀접한 관계가 있고, 그것을 적극적으로 받아들이려는 의식적인 기획은 많은 정신적 수련의 한 부분을 이룰 수 있다. 앞에서 푸코의 금욕적 수련도 그러하고 하이데거의 진정한 삶을 향한 결단과 결심도 그러한 것이다. 그리고 그 종착역은 자기를 바르게 돌봄으로써 안정되는 평상적인 삶으로 돌아가는 것이라고 할 수 있다.

불안과 비전과 확신/정신의 길   정신적 역정의 과정은 풍랑에 비슷한 심한 정신적 혼미와 고통의 경험으로부터 시작한다. 아우구스티누스 이후 서구에 있어서의 정신적 추구를 개관하면서 찰스 테일러는 "커다란 내적 불안정"이 그 단초가 된다고 한다.[1] 그런 다음에 그것은 어떤 거부할 수 없는 경험 ── 정신적이면서 또 감각적인 경험에 이르게 된다. 말하자면, 그것은 앞에 말한 카탈렙시스의 경험에 비슷한 것에 이르는 것이다. 그 대표적인 것이 플라톤이 말하는, 동굴의 허상으로부터 밝은 세상의 빛을 보게 되는 것과 같은 경험이다. 테일러는, 일단 그러한 빛을 본 사람은 달리 어찌할 수 없는 신념을 가지게 된다고 말한다. 플라톤에서 빛을 본 사람은 다시 동굴로 돌아와 동굴의 사람들과 함께 살지만, 진리를 보게 되었던 경험으로 하여 큰 수난을 겪는 경우가 많다.

진리의 확신에 이르는 궤적의 현대적인 변형에서는 정신적 체험은 보다 방법론적인 성찰의 결과가 된다. 그러나 거기에도 기이한 심리적 경험이 있는 경우가 없지 않다고 할 수 있다. 가령 데카르트의 방법론은 순전히 엄격한 논리적 기율로부터 나온 것 같지만, 그가 독일에 원정한 군대를 따라갔다가 울름에서 투숙한 어느 방의 더운 난로 옆에서 본 일련의 비전은 논리적 결론 또는 결단도 비논리적 환상의 작용에 밀접하게 이어질 수 있다는 것을 말하여 준다. 데카르트는 오랫동안 과학의 통합에 대하여 생각하고 있었다. 그날도 그는 그 문제에 사로잡혀 생각을 집중하다가 눈부시게 밝은 빛을 보고 기진하여 잠을 자게 되고, 세 가지 꿈을 꾼다. 그것은 한없는 추락, 멜론을 선물받는 것, 천둥 번개 그리고 고요한 명상, 인생의 길에 대한 어떤 방문자와의 토의 등을 내용으로 한다. 이 꿈들이 무엇을 의미

---

1   Cf. Charles Taylor, "Inwardness and the Culture of Modernity" in Axel Honneth et al., *Philosophical Interventions in the Unfinished Project of Enlightenment*(Cambridge, Mass.: MIT Press, 1992), pp. 102~104.

하든지 간에, 그는 이때의 경험으로부터 시작하여 자신의 학문적 진로가 어떤 것인가를 깨닫고, 상당한 세월이 지난 다음이지만, 『방법 서설』을 쓰게 된다. 이러한 확신을 경험한 후의 세 번째 단계는 평상적인 삶으로 돌아가는 것이다. 동굴 밖에서 빛나는 세계를 본 사람이나 아우구스티누스나 다 같이 보통의 세상으로 돌아간다. 그러면서도 그들은 세상에서의 그들의 삶을 보다 자신을 가지고 살게 된다. 물론 그것은 새로운 고난의 삶일 수도 있지만, 새로 맞이하게 되는 고난은 정신적인 방황으로 인한 고난은 아니다.

정신적 추구의 동서양　말할 것도 없이 이것은 정신적 추구의 삶을 지나치게 단순화하는 것이다. 삶의 모든 의미는, 정신적 삶을 포함하여, 작은 세부적인 사실들에 있다고 할 수 있다. 그러나 어떤 정신의 역정의 대체적인 윤곽을 거친 대로 짐작해 보면, 앞에 말한 바와 같은 단계들을 추출할 수 있지 않은가 한다. 앞의 단순화는 부분적으로, 이미 비친 바와 같이 테일러의 서술을 참조한 것인데, 테일러는 내적인 자아의 추구는 서구의 전통에 한정된 것이라고 말한다. 그러나 이것은 전적으로 다른 전통을 잘 알지 못한 탓이라고 할 것이다. 내적인 의미를 갖는 자아의 추구는 불교나 도교 또는 유교와 같은 동아시아의 전통에서도 핵심적인 주제이다. 그리고 이 전통에서도 여기에서 말한 바와 같이 진정한 자아의 추구에는 일정한 단계가 있는 것으로 보인다. 이것은 사실 반드시 거창한 정신적 추구가 아니라도 모든 지적 탐구에 들어 있는 심리적 계기들이기 때문에, 자연스러운 일이라고 할 수도 있다.

2. 비집착과 비비집착

　　마음에 두는 것도 아니고 아니 두는 것도 아닌 다시 말하여, 정신의 단계는 일
상적인 물음에서도 고행에서도 찾을 수 있다. 앞에서 성리학에서의 주일
무적(主一無適)의 마음을 말하였지만, 이것은 만 가지 변하는 일과 더불어
움직이면서, 움직이지 않고 자신의 중심을 지키는 것을 말한다. 그것은 만
가지 일에 ── 어려운 일을 포함한 만 가지 일에 열려 있으면서, 자기를 흔
들리지 않게 단련하는 것을 말하는 것이다. 그러나 자기 단련은 자기를 이
기는 일로부터 시작하여야 한다. 그것은 자기를 단단히 하는 것이라기보
다는 자기를 없애는 일, 그러니까 실질적으로는 자기를 약화시키는 일이
된다. 그런 다음에 마음이 하나로 집중되어야 한다. 첫째로 필요한 것은 마
음에 가득한 자기를 떠받치는 많은 것을 지우는 일이다. 유교적 수신에 있
어서 마음을 허령(虛靈)하게 히는 것, 즉 비우고 정신만의 상태에 있게 하
는 것(아니면 정신적인 상태에 있다는 것은 비움의 상태에 있다는 것이다.) ── 이것
은 모든 것의 기본이다.

　　퇴계는 정신 수양의 구체적인 요령을 많이 말하고 있는, 김돈서(金惇
叙)에게 주는 편지에서 이러한 마음의 수양을 다음과 같이 설명하고 있다.
"일이란 좋은 일, 나쁜 일, 큰 일, 작은 일을 막론하고 그것을 마음속에 두
어서는 안 됩니다. 이 '둔다'는 유(有) 자는 한 군데 붙어 있고 얽매여 있음
을 말하는 것으로, 정심(正心, 마음에 예기(豫期)하다),[2] 조장(助長), 계공모리
(計功謀利)의 각종 폐단이 여기에 생기기 때문에 마음에 두어서는 안 된다
는 것입니다."[3] 이것은 마음을 바른 판단을 내릴 수 있는 공정한 상태에 두

2　　역자 윤사순의 주석.

3　　윤사순 역주, 앞의 책, 118쪽.

어야 한다는 비교적 상식적이고 간단한 가르침으로 들릴 수 있다. 그러나 그것이 어려운 일이고 또 허무에 빠지는 일이 될 수 있다는 것은 앞의 말에 이어서 나오는 경고로 짐작할 수 있다. 즉 유(有)를 없애는 것이 "불로(佛老)에서 말하는바, 형체는 마른 나무와 같고 마음은 불 꺼진 재와 같은 상태(形如枯槁, 心如死灰)에 들어가는 것은 아니어야 한다는 것이다. 중요한 것은 오로지 사물에 대하여 마음에 두는 것도 아니고 아니 두는 것도 아닌(非著意 非不著意) 상태를 유지하는 것이다."[4]

회의의 고통과 깨달음의 역정 쉬운 일이라고 할 수 없는 이러한 처방을 내리는 퇴계의 말은 단순한 수사적인 가르침에 불과한 것으로 들릴 수 있다. 그러나 사실에 있어서 그것은 대체로 심한 불안과 절멸의 경험을 포함하는 체험이다. 그런 다음에 절대적인 명증성의 경험을 얻게 되고 평상적인 삶으로의 귀환이 가능해진다. 이러한 경험은 불교적 수양에서 특히 두드러진 것으로 보이지만, 유자(儒者)들의 경험에도 그러한 시련이 없는 것은 아니다. 페이이우(Pei-Yi Wu)의 『유자의 역정(*The Confucian's Progress*)』은 중국 전통에서의 정신적 자기 발전에 관한 기록을 설명하는 책이다. 책의 제목은 기독교인의 믿음의 길에 이르는 것을 그린 『천로역정(*The Pilgrim's Progress*)』을 연상하게 한다. 제목은 유자의 정신의 역정도 그에 비슷한 바가 있다는 것을 시사하는 것이다. 이 책에 나와 있는 몇 개의 사례 ─ 불교도를 포함한 수행자들의 역정의 사례들을 들어 보기로 한다.

---

4 같은 책, 119쪽.

3. 회의/방랑/우주적 일체성의 깨달음

불자의 수행 이 책에 언급된 자전적 서술에서 특히 괴로움이 극적으로 큰 것은 불교의 진리에 이르는 길이다. 그것은 믿었던 많은 것을 부정하고 마음을 비어 있게 하는 것으로 나아간다. 이것은 단지 정신의 문제만이 아니라 신체적인 고통을 포함하는 역정이다. 송 대(宋代)의 선승 쭈친(祖欽)의 자전적 기록으로부터의 우 교수의 인용을 다시 인용한다.

> 나는 모든 것을 회의하기 시작하고 모든 개념들을 뒤집었다. 나는 시간을 전적으로 새로운 공부에 바쳤다. 침구를 모두 거두고, 잠자리에 눕는 것을 그만두었다. 그런데도, 걸음을 걷든, 앉아 있든, 아침부터 밤이 되기까지, 나의 정신은 혼미하고 모든 것은 어지럼과 혼돈 속에 있었다.[5]

그 후에도 구도의 길은 여러 신체적인 방랑과 방황으로 그를 이끌어 간다. 그러다가 거의 우연처럼 그는 커다란 은빛의 산(山)의 형상을 눈앞에 보게 되고 다시 수일이 지난 후 또 하나의 비전을 보게 된다. 그때 그는 땅이 꺼져 없어지는 느낌을 가지고, 커다란 환희를 느낀다. 그러던 어느 날 다른 동료 승려를 만난다. 이 승려는 그가 득도의 경지에 들어갔음을 안다. 쭈친은 동료 승려와 손을 맞잡고, "우주의 만상을 바라보는 듯한" 느낌을 가지고, "모든 것 ── 나의 눈에 보기 싫고, 나의 귀를 괴롭히던 것들, 나의 무지, 괴로움, 방황과 혼미, 이러한 것들이 모두 나의 미묘하고 빛나는 본성으로부터 나오는 것이라는 것을 깨닫는다. 이제 나의 눈앞에 떠 있는 것은, 절대적으로 고요하고 아무런 모양도 형상도 없는 거대한 현존이었

---

5 Pei-Yi Wu, *The Confucian's Progress* (Princeton University Press, 1990), p. 79.

다."[6] ─ 그는 그의 깨달음의 경험을 이렇게 기록하였다.

4. 방랑과 깨달음의 세월

유자의 수신 제목이 표시하는 바에도 불구하고 유자들의 경험은 불자들의 구도 경험만큼 극적이지는 않다. 그러나 그것도 비슷한 높고 낮은 체험의 기복을 보여 주는 것은 사실이다. 페이이우의 책에는 여러 유학자들이 남긴 『곤지기(困知記)』 또는 『곤학기(困學記)』라는 자전적 기록이 언급되어 있다. 이러한 말의 출처는 『논어』에서 공자가 배우는 능력에 등급을 매겨, 타고난 대로 아는 사람이 있고, 배워서 아는 사람이 있고, 절대로 모르는 사람이 있는 가운데, 어려움을 당하여 배우는 사람이 있다고 말한 것이다. 그러나 『곤학기』의 '곤학'은 간단하게 어렵게 배우는 것을 말하고, 모든 배움은 어려움을 가진 것이라는 뜻으로 해석된다. 『곤학기』라는 책을 쓴 사람의 하나인 명 대(明代)의 유학자 후지(胡直)의 자기 수련의 이야기는 불자들의 구도와 비슷하면서도 조금 더 복잡한 수련 과정을 말한다. 그것은 우 교수가 말하는 것처럼, 조금 더 서구의 교양 소설의 경험적 기복을 드러내 보인다. 그것은 그의 삶이 불교적 득도에 있다기보다는 세속적인 삶에서의 일정한 방향이 있는 삶을 지향했기 때문일 것이다.

후지는 왕양명을 따르던 뛰어난 유학자의 아들로 태어났다. 그러나 그는 아버지의 가르침으로부터 벗어나서 방탕한 젊은 시절을 보낸다. 그러다가 당대의 명유(名儒)인 우양데(歐陽德)의 문하에 들어간다. 그러나 거기에서 큰 감화를 받지는 못한다. 그는 자신의 잘못이 화려한 글을 좋아하고

---

6   Ibid., p. 83.

성내기를 잘하며, 욕망을 억제하지 못하는 것이라는 것을 알지만, 이것을 바로잡지 못한다는 것도 안다. 그는 먼 곳으로 방랑의 길을 떠날 생각을 하다가 다시 유학을 공부한다. 그러나 마음을 잡지 못한다. 그리고 폐병과 불면증을 얻고, 불교의 도움을 받고자 한다. 불교의 수행에서 그는 기괴한 환영(幻影)들을 보고 스님의 가르침에 따라 이것이 자신의 극복되지 못한 욕망들에서 나오는 것이라는 것을 안다. 과연 4~5개월 수행 후에 그는 그를 괴롭히는 환영들이 사라짐을 느끼게 된다. 6개월의 좌선 수행 후에 그는 "자신의 마음이 열리고 밝아지는 것을 느꼈다. 마음은 완전히 외물이 없는 것이 되었다. 나는 하늘과 땅과 만물을 보고, 그것이 모두 나의 마음의 실체라는 것을 알았다."[7] 이 체험은 그로 하여금 다시 유학으로 돌아오게 한다. 인간과 우주의 일체성에 대한 믿음은 성리학에도 그대로 존재하는 것이었다.

이러한 신비 체험의 현실 시험은 그가 조금도 흔들리지 않는 마음으로 풍랑 속에서 배를 타고 팽리 호수를 지날 때의 사건이었다. 군자의 위의(威儀)는 흔들리지 않는 의지에 있기 때문이다. 그는 술을 가져오라 하여 마시고 노래를 부른 다음에 숙면(熟眠)에 들 수 있었다. 이 사건을 그의 스승 우양데에게 보고하였을 때, 그것은 또 한 번의 성리학적 변용을 거쳤다고 할 수 있다. 우양데 선생은 그러한 위기에 있어서 바른 태도는 단순히 자신의 마음에 흔들림이 없는 것이 아니라 남은 힘으로써 곤경에 있는 다른 사람을 돕는 것이라고 말한다. 그것은 불로(佛老)의 탈세간의 마음을 넘어 현실적 실천이 있어야 하는 것이 유교의 참뜻이라는 것을 말한 것이다. 후지는 이 말이 옳다는 것에 동의하였지만, 그 깊은 뜻을 체득하지는 못한다.

그런 다음에도 그는 바른길에서 어긋나는 일이 적지 않았다. 그러다가

---

7 Ibid., p. 122.

정작 그가 바른길에 들어서는 것은 그의 스승 우양데 선생이 돌아가고 커다란 슬픔과 뉘우침을 경험하고 난 다음이었다. 그 후에 그는 예를 벗어나지 않는 몸가짐을 익히고, 경서를 공부하면서도 그에 관한 부질없는 논쟁을 피할 수 있게 된다. 그리고 "일상적인 일을 처리하는 기법이 향상되고 위아래의 다른 사람과의 관계가 원만해지고, 우양데 선생이 가르치신 인(仁)의 참의미를 완전히 깨닫게 되었다."[8] 그는 이렇게 기록하였다. 그 후에도 물론, 그가 말하듯이 실수가 없지 않았지만, 그는 항상 '겸허하게' '조심'하기를 그치지 않았다.

5. 진정한 자기 계발과 실현/원초적 자연에의 길

사회의 눈과 정신의 자기 소외 후지의 삶은 대체로 유자의 길이 원형적으로——단순히 가르침을 좇는 것이기보다는 삶의 여러 유혹과의 싸움을 통과하면서 찾아가는 길이라는 것을 보여 준다. 『유자의 역정』에 나와 있는 명 말의 유학자 가오판룽(高攀龍)의 삶은 유자의 길에서의 다른 중요한 모티프를 보여 준다. 여기에서 두드러진 것은 구도가 단순히 학문을 닦는 일이 아니고 전 인격적인 체험——육체적 고난과 내면적 깨달음을 포함하는 전 인격적 체험이라는 것이다. 또 하나는 이것이 자연의 경험——아름다움과 숭엄함과 험난함을 포함하는 자연의 경험과 밀접한 관련이 있다는 것이다. 가오판룽의 전기적 사실은 그의 『곤학기』와 함께 『삼시기(三時記)』라는 자전적 기술에서 추출한 것으로 되어 있다. 그것은 그의 정신적 편력과 여행기를 따로 적은 것인데, 사실에 있어서는 하나를 이루는 서사문이 된다.

---

8 Ibid., p. 128.

그의 자서전에서 가오판룽의 정신적 깨달음의 역정은 과거에 합격하여 진사(進士)가 된 후 중앙의 관직에서 오지로 좌천되는 경험으로부터 시작한다. 좌천 발령을 받은 다음에 그는 자신의 고향을 찾아가지만, 자신을 달리 보는 고향 사람들의 눈을 의식하게 된다. 그 때문에 기분이 상하고 의기가 저상(沮喪)하는 것은 원칙과 욕심을 조화시키지 못한 것이라고 알면서도 그는 마음의 상처를 어찌하지 못한다. 그가 찾아갔던 친구가 성리학을 말하지만, 그에게 그것은 완전히 공허한 지식의 놀이로 들릴 뿐이었다. 역경은 자신을 더욱 다지는 기회라고 알고 있지만, 그의 기분은 나아지지 않는다. 그의 마음이 새로운 깨달음을 가지게 되는 것은 그다음의 여행에서이다.

구체적인 체험에로 임지로 가기 위하여 배를 타면서 그에게 깊은 의문이 되는 것은 "어찌하여 경치와 자신의 마음의 상태가 그와 같이 서로 다를 수 있는가" 하는 것이었다.[9] 이것은 간단한 의아심이면서도 그의 정신적 깨달음의 단초를 이룬다고 할 수 있다. 그렇다는 것은 그의 문제는 그의 마음가짐이 주어진 대로의 현실을 떠나 있다는 것이라고 할 것이기 때문이다. 고향을 떠나면서 선물로 받은 부채에는 굴원(屈原)의 시가 적혀 있었다. 굴원은 세상과 자신의 불협화를 탄식하는 시를 지었던 불우한 옛 초(楚)의 시인이다. 굴원 시의 환상은 가오판룽에게는 성리학의 추상성에 대한 해독제가 되고 그가 보게 되는 경치 속에 깊이 잠기는 체험적 내용이 된다. 그는 양쯔 강 유역의 고향 우시(無錫)를 떠나 자신의 임지 광둥의 제양(揭揚)까지 가기 전에 푸젠 성(福建省) 우이(武夷)에 있는 가오팅서원(考亭書院) 등 주자의 연고지를 돌아본다. 그야말로 순례의 길에 든 것이었다. 그

---

9 Ibid., p. 133.

다음에 그는 임지로 향한다.

강을 거슬러 발원지로 배를 타고 가는 그의 여행은 두 달이 걸렸다. 그사이에 그는 배에서 정좌하여 정호(程顥), 정이(程頤)와 주자의 책을 읽고 완전히 기력이 소진한 다음에야 잠자리에 들었다. 그러나 그에게 가장 큰 인상을 남긴 것은 주변의 자연 풍경의 아름다움이었다. 배가 멈추어 설 때에 그는 바위 위에 앉아서 비취색의 물을 보고, 새소리를 듣고 무성한 나무와 대나무를 보았다. 물론 자연은 단지 곱기만 한 것은 아니었다. 자연은 숭엄하였지만, 갈수록 험해지고 깊어 갔다. 배가 상류로 나아감에 따라 산은 더욱 높아지고, 한밤에 깨어나면 "물소리는 더욱 황량하여지고, 그 맑음이 뼈에 사무쳤다." 강이 폭포를 이루는 곳에서는 사람의 힘으로 배를 위쪽으로 끌어 올려야 했다. 그는 노동을 면제받고 있었지만, 마음은 일하는 사람들의 어려움을 느꼈다. "낙원과 같은 자연의 경치는, 물결을 거슬러 올라가는 위험하고 어려운 움직임으로부터의 간헐적인, 그러면서 힘든 일의 대가로 주어지는 중요한 휴식이었다."[10]

정신의 진로와 운명 강을 따라 올라가는 가오판룽의 여로에는 믿을 수 없는 운명적 필연성이 있었다. 과거(科擧)와 사환(仕宦) 사이의 빈 간격에 처했을 때, 그는 운수를 본 일이 있는데, 그 결과에는 "누구에게 심정을 밝힌 것인가? 열여덟의 급류를 넘은 끝에서야 그럴 수 있으리라."라는 말이 있었다. 그는 이것이 무슨 뜻인지 알지 못하였다. 그는 푸젠으로 돌아 제양으로 갔지만, 지도를 보고 난 다음에야 바로 가는 길은 18폭포를 지나가는 것으로 되어 있는 것을 알았다. 또 우연이면서 기이한 것은 그의 첫 관직의 이

---

10 Ibid., pp. 136~137.

름이 '행인(行人)'이라는 사실이었다. 그리고 그는 그의 이름이 가오판룽, '용이여, 높이 오르라'라는 뜻을 가졌다는 것을 새로 생각하게 되었다.(여기에서 이름과 관직명의 문제는 본인의 해석이었는지, 페이이우 교수의 해석인지 분명치 않다. 적어도 아름다움과 고통의 순례가 운명적인 일이었다는 자각이 있었을 것이라는 것은 크게 틀리지 않는 추측일 것이다.) '등용문(登龍門)'이라는 우리말이 된 문구가 뜻하는 것은, 용이 물을 거슬러 올라가서 하늘로 오르듯이, 어려운 시험 또는 시련을 통과하여 높은 자리에 나아간다는 것이다. 그런데 가오판룽은 일단 첫 관문을 통과하여 관직에 오르기 시작했지만, 강을 거슬러 가는 여행에서 그가 알게 된 것은 것은 참으로 용이 되는 것은 관직을 높이 올라가는 것이 아니라 삶의 참의미를 깨닫는 것이라는 사실이었다.

몸과 마음과 자연과 우주의 일체성/그리고 현재의 현실성 가오판룽은 팅저우(汀州) 가까이에서 강을 거슬러 올라가는 여로의 끝에 이르게 된다. 팅저우는 분수령으로서 그 지점으로부터 물은 아래로 흐르기 시작한다. 그것은 여행자도 힘들여 거슬러 올라가야 하는 험한 길로부터 편하게 흘러 내려가는 듯한 순탄한 길에 들어선다는 것을 의미한다고 할 수 있다. 팅저우에 이른 다음 가오판룽은 주막에 든다. 주막에는 강이 보이는 다락이 있었다. 그는 다락의 풍치를 즐겼다. 거기에서 그가 가지고 있던 정호(程顥)의 책을 펼치자 그의 눈에 띈 것은 "백관 만사 가운데 백만의 창검에 둘러싸여 있더라도 소박한 즐거움을 취하고 팔을 굽혀 물을 마실 수 있다."라는 구절이었다. 이것은 물론 『논어』 「술이」의 "거친 밥을 먹고 물을 마시며 팔을 베개 삼고 누워도 즐거움은 또한 그 가운데 있다. 의롭지 않으면서 부귀를 누리는 것은 나에게는 뜬구름과 같은 것이다.(飯疏食飮水, 曲肱而枕之, 樂亦在其中矣.)"를 색다른 환경에서 말한 것이다. 그는 정명도(程明道, 정호(程顥))의 말에 접하면서, 마음의 모든 짐이 벗어져 나가는 듯한 느낌을 가졌다. 그것은 "마치 번개 빛이 온몸을 뚫고 들어와 비치는 듯한 느낌"이었다. 그리고 그는 "사람과 하늘 사이, 안과 바깥 사이에 아무런 간격이 없음을, 그리고 우주 전체가 자신의 마음이며, 그 영역이 자신의 몸이며, 그 자리가 자신의 마음이라는 것을" 깨닫게 된다.[11]

가오판룽이 느낀 우주와 일체감은 조금 상투적이면서도 신비로운 것이어서 그 의미를 정확히 해독할 수는 없다. 페이이우 교수는 이러한 깨달음이 그의 신체적 움직임과 병행한 것임에 주목한다. 이 깨달음은 그가 다락으로 올라가고, 책을 펼쳐 읽거나 정호의 말을 갑자기 기억해 낸 다음에 일어난 사건이다. 우 교수의 이에 대한 지적은 아마 신체적 움직임과 공부와 마음의 움직임이 하나가 되었던 것을 말하는 것일 것이다. 또는 달리 말하여 가오판룽은 그 순간에 신체의 느낌(kinesthetic sense)으로 또 심리적으로 그리고 그가 자리했던 곳이 자연의 풍치를 내다볼 수 있는 곳이었기에 시각적으로, 그 순간의 모든 것이 하나로 느껴지는 것을 경험한 것이다. 중요한 것은 거친 밥을 먹고 물을 마셔도 그것으로써 삶의 즐거움을 몸으로 아는 것이다. 다만 여기에서 이 즐거움은 조금 더 형이상학적 깨달음을 포함하는 것이라고 할 수 있다. 가오판룽은 필설로 표현할 수 없는 이러한 체험을 가진 다음에, 전에 과장된 것으로 싫어했던, 성리학에서 말하는 깨달음의 체험이 전적으로 "특이한 것이 아니라는 것을" 알게 된다. 그리고 보통의 삶으로 돌아온다. 그가 이러한 것들을 새삼스럽게 기록하는 것도 특별한 체험을 말하려는 것이 아니라 오로지 그와 같은 고난을 겪는 다른 사람들을 돕기 위한 것이었다.[12] 그에게 삶의 근본은 보통의 삶이었다.

---

11 Ibid., pp. 139~140.
12 Ibid., pp. 140~141.

나그네로서의 인간

마지막 말을 대신하여

1. 절대적 여행자

나그네의 길 참으로 곤학의 역정은 가오판룽이 얻은 것과 같은 정신적 깨달음으로 끝날 수 있는 것일까? 정신적 시대는 저절로 정신적 추구를 정당화한다. 그리하여 그 시대의 뒷받침 속에서, 정신적 깨우침을 통한 세속적인 불안과 이해관계로부터의 해방은 부자연스러운 것이 아니다. 그런데 완전히 세속화되고 단편화된 곳에서도 그것이 가능할 것인가? 가오판룽은 이미 불교와 성리학의 가르침을 자연스러운 교육적 배경으로 가지고 있는 사람이었다. 그가 팅저우의 주막에 이르렀을 때, "관직과 문무 의례의 과시 속에서도 핵심은 소박한 삶의 향수"라는 정명도의 금언이 그를 기다리고 있었다.

2000년에 노벨상을 수상한 중국의 작가 가오싱젠(高行建)의 「영산(靈山)」은 가오판룽의 여행기와 비슷하게 자연의 깊은 오지로의 여행을 그린 소설이다. 베이징외국어대학에서 불어와 불문학을 공부한 후 가오싱젠은 여러 가지 번역 관계의 일을 하다가 문화 혁명기에는 하방(下放)되어 농촌에서 노동을 했다. 그 후 1980년대 초에 이르러 그는 작품을 발표하기 시작하였다. 작품을 쓴 것은 이미 1960년대부터였으나 당국의 검열이 두려워 초기의 작품들을 전부 태워 없애 버렸다고 한다. 1980년대에 그가 작품을 발표하기 시작했을 때에는 시대 분위기가 많이 누그러져 있었으나, 표현의 자유가 완전한 것은 아니었다. 그의 극작품, 「절대신호(絕對信號)」(1982), 「버스 정거장(車站)」(1983) 등으로 인하여 그는 '정신적 오염'을 깨끗이 한다는 당의 방침에 따라 출판이 금지된 작가가 되고, 「버스 정거장」은 "중화인민공화국 창건 이래 가장 악독한 작품"이라는 평판을 받게 된다. 그 무렵에 그는 폐암의 진단을 받았으나 오진인 것으로 판명되었다. 그러나 이것은 그로 하여금 죽음의 직전에서 커다란 평화를 경험하고 삶의 현실을 다시 되돌아보는 계기가 되었다. 그런데 이때 그는 칭하이 성(青海省)으로 추방된다는 소문을 듣고 미리 베이징을 탈출하기로 결심하고 쓰촨 성의 벽지 삼림 지대로 갔다가 양쯔 강을 따라 약 2만 4000킬로미터의 긴 여행에 나서게 된다.[1] 이러한 전기적 사실들은 소설화되어 「영산」에 등장한다. 그리고 이러한 전기적 사실은 그의 작품을 이해하는 데 중요한 배경이 된다. 그러나 여기에서 말하려고 하는 것은 「영산」이 전기적인 내용, 그리고 여행기적인 기록들로 이루어졌으면서도, 앞에서 언급한 곤학의 역정과 산수 여행의 기록을 담은 전통적 기록에 극히 가깝다는 것이다. 이 소설은 현실의 이야기이면서 정신적 추구에 대한 우화이다.

영산을 찾아서 「영산」의 이야기들은 극히 단편적으로 이야기되어 있는

---

1 여기의 사실들은 대체로 「영산」의 영역자 메이블 리(Mabel Lee)의 영역본 서문에서 취한 것이다. Cf. Gao Xingjian, *Soul Mountain*(New York: Perennial, 2001).

주인공의 유랑의 체험과 그가 쓰촨의 오지에서 본 여러 광경들로 이루어 진다. 그중에도 중요한 부분을 이루는 것은 여행기적인 관찰과 기록이다. 그의 개인적인 이야기는 방랑 중에 보고 기록하게 되는 일에 대하여 일관 성을 부여하는 역할을 한다고 할 수 있다. 이야기로서 분명히 밝혀지지 아 니하면서 전체를 다시 하나로 묶고 있는 것은 「영산」의 주제이다. 주인공 은 신령스러운 산을 찾아가고 있는 것으로 되어 있다. 그가 신령스러운 산 에서 얻고자 하는 것은 해탈이나 득도의 체험이다. 『유자의 역정』에 나오 는 이야기들에는 산악 여행의 주제가 자주 등장하는데, 페이이우 교수는 성산을 찾아 수양하는 것은 7세기 선종의 6대 종사(宗師) 혜능(慧能)으로부 터의 오랜 수양의 전통이라고 말한다. 가오싱젠은 이것을 계승한 것이라 할 수 있다.

정치의 삶 그러나 「영산」의 주인공은 반드시 중단 없이 계속 영산을 찾 아가는 것은 아니다. 수많은 삽화로 이루어진 이 소설을 따라가면서, 독자 는 책의 제목이 영산이기는 하지만, 주인공이 참으로 영산에 가고 있는 것 인지 알기 어렵다는 느낌을 갖는다. 그러나 작자가 의도하는 것은 한편으 로 영산은 사람이 끊임없이 찾는 곳이면서도 존재하지 않는 곳이라는 것 이고 다른 한편으로는 바로 우리가 처해 있는 곳과 때가 영산의 장소라는 사실을 암시하는 것이라 할 수 있다. 어느 경우이든지, 영산은 그가 뒤로 제쳐 두고 떠나고자 하는 중국 사회에 대한 반대 명제이다.

오지의 풍물과 풍치에 대한 관찰의 배경에 있는 것은 주인공의 베이징 으로부터의 유배이다. 베이징이 대표하는 것은 무엇보다도 문화 혁명이라 는 거대한 정치 기획이다. 문화 혁명이 그 발상은 그럴싸한 것이었는지는 모르지만, 이 소설에 암시되어 있는 바에 의하면, 그것은 전적으로 현실성 이 없는 그리고 인간의 삶에 괴로움만을 가져오게 된 이상(異常) 현상이다.

본래의 의도가 어찌 되었든, 그것은 당과 관료의 조직으로 전달되는 사이에 완전히 인간적 현실로부터 유리된 기괴한 학정(虐政)의 기계 장치가 된다. 이 소설의 삽화들이 시사하는 것은 이러한 문화 혁명의 효과이지만, 그 연장선상에서 탁상에서 이루어진 정치와 도덕의 기획의 부조리성에 대한 비판은 청조(淸朝)나 명조(明朝) 등의 전통적인 정치 제도에까지도 그대로 소급된다.

조금 샛길로 접어드는 것이기는 하지만, 한 이야기를 예로 들면, 주인공이 들렀던 한 마을에는 송덕비가 있다. 그것은 한 가족사를 기념하는 것이다. 유래는 이렇다. 과거를 보고 입신하기를 간절히 원하는 한 선비가 있었다. 그는 쉰두 살이 되어서야 진사 시험에 합격하고 관직에 임명될 것을 기다릴 수 있게 된다. 그런데 그만 딸이 외가의 친척과 불륜 관계를 맺어 임신을 하게 된다. 여러 방법으로 낙태를 시험한 후, 아버지는 딸을 산 채로 관에 넣어 못을 박고 매장한다. 뛰어난 덕을 가진 사람들을 포상할 기회를 찾고 있던 천자(天子)의 조정에서는 이 사건의 보고를 받고 그 아버지를 가장 덕이 높은 사람으로 지정하기로 한다. 그리고 '덕이 높은 가문'의 비를 그 가족을 위하여 세워 준다. 비에는 그들 가문의 덕이 하늘과 땅을 가득 채운다는 등의 송덕(頌德)의 문구가 적혀 있다. 딸을 생매장했던 아버지는 엎드려 황은에 감사하고 눈물로써 천자가 하사한 것들을 받아들인다. 그 후 그 집안은 명문가의 이름을 얻는다.

그런데 문화 혁명기에 혁명위원회 고위 간부가 지방 시찰을 왔다가 송덕비의 비문을 보게 되었다. 그는 비문이 적절치 않다고 생각하여, 가로누운 돌 위의 이름을 주어로 하여, "'다자이'로부터 농사법을 배울지라"로 고치게 하고 서 있는 돌 위의 대구(對句), "충효가 오랜 세월 가문에 전해지고", "시와 문이 대대로 이어졌도다"를 "혁명을 위해서 곡식을 심되/ 개인을 위해서가 아니라 대공동체를 위해서 하라"로 바꾸도록 지시하였다. 나

중에 다시 다자이 가문을 모범으로 하라는 말이 부적절하다고 하여 그것을 폐기하게 하였다.[2]

유기적 공동체 이것은 가오싱젠의 정치에 관계되는 삽화 가운데에도 가벼운 것이지만, 그의 정치 비판은 바로 영산을 찾게 되는 동기의 하나가 된다 할 수 있다. 조금 전의 삽화가 끝나는 데에서 주인공은 영산에 있다는 마을 '링얀(Lingyan)'이 어디 있는가 하고 묻는다. 링얀은 이상향으로서의 영산에 자리한 취락을 말하는 것으로 생각된다. 이 물음이 앞의 사건을 말한 다음에 나오는 것은 아이러니이다. 물론 그 고장 사람들은 링얀이 어디에 있는지 알지 못한다.

그러나 그의 영산 찾기는 그가 방문하는 쓰촨의 오지, 소수 민족들의 공동체에서 조금은 실현된다고 할 수 있다. 이 소설은 거의 인류학적인 관심으로 이 마을들의 풍습, 축제 그리고 사는 모습을 기록하고 있다. 완전히 일체감을 갖지는 아니하면서도 주인공 또는 필자 가오싱젠은 이러한 것들에 공감적인 눈을 돌리는 것으로 보인다. 그가 찾고 있는 것은 인위적인 정치 계획이 아니라 역사적으로 진화해 온 유기적 공동체라고 할 수 있다. 이들 예로부터 내려오는 소수 민족의 마을들은 적어도 조금은 그러한 유기성을 유지해 온 공동체이다.

숭엄한 자연 이와 더불어 방랑의 여로에서 주인공이 자주 마주치는 것은 아름답고 숭엄한 자연 풍경 ── 산과 물이다. 이러한 경치들은 그로 하여금 완전히 황홀한 경지 그리고 말할 수 없는 두려움에 빠지게 한다. 주인공이 가장 강하게 느끼는 것은 산수의 모습이다. 그에게 소수 민족의 공동체들

---

2 Gao Xingjian, op. cit., pp. 145~147.

의 삶도 이러한 자연의 환경을 떠나서는 큰 의미가 없는 것이었을 것이다. 자연은 그 거대한 전모에서 주인공을 압도하고, 또 그 세부의 아름다움에서 그를 감동하게 한다.

남녀의 정 인간 세상에 이에 비슷한 것이 있다면, 이 소설에 의하면, 그것은 남녀의 성관계이다. 가오싱젠의 다른 소설에서도 그러하지만, 가장 자주 묘사되는 것은 성이다. 이것은 단순한 성일 수도 있지만, 많은 경우 그에 관련되어 있는 자연을 배경으로 하여 이야기된다. 남녀 간의 성과 정은 방랑하는 주인공에게 가장 중요한 원초적인 인간적 따뜻함이 현실화되는 공간이다. 그것은 자연에 대조되는 또 하나의 자연이다. 그것은 자연을 배경으로 하면서 그것으로부터 인간을 지키는 보금자리의 암시이다.

절대적인 나그네 그러나 지속적으로 이야기되고 있는 한 여성의 — 주인공의 가장 오랜 애인으로 생각되는 여인의 성과 삶은 결국 그녀가 원하는 완전한 행복을 가져오지 못한다. 그것은 그녀의 행복에 대한 갈구에 일시적으로 대리 만족을 주는 한 방편일 뿐이다. 그런데 이것은 영산의 경우에도 마찬가지라고 할 수 있다. 방랑하는 주인공은 결국 실재하는 영산을 찾지 못하고 만다. 강의 복판에 있는 한 섬에서 그는 한 스님을 만난다. 스님은 고등학생이던 열여섯 살에 혁명에 뛰어들어 게릴라 전사가 되고, 열일곱에는 점령한 도시의 은행 책임자가 되었으나 다시 의사가 되기를 원하여 의학 공부를 하고 보건 부분에서 일한다. 그러나 그것은 잠깐의 일이고, 어느 당 간부의 비위를 건드린 것이 원인이 되어 그는 주자파(走資派)의 낙인이 찍혀 당에서 제명된다. 다시 시골의 한 병원에서 잠시 일을 할 수 있기는 했지만, 결혼하고 가족을 거느리게 된 그는 가톨릭에 흥미를 가지고 법황이 중국에 왔을 때 법황을 만나고자 한다. 그러나 법황을 만나지도 못한 채, 그는 외국인과 내통하였다는 혐의를 받고 시골 병원에서 축출되고, 전전하다가 출가하여 스님이 된다. 그는 정치도 사회도 고향도 버리고 떠도는 사람이 된 것이다. 그러면서도 그는 분명하고 흔들림이 없는 사람이 되었다.

주인공은 그를 만나 차를 나누게 된다. 스님이나 그나 다 같이 먼 길을 가는 사람이다. 그러나 두 사람 사이에는 차이가 있다. 그는 이 차이를 다음과 같은 대화로 설명한다.

저도 외로운 나그네입니다. [주인공이 스님에게 말한다.] 하지만 스님을 따르지는 못하는 것 같습니다. 스님은 흔들림이 없이 지성을 다하며, 마음 깊이 성스러운 목적을 지니고 있습니다.

이에 대하여, 스님은 말한다.

진정한 나그네는 목적이 없는 법입니다. 아무런 목적이 없다는 것이 사람으로 하여금 절대적인 여행자가 되게 하는 조건입니다.[3]

절대적인 여행자에 대한 스님의 답은 세상을 버린 스님의 답변이지만, 오히려 주인공에 해당하는 답이라고 할 수 있다. 위의 대화에서 주인공은 스님을 '성스러운 목적'을 가진 사람이라고 한다. 그런데 주인공이야말로 아무런 목적이 없이 또는 목적 자체를 찾지 못하고 그것을 찾는 것을 포함한 방황의 길에 떠돌고 있는 것이다. 그것은 역설적으로, 그 자신이 말하듯이, 스님의 태도에 한없는 존경심을 가지고 있으면서도 이 세상을 버리지

---

3   Ibid., p. 277.

못하기 때문이다. 그는 "세속의 세계에 아직 뿌리를 내리고 있는 것"이다.[4] 그가 한없이 방황하는 것은 그가 세계 안에 존재하기 때문이다. 그는 세계의 밖으로 나가지도 못하고 세계의 안 어느 곳에 정착하지도 못한다. 그러나 가브리엘 마르셀(Gabriel Marcel)의 말을 빌려서 말하건대, 그의 정착 없는 방황은 그로 하여금 더욱 철저한 '나그네로서의 인간(homo viator)'의 전형이 되게 한다.

　　관조와 찬탄과 우주적 질서의 향수 그러면 이러한 정착하지 못하는 나그네가 된다는 것은 부질없는 것인가? 그렇다고만 할 수는 없다. 나그네가 되는 것은 아무것에도 완전히 집착하지 않기 때문이다. 그러나 다른 한편으로 집착이 없으면서도 계속 여기저기를 떠도는 것은 세속적인 삶에 애착을 가지고 있기 때문이다. 그러니까 집착이 없는 것도 아니다. 그런데 이러한 태도는 나그네로 하여금 많은 일들을 더욱 객관적으로 또 면밀하게 바라볼 수 있게 한다. 그리고 그의 집착과 비집착 사이의 거리 속에서 그의 지각과 인식 능력은 눈앞에 있는 것을 넘어 많은 것을 보다 큰 관련 속에서 볼 수 있게 한다. 영산은 발견되지 않지만, 그것의 현재와 부재로 하여, 인간과 자연을 보다 관심을 가지고 볼 수 있게 하고, 그것을 기록할 수 있게 한다. 모든 것은 영산의 기호일 수 있기 때문이다.

　　물론 관조하는 눈에 드러나는 것에는 반드시 아름다운 것만이 있는 것은 아니다. 거기에는 추함이 있고 악이 있고 거짓이 있을 수 있다. 이것이 인간에게 큰 고통을 가져온다. 그러면서 이러한 모든 것을 보는 복합적인 눈—— 절대적인 여행자의 눈 아래에서 삶과 세계 그리고 존재는 그 신비를 느끼게 한다. 사람으로 하여금 절대적인 나그네가 되게 하는 것은 눈에 보

4　Ibid., p. 280.

이는 것이 마음을 편하게 하는 것이 아니기 때문일 것이다. 그러면서도 그것들은 숨은 영산의 자국일 수 있다. 그 존재의 신비는 어디에나 갖추어져 있다. 그리고 사람으로 하여금 그 신비에 찬탄을 금치 못하게 한다.

2. 찬탄의 변증법

찬미의 운명 앞에서 우리는 루소가 자연에서 느끼는 자연의 질서를 찬미하였다는 말을 하였지만, 있는 대로의 존재에 대한 찬미와 찬탄을 가장 절실하게 표현한 것은 ── 다른 곳에서도 인용한 일이 몇 번 있지만 ── 릴케의 「오르페우스에게 부치는 소네트」에 나오는 구절들이다. 제1부 8번 소네트는 다음과 같다.

> 찬미하는 것, 그렇다. 찬미하도록 운명 지어진 자,
> 그는 마치 돌의 침묵에서 광석이 나오듯
> 나아온다. 그의 마음은 포도주를 빚어내는
> 덧없는 압착기, 인간을 위하여 한없이 빚어지는.
>
> 성스러운 형상이 그를 사로잡을 때면,
> 티끌이 불어와도 목소리 멈춤이 없고
> 모두가 포도의 동산, 따스한 남녀이
> 무르익힌 포도의 송이 아닌 것이 없는.
>
> 제왕들의 무덤에 생겨나는 곰팡이도
> 그의 찬미를 거짓이라 탓하지 않고,

신들의 그림자 홀연 나타나지 않으니.

죽음의 문의 저쪽까지도 가득하게
찬미의 과일을 담은 접시를 내어놓는 것,
그것은 그의 영원한 사명이니.

티끌과 죽음과 곰팡이 그리고 포도주를 짜내는 듯한 압착기의 괴로움, 그러면서도 포도주를 만드는 압착기 — 이 압착기에서 나오는 포도주로써 세계를 찬미하는 것이 시인이라고 릴케는 말한다. 이것이 사람의 마음속에 있는 소망이라면, 소망의 흔적은 현실의 도처에 현실로 존재한다. 삶을 막는 부정적인 요인을 상징적으로 대표하는 것이 죽음이라고 한다면, 죽음은 삶과 죽음의 영원한 순환의 한 부분일 뿐이다. 옛 로마의 석관 위로는 오늘의 맑은 비가 흐르고, 열린 무덤에는 다시 고요가 깃들고 벌 떼가 잉잉거리고 나비가 모아든다.(「소네트」 10번) 덧없는 일이면서도, 사람은 오늘의 익은 과일의 과육의 맛에서 말로 표현할 수 없는 이 순간의 삶의 현재성을 깨우친다.(「소네트」 11번) 그리고 사람이 생각하던 것들, 그리고 상징과 비유로 표현했던 것들이 별의 이름이 되는 것을 본다. 별이 발견되는 것은 별이 있기 때문인가, 아니면 사람이 가진 상징적 상상력으로 인한 것인가?(「소네트」 11, 8번)

찬미와 비탄 찬미가 부정을 넘어 삶의 밝음을 인지하고 창조할 수 있다면, 릴케는 다시 이를 뒤집어 찬미를 통해서만 삶의 부정적인 것을 바르게 볼 수 있다고 말한다. 그것도 사람이 분명히 알아야 하는 것 중의 하나이다. 그러면서 그것은 어디까지나 긍정적인 것과의 교환 관계 속에 있다. 그것이 긍정을 가능하게 한다고 할 수도 있다.

찬미의 공간에서만 비탄은 있다,

눈물의 샘의 여신 비탄은.

고이고 고이는 우리의 눈물이,

높은 문과 성단을 지은 암반 위로

맑게 흐르도록 지켜보며…….(소네트 8번)

비탄과 별 '비탄(die Klage)'은 밤중 내내 소녀의 손으로 '예로부터의 악(惡)(das alte Schlimme)'을 헤아려 본다. 그러나 기쁨은 악의 존재를 일찍부터 알고 있었고 그리움은 그것과 은밀한 관계를 가지고 있었다. 악을 넘어서고자 하는 의지가 없이는 그리움은 존재하지 않았을 것이다. 이러한 모순의 결합 속에서 '비탄'은 비탄의 숨결이 미치지 않는 하늘 저 멀리에 상징의 별을 탄생하게 한다. 그리고 그것은, 앞에서 이미 말한 바와 같이, 실재하는 별에 일치한다.

새로운 별과 기이한 바다를 항해하는 마음 사람의 마음 — 생각하는 대로의 현실의 부재와 현재로 하여 삶의 어둠과 밝음 그리고 가까운 것과 먼 것을 찾아 헤매는 사람의 마음을 시인은 섬세하게 풀어낸다. 모두 사람의 무의식에 잠긴 동기야 어떤 것이든지 간에, 사람의 마음은 우주의 끝까지 탐색해 나간다. 그러면서 찾아진 것은 사람의 마음 가운데 존재한다. 릴케가 「오르페우스에게 부치는 소네트」에서 이야기하는 나무와 과일과 사람과 별은 모두 오르페우스의 음악 속에 존재한다. 그리고 그것들은 음악을 듣는 우리의 귀 안에 존재한다고 릴케는 말한다. 그러면서 그것은, 기이한 생각의 음의 바다를 항해하는 마음에 대응하여, 현실로 존재한다.

글리스 581d 한 대중적 지리지는 천문학적 발견의 최근의 뉴스를 보도하고 있다. 오랫동안의 천문학의 발달 후 얼마 전까지의 결론은 이 광대무변한 우주에 인간이 살고 있는 지구에 비슷한 유성(遊星)은 없는 것 같다는 결론이었다. 그러나 최근에 천문학은 지구에 유사한 가능성을 가진 유성이 우주에는 수십억 개가 되는 것 같다는 추측에 이르렀다. 그중 제일 가까운 것은 20광년 저쪽에 있는 '글리스(Gliese 581d)'라는 유성이다. 필자는 이 보고에서 과학이 드러내는 사실의 세계는 상상을 초월한다고 말하고 있다.[5] 사실의 세계는 상상을 넘어 상상적인 것이다.

넓은 세계와 개인과 사회 사람의 마음은 한없이 넓은 세계로 열릴 수 있다. 그것은 우주의 끝까지를 볼 수 있게 되기를 바란다. 그러면서 그것이 가능해지는 것은 인간의 지적 탐구의 역사적 누적을 통하여서이다. 또 바라는 것은 널리 보는 것과 함께 보다 섬세하게 보게 되는 것이다. 또는 주변의 것을 더 잘 보기 위해서 멀리 보는 것이 필요하다고 할 수도 있다. 자세히 보아야 할 것은 오늘의 삶의 사실이고, 문학과 철학과 과학과 발명으로 인하여 풍부해진 세계이고, 인간의 역사 속에서 발전해 온 모든 존재의 경이이다. 이것은 우리가 이번의 이야기를 시작하면서 꺼냈던 주제인 개인과 사회의 관계에는 어떤 의미를 갖는가? 적어도 그 관계에서 나오는 모든 규정이 삶의 전부가 아니라는 것을 아는 것은 중요하다.

넓어지는 시야는 사람으로 하여금 이 관계를 봄에 있어서 조금 더 초연한 관점을 취할 수 있게 한다. 그러나 우주의 끝에까지 뻗어 가는 시야와 그 관점으로 하여, 개인과 사회의 관계에서 일어나는 모든 괴로운 문제들이 저절로 해결된다고 할 수는 없다. 그것으로 다시 돌아가는 것은 오늘의

---

5   Timothy Ferris, "Seeking New Earths", *National Geographic*, December 2009.

절실한 과제이다. 정신적 여로에서 우주와의 일체감을 얻었던 수행자들은, 앞에서 본 바와 같이, 다시 그들의 일상으로 되돌아갔다. 멀리 보는 것이 삶의 괴로운 문제들을 저절로 풀 수 있게 하지는 않는다. 다만 사람의 존재의 차원이 그것들에 한정되는 것이 아니라는 것을 상기하는 것이 적어도 악몽으로서의 사회의 강박을 깨는 데에 필요한 일의 하나임에는 틀림이 없다.

종합 토론

토론 1

김형찬(고려대학교 철학과)

1

"인간은 성장하여 비로소 완성되는 존재"라는 강연 첫날의 말씀은 '기이한 생각의 바다에서' 펼쳐질 4주간 여정의 이정표였다. 그 성장의 상당 부분은 생물학적 발전 과정을 통해 저절로 이루어지지만, 또한 개체 또는 사회의 노력과 영향에 의해 이루어지는 부분이었다는 사실, 그리고 그러한 부분이 인간을 인간이게끔 하는 중요한 요소를 만들어 낸다는 지적을 상기한다면, 이 여정이 결국 진정한 인간 됨의 방법으로서의 인문 과학의 의미를 꼼꼼히 되짚어 보는 길이 될 것임을 짐작할 수 있었다.

김우창 선생님이 말씀하시는 이상적 인간이란 개체로서의 일상적 삶을 살아가면서도 인간을 넘어서는 세계 안의 존재이기에, 그러한 인간은 일상의 개인인 동시에 자신이 살아가는 세계(사회 또는 자연)를 이해하고 구성하는 존재이다. 그런 점에서 볼 때, 생물학적으로 이 세상에 태어난 미완성의 인간이 성숙한 인간이 되기 위해 고려되어야 할 요소는 크게 인간, 사

203

회, 자연이다. 인간이 개체 내면의 능력으로 외면의 세계를 이해하고 그 원리를 내면화하면서 외재적 세계를 자신의 방식으로 구성해 가는 내면과 외면의 일치 과정은 매우 복잡하게 설명될 수도 있고 순간적인 직관으로 통찰될 수도 있다.

개체로서의 자아(小我)와 우주로서의 자아(大我)가 일치하는 순간을 초월적 시간 속에서 체험해 내는 불교에서의 '깨달음'이 그러한 과정을 가장 단순하게 형용한 것이라면, 유교의 예학(禮學)에서 말하는 경례(經禮) 삼백과 위의(威儀) 삼천은 우주 자연의 이치를 인간의 삶 속에서 구현해 내며 천인합일(天人合一)을 이루는 것이 얼마나 지난한 일인가를 보여 주는 좋은 예가 된다. 김우창 선생님도 지적하셨듯이 지켜야 할 규칙이 3000개에 이를 만큼 행동 규범이 복잡하다는 것은 "인생을 상당한 두려움으로 보기 때문"일 것이다. 이러한 복잡한 행동 규범은 그러한 인생의 두려움에 위안을 주는 장치로서 작용하지만, 그러한 장치는 의도적으로 혹은 무의식적으로 개체로서의 자아를 억압하는 사회의 지배 장치로 변질될 위험성도 크다. 그럼에도 자연과 사회의 원리를 이성적으로 이해할 때까지 불안한 삶을 살아가기보다는 일단 선지자 혹은 관습이 일러 주는 대로 3000가지의 예법이라도 따르면서 한편으로 그 예법의 원리를 차차 이해하도록 노력하는 것이 현명한 일인지도 모른다.

그렇지만 경례 삼백과 위의 삼천을 자연스러운 삶의 방식으로 여기며 편안하게 살았을 법한 선현들에게도 고민은 있었던 듯하다. 중국과 조선에서 성리학을 대표하는 학자로 평가되는 주희나 이황 같은 이들도 상제(上帝)에 대한 경외(敬畏)의 마음을 견지하는 방법을 사용하곤 하였다. 그들은 경례 삼백과 위의 삼천의 원리를 합리적으로 설명하고 설득하려 애썼지만, 다른 한편으로는 늘 상제를 마주하듯이 "홀로 있기를 삼가라.(愼獨)"라고 강조하였다는 것이다. 이는 외면 세계의 원리를 합리적으로 이해하여 내면화하는 동시에 외면의 세계 속에서 내면의 세계를 무리 없이 외화(外化)하며 내면과 외면을 일치시켜 나가는 '이성'적 방법만으로는 그 천인합일의 이상을 구현하기가 너무도 어렵다는 사실을 이들이 인식했기 때문일 것이다.

보통 사람의 경우 삼천의 예법을 따르기보다는, 더구나 그 원리까지 이해하며 따르기보다는, 절대적 존재에 대한 공경과 두려움의 마음(敬畏心)으로 사적 욕구를 억제하며 개체의 삶을 우주적 세계의 원리와 일치시키도록 노력하며 살아가는 것이 훨씬 쉬운 일일 듯하다. 일부 철학자들은 이것이 이성적 성찰의 고된 여정을 포기하고 의타적 종교라는 손쉬운 지름길로 귀의하는 것이라고 비난할 수도 있겠지만, 근기에 따라 그 여정을 달리 선택하도록 하는 것이 인생의 지혜, 혹은 가르치는 자의 지혜가 아닐까 한다. 그런 점에서 김우창 선생님께서는 너무 고된 여정만 주장하시는 게 아닌가 하는 생각이 든다.

2

'제3주 행복의 추구에 대하여'에서 루소의 '공적 행복'과 '단독자의 우주적 행복'을 대비해 주셨다. 루소는 "사람의 사회적 교류가 그 원시적 출발에서 벗어나기 시작할 때부터, 권력 투쟁과 부의 과시적 경쟁, 그리고 일반적으로 인간관계의 악화를 가져온다는 것을 가장 분명하게 경고"했다고 한다. 사람들과 교류하면서 공적인 존경과 가치를 추구하게 되고, 그러한 평가는 허세와 경멸, 수치와 질시를 낳는다는 것이다. 이에 비해 '자애(自愛)'는 동물의 생명 보존 본능과 비슷한 것으로서 타자에 대한 의식은 없지만, 자신의 온전함, 진정성, 일관성의 의지의 기초가 됨으로써 연민과 이성의 길이 열리고 이를 통하여 다른 생명체에 이어질 수 있는 가능성을 갖는다는 것이다. 이러한 기초가 없는 사회성은 자신이 타인의 눈에 비치는 외면적 효과와 평가로 자신의 가치를 매기는 '애기(愛己)', 즉 이기적 자기 사랑이라고 한다.

이러한 루소의 관점은 흥미롭게도 성리학에서 위인지학(爲人之學)과 위기지학(爲己之學)의 대비와 유사하다. 위인지학이 타자의 인정을 받아 사회적으로 부귀공명을 얻기를 추구하는 공부라면, 위기지학은 타자의 인정에 연연하지 않고 진리를 추구하며 스스로를 수양하는 공부이다. 이 경우 위기지학은 개인적인 공부에 한정되지 않는다. 인간은 본래 자연의 구성원으로서 자연의 이치를 공유하고 실천하며 살아가는 존재이므로, 개인 자아에 대한 탐구는 자연에 대한 탐구로 이어지고, 개인의 일상적 삶은 자연의 이치를 인간 사회에서 구현하는 것이 된다.

루소의 관점에서 본다면, 인간은 사회의 범위를 넘어 우주적 질서를 '감복(感服)'함으로써 "사회가 무반성적으로 부과하는 거짓된 사회적 가치를 거짓된 것으로 인식"할 수 있다. 이것은 사회가 내재화한 원리를 그 사회의 구성원인 인간에게 부여하였을 때, 개체로서의 인간이 그러한 사회의 원리를 내부로부터 비판적으로 성찰해 내기 어렵다는 사실에 근거한다. 그러나 이를 우주적 질서에 대한 인식을 통해 넘어서려 할 경우, 이는 다시 작은 억압의 시스템을 큰 억압의 시스템으로 대체하는 결과를 낳을 가능성도 크다. 국가 단위의 이데올로기를 넘어서는 종교적 도그마의 폐해를 인류의 역사에서 숱하게 찾을 수 있듯이, 그러한 예를 찾는 일은 어렵지 않다. 이렇게 본다면, 위인지학의 폐해를 극복할 수 있는 것이 위우주지학(爲宇宙之學)이 아니라 왜 위기지학인지 이해할 수 있다. 그렇다면, 중요한 것은 '우주적 질서를 감복하는 것'이 아니라 '자기 인식으로부터 비롯된 타자의 이해', 즉 모두가 위기지학을 하며 일상을 살아가고 사회를 살아가고 자연을 살아가는 존재라는 타자와의 공감이 아닐까 하여, 이에 관한 말씀을 듣고 싶다.

3

일상을 살아가는 하나의 인간인 동시에 개체를 넘어서는 인간이 되기 위해서는 사적 개인으로서의 인간이 사회와 자연을 늘 자신과의 연관 속에서 사유해야 한다. 그런데 대부분의 사람들이 자연과 직접 대면하며 수렵을 하거나 농사를 지으면서 생존을 지켜 내야 했던 시기를 지나, 많은 사람들이 주로 인간이 만든 조직 속에서 살아가게 되면서, 그 사유의 범위는 대체로 인간이 만든 사회를 벗어나지 않게 되었다. 특별히 직접 자연과 대면해야 하는 직업에 종사하는 사람이 아니라면, 현대인이 자연을 인식하고 사유하는 경우는 홍수, 태풍과 같은 재해에 직면하거나 휴식을 위해 자연을 찾아가 관조할 때뿐일 것이다.

'기이한 생각의 바다에서' 김우창 선생님의 말씀을 통해서 만났던 철학자나 작가들의 고민도 대부분 바로 무반성적으로 주어지는 사회의 원리에 대해 재성찰을 시도하는 것이었다. 그 진단과 방법은 제각각이었지만, 결국은 사회를 넘어서 자연으로, 그리고 다시 사회 속 일상의 인간으로 돌아가야 한다는 것이었다. 이는 사회를 넘어서는 것이 중요하지만, 인간이 살아가고 있는 사회를 지나치게 벗어날 경우 자칫 일상적 삶을 넘어선 공허한 담론이나 도그마적 이데올로기로 귀결될 위험을 지적한 것일 것이다.

하이데거처럼 긴장된 자세로 존재의 층위를 정밀하게 분석하며 다가간 경우도 있지만, 공자처럼 그 목표의 경지뿐 아니라 탐구 자체가 즐거움이어야 함을 강조한 경우도 있었다. 하지만 공자의 경우도 이를 추구하는 길은 목숨을 걸어야 할 만큼 비장한 길이었다. 그것은 인간 개인의 한계를 넘어 우주의 차원에서 사유하되 궁극에는 인간의 일상을 벗어나지 않아야 하는 힘든 길이기 때문일 것이다.

제4주 강연 제목이었던 '곤학(困學)의 역정(歷程)'은 이를 의식하고 그 길을 가는 모든 사람을 위한 것이겠지만, 특히 김우창 선생님 자신이 평생 걸어오고 현재도 걸어가고 계신 길을 의미하는 것이라 생각된다. 그 길에는 여러 가지 작은 갈림길과 표지판이 있을 것이다. 심오한 철학자의 저서도 있을 것이고, 어떤 사람의 인생이나 말 한마디도 있을 것이고, 어느 오솔길에서의 산책이라는 일상적 행위도 있을 것이다. 어쩌면 그것들은 결국 제4주 강연의 마지막에 인용하신 릴케의 「오르페우스에게 부치는 소네트」처럼 논리적 언어로 표현될 수 없는 시적 통찰, 심미적 이성의 흔적일 수밖에 없을지도 모른다. 그렇다고 해서 설마 모든 사람이 하이데거나 루소나 공자, 혹은 릴케처럼 살아야 한다고 주장하시는 것은 아니리라고 생각한다. '자기 형성과 그 진로'를 탐구하는 사람으로서 일상적 실천은 어떠한 것이어야 할 것인지, 김우창 선생님 자신의 '곤학의 역정' 중 한 대목과 함께 말씀을 들을 기회를 가졌으면 한다.

토론 2

여건종(숙명여자대학교 영문학과)

　토론을 김우창 선생님과의 개인적인 관계에 대한 이야기로 시작하는 것을 양해해 주시기 바랍니다. 선생님 강의를 25년 만에 들었습니다. 토론 문을 준비하기 위해 선생님 글을 다시 읽으면서 현재 제가 생각하고 있는 것의 많은 부분이 선생님으로부터 연원했다는 사실을 다시 확인했습니다. 선생님과 같이 일하면서 때로는 불가피하게 이견이 있었던 부분의 생각 까지도 선생님으로부터 온 것이라는 사실에 놀라기도 했습니다. 강한 사 유란 전염력이 강한 사유라는 생각을 해 봅니다. 그것은 몇 가지 중심 개념 을 통해 확장됩니다. 지난 25년간 저를 지배했던 한 단어를 떠올린다면 그 것을 '문화'라고 할 수 있을 것입니다. 이때 문화는 '자기 형성의 과정'으로 정의될 수 있을 것입니다. 이번 강연을 관통하고 있는 주제도 '자기 형성' 입니다.

　지난 4주 동안의 강연에서 자기 형성의 주제는 변증법적 사유의 틀을 통해 개진되었습니다. 저는 다른 지면에서 선생님에 대해 "서구 근대 철학 의 핵심적 요체인 변증법적 사유를 자생적으로 내면화하여 현대 한국 지성사에 가장 깊은 영향을 끼친 인문학자"라고 쓴 적이 있습니다. 구체와 보편, 이성적이고 심미적인 것, 전체와 개체, 정치적인 것과 내면적인 것, 이상적인 것과 실제로 존재하는 것, 이 모든 보편적 이항 대립들은 선생님의 사유 체계에서 끊임없이 스스로를 지양하는 역동적인 변증법적, 상호 구성적 관계를 이루고 있습니다. 이러한 변증법적 관계는「한국 시와 형이상」에서 시작되는 문학 비평에서부터 보다 최근의 사회 정치적 에세이들을 관통하고 있을 뿐만 아니라 선생님의 독특한, 사유의 복합적 긴장과 흐름을 그대로 드러내는 문체의 내재적 리듬에도 잘 반영되어 있습니다.

이번 강연에서도 개인의 내면적 삶의 실존적 요구들 — 의지, 자유, 선택과 같은 것들 — 과 그것을 실현시켜 줄 공동체적 삶의 조건 — 선생님이 정치라고 부르는 것 — 사이의 변증법적 관계가 주된 관심을 이루고 있다고 할 수 있습니다. 이번 강연의 제목인 '기이한 생각의 바다에서'의 항해도 개체적 자기 형성의 고유한 구체성이 보다 넓고 근본적인 의미에서의 공동체적 역사로 이어지는 변증법적 관계를 표현하는 것으로 저는 이해했습니다. 이 강연에서 개인은 무엇보다도 일반적 합리적 공식으로 환원되지 않고, 세속적 이해관계나 추상화된 집단의 도덕적 당위로 제한되어서는 안 되는 고유한 독자성을 가진 존재로 규정됩니다. 이것은 개인의 자유와 존엄을 구성하는 조건이 됩니다. "그 자체로서 의미 있는 가치의 추구가 인간 자유의 표현이면서 동시에 자기실현이 된다."라고 말합니다.

그러나 동시에 자기 형성은 개인에 한정되거나 머무르는 것이 아닙니다. 그것은 개인을 넘어 보편에 연결되어 있습니다. 선생님의 말로 옮기면 "개인의 개인 됨이 좁은 자기에로의 침잠을 말한다고 할 수 없다. 개개인은 독자적인 존재이면서 보다 큰 바탕에 열려 있음으로써만 참다운 가치를 갖는 존재라고 하여야 할 것이다." 즉 각 개개인의 자기 형성의 과정과 그 결과로서의 자기실현은, 개인적 삶의 완성을 넘어서 정신적 능력의 전

인류적 발전으로 이어지는 인간의 지성의 진화로서의 의미를 갖게 됩니다. 개인과 공동체적 역사가 만나는 깊고 신비한 공간이 바로 '기이한 생각의 바다'입니다. 여기에서 개인과 보편은 어느 것이 더 우위에 있다고 말할 수 없습니다. "보편적 진리는 언제나 개인의 실존 속에서 일어나는 사건이다." 이것은 선생님의 전체 저작을 관통하는 하나의 화두라고 할 수 있는 '구체적 보편'의 설득력 있는 예증이 됩니다.

제가 이번 토론을 통해 선생님으로부터 더 듣고 싶은 얘기는 선생님의 또 하나의 화두라고 할 수 있는 심미적 이성에 관한 것입니다. 다시 말해 자기 형성 과정에서 심미적 경험의 의미에 대한 것입니다. 이 부분에 대한 선생님의 생각이 있을 것 같은데, 이번 강연에서 별로 언급이 되지 않았다는 생각이 들기 때문이기도 하지만, 무엇보다 심미적 경험이 인간과 그의 공동체를 어떻게 의미 있게 만들어 갈 수 있는가의 문제가 저의 최근의 주된 관심이기 때문입니다.

선생님께서는 얼마 전에 심미적 경험이 공동체적 삶과 가지는 관계를 프리드리히 실러의 '심미적 국가' 개념을 통해 설명하는 글을 쓰셨습니다. 여기에서 심미적 국가는 자유롭고 조화로운 삶을 실현할 수 있는 새로운 공동체의 이상으로 제기되었습니다. 심미적 인문주의의 이론적 토대를 정립한 것으로 평가되는 실러의 심미적 경험에 대한 성찰은 프랑스 혁명과 반혁명, 해방의 열정, 폭력의 공포, 인간의 이성적 능력과 정치적 이상에 대한 환멸이 교차하는 역사적 격변기에 쓰였습니다. 인간의 심미적 경험과 능력은 실러가 정치적 권리나 윤리적 규범보다 더 근본적으로 인간을 형성하고 인간을 자유롭게 만드는 힘과 가치를 찾는 과정에서 발견해 낸 중요한 인간적 자원입니다. 심미적 경험이 어떻게 자유롭고, 자율적이고 주체적인, 즉 스스로 자기 삶의 주인이 되는, 시민적 주체를 형성할 수 있는가에 대한 철학적 성찰이 이 편지들의 주제라고 할 수 있습니다. 심미적 국가의 핵심 주장은 미적 경험의 욕구와 그것의 조화로운 충족이 이상적 공동체를 이루는 데 필수적 요소가 된다는 것입니다. 이때 미적 경험이란 세계를 보다 풍요롭고 고양된 방식으로 경험하고 그것을 통해 스스로를 의미 있는 존재로 형성해 가는 총체적 과정을 가리킨다고 할 수 있습니다.

실러가 예언했듯이 기능적, 분석적, 도구적 정신 능력이 다른 모든 인간의 능력을 대치하고 지배하는 삶에서 심미적 경험의 통합적 기능은 점점 축소되고 있습니다. 마르크스의 표현을 빌리면 인간 존재의 축소입니다. 실러에 의하면 이러한 인간 존재의 축소는 근대적 합리성이 정신적 능력과 감각적 능력을 분리시켜 놓은 결과라는 것입니다. 감성과 이성의 이항 대립은 외부 세계를 보다 역동적이고 풍요로운 방식으로 전유하는 상상력의 기능과 자본주의 문명의 공리주의적 기계적 합리성의 대립적 관계로 발전하면서 이후 100여 년간 심미적 인문주의의 기본적인 관점을 형성하게 됩니다. 그리고 인간의 자기 형성의 과정으로서의 문화의 개념도 이 이항 대립에서 나오게 됩니다.

선생님은 이 강연에서 공적 행복의 개념을 통해 인간의 개체적 자기 형성의 과정을 공동체적 존재로서의 인간의 실존적 상황과 관련하여 논의하였습니다. 공리주의적 합리성이 인간의 상상력을 예속시키고 소비에 사로잡힌 삶이 인간의 주체적 자유를 제한하고 있는 오늘의 상황에서 심미적 국가의 이상이 어떻게 대안적 삶의 이상을 우리에게 줄 수 있는지 선생님의 말씀을 듣고 싶습니다.

토론 3

민은경(서울대학교 영문학과)

4주 동안 선생님의 강연을 가까이서 듣고 강연하시는 선생님의 모습을 바라볼 수 있는 것 자체가 큰 즐거움이었습니다. 1강에서 선생님께서는 "사람의 삶은 독창적이면서 동시에 전범을 이루는 것"이라고 말씀하시면서 그렇기 때문에 "사람들은 자신의 삶을 살면서 다른 사람의 삶을 참조한다."라고 하셨습니다. 특히 공부하는 사람에게 선생님께서는 남다른 전범이 되고 있다고 생각합니다. 삶으로서의 공부, 공부로서의 삶. 삶과 공부가 하나가 되는 방법을 저희들에게 몸소 보여 주고 계십니다.

강의가 모두 끝나고 나니 몇 개의 강한 이미지가 머리에 남습니다. 워즈워스의 시구 "기이한 생각의 바다를 홀로 항해하는 마음"이 연상시키는 신비로운 바다의 이미지(왠지 제 머릿속에는 밤바다가 연상됩니다.)가 가장 빨리 떠오르네요. 1강에서 『데미안』을 언급하시다가 어느 아메리카 인디언 부족의 성인식 이야기를 들려주셨는데, 자신만의 '비밀 이름'을 받을 때까지 숲 속에 혼자 머물러야 하는 인디언이 조용히 숲에 앉아서 자신의 이름을 기다리는 이미지 또한 잊지 못할 것 같습니다. 배를 타고 양쯔 강을 거슬러 올라가며 점점 험해지는 자연을 바라보고 글에서 위안과 깨달음을 찾은 명(明) 말의 한 유배된 행인(行人)의 이미지도 마음에 남습니다. 저는 이러한 순례와 수양의 이미지가 선생님의 학문적 태도를 잘 나타낸다고 생각합니다.

고대에서 현대까지 동서양을 막론하고 다양한 철학자들을 끌어들여 이야기를 이끌어 나가셨기 때문에 어디서 질문을 시작해야 할지 참으로 난감하기 짝이 없습니다만, 저는 우선 동양 철학과 서양 철학 전통의 차이에 대해서 여쭤 보고 싶습니다. 선생님께서 1강에서 잠깐 말씀하신 내용을 따라가 보자면, '인간의 자기 형성'은 모든 문화에서 똑같이 인정되는 "주요한 인간 됨의 방법"이 아니고 "철학적 반성의 전통"과 "사회적, 정치적 제도"의 차이에 따라 달리 이해되고 인정되는 것입니다. 일반적으로 보았을 때 동양보다는 서양에서 "개성적인 인간의 독자성을 존중"해 왔고, 동양에서는 좀 더 "정형화된 인간형"을 선호해 왔다고 말씀하셨습니다. 물론 그렇다고 동양 전통이 "정형화 과정의 개체적 성격을 부정"해 온 것은 아니라는 점, 그리고 서양 전통 안에서도 인간의 독자성은 "하나의 전범적 양식"으로 사유된다는 점을 들어 이러한 차이가 절대적인 차이가 아니라고 선생님께서는 부연 설명을 해 주셨습니다만, 동양과 서양의 차이를 말하는 하나의 방법으로서 선생님께서 말씀하신 차이를 흔히 주변에서 (물론 훨씬 더 단편적인 방식으로) 사람들이 언급하는 것을 봅니다. 제 생각에도 선생님께서 말씀하시는 자기 형성이라는 주제는 동양 전통보다는 서양 전통에서 보다 본격적으로 문제 제기된 것이 아닌가 싶고, 선생님께서도 설명하셨듯이 이 주제가 서양의 낭만주의 이후에 두드러진 것이어서 사실은 매우 근대적인 주제라고 볼 수도 있을 것 같습니다. 그러나 선생님께서 강연을 이끌어 오신 방법을 보면 이러한 동서양의 차이, 그리고 역사적 차이를 강조하기보다는 이 모든 차이를 아우르는 담론을 만들어 내고자 하신 것 같습니다. 그 차이들을 보다 더 본격적으로 드러낼 필요는 없다고 보시는지 여쭤 보고 싶습니다. 가령 현대 서양에서 말하는 자기 형성이 고대 그리스에서의 자기 형성과는 너무나 다를 것이며(이는 푸코가 잘 설명하는 바라고 생각합니다.) 공자가 말한 자기 형성이 하이데거가 말한 자기 형성과는 문맥 자체가 다른 부분이 있을 터인데, 이러한 차이를 좀 더 이해해 보고 싶은 마음에서 여쭤 봅니다.

다음 질문은 개인과 개인성, 자아와 자기와 관련된 것입니다. 프랑스의 여성 철학자 시몬 베유는 한 에세이에서 다음과 같이 말합니다. "So far from its being his person, what is sacred in a human being is the impersonal in him."[1] 여기에서 person(불어로 personne)을 개인/개인성으로 번역할 수 있을지 모르겠습니다만, 논의를 위해 일단 그렇게 번역해 보겠습니다. "한 인간에 있어서 신성한 것은 그의 개인성이 전혀 아니고, 오히려 그의 비개인성이다." 베유는 서양 전통의 그리스도적 맥락에서 이렇게 이야기를 하고 있지만, 잘 알려졌듯이 베유는 불교에 깊은 관심이 있었고, 그가 말하는 비개인성, 즉 자아를 초월할 수 있는 능력은 여러 종교에서 중요하게 여기는 윤리의 근본이라고 할 수 있을 것입니다. 푸코는 한 인터뷰에서 고대 그리스의 윤리와 그리스도적 윤리를 비교하면서, 고대 그리스 철학자들이 인간의 자아(self)란 예술 작품을 창조하듯이 스스로 창조해 나가는 것이라고 이해한 반면, 그리스도 전통에서는 자아를 하나님 앞에서 포기되어야 하는 어떤 것으로 이해하였다고 설명합니다.[2] 현대 문

---

1   Simone Weil, "Human personality", *Simone Weil: An Anthology*, ed. by Siân Miles(New York: Grove Press, 1986), p. 54.

2   "……Christianity substituted the idea of a self which one had to renounce, because clinging to the self was opposed to God's will, for the idea of a self which had to be created as a work of art." Michel Foucault, "On the Genealogy of Ethics: An Overview of Work in Progress", *The Michel Foucault Reader*, ed. by Paul Rabinow(New York: Pantheon Books, 1984), p. 362.

화 —— 푸코가 극단적인 예로 드는 것은 미국 캘리포니아로 상징되는 현대 문화입니다. —— 에서는 '자아 찾기'가 한창이고, '자아 찾기'를 위해서는 특히 자기 안에 여러 가지 무의식적 억압에서 '해방'되어 자기를 이해하고 자기의 독특한 개인성을 인정받고 발휘해 가면서 즐겁게 살아가는 것을 중요시한다고 할 수 있는데, 이는 선생님께서 말씀하시는 자기 형성과는 상당한 거리가 있는 것이지요. 베유는 미국식의 '자기 돌보기'를 경멸하였습니다.

제가 여쭤 보고 싶은 부분은 다음과 같습니다. 선생님께서 목표로 두시는 인간의 자기 형성과 자기실현에서 '자기'는 무엇입니까? '자기'를 어떻게 정의 내릴 수 있을까요? 선생님께서는 '자아'라는 단어는 거의 안 쓰고 계시고 그 대신 '자신', '자기', '개인' 등의 표현을 쓰고 계시는데, 이 단어들 간에도 상당한 의미의 차이가 있을 수 있을 것 같습니다. 베유를 예로 든다면, 개인성이라는 것은 이미 너무나 사회화된 것이어서 진정한 윤리적 자각에 이르기 위해서는 자기 자신을 중심으로 생각하고 느끼는 것을 탈피하여야 한다고 주장할 수 있겠지요. 아렌트가 사회적인(social) 영역과 공적인(public) 영역을 구분한 이유도 비슷한 맥락에서 이해할 수 있을 것 같습니다. 프로이트 이후 우리는 자아를 전과는 매우 다른 차원에서 생각하게 되었는데, 정신 분석학에서 자아란 우리가 선택하고 만들어 나가는 것이라고 하기 어려운, '진정성'의 차원에서는 더더욱 논하기 어려운 하나의 실존적 단위라고 할 수 있습니다. 라이오넬 트릴링(Lionel Trilling)은 그의 저서 『진실성과 진정성(Sincerity and Authenticity)』에서 흥미로운 지적을 하는데, 프로이트의 인간관이 그리스도적 인간관과 맞닿아 있는 부분이 있다는 것입니다. 특히, 자아에 있어서 이성이나 의지로써 설명될 수 없는 부분들을 강조한다는 점, 비극적이면서 비이성적인(이성으로는 설명될 수 없는) 삶의 면모에 천착한다는 점에서 그러하다는 지적입니다.[3] 하이데거가 말하는 '선택' 역시 베유나 프로이트의 관점에서는 비판할 수밖에 없는 개념일 것 같은데, 이에 대한 선생님의 의견을 여쭙고 싶습니다.

　마지막으로 선생님의 사상에서 예술 내지는 심미적 경험이 가지는 중요성에 대해 질문을 드리고 싶습니다. 미완의 개인이 스스로를 선택하고 "자신에로의 길"을 찾아 스스로를 창조해 나가는 과정이 "그 자체로 완성감을 주는 자기실현"일 수 있다고 말씀하셨는데요, 그것을 "심미적 형식"으로 설명할 수도 있고 "심미적 영역을 넘어 존재론적인 드러남을 나타내는 것으로 생각할 수도 있다."라고 하셨습니다. 선생님께서 말씀하시는 자기 형성의 완성감을 심미적으로 가장 잘 나타내는 예술적 형식은 무엇이라고 생각하시는지요? 그리고 예술적 형식 가운데 심미적으로 가장 완성된 형식은 무엇이라고 생각하시는지요? 보편적 진리를 "언제나 개인의 실존 속에서 일어나는 사건"으로 이해하고 "그 나름의 일반적 서사 구조"를 통해 구현한 장르가 소설이 아닐까 싶은데, 소설은 사실 매우 근대적인 장르라고 할 수 있고, 이 중에서도 교양 소설은 역사적으로 매우 늦게 등장하는 심미적 형식이라 할 수 있을 것 같습니다. 소설을 서사시나 로맨스 등의 여타 다른 문학 장르와 비교할 때, 선생님께서 말씀하시는 '개인'이 소설에서 가장 잘 구현된다고 할 수 있을까요? 선생님께서는 소설을 즐겨 읽으시는지, 시를 즐겨 읽으시는지요? 저는 어쩐지 선생님께서 소설보다 시를 더 좋아하실 것 같은데, 소설이 개인의 자기 형성을 가장 잘 구현한 형식이라고 하더라도 그렇다고 해서 소설이 심미적으로 가장 완성된 장르라고 말하기 어려울 수도 있을 것 같아서 여쭤 봅니다.

3　"The fabric of contradictions that Freud conceives human existence to be is recalcitrant to preference, to will, to reason: it is not to be lightly manipulated. His imagination of the human condition preserves something — much — of the stratum of hardness that runs through the Jewish and Christian traditions as they respond to the hardness of human destiny." Lionel Trilling, *Sincerity and Authenticity* (Cambridge, Mass.: Harvard University Press, 1972), p. 157.

강연 참가 청중의 질문

제1주: 사회 속의 개인에 대하여

• 개인이 지나치게 자신을 중시하다 보면 자칫 타인에 대한 배려나 겸
손함을 가지기 어렵게 됩니다. 사회 속에서 개개인이 모두 겸손과 미덕을
가지기 위해서는 어떻게 자신의 인격을 연마해야 할까요?

제2주: 자기를 돌보는 방법에 대하여

• 자기를 행복하게 하는 가장 본질적인 것은 무엇인지 선생님의 의견
을 듣고 싶습니다.

제3주: 행복의 추구에 대하여

• 공적 행복론과 리처드 도킨스의 『이기적 유전자』와의 관계를 어떻게 보시나요?
• 석학들이 말하는 행복론에는 어떤 것이 있는지요?

제4주: 곤학의 역정

• 실존주의 철학과 찰스 다윈의 '자연 선택론'과의 관계를 어떻게 보시나요?
• 학문을 곤학이 아니라 편하고 즐겁게 할 수 있는 방법은 없을까요?
• 학문의 세계에서, 일상을 넘어선 '이데아의 세계'가 있다고 말씀하셨는데, 그 부분이 이해가 되지 않습니다. 부연 설명을 해 주시면 감사하겠습니다.

기타 질의 사항

• 권력과 물질에 물들어서 풍족함을 누리는 것처럼 보이는 현대인에게 참된 삶에 대해서 선생님은 어떤 말씀을 해 주실 수 있으신지요? 선생님께서 생각하시는 참된 삶에 대해서 듣고 싶습니다.
• 동양의 공자와 서양의 푸코의 사상을 비교 분석한 학문적 문헌이나 연구가 있는지 알고 싶습니다.

토론 및 강연 참가 청중의 질문에 대한 답변

1

강의에 참석하고 토의를 위하여 질의하여 주신 김형찬, 여건종, 민은경 교수 그리고 사회를 맡아 주신 문광훈 교수께 감사드립니다. 그리고 답답하고 두서없는 이야기를 경청해 주신 참석자 여러분께 감사드립니다. 물론 이러한 모임을 가능하게 하고 그에 크고 작은 일들을 준비해 주신 서지문 교수와 인문 강좌 사무국 여러분께도 감사드립니다. 많은 일들이 보이지 않는 정성과 일로 이루어진다는 것을 새삼스럽게 생각합니다.

들을 만한 말을 한다는 것도 쉽지는 않은 일이지만, 그것을 듣는다는 것은 더 어려운 일입니다. 제대로 설명할 수 있었다고는 생각하지 않지만, 이번 강의의 마지막 부분에서 릴케의 시 「오르페우스에게 부치는 소네트」에 대하여 언급했습니다. 다시 한 번 그 이야기를 하겠습니다. 첫 번째 소네트는 이렇게 시작합니다.

나무 하나가 솟았다. 아, 순수한 솟음이여!

아, 오르페우스가 노래한다. 아, 귀 속의 드높은 나무여!

그리고 모든 것은 조용했다. 그러나 고요해지는 가운데에

새로운 시작, 신호와, 변화가 있었다.

이 첫 번째 연을 설명하려고 해도 설명과 —— 자세히 듣는 것과 생각이 필요할 것입니다. 우선, "귀 속의 드높은 나무(hoher Baum in Ohr)"라는 것은 쉽게 상상할 수 없는 너무나 기이한 이미지입니다. "귀 속의 나무"라! 그러나 조금 방향을 바꾸어 생각해 보면, 시각적 이미지로 상상할 수 있는 것이라기보다는 음악이 나무와 같은 자연의 사물을 생생하게 느끼게 한다는 말로 해석할 수 있지 않나 합니다. 베토벤의 「전원 교향곡」을 들으면 전원의 풍경 —— 해가 비치는 전원, 갑작스럽게 소나기가 몰아쳐 가는 들녘들을 느낄 수 있습니다. 슈베르트의 「보리수」는 반드시 특정한 나무를 모사한 것은 아니지만, 음악으로 하여 우리가 어렴풋이나마 마음에 새기게 되는 나무를 암시해 줍니다. 이렇게 보면 모든 것은 음악 속에 존재할 수 있다고 할 수 있습니다. 그리고 잠재적으로는 음악의 가능성의 바탕 위에 사물이 존재하는 것이라고 할 수 있습니다. 적어도 사람과의 관계에서는 그렇습니다.

그리하여 릴케는 위의 구절에서, 어떤 고요해짐이 선행(先行)하고 그에 따라 사물들의 시작과 변용이 가능하게 되었다고 말하는 것이 아닌가 합니다. 이 고요함은 사물이 있게 되기 전의 고요함으로서, 빗대어 말하자면, 우주 창성 이전의 적료(寂廖)라고 할 수 있습니다. 그러면서 그것은 우리가 귀를 기울인다는 데에 이어져 있습니다. 우리가 말을 그치고 조용해진다는 것은 이 고요에 귀를 기울인다는 것이지요.(힌두교에서는 '옴' 하는 소리를 연발케 하여 그것이 그칠 때의 고요를 듣게 합니다.) 그러니까 그다음에 시작되어

듣게 되는 말이 어떤 것이든지 간에, 우리는 침묵과 경청을 통해서 이 근본에 참여하는 것이라고 하겠습니다.

침묵 속에서 짐승들이 나와 쉬었다. 맑게 열린 숲으로부터
구렁과 둥주리의 숲으로부터 나와 쉬었다.
그들이 그렇게 고요하게 쉬고 있는 것은
교활함이나 불안으로 인한 것이 아니라

단지 들음으로부터였다. 아우성, 부르짖음, 포효
이와 같은 것은 그들의 마음에 미세한 것일 뿐.
그것을 영접할 초옥도 없는 곳에 ─

어두운 갈망으로부터 피해 갈 은신처,
기둥들이 흔들리는 그러한 피신처도 있을까 한 곳에
그대는 그들을 위하여 들음 가운데 신전을 만들었느니.

어떤 관념론은, 세계는 지각하는 대상으로만 이루어진 것이라고 말합니다. 릴케는 위에서 세계의 모든 것은 음악적 가능성 속에서만 의미 있는 것으로 ─ 찬양할 만한 것으로 존재한다고 말합니다. 피타고라스에 비슷하게 세계는 음악의 가능성 ─ 예술이 표현하는 인간적 소망의 현실화 가능성인 것입니다.

불경(佛經)은 부처가 돌아가고 난 다음 수백 년이 지나서야 글로 쓰였습니다. 그것은 문자가 없었기 때문이 아닙니다. 인도의 정신적 전통에서 부처님의 말씀은 말씀으로 말하여진 것이고, 그것은 그대로 말씀으로 전달되는 것이 옳기 때문이었습니다. 이것은 부처님 이전 인도의 종교적 전통

에서 오랫동안 지켜 온 관습이었습니다. 그렇다고 전해지는 말씀이 잘못 전해진 것은 아니라고 합니다. 인도 사람들 사이에서는 특별한 기억의 기술과 정신적 집중의 기술이 발달되어 있어서, 위대한 스승의 말을 그대로 전하는 것이 가능했다고 합니다. 이 관점에서 글로 쓰인 것은 이차적인 권위만을 갖는 것이었습니다. 이러한 전통은 말이 갖는 특별한 의미를 생각한 것입니다. 말씀은 세계의 공간에서 일어납니다. 그리고 그 공간은 사람들이 함께 있는 공간이면서 그 이전에 말씀을 위하여 준비된 순수한 공간입니다. 이 공간은 말씀이 있기 전에 이미 들음의 고요함으로 열리는 공간입니다.

여기에서 이러한 말을 하는 것은 잠깐 들음의 중요성, 공간을 가로지르는 말의 중요성을 생각해 보자는 것입니다. 우리가 듣는 말이 어떤 것이든지 간에, 값이 있는 것이든지 그렇지 못하든지, 그 들음에는 이미 말을 넘어가는 원초적인 것이 들어 있습니다. 그리고 거기에서 듣는 이들은 이미 중요한 결단을 내린 것입니다. 그리고 거기에서 다시 자신들의 생각이 시작됩니다. 제가 말씀드리는 것도 침묵에 대한 경청으로부터 아는 것이어야 하지만, 그것이 어느 정도 그러한 것인지는 잘 알 수 없습니다.

2

청중 가운데 보내신 질문에 곤학이 아니라 즐겁게 학문을 하는 방법이 없겠는가 하는 질문이 두어 개 있었습니다. 아래에 답변을 시도해 보겠습니다.

퇴계가 남시보(南時甫)라는 젊은 학자에게 준 편지에 이러한 구절이 있습니다. 좀 길지만, 윤사순 교수가 번역한 것을 인용해 보겠습니다. 이 학자는 학문하기가 너무 고달파서 병이 났다는 말을 편지에 쓰고 그에 대한 처방을 퇴계로부터 받아 보고자 했던 것 같습니다.

 ……모든 일상생활에 있어 수작(酬酢)을 적게 하고, 기호와 욕망을 억제하고, 마음을 비워 편안하고 유쾌히 하루하루를 보낼 것이며, 도서(圖書) 화초(花草)의 완상이라든가 산수(山水) 어조(魚鳥)의 낙(樂) 같은 진실로 정의(情意)를 즐겁게 할 수 있는 것을 되도록 자주 접촉하여, 심기(心氣)를 항상 화순한 경지에 있도록 할 것이며, 거스르고 어지럽힘으로써 성내고 원한 품는 일이 없도록 함이 긴요한 치료입니다.

이것은 나날을 즐겁게 보내지 너무 공부만 하려고 애쓰지 말라는 말입니다. 그러니까 하루하루를 편하게 지내면서 즐길 것을 즐기는 것이 좋겠다는 말인데, 두세 가지 조건이 있는 것은 사실입니다. 즐김의 대상이 미술과 자연이라는 것이 그 한 조건입니다. 퇴계가 말하는 화초어조(花草魚鳥)는 자연의 식물과 동물일 수도 있고, 그림의 그것을 말하는 것일 수도 있습니다. 산수(山水)나 계산(溪山)도 그림을 말하는 것일 수 있지만, 옛 선비들이 산수 여행을 즐긴 것으로 보아 실제 가 보라는 말로도 생각이 됩니다.(퇴계도 산에 가서 며칠 지내고 하는 일을 즐겼다고 합니다.) 이와 같은 전통적인 미술과 산수를 즐기라는 것 외에, 또 위의 글을 보면, 사람과 어울리는 것을 너무 많이 하지 말고 충동적인 것에 이끌려서는 아니 된다고 하였습니다. 그리고 화를 내거나 원한을 갖는 일을 하지 말아야 합니다. 그러니까 퇴계가 추천하는 것은 이미 마음의 어떤 상태를 목적으로 하고 있는 사람에게 하는 말이라고 하겠습니다. 위에 이어서 공부와 관련된 이야기가 나오는 것은 자연스럽습니다. 퇴계는 취미 생활에 이어 ―취미 생활이면서 저절로 자기 수련이 되는 화조와 산수를 즐기는 일을 하면서 공부를 하되,

그것도 여유를 가지고 하라고 권고합니다.

책을 읽어도 마음을 괴롭힐 정도로 읽지 말 것이며, 절대로 많이 읽으려 하지 말 것입니다. 다만 내킴에 따라 그 뜻을 음미하여 즐기고(悅味), 이(理)를 궁구함에는 모름지기 일상생활(日用)의 평이하고 명백한 곳에 나아가 간파(看破)하여 숙달케 할 것입니다. 이미 아는 바에 의하여 편안하고 여유 있게 마음으로 그것을 음미하고 오직 유의(著意)하는 것도 아니요 유의 아니하는 것도 아닌 사이에 마음을 두고 잊지 않으면서, 꾸준히 계속하여 공(功)을 쌓으면 저절로 이해(融會)되어 깨달음이 있을 것입니다.[1]

남시보가 앓고 있는 병은, 퇴계 자신도 앓았던 병이라고 하는데, 퇴계의 말로는 마음의 병(心患)입니다. 퇴계의 진단으로는 이것은 이(理)를 살핌이 투철치 못하여 생깁니다. 그리하여 평정을 얻지 못한 것입니다. 그러나 편지의 다른 부분을 보면, 이(理)를 지나치게 좇는 것도 무리를 가져오게 됩니다. "궁리(窮理)에 있어서는 현묘한 데에 너무 치우치고, 역행(力行)에 있어서는 긍지(矜持)와 긴급(緊急)을 면치 못하여, 억지로 탐구"하는 것이 잘못이었다는 것입니다. 그러니까 이(理)가 확립되어야 하는 것은 핵심적인 일이지만, 그것은 마음의 전체적인 성장과 더불어 자연스럽게 이루어져야 하는 일이라는 것입니다. 또 오묘한 데로 가지 말고 일상적인 일에서 저절로 깨우치는 것으로 편벽되게 생각하지 말아야 한다는 것입니다. 이러한 일상적인 일에는 앞에서 말한바 취미 생활이 포함됩니다. 그러니까 다시 말하여 마음의 총체적인 성장이 중요한 것입니다. 그것은 감성과 자연스러운 일상적 삶의 영위와 병행하여야 합니다.

---

1 윤사순 역주, 앞의 책, 55~56쪽.

그런데 여기에 주의할 것은 이런 일상적 삶 — 약간 문화적인 삶이라고 할지 모르지만, 일상적 삶에서 공부가 저절로 되어야 한다고 하는데, 공부 자체도 "그 뜻을 따라가면서 즐기는(隨意而悅其味)" 것이 되어야 한다고 하는 것입니다. 김형찬 교수의 질의서에 나오는 지적에도 지나치게 공부의 고달픈 면을 강조하는 데 대하여, 공부 자체가 즐김의 대상이어야 하지 않느냐 하는 것이 있습니다. 이것은 강의의 처음에 강조했던 것 — 즉 공자가 삶의 많은 것을 즐김의 관점에서 보았다는 사실 그리고 여기에 학문도 포함하여, 학문을 하고 이를 익히는 것은 즐거운 일이라고 한 것을 잊지 말아야 한다는 말로 생각합니다. 또 김형찬 교수는 이와 관련하여 보통 사람이 자기실현을 목표할 때에 하이데거나 릴케가 생각한 것과 같은 엄숙한 방법을 통한 것이 아니라 그것을 일상적 삶의 실천이 되게 하려면 어떻게 하여야 하는가를 질문했습니다. 여기에 대한 답변은 어느 정도 위의 이야기들에 들어 있을 것으로 생각합니다. 일상의 삶을 문화적 자기 개발과 지적 관심 속에 사는 것 — 이것이 하나의 답이라는 말입니다.

오늘날 사람들은 문화와 학문을 연마할 기회를 갖는 것이 아니라 극히 실용적인 가치의 직업에 종사하고 있습니다. 이러한 직업과 정신적 추구 또는 자기실현이 어떻게 양립할 수 있는가 하는 것이 문제입니다. 오늘의 악조건하에서도 스스로의 삶을 살기 위해서 이 문제에 대한 해결책을 찾아야 한다고 할 수 있지만, 다른 한편으로 중요한 것은 오늘의 직업을 인간적인 자기실현에 맞는 것으로 바꾸어야 한다는 사회적 책임입니다. 이것은 현대적인 일의 성격을 바꾸는 일이기도 하지만, 작업 조건을 바꾸는 일이기도 합니다. 가령 간단하게는 참으로 여덟 시간 노동을 할 수 있게 하여 문화적 기회를 향유할 수 있는 시간을 확보하는 일, 작업 환경을 보다 인간적으로 만드는 일을 생각할 수도 있습니다.(미국에서는 작업장을 자연 속에 위치한 것처럼 개축하여 작업 분위기를 바꾸고 동시에 생산성을 높인 예도 있습니다.)

또 작업 조건의 문제는 환경 보존의 관점에도 연결될 수 있습니다. 그런데 환경의 보존이나 중요성은 대체로 인식되고 있지만(실용적인 관점에서) 아직 잘 알려지지 않은 것은 자연미의 중요성입니다. 여러 형태의 자연의 아름다움을 주변에 가져야 한다는 것은 인간적인 삶의 절대적인 조건의 하나입니다.

3

김형찬 교수가 유교에서 지켜야 할 예법의 세부 항목이 3000개 이상이라는 말에 논평을 가한 것도 곤학과 곤행의 요구에 관계된 것이라 할 수 있습니다.(예법이 경례(經禮) 삼백, 위의(威優) 삼천이라고 김 교수는 밝혀 주셨습니다.) 이것을 하나하나 이치로 따져서 몸에 익히느니, 우선 그대로 따라 하는 것이 쉽지 않은가 하는 것이 김 교수의 의견입니다. 사실 맞는 말입니다. 지켜야 할 사항이 3000개라고 하지만, 그것은 분석적으로 말해서 그러한 것이지, 사실은 그러한 것이 아니라고 보아야 합니다. 그것은 어떤 문화에서 자연스러운 동작의 일부입니다. 그러니 따라서 하는 것이 그렇게 어려운 것이 아니라 할 수 있습니다.

인류학자들이 낯선 이민족의 생활 습관을 묘사하는 경우에도 이 점을 잘못 파악할 수 있습니다. 미국의 인류학자 레나토 로살도(Renato Rosaldo)가 인류학의 객관화된 문화 기술의 불합리성을 설명하는 데에는 다음과 같은 예들이 있습니다. 안다만도의 사람들은 멀리 떨어져 있던 친구를 만나면 눈물을 흘리면서 반가워합니다. 이것을 인류학자가 묘사하면, 멀리 있던 친구를 만나 눈물을 흘리는 의례를 수행하지 않으면 안 된다가 됩니다. 그리고 그다음에 그 세부 절차를 묘사합니다. 이러한 기술에서 자연스러운 행동이 인위적인 예법으로 바뀌게 되는 것입니다. 로살도 교수가 인용하는 다른 인류학 교수는 이러한 수법을 미국인의 이 닦는 습관의 기술에 적용하였습니다. 즉 미국인의 생활 의례 절차에는 아침의 '구강 의식'이 있다, 이것은 돼지 털이 달린 막대에 기이한 약을 묻혀 입에 넣고 그것을 앞뒤로 밀고 당기는 매우 규칙적인 동작을 하는 의례이다. ── 이 닦는 일을 이런 식으로 말하고 보면, 그것은 형식화된 거북스럽고 부자연스러운 예법의 하나로 바뀌게 됩니다.[2]

예법도 자연스러운 문화 습관이라고 한다면, 그렇게 괴로울 것이 없는 행동 양식입니다. 앞에서 언급했던, 철학자 허버트 핑거렛이 강조하고 있는 것이 이 점이지요. 예는 사람들이 저절로 따라서 하는 행동 방법입니다. 그러나 문제는 여기의 '자연스러운'이라는 말에 있습니다. 자연스럽다는 것은 인간성에 맞는다는 말이기도 하고 문화적 습관 ── 아비투스(habitus)가 되었다는 말이기도 합니다. 그런데 이 문화적 습관은 시대와 더불어 바뀌게 되지요. 예법의 여러 규칙이 경직하게 되고 그렇게 많은 숫자로 헤아릴 수 있게 되었다는 것은 복잡한 의미를 가지고 있습니다. 그것은 예법이 음악의 교향곡처럼 섬세하여졌다는 것을 뜻할 수 있습니다. 이것은 어느 사회에서나 있는 일이지만, 동아시아의 사회에서 특히 발달된 것이 아닌가 합니다. 그다음 그것이 엄격하게 지켜야 하는 규범이 되는 것은, 의례가 많은 경우 사회적 조화의 행위적 수행이라는 차원 외에, 악용될 수 있는 '지배와 순종의 원리'를 함축하기 때문입니다. 이렇게 되면 의례는 배우기가 괴로운 일일 뿐만 아니라 부정적인 의미를 가진 것이 되지요.

그러나 의례가 인간의 사회적 삶에서 극히 중요한 것이고 개인으로도

---

2 Cf. Renato Rosaldo, "After Objectivism", Simon During ed., *The Cultural Studies Reader* (Routledge, 1993).

자기실현에서 중요한 요소라는 것은 새삼스럽게 말할 필요도 없습니다. 그런데 이것이 급속히 잊혀 가는 것이 동서양을 막론하고 현대입니다. 의례가 중요하다고 하면서, 이것을 살리는 방법은 그것을 원리의 면에서 다시 살펴보는 일입니다. 그것은 조금 전에 말한 것처럼 인간의 사회관계를 조화롭게 하고 만족스럽게 하는 것입니다. 그리하여 좁은 사회에서는 사회를 교향곡처럼 하나가 되게 하는 데에 일조합니다. 그런데 그러기 위해서는, 의례는 외면적인 공연의 문제이고 그것을 인정하는 것이 중요하면서도, 인간의 전정한 공존(Mitsein)의 바탕에 선 것이라야 합니다. 여기에서 그것은 자유과 윤리적 규범에의 순종의 문제에 이어지게 됩니다.

그런데 한 가지 청중의 질문 가운데, 자기를 돌보는 궁리 가운데에서 자기를 중시하다 보면 좋은 사회를 위하여 필수적인 배려와 겸손의 미덕이 유지되기 어렵지 않겠느냐 하는 것이 있었습니다. 좋은 사회를 위한 예법은 바로 이 배려와 겸손의 원칙에 있다고 하겠습니다. 예법의 묘미는 내가 다른 사람에게 겸손하게 대한다고 해서 내가 현실적으로 낮아지는 것이 아니라는 데에 있습니다. 배려의 경우도 마찬가지입니다. 또 남을 생각하는 감정이 풍부한 사람이 저절로 배려가 있는 사람이라고 할 수는 없습니다. 물론 그러한 감정이 있어야 하지만, 감정이 윤리적 이성으로 규범화된 것이 진정한 배려입니다. 간단한 의미에서는 겸손과 배려는 나를 낮게 하면서 내가 높은 사람이 되는 것이지만, 깊은 의미에서는 그것은 모든 사람이 근원적인 공존에 참여하는 것입니다. 그것은 삶과 존재의 전체에 참여하는 것이지요. 삶의 신비 앞에서 겸손해지는 것은 성스러운 일이고 동시에 같이 참여하는 사람에 대하여 감사를 느끼지 않을 수 없게 되는 일입니다. 예를 통해서, 배려와 겸손을 통해서, 참다운 공존에 참여하는 것은 전략적인 의미에서가 아니라 참된 의미에서 낮아지면서 높아지는 일입니다.

그런데 한 가지 보탤 것은, 되풀이하건대, 예가 지배와 순종의 원리일 수 있다는 사실에 대한 것입니다. 인류학자들이 그리고 동양의 의례를 연구한 어떤 학자들이 확인하는 것도 그것이 위계질서의 사회적 확인을 위한 사회 절차라는 것입니다. 이것은 특히 우리 경우에 그렇지 않나 합니다. 서양의 예의를 보면, 적어도 윗사람이 아랫사람에게 겸양을 보이는 절차인데, 우리는 노골적으로 그 반대가 되어 있는 것 같습니다.(사람이 약한 사람을 돕는 것을 원칙으로 하는 기사도와 같은 것도 강자가 약자에게 몸을 낮추는 규범입니다.) 예는 위계질서의 확인으로서가 아니라 보다 신성한 바탕에 이어지는 인간 행위의 표현 양식으로 이해되어야 할 것입니다.

또 여기의 문제들과 답변들은 사람이 본질적으로 이기적인 존재인가 아닌가 하는 문제들에도 그대로 이어진다고 할 수 있습니다. 질문 가운데에는 다윈주의, 주로 생존 경쟁에서 적자(適者)가 생존한다는 생각(the survival of the fittest) ─ 또 다른 질문에 언급된 리처드 도킨스의 『이기적 유전자』라는 책의 주제도 그와 비슷한 것으로 요약할 수 있을 것으로 생각하는데 ─ 에 관한 것이 있습니다. 이것도 공존의 문제에 관계된다 할 수 있습니다. 여기에 대하여서는 요즘의 생물학에서는 적자생존이 반드시 개체적인 의미에서의 생존 그리고 강자의 승리가 아니라 훨씬 더 복잡한 체계, 즉 다양한 변종의 생성, 그것의 환경적 적응의 실험, 그리고 변종의 특질의 지속적 유전 등의 복합 체계 속의 실험으로 확보된다는 설이 강하다고 간단히 답할 수밖에 없습니다. 그리고 이러한 복합적 체계 속에서 이타심은 그 나름으로 종의 생존에 중요한 역할을 담당하고 있는 것으로 생각됩니다. 지금도 그것이 존재한다는 것 자체가 그것의 생존적 가치를 말한다고 할 수 있습니다.

그러나 그보다 중요한 것은, 앞으로 조금 더 답해야 하겠지만, 사람의 경우, 사람이 사는 데에는 반드시 규범이 생겨나고 이상적 이념이 생겨난다는 사실입니다. 이것은 앞에서 말한 바와 같이 인간 존재의 특별한 존재론적 깊이에 이어졌다고 나는 생각합니다. 윤리나 예와 같은 형식적 완성은 결국 이에 관계된 삶의 가능성일 것입니다. 이것을 여기에 언급하는 것은 플라톤적인 이데아에 대한 설명을 요구한 질문이 있었기 때문입니다.

4

민은경 교수는 자아의 문제에 관하여 질문하시면서, 시몬 베유의 "한 인간에 있어서 신성한 것은 그의 개인성이 전혀 아니고, 오히려 그의 비개인성이다."라는 말을 인용하였습니다. 그리고 진정한 자아라는 것이 무엇인가를 논했습니다. 앞에서 예와 관련하여 말한 것은 이 베유의 말에도 맞아 들어갈 수 있는 것이 아닌가 합니다. 사람의 자기 형성의 동기는 그것이 반드시 신성한 것으로 나아가는 것은 아니면서도 보다 높은 존재를 향하여 가려는 인간 본유의 충동에 관계되어 있는 것이라 할 수 있습니다. 그것은 적어도 어떤 형식에로 나아감이고 그 형식의 존재하는 영역에로의 나아감이라 할 수 있습니다. 그리하여 그것은 개인적 실존에서 나오는 충동이면서 그것을 넘어가는 비개인적인 것 ─ 신성하다고 할 수도 있는 형식에의 움직임입니다.

그런데 생각해 보면, 사람의 모든 것은 개인적인 의미에서 자기의 표현인 것이 없다고 할 수 있습니다. 성(性)이라는 것은 개인에게 작용하는 종족의 속임수라는 유명한 쇼펜하우어의 말이 있지만, 성은 개인을 움직이는 가장 큰 충동이나, 이것이 개인 스스로 만들어 내는 것이 아니라는 것은 새삼스럽게 말할 필요도 없습니다. 이것은 식욕이나 행복에 대한 요구나 다른 욕망들에도 해당될 수 있습니다. 그러면서도 인간을 근본적으로 규정하는 요인들이 무엇인지를 전부 알 수는 없습니다. 이것은 지금의 인간에 대한 이해가 그렇기 때문이라고 할 수도 있고 본질적으로 그렇기 때문에 또는 그러한 것에 가깝기 때문에 그렇다고 할 수도 있습니다. 후자의 경우는, 인간을 구성하는 모든 것 또는 본성을 알 수 있지만 아직은 알지 못한다고 하는 경우나 알기 어려운 경우가 있다고 하는 것과는 상당한 차이가 있다고 하겠습니다.

프로이트가 사람의 의식의 밑에 있는 무의식을 말할 때, 그것은 사람의 뇌 작용에 우리가 쉽게 알 수 없는 영역이 있다는 것을 인정하는 것이지만, 다른 한편으로 그것은 역시 성과 가족 관계의 얼크러짐에서 나오는 억압의 결과이기 때문에, 반드시 접근 불가능한 것을 말하는 것은 아니라고 할 것입니다. 트릴링이 어떻게 무의식이 존재한다는 사실을 인간의 비극적인 운명과 관계시켰는지는 정확히 모르겠지만, 문명된 사회의 요구와 개인적 성 충동 사이의 갈등 ── 가령 오이디푸스의 이야기에서처럼 둘 사이의 극복할 수 없는 갈등이 인생을 비극적인 것이 되게 한다고 말했을 수 있겠습니다. 이러한 갈등은 인간의 자기 수련에서 승화될 수 있는 것이기는 하지만, 그것은 단순히 승화 ── 자기 수련에 관계된 승화의 숨은 동인이 될 수 있을 뿐이고, 의식적인 지향의 출발점이 되지는 않을 것입니다. 그렇다는 것은 근본적으로 자기 형성이나 자기실현은 과거의 죄의 문제가 아니라 앞으로 이룩해야 할 어떤 형상에 관계되기 때문입니다. 그것이 자기를 초월하여 나아가는 것을 말한다면 ── 주어진 잠재력이면서도 새로이 형성되어야 할 어떤 것을 향하여 나아가는 것을 의미하는 것이라고 한다면, 그것을 자극할 수 있는 인간의 무의식은 프로이트보다는 융의 무의식으로 설명될 수 있을 것입니다. 융이 말하는 집단 무의식은 인간의 존재론적 근거에 이어져 있다고 할 수 있기 때문입니다. 이것은 개인적 동기를 넘어가는 세계를 생각하게 합니다.

앞에서 잠깐 말했지만, 플라톤적인 이데아의 세계에 대한 질문이 있었습니다. 이것은 학문의 세계가 어떻게 이데아의 세계에 관련되느냐 하는 질문입니다. 그것이 어떻게 하여 현실 세계에 관련되는지는 분명치 않으면서도, 수학이 이데아의 세계를 지시하는 것은 틀림이 없다고 할 수 있습니다. 수학은 경험의 세계에서 볼 수 없는 명증한 정리, 추리들을 다룹니다. 그것은 반드시 경험적인 세계에서 체험되어 증명되는 것은 아닙니다. 가령 수학의 개념으로서의 직선의 개념은 경험 세계의 진리가 아닙니다. 또는 등변 삼각형의 두 각이 등각이라든가 2에다 3을 보태면 5가 된다든가 하는 것은 경험에 관계없이 증명되는 것들입니다. 이것들이 실재로서 존재하느냐 하는 것은 물론 말할 수 없습니다. 또 이것들이 어떻게 현실에 맞아 들어가느냐 하는 것도 알 수 없는 일입니다. 우연이나 신비라고 하여야 하겠지요. 그런데 물리학의 진리도 수학적 진리에 가까이 갑니다. 요즘의 천문학에서 우주의 최종적인 구성 요소는 수학의 알고리즘이라고 하는 생각도 나온다는 이야기를 듣습니다. 그런데 정의니 덕성이니 진리니 하는 것도, 그 실질적 내용에는 차이가 있다고 하더라도, 반드시 경험적으로만 추출되는 것만은 아닌 추상적 개념입니다. 플라톤은 이러한 개념들이 별도로 존재하는 영원한 세계, 이데아 또는 형상의 세계를 생각했습니다.

따로 존재하는 이데아의 세계와는 별도로 세계에서의 형상적인 것의 존재를 기이하게 생각하지 않을 수 없습니다. 특히 사회적인 공간이 있으면 거기에서 규범적인 개념이 생기는 것을 특이한 현상으로 생각하지 않을 수 없는 것입니다. 사람들이 모여서 그들 사이에 존재하는 문제를 논의하게 되면, 거기에는 정의라든가 공정성이라든가 개체라든가 보편이라든가 하는 규범적 개념이 등장하게 마련입니다. 앞의 강의에서 아렌트의 공적 행복의 개념과 관계하여 말하고자 했던 것은(그것이 반드시 그의 생각이라고 할 수는 없지만) 사회적 공간에서 나오게 마련인 규범성의 문제였습니다. 사회와 정치의 영역은 이해관계에 따른 갈등의 공간이면서 동시에 규범적 재결(裁決)의 공간입니다. 공적 행복은 다른 철학적 인간학의 의미를 가지고 있기도 하지만, 이러한 중요한 정치적 의미를 가지고 있습니다. 이것이 없이는 모든 정치적 문제는 오로지 싸움과 다툼의 문제가 되고 거기에서 이루어지는 사회는 결국은 사람이 사람에 대하여 이리(늑대)가 되는 사회로 남을 수밖에 없습니다.

그런데 플라톤적인 이데아의 문제는 삶에도 — 자기 삶을 살아가는 데에도 그대로 적용됩니다. 일정한 모양을 갖춘 삶을 산다는 것은 바로 자신의 삶 그것으로 형상의 세계에 접근하는 것을 말합니다. 민은경 교수는 자기 형성의 완성감을 가장 잘 나타내는 예술 형식이 무엇인가를 물었습니다. 그리고 그것은 소설이 아닌가 하는 것을 암시하였습니다. 그렇다고 대답하여야 하겠지요. 그렇다고 소설적인 삶이 자기실현의 삶이라고 할 수는 없습니다. 소설은 삶이 아니라 허구입니다. 헤세, 토마스 만, 로렌스 또는 괴테의 『빌헬름 마이스터』 또는 『파우스트』에서까지도 우리는 거기에 그려진 삶이 일단의 모양을 갖추고 있다는 느낌을 갖습니다. 그러나 그 삶이 그렇게 느껴지는 것은 소설가들의 재구성을 통해서이지요. 얼마 전 최장집 교수와 어떤 사람들의 자전적 기록을 놓고, 전기에 관한 이야기를 나눈 일이 있습니다. 그때 한 가지 나온 화제는 전기가 재미있는 것은 삶 자체에 못지않게 그것에 대한 성찰 — 자기의 삶을 넘어가는 사실적 연관과 그것들이 아울러 이루는 의미에 대한 성찰이라는 것이었습니다. 프루스트의 "잃어버린 시간을 찾아서"라는 제목은 이 관련을 잘 표현해 줍니다. 이 소설 — 다분히 자전적인 이 소설이 흥미로운 것은 거기에 들어 있는 가십들 때문이 아니라 그것에 대한 프루스트의 깊이 있는 성찰 때문입니다. 어떤 삶도 다시 찾아야 할 것들이 있고 그것들이 어떤 형상을 이루는 것이 될 수 있습니다. 그러나 여기에서 오는 완성감은 삶의 완성감이라기보다는 깨달음의 완성감입니다.

사실 자신의 삶 그것에 대한 깨달음은 누구에게나 주어지는 것은 아니라 할 수 있습니다. 또 프루스트 자신도 자신의 삶을 어떤 완성된 것으로 파악했다고 할 수는 없을 것입니다. 그가 이룩한 것은 삶의 성찰의 완성입니다. 오히려 사람들은, 앞에서 말한바, 사람들이 갖는 에피파니의 경험에서 조금 더 쉽게 삶의 형상성에 대한 경험을 갖는 것이 아닌가 합니다. 그것은, 다시 말하여, 어떤 사물이나 사건(incident)이 삶과 일의 큰 의미를 드러내 주게 되는 것으로 비추는 경험을 말합니다. 이것은 의미에 대한 깨달음이기도 하지만, 전체적으로 직관적 성격을 가지고 있기 때문에, 사안의 형상적 파악의 성격을 갖는 것으로 말할 수 있습니다. 앞에서 우리는 에피파니가 제임스 조이스의 소설의 주요 관심사라고 했지만, 에피파니의 경험은 사실 시적 경험이지요. 이것의 의미에 대한 제한된 예시라고 하겠지만, 일본의 하이쿠(俳句)는 특별한 형식의 에피파니의 시를 대표한다고 할 수 있습니다.

　　다시 더 확대하여 문예 현상학자 로만 잉가르덴(Roman Ingarden)은 문학의 핵심이 이러한 데에 —— 즉 갑자기 순간적으로 의미의 빛 속에 조명되는 경험의 재현에 있다고 말한 일이 있습니다. 그러나 이것은 모든 지적인 경험 —— 체험적인 성격을 가진 지식의 습득에서 볼 수 있는 것일 것입니다. 그러나 그것은 단순한 정보의 습득이 아니라 절정의 경험에 가깝다고 할 것입니다. 앞에서 본 곤학의 경험들이 말하는 것도 그것입니다. 플라톤의 『공화국』에서 동굴을 빠져나온 사람들이 열린 세상에서 보게 되는 형상, 특히 선(善)의 형상은 눈부신 햇빛과 같아서 정신을 아찔하게 합니다. 그리고 그들은 그 비전에 사로잡혀 그것의 진리에 대한 확신의 인간이 됩니다. 이것은 보통 사람들에게도 어느 정도는 일어나는 일이라고 할 수 있습니다. 사람이 자신의 삶을 완성하기는 어려운 일이라고 하더라도 그것을 향하여 노력하여야 한다는 의식은 삶에 일정한 방향성을 가지게 합니다. 그리하여 자기 형성과 자기실현과 삶의 완성을 향하게 되는 의지는, 현실의 관점에서도 무의미한 것이 아닐 것입니다.

여기에서 말한 것들은 민은경 교수 그리고 다른 플라톤에 대한 질문들로 촉발된 생각들을 적은 것입니다. 그런데 민 교수가 말하고 듣고 있는 사상가들 가운데 푸코에 대한 답변이 빠졌습니다. 푸코도 자기를 돌보아서 보람 있는 삶을 살 것을 말하지만, 여기에 도달한 경로가 매우 특이하다고 할까, 현대적이라고 할까 — 퍽 현실적입니다. 푸코는 내면적 자아를 상정하고 그것을 수련하는 것을 말하고 싶어 하지 않습니다. 그의 접근은 완전히 외면적입니다. 삶의 의미도 내면적으로 또는 어떤 초월적인 관련에서 주어지는 것이 아닙니다. 그가 자기 돌봄의 기술이라고 한 것은 살고자 하는 삶에 맞게 자기를 고치는 일인데, 이것을 앞에서는 '작용'이라고 말했지만, 이것은 사람이 자기에게 가하는 '수술(operation)'이라고 부를 수 있습니다. 말하자면 세상에 맞아 들어가서 살기 위해 성형 수술을 하는 것이지요. 그런데 이것이 결국은 이성을 따르고 삶의 현실적 조건을 받아들이고 세상의 윤리에 따라서 사는 것이 되는 것입니다.

그런데 이런 과정에서 이성과 윤리는 어디에서 나오는 것인가 물을 수 있습니다. 이것이 순전히 경험적 과정에서 연역되어 나오는 것인지 어떤지는 분명치 않습니다. 그는 그것들이 삶을 미리 살아 본 사람들에서 배울 수 있는 것이라고 할 뿐입니다. 그의 접근이 순전히 외면적인 것으로 남아 있는 것은 틀림이 없습니다. 그런 까닭에, 그가 캘리포니아의 쾌락주의 청년들을 긍정적으로 보는 것은 충분히 이해할 수 있습니다. 그는 현실에 가능한 것은 허용되어 마땅하다고 생각할 것입니다. 그는 젊은 시절에 자신도 미국으로 이민하여 살았더라면 좋았을 것이라는 말을 한 일이 있습니다. 미국에는 자기 자신이 선택한 삶을, 그것이 어떤 것이든지 간에, 살 만한 충분한 공간이 있다고 생각한 것입니다.

푸코의 자아관은 자아를 쾌락의 원리로 보면서 동시에 그 쾌락의 원리가 철저하게 사회적 공간에 의하여 제한되는 것으로 생각하는 것이라고 할 수 있습니다. 그렇지 않은 듯하면서도 그의 사회적인 인간관은 유교의 인간관과 비슷합니다. 공자가 관심을 가진 것도 결국은 개인적인 충족의 삶이면서도 철저하게 사회적인 관계 속에 있는 인간입니다. 거기에서 예라는 답이 나오고 그것의 내적인 원리로서 인이 나온 것입니다. 서로 유사한 데가 있는 것은 앞에서 이야기한 바 있습니다. 여기에서 이것을 새삼스럽게 말하는 것은 이 유사성에 대한 어떤 문헌적인 증거가 있는가 하는 질문이 있었기 때문입니다. 푸코가 유교의 경서들을 읽었을 가능성은 크다고 하겠습니다. 그러나, 짧은 지식으로는, 푸코가 공자를 언급하는 것은 보지 못했습니다.

5

마지막으로 답하여야 할 것은 이러한 생각들이 우리 현실에 어떻게 관련되는가 하는 문제입니다. 자기의 삶에 대한 문제는 어떻게 이야기되든지 개인적인 선택의 문제라 할 수 있습니다. 그러니만큼 현실의 급박성을 가지고 있지 않다고 할 수 있습니다. 우리가 현실이라고 부르는 것은 사회현실입니다. 그것은 선택이 아니라 회피를 허용하지 않는 현실입니다. 오늘날 현실적인 현실은 사회와 정치와 경제입니다. 그리고 이것들은 인간의 자기실현을 위한 현실이기도 합니다.

앞에서 퇴계를 말하였습니다. 퇴계는 남시보에게 예술적 여유와 학문적 탐구 그리고 일상생활의 진리의 경험을 권고하고 있지만, 이러한 예술과 학문과 그것을 결합하는 삶이 누구에게나 가능한 것이겠습니까? 여기에 놓여 있는 것은 심리적인 문제일 뿐만 아니라 경제적 여유의 문제이고 사회적 구조의 문제입니다. 퇴계가 거느리고 있던 노비만 해도 150명 정도가 되었다고 합니다. 실로 오늘날에도 가장 중요한 문제는 자기실현의 삶을 가능하게 할 경제와 사회가 가능하겠는가, 많은 사람들에게 그러한 삶을 사는 것이 가능하겠는가, 그렇지 않다면, 그렇지 않은 조건하에서는 어떤 종류의 자기 형성, 자기실현, 삶의 향수가 가능하겠는가를 물어야 할 것입니다. 또는 오늘의 조건 아래에서 사회가 어떻게 바뀌어야 그것이 가능하고 그것을 위해서는 어떤 노력이 있어야 하겠는가를 물어야 할 것입니다. 여기에 대하여서는 간단한 답이 있을 수 없습니다. 다만 여기에서는 이러한 현실 조건의 절대적인 중요성을 인정할 따름입니다.

여건종 교수는 저의 생각의 기본 틀이 변증법이라는 것을 지적하였습니다. 현실과 자기 형성의 관계도 변증법적이라고 답할 수밖에 없습니다. 그것들은 서로 길항하면서 다시 합칠 수 있는 두 대립 항이라고 하여야 하겠지요. 앞에서는 여기에 더하여 자아의 다층적 구조, 또 삶의 다층적 구조를 말하였습니다. 서로 독립된 층위를 이루는 것들이 서로 영향을 주는 구조를 생각한 것입니다. 그러나 이번의 강의에서 개인적 자아를 논의의 중심으로 한 것은 그것이 인간 이해에 있어서 중심이라는 것을 상기하기 위해서였습니다. 사회적 현실의 절박성으로 인한 것이라고 하지만, 그것은 우리 사회에서 전적으로 논의의 밖에 있는 것으로 보입니다. 그 문제에 대한 고찰이 없이는 — 그것이 교육과 정책과 사회 철학에서 인간적 삶의 주축의 하나라는 것을 잊어버리고는 사회 변증법의 바른 전진을 기대할 수 없을 것입니다. 적어도 그것을 상기하는 것이 절실한 것이 우리 사회가 아닌가 합니다. 다시 말하여 그것 없이는 이상 사회의 실현도 있을 수 없고 현실의 인간화도 미약한 것이 될 수밖에 없을 것입니다.

좋은 사회란 사람들이 진정한 자신의 삶을 살고 동시에 공존의 진실한 형태를 실현하는 사회입니다. 사람들의 진정한 삶은 자유로운 자신의 삶을 사는 사회입니다. 그러면서 그 자유를 통하여 공존의 윤리적 규범을 실현하는 사회입니다. 이러한 사회에서 모든 것은 거의 저절로 움직인다고 할 수 있습니다.

여건종 교수가 심미적 이성에 대하여 질문하였습니다. 그것은 많은 것이 조화되고 사람들이 자기를 실현하면서도 서로 화해하고 화합하는 사회의 원리로서 이러한 이성을 말한 일이 있기 때문일 것입니다. 그것은 원래는 메를로퐁티로부터 빌려 온 것이었지만, 여 교수가 지적하고 있듯이 실러의 생각을 빌려서 다시 말한 것입니다. 여기에서 그 문제를 다시 말한다면, 보충되어야 할 것은, 그러한 원리가 어떻게 여러 가지 부정적인 요인들 속에서도 작용할 수 있는가 하는 데 대한 의견일 것입니다. 그러나 이번에는 릴케의 시를 인용하여 삶에 있어서의 고통의 문제를 암시하는 것으로 그쳤다고 할 수밖에 없습니다. 심미적 이성은 단순히 이상 사회의 원리가 되는 것은 아닙니다. 심미적 이성의 원리는 이상 사회의 원리일 수도 있지만, 결핍과 고통이 많은 사회에서도 필요한 원리입니다. 강의에서 인용한 릴케의 시는 고통과 비탄을 포함하는 삶에 대한 절대적 긍정을 말한 것입니다. 릴케의 시를 인용한 것은, 고통의 현실도 인간 현실이라는 것을 인정하고, 그것이 알게 하는 삶의 찬란함을 느낌으로써, 그로부터 출발하여 보다 이상적인 삶을 위한 노력이 촉발될 수 있다는 것을 생각해 보고자 한 것입니다.

2부

깊은 마음의
생태학

머리글[1]

1

얼마 전 나남출판사에서 문선집(文選集)을 출간했다.[2] 실린 글들은 글쓰기 시작 무렵부터의 글들에서 고른 것인데, 그 작업은 전적으로 문광훈 교수가 맡아서 한 것이었다. 그리하여 나남의 조상호 사장의 호의로 열린 출판 기념회에서 이미 시인한 것이지만, 사실상 그 책의 저자는 문광훈 교수라고 할 수 있다. 글이란 한 자 한 자를 써 가는 일이기도 하지만, 더 중요한 것은 그 한 자 한 자를 서로 엮어 가는 작업이다. 뿐만 아니라 그렇게 엮어진 문장은 한 질로 묶어야 책이 되고, 제대로 이룩한 건축물이 된다. 여기에 마음을 쓴 사람이야말로 생각을 마무리하는 사람이라 할 것이다.(사실 이렇게 생각하다 보면, 글을 대집성해 놓은 것은 한국어면 한국어, 영어면 영어, 언어

---

1 『깊은 마음의 생태학』(2014, 김영사) 서문.
2 『체념의 조형』(나남, 2013).

전체라는 생각도 할 수 있다. 필자란 그것을 부분적으로 골라 모으는 사람이다.)

이번에 출간되는 『깊은 마음의 생태학: 인간중심주의를 넘어서』는 앞서 출간된 문선과 비슷하게 적어도 반은 박광성 선생의 저작이라 할 수 있다. 이 책의 앞부분 「마음의 생태학」은 2005년 한국학술협의회의 부탁으로 행했던 연속 강좌를 수정하지 않고 책으로 내놓기로 한 것이다. 페이지의 여백에 써넣어 있는 주석들은 박 선생의 작품이다. 후반에 들어 있는 에세이들도 박 선생이 선정하여 한데 묶은 것이다.[3] 그것을 보태는 것이 책을 보다 읽을 만한 것이 되게 할 것이라는 것이 박 선생의 발상이다. 그것을 책의 전반부에다 위치하게 하면 어떨까 하고 제안하기도 했다. 후반부의 제목, 그리고 책 제목의 일부도 박 선생의 발상을 따른 것이다. 물론 이 책을 내자는 것도 선생의 강한 권고에 의한 것이다. 심심한 감사의 말씀을 드린다.

책이 나오는 데에 여러 분의 마음과 노력이 들어가는 것임은 말할 필요도 없다. 출판을 간단히 수락하신 김영사의 박은주 사장께도 깊이 감사드린다. 이렇게 말하고 보니, 달리도 책의 원전이 된 원고가 나오는 데에 도움을 주신 분들에게 드려야 할 감사의 말씀을 빼놓을 수 없다. 원래 강연에 초대하여 주신 것은 한국학술협의회의 여러 분이었다. 이사장을 맡고 계셨던 김용준 선생님께 감사의 말씀을 드린다. 한국학술협의회에서 이 결정에 참여하신 분은 장회익 교수 그리고 고 홍원탁 교수이셨다. 감사드린다. 원래 강연의 원고는 한국학술협의회 관련 출판사에서 나오기로 한 것이었으나, 그 원고의 재정비를 차일피일하다 보니, 지금까지도 출판 준비를 하지 못하고 피차에 출판을 포기한 상태가 되었었다. 이번에 박광성 선

---

3   김영사에서 출간된 『깊은 마음의 생태학』 후반부에 실린 글들은 전집 편집 원칙에 따라 이번 권에 중복 수록하지 않았다.(편집자 주)

생이 출판하자는 발상을 하여, 한국학술협의회에서 출판 허가를 받아 오셨다. 승낙의 절차를 취해 주신 것은 한국학술협의회의 박은진 박사이다. 감사드린다.

2

위로써 머리글은 끝난 셈이지만, 『깊은 마음의 생태학』에 대하여 약간의 설명을 붙이고자 한다. 그러면서 그에 대한 생각을 첨부한다.

한국학술협의회의 강연의 원제목은 "마음의 생태학"이었으나, 이번 제목은 "깊은 마음의 생태학"이 되었다. 그 이유를 설명하는 것은 조금 개인적인 번잡스러운 이야기가 되지만, 필요한 일일 수밖에 없다. 제목을 바꾼 가장 중요한 이유는 그레고리 베이트슨(Gregory Bateson)의 저서로 『마음의 생태학에의 여러 단계(*Steps to an Ecology of Mind*)』(1972)라는 책이 이미 존재한다는 사실이다. 한국학술협의회 강연 원고는 강연을 행하면서 동시에 작성해 간 것인데, 작성해 나가는 중에 이 책의 존재를 늦게야 의식하게 되었다. 그러나 이미 공표한 강연 제목을 바꿀 수는 없었다. 그리고 제목이 완전히 같은 것은 아니었다. 그런데 2011년에는 베이트슨 교수의 영애(令愛)가 부친의 생애를 주로 하여 만든 영화의 제목이 「마음의 생태학(An Ecology of Mind)」이 되었기 때문에, 제목은 바꾸는 것이 좋겠다고 생각하게 되었다.

그런데 이번에 내가 소장하고 있는 책들을 뒤져 확인해 보니, 그 책을 구입한 것은 그 책이 나온 지 얼마 되지 않은 때이고, 또 그것을 읽었던 표적이 책에 많이 남아 있는 것으로 보아 강연 원고 집필 시에 그것을 잊었다는 것이 이상한 일이었다. 그러나 적어도 강연 제목을 정할 때에, 그것은 나의 의식에서 완전히 사라졌던 것으로 생각된다. 그것은 벌써 약해지기 시작한 기억력 때문이기도 하지만, 1970년대에는 베이트슨의 책이 강한 인상을 주지 못했던 때문이기도 하고(지금의 시점에서 되돌아보면, 인간의 심성과 삶의 현실을 이해하고 미래를 생각하는 데에 중요한 이정표가 되는 책이지만) 시대의 공동 관심사가 사람들의 마음을 하나의 생각에 잠기게 하여 다른 출처가 있다는 것도 잊고 같은 말을 쓰게 하는 때문이기도 한 것이 아닌가 하는 생각이 든다.

조금 관련이 없는 말일는지도 모르지만, 비슷한 이야기를 첨가하겠다. 나의 평론집에『지상의 척도』라는 것이 있다. 나중에야 알게 된 것이지만, 하이데거 철학을 해설하는, 베르너 마르크스(Werner Marx)의 저서에『지상에 척도가 있는가?(Gibt es auf Erden Ein Maß?)』라는 제목의 책이 있다. 영어 번역의 제목은 직접『지상의 척도』라고 되었었던 것으로 기억된다. 다만 원본의 출판 연도는 내 책보다 2년이 늦은 것이어서, 적어도 내가 표절했다는 혐의는 없을 것으로 생각한다. "지상의 척도"는 횔덜린이 정신을 잃어 가던 만년의 시에 나온 것으로서, 지상에는 일정한 기준이 없으나, 그 것을 시적으로 만들어 가면서 살아야 하는 것이 인간이라는 생각을 담은 시구이다. 그렇다고 사람이 만들어 가는 기준이 제 마음대로라는 주장은 아니다. 그런데 이러한 주제는 하이데거 철학의 주제이기도 하고, 내가 횔덜린에 이른 것도 하이데거를 통한 것이었기 때문에, 하이데거의 영향이 제목의 선정에 관계되었을 것이라는 가능성을 배제할 수 없다. 그러나 되풀이하건대, 시대적인 상황에서 절로 나오는 발상이 그렇게 같은 인용구를 발견하게 하는 것이라고 생각할 수도 있다.(시대 상황이란 서양의 200년이 우리의 20세기 후반과 같다는 것이 아니라 전통적 사회가 붕괴되고 근대에 진입하게 되는 상황이 비슷하다는 말이다.)

제목과 관련하여 또 하나 설명해야 할 것이 있다. 그것은 새로 제목을 바꾸면서 그것을 "마음의 깊은 생태학"이라고 할 수도 있겠는데, 그렇게 하지 않았다는 것이다. "깊은 생태학"이란 말은 이미 하나의 고유한 의미 연관을 가진 말로 고착되어 있다. 여러 의미를 가진 것으로 변용되기는 하였으나, 원래 생태 철학자 아르네 네스(Arne Naess)가 스스로의 철학적 생태계의 구상을 그렇게 부른 것이다. 오늘날 인간이 부딪치고 있는 생태 문제를 단순히 기후 변화나 자연 자원의 문제, 즉 인간적 이해관계의 관점에서 중요한 문제라고 보는 공리적 입장에 대하여 그것이 인간의 존재론적 뿌리에 대한 의식에 관계된 것이라는 것이 그의 생각이다. 나의 느낌도 이것이 생태 문제에 대한 보다 심오한 이해가 아닌가 한다. 그러하여 그에 공감한다고 할 수 있으나, '깊은'이라는 형용사를 생태학에 붙이지 않고 마음에 붙인 것은 그 나름의 뜻이 있다. 그렇다는 것은 생태의 문제를 떠나서도 "깊은 마음"이 있다는 생각을 해 보면 어떨까 하는 것이다.

3

이 말을 다시 생각해 보니, "깊은 마음"이라는 말은 그 나름으로 여러 가지를 변별하게 하고 또 새로운 가능성들을 살펴보게 하지 않을까 한다. 앞에서 여러 다른 책들을 언급하면서, 우리의 생각이 얼마나 세계적인 테두리, 또는 세계적인 판도를 이루는 영역에 생기는 흐름에 영향을 받는가를 말하였다. 이것은 어떤 관점에서는 생각의 제국주의적 영향 관계라는 개념으로 설명하여야 한다고 할지 모른다. 이런 영향 관계 가운데에도 기이한 것의 하나는 소위 제3세계에서 강한 힘을 휘두르는 반제국주의론이 제국주의 중심부에서 후진국에 수입되어 개념 재단기(裁斷機) 노릇을 하는 것과 같은 경우이다. 그러한 영향의 교환을 선의로 본다면, 우리에게는, 독자적으로 생각을 진행한다고 하더라도 —독자성 자체를 위하여 그런다는 것이 아니라 경험적 현실에 대한 반성을 독자적으로 시도할 때—저절로 같은 생각 또는 비슷한 생각에 이를 가능성이 있다고 할 수도 있다. 이렇게 보면 "마음의 세계 환경의 생태학"이 있을 수 있다는 생각이 든다. 이것을 연구하는 것은 특히 오늘날처럼 명분상으로나 실질적으로나 세계화되고 지구화되는 시대에 있어서 중요한 연구 분야가 될 수 있을 것이다. 즉 범주적 개념들의 수출입 또는 교환 관계는 —깊은 마음의 생태학과는 거리가 먼 의미에서—또 하나의 연구 영역이 될 수 있다.

이렇게 마음이 움직이는 영역 또는 층위를 변별하다 보면, 가장 중요한 연구 분야의 하나는 "마음의 사회 환경학"일 것이다. 이 테두리에서 우선 생각할 수 있는 것은 국가 이데올로기하에서의 마음의 움직임이다. 공산주의 국가에서의 공산주의 이데올로기의 지배는 너무 자연스럽다는 인상을 준다. 그렇다는 것은 그것이 반드시 강요되는 것이 아니라 저절로 사람의 마음을 형성하거나 또는 그때그때의 반응을 만들어 낸다는 말이다. 나는 군국주의 시대를 살았던 일본 지식인 그리고 마오쩌둥 시대를 살았던 중국의 지식인이 자신들의 경험을 말하면서, 어떻게 자신들이 당대의 전체주의적 사고를 절대적인 것으로 받아들이다가 그 권력 체계가 붕괴하면서 하루아침에 그로부터 깨어났는가를 고백하는 것을 듣고 큰 감명을 받은 일이 있다. 사람의 생각은 밖에서 힘을 휘두르는 이념들에 사로잡혀 포로가 되고 사정이 바뀌면 금방 그곳을 벗어져 나온다. 그러한 체제하에 살지 않아도 우리의 생각은 쉽게 이데올로기적 사고에 강제 수용된다. 사람의 마음이 얼마나 외부적인 영향에 약한가는 시대적으로 유행하는 말들을 보아도 알 수 있다. 그것 나름대로의 의미는 있겠지만 유행 속에 등장하고 소멸하는 많은 말들은 쉽게 정치적 인간의 조종 수단이 된다.

그런데 외부로부터 마음을 움직이는 요인들 가운데 가장 무서운 것은 자본주의 경제의 미묘하기 짝이 없는 작은 영향들일 것이다. 치마나 바지가 길었다 짧았다 하는 것, 자동차들이 커졌다 작아졌다 하는 것은 자기도 모르게 상품의 출시에 맞추어서 움직이는 사람의 마음을 드러낸다. 선전과 광고 그리고 그것이 조장하는 유행이 여기에 큰 역할을 한다. 그러나 그것만은 아니다. 내가 오늘 좋다고 생각하여 어떤 드레스를 입고 거리에 나가면, 그것이 어느새 많은 사람들이 선호하는 스타일과 색깔에 맞아 들어간다는 것을 발견하는 경우가 적지 않다. 여러 개발 계획, 인프라 건설, 공공 계획의 기이한 모양들 — 이러한 것들에 대한 대중의 지지도 등을 보면 좌우 이데올로기에 관계없이 사람의 마음이 얼마나 당대적인 무의식에 의하여 만들어지는가를 생각하지 않을 수 없다. 그러한 것들이 민주주의라는 이름으로 정당화되는 경우도 있지만, 명분이 어떻든지 간에, 그러한 계획들이나 디자인들이 반드시 깊은 삶의 지혜에서 나왔다고 할 수 없는 경우가 많다. 사람의 마음은 독자적인 것이라기보다는 그것이 헤엄치고 있는 물결의 색깔에 따라서 변하는 것이라고 하여야 할는지 모른다. 어떻게 하여 사람의 마음이 당대의 마음에 공시적(共時的) 조정을 하는 것일까. 상당히 넓은 지역에 퍼져 번쩍이는 반딧불이 저절로 반짝이는 리듬을 맞춘다고 하는 것은 곤충 행태 연구자의 흥미로운 관찰의 하나이다.

여기에 첨가할 수 있는 것은 보다 심각한 의미에서 사람의 생각에 이러한 공시적 상호 관계가 있다는 베이트슨의 주장이다. 그의 마음의 생태학은 사람의 모든 생각과 개념이 궁극적으로 하나의 체계에 묶인다는 것을 보여 주고자 한 시도이다. 이 체계가 얼마나 사람의 생존의 필요에 일치하는가 아니하는가에 따라 한 사회 그리고 한 문명은 삶의 균형을 유지할 수도 있고 망할 수도 있다고 그는 말한다. 그러니까 이 체계는 의식을 넘어가면서도 인간 생존에 깊이 연결되어 있다. 그리고 그것이 의식을 지배하고 삶을 지배한다. 베이트슨은 이 무의식의 이식 체계를 밝혀 보고자 한 것이다. (우리는 지금 이러한 삶을 가능하게 하는 체계를 확보하고 있는 것일까?)

여기에서 간단히 논의할 수는 없는 문제이지만, 이러한 보이지 않는 생각의 총체적 체계, 또는 그 앞에 말한 일상적 의식의 기상 변화를 넘어 또 다른 깊은 마음의 층위가 있을 수 있다는 것을 배제할 수 없다. 나는 어느 회의에 참석하기 위하여 뉴욕의 한 작은 모텔에 머물고 있었다. 어느 날 한 참석자 지인이 호텔의 문 앞에 서 있는 것을 발견했다.(이제 그도 고인이 되었다.) 무엇을 하고 있는가 하고 물으니, 택시에 지갑을 놓고 내렸는데, 운전사가 그것을 되돌려주겠다고 하면서 호텔로 온다는 것이었다. 그리고 "인간에 대한 나의 신뢰가 지금 여기에 걸려 있다."라고 농담을 했다.

사실 우리는 어떤 사람과의 왕래에서나 인간 신뢰를 시험한다. 이것은 작은 삽화에 불과하지만, 우리는 그러한 신뢰를 삶의 근본으로 한다. 장 폴랑(Jean Paulhan)은 이 신뢰를 "세계에 대한 신뢰(confiance au monde)"라고 불렀다. 인간의 마음의 깊이에 대한 신뢰 그리고 존재 전체에 대한 신뢰가 있어서 삶이 가능하다고 할 수 있다. 우리는 그것을 어떤 때에는 인간의 삶을 떠난 곳에서 느낀다. 무변대의 우주, 깊은 자연의 신비는 우리로 하여금 인간의 삶을 넘어가는 세계를 생각하게 한다. 그러나 그것은 우리가 떠나고자 뒤로한 인간의 삶이 없이는 있을 수 없는 느낌이다. 이 거대한 신비 앞에서 우리는 인간의 마을을 떠나 있으면서 그것에 대하여 멀리서 향수를 갖는다. 자연에서 느끼는 절실한 마음, 그것을 말하는 좋은 시에 공감하는 것은 이러한 마음의 한 작은 발현이라고 할 수 있다. 그러면서 그것은 깊은 곳에 숨어 있다. 이 깊은 마음은 사람의 삶을 지배하는 근원적인 조건들 — 생물학적, 진화론적, 우주론적, 또는 존재론적 조건에 연결되어 있는 것일 것이다. 다른 층위의 마음의 움직임 아래 들어 있는 것도 이것이라 할 수 있다. 그러면서 그것은 궁극적으로 존재의 신비에 대한 외포감으로 인간의 마음을 열릴 수 있게 한다. 여기에서 비롯하여 "깊은 마음의 생태학"이 성립할 수 있을 법하다.

앞에서 말한 바와 같이, 여기에 수록되는 강연의 원고가 그러한 생태학에 대한 기여라는 것은 아니다. 제목을 설명하면서, 그러한 생태학의 가능성에 대한 느낌을 여기에서 말하고자 했을 뿐이다. 다시 한 번 잊혀 가게 된 원고를 발굴하고 출판하게 도와주신 분들께 깊은 감사의 말씀을 드린다.

확신과 성찰

1. 서언

이제는 조금 가라앉았다고 할 수 있겠으나, 얼마 전까지만 해도, 인문 과학의 위기라는 제목의 논의가 많이 있었다. 이 위기의 의식은 물론 한국 만의 것은 아니고 세계 많은 곳에서 일고 있었고 지금도 계속되고 있다. 그 원인은 인간 생활의 총체적인 경제의 변화 — 생산과 소비의 구조의 변화 와 그에 따른 사람들 상호 간, 사회 일반 그리고 자연환경과의 관계에 일어 난 변화에서 찾을 수 있을 것이다. 이러한 변화들은 결국 인간의 상황을 이 해하는 수단으로서의 인문 과학의 역할을 격하시켰다. 그런데 이러한 인 문 과학의 쇠퇴와 함께 일어난 것이 사회에 있어서의 도덕적 기강의 후퇴 이다. 이것은 해방적인 성격의 것이라고 할 수도 있지만, 다른 한편으로 사 람의 삶을 혼란에 빠뜨리고, 결국 '짧고 저열하고 야수적'인 것이 되게 한 다. 물론 이 야수적이라는 것은 반드시 직접적인 의미에서의 폭력적인 것 을 말하는 것은 아니지만, 적어도 사람들이 온갖 조종과 계략의 대상으로 생각하게 된 것은 사실이고 이것이 그런대로 직접적인 폭력이 억제되게 되어 있는 현대적인 상황에서의 저열한 삶에 대한 은유적 표현이라고 말하는 것은 과히 틀린 것이 아니다. 어떤 사람들의 마음에 사회의 도덕적, 윤리적 쇠퇴는 인문 과학의 쇠퇴에 관계되는 것으로 생각된다. 그리고 인문 과학이 도덕 교육의 책임을 바르게 맡음으로써 그 인문 과학의 위기와 도덕적, 윤리적 위기를 동시에 극복할 수 있다는 생각이 일게 되었다.

그러나 이렇게 말하고 보면, 그것은 몇 년 전까지의 이야기이고, 지금에 와서는 이러한 위기의식이나 인문 과학과 도덕 교육의 의무에 대한 논의 자체도 사람들의 관심 밖으로 벗어난 것처럼 보인다. 문제들이 사라진 것은 아니다. 오늘날의 새로운 상황에서 나오는 인문 과학에 대한 요구는 문화 산업의 역군이 되라는 것이다. 물론 이것은 문화 자체가 산업의 일부로 생각되게 된 것에 관계되어 있다. 문화란 한때 산업을 초월하여 자율적인 것으로 또 그것에 대한 비판적 대화자로 존재한다고 생각되었지만, 그것은 이미 지평선 너머로 사라진 부질없는 생각이 되었다. 인문 과학이나 다른 문화적 작업에 대한 다른 요구는 국위 선양을 위한 선전 활동에서 한 역할을 맡아 달라는 것이다. 또 근년에는 사회가 급격하게 대중 정치화됨에 따라 인문 과학에 대한 또 하나의 요구가 크게 떠오르게 되었다. 그것은 일정한 정치적 목적을 위하여 민중을 동원하는 방법을 궁리하라는 것이다. 이것은 전통적으로 요구되었던 인문 과학의 도덕적 임무의 변모의 하나이다. 그러나 아마 이 목적을 위해서는 인문 과학의 움직임은 너무 우원한 것일 것이다.

이 모든 것에도 불구하고 인문 과학의 임무가 궁극적으로 도덕과 윤리에 관계되어 있는 것은 틀림이 없는 일일 것이다. 그러나 그 작업은 역시 너무나 우원하다. 그리고 그 우원함은 그 임무의 일부이기도 하다. 적어도 인문 과학이 하는 일은, 우리의 전통에서 그래 왔다고 할 수는 없지만, 쉬운 도덕적 교화를 주는 일일 수 없다. 그것은 사람으로 하여금 오히려 전수 주입되는 생각으로부터 풀려나게 하는 것을, 목표까지는 아니더라도, 적어도 수단으로 한다. 왜냐하면, 그것은 사람의 도덕적 또는 사고의 자율성을 그 방법상의 전제로 하면서 모든 것을 시작하기 때문이다. 물론 이 자율성의 획득은 목적이기도 하다. 궁극적으로 이 자율성을 통하여 어떤 도덕적 깨우침에 이른다면, 그것은 다행스러운 일이지만, 그것은 상당한 위험을 무릅쓴 후에 일어나는 일이다. 그리고 이 깨우침은 단순히 가르침을 깨우치는 것도 아니고 심경의 변화를 일으키는 것을 의미하지도 않는다. 많은 경우 그것은 비유일 뿐이다. 깨우침이 있다면, 그것은 세계에 대한 것이어야 한다. 타당성의 기준의 하나가 그것이기 때문이다.

그런데 이 세계는 어떤 도덕적 공식에 의하여 요약될 수 있는 만큼 간단하지 않다. 사람의 마음에 대응하는 물질세계와 사회 세계는 거대하고 복잡하고 끊임없이 유동적인 상태에 있다. 마음은 하나의 깨우침에 이르면서 동시에 이 세계의 만 가지 움직임과 함께 있어야 한다. 움직임의 마음을 갖는 것 ── 밖으로부터 오는 것에 대응하여 움직이면서 그것에 끊임없이 흔들리는 것이 아니라 그것을 하나로 엮어 내는 마음을 갖는다는 것은 쉽지 않은 일이다. 연마된 마음은 대상 세계에 민감함을 유지하면서도, 거기에서 오는 압력, 또 안으로부터 오는 강박에 대하여 초연하다. 그리고 가까이 있는 것을 생각하면서, 그것을 넘어가는 넓은 사물의 진상을 살필 수 있다. 궁극적으로 마음은 그의 세계를 스스로 구성한다고 할 수도 있다. 그러나 물론 그것은 세계에 복종함으로써 가능하다. 그러면서 세계의 강박성을 괄호에 넣거나 해체한다. 동시에 해체하고 구성하는 마음 그것도 해체하고 구성해야 한다. 이것은, 한없이 되풀이되는 회귀로서의 성찰의 과정을 요구한다.

이처럼 끝없는 회귀는 마음이 마음과 일체가 되고 물론 세계 또는 세계의 로고스와 일체가 되기 위한 한없는 근접을 위한 작업이기 때문이다. 이 근접은 세계의 모든 것에 가까이 가면서 동시에 스스로의 복판에 서는 일이다. 이것은 불가능한 유토피아적 기획으로 보인다. 그러나 그러한 면이 없지 않은 대로 일상생활을 영위하는 일에서 우리가 하는 일을 있는 그대로 이해하고자 하는 노력이 그것이라고 할 수도 있다. 우리가 사는 삶을 사는 그대로, 분명하게 하려는 것 이외에 다른 일이 아니라고 할 수도 있다는 말이다. 이것이 인문 과학의 — 이러한 작업은 상당한 엄격한 사유의 과정을 요구하는 것이기 때문에, 사실 인문학보다는 인문 과학이 더 적절한 이름이다. — 임무이다. 그것이 도덕적 책무를 가지고 있는 것은 사실이다. 결국 그것의 근본 관심은 어떻게 사느냐 하는 질문에 답하려는 것이기 때문이다.

그러나 거기에 단순한 도덕적 가르침 또는 간단한 도덕적, 정치적 신념으로 답하는 것이 아니라 거기에 이르는 길을 엄밀한 사고를 통하여 스스로 생각하고 스스로 생각하게 하려는 것이 인문 과학의 작업이다. 거기에서 발견되는 진리가 있다면, 이러한 작업을 통하여, 그 진리는 삶에 대하여, 여러 타자들이 이루는 집단의 삶에 대하여 그리고 삶의 혼란 속에서도 발견되지 않은 것은 아닌, 이성에 대하여 열려 있는 것이 될 것이다. 이 점에 있어서 그것은 단순히 인문 과학의 작업이 아니라 사람의 삶과 사회적 조화를 위한 작업이다. 인문 과학이 하는 일은 단순한 도덕적 신념을 심어 주는 일이 아니라, 사람들로 하여금 스스로 그에 이르게 하려는 것이다. 그러나 여기에 이르는 것은 검토되지 아니한 신념을 버리는 일을 포함한다.

2. 신념과 관습

신념의 시대

20세기 초두에는 세계의 종말 또는 거대한 변화에 대한 예감이 유럽의 상상력에 자주 등장하였다. 오스발트 슈펭글러(Oswald Spengler)의 저서 『서방의 몰락(Der Untergang des Abendlandes)』은 그 제목부터 그러한 느낌을 전달하는 것이었지만, 영어 사용 지역의 시인들만 보아도 토머스 하디나 엘리엇 또는 오든의 시의 밑에는 그러한 느낌이 깔려 있는 것을 알 수 있다. 이것을 조금 더 단적으로 예언자적인 목소리로 표현하고 있는 것이 예이츠의 「제2의 강림(The Second Coming)」이다. 이 시의 예언적 성격은 제목 자체에 드러나 있다. 시에서 이 제2의 강림의 상징물은 "사자의 몸, 사람의 머리, 해처럼 비어 있고 가차 없는 눈길을 가진, 어떤 형상"이다. 이 형상 또는 "거친 짐승"이 다시 태어나기 위하여 어슬렁거리며 베들레헴을 향하여 가고 있다고 예이츠는 말한다. 그러나 그의 시대에 대한 진단은 더 단적으로 제1연의 모두에 요약되어 있다.

> 빙빙 돌면서 멀어지기에
> 매는 주인의 소리를 듣지 못한다.
> 모든 것 뿔뿔이 흩어지고, 중심은 지탱 못하고,
> 단지 무질서만이 세상에 퍼져,
> 핏빛 어두운 조수가 퍼져, 도처에 순진의 의식이 침몰하고,
> 최선의 무리는 확신이 없고,
> 최악의 무리만이 열광이 가득하다.[1]

신념과 의례

마지막 두 줄에 나와 있는 말은 아마 많은 어지러운 시대의 실상의 일부를 잘 나타낸 말이라고 할 것이다. 그런데 어찌하여 최선의 무리들은 확신이 없고 최악의 무리들은 확신에 차 있는 것인가? 최선의 무리는 누구이고 최악의 무리는 누구인가? 그들의 확신을 가지고 있거나 가지지 못한 것은 어떤 사유로 인한 것인가? 예이츠의 생각에 어쩌면 최선의 무리와 최악의 무리를 갈라놓는 것은 확신의 소유 또는 그 결여인지도 모른다. 이렇게 말하는 것은 물론 대부분의 사람들이 믿고 있는 바와는 다르다. 그렇다는 것은 많은 사람에게 확실한 신념이 선인을 만들고 신념의 결여가 나쁜 사람을 만드는 것으로 되어 있기 때문이다. 그럼에도 불구하고, 예이츠의 생각을 위와 같이 해석하는 것은 일단 맞는 것이라고 할 수 있다. 인용한 시구에서 예이츠는 "순진의 의식"이 사라지는 것을 개탄하고 있다. 이에 미루어 그가 좋은 사람이라고 하는 것은 순박하고 진실된 사람일 것이다. 그리고 그의 생각으로는 이러한 순진함을 가능하게 하는 것은 의식 또는 의례이다. 의례란 물론 전래의 행동 양식을 말하고 그것을 따라서 행동하는 것은 어떤 흔들리지 않는 신념을 가지고 행동한다는 것과는 사뭇 다른 것이다. 의례가 완맹한 고집이 될 수는 있겠지만, 그것이 자연스러운 습속으로 남아 있는 동안 그것은 '미풍양속'이라는 말이 풍기는 뜻처럼 삶의 부드러운 조정 장치일 수 있다.

이러한 해독은 예이츠의 다른 시에서 발언들을 참고해 보면 과히 틀린 것이라고 할 수 없다. 그중에도 우리는 「제2의 강림」보다 1년 전, 그러니까 1919년에 쓰인 「딸을 위한 기도(A Prayer for my Daughter)」를 참고해 볼 수 있다. 그의 딸을 위하여 그가 말하는 인생의 지혜 가운데 핵심이 되는 것

---

1   김종길 옮김, 『20세기 영미시』(일지사, 1975), 32쪽. 본문의 뜻에 맞추어 약간의 수정을 가하였다.

의 하나는 "의견(opinions)"을 조심하라는 것이다. 그의 생각으로는 "의견이란 저주받은 것이다.(……opinions are accursed.)" 의견은 지성과 증오와 오만과 함께하는 것이다. 그것은 특히 증오와 짝을 이룬다. 그리고 증오는 자연스럽게 일어나는 경우보다도 앎에 의하여 뒷받침될 때, 가장 경계해야 할 것이 된다. 그의 말대로 "가장 나쁜 것은 지적인 증오이다.(An intellectual hatred is the worst.)" 여기에 대하여 인생을 풍요하게 하는 것은 지적인 의견이 아니라 아름다움이나 순진함과 같은 것이다. 그와 더불어 삶에 귀중한 것들은 다정스러움, 예절, "기쁨에서 나오는 친절", 너그러움, 즐거움 등이다. 생각은 가지 널리 뻗은 월계수에 깃드는 방울새들의 지저귐과 같은 자연스러운 생각이 아니라면, 즉 우리가 마음에 다지는 의견은 이러한 삶의 보배들을 파괴한다. 이 보배로운 것들은 제도적으로 관습(custom) 그리고 의례(ceremony)에 의하여 보장된다.

존재의 통일

물론 아름다움과 순진함도 다른 품성과 함께하지 않을 때에 나쁜 것으로 바뀔 수 있다. 상냥한 마음과 함께하지 않는 아름다움은 삶의 풍요가 나오는 신화의 뿔을 부서지게 할 수 있고, 순진함은 극히 파괴적인 것으로 작용할 수도 있다. 가령 순진무구한 것이라고 하여야 할 바다가 죽음의 매개체가 될 수 있는 것과 같다.(순진함이 간단한 것일 수 없음은 시의 첫 부분에 나오는 "살인적인 바다의 순진무구함"이라는 구절에 이미 예고되어 있다.) 그러나 아름다움과 순진함은 관습과 의례에 의하여 형식을 얻음으로써 이러한 결점을 초월한다.

물론 예이츠가 생각한 의례와 관습의 질서도 그것만으로는 좋은 삶의 보장이 될 수 없다. 이러한 질서가 무너지는 것은 이보다 큰 질서의 변화의 한 종속 현상이다. 세계가 무질서와 폭력 상태에 떨어지는 것은 어떤 원인으로 인한 것인가? 예이츠도 그것이 미적 질서의 소멸로 인한 것이라고 만은 말하지 않는다. 「제2의 강림」의 첫 부분에서, 그것은 "중심이 지탱하지 못"하는 때문이라고 한다. 그런데 이 중심이란 무엇인가? 그것은 정치 권력인가 아니면 종교, 이데올로기, 국가 이념 등의 어떤 사상적 단일성인가? 「제2의 강림」의 첫 부분에 나오는 하늘의 매가 날면서 빙빙 맴도는 것은, 주석가들에 의하면, 문명의 순환을 설명하기 위하여 예이츠가 생각하던 어떤 상징적 형상을 나타낸다고 한다. 그것은 원추형으로서 문명은 원추의 꼭대기에서 중심으로 집중되면서 회전하다가 넓게 퍼지는 부분에서 중심을 잃고 흩어진다. 이러한 생각에 비추어 보면, 문명은 일정한 통일된 질서를 가지고 있다가 이것이 해체됨에 따라 다른 문명에 의하여 대체되게 된다.

예이츠는 이제 유럽 문명은 순환의 전환점에 들어섰다고 느꼈다. 이 지점에서 문명에는 통일성이 없어지고, 사람의 삶에서 그가 "존재의 통일성(Unity of Being)"이라고 부른 것도 사라진다. 이러한 통일된 상태는 인간의 모든 에너지가 하나로 집중되는 상태이지만, 그것은 정치나 이데올로기적인 단일성이 이루어진 상태이기보다는 예술적 균형을 얻게 되는 상태이다. 그것은 여러 아름다운 예술로써 표현된다. 존재의 통일성이 존재하였던 시대는 이탈리아의 르네상스 시대와 같은 때였다. 이에 대하여 그의 시대는 삶이 단편화되고 생각이 추상화되는 때이다. 이 단편화된 세계에서, "……사람들은 어떤 추상적인 통일성을 위하여 목숨을 버리고 목숨을 빼앗는다. 이 통일성이 추상적이면 추상적일수록 그것은 사람들을 마음의 가책과 타협으로부터 멀리 이끌어 간다. 그리고 이 통일이 커짐에 따라, 그들의 의미의 폭력성도 커지게 된다."[2] 되풀이하여, 이러한 폭력성이 억제

2　W. B. Yeats, *A vision*(New York: Macmillian, 1965), p. 161.

되는 것은 다시 한 번 존재의 통일이 회복되는 때이고, 그때에야 의례나 관습은 추상적 통일성 — 그보다는 추상적 통일성을 향한 맹렬한 이데올로기적 움직임을 대체할 수 있게 될 것이다.

예이츠의 보수성

말할 것도 없이 좋은 삶에 대한 예이츠의 비전은 극히 보수적인 것이다. 딸을 위한 그의 기도는 다음과 같이 끝을 맺는다.

> 그리고 그의 신랑이 그 애를 집으로 데려가되,
> 그 집은 일체가 관습이고 의례이기를.
> 오만과 증오는 시정에 팔고 사는 방물들일 뿐.
> 관습과 의례가 아니고야 어찌
> 아름다움과 순진함이 태어날 수 있겠는가?
> 의례는 삶의 풍요의 뿔의 이름이며,
> 관습은 가지 뻗은 월계수의 이름이니.

예이츠는 귀족 출신의 벗 그레고리 부인의 장원을 좋아하였고, 그 자신 오래된 탑을 주거로 구입하여 귀족풍의 삶을 꾸며 보려고 생각하였다. 「딸을 위한 기도」에서 그의 딸의 출가할 만한 집으로 그리고 있는 집도 그러한 귀족풍의 집이라 할 수 있다. 전래의 의례가 삶의 너그러운 형식이 되는 집이란 대체로 오랜 가풍을 가진 대가일 것이다. 설사 우리가 그러한 집 — 특히 그러한 집의 너그러운 삶의 양식을 좋게 생각한다고 하여도, 시정의 거래 속에 사는 대부분의 현대인에게 그것은 가까이할 수 있는 것이 아닐 것이다. 그리고 너그러운 귀족의 질서 그 자체의 이면에는 이미 의견과 증오와 신념의 잔학한 칼날들이 숨어 있었다고 할 수 있을는지 모른다.(물론 예이츠가 그렇게 생각한 것은 아니다. 그는 귀족과 함께 순박한 농민을 긍정적으로 보았다. 그가 혐오한 것은 현대 도시의 소시민 그리고 시민 계급이었다.)

그렇다고 가지 무성한 월계수와 같이 자연의 자연스러움에 접근하고 그 안에서 아름다움과 인간의 부드러운 품성이 조용히 길러지게 되는 삶의 이미지 자체의 매력을 완전히 버릴 수는 없다. 이상적으로는 이러한 삶이 반드시 일정한 부와 귀를 누리는 대가의 담장 안에서만 가능한 것은 아니었다고 할 수도 있다. 하여튼 이러한 자연스러운 유기적 삶에 대하여 과연 증오와 오만과 불친절과 조잡함과 그리고 의견과 그것이 조장하는 지적 증오와 확신의 삶이 참으로 바람직한 것인가를 생각해 보는 것은 부질없는 일은 아닐 것이다. 예이츠의 시대 또는 그가 살았던 시대의 아일랜드가 그랬던 것처럼 우리의 시대는 확신과 신념의 시대이다. 높이 평가되는 것은 확실한 신념이다. 그러나 동시에 신념은 갈등과 폭력의 원인이 되기도 한다. 오늘의 세계에서 신념에 의하여 촉발되는 폭력의 가장 중요한 예는 종교에 근거한 신념으로부터 생겨나는 테러 행위이다. 그러나 박해와 억압 그리고 각종의 폭력 행위를 정당화하는 이데올로기들도 신념의 부정적인 측면을 나타내는 예로 들 수 있다. 물론 이외에도 역사적으로 폭력을 정당화하는 다른 신념들도 허다하다. 이러한 사정은 우리에게 예이츠와 같은 물음을 묻지 않을 수 없게 한다. 특히 예이츠의 신념에 대한 물음의 의미가 중요한 것은, 지적인 구도를 가진 신념을 문제적인 것으로 보게 하기 때문이다. 물론 그렇다 하더라도 우리의 문제와 우리의 답변은 다른 것이 될 가능성이 크다.

신념의 종류

아마 우리의 차이는 신념의 문제에서부터 시작될 것이다. 모든 신념은 파괴적인 결과를 가져오는 것인가? 물론 여기에 대하여 일률적인 대답이 있을 수는 없다. 앞에서 본 바와 같이 삶을 매우 좁은 각도에서 보고 그 관점에서 재단하려는 것은 매우 위험한 일이다. 그러나 원인이야 어찌 되었든, 신념은 있게 마련이다. 이것은 특히 혼란의 시기에 그렇다. 그리고 그것은 그 나름의 효용을 가지고 있다. 신념은 행동의 요청에 맞추어 필요해진다. 행동은 뜨거운 열정 — 특히 강한 도덕적 정당성을 가진 것으로 믿어지는 신념에 의하여 작동된다. 그렇다면 중요한 것은 신념의 종류라고 할 수 있다. 그런데 이것은 그 신념이 어떤 경로를 통하여 얻어지는가에 달려 있는 것으로 보인다.

예이츠는 관습과 의례와 예술 또는 친절과 우아한 작법의 유기적 공동체를 꿈꾸었다. 그러나 많은 경우 그것은 실현하기 어려운 꿈이요 비전일 뿐이다. 그리고 어쩌면 이러한 비전도 하나의 신념에 속한다고 할 수 있다. 예이츠의 심미주의는 — 그는 젊어서부터 심미주의자였지만, 만년에 와서 그것은 심미적 정치가 된다. — 존재의 통일성을 그의 삶에 그리고 그의 시대에 실현해 보려 한, 오랜 내적 투쟁으로부터 자라 나온 신념이었다.(물론 신념을 부정하는 신념이었다고 할 수도 있지만.) 적어도 그것은 그의 내면의 투쟁을 통하여 터득한 신념이었다. 그랬다는 것은 그의 신념이 그의 삶을 하나의 지속적인 통일성 속에서 파악하려 한 결과에서 이루어졌다는 것이다. 그리고 이 지속성은 그의 경우에 여러 삶의 가능성을 배제하는 것이 아니라 포용하는 통일성을 기하려는 것이었다. 그리하여 이러한 삶의 지속성과 통일성 — 그가 말한 존재의 통일의 가장 적절한 표현으로서, 자기 자신을 위해서만이 아니라 시대를 위하여, 의견이나 확신이 아니라 의례와 관습을 하나의 해답으로 생각하게 된 것이다. 아마 예이츠의 신념 또는 신념을 부정한 신념에서 핵심을 이루는 것은, 그것이 신념으로 표현되든 아니면 의례와 관습으로 표현되든, 삶의 풍요로움과 통일성의 양식일 것이다.

3. 의례와 이성의 양의성

허례허식

예이츠가 말하는 의례와 관습 또는 신념의 문제는 삶의 질서의 문제이다. 되풀이하건대, 질서의 문제에 대한 예이츠의 답이 의례와 관습이다. 그것이 존재의 통일 — 개인적으로나 사회적으로 삶의 풍요를 보장해 준다. 그러나 이와 관련하여 우리는 허례허식이라는 말을 생각하지 않을 수 없다. 지금은 많이 쓰이지 않는 말이 되었지만, 이것은 20세기 초부터 오랫동안, 우리 사회를 진단하는 데에 있어서 가장 많이 쓰인 말의 하나일 것이다. 그것은 예이츠가 강조하는 이상으로, 의례와 관습을 존중하였던 우리의 전통 사회가 얼마나 삶이 그 경직된 틀로 인하여 제약되고 결국 그 풍요가 빈곤으로 바뀔 수밖에 없었던가를 요약해 주는 말이다.

의례의 경직화

의례와 관습은 어떻게 하여 삶을 풍부하게 하는 것이 아니라 억압하는 기제가 되는가? 억압은 동어 반복이 되는 것이지만, 바로 의례의 경직성으로 인한 것이다. 다시 말하여 그것이 삶의 유동성을 경색하게 한 것이다. 바로 의례와 관습의 필요는 삶의 유동성에서 온다. 그러나 그것은 지나칠 수 있다. 이 경직화는 흔히 지적인 요소의 도움을 받는다. 즉 변주를 허용하지 않는, 금과옥조의 공식으로 굳어진 지적 작업이 —또는 특수한 형태의 지적 작업이 여기에 보조 수단이 되는 것이다. 예(禮)에 충실하기 위해서 지켜야 하는 규칙이, 유교의 예법에서처럼, 수백 수천에 이른다고 한다면, 그것만으로도 삶은 그 활달함을 잃을 수밖에 없다.

가령 천자는 남쪽을 향하고 신하는 북면하고, 천자의 각료는 동면하고 제후는 서면하는[3] 따위 등에서의 자리 정하기는 사람의 자연스러운 감각과 관계되어 있는 것이면서도 그것을 넘어서 윤리적 강제성을 갖는 것으로 작용한다. 의례의 언어는 비유의 언어의 한 종류로 이루어진다. 가장 중요한 비유의 원천이 되는 음양, 천지, 일월성신은—또는 오행까지도—사람의 감각적 체험의 일부이며, 사람의 움직임에 있어서 방위를 정해 주는 역할을 하는 경험적 지표를 나타낸다. 그러나 여기에 남녀, 군신, 부자, 또는 부부관계를 비유적으로 연결하는 의례의 규정은 윤리에 우주론적, 윤리적 의미를 부여하여 어길 수 없는 예의의 지침이 되게 한다. 비유의 언어는 감성과 시의 언어이다. 다만 그것은 의례의 언어에서 우주론적 정당성의 언어로 변형되면서, 시적 비유는 경직화된다. 그리고 감성적이면서 동시에 마술적이면서 강제적인 사고가 유형화, 유추화를 통하여 일반화된다. 이렇게 하여 언어와 사고의 움직임은 이데올로기적 성격을 갖게 된다. 그렇다는 것은 비유와 언어에 정치적 목적이 스며들어 지적 활동보다는 지적인 복종을 요구하는 데에 도움을 주게 되는 것이다.

코리오그래피

이것을 반드시 탓할 수는 없다. 언어는 어떤 경우에나 수행적 성격을 갖는다. 의례의 관습적 성격도 벌써 그러한 면을 가지고 있다. 비판적 반성 없이 추종할 것을 요구하는 것이 관습이다. 그러면서도 그것이 명령이기 전에 집적된 경험의 지혜를 나타내는 것도 사실이다. 그러니만큼 그것은 경험의 실험으로서의 흔적을 가지고 있고 새로운 실험을 허용할 여유를 남겨 놓고 있다. 의례는 수행 또는 공연에서 완성된다. 그것은 사실 어떤 도덕적 규칙에 의해서가 아니라 집체적 동작의 코리오그래피 (choreography, 무용술/동작법)라는 관점에서 이해되어야 하는 것이라고 할

---

3 이민수 역주, 『예기』(혜원출판사, 1994), 63쪽.

수 있다. 이것은 기술에 대한 판단과 함께 보다 넓은 의미에서의 미적 판단을 요구한다. 그리고 그것이 미적인 성격을 갖는다는 것은 반성적 미적 판단 — 칸트식으로 말하여 특수하고 구체적인 것으로부터 일반적인 것으로 나아가는 판단을 요구한다는 것을 말한다. 이것은 물론 인식 능력의 조화된 작용과 대상 세계의 인식에 관계되는 것인 만큼 삶에 대한 보다 넓은 판단에로 확대될 수 있다. 의례 규칙의 경직화는 이러한 능동적인 판단력의 활동 그리고 삶 일반과의 연결이 차단됨을 말한다고 할 수 있다.

합리적 질서

삶의 질서의 원리로서의 의례와 관습의 경우가 이렇게 양의적인 것이라고 한다면, 다른 신념 — 지적인 활동에 근거한 신념의 경우에도 비슷한 관찰을 할 수 있다. 예이츠의 경우, 그것은 전적으로 삶의 단순화, 편협화 그리고 폭력화를 가져오는 것으로 말하여진다. 그것은 세계와 삶을 이어 주는 매개가 된다고 할 수 있는 감성을 지나치게 단순화할 수 있다. 사실 일상적 삶의 수준에서 감성이나 느낌 또는 감각적 내용이 없는 삶이란 극히 삭막한 것일 수밖에 없다. 또 그것은 사람의 삶에서 윤리적 성격을 빼앗는다. 예이츠의 관점에서 더 큰 문제는 그것이 삶의 풍요를 파괴하는 정치적 이데올로기와 폭력을 낳는다는 데에 있다. 반드시 의례에 관련된 것은 아니었지만, 개인적으로 예이츠에게 커다란 충격을 준 것은 그가 미의 현신으로 이상화했던 여성이 정치 운동에 가담하여, "무식한" 사람들에게 폭력을 가르치고, 계급 투쟁을 부추기려 한 것이었다.[4] (예이츠가 반드시 정열 그리고 폭력 또는 지적인 표현에 반대한 것은 아니다. 그는 그러한 것들이 정치적으로 조직화되는 것을 기휘한 것이다.)

---

4 W. B. Yeats, "No Second Troy."

이성의 자유

물론 이러한 것들은 합리적 질서의 일면만을 말한 것이다. 우선 폭력의 주제와 관련하여서도, 합리적 질서의 의미는 바로 사회적 폭력을 방지한다는 데에 있다. 서구 정치사상사에서 여러 형태의 사회 계약설 또는 그 필요의 옹호는 만인의 만인에의 투쟁이 표준이 되는 사회에 대한 대응책으로 나타난다. 그것은 개인의 이해와 폭력적 가능성을 상호 협약에 의하여 제한하자는 의도를 가지고 있다. 이 협약의 결과 개인적 영역은 다른 개인이나 사회로부터 보호된다. 물론 나 자신도 그것을 보장하는 합리적 질서 또는 이성에 복종할 것을 약속해야 하고 그것은 나의 어떤 종류의 비합리적 충동을 억제하여야 한다. 그러나 이 범위 안에서 나의 감성적, 감정적 삶도 자유로운 것이 된다.

이성과 감성

그리하여 합리성의 질서를 통하여 감성적 삶은 더 풍부한 것이 될 수 있다고도 말할 수 있다. 이성의 원리와 감성과 감정의 원리는 서로 배치되는 것이 아니다. 이성적 질서의 성장과 함께 심리학이 발달한 사실에서도 이것을 볼 수 있다. 심리학의 발달은 이미 주어진 사람의 심리를 새삼스럽게 분석적으로 연구할 뿐이라고 할 수도 있으나, 그것에 대한 이해가 적어도 그것의 자유로운 움직임의 폭을 넓힌 것은 사실일 것이다. 가령 "감정의 불가항력성(the irrepressibility of emotions)"을 인정하는 것은 합리적 이해를 통한 감정의 사실적 성격의 인정에 밀접한 관계를 가지고 있다고 할 수 있다. 그 도착적인 표현이라고 할 수 있지만, 시에서 감각과 감정의 비이성적 세계를 여는 방법으로 "감각의 체계적 착란"과 같은 것이 말하여지는 것은 이성과 감각의 병존 또는 공시적 항진이 모순된 것이 아니라는 증거라고 할 수 있다.

물론 감정의 자유를 포함한 개인의 자유가 결국은 이성의 통제하에서 진정한 자유가 되지 못한다는 비판이 있는 것은 사실이다. 가령 푸코의 현대의 성의 자유에 대한 분석은 그러한 비판 중의 한 가지일 뿐이다. 이성이 확보해 주는 감정의 자유에 대한 보다 정당한 비판은 그 자유가 두 개를 분리함으로써 가능해진다는 것일 것이다. 인식과 경험에 있어서, 대상 세계를 매개하는 것은 감성이다. 그리고 그것은 칸트가 인정한 바와 같이 그 나름의 형식에 의하여 안정된 표상으로 정착될 수 있다. 감성 또는 더 단적으로 감정의 인식적 기능은, 동양 사상의 경우, 우리의 세계 인식에 있어서 특히 중요한 역할을 담당하는 것으로 생각된다. 가령 우리의 일상 언어에서도 사정이나 정황이라든가, 정경이나 정세 등의 말에도 이것은 들어가 있다. 미국의 중국 철학 연구가 채드 핸슨(Chad Hanson)이, 정(情)을 번역하여 대체로 느낌이나 감정(feeling) 또는 "현실 반응(reality response)" 또는 "현실 입력(reality input)"이라 하는 것은 매우 흥미로운 일이다.[5] 이렇게 감정의 사실적 관계가 중요시될 때 그것은 저절로 기율이나 연민의 대상이 될 수 있다. 이렇게 하여 사람의 마음은 종합적으로 작용한다. 이성과 감정의 분리는 이것을 갈라놓는다.

이성과 의례

이성이 가져온 해방의 하나가 감정의 자유라고 하면, 또 하나의 해방은 의례로부터의 해방이라고 할 것이다. 앞에서 우리는 예이츠가 지적인 신념과 의례를 대조시켜 말하는 것을 보았다. 이 대조 또는 연결은 순전히 우연적인 것이 아니다. 사실 이것은 사람이 존재하는 방식의 두 부분을 말한

---

5   Chad Hanson, "Qing(Emotions, 情) in Pre-Buddhist Chinese Thought", Joel Marks and Roger T. Ames eds. *Emotions in Asian Thought*(Albany: State University of New York Press, 1995) 참조.

것이다. 어떻게 보면 의례는 사람이 세계와 사회에 존재하는 방법으로서 이성에 선행한다고 할 수 있다. 이성이 두뇌 작용에 관계되어 있다고 한다면, 의례는 신체에 관계되어 있다. 사람은 의식으로 세계에 존재하는 것보다 우선하여 몸으로서 존재한다. 그런데 사람의 존재 방식은 늘 문제적이다. 그것의 많은 것은 정해져 있으면서 정해져 있지 않다. 세계에 몸이 어떻게 존재해야 하는가?

사람은 생존을 위하여 몸을 쓰는 법을 익혀야 한다. 기술과 기량이 이 필요에 답하여 준다. 그러나 그 이전에 공간적 존재로서의 인간은 당장에 공간에서 스스로의 방향을 정하고 일정한 방식으로 움직여 가는 법을 배워야 한다. 여기에는 바르게 하는 방법과 그렇지 않은 방법이 있다. 요가의 숨 쉬는 법이나 동작은 여기에 관계된다. 그러나 그것이 보다 형식화되는 것은 무용과 같은 예술에 있어서이다. 그러나 그러한 고도의 형식화 이전에도 몸가짐은 심미적 의미를 띨 수 있다. 일상적 동작과 예술의 중간에 있는 것이 예절이고 의례이다. 이것은 사람의 사회생활에서 매우 중요한 부분을 이룬다. 이것은 집단 생활에 있어서 중요한 소통의 수단이다. 신체의 언어는 집단의 사회관계를 협동적인 것이 되게도 하고 갈등적인 것이 되게도 한다. 그리고 의례를 관찰한 인류학자들이 말하듯이, 의례는 사회의 상징적 조직을 직접적으로 몸에 각인하는 수단이기도 하다. 사회는 의식으로 내면화되기 전에 신체에 각인된다. 이것은 지금도 그러하지만, 전통적 사회에서 특히 그러하다.

그러나 의례는 우리의 문제의 영역에서 사라진 지가 오래되었다. 그것은 우리 사회가 그만큼 전통적인 삶의 방식을 잃고 현대화되었다는 것을 말한다. 이것을 지적하는 것은 그것이 전통이었기 때문에 존중되어야 한다는 말이 아니다. 우리는 그것을 우리의 문제의식으로부터 사라지게 함으로써 인간이 세계에 존재하는 방식에 대한 중요한 접근의 방식을 잃어

버린 것이다. 그러면서 의례의 소멸은 감정의 경우처럼 해방을 의미하기도 한다. 동작의 자유는 사람의 중요한 자유의 하나이다. 뿐만 아니라 앞에서 말한 것처럼 형식화된 동작이 여러 가지 상징적 의미를 신체에 각인하는 방법이라면, 그것은 정신의 자유를 의미하기도 했다. 그러나 앞에서 말한 것처럼, 어떤 경우에나 공간적 존재로서 사람이 신체로서 세계 안에 존재하는 것이라면, 이 해방은 큰 손실을 의미할 수도 있다. 한국 사회에 있어서, 아마 그 상실이 가져오는 가장 직접적인 결과는 예의의 상실에서 오는 불필요한 사회적 갈등의 증가일 것이다.

물론 한국 사회에 완전한 동작의 해방이 이루어졌다고 할 수는 없다. 그러나 남아 있는 형식화된 동작 — 예절이나 의식(儀式)은 그 본래의 뜻을 잊어버리고 다른 목적들에 봉사하는 형태의 것이다. 예이츠의 통찰은 조금 전에 말한 것처럼 사람의 머리로서 또 몸으로서, 즉 두 가지 존재 방식에 관한 것이다. 그가 말한 것은 의례가 사람의 삶의 순진한 풍부함을 보증하여 준다는 것이다. 사람은 마음으로 존재하기 전에 몸으로 바르게 존재하여야 한다. 무성한 월계수의 의미는 여기에도 연결되어 있다. 그러나 몸이라고 의식을 갖지 않은 것은 아니다. 그 의식은 무엇보다도 심미적인 것이다. 예이츠 시에는 "지적인 기념비"에 대한 찬사가 산재해 있다. 그가 지적 작업을 도외시한 것은 아니다. 그는 그것이 몸과 함께 또는 몸과 감정과 함께 존재하여야 한다고 생각하는 것이다. 그리고 그는 그것이 증오가 아니라 인간의 위대성의 실현에 공헌하여야 한다고 생각하였다.

이성의 업적

예이츠가 생각한 것처럼 의례의 상실은 현대의 큰 손실의 하나이다. 그러나 그것이 중요한 해방을 의미하는 것도 사실이다. 그리고 그것은 감정의 자유와 함께 다시 개인의 자유 — 일정한 범위에서의 자유라고 할망정 ─ 개인의 자유의 확대에 기여하였다. 역사적으로 합리성의 진전이 개인의 자유와 진전과 병행하는 것은 분명하다. 물론 이러한 것은 합리성 또는 이성의 문제를 인간의 내면과의 관계에서만 말하는 것이다. 그것의 업적이 과학과 기술의 거대한 발전에 있다는 것은 새삼스럽게 말할 필요도 없다. 이것은 다시 개인의 가능성을 크게 확장하였다.

여기에서 가능성의 확장이란 수단의 확장을 말하고, 이것은 개인의, 그리고 인간의 삶 일반의, 목적으로부터 해방된 것과 관련되어 있다.(수단의 확장이 목적으로부터의 해방을 가져왔다. 그것은 삶의 수단화를 가져왔지만, 동시에 자유를 증대시키는 결과를 가져왔다고도 할 수 있다. 사회 계약이란 사회가 강제적으로 또는 윤리적 정당성의 이름으로 부과하는 사회적 목적으로부터 개인이 해방된다는 것을 말한다. 종종 폭력을 정당화하는 것은 이 사회적 목적이다.) 결국 이성적 질서는 인간 활동의 많은 부분을, 적어도 직접적인 방법에 의한 사회적 목적으로부터 해방하여 개인, 감정, 과학과 기술 그리고 다른 많은 활동의 분야를 독자적인 영역으로 설정할 수 있게 한다. 그러나 이것이 동시에 많은 문제를 가져올 수 있다. 그중에 하나가 삶 또는 존재의 통일성의 상실이다. 물론 예이츠에게 이 통일성은 이념적인 것, 그러니까 사회가 부과하는 목적이 아니라 심미적인 것이어야 한다. 그런데 문제는 해방이나 합리성 또는 이성 자체보다도 그 수단이 되었던 합리성 또는 이성이 반성되지 아니한 여러 목적들에 종속되는 데에 있다.

이성과 그 도구화

합리성 또는 이성의 양의적 가능성을 여기에서 철저하게 진단해 낼 수는 없다. 그러나 합리성에 문제가 있다면, 그것은 다분히 그 원리인 이성의 무목적성으로 인하여 일어나는 것이라고 생각해 볼 수 있다. 즉 문제는 그 자체보다는 그 현실적 구성의 복합성 속에 있다고 할 수 있다는 말이다. 진리는 여러 동기와 연결된다. 최소한도로 생각하여도 진리는 자기주장과 표리의 관계에 있다. 이런 의미에서, 니체나 푸코가 말하듯이, 진리는 권력 의지의 표현일 수 있다. 그리고 주장되는 진리가 집단생활에 관계되는 것일수록, 진리에서의 권력의 작용은 더욱 크게 된다고 할 것이다. 집단의 이름으로 주장되는 진리가 타자에 대한 폭력적 관계를 정당화하는 데에 사용되는 것은 너무나 자주 볼 수 있는 일이다. 이러한 폭력이 반드시 직접적으로 작용하는 것은 아니다. 바로 진리가 필요한 것은 간접적 작용이 필요하다는 것을 말한다. 진리는 흔히 집단의 이름을 만들어 내고 그 집단의 이름은 도덕과 윤리의 원천이 된다. 물론 진리가 힘이 되는 것은 반드시 이러한 사회적 관련에서만 그러한 것은 아니다. 진리는 사람이 살아가는 데에 행동과 삶의 방식의 선택에 있어서 기준을 제공하는 일을 한다. 그러나 어느 경우에든지, 지나치게 좁은 진리의 개념, 그것의 자기주장적 의미와의 결합, 권력 의지와의 일치는 문제를 일으킨다. 그것은 사회적으로 갈등의 근본이 될 뿐만 아니라, 집단적으로나 개인적으로나 삶의 가능성을 좁히는 결과를 가져오게 된다.

권력에 못지않게 진리에 쉽게 결부되는 것은 이익의 동기이다. 경제학은 인간의 경제 활동을 합리적 전체로서 이해하고자 한다. 그리하여 수요, 공급, 노동, 자본, 기술, 생산, 기업이나 국가 정책 등의 요소들이 시장이라는 공간에서 상호 작용하는 것을 관찰하고 거기에서 일정한 법칙적 관계를 분석해 내고자 한다. 그러나 이 모든 것을 움직이는 동력이 되는 것은 이윤 추구이다. 경제 활동은 이 법칙을 활용하는 일에 관계되어 있다. 그 활동의 동력이 되는 것은 이윤의 추구이다. 이러한 모델에서 보듯이 이성의 법칙은 대체로 다른 동기를 위하여 동원될 수 있다. 심지어는 이성적 법칙에 의한 지식의 작업도 밖으로부터 오는 동기와 결부될 수 있다. 그렇다는 것은 그렇게 하여 추구되는 지식 자체가 자기주장이나 정당성의 수단이 될 수 있기 때문이다. 지식은 그 자체로서 소유와 힘의 표현이 된다. 그리고 대부분의 사회에서 합리성의 영역에서의 지적 추구는, 거기에서 파생할 수 있는 기술적 이해관계를 떠나서도, 그 나름으로 사회적 특권에 의하여 보상되는 것이 보통이다.

이렇게 생각해 볼 때 합리성이나 이성이 순수하게 그 자체로 존재하는 경우와 다른 동기, 특히 권력과 이익에 연결된 관계에 이어져 움직이는 경우를 나누어 생각하는 것이 필요하다. 아도르노와 호르크하이머의 유명한 책『계몽의 변증법(Dialektik der Aufklärung)』이후, 도구적 이성의 주제는 유명한 것이 되었지만, 실제 이성의 도구화하는 그 성격상 필연적인 것이 아니라 그것이 다른 목적의 도구나 수단이 됨으로써 그렇게 된다는 것을 상기할 필요가 있다. 그리고 이것은 합리적 질서의 여러 문제점들도 반드시 그러한 질서 또는 그 원칙으로서의 이성의 문제점들이 아니라는 것을 깨닫게 할 것이다.

물론 이것은 사람이 순수한 이성의 상태에 이른다는 것은 생각하기 어렵기 때문에, 거기에 근접하거나 참여하는 사람의 이성적 활동의 순수성만을 말한다고 할 수 있다. 그러나 이러한 순수성이 무엇에 소용되는 것이겠는가 하는 문제가 있다. 니체는 진리를 삶에 필요한 거짓이라고 말한 일이 있거니와, 그 정당성이 어떻든지 간에 진리가 삶의 방편의 일부라고 한다면, 그것이 순수한 것일 수는 없다고 할 수도 있다. 삶의 의지가 불가피하게 그것을 왜곡할 것이기 때문이다. 그러나 진리가 그러한 방편적 의미를 가지고 있다고 하더라도, 삶에 필요한 진리는 최대한도로 삶의 모든 것에 적합한 것이라야 한다. 진리의 순수성은 보다 온전한 삶을 위하여 필요하다고 할 수 있다. 물론 이 순수성은, 진리가 권력과 이익 그리고 삶의 크고 작은 의지에 이어져 있는 한, 쉽게 획득될 수 없는 것일 것이다. 다만 있을 수 있는 것은 우리 앞에 놓여 있는 합리성 또는 이성의 표현에 대한 끊임없는 반성일 뿐이라고 할 수 있다. 반성은 이성의 작용을 끊임없이 새로 열리는 공간으로 나아가게 할 수 있다.

의례의 양의성/ 도구화

비슷한 말은, 앞에서 또 하나의 인간의 존재 방식, 삶의 질서의 가능성으로 말한, 의례와 관습에 대하여서도 말할 수 있다. 이미 앞에서 우리는 의례가 어떻게 경직화된 공식이 되고 강제적 규범이 되는가에 대하여 이야기한 바 있다. 되풀이하건대, 동양의 의례에 있어서, 비유와 유추에 의한 인간의 감성적인 측면, 즉 감정과 감각의 유형화는 사회의 위계적 질서를 정당화한다. 이것이 우주론으로 확대되고 모든 담론의 기본 형식이 되는 것은 동양 사상의 특징이라고 하겠지만, 제례와 의식의 절차에서 삶의 위계화가 일어나는 것은 일반적인 현상이다. 가령 의식 절차에서 피할 수 없는, 공간적, 시간적 선후 배치는 저절로 사회적 위계화를 제도화하는 데에 도움을 준다. 인간의 육체도 여러 가지 상징적 의미를 가질 수 있고, 대개 사회적 위계를 표기하는 일을 할 수 있다. 이것은 일정한 구도로 공식화된다. 그리고 여기에 그에 따른 일정한 이야기가 따르게 된다. 물론 이러한 의례의 의도는 단순히 위계를 강화하기 위한 것만은 아니다. 그것은 집단을 하나로 묶어서 집단의식과 유대를 만들어 내는 데에 기여한다. 그리하여 의례가 사회를 위계화하고, 물론 그에 따라 일정한 지배의 구조를 만들어 내기는 하지만, 그것은 사회 전체를 위하여 "구원을 약속하는 지배 구조(redemptive hegemony)"[6] ─ 권력 구조를 신의 질서로서 정당화하면서 사회 성원 모든 사람에게 응분의 힘을 부여한다.

이렇게 의례가 만들어 내는 지배 구조는 양쪽으로 작용한다. 그것은 권

---

6 Catherine Bell, *Ritual Theory, Ritual Practice* (New York: Oxford University Press, 1992), p. 116.

력을 옹호하면서 그것의 폭력적 성격을 완화한다. 후자의 측면은 진리나 정의의 담론에 의하여 매개되는 권력의 경우에도 마찬가지이나, 의례의 경우 더욱 그렇다고 할 수 있다. 의례는 위계질서의 확인과 공동체적 유대의 확인——두 가지를 동시에 수행한다. 이것은 사실 예악(禮樂)과 같은 개념에도 들어 있는 것이다. 흔히 함께 붙여서 쓰는 의례의 요소인 예악에서 『예기(禮記)』가 정의하는 바로는 "악이라는 것은 같게 하는 일을 하고 예라는 것은 다르게 하는 일을 한다. (그것은) 같으면 서로 친하게 되고 서로 다르면 공경하게 되기 때문이다.(樂者爲同, 禮者爲異, 同則相親, 離則相敬.)" 그러나 이 같음과 다름은 대체로 다름을 강조하는 쪽으로 흐른다고 할 수 있다. 예기의 일부인 이 악기(樂記)에서도 예의의 기능은 상하, 귀천, 천자와 제후와 백성으로 이루어진 봉건적 사회를 떠받치는 데에 있는 것은 물론이다. 그러나 강조되어 있는 것은 그 조화이다. 그것은 이미 인용한 데에도 나와 있지만, 뒤를 이어 나오는 구절, "악이 지나치면 흐르고 예가 지나치면 떠난다.(樂勝則流, 禮勝則離.)"[7]와 같은 곳에서도 두 요소의 조화는 계속 강조되어 있다.

상호 존중의 예의 그리고 이성

그리하여 의례의 두 가지 요소는 그것이 다른 배분의 관계로 조합될 수 있다는 가능성을 생각하게 한다. 유교적인 예(禮)를 가장 긍정적으로 해석한 허버트 핑거렛은 그것을 인간의 상호 의존과 존경을 내용으로 하는 성스러운 의식이라고 해석한다. 그의 해석은 예를 여러 각도에서 고찰하는 뛰어난 존재론적 해석이지만, 예의 작용은 그가 들고 있는 간단한 일상적인 행위——가령 악수로서도 설명될 수 있다. "내가 길거리에서 당신

---

7   이민수, 앞의 책, 418~419쪽.

을 본다. 내가 미소하고 당신을 향하여 걸어간다. 그리고 손을 내밀어 당신의 손을 잡고 흔든다. 그리고 명령이나, 강제나, 흉계나 수단의 사용이 없이 ─즉 내가 의식적으로 당신으로 하여금 그렇게 행동하도록 하지 않아도, 당신은 자연스럽게 나를 행하고 나의 미소에 답하고 나를 향하여 손을 든다." 이러한 협동적 수행, 그리고 그것을 통한 상호 신뢰와 존경의 확인은 의식이나 감정으로보다는 수행적 행위로서 다져진다.[8] 이러한 일상적인 예의를 보다 고양된 형식을 통해서 공동체 전체에 확대하고 그 신성함을 확인하는 것이 예인 것이다. 이러한 해석에서 핑거렛이 예가 의식이나 감정의 문제라기보다는 행동의 문제라는 것을 강조하는 것은 옳다. 물론 그는 거기에 어떤 도덕적 결단이라는 형태의 의식이 수반한다고 행각한다. 그것을 그는 인(仁)이라고 한다.[9]

그러나 거기에 보다 적극적인 의미에서의 의식이 작용하지 않는다고 하는 것은 사실을 지나치게 단순화하는 것일 것이다. 사람의 신체와 행동이 그 나름의 의미 생성의 주체라는 것은 새삼스럽게 말할 필요가 없다. 그러나 여기에서 의미 작용이 의식으로부터 완전히 단절되어 있는 것은 아니다. 오히려 몸의 의미 작용에서 몸과 마음은 하나로 움직인다고 보는 것이 옳다. 또는, 예절을 배울 때 알 수 있듯이, 의식을 통하여 신체에 각인되는 행위는 행위의 숙달 후에는 의식을 수반하지 않고 행해질 수 있다. 어떤 경우에나 지식과 정보가 일단 주체화되었다가 무의식으로 가라앉는 것은 의식 작용의 특성의 하나이다. 이것은 특히 행동의 코리오그래피의 경우 그렇다.

그러나 의미를 가진 행위가 의식에 의하여 수반되지 아니할 때, 그것은

---

8   Herbert Fingarette, *Confucius: The Secular As Sacred*(Prospects Heights, Ill.: Waveland Press, 1998), p. 9.

9   Ibid., p. 49.

의미를 상실한다. 앞에서 말한 허례허식이 바로 그러한 상태의 행위를 말한다. 앞에서 말한 악수도 완전히 기계적인 그리하여 의미없는 것이 될 수도 있고, 보다 의식에 의하여 수반되는 것일 수도 있다. 이 후자의 경우에만 그것은 상호 존중의 의미를 가질 수 있다. 그런데 이 상호 존중은, 그것을 구체적 집단을 넘어 일반화하면, 사실 높은 차원의 이성적 의미를 갖는 것이라고 하여야 한다. "자기 자신이든 다른 사람이든 인간을 언제나 수단이 아니라 목적으로 간주하라."라는 칸트의 실천 이성의 지상 명령이 여기에 들어 있다고 할 수 있기 때문이다. 이것은 인간 의지의 자율성, 그 보편적 의의, 그리고 그것의 모든 인간에의 확대라는 이성적 고려를 통해서 얻어질 수 있는 마음의 태도이다.

다만 의례의 경우 또는 우리의 일상적 행동의 경우 이러한 이성적 고려는 잠재적으로만 존재한다고 말할 수 있다. 그러는 한 의례의 무의식성 그리고 행동적 성격에 대한 핑거렛의 관찰은 정당하다. 그러나 그것이 잠재적으로 내가 속하는 집단을 넘어서 보편화의 가능성을 가지고 있고 여기에 관련된 무의식이 무지의 무의식이 아닌 것은 틀림이 없다. 핑거렛은 의례에 작용하는 의식의 요소를 피아니스트의 그것에 비교한다. 피아노 연주는 틀림없이 정해진 악보를 구체화하는 행위에 불과하지만, 연주에는 기계적인 것이 있고, 잘 알고 수행되는 연주가 있고, "자신감과 정직성, 또는 망설임, 갈등, '거짓 꾸밈,' '감상화'"로 특징지을 수 있는 연주가 있다.[10]

좋은 연주는 다시 핑거렛의 해석으로는 예의의 내적 원리로서의 인(仁)을 겸비한다. 이 해석에서 연주의 의식적인 측면을 의식적인 것이라고 하지 않는 것은 그것이 사유의 결과라기보다는 사유가 실천으로, 그리하여 거의 삶의 원리로 동화된 때문일 것이다. 그러나 비록, 단순한 지능이 아니

---

10 Ibid., p. 53.

라 삶의 일부로 단련된 수행적 지능을 말하기는 하지만, 피아노의 연주에 높은 지적 능력이 작용하는 것은 부정할 수 없다. 또 여기에서 지적 능력이라고 하는 것은 단순히 개인적 능력의 연마를 전제하는 능력이라는 말은 아니다. 그것은 객관적인 형식 속에 자신을 일치시키고 그것을 구현할 수 있는 능력이다.

피아니스트가 어떤 곡을 해석하고 연주하는 것은 그것을 자기 나름으로 각색하는 것이 아니다. 해석은 원 작곡자의 의도를 최대한도로 살리고자 하는 객관성의 성취를 향한 노력의 표현이다. 그것은 극히 개인적인 것이면서 동시에 극히 객관적인 것이다. 이것이 가능한 것은 원 작곡자의 곡이 그의 주관성의 표현만은 아니기 때문이다. 곡은 개인적 표현이면서 동시에 공적인 공간에 존재하는 음의 질서이다. 이러한 자아의 가능성에 충실하면서 객관적 진실에 충실할 수 있는 능력을 핑거렛은 인(仁)이라고 한다. 인은 개인적인 성취이지만, "예에 따라서 자신을 형성하는 것을 말한다."[11]

4. 형성적 통일

잉여로서의 의식

피아니스트의 연주는 그것을 분류하여 말한다면, 핑거렛이 말하는 것처럼 의례 행의에 들어간다고 할 것이다. 그러나 거기에 지적인 것이 없다고 하는 것은 맞는 말일 수 없다. 그것은 행위적인 것이면서 동시에 지적인 행위이다. 여기에서 지적인 면만을 떼어 볼 때, 여기의 지성은 전인적인 것이라고 할 수 있다. 그것은 어떤 작품 하나에만 한정되지 아니한다. 그것은

---

11 Ibid., p. 48.

일반적인 능력이다. 그러면서도 물론 그것은 주로 피아노 연주에만 관계되는 능력이다. 그것은 말하자면, 그의 행위 밑에 숨어서 그것을 인도하고 관찰한다. 많은 일에서 참으로 인간의 실천적인 삶에 깊이 개입되는 지적 능력은 이러한 것이라고 할 수 있을 것이다. 이것은 다른 지적 능력의 경우에도 비슷한 것으로 생각된다. 수학의 능력은 늘 의식적인 사유 작용을 통하여 발휘되는 것은 아니다. 학습의 단계에서는 지적 운산(運算)의 작업을 수행하다가 숙달한 후에는 그 능력이 거의 직관처럼 작용할 것이다.(반드시 적절한 예가 될지는 모르지만, 소위 "바보 천재(idiot savant)"는 직관으로서만 작용하는 지능의 극단적인 경우라고 볼 수도 있다.) 사실 지적인 것과 의례는 그렇게 상거해서 존재하는 것은 아니다.

의례의 지성은 사람의 지속되는 신체적 존재에 밀착되어 있는 지성이다. 그러나 모든 지적 작용은 비슷한 성질을 가지고 있다. 전인적 지성이란 그것이 하나의 행위를 넘어간다는 것을 말한다. 사람의 지적 능력 또는 의식의 한 특징은 주어진 사항을 넘어간다는 데에 있다. 즉 그것은 한 가지 목적의 일이 아니라 그에 비슷한 다른 일로 넘쳐 날 수 있는 잉여로서 존재한다. 이 잉여는 연결과 통일을 만들어 낸다. 이것은 보다 의식적인 형성의 노력으로 승화될 수도 있다. 아마 우리가 보다 적극적인 의미에서 지적인 노력이라고 부르는 것은 이 의식적 형성의 노력이 주제화된 경우를 말할 것이다. 그러기 위해서는 이 의식은 주제화되어 보다 적극적으로 전진적인 것일 뿐만 아니라 뒤로 돌아갈 수 있는 것이라야 한다. 즉 앞뒤로 되돌아볼 수 있는 능력을 가지고 있어야 한다. 그리고 일들을 하나의 형상으로 통합할 수 있어야 한다. 잉여로서의 연결과 통일은 간단히 삶의 지속성에 이어져 있는 것으로 생각할 수 있다. 그리하여 그것은 단순히 삶의 의지의 표현일 수 있다. 또 그것은 권력에의 의지로 강화될 수도 있다. 그러니까 이성의 잉여적인 지속은 단순히 주관적인 의지의 지속성이라고 할 수도 있다.

그러나 연결과 통일의 작업은 나의 삶의 연속이면서 대상 세계의 형성이 되게 마련이다. 그것은 대상 세계의 원리에 정합한 것이라야 한다. 이 원리는 가장 간단하게는 합법칙적이고 합리적인 이성의 원리이다. 이러한 이성의 원리에 따라서 세계를 형성까지는 아니라도 설명하고자 하는 것이 과학이고 또 어느 정도까지는 철학이라고 할 수 있다. 그러나 우리의 삶의 형성 그리고 대상 세계의 형성에 작용하는 것은 반드시 합리적 원칙만은 아니다. 가령 예술적 상상력도 그러한 원리의 하나라는 것은 우리가 잘 알고 있는 일이다. 그러나 아마 삶의 연결과 통일 그리고 일관성을 드러내는 데에 작용하는 것은 그것보다는 더 복잡한 것일 것이다. 이것은 삶의 일관성에 대응하는 대상 세계의 경우에도 마찬가지일 것이다. 이성이 중요한 원리인 것은 사실이지만, 그것만은 아니기 때문에, 보다 넓게 이 원리를 불러 마음이라고 하는 것일지 모른다. 그렇더라도 그것을 반드시 주관적인 것이라고만 할 수는 없다. 그것이 나타내는 것은 세계의 로고스, 이성, 형상성, 또는 이념성이다. 이것을 가장 객관적으로 드러내는 것이 과학적 사고가 대표하는 이성이다. 그러나 그것이 반드시 가장 원초적인 것이라고 할 수는 없다.

모든 것이 인간 존재의 근본적 존재 방식에 관계된다고 할 때, 이성은 객관적인 것을 지향하면서도 주관적인 것을 못 벗어나는 인간의 지적 능력으로는 완전히 포착되지 않는다. 이성은 그리하여 어떤 사건적인 것으로만 드러나는 것으로 말하는 것이 옳을는지 모른다. 과학의 이성은 이 사건적인 이성을 인간 이성으로 가공한 것이다. 다만 그 경우도 그것이 객관세계의 원리가 되는 것은 수많은 시행착오를 거쳐야 하는 우연의 일치이다. 근대 과학의 발단을 연구하면서, 그것이 얼마나 시적이며 신비적인 계시에 대한 믿음에 이어져 있는 것인가를 밝히려고 한 저서, 『세계의 시

적 구조: 코페르니쿠스와 케플러(*The Poetic Structure of the World: Copernicus and Kepler*)』에서, 페르낭 할랭이 이 우연성을 티모시 리스의 말을 인용하여 설명한 것은 적절한 것으로 보인다. "기호 체계들의 '통사적' 질서가 '성'의 논리적 질서화 그리고 이 두 가지 질서의 밖에 있는 세계의 구조적 조직화와 일치하리라는 전제하에 하나의 담론의 체계가 만들어진"[12] 이것이 과학적 담론의 효시가 된 것이다.

마음의 다층적 구조

되풀이하여 말하건대, 결국은 논리적 구성의 우연성을 넘어설 수 없는 이러한 과학의 이성에 대하여, 보다 원초적인 것은 인간 실존에 일어나는 이성의 사건이라고 할 수 있다. 이것을 다시 말하는 것은 이성이 인간 실존에 깊이 관계되어 있다는 것을 확인하자는 것이다. 이성적인 것 또는 이념성은 이미 사람의 생물학적 연장성(extension)과 지속성 속에 함축되어 있다. 그리고 인간의 모든 의미화의 작업에는 원초적인 대로 그러한 요인들이 들어 있다. 감성은 이미 어떤 스키마를 내장하고 있다. 감정은 그 나름의 정보 입력의 통로이다. 악수를 하거나 피아노를 치거나 수행적 행위에는 이미 사람을 공적인 이념성의 세계로 이끌어 가는 것이 작용한다. 이러한 이념성은 의례의 도식에도 들어 있고, 학문적인 체계의 씨앗이 되기도 한다. 그보다도 근본적인 것, 그리고 개인적으로나 사회적으로나, 인간의 실존적 필요에 대응하는 것은, 이론적 차원에서만이 아니라, 실천적 차원에서 이념성 또는 형성적 요인의 가능성에 따라 움직이는 마음이다. 그것은 주어진 대상에 집중하면서 그것을 넘어가는 잉여를 의식화할 수 있어

---

12 Fernand Hallyn, trans by Donald M. Lesliced, *The Poetic Structure of the World: Copernicus and Kepler*(New York: Zone Books, 1990), p, 69. 인용은 Timothy J. Reiss, *The Discourse of Modernism*(Ithaca: Cornell University Press, 1982), p. 31.

야 한다. 이 잉여 속에서 대상은 다른 여러 가지 것에 비교되고 통합된다. 사실 악수를 하거나 피아노를 치는 데에도 이미 비친 바와 같이, 우리가 의식하지 않고 그것을 응시하는 또 하나의 의식의 눈이 숨어 있다. 그 의식은 앞으로도 나아가고, 뒤도 돌아보면서, 음악 전체를 하나의 통일로 형성해 간다. 물론 그러는 사이 그것은 나의 수행 그리고 나의 스타일과 삶에 하나의 통일성을 부여하게 된다.

모든 마음의 움직임은 대상에 집중할 수 있다. 이것을 의식화할 때, 나와 대상과의 관계는 일정한 표상으로 정착한다. 그러면서 이 표상은 마음의 내용을 이룬다. 이 과정에서 잊히기 쉬운 것은 이 마음의 내용으로서의 표상이 마음이 일정한 대상을 겨냥하는 데에서 결과한 것이라는 사실이다. 그리고 이 겨냥하는 행위 ─ 다시 말하면 움직임으로서의 마음을 잊어버린다. 움직임 속의 마음은 스스로를 잊지 않는 것을 말하기도 하지만, 되풀이하여 말하건대, 대상화된 세계와 거기에 일어나는 형상적 영감에 열려 있다는 것을 말한다. 이 글의 맨 처음에 문제 삼았던 신념은 대상화된 마음의 내용을 뒷받침하는 데에 집중되어 마음의 자연스러운 움직임을 잃어버린 상태에서 마음을 대신한다. 이것은 습관적으로 또는 사회화된 조건 반사의 결과이기도 하지만, 많은 경우는 권력을 향한 경직된 의지의 표현일 경우가 많다.

물론 신념은, 앞에서 지적한 것처럼 어려운 시대의 산물이다. 그러나 어느 시대나 자세히 보면 어렵지 않은 시대는 없다. 그 규모에 있어서 차이가 있기는 하지만, 모든 시대는 신념을 낳는다. 그리고 그것은 집단적으로나 개인적으로나 삶의 필요를 나타낸다. 핑거렛은 인(仁)은 결단을 요구한다고 말한다. 이것은 반드시 개인의 자의가 아니라 보다 공적인 형상성 ─ 가령 의례의 형상성에 따라 살겠다는 것을 의미한다. 이 결단 자체는 신념에 비슷하게 마음을 굳히는 행위이다. 문제의 핵심은 신념의 성격이다. 이것은 신념의 질적 차이를 말하는 것이나, 질적 차이를 떠나서, 그것은 마음의 형식적인 구성의 다층성으로 말할 수도 있다. 마음은 그 이중적 구조─ 한편으로 진리와 신념 그리고 다른 한편으로 그것을 뒷받침하는 마음의 능동적 움직임, 이 두 겹의 구조를 긴장과 조화 속에 유지할 수 있다. 이중 구조의 유지 여부가 신념의 질적 차이를 가져온다.

물론 마음의, 유연한 움직임과 사물의 다른 가능성에 대한 열림─ 진리와 신념을 반성의 공간으로 되돌릴 수 있는 마음의 상태가 반드시 가장 바람직한 것이 아니라고 할 수도 있다. 삶의 유연성의 유지를 위한 반성은 삶의 자연스러운 흐름을 방해하는 요인이 될 수도 있을 것이기 때문이다. 모든 것은 다시 삶 그 자체로 돌아갈 수 있어야 한다. 숙달된 수행의 자유는 삶의 가장 높은 표현의 하나이다. 그러나 이것은 한달음에 이루어지지는 않는다. 마음과 마음의 대상과의 관계의 적절한 유지, 그것에서의 마음의 유연성의 유지 그리고 다시 그것으로부터의 삶에의 귀환─ 이 복잡한 과정을 유지하는 것이 문화의 과제이다. 그러다 보면, 예이츠가 생각한 아름다움과 삶의 풍요를 보장하는 의례와 관습이, 지적인 매개가 없이 순진함의 순수 속에 실현되는 때도 있을 것이다.

이성의 방법과 서사

1. 데카르트의 방법과 삶

이성

신념의 시대에 우선 필요한 것은 그것을, 즉 그 현실 적합성과 그 사실적 결과를 비판적으로 검토하는 일이다. 여기에 가져다 댈 수 있는 가장 손쉬운 척도는 이성의 척도이다. 서양 지성사에서 이성적 방법으로 모든 것을 엄격하게 검토하고자 했던 대표적인 철학자는 데카르트이다. 그의 작업에서 중요하였던 것은 검토의 기준으로 이성을 분명히 하는 것이었다. 이것은 이미 우리가 잘 알고 있는 일이기는 하지만, 여기에서 다시 한 번그 과정을 되돌아보고자 한다. 그러나 우리의 관심사는 이성의 기준 자체의 확인에 못지않게 그것을 둘러싼 여러 환경이다. 사실 방법은 이 환경의일부에 불과하다고 할 수 있다. 이 전체를 두고 볼 때, 그가 말하는 방법의핵심인 이성은, 단순한 과학적 합리성보다는 더 큰 개념으로 생각하지 않을 수 없게 된다. 이 우회로를 통해서 우리는 그의 이성이 실천적인 영역에서의 행동의 문제, 그리고 그에 따르는 신념의 문제에 어떻게 이어져 있는가를 알 수 있다.

이성과 삶

일단 이성적 방법은 모든 문제에 똑같이 적용될 수 있는 것은 아니다. 그의 이성적 방법은 엄격하게는 한정된 영역 — 특히 수학과 자연 과학의 영역에 국한되는 것이라고 말하는 것이 옳다. 그렇다고 그것이 이 한정된 영역 밖에서 무의미한 것은 아니다. 거기에서의 이성적 방법은 이성적 사고의 습관이 되어 다른 영역에도 중요한 영향을 미치게 된다. 다른 문제를 생각하는 데에 있어서도 이성적이라고 말할 수밖에 없는 성찰이 그의 사고의 습관을 이루게 되는 것은 자연스럽다. 그러나 데카르트 자신이 방법 상의 유사성과 차이를 모르고 있지는 아니하였기 때문에, 그것도 습관이라기보다는 방법에 가까운 것이기도 하였다. 거기에도 수학적인 정확성은 아닐망정, 사고의 엄밀성 — 사안의 성격에 맞는 엄밀성이 존재한다. 우리가 사람의 삶에 있어서의 신념을 문제 삼는다고 할 때, 중요한 것은 데카르트의 이성적 방법이 과학의 영역을 넘어 어떻게 보다 넓은 이성적 사고의 습관 또는 성찰의 방법의 일부를 이루는가, 그리고 그것이 인간의 실천적 삶에 어떻게 관련되는가를 생각해 보는 일이다.

그러나 이것은 과학이 보다 넓은 인문적 사고에 어떤 영향을 끼치는가에 한정되는 이야기는 아니다. 다시, 이 넓은 테두리를 아는 것은 그의 과학적 사고를 이해하는 데에도 도움이 된다. 그가 『방법 서설(*Discours de la Méthode*)』의 처음에 말하고 있는 것, "양식(bon sense)은 세상 사람들이 두루 가지고 있는 것으로서, 다른 일에서는 좀처럼 만족하지 않는 사람들도 그것을 더 갖기를 원하지는 않는다. 이 점에서 그들의 생각이 잘못되었다고 할 수는 없다." — 이 말은 단순한 수사적인 전략도 아이러니컬한 말도 아니다. 사람은 누구나 어떻게 살아야 할 것인가에 대하여 관심을 가지고 있고 그것은 자신의 마음을 바르게 사용하는 것으로 크게 도움을 받을 수 있다. 마음의 연마는 삶의 역정에서 불가피한 것이다. 과학적 사고는 이 역정에서 정신적 체험의 일부이다. 동시에 이러한 체험에 기초하여 참으로 과학적인 사고도 연마되어 나온다.

우리는 데카르트의 자전적 기록에서 단순히 과학적인 사고의 모범을 보는 것이 아니라 보다 좋은 삶을 살려는 사람의 한 전형을 본다. 그리고 과학적이고 철학적인 사고는 거기로부터 나온다. 다시 말하여 그의 이성적 방법은 보다 넓은 삶의 방법의 일부이고, 그의 명증한 과학적, 철학적 사고는 보다 넓은 삶의 이성의 일부인 것이다. 행동의 영역에 있어서 데카르트의 의미를 생각하려면, 이 넓은 테두리 안에서 그의 합리성의 문제를 살펴보아야 한다.

세상의 책

『방법 서설』에서 데카르트의 지적 편력의 이야기는 그가 공부했던 여러 가지 공부와 그에 대한 그의 실망을 말하는 것으로부터 시작한다. 그는 신학, 철학, 수학, 웅변학과 수사학, 시 그리고 다른 여러 가지 과목들을 공부했으나 여기에서 얻은 지식을 만족할 만한 것이라고 생각할 수가 없었다. 수학만은 예외였으나, 유감스럽게도 수학의 예는 일부 공학에 적용되는 것이 있을 뿐 다른 학문에 별로 적용되지를 아니하고 있었다. 학문의 세계에 실망한 다음 그는 세계를 책으로 하여 공부를 계속하였다. 그는 학자들의 판단보다는 현실 속에 사는 사람들의 판단이 더 그럴싸한 경우를 많이 보았다. 현실 문제의 판단은 철학적인 논쟁의 경우와는 달리 잘못된 경우 곧 그에 따르는 실제적 결과에 의하여 손해를 보게 되기 때문이었다. 이 점에 있어서 그는 프래그머티스트였다고 할 수 있다. 프래그머티슴은 사실 이러한 경험에서만이 아니라 그의 합리주의의 중요한 측면을 이룬다. 대체적으로 그에게 강한 인상을 준 것은 세상 사람들이 가지고 있는 의견들의 다양성과 상호 모순이었다. 그는 다음과 같이 쓰고 있다.

사실 (여러 나라와 종족의 풍속을) 관찰함으로써 얻게 된 가장 큰 소득은 우리에게는 터무니없고 우스워 뵈는 많은 것들이 다른 위대한 종족 사이에서는 통념으로 받아들여지고 수긍되고 있다는 것을 알게 된 것이었다. 그래서 나는 선례나 관습으로 받아들여지는 것을 너무 믿지는 아니하게 되었다.[1]

그의 확실한 것에 대한 추구는 이 문화적 경험으로부터 시작한다. 여기에서 그의 방법은 모든 것에 대한 회의이다. 그리고 회의의 결과 그는 흔히 "코기토 에르고 숨(cogito ergo sum)"이라는 라틴어로 표기되는 "나는 사유한다, 고로 나는 존재한다."라는 확실성의 근거에 이르게 된다. 이 명제는 두 각도에서 확실성의 근거가 된다. 하나는 생각의 확실성이고 생각의 근거로서의 나의 존재의 확실성이다. 나는 사고하는 한, 확실하게 존재한다. 이로부터 시작하여 생각에 "명"하고 "분"하게, 분명하게(clairement et distinctivement) 나타나는 것은 확실한 것으로 받아들여도 좋다고 결정한다.

방법 이전의 전력

여기까지의 이야기에는 별 이론이 있을 수 없다. 그러나 데카르트의 회의의 방법을 통한 진리의 탐구의 노정에서 그다음부터는 논리적 연결이 반드시 분명하지는 않다. "코기토 에르고 숨"이 어떻게 "분명함"이라는

---

1 René Descartes, "Discours de la Méthode", *Oeuvres et Lettres*(Paris: Gallimard, Bibliothèques de la Pleiade, 1953), p. 132.

진리의 기준이 되는가? 생각이라는 것이 진행되고 있는 한 그 생각이 존재한다는 사실은 분명하다. 이것은 단순한 동일성의 관점에서도 이야기될 수 있을 것이다. 그러나 조금 더 조심스럽게 생각해야 할 것은 이 사유 현실의 동일성으로부터 출발하여 사유의 밑받침으로서의 주체를 생각하고 그 존재도 확실하다고 결론을 내리는 점이다. 그러나 사유의 지속성으로 보아 그 지속성을 뒷받침하는 어떤 것을 상정하는 것은 그렇게 문제가 되지 않는 것일 수 있다.(사실 이것은 데카르트가 사유를 일시적인 감각적 인상이나 이미지보다는 지속적인 작용으로 본 것에 관련이 있다고 생각된다.)

그런데 다시 이로부터 출발하여 주장되는 명제, 분명한 것이 참이라는 명제는 더욱 문제가 될 수 있다. 분명하고 확실하다는 것은 무엇을 의미하는가? 데카르트에게 묻는다면, 그것은 적어도 그에게는 이론적으로, 또는 더 구체적으로는 수학적으로, 분명한 것이 된다. 이러한 까닭으로 여기서의 논리적 연결은 이론적 지식 또는 인식론적 기초에 대한 어떤 형이상학적 전제를 필요로 한다고 볼 수 있다. 그에게는 수학적인 명료성을 가지고 있는 플라톤적인 이데아의 세계에 대한 믿음이 있었다고 할 수 있고, 이것을 보장하는 것이 최고의 이성적 존재로서의 신이라는 생각이 있었던 것으로 보인다. 그러니까 생각하는 내가 존재한다는 것은 분명하게 생각하는 내가 존재한다는 것이고 분명한 것은 일종의 이데아의 세계가 존재한다는 플라톤적인 또는 신학적인 믿음이 있기 때문이다.

형이상학적 전제

그러니 여기에는 분명 엄밀한 사고를 통하여서만 이를 수 있는 것이 아닌 형이상학적 전제가 있다고 할 수 있다.[2] 이러한 전제가 아니더라도, 데카르트는 이미 분명함의 의미에 대하여 정해진 입장을 가지고 있었다. 그는 『방법 서설』과 같은 글 이전에 과학의 업적과 그 합리적 절차에 감동하고 있었다. 그가 원한 것은 철학의 문제를 과학적으로 생각하는 일이었다. 그는 『방법 서설』의 9년 전에 쓴 「마음의 방향을 바르게 하기 위한 규칙」에서, 확실성의 근거는 두 가지, "직관과 연역"밖에 없다고 썼다. 직관은 "변화무쌍한 감각의 증거나 대상을 잘 구성하지 못하는 상상력"의 소산이 아니라, "이성의 빛에서만 나오는, 맑고 주의 깊은 마음의 확실한 생각"[3]을 말하고, 연역은 여기에서 출발하여 논리적 절차로 얻어지는 명제를 말한다. 그리고 이러한 자명한 원리 —— 이성적 원리에 의존하면서 대상의 세계를 가장 단순한 원소적 사실로 분석하고, 이것을 합리적 연쇄를 이루게 하여 세계를 이해하는 학문을 추구해 나가는 것이 「마음의 방향을 바르게 하기 위한 규칙」에서의 데카르트가 의도하는 바였다.

이 학문은 과학이나, 기상학, 기하학 등을 포함한다. 『방법 서설』에서도 이러한 생각은 다시 확인된다. 앞의 저작에서 직관의 예로 들고 있는, 누구나 자기가 존재한다고 생각하고 있다거나 삼각형은 세 변을 가지고 있다거나 구체(球體)는 하나의 표면을 가지고 있다거나 하는 예들은 『방법 서설』에서도 다시 볼 수 있는 것이다. 단순한 것으로의 분석과 연역적 종합의 필요도 다시 언급된다.

2　Michael Williams, "Descartes and the Metaphysics of Doubt", Amelie Oksenberg Rorty ed., *Essays on Desacrtes' Meditations*(Cambridge University Press, 1986) 참조. 데카르트가 전제하는 형이상학적 전제는 장뤽 마리옹(Jean-Luc Marion)에 의하여도 논의된 바 있다. *Cartesian Questions: Method and Metaphysics*(University of Chicago Press, 1999) 참조. 두 관점 다 데카르트가 일정한 전제, 즉 형이상학적 전제하에서 회의와 방법의 문제를 접근하고 있다는 것을 말하나, 데카르트가 자명한 진리를 이론적인 것으로 받아들이는 인식론적 기초의 확립에 집착한다고 하는 것이 윌리엄스의 생각인 데 대하여, 마리옹은 데카르트의 진정한 또는 숨어 있는 관심은 수학과 물질적 세계의 분명한 관념들과 더불어 그것을 가능하게 하는 존재론적 근거 또는 신학적인 문제에 있다고 한다. 그러나 마리옹의 경우에도 데카르트에서 자명성의 문제는 결국 이론적 관념의 자명성의 문제라고 이해된다. 사고의 내용의 되는 것은 결국 "관념" 또는 "단순하게 주어진 것"이고 이것은 사유의 기호 작용으로 나타나게 되는 분명하고 보편적인 사유 대상을 말한다. Marion, op. cit., pp. 44~56 참조.

3　René Descartes, op. cit., pp. 43~44.

확신의 근거

데카르트의 정해진 입장은 우리에게 과학적, 철학적 사고도 일정한 경험적 맥락에서 일어나는 것이라는 것을 상기하게 한다. 그렇다고 이것이 그의 사고의 정당성을 전적으로 부정하지는 아니한다. 오늘날의 과학 비판은 과학이 내거는 절대적인 진리 주장을 받아들이기 어렵게 한다. 그러나 여기에서 데카르트의 명증한 사고에 대한 추구에 다른 전제가 있다는 것은 과학 비판의 상대주의보다도 과학적 발견도 경험적 진정성에 의해 뒷받침되는 경우가 많다는 것을 뜻하는 것으로 취할 수 있다.

되풀이하여, 사고의 명증성과 확실성이 진리의 보장으로서 보편성을 갖는 것인가? 세상에서 사람들이 자명한 것이라고 생각하는 것이 오히려 사유와는 관계없는 경우도 많다. 사실은 데카르트가 해외여행에서 발견한 것도 이 사실이었다. 어떤 때 조금 더 논박하기 어려운 확실성의 증거는 어설픈 논리보다는 경험에서 찾을 수 있다. 스토아 철학자 제논은 모든 확실한 지식은 특별한 지각적 인상 ─ 그 체험의 질과 성격에 있어서 저절로 참이라고 느껴지는 데에서 오는 확신에 기초한다고 생각하였다. 여기에서 확신이라고 한 것은 "카탈렙시스(katalepsis)"의 번역인데, 이것은 그 이외에도, 그 말을 현대에까지 확대하여 생각하면, 심신이 굳어서 움직임이 어려워지는 '강경증(catalepsy)'을 의미할 수 있다. 확실한 느낌을 갖는다는 것은 유연성을 잃고 그리하여 논리적 또는 이성적 설득에도 귀를 기울이지 않는 경직 상태를 말할 수도 있다. 물론 이 경직 상태가 반드시 진리로부터의 이탈을 증표하는 것은 아니다.

여기의 제논의 카탈렙시스는 미국의 철학자 마사 너스바움이 설명한 것을 빌려 온 것인데, 그는 이와 관련하여, 고통의 경험을 통하여 사랑의 의미를 깊이 깨닫게 된 것과 같은 경우를 들고 있다.[4] 사실 사랑의 경험에서도 그러하지만, 다른 개인적 체험에 있어서도, 그것이 참으로 그렇다는 느낌은 그것 자체가 진리의 보증이라고 할 수밖에 없는 경우들이 있다. 그러나 많은 경우 그러한 느낌은 우연하고 일시적인 현상이라기보다도 오래된 체험의 한 절정으로서 일어나는 것이다. 그것은 개인의 깊은 체험과 체험이 매개하는 인간 현실 또 거기에 개입되는 외부적 세계에 대한 복합적 의미를 밝혀 주는 듯한 순간을 이루는 경우가 많다. 너스바움이 드는 예는 프루스트의 소설에서 주인공이 떠나간 사랑의 고통에서 사랑의 의미를 깨닫는 경우이다. 이것은 사실 깨달음을 수반하는—즉 직관적인 형태일망정, 성찰의 계기를 지닌 직접 체험이다.

데카르트의 경우에도 이 명증성의 기준은 그러한 의미를 가지고 있었다고 할 수 있다. 그가 기준으로 내세운, "이성의 빛에서만 나오는, 맑고 주의 깊은 마음의 확실한 생각"은 이성적 기준인 듯하면서도 강한 감각적 요소를 가지고 있는 것을 놓치기 어렵다. 여기에는 일종의 카탈렙시스적 체험이 들어 있는 것이 아닐까? 물론 그러한 경우에도 그것은 다른 경우보다도 과학의 세계에서의 객관적 업적에 의하여 뒷받침되는 것이라는 이유로 하여 그 점을 분명히 드러내 주지 않는다. 그러나 데카르트가 중요한 철학자가 되게 하는 것은 과학이나 철학의 문제만이 아니라 자신의 체험적 진실에 충실하고 그의 사고가 그의 삶 전체에서 우러나온 것이었기 때문이었다는 것은 분명하다.

자전으로서의 철학적 성찰

이것은 그의 글의 특징에서도 드러난다. 『방법 서설』에서의 데카르트의 설득력은 그의 엄격한 논리적 사고에 못지않게 서술의 서사적 방법에서 온

---

4   Martha C. Nussbaum, *Love's Knowledge: Essays on Philosophy and Literature*(Oxford University Press, 1986), pp. 264~265.

다. 사실 그의 『방법 서설』이나 『명상(*Meditations*)』의 호소력은 서사와 논리를 겸하고 있는 데에 있다. 서사는 엄격한 논리보다는 그럴싸한 전개를 통하여 설득력을 얻는다. 이 글들은 철학적 분석을 시도하는 책이면서도 그의 생활의 편력이나 개인적인 수상을 담고 있다. 그의 방법의 추구는, 낭만주의 시대의 성장 소설에서처럼 정신적 성장의 기록 속에서 정당화된다.

이것은 나중에 다시 언급하겠지만, 이성이 단순히 방법의 수련이 아니라 삶의 여정에서 길러지는 것이라는 것을 말하는 것으로 보인다. 이렇게 그의 삶을 그의 생각의 중점에 놓고 보면, 그의 철학의 중심도 옮겨 가는 것을 알 수 있다. 적어도 그의 이성적 방법이 행동의 영역에서 의미를 가질 수 있는 것은 이러한 삶과의 연결을 통하여서이다. 그리하여 『방법 서설』도, 그가 이미 밝힌 바 있었던 원리와 방법에 의한 보편 과학의 재구성의 작업이 아니라 다시 한 번 인식론적 출발점에 대한 확인이라는 것을 생각하게 한다. 이것이 데카르트 이후의 지성사에 큰 영향을 준 것이고, 또 지금 우리에게도 다시 돌아볼 의미가 있는 것으로 생각되게 하는 점이다.

데카르트의 합리주의 또는 이성주의가 과학의 발전에 어떻게 기여했는가는 여기에서 밝힐 수 있는 문제가 아니다. 그러나 그의 인식론적 천착이 철학적 사고 또는 인문 과학적 사고에도 중요한 영향을 끼친 것은 분명하다고 할 것이다. 그의 인식론적 반성 — 그것은 과학의 토대를 위한 작업이면서도, 모든 학문적 사고의 토대일 수도 있기 때문이다. 물론 자연 과학을 위한 작업이 그대로 학문 일반에 또는 사람들이 일반적으로 가지고 있는 확신의 문제를 학문적으로 반성하는 데에 그대로 이용될 수는 없는 일일 것이다. 그러나 다른 인간 활동 분야에 있어서도 그것을 보다 튼튼한 토대 위에 놓기 위해서는 비슷한 인식론적 반성이 필요하다. 다만 그것은 대상 영역의 차이에서 오는 방법의 차이를 고려하는 것이라야 할 것이다.

2. 데카르트의 실천 철학

실천적 선택의 불가피성

순수한 철학적, 과학적 관심 이외에 실천적 문제에 관심이 없었다는 인상과는 달리 데카르트는 실천적 문제에 대하여서도 관심을 가지고 있었던 것으로 보인다. 이것은 전자에 대한 관심이 그의 삶의 깊이로부터 나오는 것이라면, 당연하다고 할 것이다. 실천의 문제에 그의 명증성의 방법이 그대로 적용되는 것은 아니다. 그것은 별도의 사유 방식을 통하여 생각되어야 한다. 그러면서도 거기에 작용하는 것은 이성적 기준의 사고 훈련에 연마된 마음이다. 실제적인 문제에 부딪쳐, 중요한 것은 이성의 방법이 아니라 성찰의 습관이다. 이러한 의미에서 이성은 연마된 마음의 속성으로서 존재한다. 이미 앞에서 본 바와 같이 데카르트는 사람들의 관습과 의견은 너무나 다양하고 상호 모순적인 것이어서, 그것을 하나의 척도로 재단할 수 없다고 생각하였다.

그러나 관습이나 의견이 사람이 사는 데에 어떻게 행동하고 어떻게 살 것인가에 대한 지침을 제공하는 역할을 한다고 할 때, 이 점에서 그가 완전한 회의주의에 빠진 것이 아닌 것은 그의 서술에 잘 나와 있다. 그의 현실적 선택은, 확신에 찬 것은 아니면서도 분명하다.『방법 서설』의 처음부터 데카르트는 현실적 문제에 대하여 그가 어떤 태도를 가지고 있는가를 수시로 비치고 있지만, 그는 그 3부에서 그것을 길게 밝히고 있다. 그는 여기에서 설명하고 있는 것을 "잠정적인 도덕 규범(une morale par provision)"이라고 부른다. 이 규범의 기초는 "나라의 법과 관습"을 준수하고 이런 시절부터의 가르침을 받아 온 종교를 따른다는 것이다. 그리고 그는 가장 온건하고 가정 덜 극단적인 견해 — 자기 나라 사람들 가운데 지혜로운 사람들의 견해를 따라 자신을 규율해 나가겠다고 한다. 중국인이나 페르시아 사람들 사이에도 지혜로운 사람들이 있을 것이나 자기 나라 사람들이 중요한 것은 자기가 함께 살아야 할 사람들의 생각을 따르는 것이 현명한 일이기 때문이다.

그러나 그는 이렇게 일정한 규범을 받아들였다고 그것을 그대로 마구 밀고 나가겠다고 말하지는 않는다. 그것은 언제나 바꿀 수 있는 것이라야 한다. 그렇다는 것은 세상의 일이란 언제나 같은 상태로 남아 있는 것은 아니고 판단은 더 나은 판단에 의하여 대체될 수 있는 것이기 때문이다. 그리하여 나는 늘 판단의 자유를 보유하고 있어야 한다. 이러한 경우에 단순히 주어진 의견을 따르는 것이 아니라 이성과 양식의 판단을 해야 하는 것은 물론이다. 적어도 나의 판단의 질을 더 높이도록 노력하는 것이 "양식"에 위배되지 않는 일이다.

갈릴레오의 수난을 보면서 자신의 책 『세계론(*Traite du Monde*)』의 출간을 보류할 만큼 그는 조심스러운 사람이었던 것이 사실이지만, 나라의 관습과 규범을 따르겠다고 하는 그의 말이 반드시 몸을 사리는 개인적 보신책에서만 나오는 것이라고 할 수는 없다. 그의 태도는 삶의 세계에서의 바른 견해와 행동의 선택이 얼마나 어려운 것인가를 통절하게 느끼는 데에서 이루어진 것이라고 할 수 있다. 2부의 성찰에서 이미 도시와 건물의 비유를 빌려서 건물의 잡다성은 많은 결점의 원인이 될 수 있지만, 그래도 오랜 관습이 그러한 완전성을 시정하고 방지하는 데 중요한 역할을 할 수 있다고 말한다. 그는 관습이 실제적 지혜보다 우위에 있을 수 있다고 말하면서 동시에 사실적 판단을 유보하는 태도를 나타낸다. 그러니까 관습의 존중도 역설적으로 현실 사안에 대한 성찰적 고찰에서 나온 판단이다.[5] 같은 태도는 그의 잠정적인 도덕규범에서도 확인되는 것이다.

5　René Descartes, op. cit., p. 134.

흥미로운 것은 그것이 단지 모호하고 허약한 것만은 아니라는 점이다. 그것은 일정한 판단에 의하여 정립된 것이며, 또 현실적으로는 상당히 단호한 성격의 행동 계획으로 나아갈 수 있는 것이기도 하다. 의견과 관습의 불확실성과 다양성을 인정한다는 것은 행동의 포기를 의미하지는 않는다. 가장 확실치 않은 의견에 따라 행동하는 경우라도 행동은 굳은 결단 그리고 일관성을 가지고 수행되어야 한다. 그것은 갈팡질팡 헤매는 것보다는 보다 나은 길을 찾는 방법이기 때문이다. 그러나 데카르트의 의견의 불확실성과 행동의 단호함에 대한 견해는 이러한 실용적 이익의 계산에서만 나오는 것은 아니다. 그가 이 점에 관하여 길게 설명하고 있는 부분은 그가 실제로 고전적인 지혜의 철학자라는 것을 드러내 준다.

……일상적 삶에서 지체 없이 행동하는 것이 불가피함에도 불구하고 우리 능력으로는 가장 맞는 의견을 변별해 내기가 어려울 경우가 있는데, 그럴 때에, 가장 그럴싸한 의견을 쫓아야 한다는 것, 이것은 가장 확실한 진리이다. 또 여러 의견 가운데, 어떤 의견이 다른 의견보다도 그럴싸하다는 것을 가려낼 수 없는 경우에도 한 의견을 취하는 수밖에 없을 수가 있고, 그 경우, 일단 그렇게 한 다음에는, 실천의 면에서 그것이 불확실함을 생각할 것이 아니라 이유가 그러한 만큼, 그것을 옳고 확실한 것으로 간주해야 한다는 것, 이것도 마찬가지이다.[6]

삶의 불확실성을 인정하면서도 그 안에서 어떻게 바른 견해를 찾고 행동적 선택을 하고 그것을 실천적 현실이 되게 할 것인가에 대한 방법론으로서 이보다 명쾌한 정식을 찾기도 어려울 것이다. 여기에서 진위나 시비

---

6 Ibid., p. 142.

를 가릴 수 없는 경우에도 행동적 필요에 강박되는 인생의 현실에 대한 그의 인식은 실존주의적 처절함을 느끼게도 한다. 이러한 "잠정적 도덕 규범"은 그의 서술에서 그가 참으로 방법적 탐색을 시작하기 전의 결심으로 말하여지고 있지만, 사실 이러한 태도는 그의 방법의 완성 이후에도, 보다 섬세하게 되기는 했겠지만, 그대로 해당되는 것일 것이다.

실천과 지적 작업

주로 과학적 이성에 대한 철학적 또는 형이상학적 기초를 다시 다짐하고자 한 『명상』(특히 4부)에도 윤리적 행동에 대한 비슷한 명상들이 있다. 다만 여기에서는 실천적 결정에 선행하여 지적 탐구가 있어야 한다는 것을 강조하는 점이 앞의 경우보다는 실천적 행동의 조건을 조금 더 분명히 한 것이라고 할 수 있다. 여기에서 그가 말하고 있는 것은 주로 하지 말아야 할 것에 대한 규칙인데, 이것은 바로 이 점 ─ 즉 지적 성찰에 의하여 뒷받침되지 않은 실천적 결정을 피하여야 한다는 것을 강조한다.

삶의 능력에는 여러 가지가 있다. 그 하나가 지적 능력이고 다른 하나가 의지 또는 자유로운 선택의 능력이다. 이 후자의 능력은 사안을 긍정, 부정하고 추구하고 회피하는 데 발휘된다. 이것은 사실을 사실로 받아들이는 데에도 관계되고, 어떤 일을 해내고 아니면 멀리하고 하는 데에 관계된다. 그러니까 과학적 이성보다도 직접적으로 현실 세계에 관계되는 것이다. 과학적 이성의 경우 그것은, 사물보다도 그에 관계된 개념을 확실히 파악한다는 기능에 충실한 한, 오류를 범하는 일이 있을 수 없다고 데카르트는 생각한다. 이것은 정언적 명증성을 가지고 있기 때문이다. 그러나 의지는 현실의 사물에 대하여 일정한 판단의 기능을 수행하여야 한다. 최선을 다하여도 거기에는 주저와 잘못이 있을 수 있다. 그것은 현실이 여러 선택 그리고 바름과 그름의 가능성을 가지고 있기 때문일 것이다. 그러나 엄밀히 말하면, 의지의 판단에 있어서의 오류는 지적 능력과 의지가 일치하지 않을 때, 즉 의지가 지적 능력의 한계에 멈추지 않고 내가 알지 못하는 것으로 의지를 확대할 때 일어난다. 그러니까 "……내가 충분히 분명하고 뚜렷하게 진리를 생각할 수 있는 경우가 아닌 경우에 판단을 삼간다면, 나는 바르게 행동하고 잘못을 범하는 것이 아니라는 것이 분명하다." 이와 다른 또 하나의 경우, 즉 우연히 바르게 행동한 경우, 그것도 할 일을 충분히 한 것이라고 할 수 없다. 그것은 "이성의 앎이 의지의 결정을 선행하여야 한다는 것을 자연의 빛이 말하여 주기 때문이다."[7]

그렇다면 미판단, 미결정의 상태는 어떤가? 그러나 여기에 대하여 데카르트가 "무관심(indifférence)"에 대하여 말한 것을 참조하여 보아야 한다. 그것은 우리의 자유 의지가 "가장 낮은 등급의 자유"[8]에 머물러 있고 우리의 이성과 앎이 부족한 상태에 있다는 것을 말한다. 그리고 이 지적인 능력과 업적이 커질수록 우리의 자유는 커진다. 이러한 관점에서 볼 때, 미결정의 영역은 엄격히 지켜져야 하지만, 동시에 그것을 넘어가기 위한 지적 작업의 추구는 인간의 의무라고 할 수 있다. 그것이 행동의 기초가 된다.

실천에 선행하는 지적 의무는 사실 데카르트가 전제하고 있는 진리를 위한 수련에 이미 포함되어 있다고 할 수 있다. 네 번째의 명상의 끝에서 데카르트는 되풀이하여 지적인 작업에서 생각하여야 하는 것을 충분히 그리고 분명하게 생각하고, 의지의 선택의 부분에 있어서 "사안의 진실이 분명치 않을 때에 판단을 삼가는 일"의 중요성을 강조한다. 그러면서 그는 "한 생각을 오래 하는 힘이 부족하다는 것을 알지만, 주의를 집중하고 되풀이된 명상을 통하여 이것을 기억에 새겨, 필요할 때 다시 상기할 수 있게

---

7 Ibid., p. 307.

8 Ibid., p. 305.

하여, 잘못을 저지르지 않는 습관을 기르도록 할 수 있다."라고 말한다. 그리고 그는 덧붙여, "여기에 인간의 가장 위대하고 가장 주요한 완성"이 있다고 말한다.[9] 데카르트가 이렇게 의지와 판단에 관하여 또 그것의 지적 작업과의 관계를 말하면서 인간의 완성의 이상에 연결할 때, 그것은 단순히 지적 능력에 국한한 이상만을 말하는 것은 아니다. 이 지적 성찰의 필요는 인간의 모든 능력과 업적에 관한 것이다.

논리와 실존의 깊이

이와 같이 데카르트가 실천 영역의 문제를 생각하지 않은 것은 아니지만, 거기에 결여되어 있는 것은 실천적 선택이 어떤 가치 기준이나 목표를 가져야 하는가에 대한 고찰이다. 아마 데카르트에게 그것은 당대의 도덕적 윤리 규범의 기준이고 목표일 것이다. 그리고 흔히 당대적인 기준이 그러하듯이 그것은 보수적인 질서에 부합하는 것이었을 것이다. 그러나 그러한 경우에도 그의 선택이 성찰을 결여한 맹목적 추종을 의미할 것으로 생각되지는 아니한다. 그에게 사람의 삶의 실천적 영역에 대한 엄밀한 분석이 부족하다고 한다면, 그것은 그의 삶의 실존적 진정성에 의하여 대신된다고 하여야 할는지 모른다. 앞에서 우리는 스토아 철학자들의 체험적 카탈렙시스에 대하여 말하였지만, 반드시 그것이 아니라도 어떤 삶의 깊이는 그것만으로도 논리적인 분석을 넘어가는 설득력을 발휘할 수 있다. 물론 그것은 그 나름의 위험성을 가지고 있다. 그러나 반대로 삶의 실천적 선택은 논리적 정확성만으로 충분히 믿을 만한 것이 되지 못한다. 데카르트, 그리고 그가 대표하고 있는 것은, 논리의 인간이다. 그럼에도 불구하고 그의 철학적 또는 과학적 추구가 그것에 한정된 것이 아님은 틀림이 없다.

---

9   Ibid., p. 309.

우리가 기억해야 할 것은 데카르트에게 과학적 사고의 근본에 대한 추구는 올바른 삶에 대한 추구와 일체를 이루었다는 것이다. 과학에서나 삶에 있어서나 성찰은 그의 일생의 과업이었다. 어쩌면 실천적 판단은 어떤 특정한 기준의 적용보다도 성찰을 삶의 일부로 완성하는 인간의 자연스러운 선택 행위의 표현이었다. 이것이 그의 실천에 관한 발언에 심각성을 부여한다. 그렇다고 그의 윤리관이 단순히 추상적인 사고에서 도출되어 나온다는 말은 아니다. 그것은 그의 실존적 체험에 깊이 뿌리 내리고 있는 것이라고 하여야 한다. 그것이 그의 철학적 저작을 자전적 형태가 되게 하는 이유의 하나이다. 자전이란 삶의 여러 사건에 대한 회고이지만, 데카르트의 자전적 서술에서 실존적 심각성을 부여하는 것은 그 삶의 모티프가 되어 있는 진리를 향한 정열이다. 그리고 이것은 부질없는 정열이 아니라 그 추구했던 목표를 찾은 것이라고 할 수 있다.

데카르트에게 진리에 대한 믿음이 있었던 것은 틀림이 없다. 그것은 간단히 말하면, 그의 글에 자주 나오고 또 중요한 사유의 대상이 되는 신 — 기독교적인 신에 대한 믿음과 일치한다고 할 수 있다. 그러나 신은 그에게 소박한 의미에서의 신앙의 대상이었다기보다는 진리의 가능성에 대한 보장으로서의 의미를 가졌다고 할 수 있다. 그가 신을 믿었다면, 신은 구체적으로 그가 찾을 수 있는 명증한 진리들을 통하여 증명되는 것이었다. 그리고 어쩌면 진리의 진리 됨은 그에게 거의 직접적으로 체험되는 카탈렙시스와 같은 것이었을 수 있다. 그가 강조하는 확실성과 명증성은 지각적 체험의 강박성을 상기케 한다. 그에게 중요한 것은 전체적으로 사람에게 주어진 이성적 진리의 가능성이었다. 이것은, 비록 삶의 불완전성에 대한 의식을 끊임없이 노출하고 있는 것이 사실이라 하더라도, 실천적 영역에서도 마찬가지일 것으로 생각하였을 것이다.

그렇기는 하나 그에게 윤리학이 없는 것은 사실이다. 그러나 그것은 진리의 삶이 아직도 당연한 선택일 수 있었던 그의 시대로 인한 것이었다고 할 수도 있다. 그러한 점에서는 그는 파스칼과 같은 철학자보다 근대적이면서 동시에 중세적인 철학자였다고 할 수 있다. 도덕과 윤리에 대한 분석적인 사고 또는 기준보다도 사물을 신중히 고려할 수 있는 인간에 대한 신뢰를 도덕적 행위의 근원으로 생각하는 것은 전통적인 사회에서 드문 일이 아니다. 데카르트의 시대에 있어서도 이것은 아직은 해당되는 통념이었을 것이다. 다만 그것이 그 이후에 상실된 것일 것이다.

이러한 고찰은 실천적 문제에 있어서, 또는 신념의 문제와 관련하여, 데카르트 — 또는 사실은 어떤 사상가의 경우에도 — 그 이성적 태도를 충분히 검토하려면, 그의 생애의 설득력을 생각해 볼 필요가 있다는 것을 의미한다고 할 수 있다. 이것은 그의 사상과 삶에 대한 새로운 본격적인 연구가 필요하다는 말이 된다. 그러나 여기에서는 우리는 간단히 그의 삶을 살피고 거기에서 진리의 경험이 무엇을 의미하였는가를 소략하게 생각해 보는 수밖에 없다.

3. 이성의 삶

앞에서도 언급했지만, 『방법 서설』의 호소력은 그것이 합리적 인식론이나 형이상학적 기초에 관계된다는 사실에 못지않게 자전적 기록이라는 데에서 온다. 그리고 이것은, 방금 본 바와 같이, 이성적 원리의 절차만을 논한 것이 아니다. 그것은 삶의 지혜에 이르게 되는 도정을 말하고 있고 중요한 삶의 지혜를 말하고 있다. 그의 핵심적인 발견을 요약하여 "코기토 에르고 숨"이라고 할 때, 이것은 단순히 추상적인 인식론만을 의미하는 것이 아니라, 인간 실존의 형식 — 즉 생각하는 것이 바로 자기를 확실히 하는 것이라는 것을 선언하는 것이라고 할 수 있다. 또 이것은 단순히 추상적으로 선언된 것이 아니라 체험의 기록으로서 서술되어 있다. 그러니까 우리는 이 서술적인 자기 발견 그리고 그것을 통한 지혜의 발견 — 종교적인 또는 어떤 신비한 계시가 아니라 당대의 여러 다른 의견과 관습과의 관계에서 선택되는 지혜의 발견의 의미를 생각하여야 한다.

반성의 공간

그런데 자서전 — 특히 앞뒤의 연관을 살펴봄으로서 쓴 자서전이란 무엇인가? 그것은 어떤 사람이 자신의 과거를 돌아보고 그것을 기록하는 일이지만, 이것은 보다 넓은 의미에서 여러 가지를 되돌아보는 일을 포함한다. 이 되돌아봄의 행위 자체는 사람에게 어느 정도는 자연스러운 것이지만, 자서전은 이것을 지속적인 노력으로 의식화하는 작업이다. 그것은 자신의 마음 가운데 많은 것을 한꺼번에 볼 수 있는 공간을 만드는 일이다. 되돌아봄의 공간은 세계를 살펴보는 공간이기도 한 것이다. 소설에서 그러한 것처럼, 특히 호기심이 강하거나 객관적 관찰의 힘이 강한 사람의 경우에는 자서전은 여러 객관적 사건들을 하나로 살피는 기회가 된다. 데카르트는 그것들을 일일이 서술하고 있지는 않다. 이 되돌아봄은 그로 하여금, 결국은 자기가 착각과 오류에 불과하다고 생각하는 의견들에 대한 체험을 한눈으로 보게 한다. 이것은 삶의 진리를 찾는 데에 있어서 하나의 필수적인 조건이라고 할 수도 있다. 하여튼 데카르트는 되돌아봄을 통해서 적어도 많은 세간사와 세간인과 그에 따르는 견해들을 한눈으로 바로 통합한다. 앞에서 말한바, 세상의 의견이 다양하고 난형난제의 가능성 속에 있다는 것은 이러한 공간을 통해서 알게 되는 것이다. 그러면서 그는, 되풀이하건대, 이 모든 것을 하나의 관점에서 본다. 이 관점이 고정된 것이라는 것은 아니다. 그의 글이 문학적인 관점에서 성공하는 것은, 그의 삶에 일어난 모든 것을 다 기록하는 글이 아니면서도, 하나의 통일된 되돌아봄의 움직임을 유지한 데에서 온다. 독자는 그의 글에서 계속 스스로를 살피면서 움직여 가는 마음의 지속성을 느낀다.

회의와 믿음

이 지속성에도 불구하고 다양한 의견에 열려 있다는 점에서 데카르트는 회의주의자에 가까이 간다. 이미 앞에서 비친 바와 같이 그는 전적으로 회의주의는 아니지만, 방법적 회의가 없이는 세상에 대한 열림의 자세를 가질 수가 없다. 결국 긍정으로 돌아오는 경우에도, 세상에 대한 지속적인 열림은 자아와 세계의 긍정과 부정 그리고 종합의 변증법적 상호 작용 속에서만 가능하다. 그는 자신이 회의주의자와 다르다는 것을 스스로 말하였다. 전통적 회의주의자들은 어떠한 명제의 경우에도 그에 반대되는 명제가 있고 또는 다른 명제가 얼마든지 있기 때문에, 결국 어떤 사안에 대한 고정된 판단은 있을 수 없다고 한다. 모든 명제에는 그에 맞서는 다른 명제의 가능성(isosthenia)이 따른다. 그리하여 그들은 어떤 것에 대해서나 판단을 보류하고, 급기야는 아무것에도 의견을 갖지 않는 것에서 마음의 평정(아타락시아(ataraxia))을 찾는다.

그러나 말할 것도 없이 데카르트가 발견했다는 유명한 회의의 방법은 진리에 이르기 위한 수단일 뿐이다. 그리하여 그가 회의주의자처럼 세상의 모든 의견에 귀를 기울인다면, 그것은 하나의 전략에 불과하다. 그러나 전략이라는 점에서 진리를 찾아서 여러 입장을 검토하는 것과 진리의 불가능을 은근히 인정하면서 그렇게 하는 일 ― 이 두 개의 차이를 생각한다면, 사실 전통적 회의주의의 입장이 더욱 방편이나 전략의 성격을 강하게 가지고 있다고 할 수 있다. 회의가 술책이기에는, 데카르트의 진리의 탐구의 의지는 너무나 순정하다. 다만 삶의 방법이라는 점에서 전통적 회의주의자와 데카르트의 회의가 그렇게 다른 것은 아니라고 할 수 있다. 데카르트의 명증한 진리나 회의주의자의 아타락시아는 다 같이 흔들림이 없는 어떤 정신의 최종 정착점을 나타낸다. 세상의 다른 어지러운 것들은 거기에 이르기 위한 방편이면서 그 이상의 것이다. 세계에 대한 의미 있는 관찰이 자아의 지속성과 세계에 대한 열림을 합치는 데에서 가능해지는 것처럼, 진리에 대한 헌신은 진정한 회의를 포함함으로써 가능하다.

진리의 오류의 변증법

다른 한편으로 우리는 세상의 오류에 대한 경험이 없이는 사람의 자아는 공간이 없는 작은 점에 불과할 것이라는 역설을 생각할 수 있다. 삶의 복합성은 단순한 담론적 논리로 환원되지 않는다. 자아라는 것은 밖에 존재하는 오류의 세계와의 관계 속에서 존재하는 한에서만 존재할 수 있다고 할 수도 있다. 문학 작품의 흔한 플롯은 주인공이 많은 잘못을 거쳐 새로운 깨우침을 가지게 되는 경위를 서술하는 경우가 많다. 이야기되어 있는 잘못들이 참으로 이래도 저래도 좋은 또는 없었어도 좋은 불필요한 우연이라면 이야기의 의미는 상당히 약화되고 말 것이다. 잘못의 삽화들은 깨우침을 위하여 넘어서야 하는 발판이면서 동시에 그것의 실질적 내용의 일부를 이룬다. 이것은 회의주의자나 데카르트의 경우에도 비슷하다. 그는 그의 일생을 되돌아보든 아니면 어떤 상황을 되돌아보든, 되돌아봄을 통하여 성찰의 공간을 만들고 그것으로 많은 것의 병치를 허용하는 회의 방법을 통하여 검토하고 진리 또는 바른 선택을 찾아내려고 한다.

자아의 수련

어떤 경우에 있어서나 물론 중요한 것은 오류의 세계를 넘어 살아남는 어떤 것이다. 이것은 회의주의자들의 경우처럼 삶의 철학일 수도 있고 데카르트처럼 의심할 여지가 없는 진리일 수도 있다. 그러나 이 과정에서 확인되는 것은, 이론적인 관점에서는 그것이 진리라고 하더라도 회의와 시련의 당사자에게는 삶의 도(道)이다. 도라는 것은 혼란된 사건과 의식의 흐름 속에서 하나의 일관된 지속성 — 어쩌면 단순히 어떤 모양을 갖춘 흐름이라는 의미에서일망정 하나의 지속성을 확인한다는 것을 말한다. 이 지속성의 담지자는 서술자 또는 되돌아보는 자의 자아이다. 그러니까 도는 삶이나 세계 속에 존재하는 것이면서도 동시에 자아가 분명한 모습으로 나타나는 방법이다. 서사적 맥락 속에서 생각할 때, 자아는 고정된 관점에 서 있는 자아가 아니고 성찰적 전 과정 속에서 형성되는 자아이다. 이것은 저절로 그렇게 되는 면을 가지고 있기는 하지만, 되돌아봄을 통해서 보다 의식된 주체적인 자아 — 하나의 통합의 원리가 된다.

그 본질이 무엇인지를 따지는 것은 어려운 일이지만, 주체적 자아의 원리는 이성의 원리 또는 이성적인 원리이다. 그러니까, 어떤 관점에서는 이성은 삶의 통일성에서 저절로 추출되는 것이라고 할 수도 있다. 실비 로마노프스키(Sylvie Romanowski)는 자서전으로서의 『방법 서설』을 검토하고, 그것과 데카르트의 전기적 사실과의 차이를 지적하면서, 이 차이는 저자가 자신의 삶을 하나의 형상 속에서 파악하려 한 때문이라고 말한다.[10] 그리하여 그것은 루소나 프루스트의 저작에 비슷하다고 한다. 그러나 이것을 단지 문학적인 의도나, 또는 로마노프스키가 주장하듯이, 진정한 과학적 인식에 이르기 위한 예비 조작으로서의 의미만을 갖는 것으로 말할 수는 없다. 이것은 더욱 심각하게 생각되어 마땅하다. 그것은 인간에게 없을 수 없는 되돌아봄의 자아의 과정에 관계된다. 되돌아봄은 인간에게 어떤 경

---

10 Sylvie Romanowski, *L'Illusion chez Descartes, La Structure du discours Cartésienne*(Paris: Editions Klincksieck, 1974), p. 18.

우에나 없을 수 없는 것이지만, 그것은, 자전적 되돌아봄에서 더 강화되고 그것이 다시 삶을 관류하는 논리로 파악된다. 물론 이것은 다시 일상적 자의식에 투입된다. 데카르트의 경우 이 삶의 일관성의 문제는 보다 강한 주제가 된다. 데카르트의 되풀이되는 자전적 기술의 의도는 철학적이며 과학적이면서도 단순히 대상 세계만이 아니라 삶의 세계에 있어서도 일정한 논리성이 있음을 보여 주려는 것이라고 할 것이다.

그런데 이러한 논리성의 담지자로서의 자아는 어떤 것인가? 이 자아의 존재는 자기주장이 강한 — 그것도 편견과 오만이 강한 자아를 의미할 수도 있다. 그러나 철학적 동기에 의하여 추구되는, 또는 강한 되돌아봄으로 추구되는 자아는 많은 세속적인 허영을 버린 자아이어서 마땅하다. 그러면서도 그것이 세상을 통하여 추구되는 자아라면, 그것은 체험의 연속 속에서 지속하는 밑바탕으로서만 존재한다. 루소나 프루스트 또는 몽테뉴에 있어서 삶의 일관성이란 사람의 삶의 경과 속에 드러나는 형식이라 할 수 있다. 성장 소설과 같은 경우는 이것을 소설 구성의 원리로서 추상화한다. 여기에서 자아는 이 형식 — 체험적 사실들이 지속하는 자아의 양식에 일치하고 또 이해할 만한 이야기의 줄거리에 일치한다. 그러나 데카르트의 자전적 기술에서 두드러진 것은 단순히 삶의 일관성 또는 다른 면으로 말하여 자아의 일관성만이라고 할 수도 없다. 그의 일관성은 진리를 찾겠다는 데에 있다. 이것은 의식할 수 없는 과학의 진리를 말하기도 하나 삶의 진리를 말하기도 한다. 물론 과학의 진리를 찾는 삶도 진리와 불가분의 관계에 있을 수밖에 없다.

일찌감치 그가 잘못된 견해가 아니라 모든 것을 그 기저로부터 검토하여 진리를 발견하는 일에 전념하고 싶다는 생각을 한 것은 23세 때였으나, 그 계획을 실천하기 위해서는 성숙한 나이가 되도록 기다려야 했다는 말을 하고 있다.[11] 그런 후에 그는 9년을 기다렸다고 말한다. 그사이에 그는 세상의 경험 ── 군대, 궁정, 외국 여행 등의 경험을 쌓지만, 진리를 위한 결심은 그를 떠나지 않았던 것으로 보인다. 그가 세상 경험을 쌓은 것은 그의 생각에 진리의 길이 세상 사람들과 이야기를 널리 나누는 것으로써 더 밝혀질 수 있다고 생각했기 때문이다. 그러면서도 그는 세상의 여기저기를 돌아다니면서도, 그 자신이 말하고 있듯이, "당대에 벌어지는 여러 희극 가운데에 배우(또는 행동가)가 아니라 관객이었다."[12] 그는 세상의 일을 접하고 보면서도 그로부터 거리를 유지하고 따로 있었다. 그는 진리는 여러 사람의 견해에 휩쓸리는 데에서가 아니라 혼자 수행하는 사유로써만 밝혀질 수 있다는 생각을 가지고 있었다. 이것은 『방법 서설』에서 가장 빈번히 되풀이되는 주제의 하나이다. 그러나 이것은 주어진 대로의 자아의 자기 주장을 말하는 것은 아니다. 그는, 마주치는 일들을 낱낱이 성찰(reflexion)을 통해서 돌아봄으로써 그 진리를 헤아리는 것은 물론, 자신의 마음속에 자리한 오류를 철저하게 제거하려고 하였다.

이렇게 해서 드러나는 자아는 자아 성찰의 훈련을 통하여 금욕적으로 추출되는 자아이다. 이성은 금욕적 자아의 원리이다. 이것은 진리의 공간으로서의 자아의 성립이 쉽지 않음을 말하여 준다. 그것이 어떤 것이든지 간에 진리의 인식이 세속으로부터 초연한 태도를 요한다는 것은 우리가 잘 아는 일이다. 그런데 이것은, 특히 삶의 실천의 영역에 있어서는, 삶 자체의 금욕적인 기율과 불가분의 관계에 있다고 할는지 모른다. 다만 이 금욕은 밖으로부터 가하여지는 것이 아니라 스스로의 삶을 위하여 받아들이는 것이다. 금욕적 이성은 자기에 대해서만이 아니라 타자에 대해서 또 사회를 생각함에 있어서도 억압적이기 쉽다. 그것은 폭력의 근원이 되기도

---

11 René Descartes, op. cit., p. 140.

12 Ibid., pp. 144~145.

한다. 그것이 그 억압성을 버릴 수 있는 것은 자아의 과정의 내면에서 산출되는 경우에 한한다.

이성 체험의 카탈렙시스

진리의 입장에서 데카르트에게 자명한 것은 이성적인 것이었다. 그에게는, 앞에 들었던 예를 들어 삼각형은 세 변을 가졌다거나 구체는 하나의 표면을 가졌다는 것이 자명한 것이다. 모든 것은 이러한 단순한 수학적인 명제로 환원될 수 있는 한에서 자명한 진리이다. 그러면서 그것은 자아의 이성적 사유의 주체로서의 활동에 불가분의 관계를 가지고 있다. 장뤽마리옹은 의견의 오류를 떠난 참된 진리를 이러한 수학적 이해로 환원하는 데카르트의 생각을 길게 분석하고 이것을 그의 형이상학적 전제에 연결한 바 있다.[13] 마리옹의 생각으로는 데카르트가 무엇이 의심할 여지 없이 확실하다고 하는 것은 그것이 확실하게 존재한다는 말이라기보다는 존재론적으로 정당성을 가졌다는 말이다. 다시 말하면, 그것은 주로 우리의 사유 또는 지적 체계에 비추어 그렇다는 것이다. 그것은 지각되는 현상의 진실을 나타낸다. 그렇다고 하여 지각과 진실 사이에 어떤 일치가 있다는 것이 아니다. 일반적으로 일상적 행동의 실재는 회의의 대상이 된다. 그러면서 그것은 존재론적 정당성을 가진 논리적 개념을 통하여 진리에 이어진다. 손을 뻗친다거나 머리를 움직이는 것과 같은 행동은 보다 단순하고 보편적인 개념 —— 가령 "연장, 연장을 가지고 있는 사물의 형상, 이 연장을 가진 사물의 수량이나 크기 또는 수, 그것이 놓여 있는 공간, 그것이 지속하는 시간 등"의 개념들을 상정함으로써만 생각할 수 있는 대상이 된다. 개념(idea)은 근본적으로 사유 활동에서 생겨나는 코드화 작업에 기여

---

13 Jean-Luc Marion, op. cit., pp. 53~57 참조.

하는 기호이다.(이것은 이성으로 파악되는 사물의 본질이라고 이해되는 단순한 자연(natura simplicissma, res simplex, simple nature)에 대응하면서, 그것을 인식 과정의 소산이라는 관점에서 변형 파악한 것이다.)[14] 그리하여 단순명료한 것이란 분명하게 사유의 움직임이 형성하는 체계 속에 자리한다.

그렇다면 손을 뻗친다거나 머리를 움직이는 것과 같은 것은 무엇인가? 그러한 것으로 이루어진 사람의 삶은 완전히 허망한 것인가? 자전에 회고되는 삶은 이성을 위한 방편에 불과한가? 그러나 이성의 개념들의 세계는 데카르트에게 순수한 사유의 문제이면서 동시에 삶의 역정(歷程) 그리고 그 주체적 기저, 즉 자아의 문제이다. 그것은 무엇을 의미하는가? 앞에서 우리는 그의 확실하고 명증한 것들이, "이성의 빛에서만 나오는, 맑고 주의 깊은 마음의 확실한 생각"이라는 표현에서 보는 것처럼, 체험적 카탈렙시스의 성격을 가지고 있다는 것을 언급하였다. 결국 이성적인 것도 감각적 흐름의 삶 속에서 발견되고 또 감각적으로 체험되는 어떤 것일 수밖에 없다. 또 그럼으로써만, 그것은 삶에 대하여 살아 있는 의미를 가질 수 있다. 이성의 개념은 현상으로서의 세계나 감각적 체험에 대응하는 것이어서 마땅하다. 세계의 실체가 그 안에서 움직이는 이성의 활동이라고 하더라도, 우리가 아는 세계는 이 이성의 활동과 어떤 질료와의 맞부딪침에서 생겨난다. 이 부딪침에서 세계를 초월하는 지적인 세계에 대한 긍정이 일어난다.

자아와 초월로서의 자아

형이하학의 세계를 넘어가는 영원한 진리의 세계가 어떤 것이든지 간에, 데카르트의 생애에 관련하여 이것을 생각해 볼 때, 중요한 것은, 다시

---

14 Ibid., pp. 44~45 참조.

한 번, 이러한 이성적 세계를 구체적으로 대표하는 것이 사유하는 자아라는 점이다. 인간에게 삶의 역정이 있다면, 그것은 스스로 안에 있는 사유와 그 원리로서의 이성을 깨우치는 것이다. "코기토 에르고 숨"은 바로 이것을 말한다고 할 수 있다. 이것은 생각하는 것을 통해서 자아를 확인한다. 그러나 이 자아는 단순히 이미지나 상상력이 일고 지는 현상의 자기 동일성에 의하여 확인되는 것이 아니다. 이 자아는 이성을 떠맡고 있는 자아이다. 그러나 이것은 자아를 되돌아봄으로써 확인하는 이성의 원리 그 자체는 아니다. 그것은 움직임의 원리 또는 움직임 그것이다. "코기토 에르고 숨"은 사실 사유와 자아의 두 계기를 포함한다. 코기토가 있고 숨이 있다는 것을 확인하는 것은 그것을 확인하는 '코기토'와 '숨'이 다시 있다는 것을 말한다. 여기에서 벌써 '코기토'와 '숨'은 시간 내에서 지속하는 움직임으로 드러난다. 즉 나는 나의 기억으로서 확인되면서 나는 단순히 기억의 대상 이상의 연속 ── 어떻게 보면 절대 대상화될 수 없는 연속으로서 파악되는 것이다.(여기에서 파악이란 반드시 대상적 인식을 말한다고 할 수는 없다. 그것이 무엇을 의미하는가 하는 것은 별도의 문제가 될 것이다.) 그것은 이미지나 상상뿐만 아니라 이성 자체도 초월하여 존재한다고 할 수 있다. 그리고 거기에 이르는 것은 구체적인 삶의 현상으로서 그것은 초월을 향한 끊임없는 자기 단련을 요구한다.

　이러한 자아의 성격이 이와 같이 초월적이라고 하여 반드시 그것이 우리의 체험의 밖에 있는 것이라고 할 수는 없다. 이것은 완전히 자기 폐쇄적인 되돌아봄의 과정만을 말하는 것은 아니다. 방금 말한 바와 같이 그것은 세계를 초월하면서도 동시에 틀림없이 세계 속에 존재하는 구체적인 자아의 일부로서 자아의 현세적 ── 현세적이면서 금욕적인 역정의 일부이다. 뿐만 아니라 그러한 역정을 떠나서도 세계와의 관계에서만, 말하자면, 그에 대한 하나의 탄젠트의 접점으로서만 존재한다. 사유에 나타나는 이미

지나 상상이나 개념 들은 반드시 내가 만들어 낸 것은 아니다. 그 현실성을 여러 가지로 생각해 볼 수는 있겠지만, 그것은 나를 넘어가는 다른 것들에 의하여 촉발된 것임에 틀림이 없다. 다만 그것이 바르게 인식되는 데에는 이성적 개념의 도움이 필요한 것이다. 또 그러한 변화를 통하여 그것은 우리의 세계의 일부가 된다.

에피파니의 역사

이것은 문학적 서술에 있어서의 핵심에 관계되는 한 현상에도 비슷하다. 누차 체험적 카탈렙시스에 대해 언급했지만, 문학에 있어서 그에 비슷한 다른 현상을 생각하는 것은 부질없는 일이 아닐 것이다. 이것은 데카르트의 세계에서는 멀리 있는 것으로 생각된다. 그러나 그것을 잠깐 언급하는 것은 그의 세계를 조금 더 이해하고 서구의 현대와의 차이 그리고 동시에 연속성을 생각하는 데에 도움을 줄 것이다. 문학의 서술은 감각적이고 구체적인 사건을 기술하면서도 대개의 경우 그것을 보다 높은 어떤 본질적인 것의 계시인 것처럼 제시하려고 한다. 문학적 서술, 특히 시적 서술이 "형이상학적 전율(frisson métaphysique)"을 유발할 수 있다고 생각되는 것은 이러한 관련에서이다. 이 전율이 일어나는 사건을 제임스 조이스는 에피파니(epiphany, 현현(顯現))라고 부른다. 에피파니는 "사물의 본질의 계시", "가장 하잘것없는 사물의 혼이 환히 밝아지는 순간"을 말한다.[15] 여기의 요점은 감각적이고 구체적인 체험이 직접적으로 다른 지적인 (intelligible) 한 세계에 마주치는 듯한 경험이 있을 수 있다는 것이다. 조이스의 생각이 중세적인 배경에서 나온다는 것을 감안하면, 그것은 데카르

---

15 James Joyce, *Stephen Hero*(New York: New Directions, 1955), pp. 211~213. Richard Ellmann, *James Joyce*(Oxford University Press, 1959), p. 87에서 인용.

트의 생각에 대해서도 전혀 유사점이 없는 것은 아닌지 모른다. 사실 난로의 열이 더웠던 울름의 방에서 사유와 존재의 핵심을 깨달은 순간을 비롯하여, 데카르트에게 그러한 에피파니의 순간이 체험적으로 존재했다고 하는 것은 사실이 아닐까 하는 생각이 든다.

그러나 에피파니에서의 사물의 사물 됨의 계시(the sudden revelation of the whatness of a thing)가 데카르트의 이성의 존재와는 다른 것임을 다시 상기하는 것은 중요한 일이다. 이것은 이성의 질서가 일상적으로 사물의 존재를 규정한다는 일반적인 명제가 할 수 있는 것보다는 훨씬 구체적인 사물, "가장 하잘것없는 사물"에 현실성을 부여한다. 찰스 테일러는 서양의 정신적 전통을 논하는 책에서 낭만주의 이후의 현대 서양의 정신 상황을 대표하는 증후로 삼아 그것을 길게 논의한 일이 있다. 그것은 범상한 경험의 세계에서 그것을 통하여 무엇인가 높은 정신적 질서가 드러나는 현상을 지칭한다. 그런데 이것은, 테일러의 해석으로는, 서양의 정신 질서의 통일성이 무너진 것과 관계가 있다. 정신의 질서가 자연 과학이 해명해 내는 자연의 질서에서 분리됨으로써 그것을 통하여 접근되는 것으로 되어 있던 높은 정신 질서에 대한 경험이 불가능해졌다. 그리하여 그것은 시적인 영감의 순간에만 계시될 수 있게 되었다. 테일러의 표현으로, "도덕적 또는 정신적 질서는 개인적 비전에 이어짐으로써만 우리에게 다가오게 된 것이다."[16]

그러나 이 도덕적 또는 정신적 질서도 쉽게 접근될 수 없을 뿐만 아니라 설득력을 가지고 환기할 수도 없는 것이 현대 또는 후기 현대의 정신 상황이다. 여기에서 물질계를 넘어가는 높은 질서는 일시적으로 드러나는 시적인 영감의 순간에 암시될 수 있을 뿐이다. 그 수법은 기본적으로 "병치

---

16 Charles Taylor, *Sources of the Self: The Making of Modern Identity*(Harvard University Press, 1989), p. 428.

의 시학(poetics of juxtaposition)"의 수법이다. 두 개의 다른 이미지나 언어 또는 참조의 틀을 병치할 때, 두 병치된 항목 사이에 에너지가 발생하고, 거기에서 사람들은 어떤 두 가지를 포괄하고 초월하는 정신의 질서를 체험한다. 이것은 강한 개인적인 체험이다. 그러면서도 그것은, 많은 모더니스트의 시들이 보여 주듯이, 사물의 분명하고 확실한 사물 됨을 두드러지게 느끼게 한다. 그러니까 사물은 그것을 초월하는 높은 질서 속에서 참으로 그 모습을 드러낸다고 할 수 있다. 여기의 계시는 극히 한정되고 개인적인 계시이다.

데카르트는 모든 것이 신의 창조의 표현이라고 생각하였다. 이것은 단순히 추상적인 믿음일 수도 있다. 그러나 동시에 그의 생각이 그의 생애에 깊이 뿌리를 내리고 있고, 그가 그의 삶의 작은 사건들에 면밀한 주의를 기울인 것은 사실이다. 그의 성찰이 그가 대상으로 삼은 일상사를 다른 차원으로 올려놓았을 뿐이다. 그에 있어서 체험하는 많은 구체적인 것과 그 뒤에 있는 이성적인 것의 존재는 당연한 것이었다. 그 이후에 이성적 질서의 전개는 이러한 연결 —— 자신과 자신의 삶의 작은 일들과 형이상학적 직관의 연결을 점점 멀리하게 하는 방향으로 전개되었다. 역설적으로 이러한 분리와 단편화의 정신사적 기원을 사람들은 데카르트의 이성주의에서 발견한다. 그가 우리에게 말한 질서의 저쪽에 있는 질서는 이성의 질서, 결국 그가 구축하고자 했던 세계에 대한 과학적 설명의 체계였다. 물론 그에게 이러한 이성의 세계는 아직도 형이상학적 의미 또는 신학적 의미를 가지고 있었다. 그러나 그 후의 발전으로 볼 때, 높은 이상적 질서에 대한 직접적 접근을 어렵게 한 데 대하여 그의 사상의 책임을 물을 수는 없을 것이다.

체험, 이성, 도덕적 이성

우리가 생각해 보고자 했던 신념이나 확신 또 의견의 문제로 다시 돌아가 볼 때, 데카르트의 이성이 도덕적 질서의 원리로서는 크게 효과를 갖지 못하는 것으로 보인다. 그의 관심의 초점은 의심할 여지가 없이 확신을 줄 수 있는 수학적인 명제들이다. 그는 이 명제들이 물리적인 세계의 배후의 참모습을 드러낸다고 생각한다. 이 세계의 사실과 진리를 밝히는 데 관계된 원리가 이성이다. 그런 의미에서 그가 과학적 이성의 특권화에 중요한 역할을 했다는 것은 틀림이 없다. 데카르트의 이러한 단점에 대한 비판은 무수히 반복되어 왔다.

데카르트 이후 유럽의 주된 조류가 된 카르테시아니슴(cartesianism)에 대한 비판을 체계화한 최초의 이론가의 한 사람은 비코이다. 그에게는 현실 세계에서 "인간의 의지에 방향을 줄 수 있는 것은 이성의 추상적인 보편성이 아니고 어떤 집단, 인민, 민족 또는 인류 전체가 이루는 공동체가 드러내 보여 주는 구체적 보편성이다."[17] 데카르트에서 비롯된 것으로 간주되는 과학적 이성에 대한 이러한 비판은 지금도 계속된다. 방금 인용한 것은 20세기에 와서 윤리와 문화의 원리로서의 과학적 이성이 부족함을 비판하고 그것에 대체하는 원리를 정리하고자 한 한스게오르크 가다머가 요약한 비코의 입장이다. 비코가 과학적 이성에 대체하여 그 중요성을 강조하는 것은 "공동체의 양식(공통 감각, sensus communis)"인데, 이것은 가다머가 설명하는 바와 같이 인문주의의 전통에서 삶의 지혜, 프로네시스나 프루덴시아에 통하고, 또 이러한 지혜가 언어에 밀접한 관련을 가졌다는 점에서, 능변(eloquentia)에 통하는 것이다. 그러한 주장들은 물론 적절한 것이다. 그러나 이러한 비판이 데카르트적 이성이 인간의 사회적 삶에 관계가 없다고 생각한다면, 그것은 다시 한쪽으로 치우치는 것이 된다.

그리고 데카르트가 이러한 문제에 관심이 없었던 것은 아니다. 이미 우

---

17 Hans-Georg Gadamer, *Wahrheit und Methode*, 5. Auflage(Tübingen: J. C. G. Mohr, 1986), p. 26.

리는 앞에서, 그가 현실적 선택에 부딪쳐서 어떻게 할 것인가에 대하여 상당히 분명한 생각을 가지고 있었다는 사실에 대하여 언급하였다. 그가 젊은 시절의 행동 원리라고 내세운 "잠정적 도덕 규범"은 앞에서 말한 바와 같이 뛰어난 현실감을 보여 주는 것이다. 데카르트의 관심이 과학적 이성과 그 가능성을 향하는 것은 부정할 수 없으나, 그것은 그에게 보다 큰 이성의 일부를 이루는 것일 것이다.

우리가 현실적 행동을 생각하는 경우에도 물리적 세계가 거기에 깊이 간여되어 있는 것은 말할 것도 없다. 그것을 떠나서 의지나 욕망이나 두려움으로 현실 행동에 대하여 판단하고 그 속에서 행동한다고 하는 것이 바른 것이 될 수 없음은 상식의 눈으로도 자명한 일이다. 그러나 이것은 철저하게 행동의 규범으로 하기는 어렵다. 그것은, 의지의 자유에 필수적으로 따라야 하는 행동과 자제의 기율을 몸에 붙이기가 쉽지 않은 것이기도 하지만, 그것을 위하여 수행하여야 하는 지적 작업은 더욱 많은 정신적 기율을 요구하기 때문이다. 어느 쪽이나, 그것은 앞에서 인용한 데카르트의 말대로, 반복된 명상 또는 사고의 훈련을 필요로 한다. 그리고 덧붙이면, 이미 이루어진 역사적 업적에 대한 새로운 검토를 요구한다. 이것은 다시 말하여 계속적인 정신의 훈련 ── 그리고 이것도 덧붙인다면, 현실 행동의 훈련 ── 을 통하여 이루어질 수 있는 것이다. 그리고 이것은 아마 일생의 정신의 역정에 관계된 것일 것이다. 데카르트의 방법의 추구가 자전적 형식으로 쓰여 있는 것은 바로 그의 방법이 간단한 학습으로 얻어지는 것이 아니라, 지속적인 삶의 훈련으로 얻어지는 것이라는 것을 말한다고도 할 수 있다. 그러나 그것이 삶의 훈련이기를 그치고 방법이 되어 버린 것이 그 후의 역사에 있어서의 데카르트적인 전개라고 할 수 있다. 그리하여 많은 비판의 대상이 되는 것은 불가피하게 되었다.

삶의 지혜

1. 심정적 윤리와 사회

데카르트의 명증성과 심정

데카르트를 단순한 방법적 이성의 설파자로서가 아니라 삶의 이성 전체를 탐구하고자 한 철학자로 본다면, 그의 이성은 단순히 수학적인 이성이 아닌 존재론적인 의미를 가진 것이며, 삶의 실천적 현실에 대하여도 깊은 의미를 가진 것이라는 것이 앞에서 밝히고자 하였던 내용이었다. 그러나 이것도 이미 말한 것이지만, 데카르트적인 이성이 — 데카르트의 이성은 아닐는지 모르지만 — 현실적으로 또 이론적으로 여러 가지 문제를 가진 것임은 부정할 수 없다.

명확한 이성만을 진리의 기준으로 생각할 때 일어나는 문제는 그것에 의하여 재단되는 인간사에서 인간의 존재 방식을 왜곡하게 될 수 있다는 것이고 다른 한편으로는 — 이것도 인간 현실의 왜곡에 밀접하게 연결되어 있는 것이지만 — 인간의 실천적 영역에서는 이성이 그 기능을 잃어버릴 수 있다는 것이다. 이것은 일단 데카르트에서 보는 바와 같이 인간 자아의 능력을 이성과 일치시키고 다른 일체의 것을 배제한 때문이라고 할 수 있다. 이에 대하여 인간에게 물리적 세계의 인식을 가능하게 하는 이성과 마찬가지로 실천 영역에서의 도덕적, 윤리적 판단을 가능하게 하는 능력이 존재한다고 생각할 수도 있다. 대체로 말하여, 실천적 영역에서의 이러한 인간의 판단의 능력은 심정적인 경험으로부터 자라 나오는 지혜라고 할 수 있다.

물론 그런 경우에도 그러한 지혜가 반드시 이성적 능력과 별개의 것으로 존재하는지는 분명치 않다. 그것은 보다 엄정한 기준의 이성에 의하여 보완되고 또 넓은 의미에서의 이성의 연계 속에 있어야 더욱 온전한 것이 된다고 하여야 할 것이다. 실천과의 관련에서 데카르트적인 이성이 요구하는 것은 명증성이다. 그리하여 그 관점에서 그것을 결하고 있는 현상은 격하되기 쉽다. 그러나 사실 명증성은 바라보는 마음의 명증성이지, 반드시 그 대상의 명증성은 아니다. 사람의 행동을 지배하는 다른 원리가 있다고 하더라도 그것은 명증성을 요구하는 마음에 의하여 인도될 수 있다. 지각이나 감정에 대한 ─ 즉 분명치 않으면서도 그 나름의 법칙적 움직임을 가지고 있는 현상에 대한 현상학적 분석이 이성적 절차의 엄밀성을 버리지 않는 것은 그 하나의 예이다. 이것은 실천의 영역에서도 되풀이될 수 있는 일이다.

그러나 일단 이성에 대한 지나친 강조는 마음에 움직이는 다른 원리들을 배제하게 되는 경우가 많은 것이 사실이다. 그러면 이성이나 믿음에 비슷하게, 사람의 마음으로부터 끌어낼 수 있는 선의 원리는 없는 것일까? 이 질문은 여러 전통에서 제기되었다. 이러한 질문도 도덕과 윤리의 문제를 근본으로부터 확립해 보려는 것이기 때문에, 그 근본적 성격에서는 이성에 대한 착반(鑿盤)과 크게 다른 것은 아니다. 대체로 그것은 이성을 대체하거나 그것을 보완할 수 있는 길을 찾는 일이다. 유감스러운 것은 그것을 마치 이성의 엄밀성과 양립할 수 없는 것처럼 생각하는 것이다. 그것은 삶의 일체성에 대한 존중, 평화적 사회의 이상, 자연과의 조화 등의 목적과 관련해서 실천적으로 심각한 결과를 낳는다.

불인지심

동양 사상에서 사람의 — 실천적이라기보다는 조금 좁게 — 윤리적 관점에서 근본이 될 만한 원리에 대한 탐구는 서구의 전통에서보다 더 중요했다고 할 수 있다. 성선(性善), 성악(性惡), 양심(良心), 도심(道心), 양지(良知) 등에 대한 논의는 그러한 노력의 일부이다. 도덕적 기준의 심리적 근거에 대한 고전적인 탐구의 전범은 맹자에 나오는 인간성의 언급이다. 맹자는 사람에게 불인지심(不忍之心)이 있다고 했다. 측은한 마음이나 옳지 못한 것에 대한 부끄럽고 미워하는 마음, 양보하는 마음, 시비를 가리는 마음은 후천적인 교육에 의하여 얻어지는 도덕적 품성이 아니라 사람의 본성에 들어 있는 마음의 기본 원리여서, 타산을 넘어서 발휘되는 것이고 그것 없이는 사람이기를 그친다는 것이다. 그러니까 말하자면, 이것들은 의심할 여지가 없는 인간성의 일부이다. 이것으로부터 윤리와 도덕의 덕목들, 인의예지(仁義禮智)가 생겨나게 된다.

그러나 네 개의 심리적 성향, 즉 사단(四端)의 문제는 그것이 인간의 마음에 내재하는 모든 경향을 포함하는 것이 아니라는 점이다. 조선 시대의 성리학에서 사단은 물론 칠정(七情) ——『예기(禮記)』의 리스트로는, 희로애구애오욕(喜怒哀懼愛惡欲)과 불가분의 관계에서 생각되었다. 칠정도 인간 심성의 무시할 수 없는 충동인 것이다. 물론 사단칠정이 문제가 되는 것은 사단만이 윤리적 판단으로 나아가는 심리적 근거가 되고 이(理)라는 이성적 질서로 나아가게 할 수 있는 것으로 생각되었기 때문이다. 그러나 사단이 반드시 곧 이성적 성격을 가진 것은 아니다. 그것 자체도 — 이것은 심히 복잡한 문제이기는 하지만 — 이(理)에 의하여, 또는 그것보다는 현실에 다가와 있는 기능으로서 마음(心)에 의하여 통제됨으로써만, 윤리의 원리가 될 수 있다.

　퇴계(退溪)의 『성학십도(聖學十圖)』의 하나를 이루는 「심통성정도설(心統性情圖說)」에 장재(張載)의 말을 인용한 설명은 바로 이 점에 관한 것이다. 마음은 성과 정을 거느리고(統), 인의예지와 측은, 수오, 사양, 시비의 정이 드러나게 할 수 있다. 이 마음의 거느림이 없으면, 성이 가운데를 지키지 못하여 고르지 못하게 되기 쉽고 정이 절체와 조화를 잃어 방탕해질 수 있다. 그러므로 마음을 바르게 하여 성을 기르고, 정을 통제하여야 한다.[1] 측은한 마음이나 부끄러워하고 싫어하는 마음이 일정한 절제를 얻지 못한다면, 그것이 윤리 도덕의 원리가 될 수가 없다는 것은 상식적으로도 자명하다. 그러니까 다른 규범의 심리적 바탕이 되는 심정적인 요소들도 이성적 판단에 의하여 일정한 절제를 갖게 되는 것이 필요한 것이다. 이것을 통하여 사람의 심성은 일정한 규범적 일관성에 이를 수 있다.

　물론 이러한 경우에도 사단이나 그것의 규범화로서의 인의예지가 시대를 초월하여 곧 보편적 성격을 갖는 것은 아닐 것이다. 이와 같이 사단은 도덕과 윤리의 원리에 이어진다고 생각되었지만, 물론 우리는 그것이 참으로 선입견 없는 인간성의 확인이라고 할 수 있는가를 생각해 볼 수 있다. 의심할 여지가 없는 윤리 도덕의 원리를 나열한 삼강오륜(三綱五倫)은 타당성이 없지 않은 대로 보편적이라기보다는 어떤 시기의 도덕 원리를 나타낸다고 볼 수밖에 없다. 사실 맹자의 불인지심도 반드시 어떤 명확한 원리에 대한 통찰의 성격을 가진 것이기는 하면서도, 시대적 성격 그러니까

1　윤사순, 앞의 책, 354쪽 참조. 여기의 번역을 엄격하게 따르지는 아니하였다.

거기에서 나오는 선입견을 떨쳐 버리지는 못하는 것일 것이다. 사단이 이야기되어 있는 맹자의 「공손추 장구 상(公孫丑章句上)」 서두에서 이 문제는 임금이 나라를 다스림에 있어서 가져야 할 마음을 말하면서 발의되고, 여기의 착한 마음이 없이는 부모를 바르게 모실 수 없다는 말로 끝나는 것을 볼 수 있다.

심정의 도덕

도덕과 윤리의 근거를 인간성에서 찾으려는 노력은 서양 전통에도 많다. 18세기 스코틀랜드의 인간성에 대한 논의도 그러한 논의 중 중요한 것의 하나이다. 거기에서 대두된 인간의 심성에 내재하는 선의(benevolence)가 있어서 윤리와 도덕의 기초가 된다고 하는 도덕적 감성의 이론은 유명한 것이지만, 이에 못지않게, 또는 역사적 영향력에 있어서 강력했던 것은, 자기와 종족 보존의 본능, 그를 위한 이기적 이해의 추구가 인간 행동의 원초적 동기가 된다는 생각이었다. 그러나 후자의 경우에도 도덕적 기준을 완전히 포기한 것은 아니었다.

애덤 스미스는 당대에 가장 중요한 도덕 이론가의 한 사람이었지만, 그의 『국부론(The Wealth of Nations)』의 밑에 들어 있는 기본적 명제, 개인 이익의 추구가 국가의 부에 기여한다는 명제는 그대로 그의 인간 행동의 도덕적 의미에 대한 인간학적 이해에 이어지는 것이다. 그의 유명한 말 "공익을 위해서 상업에 종사한다는 사람으로 하여 좋은 일이 이루어지는 법이 없다."라는 것은 경제와 윤리가 직접적으로 연결되지 않는다는 그의 생각을 나타낸 것이다. 그러나 반대로 개인이 윤리적 목적을 가지고 행동하지 않아도, 그것은 집단과 삶 전체의 관점에서 윤리적 의미를 가질 수 있다는 것이 그의 생각이었다. 이러한 스미스의 생각은 객관적인 도덕적 판단의 기준이 존재한다고 하더라도 그것을 현실에 적용하는 것이 용이치 않다는 것을 생각하게 한다. 도덕과 윤리가 사람의 삶의 현실 —— 반드시 도덕적이 거나 윤리적인 것이 아닌, 생명과 종족의 보전, 부분과 전체의 복합적 연결 등에 관계되어 있다고 한다면, 어떤 행동의 궁극적인 윤리의 의미는 그때 그때의 간단한 도덕적 판단으로 저울질할 수 없는 것이 된다. 그리하여 행동의 지침으로서의 도덕과 윤리의 원리는 무의미한 것이 된다.

그러나 스미스도 조심스럽게 개인의 행동에 움직이는 윤리적, 도덕적 기준 —— 보편적 기준을 인정하지 않은 것은 아니다. 그는 사람의 마음 가운데는 "우리의 느낌과 행위에 대한 추상적이고 이상적인 관측자"가 있다는 것을 인정하였다. 이것이 사람의 사회적 행동을 중재하는 "이성, 원칙, 마음속에 거하는 인간, 행동의 판단자·중재자"가 된다.[2] 이것이 과학적 이성과 같은 것인지는 분명치 않다. 스미스의 이러한 생각을 오늘날에도 중요한 사회적 판단의 기준으로 간주하는 마사 너스바움은 이것이 결국은 이성적 도덕의 관점을 옹호하는 것이라고 말한다. 이러한 이성의 장점은 감정의 역할을 참작한 것이라는 점이다. 감정은, 너스바움의 생각으로는, 상황의 구체적 인식에 중요한 역할을 한다.(이것은, 앞에서 언급한 바 있듯이 동아시아 사상의 중요한 내용의 하나이기도 하다.) 물론 감정은 이성의 초연한 시각에 의하여 중재되지 아니하면 안 된다. 그는, 스미스의 "공정한 관측자"가 인간 심성의 여러 요소들을 참조하면서 "이성적 도덕의 관점"을 유지하려는 입장에서 상정된 것이라고 말한다. "그것은 이 관측자가 생각과 정서와 환상을 지니되, 그것을 합리적 세계관의 일부가 될 수 있는 한도에서만 지니게 함으로써, 이성적 도덕의 모델을 보여 주게 하려는 것"이라는 것이다.[3]

---

2   Louis Schneider ed., *The Scottish Moralists*(University of Chicago Press, 1967), p. 76. Adam Smith, *The Theory of Moral Sentiments*(London and New York: G. Bell and Sons, 1892), p. 192, 216으로부터의 발췌.

도덕의 사회성

그러나 스미스의 이성적 관점이 데카르트적인 순화된 선험적 이성의 관점과 다른 것임은 물론이다. 그의 이성은 한편으로는 인간 생존의 피할 수 없는 사회적 성격에서 나오고, 다른 한편으로는 그에 관련하여 사람이 갖는 자기 이익의 하나인 자존심 그리고 그에 이어져 나오는 명예롭고 드높은 것에 대한 사랑에서 나온다. 그에게 확실한 것은 사람의 사회성이다. 도덕적이고 윤리적인 가치들도 그에 밀접하게 관련되어 있다. 사람의 자기의식을 설명하면서 그가 빌려 오는 거울의 이미지는, 사회성이 개인의 의식에 삼투해 오고, 그것이 이상형으로 정련되는 과정에 대한 그의 견해를 미묘하게 나타내 준다.

사람은 거울을 통해서 자기를 안다. 그때, 보는 눈은 사회의 눈에 의하여 형성된 눈이다. 이것은 정신의 경우에도 마찬가지이다. 도덕의 기준은 그러한 거울에 의하여 형성된다.[4] (성리학에서의 수신(修身)의 방법으로서의 공구신독(恐懼愼獨)도 밖에서 보고 있는 눈길에 깊이 관계되어 있다고 할 수 있다.) 그것이 반드시 여기에서 발원한다고 할 수는 없으나 서구 사상에서의 사회성의 강조는 끊임없이 나타난다. 윤리와 도덕의 근원을 사회의 집단성에 두는 뒤르켐과 같은 학자의 생각도 그러하지만, 민족주의나 마르크스주의의 계급 윤리도 여기에 속한다.

우리나라에서 실천적 의미에서의 도덕과 윤리는 특히 집단적 성격을 갖는다. 전통적으로 강조된 것은 충효였지만, 근대에 와서 지금까지도 민족주의와 마르크스주의적 계급주의는 가장 강력한 도덕적 명령의 근원이 되어 왔다. 다만 스미스에 있어서 사회성은 개인의 심성 속에 있는 이성의

---

3 Martha C. Nussbaum, *Poetic Justice*(Boston: Beacn Press, 1995), p. 73.

4 Louis Schneider, op. cit., pp. 71~72.

원리를 통하여 매개되는 데 대하여 이러한 집단주의에서 그것은 거의 그러한 매개를 통하지 않는다는 차이가 있다. 사회성에서 나오는 도덕과 윤리의 기준은 사람의 행동에 대하여 지침이 되고 비판의 기준이 될 수 있다. 아마 경험적 윤리가 움직이는 것은 사회성의 테두리 안에서일 것이다. 그것은 도덕과 윤리의 원리이면서 상상된 공동체의 집단적 압력을 벗어나지 못한다. 그 점에서 그것은 당대적인 의견과 신념을 비판적으로 판단하는 데에는 별로 도움이 되지 않는다고 할 수 있다.

2. 프로네시스와 이성

프로네시스

이것은 우리에게, 공동체적 압력이 이러한 집단주의에서처럼 강렬한 것이 아닌 경우에도 윤리와 도덕의 기준으로서의 이러한 도덕과 윤리의 경험적 원리의 의미를 다시 한 번 생각하게 한다. 앞에서 말한 실천적 원칙들은 역시 앞에서 말한 바 있는, 고전 철학에서의 프로네시스(phronesis, 실천적 지혜) 또는 프루덴티아(prudentia, 판단적 지각)에 비슷하다. 프로네시스는 이론적 이성으로서의 소피아에 대립하고 현실의 구체적인 상황에서의 판단에 작용한다. 그것이 증명될 수 있는 진리를 다루는 것인 한 과학적인 사고의 엄밀성을 가질 수는 없다. 그러나 거기에 합리적 원리가 작용하지 않는 것은 아니다. 그것은 초연한 입장에서의 숙고(bouleusis)의 과정을 요구하는 일종의 이성의 작용을 포함한다. 그러나 이론적 이성의 논리적 엄격성보다는 선례의 참조, 수사적 설득 등이 숙고의 방법이다.

센수스 콤무니스

앞에서 말한 것처럼 데카르트 이후에 곧 비코는 데카르트의 이성이 실천의 영역에서는 기능할 수 없음을 말하였다. 그리고 그는 삶의 지혜나 인간 상호 간의 설득을 위한 수사나 웅변의 중요성을 강조하였다. 이러한 실천적 이성에서 또 주목할 것은 그것의 공동체적 뿌리에 대한 강조이다. 이것은 "센수스 콤무니스(sensus communis, 공동체적 상식)"와도 일치하는 것이지만, 이 센수스 콤무니스는 상식이기도 하고 공동체의 통념이기도 하다. 가다머가 비코의 생각을 설명하는 바에 따르면, 이것은 실천의 장에서 사람의 의지를 인도하는 것이 "이성의 보편성이 아니라, 어떤 집단, 인민, 민족, 또는 인류 전체가 나타내는 구체적 보편성"이라는 것을 인정하고 그것을 개발하는 데에서 밝혀진다.[5]

이러한 프로네시스나 공동체적 상식이 삶의 지혜가 되는 것임은 인정하지 않을 수 없지만, 실천적 선택의 기준으로서 그것은 매우 불확실한 것이 될 수밖에 없다. 우선 공동체적 이해를 넘어서 개인의 자율에 입각한 ─ 또는 자율적 이성에 입각한 도덕의 규칙을 생각하기 어렵게 한다. 또 아마 공동체의 통념은 공동체의 윤리적 건전성보다 이익을 중시하는 것일 가능성이 크다. 이것은 도덕과 원리를 이해관계로 환원한다. 공동체이익은 계속적으로 강조되어야 한다. 그러나 그것은 쉽게 개체의 이익의 허울이 된다. 그리하여 이성적 원칙의 부재는 사람의 삶이 착잡한 이해관계에 얽혀 있음을 드러낸다. 그리하여 이것은 잠재적으로 그럴 수도 있고 곧 현재적인 것이 될 수도 있다. 엄정한 이성의 도덕에 의한 도움이 없는 사회에서, 실천적 지혜란 이해와 거래의 계책을 의미하는 것에 불과할 수 있다. 물론 이것을 무시하는 것은 그야말로 지혜로운 것이 아니다. 그것은,

---

5 Hans-Georg Gadamer, *Wahrheit und Methode*, 5. Auflage(Tübingen: J. C. Mohr, 1986), p. 26.

공동체의 이해관계와 마찬가지로 그 자체로 간단한 손익 계산을 넘어가는 생명의 이해를 포함한다. 현대 사회에서의 사회 계약은 바로 이익에 기초한 계약의 관계이다. 그러나 그것만으로 참으로 믿을 만한 도덕과 윤리의 기초가 마련되었다고 할 수는 없을 것이다. 또는 실천적 지혜가 공동체와 불가분의 관계에 있다면, 오늘날과 같이 다원적 문화의 시대에 있어서 그 것의 이해관계로서의 성격은 쉽게 드러날 수밖에 없을 것이다.

물론 아리스토텔레스나 비코나 또는 해설자로서의 가다머의 생각은 이보다는 복잡하다고 할 수 있다. 아리스토텔레스는, 프로네시스는 선 또는 그 자체로 좋은 것을 위하여 사용되는 것이 아닌 현실적 계산과는 같지 않다고 했다. 삶의 지혜의 적용에 요구되는 지적인 숙고의 과정은 이미 개방적 공정성을 기약하는 것이라고 할 수 있다. 또 특정 집단과 보편성 사이에 관계가 없는 것은 아니다. 앞의 비코 인용에서 집단, 인민, 민족에 이어서 우리는 "인류 전체"라는 말이 들어 있는 것에 주목할 수 있다. 비코의 생각을 가다머가 설명하는 것을 다시 인용하건대, 비코에게, "센수스 콤무니스는 모든 사람에게서 발견되는 정의와 공동선에 대한 감각, 그보다도 공동체에 사는 데에서 얻어지고 그 구조와 목적에 의하여 결정되는 감각이다."[6] 이러한 부분에서, 공동체 고유의 감각과 보편적 감각은 분명하게 하나가 될 수 있는 것으로 생각되어 있다. 이것은 몇 가지로 해석될 수 있다. 가장 간단하게는 이 명제는 이 두 가지의 연결에 문제가 있을 수 있다는 점에 주의하지 않았다고 하는 것이다. 그러나 비코는 희랍의 교양적 전통에 대하여 국가와 사회적 삶에 대한 로마인들이 자신의 전통을 별도로 지켜야 한다고 말하였다.[7] 여기에서 희랍과 로마의 대립은 물론 소피아와 프로

---

6 Ibid., p. 28.

7 Ibid.

네시스의 대립이다. 그것은 우열의 대립이 아니라 삶의 진정한 모순을 나타낸다. 그러나 이것은 넘기 어려운 문화의 대립을 의미하는 것이라 할 수 있다.

한 특정한 집단의 상식이 되어 있는 문화를 보편적인 것으로 주장하는 것은, 중국이나 서양이 범해 온, 문화 제국주의의 원인이다. 그러나 단순한 문화 다원주의는 문화의 다원성이나 쉬운 보편성이 가능하다고 생각한다. 그것은 또 대중문화에 있어서 가능할 수도 있을 것이다. 그러나 심각한 의미에 있어서의 문화는 주체적 능력으로 존재한다. 다른 문화를 받아들이는 것은 많은 경우 자신의 문화의 주체적 능력으로써 그것을 대상화하거나 파편화하여 자신의 안에 흡수한다는 것을 말한다. 진정으로 공동체적 상식의 보편화를 겨냥하는 것은 두 공동체가 주체가 되고 다시 갈등과 종합의 변증법적 과정의 고민을 통하여 하나의 보편적 주체로 확대된다는 것을 의미한다.

보편 공동체와 이성

이것은 문화 충돌의 경우가 아닌 경우에도 마찬가지이다. 윤리적 가치의 근본으로 공동체를 의식한다는 것은 두 가지를 의미한다. 하나는 공동체가 전통으로서 지니고 있는 가치를 의식하고 그것에 의하여 사람의 행동이 규제되는 것을 받아들이는 것이다. 그러나 공동체에 대한 의식은 그러한 가치에 관계없이 공동체의 틀을 삶의 조건으로 받아들이고 그것이 발하는 일반적인 명령에 복종하는 것도 생각할 수 있다. 이 공동체는 어떤 특정한 전통과 가치를 가진 공동체만을 의미할 필요는 없다. 그것은 개체가 거기에 태어나 살고 있는 공동체일 수도 있고, 그가 다른 공동체로 옮겨 간다면, 다른 새로운 공동체일 수도 있다. 그것은, 시공간의 우연에 제약되는 것이 불가피하면서도, 인류 전체로 확대될 수도 있는 공동체이다.

칸트가 말한 정언적 지상 명령 ─ 너의 행동의 격률이 보편적 법칙이 되기를 원하는 것처럼 행동하라. ─ 규칙에 의하여 행동하는 경우, 여기에서 정의되는 개체와 인간 공동체의 관계는 순전히 형식적으로 규정되는 보편성의 관계이다. 그러나 현실에 있어서 사람들은 일정한 공동체적 귀속을 받아들이면서, 그 내용을 비판적 의식의 대상이 되게 할 수도 있을 것이기 때문에 그 경우 그러한 사람들은 사실로서의 공동체와 함께 보편적 규범의 구현자로서의 공동체를 다 같이 의식하는 것이 될 것이다. 그리고 둘 사이의 차이는 잠재적 알력의 원인으로 남을 것이다. 이것은, 다시 말하여, 공동체적 의식에 존재할 수 있는 특수하고 경험적인 의식과 추상적이고 보편적인 의식을 말하는 것이다.

여기에서 보편성의 의식이 반드시 추상적 이성과 일치하는가는 분명치 않다. 그렇다 하여도 공동체적 동의는 거기에 가까이 가는 것이 되고, 드디어는 형이상학적 실체로서의 이성에 이를 수도 있을 것이다. 어쨌든 여기에 주어진 공동체 ─ 또는 두 개의 보편성의 주장을 넘어서 그것을 공정하게 바라볼 수 있는 눈길이 필요하다는 것은 분명하다. 그리고 그 눈길은 되돌아봄의 움직임 속에서만 존재하는 이성의 눈길일 가능성이 크다. 보편성은 개인의 자율성 속에서만 살아 있는 것이 될 것이기 때문이다.

3. 합리성과 숨은 이성

숨은 이성

윤리 도덕 또는 더 넓게 실천의 영역에 있어서 선험적 기준의 탐색은 부질없는 것으로 보이면서도, 앞에서 몇 개의 관점을 매우 소략하게 생각해 보는 데에도 드러나듯이, 다양할 수밖에 없는 경험적 기준들에 이성적 요소가 전혀 없는 것은 아니다. 적어도 윤리와 도덕에 대한 많은 생각들은 인간의 심성에 있는 다른 요소들을 인정하면서도, 그것을 관류하는 어떤 이성적 원리에 관심을 가지고 그것의 존재를 인정하는 것으로 보인다. 그러나 진정으로 자의적인 의견과 신념에 매이지 않으려면, 우리는 다시 한 번 이러한 이성을 넘어가는 ─ 공동체적 의견과 신념의 생산자로서의 이성을 넘어가는 보다 엄정한 근본적 이성을 필요로 한다. 실천의 세계에서도 보다 명확한 이성, 데카르트적 이성의 역할을 포기하는 것은 너무 성급한 일일는지 모른다. 데카르트적인 회의와 과학적 이성이 당대적 편견과 압력으로부터의 자유를 가능하게 할 것임은 분명하다. 그러나 동시에 이것이 윤리와 도덕에 있어서의 명확한 이성적 판단에 무관한 것일 수는 없다. 다만 여기에서의 기능은 역설적으로 수행되는 것일 수도 있다. 그렇다는 것은 일견 그러한 기능을 포기함으로써 그 기능을 수행한다는 것이다. 거기에 움직이는 것은 숨은 이성(ratio absconditus)이다.

도덕과 윤리에 있어서의 믿음과 이성

데카르트의 방법적 탐구는 이론적 이성에 집중되어 있다. 그러면서도 그가 실천적 이성을 완전히 포기한 것은 아니라는 것은 위에서 말한 바와 같다. 그러나 실천의 영역에서의 이성의 존재는 그 나름의 방식으로 훨씬 섬세한 움직임 속에 있어서 쉽게 드러나지 않는다. 자전적 기록으로서의 그의 글들은 삶의 바른 길을 찾아가는 문제에 밀접한 관계를 가지고 있다. 그가 끊임없이 표현하는 바른 길에 대한 갈구는 그의 이성이, 현실 사회에서의 선택의 문제를 완전히 무시한 것이라고 생각하기 어렵게 한다. 그가 여기에 대하여 일정한 입장을 가지고 있었다는 것은 앞에서 말한 바와 같다. 간단히 말하면, 실천적 선택의 문제에 있어서 그의 입장은 기독교적인 믿음에 기초해 있다고 할 수 있다. 그러나 이것은 단순히 풀 수 없는 문제를 피하여 신앙에 도피한 것으로 보이지는 않는다. 오히려 그의 믿음의 동기는 의심할 여지가 없는 분명하고 확실한 것을 찾으려 한 그의 이성주의적 추구에 깊이 관련되어 있는 것이 아닌가 하고 생각해 볼 수 있다.(그는 메르센과 교환한 편지에서 과학이나 형이상학의 문제를 넘어가는 신학의 문제에 답할 것을 거부한다.)

되풀이하건대, 이래도 저래도 좋다거나 모든 선택은 다 같다거나 하는 것은 얼핏 보아 인간의 자유의 증표처럼 볼 수 있지만, 이것이 인간이 자신의 자유를 가장 훌륭하게 사용하는 것은 아니라고 데카르트는 생각하였다. 그는 우리의 판단이 지적인 기준에 충실하려고 할 때는 무관심 또는 중립적 태도가 불가피하다는 것을 인정하면서도, 불분명한 것을 계속적으로 밝히려는 노력은 사람의 의무라고 생각하였다. 그의 생각으로는, 진정으로 사람이 자유로운 상태는 이래도 저래도 좋다는 애매한 상태에 있는 것이 아니라 무엇이 참(verum)이며 무엇이 선한 것(bonum)인가를 알고 그에 따라 주저 없이 행동하는 데에 있다. 또한 이것은 실천적 선택의 어려움에도 불구하고 불가능한 것은 아니다. 그 가능성은 모든 것의 근거가 신의 존재에 있다는 사실에 이어져 있다. 그는 이성적 진리를 보장하기 위하여 신의 존재를 증명하려고 모든 노력을 기울인 바 있다. 신의 존재에 의한 선의 보장은 우리의 의지의 작용에도 없을 수가 없다. 도덕과 윤리에 있어서도, 비록 그것을 탐구하고 알아내려는 노력이 있어야 하지만, 분명한 것이 있다는 것은 틀림이 없다. 결국 참이 신에서 나온 것처럼 선한 것에 관한 앎도 신에서 나올 것이기 때문이다. 불분명한 것이 있다면, 선악의 기준에 문제가 있는 것이 아니라 주어진 기준을 가지고 구체적인 상황을 가려내는 사람의 능력과 노력에 문제가 있는 것이다.

그러나 선에 대한 옳은 판단이 언제나 존재할 수 있다는 확증을 어디에서 찾을 것인가? 물리적 세계에 있어서의 참의 기준은 인간의 이성에 있고, 그에 대한 증거는 실재하는 세계의 움직임에 드러나는 이성적 법칙성에 있다. 이 모든 것을 보장해 주는 것이 전지전능 그리고 전선의 신의 존재이다. 선의 선택에 있어서 이러한 구조에 해당하는 것은 어떤 것인가. 사람의 마음에 있는 신의 세계에 대한 접합점은 믿음이다. 믿음에 대응하는 현실 세계의 증거는 분명치 않다. 물론 선이, 아리스토텔레스가 생각한 것처럼, 행복(eudaimonia)을 준다는 점에서 현실적 증거가 없다고 할 수는 없지만, 그것은 법칙적 확실성을 가진 것은 아니다. 데카르트에서 믿음이 바로 이 확실성의 부재라는 결점을 보완해 준다.

우리는 사람과 세계와의 또 하나의 접합점으로서 논리의 명확성(apodeixis)이나 사실의 강박성(catalepsis)에 믿음(pistis)을 추가하여야 할 것으로 보인다. 그러나 선의 원리에 대응하는 세간적 증거를 구하려 할 때, 그것은 세계가 아니라 믿음 자체에서 찾을 수밖에 없다. 그 뒷받침은 밖으로부터 오는 것이라기보다 마음의 안으로부터 나오고 그 보장은 신에 의하여 주어진다. 믿음의 증거는 세계와의 관계에서 다른 내적인 접합점보다도 그 자체의 내면에 폐쇄되어 있다는 인상을 준다. 그러나 믿음의 경우에도, 그것의 기능은 현실 행동에 있어서 분명한 윤리적 성격의 판단과 선택이 존재한다는 보장이고, 그 보장에 의지하여 실제 그러한 판단과 선택을 찾으라는 명령이다. 윌리엄 제임스에게 종교적 신앙의 의미는 그것이 좋은 결과를 가져올 수 있다는 데에 있었다. 데카르트에게 믿음의 보장도 이에 비슷한 것이었다고 할 수 있다. 다만 그에게 그것은 희망이나 개연이 아니라 궁극적인 확실성의 보장이었다.

앞에서 본 바와 같이 그가 공동체적 상식을 받아들일 용의가 있는 것은 사실이다. 그러나 그것을 받아들일 때 그것의 잠정적인 성격을 호도하려 하지 않는다. 아마 그것을 그대로 받아들이고 자신의 신념으로 하는 것은 의심할 수 없는 명확성을 찾고자 하는 마음의 습관에 비추어도 받아들이기 어려운 것이었을 것이다. 그러나 믿음은 윤리와 도덕의 영역에 있어서 이성의 영역에서와 비슷한 확실성의 근거가 되었다고 할 수도 있다. 그가 옹호하는 구체적인 도덕률은 없다. 그것은 잠정적인 것일 뿐이다. 그러나 이것이 궁극적으로 명확한 선악의 기준이 없다는 것을 의미하지는 않는다. 그것은 앞으로 드러나야 할 어떤 것이다. 그것은 앞으로 계시된다는 뜻이 아니다. 그것은 주어진 현장의 철저한 도덕적, 윤리적 규명을 통해서 드러나야 한다. 이때 움직이는 것은 실천적 영역일망정 이론적 이성일 가능성이 크다. 그러나 이 이성은 어떤 법칙을 발견하는 것이 아니라 현장적 판단에 작용하는 이성이다. 미리 정해진 법칙이나 규범은 오히려 선입견 없는 선악의 판단에 방해가 될 수도 있다. 특정한 윤리적 원리나 규범은 유보되어 마땅하다. 그럼에도 불구하고 믿음은 이 이성이 그 분명한 결론에 이르리라는 것을 보장하는 역할을 한다. 그것은 어떤 한 경우만이 아니라 모든 가능한 경우에 윤리적, 도덕적 판단의 결과를 보장한다. 외부에 존재하는 세계의 인식에 있어서 이성의 작용이 정당하다는 보장이, 그 명확성의 보장으로서 신을 필요로 하였듯이, 선의 영역에서도 궁극적으로 선악의 판단이 가능하다는 보장으로서 신에 대한 믿음이 필요한 것이다.

데카르트가 반드시 이러한 관점에서 윤리의 문제를 논한 것으로 보이지는 않는다. 그러나 신의 존재의 중요성 그리고 종족적 관습에 대한 그의 잠정적 태도 그리고 실천적 문제의 숙고와 선택에 대한 그의 발언들을 종합해 볼 때에, 우리는 그의 입장을 이렇게 정리해 볼 수 있을 것이다. 이러한 복잡한 관련이 그로 하여금 (1) 종족적 또는 당대적 관습을 받아들이면서 (2) 동시에 그 선입견으로부터 자유롭고 (3) 또 철저한 윤리적, 도덕적 판단의 가능성을 믿게 한 것이라 할 수 있다.

이성의 회로

이러한 판단에 있어서 어떤 정해진 규범이나 원리가 전혀 없다고 할 수는 없을 것이다. 아마 그것은 기독교의 가르침이나 공동체의 규범과 원리였을 것이다. 그러나 그것은 단지 그의 이성이 움직임의 지평을 이루었을 뿐 의식적으로 채택되는 공리나 전제가 아니었다. 실제 공정한 모든 판단에 있어서 커다란 전제들은 단지 배경이나 지평으로 존재할 뿐이다. 이런 경우, 이 전제는 두 가지의 위상을 갖는다고 할 수 있다. 그것의 출처는 아마 공동체의 전통에 집적된 삶의 지혜일 것이다. 그러나 실천적 영역의 판단에 있어서 그 절대적인 확실성은 유보된다. 그러나 그것의 기능이 없어지는 것은 아니다. 그것은 그 절대적 확실성이 없는 채로 발견을 위한 가설의 역할을 한다. 그리고 구체적인 상황에 대한 일정한 결론이 드러남과 동시에 다시 한 번 그 확실성을 회복하게 된다. 그 핵심은 공동체적 상식과 문제적 상황의 섬세한 관련들을 하나의 일관성 속에서 바라보는 눈길이다. 이론적 탐구의 과정도 이에 비슷하다. 일반적 이론은 구체적 실험에 있어서 일단 괄호 속에 들어가면서, 발견을 위한 가설로 작용하고 그다음 실험의 자료에 의한 검증을 통해서 다시 확인된다. 사실 어느 쪽에 있어서나 이 과정에 작용하는 것은 이성이다 그리고 그것은 일관된 진위의 판단을 위하여 초연하게 움직이는 눈길에 비로소 드러나게 되는 이성이다.

간단히 논할 수 없는 것이기는 하지만, 인간의 자유의지를 인정할 때, 그 자유는 일단 무엇에 의하여도 제한될 수 없는 것으로 상정할 수 있다. 여기에는 구체적인 규범에 의한 제한도 포함된다. 그러나 다른 한편으로 인간의 자유는 언제나 구체적인 상황 내에서의 자유일 것이고 이 자유가 현실적 의미를 가지려면, 그것은 물리적 환경을 포함한 사실적 조건에 제한되고 다시 한 번 공동체적 조건 —— 공동체의 필요와 공평성의 원칙, 또는 최선의 경우 칸트의 지상 명령에 의하여 제한되는 것일 수밖에 없다.(칸트의 지상 명령에 포함되는 보편적 인간 공동체는 윤리적 의무이면서도, 사실상 사회적 존재로서의 인간에게 사실의 세계나 마찬가지로 필연성의 제약이 된다.) 이러한 자유와 제한의 균형을 하나의 결정으로 유도할 수 있는 것이 이성의 원칙일 것이다. 이때 프로네시스나 센수스 콤무니스는 전통 속에서 단련되어 나온 이성적 판단의 사례이지만, 절대적인 명령이 될 수는 없을 것이다. 이러한 여러 항목들 사이에서 종합하고 일관성을 유지하고 현실적 결과를 저울질하는 이성의 회로가 차단되거나 경색되었을 때, 생겨나는 것이 맹목적 확신에 의한 행동이라고 할 수 있다.

4. 이성과 가치

실천의 측면에서 이성의 움직임을 최후의 심판자라고 할 때, 거기에 위험이 없는 것은 아니다. 이성의 절대화는 프로네시스와 전통의 상실을 초래할 수 있기 때문이다. 실천의 영역에서 이성의 역할이 정당화될 수 없다면, 이것은 윤리 도덕, 가치 또는 실천적 선택의 영역에서의 이성의 퇴장으로 생각될 수도 있다. 그리하여 그것은 고집스러운 회의주의나 허무주의에 이를 수 있다. 그러나 이성 — 과학적 이성은 되돌아온다. 사실의 세계는 이해되고 통제될 수밖에 없기 때문이다. 그러나 이 경우에도 이성은 실천 영역에 대한 그 나름의 프로그램을 가지고 있기 마련이다.

경제 이론이나 기능주의적 인간 이해는 인간을 철저하게 목적 합리적인 존재로 환원한다. 그러한 한도에 있어서 그는 이성적 또는 합리적 존재로 상정된다. 다만 목적은 이익과 이윤 추구이고, 이 목적을 위하여 인간의 내면과 외적인 행동의 장으로서의 사회는 단순한 합리성에 의하여 정비된다. 데카르트 이후의 — 그 근본적 동인이 데카르트에 있다고 이야기되는 서구의 사상사는 신앙은 물론 모든 가치에 대하여는 명증한 기준이 있을 수 없다는 것을 일반화하는 쪽으로 전개되었다. 20세기 초에, 가치와 사실의 건너뛸 수 없는 분리 —— 그리고 그에 따르는 고민을 받아들이는 마음가짐을 미국의 비평가 조지프 우드 크러치(Joseph Wood Krutch)는 "현대의 마음(the modern temper)"이라 부른 바 있다.[8] 이 구분 그리고 가치의 영역의 비규범성은 현대의 마음의 특징을 말하는 많은 논의에서 일반론이 되었다.

합리성의 세계

이 양분된 세계에서 이성적 방법은 어떤 의미를 갖는가? 그것은 목적을 규정하는 가치나 도덕의 기준에 관계없이 수단으로서 역할을 할 수 있을 뿐이다. 잘 알려져 있듯이, 막스 베버의 사회 과학 방법론에서 가치와 사실의 구분은 학문적 엄정성을 지키는 데에 있어서 가장 중요한 정신 조작이었다. 합리성은 선택된 목적과 그것이 요구하는 수단과의 관계에서만 의미를 갖는다. 그러니까 가치 선택의 기준은 과학적으로 논의할 수 있는 것은 아니다. (이 구분은 역설적으로 학문의 윤리적 근거를 이룬다. 그리고 그에게 신념으로 받아들인 가치에 따라 이러한 실천적 선택은 그 나름의 위엄을 가지고 있다.)

그러나 베버의 역설은 사회 과학에서 가치에 대한 논의를 완전히 배제한 것이 아니라는 점이다. 그는 가치가 인간 행동에 있어서의 가장 중요한 동기를 이룬다는 것을 인정하고, 그에 따른 실제적 결과를 이해하고자 하였다. 엄격한 과학적 연구가 인간의 외적 행동만을 대상으로 한다고 하면, 그는 다시 그것을 내부의 주관적인 관점에서 이해해 보고자 한 것이다. 그러나 그는 이러한 주관성의 내적인 구성에 대해서는 큰 관심을 가지고 있

---

8 Cf. Joseph Wood Krutch, *The Modern Temper*(New York: Harcourt Brace & Co, Harvest Book, 1957).

지 않았다. 그는 어떻게 자아가 구성되고, 또 그것과 타자와 상호 주체성들이 이루어질 수 있는가 하는 문제들도 생각하지 않았지만, 특히 중요한 것은 이해가 개체의 의식 속에서 정확히 어떻게 작용하는가 하는 문제에도 별 관심이 없었다.[9] 때문에 그는 사회적인 그리고 개인적인 가치의 선택에도 일정한 합리성이 있다는, 또 그것이 필요하다는 것을 문제 삼지 않았다.

그의 큰 업적은 역사적으로 존재해 온 가치 체계에 주목하고, 거기에서 나올 수 있는 행동의 양식을 유형적으로 분석한 것이다. 그러나 역설적인 것은 방법적으로 전개되어 있고, 또 문명의 유형적 파악에 전제되어 있는 이해의 과정을 생각해 볼 때, 그것은 이성과 가치의 상호 작용을 불가피하게 하고 가치 영역에서의 이성의 보이지 않는 판단을 끌어들이는 것으로 생각된다는 것이다. 특히 베버 자신의 가치 선택의 거부에서도 이것은 드러난다.

반성적 이성

이해의 과정에서 작용하는 것이 이성인 것은 분명하지만, 그것은 방법적 원리로서의 이성이 아니라 반성적 이성이다. 타자를 이해하기 하기 위해서는 그것을 자신의 의식 안에 끌어들이는 조작이 필요하다. 이것이 이루어지는 것은 공감을 통한 일치이다. 그러나 자신 안에 들어온 타자의 관점의 의미를 생각하는 것은 그것을 넓은 관련 속에서 살펴보아야 한다는 것을 말한다. 이것을 위해서 자아는 되돌아봄의 공간으로 구성되어야 한다. 이것은 타자의 되돌아봄을 내 안에서 수행하는 것이지만, 그것은 자신

---

9 Cf. Alfred Schutz, *The Phenomenology of the Social World*(Evanston, Ill: Northwestern University Press, 1968), pp. 3~15. 슈츠는 베버의 이해의 사회학에서의 이해가 어떻게 이루질 수 있는가에 대한 구체적인 분석이 부족하다는 것을 지적하고, 그것을 해석학적 해명에 의하여 보충하고자 한다.

의 되돌아봄의 습관과 훈련을 바탕으로 하여서 비로소 가능하고 그 바탕 위에, 말하자면 덮어 쓰는 식으로 이루어진다고 할 수 있다. 의식이 반성의 팔림세스트(palimsest)로 작용하는 것이다.

더 나아가 이 되돌아봄의 공간은 공감적 일치를 넘어서서 구체적인 타자만이 아니라 익명의 다수의 타자 그리고 거기에 대응하는 논리적으로 가능한 모든 관점을 포용하는 것으로 확대될 수 있다. 여기에 이미 경험적인 타자를 넘어가는 논리화가 이루어지지만, 이것을 비교하고 그로부터 일정한 결론을 도출하는 데에 개입하는 것은 물론 이성의 힘일 수밖에 없다. 여기의 이성은 문제 되어 있는 가치 사안을 인과나 동기 관계로 이해하고, 그 가치의 현실적 관련과 결과를 평가한다. 이 이성은 스스로의 기능을 엄격하게 한정하여 주어진 목적과 그 현실적 경과만을 판단하는 것이다. 그러나 그 경우에도 그것이 가치 판단으로부터 완전히 분리되는 것은 아니다. 이러한 판단에 이성의 작업을 수행하는 주체의 가치가 개입되지 않을 수 없다는 점에서도 그러하지만, 관련의 총체성의 외연은 저절로 규범적 보편성에 일치할 가능성이 크기 때문이다.

가치 선택과 현실 세계의 이성

이러한 반성적 이성의 과정이 주어진 가치에 대한 가치 중립적인 판단에 어떻게 작용하며, 결국 거기에 실천적 가치가 어떻게 스며드는가를 살펴보기 위하여 베버의 학문적 방법론의 절차적 처방을 잠깐 언급해 볼 필요가 있다. 언급하고자 하는 것은 「경제학과 사회학에서의 윤리적 중립성」이라는 글에서, 가치 중립적 학문의 방법을 간단히 요약하는 부분이다. 그에 의하면, 사회를 연구하는 학문은 첫째, "여러 다른 태도의 근거가 되는, 내적으로 '일관된' 궁극적 가치 공리를 명세화하고 해명한다." 사람들은 다른 사람에 대해서만이 아니라 자신이 받아들이는 공리적(公理的) 가치의 내용, 그리고 전체적인 의미나 연관에 대해서도 잘 알지 못한다. 그리하여 그것을 분석적으로 해명하려는 것이다. 이 분석은 구체적인 가치 기준에서 시작하여, 그 의미를 도출하고 함축되어 있는 확고한 가치 정향의 규명에로 나아간다. 이것은 사실에 대한 천착이 아니라 논리적 타당성을 저울질하는 일이다. 두 번째로 현실적인 가치 판단의 밑에 있는 확고한 가치 정향에서 나오게 되는 "함축적 결과"들을 연역해 낸다. 여기에 필요한 것은 논리와 최대한의 경험적 사례들에 대한 연구이다. 세 번째는 실천적 상황에서 가치 정향이 실현되는 데에 따른 사실적 결과들을 확실히 하는 것이다. 그 결과는 가치 실현을 위해서 선택할 수밖에 없는 수단 때문에 일어나는 것일 수도 있고, 원하는 것이 아닌데도 일어나는 것일 수 있다.

흥미로운 것은 이러한 분석의 결과가 지적인 차원에만 머무는 것이 아니라는 것이다. 분명하지 못했던 여러 관련은 현실적 판단을 자극할 수밖에 없기 때문이다. 목적 또는 가치 실현은 필요한 수단이 없기 때문에 실현될 수 없는 것이라든가, 또는 원하지 않았던 부작용으로 인하여 바람직하지 않다거나, 실현 불가능하다거나, 또는 당초의 가치 선택자가 미처 고려하지 않았던 수단이나 부작용을 고려할 필요가 있다거나, 목적과 수단의 연계, 정합성 또는 부정합성이 원래의 주창자에게 새로운 과제가 된다거나 하는 등의 결론이 나오게 되기 때문이다. 또 다른 결과는 어떤 가치 또는 행동의 선택에 원래 의식하지 못했던 새로운 가치 공리가 숨어 있다는 것이 들추어지고, 표방한 공리와 이것 사이에 모순이 있고, 원래의 태도가 불철저한 것이었음이 드러나게 되는 수도 있다.[10]

---

10 Max Weber, "The Meaning of 'Ethical Neutrality' in Sociology and Economics", *The Methodology of the Social Sciences*(New York: The Free Press, 1949), pp. 20~21.

이성 속의 가치

앞의 것들은 학문 연구자 자신의 가치와는 관계없이 사람들의 행동을 결정하는 가치 또는 가치 체계에 대한 분석의 방법을 말한 것이다. 여기에서 가치는 순수하게 가치가 정하는 정향에 부수하는 현실 관계 속에서만 분석되고 그 자체에 대한 판단과 선택은 조심스럽게 유보된다. — 적어도 베버의 주장은 그렇다. 그러나, 이미 시사한 바와 같이 이러한 엄정한 태도 자체가 가치 선택의 결과이다. 「직업으로서의 학문」에서 그는 학문인의 바른 기능은 어떤 특정한 가치의 입장을 옹호하고 선동하는 것이 아니라, 엄정한 사실적 분석과 다양한 선택의 가능성을 설명하는 데에 있다고 말한다. 그것이 학문과 교육의 윤리이다. 교육자가 학생에게 가르칠 수 있는 것도 이러한 윤리의 태도이다. 그러면서 그런 일에 성공할 경우, 학생들은 자신의 입장에 배치되는 "좋지 않은 사실"을 받아들여야 한다. 그리고 그 자신 이러한 엄정성 — 사실의 존중이 이루어지게 하는 것을 "도덕적 성취"[11]라고 부른다. 그리고 학생들로 하여금 가치와 사실을 있는 대로 엄정하게 이해하게 하여 자신의 생각을 분명하게 하는 일은 교사가 "도덕적 힘에 바르게 봉사한다."[12]라고 말하는 것이다.

이러한 발언에서 드러나듯이 베버의 가치 중립의 태도는 이미 도덕적, 윤리적 선택을 나타내고 있는 것이다. 뿐만 아니라, 이 태도에는 다른 많은 가치가 함축되어 있다. 학문의 반성적 고찰이 이미 그러한 고찰을 학문을 위하여, 사회를 위하여, 또 개인의 실천적 선택에서 핵심적 가치로 선택했다는 것을 말한다고 할 수 있다. 이렇게 말하는 것은 지나치게 까다로운 동어 반복의 놀이가 되는지 모른다. 다시 가치 정향과 체계의 중립적, 객관적

---

11 Max Weber, "Science as Vocation", in H. H. Gerth and C. Wright Mills eds. *From Max Weber* (New York: Oxford University Press, 1967), p. 147.

12 Ibid., p. 152.

분석의 방법을 논한 것으로 돌아가서, 거기에 여러 입장이 있다는 것을 인정하는 것은 민주적 태도를 전제한다. 그리고 그것을 자신의 입장과 관계없이 이해하려 한다는 것은 관용의 덕을 나타낸다.

그러나 그것보다 중요한 것은 이해 그것에 필요한 일정한 자세이다. 사실 존중과 사실의 인과 그리고 동기 관계의 이해에는 이성의 분석이 필요하다. 그리고 모든 과학의 과정에서 그러하듯이 거기에는 냉정함이나 자기 기율이 있어야 한다. 그러나 이성의 다른 심성의 덕성과의 결합은 주어진 사실에 접하기 전부터 준비되어 있어야 할 민주적 개방성이나 관용성에도 이미 들어 있는 것이다. 그의 이성 선택은 베버의 자유주의자로서의 정향에 관계되어 있다고 할 수 있다. 그러나 자주 지적되듯이 그의 자유주의가 단순한 의미에서의 민주적 태도에 연결되느냐 하는 데에는 문제가 있을 수 있다. 그의 이성적 태도에 들어 있는 많은 덕성은 단순한 자유주의에서 상정되는 것보다는 더 엄격한 자기 기율을 생각하게 한다. 또는 역설적으로 이러한 덕성의 기초 위에서만 자유주의는 가능하다고도 할 수 있다.

베버의 방법론에서 중심이 되는 것은 경험적 사실이나 주어진 과제로서의 가치 현상을 다룰 때에, 사실을 존중하고 그것을 이성적으로 이해하려는 태도이다. 이것은 방법이면서 삶 전체의 교양적 수련에서 생겨날 수 있는 전인격의 소산이다. 그것은 단순한 도덕적 입장에서는 습득될 수 없는 어떤 것이다. 헤겔이 고전 언어나 학문의 습득 또는 장인들의 작업에서 요구되는 객체적인 것에 대한 헌신 — 자기 소외라고 부를 수도 있는 헌신이 정신을 보편적인 것으로 높이는 역할을 한다고 한 데에 이미 이러한 과정에 대한 관찰이 들어 있다고 할 수 있다. 사실에 대한 과학적 태도는 도덕 교육의 의미를 가지고 있는 것이다.

다시 되돌아볼 때, 가치와 사실적 관련에 대한 베버의 가치 중립적 분석은 그의 지적인 배경을 구성하는 개인적 성향이나 정치적 편향에 관계시키지 않더라도 그 자체로서 도덕적, 윤리적 의미를 가지고 있다고 할 수밖에 없다. 학문의 방법으로 다양한 가치 정향을 분명하게 분석하고 이해한다고 할 때, 그것도 자신의 생각을 분명히 하는 것을 도덕적 의무로 받아들이는 태도에 이어지는 학문의 태도이다. 가치에 대한 분석의 결과 일정한 가치 정향에 함축된 의미를 밝히고, 그 과정에서 목적과 수단의 관계를 규명하면서, 수단의 결여나 부적절 그리고 그 가치의 실현에 따를 수 있는 바라지 않던 부작용을 밝히는 것은 그 나름의 도덕적 의미를 가지고 있다. 분석은 결국 그에 대한 평가를 낳지 않을 수 없을 것이다. 또 사실 이러한 평가의 가능성이 분석의 틀을 결정하는 선구조가 된다고 할 수도 있다. 평가에 있어서 수단의 부재나 부적절은, 엄정하게 중립적인 관점에서는, 사실적 세계가 인간의 행동에 가하는 한계를 말하는 것일 것이고 사회적 행동에 있어서는 그것은 다른 사람의 기능적 동원에 한계가 있다는 것을 의미할 것이다. 한계는 강제력과 폭력의 사용에 한계를 긋는 것을 말한다.

이것은 단순히 물리적으로 그 사용이 불가능하다는 것만을 의미하지는 않는다. 원활한 목적과 수단의 정합은 다분히 인간의 사회적 통합에 연결되어 있다. 이 통합은 순전히 기능적인 것일 수도 있지만, 최선의 경우 모든 사람이 그 자신이 목적인 사람들의 공동체를 의미할 수도 있을 것이다. 목적으로서의 인간의 공동체는 사실적 상황에서 결정적인 요인이 되기는 어렵다고 하겠지만, 극단적인 경우를 제외하고는 하나의 잠재적인 이념으로서 사람들의 마음에 작용할 수 있을 것이다. 전쟁의 수행에 있어서, 아군의 희생을 줄이려는 것은 단순한 의미에서 병력을 보존한다는 뜻만은 아닐 것이다. 베버가 말하는 바라지 않았던 부작용이 정확히 무엇을 의미하는지는 모르지만, 많은 정치적 상황에서 그것은 지나친 인간 가치의 희생을 포함되는 것이 보통일 것이다.

그러나 베버가 도덕적, 윤리적 선택에 결정적인 가치 기준이 없다는 것을 받아들인 것은 사실이다. 그리고 그는 실천의 영역에서 많은 것이 가치에 대한 단호한 선택과 결단적 행동을 통하여 이루어진다는 것을 알고 있었다. 이것이 그가 연구의 대상으로도 권력의 문제에 집중적인 관심을 가졌던 이유이다. 그러나 여기에서도 그는 행동의 개인적인 선택이 도덕적 양심에 맞는 것일 수 있고, 그 안에 숨은 이성의 움직임이 있을 수 있다고 생각하였다. 그러나 그것이 전적으로 자의적인 선택이지 필연적인 법칙으로 결정될 수 없다는 것을 받아들였다.

역설적으로 이것은 극히 도덕적인 입장이라고 할 수 있다. 가치 중립의 입장은 사실 도덕적 선택은 철저하게 자율과 자유에 기초할 수밖에 없다는 것을 받아들이는 것으로 취하여질 수 있기 때문이다. 그러면서 앞에서 본 바와 같이 그는 가치의 문제에 대한 이성적인 고찰을 계속하였다. 이것은 자율적인 선택 — 양심의 선택에, 철저한 지적인 숙고가 선행하거나 따라야 하는 것임을 받아들인 것이라 할 수 있다. 물론 가치와 사실 사이에는, 그리고 개인의 자율과 집단적 의무 사이에는, 아무리 근접하는 경우라도 건너뛸 수 없는 심연이 놓여 있다. 그러나 이 심연을 받아들이면서, 실천적 선택에 있어서, 암묵적으로 — 그것은 이 모순으로 인하여 암묵적인 것이 될 수밖에 없는 까닭에 — 최대의 이성적 숙고를 요구한 것이라고 할 수 있다. 그 숙고 자체가 깊은 도덕적 의미를 갖는 것이다. 숙고의 결과는, 필연의 요구가 되는 것이 아니라 자유로운 선택의 결과로 남아 있어야 하지만, 불가피하게 그 선택에 영향을 미치지 않을 수 없다. 이것은 이성이 그 자체로 도덕적 의미를 갖는다는 것을 말한다. 또는 이성은 도덕 안에 보이지 않게 움직이는 원리가 된다. 이것은 개인의 자율성이 모든 도덕의 기초라는 칸트적인 명제를 확인하는 것이다. 즉 이성은 도덕적 가치로부터 초연할 때 가장 도덕적인 것이 될 수 있다. 물론 그것은 숨은 이해관계에 대하여서도 초연하여야 한다. 그때 그것은 도덕 안에서 숨은 이성이 된다.

도덕과 이성의 이러한 착잡한 관계는 다시 한 번 "현대의 마음"에 내재하는 모순이라고 할 수 있다. 이 착잡한 관계는 도덕적 가치로부터 필연성을 빼앗으면서 다시 그것을 전적으로 돌려준다. 그러나 그 요청은 너무나 어려운 윤리적 실현을 기대한다. 실재에 있어서 이것은 대부분의 사람에게 도덕적 가치의 부재를 의미한다는 것을 부정할 수 없다. 이것은 개인의 경우뿐만 아니라 현대 사회의 합리화 과정에서도 그대로 드러난다. 개인의 삶의 기술이라는 관점에서 프로네시스는 이 어려운 요청을 대신하여 유용한 방편이 될 수 있다. 그러나 사회적 역학 관계 속에서는 집단 이익의 명령이 진정한 도덕성, 윤리성 그리고 이성을 대신하는 것을 허용한다.

성찰, 시각, 실존

1. 정의와 이성

숨은 이성, 드러난 이성

이성이 참으로 주체적 활동의 표현이라면, 그것은 대상적으로 파악될 수 없다. 그것은 이해를 위한 되돌아봄의 뒤안으로 숨어들어 가게 마련이다. 그러면서 그것은 내적 필연성의 근원으로 작용한다. 그러나 이러한 숨은 이성이 전제하는 것은 개인의 자유과 자율성이면서, 이 자유와 자율성의 강조는 사람을 저절로 도덕적 선택으로 유도하리라는 것이다. 이것은 두 가지의 가능성을 상정하게 한다. 하나는 완전히 자유롭게 움직이는 사람의 심성의 깊이에는 도덕적인 무엇인가가 숨어 있다는 것이다. 다른 하나는 이성 그 자체가, 근본적으로 도덕적인 것이라는 것이다. 다만 이것은 쉽게 보이지 않을 뿐이다. 이 경우에 물론 이성은 다른 이차적인 목적에 봉사하는 것이어서는 아니 된다. 그것은 순수하게 그 자체로 움직이는 것이어야 한다. 신학적으로도 그렇겠지만, 존재론적으로도 그 근원은 하나라고 하는 것이 옳다. 그러나 이성이 함께하는 도덕적 판단의 향방은 미리 정해진 것이 아니다. 이것은 어쩌면 도덕적 가치 자체의 경우에 그러하다고 할 수 있다. 가치는 가치대로 이성의 작용 밑에 숨어서 움직인다. 이성이나 도덕적 가치나 그것이 주체적인 것인 한 쉽게 대상적으로 파악될 수 없는 것은 당연하다. 살아 움직이기는 하되, 이성이나 도덕적 가치가 불분명하고 판단의 향방이 미정의 상태에 있는 것은 구체적인 상황의 다양성과 예측 불가능성에 맞아 들어가는 것이다. 이것이 참으로 상황에 맞는 도덕적인 판단을 가능하게 한다.

전체로서의 사회

그러나 이러한 미확정의 상태에서 움직이는 이성에게 모든 것을 맡기는 것은 심히 불안한 일이다. 이성의 작용은 현실에 있어서 여러 가지 도움을 필요로 한다. 도덕적 격률은 이러한 필요에 답한다. 프로네시스의 움직임도 여러 전습된 지혜에서 그 지표를 찾는다. 아리스토텔레스의 용기, 중용, 명예, 우의, 정의 등의 덕목들은 이성적 정당성을 가지고 있으면서도 관습적으로 긍정되어 온 덕목들이다.

프로네시스의 지주는 공동체의 전통이나 관습에 있지만, 그것의 적용은 개인에 의하여 개인의 삶의 범위에서 일어난다. 그러나 실천적 이성의 움직임에서 가장 손쉬운 준거점이 되는 것은 집단의 이름이다. 이성은 전체성을 지향하는 경향을 갖는다. 이것과 집단이 하나가 되는 것을 용이하게 한다. 물론 준거가 되는 집단이 구체적인 것일 수도 있다. 그러나 그것이 개인의 삶에 매개될 때 벌써 그것은 이념화한다. 그리고 대체로 집단은 이념화된 전체성으로서 집단 구성원의 마음속에 존재하게 마련이다. 집단이 커질수록 이념성은 강화된다. 그것을 하나로 묶는 것은 궁극적으로 합리적 조직이고 이성적 원리이다. 그런데 이 조직화되고 이념화된 집단이나 사회가 참으로 이성을 나타내는지는 확실치 않다. 이것은 이성의 참모습이라는 관점에서도 그러하고 그것이 개인의 마음에 작용하는 방식에서도 그러하다. 그렇다고 그것이 이성을 나타내지 않는 것도 아니다. 가령 국가로 조직된 집단에서 관료의 체제나 법률의 체계는 틀림없이 합리적 원칙 또는 이성의 현실화를 나타낸다고 할 수 있다. 그러면서도 그것은 삶의 구체적인 현실에 꼭 맞아 들어가지 않는다. 이것은 반드시 삶 그것이 비이성적인 때문만은 아니다. 어쩌면 앞에서 말한 주체적인 움직임으로서의 이성은 합리적 질서의 체계를 넘어가는 것일는지 모른다. 여기에서 우리가 생각해 보고자 하는 것은 이러한 합리성이나 이성의 양의성이다.

사람이 생각하는 총체적인 삶의 질서는 여러 가지이다. 그 원리는 보이지 않는 신의 섭리일 수도 있고, 가시적이면서 가시의 영역을 넘어가는 자연일 수도 있고, 사람을 에워싸고 있는 사회일 수도 있다. 자연은 신의 피조물로서 또는 현현으로서 생각될 수도 있기 때문에, 준거가 되는 것은 자연과 사회라고 간소화할 수도 있다. 우리가 사회를 생각할 때, 또는 일반적으로 삶을 규정하는 큰 틀을 생각할 때, 자연과 사회는 서로 섞이고 또 서로 비유로서 작용한다. 그리고 실제 사람은 자연의 질서 속에 사는 것에 못지않게 사회의 질서 속에 산다. 이 두 개의 질서는 자연 경제 속에서 거의 하나로 존재할 수 있다. 물론 이러한 일체성이 반드시 의식되고 계획된 질서로서 존재하는 것은 아니다. 그것은 자연 경제 상태에서는 산천과 마을의 지각되는 현실에 그대로 드러난다. 수렵 채취 경제, 농업 경제 속에서 자연의 질서는 직접적으로 또는 사회적, 정치적 조직 속에 편입되어 보이는 또는 거의 보이지 않는 형태로 존재하였다고 할 수 있다. 동양 사상의 형이상학적 기초로서 발견되는 인륜 도덕의 질서와 천지의 질서의 일체에 대한 강조는 이러한 혼융의 상태를 나타낸 것이다.

어느 경우에나 추상적으로 파악되는 사회적 질서는 작은 규모의 집단에서는 그렇게 일상적 삶의 테두리로서 중요한 것은 아니었을 것이다. 그러나 촌락의 삶에도 일정한 사회적 조직이 있고 그것은 촌락 밖으로 이어지는 것이기 때문에, 사회는 현실적인 관계보다는 상징적으로 또는 보이지 않는 힘의 체계로서 그 연장선상에 존재하는 것이었을 것이다. 이러한 현실적이고 상징적인 사회 질서는 그대로 보다 큰 규모의 사회 이념이 될 수 있다. 조선조의 유교 체제 안에서 집안의 질서가 국가 질서의 기본이라는 것이 끊임없이 강조된 것은 그것이 큰 체제에 대한 유일한 구체적인 준거이기 때문이었을 것이다. 다른 한편으로는 그 모든 것이 하늘과 땅의 우주적인 질서 속에 있다는 것이 강조되었는데, 여기에서 하늘과 땅은 구체적으로 지각되는 물리적 환경의 가장 큰 테두리를 말한 것이면서 비유적으로 이념화될 수 있는 것이었다. 그리하여 그것은 아날로그적 사고로 형이상학적 원리, 추상적 질서의 이념으로 전형화되어 가족과 사회 그리고 국가의 질서를 이해하는 틀이 되었다.

이러한 전통에 들어 있는 전체성으로서의 사회에 대한 개념은 현대에 와서 더 강화되었다. 서양 문명의 도전과 일본 제국주의에 의한 지배로 인하여 우리는 민족을 삶의 가장 중요한 큰 틀로 생각하지 않을 수 없었다. 그 이후 비록 분단 상황에서나마, 국가 건설의 역사, 근대화는 국가와 사회의 실체를 하나의 단순한 직접적인 전체성으로 받아들이도록 요구하였다. 민주화 투쟁은. 그것이 표방하는 민주주의라는 명분에도 불구하고, 모든 투쟁이 그러하듯이, 집단 내의 개인이 아니라 집단의 중요성을 강조하는 정치적인 움직임이 되게 하였다. 그리고 민주화 투쟁에 중요한 사회적 요소—즉 계급적 갈등에서 분출되는 투쟁의 에너지와 그것의 이데올로기의 정당화도 집단의 중요성을 절대화하였다. 지금에 와서 단순한 민족적 사명으로 파악되는 통일의 구호도 그러한 절대화에 도움을 준다고 할 수 있다.

힘과 이해의 균형과 정의

여기에 대하여 자유주의적 민주주의는 개인을 우선적인 것으로 받아들이고 사회는 이들의 일정한 협약을 통하여 성립하는 것으로 본다. 극도로 이상화하여 본다면, 이 협약은 사람 하나하나가 존중되어야 한다는 윤리적 요구에 기초할 수도 있다. 그러나 어떤 동기에서 출발하든지 개인들과 그들의 기획들이 같은 공간에 존재하지 않을 수 없을 때, 그것들이 어떻게 하나의 종합적인 체계를 이룰 것인가 하는 문제가 일어날 수밖에 없다. 그리고 그것은 전체와 개체 사이에 긴장이나 갈등을 낳는다. 그리고 전체의 추상성은 개체적 구체성을 압박하게 된다. 그러나 개인에 대한 윤리적 존중에서 출발한 사회 체제는 아마 개인적 정황을 보다 구체적으로 살피는, 조금 더 유연성을 갖는 것이 될 것이기 때문에 그 추상성은 완전히 추상적인 것이 아닐 것이다. 그러나 많은 사회 협약은 만인 전쟁을 피하는 것을 목적으로 하는 것이 보통으로 보인다. 이룩된 사회 평화 속에서라도 모든 사람이 각자의 행복의 기획을 가지고 있고 그것이 유일하게 정당한 것이라고 주장한다면, 결국 협약은 하나의 도덕적 전체성의 달성이 아니라 사회 안에서 갈등하는 힘들의 일정한 균형을 의미할 것이다. 그러나 힘의 균형이란 참다운 균형이라기보다는 대치 상태 또는 휴전 상태이기 때문에, 여기에 대체하는 유일한 균형은 정의와 공정성의 균형이다. 그러면서 여기에 입각한 체제는 철저하게 추상적인 공정성의 원리에 충실한 것이어야 할 것이다.

롤스의 성찰적 균형

대체로 자유 민주주의의 사회 협약은 힘과 이해의 균형이면서 동시에 그것을 한 단계 넘어서는 이성적 질서라고 할 수 있다. 여기에서 사회는 근본적으로 개인적인 이해관계에 묶여 있다. 그러나 그것은 보다 적극적으로 이성적 고려에 의하여 보다 좋은 사회로 안정될 수도 있다. 존 롤스의 『정의론(*A Theory of Justice*)』은 서양의 자유주의 사상에서 중요한 흐름을 이룬 사회 계약론을 계승하는 것이지만, 이 계약에서 이성적 요소를 적극화한 것이라 할 수 있다. 현실 정치의 의미에서 그 중요한 영향의 하나는 그것이 엄정한 절차 안에서의 사회 복지의 이상을 옹호하고, 어쩌면 시장 사회주의를 주장하는 것으로 간주될 수도 있다는 데에 있다고 할 수 있다. (또는 마르크스주의의 관점에서는 그러한 토론이 아니라 프롤레타리아의 역사적 사명에 투철한 투쟁만이 정의로운 사회를 앞당기는 방법이며, 이성적 토의에 의한 합의를 말하는 것 자체가 현상을 옹호하고자 하는 보수적 입장이라는 주장도 있다.)[1] 그러나 여기에서 생각해 보려 하는 것은 정의로운 사회의 이념을 규정하는 데 있어서 그가 강조하는 이성적 요소의 의미이다. 이것은 그의 최초의 공평성의 원리를 도출하는 데에서 살펴볼 수 있다.

그는, 자유롭고 동등하며 이성적인 개인들이 모여 선입견 없이 — 그렇다는 것은 자신이나 타인의 사회적 위치, 신분, 계급, 능력, 지능, 체력 또는 선악관 등에 대하여 전혀 알지 못하고, 즉 그가 "무지의 베일"이라고 부르는 공평한 정보의 상태에서 자신의 특권이나 불리함을 알지 못한다고 상정하고 — 공평한 사회 정의의 이념에 동의하기로 한다면, 두 가지 원칙에 이르게 되리라고 말한다. 하나는 기본적인 권리와 의무를 평등하게 한다는 것이고 다른 하나는 사회적, 경제적 불평등, 가령 부와 권위의 불평등은 그것으로 모든 사람에게, 특히 가장 불리한 위치의 사회 구성원에게 보상이나 이익이 돌아올 때만 정당화된다고 할 수 있다는 것이다. 그러니까 부자가 부를 많이 누리게 된다면, 그와 동시에 그로 인하여

---

1   가령 Milton Fisk, "History and Reason in Rawls' Moral Theory", Norman Daniels, *Reading Rawls*(New York: Basic Books, 1976).

가난하 사람에게도 이익 되는 바가 있어야 한다는 말이다.[2] 그러나 이렇게 제시된 두 개의 원칙은—또는 다른 원칙이라고 하더라도 그럴 것이다.—간단히 제시되어 정당성을 갖는 것이 아니라 복잡한 개인적, 집단적 성찰의 절차를 거쳐서 비로소 정당성의 원칙으로 정착될 수 있다. 가령 종교에 의한 차별 또는 인종 차별 또는 부와 권력의 배분에 대하여 내가 가지고 있는 판단들이 여기에 어떻게 맞아 들어갈 것인가를 생각하면서, 처음 상정된 상황과 나의 판단을 조정해 나가면서, 그 원칙들을 시험하는 것이다. 이것이 나올 수 있는 성찰의 상태를 그는 "성찰적 균형(reflective equilibrium)"이라고 부른다. 이것은 모든, 정의롭고 윤리적이고 이성적인 결정의 방법론의 역할을 한다. 이것은 일반화될 수 있다. 이러한 또는 어떤 윤리적인 원칙 또는 원리가 주어지면, 우리는 그것이 우리 자신의 신중하게 고려된 신념에 맞아 들어가는가 또는 그것의 연장이 될 수 있는가를 생각하여야 한다. 거기에 맞지 않는 경우, 우리는 우리의 판단을 고칠 수도 있고, 최초에 설정한 상황이 옳은 것인가 또 거기에 추가해야 할 것이 있는가를 새로 검토할 수도 있다. 그리하여 상황의 설정과 판단과 원리 사이를 왕래하면서 원리와 우리의 판단이 균형을 이루는 상태에 이르게 될 수가 있다.

그러나 이러한 성찰적 균형의 상태에 이르렀다고 하여 어떤 명제가 그대로 고정화되는 것은 아니다. 그것은 다시 새로운 검토를 통해서 수정될 수 있다.[3] 롤스는 그 외에도 이 사유의 과정에 관련된 여러 조건들을 설명하지만, 그가 강조하는 것은 개방적 합리성이다. 동시에 롤스의 설명은 전 과정을 개인의 사색의 과정으로 말하는 것 같지만, 아마 이것은 계약의 당

---

2 John Rawls, *A Theory of Justice*(Harvard Universiy Press, 1971), pp. 12~14.

3 Ibid, pp. 19~21.

사자들이 집단적으로 수행하는 일일 것이다.

그런데 이러한 절차적 합리성으로서 인간의 개인적, 집단적 현실의 전부가 적절한 균형에 들어갈 수 있고, 또 만약에 그러한 것이 있다고 한다면, 인간성의 본래적 깊이를 실현할 수 있는 것일까. 미국의 철학자 마사 너스바움은 일단 그것을 부정하는 것은 아니면서도 그것이 인간의 실존적 진실을 충분히 충족시킬 수 없다고 말한다. 그리고 그의 성찰적 균형에 대하여 "지각적 균형(perceptive equilibrium)"이 필요하다고 말한다. 너스바움은 일반적으로 롤스가 취하고 있는 사고의 절차를 아리스토텔레스, 칸트 또는 영국의 공리주의 철학자 헨리 시지윅(Henry Sidgwick), 특히 아리스토텔레스의 윤리적 사고의 절차에 비교하면서 논평하고 있다. 이 논평은 그 특징을 특히 잘 부각시킨다고 할 수 있다. 아리스토텔레스로 대표되는 윤리적 사고의 절차는 우선 "좋은 삶"에 대한 주요 대안 여러 개를 서술하고 검토하면서 그것들을 우리 자신의 경험과 직관에 비추어 본다. 또 이 대안들 사이에 긴장과 모순이 있고, 우리의 경험과 생각의 관계에서도 그러한 것이 있다면, 그러한 것들을 서로 조화시켜 일관된 그림을 만들어 낸다. 거기에는 심오하고 필수적으로 보이는 것도 포함하도록 하여야 한다. 그러면서도 물론 일관성은 최대한으로 존중되어야 하고, 또 그것이 공동체와 공유되어야 한다는 것도 배려하여야 한다. 여기에서 어떤 것도 수정하고 변경하지 못할 것이 없지만, 그 윤리 체계 전체에 일관성과 정합성을 확보하도록 노력하는 것이 필수적이다.

너스바움의 생각으로는 롤스는 이러한 아리스토텔레스적 방법을 그대로 채택하면서도 이것을 훨씬 지적인 강조가 있는 것으로 바꾸어 놓는다. "성찰적 균형"이라는 말 자체가 지적 판단에 역점을 두는 용어이다. 롤스에서는 숙고된 판단이 다른 판단을 받아들이는 기준도 지적인 기준이다. 그의 원리는 여러 종류의 구체적인 상황에 대한 판단을 받아들이지만, 상황에 몰입된 데에서 나오는 판단은 받아들이지 않는다. 주저가 있는 판단 또는 별로 신용할 수 없는 판단도 배제되어야 한다. 화가 나거나 두려움을 느끼거나 이해관계가 있다고 생각되거나 하는 판단도 수용하여서는 아니 된다. 그러니까 윤리적 원칙이나 윤리 또는 사회 정의의 원리에서 고려하여야 하는 것은 초연하고 평정된 마음에서 행해진 판단이라야 한다. 그리고 그 원칙들은 "일반적"이며, "보편적"이며, "공공적(public)"이며 "모든 사람에게 수행 가능한 것"이라야 한다. 그것들은 "갈등하는 주장들에게 질서를 부여하고 최종적이고 결정적인 판단을 내릴 수 있어야 한다. 그러니까 정의의 원리는 모든 관련된 사항을 고려하고 그 경중을 비교 검토하는 일반 이론이 되어야 하고, 그 요구 사항은 완전히 확정적인 것일 수 있어야 한다."[4]

지각적 균형

법률적 판단을 포함한 모든 실제적 판단에서, 이러한 "성찰적 균형"이 자유주의 국가의 ─ 사회적 양심을 포함하는 자유주의 국가의 근본이 되는 것은 사실이지만, 너스바움의 취지는 상황에 대한 보다 더 충실한 판단을 위해서는 그 이상의 구체적 검토가 필요하다는 것이다. 롤스가 말하는 것은 어디까지나 합리적 차원에서의 숙고를 말하는 것이지만, 필요한 것은 보다 더 구체적인 차원 ─ 섬세한 지각의 차원에까지 내려가서 생각하는 것이다. 참으로 어떤 특정한 상황에 대한 정당한 판단은 감각과 감정 그리고 상상력의 총화로써만 접근될 수 있는 "지각적 균형"을 통하여만 가능하다. 이 균형 속에서 "구체적인 지각은 서로 간에 또 행동자의 일반적

---

4 Martha Nussbaum, "Perceptive Equilibrium: Literary Theory and Ethical Theory", *Love's Knowledge: Essays on Literature and Philosophy*(Oxford University Press, 1990), pp. 173~175.

인 원칙에 '아름답게 어긋남이 없이 어우러지고' ……또 균형은 늘 새로운 것에 반응하여 재구성될 유연성을 갖는다."[5]

구체적 상황에는 추상적이고 일반적인 공식으로 포용할 수 없는 많은 것이 있다. 이 구체성은 이성만이 아니라 감각과 감정 그리고 상상력에 의하여서만 포착되는 면을 가지고 있다. 극단적인 예는 사람과 사람 사이에 존재하는 사랑과 같은 감정이 만들어 내는 상황이다. 사랑이 단순히 환상이 아니고 또 단순화된 성관계가 아니라면(사실은 그러한 경우에도 그러하다고 하여야 하겠지만) 그 진상과 의미는, 너스바움이 생각하는 바와 같이, 사랑의 감정 또는 그것의 체험을 통하여서만 파악될 수 있다. 그러나 어떤 경우에나 인간의 현실로서 새로운 감각과 지각과 감정 그리고 새로운 생각과 숙고가 필요를 요구하지 않는 경우가 있겠는가. "세계의 모든 감각적 개별성에 대한 경이"[6]는 끊임없는 것이다. 이것은 긍정적인 일에서도 그러하지만, 분노와 고통의 원인이 되는 부정적인 일에서도 그러하다.

지각과 사회적 일반성

너스바움의 주장이 사람의 삶 일반에 두루 해당될 수 있는가? 우리는 세계에 존재하고 일어나는 모든 하나하나의 새로운 것에 주의하고만은 살 수가 없다. 사람은 새로운 경이에 못지않게 익숙한 것의 지속 그리고 일반화된 형식에 의한 새로운 것의 수용을 필요로 한다. 그리하여 지각의 균형은 삶에 늘 적용되기 어렵고 특히 그것은 법이나 정치의 절차에 도입하기에는 너무나 섬세한 것이라고 할 수 있다. 아마 그것은 시적인 대상물이나 개체적 인간과 또 하나의 개체적 인간의 관계 — 그것도 매우 선택된 관계

---

5 Ibid., p. 183.

6 Ibid., p. 184.

에만 적용될 수 있을 것이다. 학문의 영역으로 볼 때, 그러한 섬세한 개별성의 영역은 문학이라고 할 수 있다. 그것이 사회 과학의 영역이 되기는 어렵다는 우리의 느낌 자체가 그 한계를 말하고 있을 것이다. 뿐만 아니라 참으로 개인적으로 절실한 체험이 어떤 형태로든지 ── 그러니까 사람의 모든 섬세한 지각을 다 동원하여 공감하고 숙고하고 검증한다고 하여도 그것이 다른 사람에게 이해될 수 있는 것일까? 또는 그러한 이해가 판단과 선택에 도움이 될 만한 것이 될 수 있을까? 실존주의자들은 유일자로서의 인간의 고독을 어떻게 할 수 없는 실존의 진실이라고 말할 것이다. 또는 각도를 달리하여, 어떤 체험의 당사자도 그것을 바르게 이해하는 것일까? 궁극적인 의미에서의 체험의 현실은 모든 사람의 이해 ── 섬세한 이해를 넘어가는 순수 체험이라고 할 수도 있을 것이다.

더구나 사회적 범주 속에 움직이는 제도가 그것을 넘어가는 지각적 균형의 정신 조작으로 알 수 있는 것들을 그 판단의 과정에 수용할 수 있는 것일까? 우리는 이러한 의문들을 가질 수 있다. 그러나 인간 현실을 바르게 이해하려면, 그것을 피해 갈 수 없다는 것은 분명하다. 그러는 한 거기에서 나오는 판단은 공적인 사회와 법률 질서에 연속적인 것이라고 할 수밖에 없다. 그러나 "개별성의 윤리적 의미 그리고 감정의 인식상의 가치"[7]가 핵심적인 문제가 되는 것은 문학에 있어서이다. 체험과 상황의 인식에 있어서의 사물의 개별성에 대한 지각을 강조하는 너스바움이 문학에 대해 깊은 관심을 가지는 것은 자연스럽다. 그러나 그는 동시에 사회 현실에 대해 깊은 관심을 가지고 있다. 삶의 윤리적 의미가 사회 전체의 움직임에 연관이 없을 수가 없다. 너스바움은 이 두 가지를 개인적으로나 사회적으로 종합하여야 한다고 생각한다. 그는 몇 년 전에 브라운 대학의 철학과에서

---

7 Ibid., p. 175.

시카고 대학의 법학 대학원으로 자리를 옮긴 바 있다. 이것은 그가 "법률적 사고력의 복합적 발전에 있어서 문학이 특별한 위치를 차지한다."라는 예일 대학 법대 교수 폴 거위츠(Paul Gewirtz)의 말에 전적으로 동감하는 것에 관계되는 일로 추측된다.[8] 그에게 성찰적 균형과 지각적 균형은 쉽게 분리되는 것이 아니다.

인간 존재의 세 영역

인간 체험의 이러한 착잡한 성격에 대하여 그리고 그것의 사회적인 의미에 대하여서는, 너스바움의 태도 자체도 분명한 것이 아닌 것으로 보인다. 그러나 인간을 이해하는 데에 있어서, 그는 세 가지 영역이 있다고 생각하는 것이 분명하다. 그리고 거기에는 서로 다른 원리가 작용한다. 하나는 성찰적 영역, 즉 비록 구체적인 사건에 의하여 자주 시정되어야 하는 것이기는 하나, 일반적 행동 원리와 숙고가 작용하는 영역이다. 그다음에는 감정 이입과 상상력에 의한 공감을 요구하는 보다 구체적인 영역이 있다. 그리고 마지막으로 예외적인 경우가 아니면 다른 사람에 의하여 이해될 수 없는 개인의 실존적 영역이 있다.

이 세 가지 영역은 사회와 개인 어느 쪽에 중점이 놓이느냐에 따라 구분된다. 그리고 거기에 작용하는 인간 능력은 사회에 가까울수록 이성이 중요하고 개인에 가까울수록 감성적인 요소가 중요하다. 성찰의 영역은 사회 규범의 영역이다. 그러나 그가 성찰적 균형에 대하여 지각적 균형을 내세우는 것을 보면, 그는 체험과 상황에 대한 지각적 이해가 사회적 의미를 갖는 것으로 본다고 할 수 있다. 개인적 체험은 절대적인 고독 속에 있는 것이어서 이해와 판단의 영역을 넘어간다는 것을 인정한다. 그러나 어떤

---

8 Martha C. Nussbaum, "An Aristoelian Conception of Rationality", *Love's Knowledge*, p. 101.

경우에 있어서는 개인적 실존의 이해도 어떤 특권적인 순간에는 일어날 수 있는 것으로 말한다. 이것은, 첫 번째의 경우나 마찬가지로 감정과 상상력이 가지고 있는 공감의 힘으로 가능하여진다.

그러나 나의 의견으로는 그것을 더 면밀하게 생각할 때, 이 마지막 경우도 단순히 감정과 상상의 사건이 아니라 이성의 사건인 것이 드러나지 않을까 한다. 그리고 이 실존적 사건에 개입되는 이성이야말로 원초적인 이성으로 생각된다. 이성의 다른 표현은 이차적인 발전일 수 있다. 우리는 아래에서, 너스바움이 이해하는 다른 영역에 존재하는 인간 상황의 몇 가지 예를 다시 살피면서, 거기에 움직이는 이성의 모습을 시사해 볼까 한다. 이성의 본질은 체계도 초개인적인 것도 아닌 것으로 보인다.

2. 문학과 사회 그리고 개인

시적 정의

너스바움의 저서 중 『시적 정의: 문학적 상상력과 공적 생활(*Poetic Justice: The Literary Imagination and Public Life*)』은 제목이 말하고 있듯이 문학의 사회적 의미를 밝히려는 저서이다. 여기에서 그가 다루고 있는 문제는 주로 공적인 법적 절차, 특히 법원의 판결에 있어서의 문학의 중요성이다. 그는 법률적 판단의 대상이 되는 사안들을 이해하는 데에 문학적 상상력이 얼마나 중요한가, 그리고 법관의 교육에 문학이 얼마나 중요한가를 증명해 보이려 한다. 그러한 의미에서 "문학은 공적 이성의 일부이다." 그러나 필요한 것은 그것이 어디까지나 보다 공적인 사고 기능에 대하여 보완적 성격을 가지고 있다는 것을 잊지 않는 것이다.

그는 문학의 중요성을 말하면서 그에 덧붙여, 문학으로 "공감적 상상의 규칙을 따르는 도덕적 추론을 대신하려는 것은 극히 위험한 일이고, 그 것을 제안하려는 것은 아니다."라고 말한다.[9] 주어진 사안에 법률적으로 접근할 때, 감정적인 유연성으로써 인간적 현실을 꿰뚫어 볼 수 있어야 하 지만, 그것은 동시에 이성의 관점에서 "공적인 명확성과 원칙의 관점에서 의 일관성의 기준(a standard of public articulability and principled consistency)" 에 맞추어져야 하고, 그렇게 하면서 그것이 "제도적 한계" 속에 있다는 것을 알아야 한다. 이 점에서, 너스바움의 모범이 되는 것은, 앞에서 우리 도 언급한 일이 있는, 애덤 스미스가 생각한 "공평한 관측자(the judicious spectator)"이다. 다만 스미스가 이성 또는 합리성을 강조하는 데 대하여, 너 스바움의 강조는 상상과 감정이다. 그러면서도 이 강조의 차이는 같은 현 상의 양면에 대한 주의의 차이이다. 그리고 그 외에 다른 중요한 차이가 있 다면, 그것은 스미스가 이성의 근원을 인간의 사회성에 두는 데 대하여, 너 스바움의 이성은 전통적으로 축적된, 그러나 어떤 특정한 전통보다도 모 든 인간의 보편적 동의를 받을 수 있는 프로네시스에 일치한다. 그러나 시 작은 스미스의 경우나 마찬가지로 공감이다. "공정한 관측자는 최대한으 로 다른 사람의 처지에 자신을 두고 고통을 겪는 사람에게 일어났을 미세 한 사정 일체를 공감할 수 있도록 하여야 한다." 그러나 동시에 그는 그것 을 고통의 처지에 있는 것처럼 생각하여서는 아니 되고, "마치 지금의 이 성과 판단력으로 바라보듯이 바라보아야 한다."[10] 즉 보편적 원칙에 비추 어 생각하는 것을 포기하지 않아야 되는 것이다.

관측자는 곁에서 보는 자이다. 다만 그는 가장 인간적인 친구와 같은 공 감을 가진 관측자이어야 한다. 이것은 대체로 문학 읽기에 함축되어 있는

9　Martha C. Nussbaum, *Poetic Justice: The Literary Imagination and Public Life*(Boston: Beacon Press, 1995), p. 16.

10　Adam Smith, *The Theory of Moral Sentiments*(I. 1. 4. 6.), *Poetic Justice*, pp. 73~74 인용.

입장이다. 문학 작품은 그 자체로만이 아니라 작품과 독자와의 관계에서, "구체적인 상황에 즉하기는 하되 그렇다고 상대주의적인 것은 아니고, 일반적인 인간 행복의 개념을 구체적인 상황에 연계하여, 보편화 가능한 구체적 처방을 내리고, 우리로 하여금 상상력으로 그 안으로 들어가 볼 수 있게 하는, 도덕적 추론의 전형"[11]을 보여 준다.

문학의 지각 균형

이렇게 볼 때, 문학과 사회적 사고의 갈등은 정도의 차이에 불과하다. 물론 지금 우리가 문제화하고 있는 지각과 성찰의 관계에서도, 그 갈등은 본질적인 것이라고 할 수 없다. 문학의 사회적 의미는 이 점에 연결되어 있다. 문학에서 중요한 것이 지각이고 그것을 통하여 드러나는 구체적이고 개별적인 상황이라고 하더라도, 그것은 어디까지나 균형 속의 지각이다. 다시 말하여 그것은 지각으로 체험되는 것에 관계되면서도 반성에 의하여 일단 사유의 균형 속으로 지양된 것이다. 문학의 영역은 지각의 세계이다. 일단 개별적 지각 체험을 빼고는 문학은 설 자리가 없다고 말할 수 있다. 그러나 그것이 반드시 지각 또는 감각의 세계에 완전히 잠겨 있는 것은 아니다. 그것이 언어로 표현된다는 것 자체가 문학이 감각 또는 지각을 넘어간다는 것을 말하여 주고 있다. 그러니까 다시 말하건대 문학은 지각과 사유가 서로 부딪치는 공간이다. 문학의 언어는 이 부딪침에서 태어난다. 사실 지각도 이미 감각을 일정한 의미로 또는 이념으로 형성한 결과에서 생겨난다. 문학의 언어 그리고 예술의 언어는 지각의 형성 작용의 연장선상에서 이루어지고 또 이 형성에 거꾸로 영향을 미친다. 문학의 지각 구체성을 넘어가는 추상적이고 일반적인 언어도 그 뿌리는 여기에 있다고 할 수

---

11 Martha C. Nussbaum, op. cit., p. 8.

있다. 그리하여 문학은 지각의 현장이면서도 동시에 이념의 현장인 것이다. 이 현장을 열어 놓는 것은 모든 일반 원칙이 요구되는 사회 현실의 포착에도 핵심적인 중요성을 갖는다.

문학의 애매성

그러나 문학은 다른 여러 가지 깊이를 숨겨 가지고 있다. 앞에서 말한 바와 같이, 너스바움은, 여기에서 파급되는 의미를 분명히 하지는 않는 흠이 있기는 하지만, 문학의 애매한 의미를 간과하지는 않는다. 되풀이하건대, 문학 작품은 그것이 표현하는 모든 것을 언어와 형식적 구조 속에 종합할 것을 지향한다. 이 지향에 있어서 그것은 이미 사유의 여과를 거친 것이다. 앞에서 우리는 너스바움이 이 점에 있어서 문학이 공적 합리성의 일부가 됨을 주장하는 것을 보았다. 이 점에서 지각적 균형은 성찰적 균형에 대하여 보완의 역할을 할 뿐이다. 이 보완이, 그의 관점에서는 중요한 것이다. 그러나 다른 곳에서의 논의를 보면, 그는 바로 이것이 문학의 흠집이라고 생각하는 것으로 보인다. 문학에 스며 있는 이성적 요소가 근원적인 인간의 진정한 체험으로부터 멀어지게 하는 약점이 된다고 생각하는 것이다. 그러니까 이번에는 문학이 지각적 균형에 머무는 것이 그 결점이 되는 것이다. 그리고 그는 동시에 마치 문학이 이러한 한계를 넘어 근원적인 인간의 체험을 표현하거나 적어도 암시할 수 있는 것처럼 말하기도 한다. 사람의 체험에는 "성찰적 체험"이나 "지각적 균형"을 초월하는 인간 체험이 있다. 문학은 이것에 대하여 매우 애매한 관계에 있다.

제임스의 소설

지각적 균형의 예시를 설명함에서 너스바움이 예로 들고 있는 문학 작품은 헨리 제임스의 『대사들(The Ambassadors)』이다. 이 소설의 주제를 전개하는 이야기는 간단하다. 청교도적인 도덕이 지배하는 미국의 매사추세츠의 울레트에 거주하는 뉴섬 부인은 프랑스에 가서 돌아오지 않는 아들 채드위크를 귀국하게 할 목적으로 자신의 대사로서 램버트 스트레더를 프랑스로 보낸다. 그러나 프랑스에 간 스트레더는 향락주의적이고 퇴폐적인 또는 심미적인 프랑스 사회에 물들어 그의 사명에 실패하고 만다. 그가 미국의 도덕주의로부터 프랑스의 심미주의로 전향을 하게 된 것은 채드의 상황 그리고 프랑스의 문화적인 분위기를 직접 접할 수 있게 되었기 때문이다. 그 결과 남편과 별거 중인 유부녀인 마담 드 비오네와의 사랑이 충분히 그럴 만한 것이라고 생각하게 된 것이다. 그는 마담 비오네의 아름다움과 교양 그리고 프랑스 문화의 매력에 굴복한 것이다. 이것은 감각적으로 그에게 작용하는 사람과 사물의 여러 모습들이 그의 감정과 상상력을 자극하여 그로 하여금 구체적인 상황을 공감적으로 이해하게 한 까닭이다.

지각적 균형의 한계

그러나 스트레더가 사물과 인간의 개별성 그리고 구체성(particularity)에 완전히 항복한 것은 아니다. 너스바움은 스트레더가 채드의 상황이나 프랑스의 문화에 섬세한 공감을 보여 주기는 하지만, 어디까지나 거기에 대하여 일정한 거리를 지키고 있음에 주의한다. 그의 열의에는 "초연함"이 있고, "무관심"이 있고, 관측자의 "무사공평함"이 있다. 이것은 지각의 명료성을 위하여, 또는 지각의 균형을 위하여 불가피한 조건이다. 이것은 스트레더의 문학적 관심에 이어지는 심리적 그리고 윤리적인 태도이다. 그것은 "삶에 대한 독자나 작가의 자세는 감정의 깊이를 희생하여 시각의 명료성을 얻는, 어둡고 난잡한 성적 정열에 빠져드는 것을 포기하는, 또는 경멸하는, …… 그것을 단순화하고 독자의 관점에서 일반적 이야기로 줄

여 버리는…… 자세"이다.[12]

너스바움의 생각에는 스트레더가 유지하고 있는 초연한 자세, "지각의 도덕(the morality of perception)"[13]에 의지하는 것은 인생의 중요한 부분을 놓치는 일이다. 스트레더의 태도로는 채드와 마담 드 비오네 사이에 존재하는 성적 사랑의 깊은 진실을 이해하지 못하게 마련이다. 사랑이라는 것도, 너스바움의 해석으로는, 자신들의 관계의 내밀성으로 몰입하는 것이 아니라 주변을 둘러보는 것이라면, 그것은 참다운 사랑일 수 없다. 사랑의 이해는 지각의 또는 이성적 균형 속에서 가능한 것이 아니라, "맹목과 열림, 배타성과 일반적 관심, 인상의 독해와 사랑의 몰입 사이의 불안정한 진동"[14]으로서만 가능하다. 그런데 이러한 어려움은 윤리적 문제 일반에도 해당되는 것이다. 그는 윤리적 질문은 우리를 윤리의 임계선으로 이끌어 간다고 말한다. 사람의 윤리적 삶에 있는 "깊은 요소들은 그 폭력성이나 열도에 있어서 우리를 윤리적 태도의 너머로, 균형 잡힌 비전의 추구 그리고 완전한 적합성의 밖으로 이끌어 간다."[15]

3. 존재론적 이성

개체적 실존의 고독

너스바움은 사회의 합리적 질서가 필요한 것이면서도 개체의 구체적인 상황에 대하여 정당하지 못한 경우가 있다고 말하고 그것을 완화하여 줄

---

12 Martha C. Nussbaum, "Perceptive Equilibrium", *Love's Knowledge*, p. 187.

13 Ibid., p. 188.

14 Ibid., p. 190.

15 Ibid., p. 190.

수 있는 것이 문학적 상상력에서 보는. 감성적 공감의 이해라고 하였다. 그러나 그는 동시에 그것이 구체적인 인간의 문제를 완전히 해결해 주지는 못한다고 생각하는 것으로 보인다. 조금 전에 언급한 지각적 균형 — 그 사회적 의미와 인간적, 실존적 진실에 관하여 양의적인 입장을 표현하는 지각 균형론은 1987년에 처음으로 강연에서 발표한 것이고, 애덤 스미스에 공감하는 "이성적 감정"의 이론은 1995년에 출간되었다. 생각이 그간에 바뀐 것인지, 아니면 지각적 균형의 사회적 의미는 인정하되 사회를 넘어가는 그리고 이성적 이해를 넘어가는 귀중한 인간 체험의 영역이 있다는 것을 잊지 말아야 한다는 입장에 변함이 없는 것인지는 불분명하다. 하여튼 너스바움은, 적어도 균형 이론을 발표하였을 시점에는 그것이 성찰적인 것이든 지각적인 것이든, 사회적 이성을 옹호하면서도, 동시에 어떤 외부적 이해의 기도에서도 접근할 수 없는 인간의 구체적인 상황의 존재를 인정하였다. 상상력이나 감정이나 사유로써도 포착될 수 없는 철저하게 개체적인 인간의 실존적 고독에 대한 인식은 사회적 존재로서의 인간을 이해하는 데에도 중요한 것이다. 인간의 모든 것이 사회적 전체성 속에 포착되지는 않는다. 이것을 인정하는 겸허함이 없는 사회 질서가 바로 전체주의이다.

실존적 성찰

문학적, 철학적 추구의 한 소득은 이러한 겸허함이라고 할 수 있다. 사회적 이성의 일부로서 문학은 그 지각적 이해로서 그에 기여한다. 그러면서 그 한계를 보여 주어야 한다. 그러나 제임스의 『대사들』의 주인공이 그의 관조적 태도로 인하여 성적인 정열이나 성의 내밀성을 이해하지 못한다고 할 때, 이것이 모든 문학의 특징이라고 하는 것은 조금 과장된 것이다. 우리는 『대사들』의 헨리 제임스에 대조하여 로렌스나 헨리 밀러와 같은 작가를 생각해 볼 수 있다. 그러나 그러한 성적인 문학이 아니라고 하더라도 많은 문학 작품은, 너스바움이 말한 진동의 방법을 통해서일망정, 성만이 아니라 말할 수 없는 개체적 실존에 대하여 말하고자 한다. 그 경우 아마 가장 중요한 것은 이 실존을 성찰의 대상이 되게 하는 것이다. 그렇게 하는 것은 인간 조건의 냉혹성을 완화해 준다. 그리고 한 발 더 나아가 그러한 삶의 아름다움과, 또 그 깊은 표현할 수 없는 침묵에도 불구하고 그것의 이념성을 확인하게 한다. 이 점에서는 사람은 지각이나 감각의 직접성을 벗어나지 못하는 것과 똑같이, 이념성을 벗어나지 못한다고 할 것이다. 사람의 깊은 실존은 이 이념 속에 포착될 수 없는 이념성에서, 합리성에 포착할 수 없는 이성에서 궁극적인 보람을 찾는다고 할 수도 있다. 우리는 이 점을 헨리 제임스의 다른 작품을 보기로 삼아 ─ 너스바움이 예로 들고 있는 삽화를, 그러나 그와는 다른 관점에서의 재검토를 통해 생각해 볼 수 있다.

상상된 이미지 속의 숨은 이성
헨리 제임스의 『황금의 그릇(The Golden Bowl)』은 매우 난해한 소설인데, 여기에서 우리가 문제 삼고자 하는 것은 소설 전체보다도 너스바움이 소설의 전개에서 하나의 중요한 계기를 이룬다고 생각하는 한 부분이다. 이 부분은 서로 사랑이 깊은 아버지와 딸이 어떻게 그러한 관계를 초월하여 새로운 인생의 길을 가게 되는가를 보여 주는 부분이다. 부녀의 사랑이 너무 깊었던 까닭에 아버지는 딸을 그녀의 사랑하는 사람에게 떠나보내지 못하고 또 딸도 아버지를 두고 남편을 따라간다는 것이 지극히 어려운 그러한 심정이었다. 아버지와 딸이 정원을 산보하며 부녀 관계 그리고 부부 관계에 대한 이야기를 포함하여 이러저러한 말을 나누던 중, 아버지는 딸을 떠나보내는 것이 옳은 일임을 깨닫는다. 딸이 그녀의 남편에 대한 사랑이 절대적인 것임을 말하고 난 다음 이것을 문득 깨닫게 되는데, 제임스는 깨달음을 주로 이미지를 통해서 표현하고 있다. 여기에서도 구체적 상황의 판단의 중요성이 부각된다.

『대사들』에서 뉴섬 부인의 문제는 그 청교도적 도덕주의였다. 뉴섬 부인의 구체적 상황 인식을 방해하는 것은 현장을 모르는, 사정 이해의 부족이기도 하지만, 더 근본적으로는 모든 것에 대한 판단을 미리 내리고 있는 도덕주의이다. 『황금의 그릇』의 주인공들인 아담 버버 그리고 매기 버버의 문제는 오히려 그 심미주의에 있다. 모든 것이 아름다움의 조화 속에 있을 수 있다는 것을 믿게 하는 심미주의가 이 부녀로 하여금 사람의 삶에 존재하는 갈등과 균열 — 아름다움을 뛰어넘는 균열을 보지 못하게 하는 것이다. 그리하여 자산가 유한계급에 속하는 이들은 그들이 사 모으는 골동품이나 미술품처럼 사람이 수집될 수 없다는 것을 깨닫지 못한다.

사람들에게는 서로 다른 욕망이 있고, 서로 다른 도덕과 윤리의 의무가 있다. 적어도 이 소설에서는 아버지에 대한 사랑과 남편에 대한 사랑은 우선순위에 있어서 어느 쪽으론가 선택되어야 하는 그리고 그로 인하여 일어나는 인간관계의 균열을 받아들여야 하는 도덕적 과제를 부과한다. 이 선택은 개인이 그의 삶을 선택하여야 한다는 전제하에서 이루어져야 한다. 사람들은 각자가 자신의 삶을 살아야 하는 독립된 존재라는 사실이 모든 것의 기본이기 때문이다. 이야기의 결정적인 순간은 이 아버지와 딸이 그들이 개체적인 존재이며 개체적인 결정을 내려야 했다는 것을 깨닫는 순간이다. 제임스의 묘사에서, 이것은 감각적인 요소가 풍부한 구체적인 상황 — 구체적인 감각과 감정 그리고 상상력이 움직이게 되는 상황에서 일어난다. 가령 아버지가 딸의 독자적 존재가 전달되는 것은 상상력을 통해서 나타난 매우 생생한 이미지를 통하여서이다. 너스바움이 인용하는 것을 다시 인용하면, 그것을 제임스는 다음과 같이 표현하고 있다.

딸의 말에 스며 있는 뜨거운 열정의 파동, 따스한 여름 바다, 눈부신 사파이어와 은빛의 물 가운데, 제 나름으로 빛을 발하며 떠 있는 어떤 산 목숨, 실수나 무서움이 아니라 놀이로 자맥질하는, 깊은 바다 위에 떠받들려 있는 어떤 짐승 ── 이러한 느낌이 그로 하여금 자신은 그것을 젊은 시절 사람들에게 흔히 주지도 받지도 않았건만, 딸에게 다가올 삶의 황홀감을 실감나게 느끼게 하고 조심스럽게 그것에 찬의를 보내게 하였다. 그는 잠시 동안 말없이, 처음 있는 일도 아니지만, 숙연해지기까지 하여 앉아 있었다. 그것은 그가 잃어버린 것보다는 딸이 얻은 것이 크다는 느낌을 가져왔다. 그리고 알 듯하다는 느낌이 ── 내가 아니었더라면, 아무 일도 되지 않았을 것이라는, 그것이 자기 몫이었으리라는 느낌이 솟았다.[16]

이 소설의 아버지는 딸과의 만남을 통해서 비로소 구체적으로 딸이 독자적 인간으로서의 길을 가야 한다는 것을 깨우치게 된다. 깨달음의 순간이 오기 전까지 아버지와 딸은 긴 산보를 하며 서로를 느끼고 서로의 삶을 생각할 수 있는 시간을 갖는다. 이 깨달음이 바다에 노니는 물고기의 이미지로 전달되는 것은 너스바움에게는 매우 중요한 의미를 갖는 것으로 생각된다. 이 이미지는 감각과 감정에 작용하면서 동시에 옳은 도덕적인 판단의 계기가 된다. 그것이 딸의 삶의 싱싱한 발랄함을 전달해 주는 것이다. 그리고 다른 한편으로 그러한 이미지를 떠올릴 수 있는 것은 아버지가 너그럽고 풍성한 도덕적 상상력을 가진 사람이기 때문에 가능하다.

여기에서 감각적 이미지는 구체적이면서도 도덕적인 인간관계의 매개체이다. 사람의 도덕적 인식은 단순히 연역적인 판단으로 이루어지는 것

---

16 "'Finely Aware and Richly Responsible': Literature and the Moral Imagination", *Love's Knowledge*, pp. 150~151. Henry James, *The Golden Bowl*(New York: Charles Scribner's Sons, 1909), 2, pp. 263~264 인용.

이 아니라 지각이 개입되어 이루어진다. 그것은 "덩어리로 복잡하게 얽혀 있는 현실을 고도로 투명하게 그리고 다양하게 민감하게 보는 것"을 가능하게 한다.[17] 그것을 잘 나타내 주는 것이 앞에서 본 부녀의 상호 이해 과정이라고 너스바움은 말한다. 그러나 이 장면의 의미를 더 자세히 검토해 보면, 우리는 거기에 도덕적 감수성이 이미지에 의하여 매개되는 구체적 지각 이상의 것이 있음을 알게 된다.

사회적 이데올로기의 틀

물론 감각적인 이미지로 전달된다고 말하여지는 부녀의 바른 관계에 대한 깨우침이 어떤 감각적 직관에 의해서만 촉발되는 것은 아니다. 감각과 깨우침 사이에는 여러 가지 문화적, 개념적, 기능적 층이 있다. 감각이나 지각의 이념성은 이 여러 연관의 핵심으로 존재할 뿐이다. 우선 이 소설의 부녀 관계는 미국이나 유럽에 있어서의 개인의 사회적 존재 방식에 대한 문화적 전제 속에 있는 것이 틀림이 없다. 그것은 한국인의 입장에서는 이해하기 어려운 점이 있는 것에서도 알 수 있다.

전통적 한국의 윤리 도덕에서 딸을 시집보내고 남편을 따라가게 한다는 것은 너무나 당연한 일이다. 동시에 한국에서 이것은 선택의 문제로 생각되지 아니한다. 여기에서 도덕적 선택의 주체는 개인이 아니라 딸과 아버지와 남편을 포함하는 사회 제도이다. 아마 한국에서 문제가 발생한다면 그것은 배우자의 선택에 관한 것일 것이다. 이에 대하여 이러한 소설이 우리에게 새삼스럽게 생각하게 하는 것은 구미에서는 개인적인 선택을 당연하게 보는 제도와 관습이 있다는 사실이다. 이 소설의 부녀 관계에서도 이것은 근본적인 틀이 되어 있다. 그러니만큼 개인에 의한 직접적인 깨우

---

17 Ibid., p. 152.

침처럼 보이는 일에도 문화가 개입하고 있는 것이다. 여기의 상황에서 관습적으로 개인의 의지의 자율성은 당연한 것으로 전제되어 있고 이 소설의 아버지는 그것을 새삼스러운 깨우침으로 재획득하는 것이다. 그러나 이것이 감각적이고 감정적인 체험으로서 일어나는 것임은 틀림이 없다. 그것은 체험의 직접성 속에서 새롭게 확인되는 것이다. 그리고 이러한 확인이야말로 하나의 원초적인 증거의 역할을 하는 것이다. 그러나 여기에서 주목하고자 하는 것은 이러한 문화의 개입이라는 사실보다도, 그 개입의 성격이 어떠한 에피스테메의 틀 속에서 일어나든, 그것은 다시 한 번, 단순한 감각적 체험이 아니라 거기에 또 하나의 다른 개입 — 철학적인 또는 형이상학적인 개입이 있어서 하나의 깨달음이 된다는 사실이다.

개체적 실존. 이해의 포기로서의 이해

되풀이하건대, 사람의 구체적인 상황은 현장적으로만 알 수 있다. 그리고 그것은 상황을 일반적인 관점만이 아니라 당사자의 입장에서 고려하는 것이라야 한다. 그리고 거기에는 감각과 감정과 상상력이 개입된다. 그러함에도 대상의 구체적 현실을 안다는 것은 완전히 현장적 현실에 몰입해 버리는 것을 뜻하지는 아니한다. 앞에 언급한 제임스의 소설에서 아버지와 딸이 어떤 이해에 도달하였다고 하여 아버지나 딸이 상대를 참으로 알게 되었다고 하는 것도 지나치게 성급한 판단이다. 이야기의 이 부분에서 문제가 되어 있는 것은 독자적 인간으로서의 딸이다. 그리고 이루어진 결과는 딸을 떠나보내는 결정이다. 이 떠나보냄은 육체적으로 떠나보냄을 말하기도 하지만, 정신적으로도 독립을 인정하는 것이다. 아마 그 결과의 하나는 아버지가 자기의 인식의 틀이나 필요에 따라서 딸을 안다고 생각하는 것도 포기하는 일일 것이다. 아버지가 딸의 인생을 생각하며 발랄한 물고기의 이미지를 떠올린 것이 딸을 더 잘 알게 되었다는 것을 의미할 수는 없다. 물고기의 이미지는 결코 딸의 실체의 일부를 이루고 있는 것은 아니다. 그것은 아버지가 딸을 독자적 존재로 이해하는 데 필요했던 하나의 상상적 수단일 뿐이다. 이것이 상상된 것이라는 것 자체가 대상의 속성에 그것이 들어 있는 것이 아니라는 것을 말한다. 상상력이 필요했던 것은 바로 대상에의 직접적인 인식이 불가능한 때문이다.

그럼에도 불구하고 물고기의 이미지가 부녀 사이에 어떤 이해를 성립하게 한 것은 틀림이 없다. 그 이해는 개별적 존재의 자율성에 대한 것이다. 그러한 관점에서 본다면, 앞의 소설에서의 부녀간의 이해란 하나의 구체적인 이해라기보다는 개체적 인간의 독자성과 자율성에 대한 일반적이고 추상적인 이해와 다를 것이 없다고 말하여야 할 것이다. 이해의 내용에 있어서 같은 것이면서도 다른 것이 있다고 한다면, 그것은 이러한 이해가 감각과 상상력을 자극하면서 전인적으로, 말하자면, 정열을 수반하여 이루어진다는 점일 것이다. 그리하여 그것은 추상적인 명제에 대한 동의가 아니라 감격적인 체험이 되고 감격의 힘은 추상적 동의와는 달리 실천적 의지와 하나가 된다.

지각과 이념, 에피파니

우리는 지각 현실에 들어 있는 원초적인 이념성, 쉽게 손에 잡기 어려운 이성의 작업으로서 성격을 다시 한 번 검토할 필요가 있다. 지각과 이념과 직관의 혼융은 실로 우리를 놀라게 하기에 충분하다. 아버지는 딸의 모습에서 보석처럼 빛나는 따스한 바다에서 자맥질을 하는 물고기 ─ 생명체가 일정한 환경 속에 조화되어, 물론 위험도 수반될 수밖에 없는 환경에서 생명을 영위하고 있는 모습을 본다. 이것은 역동적이면서도 공간적인 이미지이다. 이 공간은 하나의 생명체를 떠받들기에 충분한 공간이다. 그것이 한 생명체를 독립적으로 존재하게 한다. 그러한 의미에서 그것은 보는 사람으로부터 거리를 만들어 내는 것이기도 하다.

딸을 물고기로 상상하고 있는 아버지는 그 공간으로부터 차단되고, 그 경험을 통하여 딸을 떠나보내야 한다는 것을 저절로 깨닫게 된다. 그러나 이렇게 차단하는 공간은 다른 한편으로 서로를 이어 주는 공간이기도 하다. 물고기는 이 공간 속에 있다. 물론 그저 있는 것이 아니라 거기에서 움직이고 있다. 그 공간을 ― 바다라는 감각적인 공간, 공간이면서 감각인 공간을 살고 있는 것이다. 이 모든 것이 보석처럼 빛나고 있는 것도 깨우침에 도움을 주는 것일 것이다. 말하자면, 깨닫는다는 것은 빛이 비치는 것과 같고, 빛에 의하여 도움을 받는다고 할 수 있다. 영어에서 깨우침이 illumination이나 enlightenment와 같은 빛의 비유를 가지고 있는 단어로 표현되는 것은 우연이 아니라고 할 수 있다. 이러한 조건하에서, 아버지가 생명력이 넘치는 독자적인 존재로 딸을 상상한다는 것은 그 모습에 공감하고 동의한다는 것이다. 그리하여 결국 아버지는 딸이 생명의 공간 속에 독자적으로 존재하는 것임을 받아들이는 것이다. 이렇게 삶과 빛 속에 밝혀지는 공간은 생명체들을 서로 일정한 간격 속에 두면서 동시에 같이 있게 한다. 모든 공간의 상상력은 아마 이러한 것일 것이다. 또는 더 나아가 모든 상상력은 그러한 것이라고 할 수도 있다. 그것은 결국 공간적 존재로서의 인간의 원초적인 있음을 직접적인 감각 체험을 통하여 되돌려놓는 일을 한다고 할 수 있다.

사람이 세계 안의 존재라는 것이 기본적인 실존 조건이라면, 그것은 인간 의식의 가장 기본적인 형태인 감각 속에서 이미 드러나기 시작할 것이다. 그러니까 여기에서 일어나는 것은 말하자면, 일종의 존재론적 이해이다. 모든 존재 ―특히 생명을 가진 존재가 그 나름의 독자성을 가지고 있다는 이해는 존재의 직접성에 대한 직관이면서 동시에 존재의 존재 방식에 대한 총체적 이해이다. 그러한 의미에서 그것은 단순한 사실성의 인정이상을 넘어서 이념적 성격을 가지고 있다. 그러면서 동시에 그것은 직접적이다. 이 이념적 직접성은 그 깨우침의 방식에서 쉽게 드러난다. 그것은 하나의 추론의 결과라기보다는 감각이나 지각의 체험으로서 온다. 이러한 구체적 사건의 성격을 가진 이념의 출현이 에피파니라는 것은 앞에서 언급한 바 있다. 다시 말하여 그것은 중세의 신학에서 신의 출현을 말하지만, 제임스 조이스 이후 그것은 어떤 깨우침을 가져오는 구체적 사건을 지시하기 위하여 사용한 말이기도 하다. 물론 그것은 앞에서 언급한 문화적 환경에 의하여서 준비되는 면을 가지고 있다. 거꾸로 문화는 이러한 원초적인 사실을 보존하고 있는 한도에서만 참으로 의미 있게 작용할 수 있다. 그러한 경우에 그것은 지각 체험을 고양할 수 있다.

개인의 존엄성

『황금의 그릇』에서 아버지의 상상력이 개인적 실존을 확인하는 방향으로 작용한 것은 문화적인 압력 — 모든 개인을 하나의 주체적인 자기 목적적인 것으로 간주해야 한다는 칸트적 윤리의 명제의 압력으로 인한 것이라고 할 수 있다. 그러나 거꾸로 칸트적 전제는 바로 이러한 원초적 상상력에 의하여 뒷받침된다. 사람이 그를 에워싸는 물리적 환경 속에 개체로서 투입되어 있다는 것은 윤리나 관습 이전에 인간 생존의 사실적 조건의 기본이다. 감각은 늘 이 사실을 우리에게 새삼스럽게 재확인시켜 주는 역할을 수행한다. 이것을 하나의 인식의 순간으로 올려놓는 것이 우리의 물질적 상상력이다. 그러한 의미에서 칸트적 명제는 논리적 필연성이라기보다는 요청(Postulat)이고 이 요청의 근거는 자신과 타자 그리고 모든 개체적인 존재에 대한 직관에서 나온다. 이것은 일반적인 이해이기도 하고 앞의 『황금의 그릇』에서 보는 바와 같이 지각적 시선을 통하여 깨우침의 대상이 되기도 한다. 물론 이것은 다시 문화적인 정형화에 의하여 사회 일반의 통념이 된다.

개체의 독자성, 위엄 그리고 자율에 대한 인정은 반드시 서양 전통에 한정될 수 없는 것이면서도 서양 고유의 생각으로 받아들여지는 것은 이러한 문화적, 사회적 전개로 인한 것이다. 그러나 다시 한 번, "모든 개인은 그 자체가 목적으로 대접되어야 한다."라는 칸트의 명제는 모든 사람이 직관적으로 알 수 있는 보편성을 가진 윤리적 명제이다. 그것의 보편성은 바로 그것이 다른 원리로부터 연역하여 증명하기 어려운 그 공리로서의 성격에서 드러나고 다른 한편으로는 그것이 개인의 삶에 있어서 생존의 실존적 기초 또는 부정할 수 없는 사실성(facticity)으로서 확인되는 것에서 알 수 있다. 또는 바로 이 사실성으로 하여 보편적, 윤리적 명제의 성격을 띤다고 할 수도 있다. 그러나 일반적으로 말하여, 우리는 여러 문화적 전통이 있지만, 우리의 인간에 대한 실천 이성적 이해가 지각에 의하여 보완되는 것과 똑같이, 지각 현상 속에 이미 이성의 움직임이 있음에 주목하게 된다. 사람이 이해를 향하는 동기를 가진 한, 이성적인 것은 어디에나 스며 있는 것으로 보인다.

개인의 존엄성과 사회

그러나 말할 것도 없이 그것이 늘 같은 형태를 갖는 것도 아니고, 지각 현상에 그대로 맞아 들어가는 것도 아니다. 그것은 특히 사회적, 문화적 맥락에 따라 삶의 세계의 현실성으로부터 일탈할 수 있다. 이 차이는 개인적으로나 사회적으로나 보다 넓고 긴 기획을 위하여 불가피하게 일어나는 일이다. 그러나 부정될 수 없는 실존의 사실성의 인정에 칸트의 윤리적 명제의 기본이 있는 것은 틀림이 없다. 이것은 앞에서 본 바와 같이 지각 속에 직접적으로 드러날 수도 있다. 이러한 지각이 확장된 것이 인권 사상이라고 말할 수 있다.

그러나 인권의 실현이 얼마나 복잡한 사회, 정치, 법률 제도의 발전을 필요로 하는가는 새삼스럽게 말할 필요도 없다. 그리고 그러한 것이 사실상 원래의 직관을 부정하게 되는 사례도 없을 수가 없다. 그러나 모든 사람이 사람으로서의 권리를 향유할 수 있는 질서의 밑에는 칸트의 직관이 있고, 또 그것을 뒷받침하는 것은 주어진 환경 속에서의 인간의 물질적 실존의 진실이다. 이것은 너스바움이 말한 바와 같은 지각의 판별력에 긴밀히 관계되어 있다. 오늘날 우리가 우리 사회에서 경험하고 있는 투쟁적 사회 상황은 정의를 위한 투쟁의 성격을 띤다. 이 정의의 투쟁은 만인 전쟁의 부정적 조건에서 발생하는 것으로 말할 수 있다. 그것이 보다 긍정적인 의미에서의 정의의 질서로 나아가려면, 그것은 인간의 실존적 조건에 이어져야 한다. 그 조건에 이미 이념적 투영은 존재한다. 정의의 질서는 그 가능성의 확장으로 이해되어야 한다. 그러한 의미에서 우리의 감각적 삶을 온전히 유지하는 것은 극히 중요한 일의 하나이다. 이것을 떠맡고 있는 것이 앞에서 이미 비친 바와 같이 문학이다.

　　문학이 법률적 심성의 수련에 중요한 기초가 되는 것은 당연한 일이다. 조선조의 과거에서 시를 쓰는 능력을 가장 중시한 것은 이러한 사실을 꿰뚫어 본 때문이라고 할 수 있다. 그것이 참다운 의미에서 지각과 인식 능력의 향상에 기여하지 못했다면, 그것은 사람이 하는 일은 늘 살아 움직이는 삶의 현실로부터 일탈할 가능성을 가지고 있다는 것을 말할 뿐이다.

해체와 이성

1. 시에 있어서의 해체와 형성

이성과 지각

앞에 말했던 것을 다시 되풀이하건대, 사람의 체험과 세계에 움직이는 이념성, 또는 이성은 사실상 형식의 원리에 가까운 것이라고 하겠으나 그것은 고정된 형식이 아니라 끊임없이 새로운 형식화의 에너지로 스스로를 드러낸다고 할 수 있다. 그것은 관습화된 절차와 방법이 아니라 그것을 뒤로 남기면서 새로운 드러남으로 나아가는 움직임이다. 또는 그것의 과거의 업적에 대한 관계는 크고 작게 파괴와 창조 또는 해체와 형성의 회로로서 이해되어야 하는 어떤 것이다. 이 회로에서 쉽게 보이지 않으면서 움직이고 있는 것이 이 근원적 이성의 충동이다. 물론 이것은 다른 형상화의 힘들과 결합하여 가시적인 것이 된다. 시는 이러한 이성의 나타남의 순간을 가장 잘 포착하는 인식의 방편이라고 할 수 있다. 물론 시 속의 이성의 출현 그것이 이성의 전 모습이라고 하는 것은 또 하나의 왜곡이 된다. 여기에서 말하려는 것은 그것이 원초적인 나타남의 모습을 살피게 한다는 것이다. 그것이 전부라면, 과학도 법도 사회 제도도 필요없는 것이 될 것이다. 이러한 삶의 체제들은 시가 ── 어떤 종류의 시가 포착하는 이성적 순간 또는 이념성의 순간으로부터 전개되어 나오는 것이라고 할 수 있다는 말이다. 그리고 이것과 끊임없는 연결이 없는 이성의 제도는 삶을 잃어버린 경직성의 제도로 전락하기 쉽다. 이런 의미에서 하이데거의 말대로, 사람은 시적으로 산다고 할 수 있다.

이미지와 급수: 정지용

좋은 이미지는 이러한 순간을 제일 간단하게 예시해 줄 수 있다. 실감을 주는 이미지는 우리의 지각을 새롭게 한다. 정지용의 시 「바다 6」에 나오는 "해협이 천막처럼 퍼덕"이는 이미지, 또는 깊은 산속의 풍경의 일부로서 "꽃가루 묻힌 양 날려 올라/ 나래 떠는 해"(「옥류동(玉流洞)」)라는 이미지들의 예를 들건대, 이것들은 이미 있었던 지각 체험을 표현하는 것이면서 또 그것을 새로 창조하는 것이라고 할 수 있다. 그러나 그 효과가 전적으로 우연적인 것은 아니다. 여기의 이미지들은 두 가지 다른 사상(事象)들이 겹쳐서 이루어진다. 그것은 둘 사이에 공통점이 있다는 것을 말한다. 이 공통된 특징을 추출하여 하나로 종합하는 그러니까 추상적 패턴일 것으로 생각된다. 그러면서 이 패턴은 추상적인 개념으로 요약 포착될 수 있을 것이다. 말하자면 칸트의 미학의 개념에서 구체적 사례로부터 일반 명제로 나아가는, "성찰적 판단"의 과정과 비슷한 것이 일어날 것으로 말할 수 있을 성싶다. 이 과정이 어떻게 되든지 간에, 추상 개념은 쉽게 추출되지 않는다.

그러나 무엇인가 두 구체적인 이미지를 넘어가는 종합화가 일어나는 것은 틀림이 없다. 이것이 쉽게 포착되지 않는 것은 두 이미지의 중첩이 단순한 이미지의 중첩이 아니라 두 개의 계열(級數, series)의 중첩이기 때문이라고 할 수 있다. 사실 참으로 효과적인 이미지들의 효과의 상당 부분은 그것이 그 일부를 이루는 보다 긴 과정에서 나온다. 간단하게는 이미지들은 그 전후 맥락을 가지고 있다. 천막처럼 펄럭이는 바다는 "유리관 같은 하늘", "속속드리 보"여서, 마치 봄의 산이 물밑에 잠겨 있을 듯한 느낌을 주는 바다 풍경의 일부이다. 천막은 봄 산의 야영의 산이다. 펄럭이는 것은 어떤 활력을 상징하는 것으로 생각된다. 시 「옥류동」은 모든 것이 고요하고 섬세한 조화의 상태에 있는 자연 ─ 폭포 소리도 "하잔"하고, 나뭇가지들이 꽃잎처럼 엷어 뵈고, 높은 봉우리들도 "자위 돌아 사뭇 질듯"한 깊은 산속을 그린다. 이 산속의 고요의 신비는 모든 것을 압도한다. 거기에서 "태양마자도" 날개를 퍼덕이는 나비가 되는 것이다. 물론 이 고요함의 신비 속에서 시인 자신도 가라앉은 마음으로 관조에 들어간다. 이러한 이미지들은 다시 시인 자신의 삶의 역정에 깊이 관계되어 있다.

정지용에게는 바다에 관한 시가 많지만, 바다는 "나의 청춘(靑春)은 나의 조국(祖國)!/ 다음 날 항구(港口)의 개인 날씨여!"(「해협(海峽)」)라고 외치며 이국의 땅을 향하여 항해하던 청춘의 낭만주의에 관계되어 있다. 바람 부는 해협이 그에게 유쾌한 야영과 같은 느낌을 준 것이었을 것이다. 그러나 이것을 「옥류동」의 이미지에 연결하여 보면, 이 두 이미지는 일본 유학에 들떴던 젊은 시절에서 시작하여 보다 착잡한 경험의 세계를 거쳐 조선의 자연의 정신적 의미를 발견하는 데에로 나아갔던 시인 자신의 삶의 역정을 보여 주는 것이라 할 수 있다. 그러면서, 물론, 그것들은 세계의 어떤 양상들을 드러내 보이고 그 접합점에 일어나는 그 나름의 경험의 가능성을 가리킨다.

사실 두 개의 이미지가 겹친다고 할 때, 그 겹침은 동심원처럼 확대되는 것이다. 삶의 두 순간, 삶의 두 계기에서의 삶의 스타일, 어떤 삶의 궤적과 자연의 모습이나 과정의 일관된 유사성 ─ 이러한 것이 겹치는 것이다. 아마 동아시아의 천지인(天地人)을 하나로 잇는 태극설(太極說)들에 들어 있는 통찰은 인간의 삶의 전체 사이에 있는 어떤 아날로지를 말한 것일 것이다. 다만 이 아날로지가 지나치게 도식화되어 그 설득력은 약화된다. 이 수많은 삶과 세계의 중첩에 어떤 로고스가 작용하는 것이 사실이라고 하더라도 — 그렇게 생각할 수밖에 없지만 — 그것을 정식화하기는 지난한 것일 수밖에 없다. 거기에 큰 패턴이 존재한다고 하더라도, 그것은 많은 경우 우연적인 사건으로 경험될 수밖에 없을 것이다.

이와 관련하여 효과적인 이미지에 접하면서 우리가 놓치기 쉬운 것은 그것이 우리가 무덤덤하게 별 느낌이 없이 보았거나 상투적으로 보았던 것을 벗어난 깨우침을 준다는 사실이다. 앞의 이미지에서도 나비처럼 퍼덕이는 해는 대체로 찬란한 것으로 생각되는 해의 이미지와는 정반대의 이미지이다. 정지용이 평화와 조화를 에너지가 극도로 줄어진 상태, 그리고 모든 것이 따로 있으면서 하나로 조화된 상태로 파악한 것은 매우 특이한 것이다.(태양은 나비가 된 대신, 많은 작은 것들은 자신의 따로 있는 존재를 분명하게 한다. "약초들의 소란한 호흡", "물도 젖여지지 않어/ 흰돌 우에 따로 구르고", "귀또리도/ 흠식한 양/ 옴짓/ 아니 긘다" 등의 묘사는 이러한 광경을 그린다.) 하여튼 이미지들의 신선함 그리고 그것을 통하여 세계의 신선함에 대한 인지가 있기 전에, 세계와 사물에 대한 우리의 지각은 매우 불분명한 두루뭉수리의 상태에 있다. 거기에 명확함과 분명함이 생겨난 것이다. 이 과정에서 중요한 것은 아날로지를 만들어 내는 시인의 힘 또는 시와 언어의 형상화의 잠재력이 지각에 맞부딪쳐서 일깨워진다는 사실이다. 그것은 모든 상투적 수사와 감정을 포함한 두루뭉수리의 상태를 벗어나려는 의지 — 형상적 의지의 표현이기도 하며, 결국은 그런 것을 꿰뚫고 개체화(individuation)로 향하는 의지의 한 표현이라고 할 수 있다.

근원적 열림: 릴케

그러나 다른 한편으로 이 개체화는 근원적인 세계로의 열림을 말한다. 앞의 간단한 이미지들도 시인의 개성적인 표현이지만, 그것을 통하여 새로워지는 것은 지각되는 세계의 모습이다. 이것은 보다 형이상학적으로 파악될 수 있다. 릴케는 지각과 인식이 세계로 열리는 일에 따르는 괴로움에 관심을 가지고 있었다. 이 열림은 형이상학적인 성격의 것이라고 하겠는데, 그것에 대한 깨우침은 한달음에 도달되는 것이 아니라, 경험과 형이상학적 예감이 부딪치는 계기에서의 끊임없는 노력으로 도달되고, 또는, 그보다는 그 노력 가운데 실현된다. 릴케의 비유를 빌려, 화살은 살이 나가는 순간에 자신 이상의 것으로 초월하게 되는 것을 위하여 활줄의 긴장을 견딘다.(「제1비가」) 이것은 조금 난해한 대로 초월과 초월의 사건적 불확실성을 잘 표현한 것이라고 할 수 있다.

어린 마음의 공간

릴케의 「콜로나 가의 사람들(Die aus dem Hause Colonna)」은, 후기 시의 철학적 단단함을 결하고 있으나, 이러한 문제를 주제로 효과적으로 표현한 것으로 읽을 수 있다. 우선 요구되는 것은 사회의 관습의 틈으로 엿보이는 순박한 마음의 공간의 의미를 아는 것이다. 릴케는 12세기부터 16세기까지 이탈리아의 세도가였던 콜로나 사람들의 초상화를 보면서 그들의 삶을 완전히 외면화된 사회적인 상징물들에 일치하는 삶으로 생각한다.

그대들의 얼굴은 보는 것으로 가득하다,
세상은 그대들에게 이미지 또 이미지이므로.
무기와 깃발과 과일과 여인들로부터
그대들에게 거대한 자신감이 솟구친다,

만사는 있는 대로이고 있는 값대로라고.

　그러나 이들 세도가들의 사람들에게도 전쟁에 나가거나 법황청의 고위
직자의 붉은 옷을 걸치기 전, 그리고 기마나 수렵에 능하지도 않고 여인들
과의 기쁨도 삼가야 했던 그러한 어린 시절 ─ 지금은 잊었을지라도 그 어
린 시절의 이러한 기억이 있지 않겠는가고 릴케는 말한다.

　그때, 마리아의 출산이 그려져 있는
　제단은 외로운 구석 회랑에 서 있었다.
　그대를 사로잡은 것은 한 가닥의 꽃줄기;
　밖에는 분수가 호젓하게
　달빛 비추는 정원에서
　물을 뿜고 있고, 그것이
　하나의 세계 같다는 생각.

　창문은 문처럼 발밑까지 열리고
　풀밭과 오솔길에 있는 공원이 있다는 것,
　별나게 가까이 그러나 또 멀리 있는,
　별나게 밝게 그러나 또 감추어 있는.
　샘물은 빗소리처럼 활활거리고
　이 모든 별들이 서 있는
　기나긴 밤에 이어 아침은
　오지 않는 것인 듯.

　그때 소년들이여, 그대들의 손은 자라고,

그때는 따뜻했던. (그대들은 몰랐지만.)

그때 얼굴들은 밖으로 활짝 피었지.

위에 인용해 본 두 부분은 다 같이 권세가 집안의 분위기를 전달하는 것들이고, 힘 있는 어른들 사이에서 아이들이 느끼는 틈새는 그러한 분위기의 일부라고 할 수 있다. 이 틈새의 외로움과 두려움은 릴케의 시에 가장 빈번히 나오는 주제이기도 하다. 그러나 여기에 릴케의 보다 깊은 철학적인 관심이 스며 있는 것도 우리가 읽을 수 있다. 어른들의 사회적 상징물에 둘러싸인 자기중심적인 세계에 비하여 그 틈새로 아이들은 더 넓게 열려 있는 세계 ─ 분수와 물과, 풀밭과 별 그리고 한없는 듯한 밤의 세계를 느낀다. 성장하는 그들의 육체는 사실 이러한 세계의 일부이다. 주목할 것은 그것이 실재하는 것이든 아니든 ─ 그것들이 아이들의 마음속에 그려지고 있다는 점이다. 필요한 것은 마음의 공간이다. 아이들은 완전히 어른들의 사회에 흡수되어 있지는 않지만, 그것의 일부이다. 그러나 어른들은 세계의 사실성의 틈으로 열리는 통일의 공간을 느낄 줄 안다. 그리하여 마음은 다른 공간의 사실들에로 열리게 된다. 그들의 마음의 서로 다른 급수를 이루고 있는 두 공간이 겹치고 사람과 자연의 두 공간이 겹치는 것이다.

밤과 폭풍

「고독한 사람(Der Einsame)」에서 말하고 있듯, 사람들은 대체로 일상의 편안함에 안주하고 "말 속에 살고 있다." 먼 거리(距離)는 마음을 통하여 열린다. 일상성을 넘어서 먼 것을 생각하는 사람은 "어쩌면 달처럼 아무도 살지 않는/ 하나의 세계가 얼굴에 가까이 온다"는 것을 안다. 멀리 있는 것은 대체로 원초적인 자연의 힘이다. 「보고 있는 사람(Der Schauende)」이라는 시에서, 그것은 폭풍이다. 폭풍은 사람들에게 좁은 관심사를 넘어가는 큰 것을 알게 한다.

> 우리가 씨름하는 것들은 얼마나 작은가.
> 우리와 씨름하는 것들은 얼마나 큰가.
> 사물들처럼 우리도 거대한 폭풍에게
> 우리를 휘두르게 한다면,
> 우리도 멀고 이름 없이 될 것을.

『형상시집(*Das Buch der Bilder*)』(1902, 1906)에서 밤과 폭풍은 주요한 주제의 하나이다. 「폭풍의 밤에(*Aus einer Sturmnacht*)」에는 밤의 풍경이 많이 이야기되어 있는데, 밤은 탈옥수들과 오페라 극장의 화재와 무덤에서 나온 망령들과 같은 것들로 가득 차 있다. 릴케는 "밤이야말로 수천 년 동안 유일한 현실이 아닌가" 하고 묻는다. 이러한 밤의 생각은 낭만주의적 환상과 세기말과 20세기 초의 시대적 불안을 표현한 것일 것이다. 릴케에서 밤은 조금 더 형이상학적인 현상이다. 밤은 공간을 하나로 통일하여 보여 준다. 그러나 거꾸로 밤은 다른 현실을 태어나게 하기도 한다.

우주적 공간, 형상에의 의지

『두이노의 비가(*Duineser Elegien*)』(1923)는 우주의 거대한 공간 그리고 걷잡을 수 없는 원초적인 세계의 힘 가운데 놓인 인간의 삶에 대한 긴 명상이다. 여기에서도, 모든 것을 해체하는 듯한 큰 힘의 주제는 계속되지만, 이와 더불어 릴케는 사물과 삶 그리고 그 이미지의 창조가 그러한 힘의 확인의 다른 이면을 이룬다는 것을 말한다. 「제1비가」의 첫 연은 인간의 모든 것이 부정되는 우주의 무한함에 대한 처절한 부르짖음이다.

상하로 도열한 천사들 가운데, 어느 누가

나의 외침을 들을 것인가? 그중의 한 천사가

나를 포옹한다 한들 나는 그 존재의 힘에

자지러질 것을. 아름다움이란 무서움의

시작일 뿐 우리는 가까스로 견디고

하찮은 우리를 짓부수지 않음이 놀라울 뿐.

모든 천사는 무서운 존재임에.

　

우주 공간의 천사의 관점에서 볼 때, 지상의 존재인 인간의 일은 너무나 무의미하다. 아름다움은 인간이 하늘의 질서에 가까이 갈 수 있는 통로이나 그것의 참의미는 인간을 넘어가는 것이기 때문에, 인간이 받아들일 수 없는 것이다. 그러나 비가는 여러 변주를 통하여 결국 사람은 아름다움 — 어쩌면 인간적인 것으로 변용된 아름다움을 통하여 인간을 넘어가는 우주적인 것과 사람의 필요 사이에 위태롭게 존재할 수밖에 없다고 말한다. 매일 보는 언덕 위의 나무, 늘 그렇게만 있을 듯한 익숙한 것들의 무변화 — 이러한 것들이 사람의 삶을 지탱하여 주지만, 밤이 오면, 우주 공간의 밤으로부터 불어오는 바람은 우리의 얼굴을 문드러지게 한다. 그러나 밤은 조용하게 환각을 깨우는 자이면서 그리움의 대상이다. 그런 만큼 그것은 이미 인간의 마음의 일부이다. 그러면서도 사람은 그 사랑이나 영웅적인 행동 — 그 소망의 실현을 포기하지 않는다. 그리고 인간의 소망이 순전히 인간의 주관에만 한정된 것이 아니라 지구 자체가 불러내는 것임을 — 객관적 동기에 의하여 불러내지는 것일 수 있다. 사람의 소망에서 나오는 소리를 성자의 경건함으로 조심해서 듣는다면, 그것은 땅을 벗어나는 어떤 거대한 것으로 변모한다. 바람결에 들리는 소리를 잘 들으면, 거기에는 정적으로부터 나오는 쉬지 않는 전언(傳言)이 있다. 거기로부터 삶에 대한 대긍정, 삶과 죽음, 우주의 비인간성과 삶의 소망 사이에 존재하는 삶에 대한 대긍정이 나온다. 이것을 언어로, 미술품으로, 일용품으로 표현하려 해 왔던 것이 인간의 역사이다.

그러나 사람이 만드는 형상들이 참으로 우주 공간 안에서 객관적인 실재의 뿌리를 가지고 있는가 하는 데 대한 릴케의 괴로운 질문은 계속된다. 사랑은 인간 고유의 정열이지만, 그것이 단순한 성이 아니라 보다 높은 이상의 표현으로 고양되는 것은 무엇을 의미하는가? 사랑은 원초적인 정열이면서 많은 경우 — 르네상스의 플라톤주의에서도 그러했듯이 — 고양된 형상으로 파악하고자 하는 충동을 수반한다. 하늘의 별들의 원형에 따라 사랑하는 사람의 모습을 인지하고자 하는 충동과 같은 것도 그러한 것이다.

> 별들이여,
> 연인의 사랑하는 사람의 얼굴을 향한 애틋한 마음은
> 그대들에서 오는 것이 아닌가? 그녀의 맑은 얼굴을
> 알아보는 것은 맑은 별들로 인한 것이 아닌가?
>
> ──「제3비가」

이것은 사랑의 이야기이지만, 일반적으로 사람은 자신과 자신의 내면을 외적인 것에 비추기 전에는 자신을 알 수 없으며 그것이 삶의 고통의 하나라는 것이 『두이노의 비가』에 되풀이되는 주제이다. 그는 말한다. "우리는 우리의 감정의 모습을 알지 못한다. 밖으로부터 형상화되는 것 외에는."(「제4비가」) 이러한 형상화의 필요는 사람이 지각하는 모든 것에서 일어난다. 이것은 개인적으로도 그러하지만, 집단적으로도 그러하다. 문화는 바로 이 형상화의 역사이다. 「제2비가」의 여러 자연과 인조물의 형상들을 아름다움의 거울로 표현한, 약간 난해한 부분은 이러한 뜻을 담은 것으로 생각된다.

> 처음 복되었던 것들, 창조의 귀염둥이들,
> 높은 산이며, 아치 햇살 비추는 창조의 산봉우리들 —
> 꽃피는 신들의 꽃가루들, 빛의 마디와 굽이들,
> 통로며, 계단이며, 옥좌며, 존재의 공간들, 기쁨의 방패들,
> 폭풍처럼 휘몰아 사로잡는 감정, 그리고 홀연, 홀로,
> 흘러 나갔던 스스로의 아름다움을 다시
> 스스로의 얼굴에 다시 거두어들이는 거울들.

여기에 들어진 여러 가지 것들은, 그다음에 말하여지는, "감정을 가져도 곧 사라져 버리는" "우리" — 허망하기 짝이 없는 현대의 인간에 대조하여 자연과 영적인 것과 건축물과 도구들을 충분히 강력하게 그리고 인간적으로 형상화하는 데 성공한, 가령, 고전 시대의 희랍의 문화적 업적을 말하는 것으로 생각된다. 위의 인용의 뒷부분에서, 밖으로 흘러 나갔던 스스로의 아름다움을 다시 거두어들인다는 것은 바로 이러한 형상화의 기본적인 기제를 말하는 것으로 생각된다. 나의 아름다움은 다른 사람의 눈을 통하여 비로소 알 수 있다. 그렇게 하여서만 그것은 나의 아름다움이 된다. 그러나 여기에서 다른 사람의 눈과 자신의 눈은 거의 일치하는 것이라고 할 수 있다. 가령 아프로디테의 조각이란 아름다운 여신 또는 여인의 조각이지만, 그것은 물론 보는 사람의 눈에 비친 아름다운 여인의 상을 재현한 것이다. 여기에서 밖에서 보는 눈과 그 자체로 아름다운 것을 어떻게 구별할 수 있겠는가. 모든 아름다움은 이렇다 할 수 있다. 원형으로서의 아름다움의 형상은 밖에서 오는 것이면서, 마음 안에 잠재된 형상의 깨우침이

고, 질료에 근원적으로 내재된 가능성이다. 사람의 지각은, 그것이 인식으로 나아가는 도상(途上)에 있을 때, 밖으로부터 오는 형상의 각인(刻印)이면서, 그 자체 안의 형상이 드러나게 되는 절묘한 현상이라 할 수 있다.

그러나 다시 핵심은 이러한 형상의 사실적 근거이다. 릴케는 되풀이하여 사람이 객관적 세계에 이르지 못한다는 것을 말한다. 「제8비가」에서 그가 말하듯이, 사람은 결코 "저 밖에 있는 것", 참으로 "열려 있는 것(das Offene)"을 알지 못한다. 아는 것은, "아니다가 없는 아무 데도 아닌 곳(Nirgends ohne Nicht)"에 대조하여, "형상(Gestaltung)"이고, "세계(Welt)"일 뿐이고, 한없이 꽃이 피는 "순수한 공간(reiner Raum)" 또는 우리가 바람이 없이 숨 쉬고 한없는 것으로 아는, 살핌이 없는, "순수한 것(das Reine)"이 아니다. 사람은 끊임없이 사물의 세계를 보면서 그것을 정리하고 그것이 무너지면 다시 정리할 뿐이다.

그러나 확실한 것은 거부할 수 없는 표현 또는 형상에의 의지이다. 그것은 긍정되어 마땅하다. 사람은 무상한 존재이다. 그러나 여기 이 순간에 무상하게 존재한다는 것은 무엇인가? 사람은 이 존재함을 증언하기 위하여 여기에 있다고 할 수 있다. ― 릴케는 이렇게 말한다. 여기 이때에 있는 모든 것들은 사람의 존재를 필요로 하고 사람에게 하소연한다. 한 번만 존재한다는 것은 한없이 귀중하다. 그러면서 한 번이라도 땅 위에 있었다는 것은 지울 수 없는 분명한 사건이다. 그리하여 사람의 삶에서 남을 만한 것을 말하는 것은 인간이 맡은 바 사명이라고 할 수 있다. 릴케는 「제9비가」에서 말한다.

어쩌면 우리는 말하기 위하여 이곳에 있는 것이다, 집이라고,
다리라고, 샘물, 문, 단지, 과일나무, 창이라고.
잘하면, 원주(圓柱)라고 또는 탑이라고……

이렇게 말하는 것은 사물을 지칭하는 것이면서, 사물 자체의 의미를, 그 자체를 넘어서 말하는 것이다. 그러나 이것은 지구 자체가 원하는 것일 수 있다. 지구는 두 연인이 있게 하여 그들을 통하여 만물이 기쁨이라는 것을 알 수 있도록 하는 것인지 모른다. 그리하여 연인들은 사람이 만들어 놓은 예로부터의 문지방 그리고 앞으로의 연인들이 드나들 문지방을 드나드는 것일 것이다.

지구여, 이것이 그대가 원하는 것이 아닌가?
우리 안에서 보이지 않게 되기를. 그대의 꿈은 한 번
보이지 않게 되는 것이 아닌가? 지구여, 보이지 않음이여!

보이지 않게 된다는 것은 대상적 존재이기를 그치고 마음의 일부가 된다는 것을 뜻할 것이다. 이렇게 하여 릴케는 형상에의 의지가 지구 자체로부터 오는 동기라고 말한다. 그러나 이 점에서의 그의 입장은 여전히 모호하다. 그는 형상의 근거가 주로 인간의 의지이며 역사에 지속되는 문화적 업적의 모범이라는 쪽으로 기우는 것으로 보인다. 그러나 그 경우에도 이 지구의 사건은 모든 것을 해체하는 우주적 공간을 배경으로 일어난다. 사람이 이룩하는 형상은 문화 속에 지속하면서도 영원한 것이 못 된다. 사물들은 형성되고 일정한 기간 후에 파괴된다. 그러나 그것은 다시 형상으로서 스스로를 정의한다. 그렇다면, 이 창조의 끊임없는 과정을 가능하게 하는 것은 모든 것을 무화하는 우주 공간이라고 할 수 있다. 그러면서 사람의 창조물은 그에 대한 대조로서 의미를 갖는다. 사물의 세계를 넘어가는 천사와 다른 존재로서의 인간이 천사에 보여 줄 수 있는 것은 이것이다.

천사에게 사물들을 말하라. 로마의 밧줄 꼬는 사람, 나일 강의 독 굽는 사람

그들을 보고 그대가 놀랐듯이 천사도 놀랄 것이다.

천사에게 보이라. 사물이 얼마나 복될 수 있는가, 티 없고, 우리 것인가.

비탄의 고통도 스스로 형상이 될 것을 정하면서,

물건이 되고, 물건 속에 죽는가를 ─ 그리고 바이올린 너머로 사라지는가를…….

─「제9비가」

형상의 시적 계기

모든 예술 작품은 형상적 의미의 구현이다. 그것은 우주 공간에 대하여는 하찮은 것이면서 인간에게는 지속적인 것이다. 그러면서 그것은 변화한다. 그것의 변화와 재형성의 계기는, 정확히 릴케의 역점은 아닐는지 모르지만, 시적인 순간에 있다. 적어도 그 근원은 사람의 여기 있음과 그 무상성을 초월하는 형상적 계기의 만남에 있고 이것은 작업의 실제에 있어서 반드시 그러하지는 않더라도, 시적인 순간의 성격을 가지고 있는 것으로 말할 수 있다. 그것은 하나의 현현의 사건일 수밖에 없기 때문이다. 이것이 꼭 특별한 순간이라는 말은 아니다. 어쩌면 우리가 마음의 유연함을 잃어버리지 않는 한, 마음과 세계 그리고 삶과 만나는 자연스러운 방식일 것이다.

조이스가 말하는 에피파니가 그것이다. 조이스적인 에피파니를 조금 더 일반화한 것으로 볼 수 있는, 로만 인가르덴이 문학 작품의 한 속성으로 이야기한 "형이상학적 성질"도 문학 그리고 삶에 들어 있는 그러한 순간을 말한다. 그는 말한다. ─잿빛의 일상생활 가운데, 갑자기 모든 것을 비추는 듯한 빛이 비칠 때가 있다. "어느 날 ─하나의 은총처럼 ─ 평범한, 주의하지 못했던, 흔히 감추어져 있던 사연에 관련하여 어떤 사건이 일어나고 그것은 우리와 우리의 주변을 형용할 수 없는 분위기로 감싼다." 그것은 우리의 심리 또는 대상에 연유하여서만 일어나는 것은 아니다. 이때 드러나는 것은 숨겨져 있던 삶의 깊은 의미라고 할 수도 있고, 하이데거식 으로 존재의 근원이 스스로 드러나는 것이라고 할 수도 있다. 이러한 드러 남에는 삶을 움직이는 근본적인 그리움이 감추어져 있다. "이 그리움은 우 리의 많은 행동의 숨은 원천이다. 그리고 또 철학적 인식, 그러한 인식의 동력이고, 다른 한편으로는 예술 창조와 향수의 원천이고, 서로 완전히 다 르면서도 결국은 같은 목적을 추구하는 정신 활동의 원천이다."[1]

어쨌든 사람의 감각이나 지각의 경험에는 이미 어떤 원초적인 형이상 학적인 것이 있고 또 우리가 보다 쉽게 접근할 수 있는 이성적 질서도 이러 한 원초적인 체험에 스며 있는 형상적 충동, 형이상학적 충동의 후속적 발 전이라 할 수 있다. 이 충동은 형상화의 충동이면서 형상에 머물지 아니한 다. 그것이 창조의 힘이라면 그것은 끊임없이 그것을 넘어가고 또 그것을 해체함으로써 새로운 창조로 나아간다. 이성적이고 합리적인 것이 삶의 질서의 근간이면서도 삶의 경직한 질곡을 이룰 수도 있는 것은 그것이 이 러한 창조적 진화의 힘을 잃어버렸을 때이다. 이것은 도덕과 윤리에서 우 리가 특히 많이 볼 수 있는 것이다. 진정한 도덕은 도덕을 싫어한다는 파스 칼의 말도 이러한 뜻일 것이다. 도덕은 도덕주의와 동일한 것이 아니다.

2. 사유에 있어서의 해체와 형성

해체: 스티븐스와 베유

문명의 성쇠와 문명의 건설에 있어서의 시와 예술의 역할에 시적 명상

---

1   Roman Ingarden, *Das Literarische Kunstwerk*(Tübingen: Max Niemeyer, 1960), pp. 310~313.

을 집중했던 미국의 시인 윌리스 스티브스는 "현대의 현실은 해체의 현실 (a reality of decreation)"이라고 말한 일이 있다. 그리고 그것을 앎으로써, "우리 자신의 힘에 대한 귀중한 예감"을 가질 수 있다고 말하였다. 그래서 "어느 분야에서든지, 우리가 발견하기를 바랄 수 있는 최대의 진리는 인간의 진리가 모든 것의 최종적인 해결이다."[2]라는 것이다. 그가 여기에서 쓴 해체(decreation)라는 말은 프랑스의 철학자 시몬 베유로부터 빌려 온 것이다.

베유에게 해체란 창조된 세계로부터 창조 이전의 근원에로 나아가는 것을 말한다. 이 비창조화 또는 해체의 노력은 무엇보다도 세속적 허영으로 이루어진 자아를 벗어나고, 신의 창조의 세계에 일치하고, 더 나아가 창조와 비창조를 아우르는 신의 의지에 일치하려는 노력을 말한다. 스티브스는 이러한 종교적 개념을 시와 문명의 창조에 적용한 것이다. 그의 생각으로는 예술적 창조력의 근본은 세계를 창조하는 힘에 일치하며, 그것은 하나하나의 작품의 창조에도 개입한다는 것이다. 물론 이러한 생각은 낭만주의자들의 상상력에 관한 생각에 이미 나와 있는 것들이지만, 스티브스의 세속적 세계관에서 이 창조의 힘은 세계의 창조적 과정에 일치하면서 그것이 집단적으로 발휘되는 문명을 향한 인간의 의지를 표현한다. 그의 해체는 신 앞에서의 세속적 자아의 포기 그리고 문명의 창조가 아니라, 세계의 고통의 절대적인 수락을 말한 베유의 생각과는 상당히 다른 것이다. 다만 이러한 신 앞에서의 완전한 몰아(沒我)의 상태를 말한 베유도 세상의 모든 것을 포기한 것은 아니다. 베유가 다른 곳에서 말한 것에 비추어 보면, 이러한 자기 소멸을 통한 신과의 일치는 다른 사람과 사물과의 관계에서 그것을 꿰뚫어 비추는 빛처럼 작용하는 데에 나타나는 것으로 생

---

2   Wallace Stevens, "The Relation between Poetry and Painting", *The Necessary Angel*(New York: Random House, Vintage Books, 1951), p. 175.

각했다. "어떤 사람의 마음에 신이 임하고 있는가 아니한가는 그가 지상의 삶을 어떻게 생각하는가에 나타난다." 또 마음에 임한 신은 세계를 새로운 눈으로 보게 하는 빛이다. "신을 증언하는 것은 말을 통해서라기보다는 영혼이 창조자를 경험한 다음에 그 피조물이 새로 드러내 보이는 바를 말이나 행동으로 표현함으로써이다."[3]

스티븐스와 베유 사이에는 일치점보다는 차이가 많지만, 세계의 창조적 변화가 외적인 것이 아니라 숨어 있는 내적인 힘을 통하여 이루어진다고 생각한 점에서는 일치한다고 할 수 있다. 어린아이가 나누기를 아는가는 나누기 공식을 외우는 것이 아니라 실제 나누기를 하는 것을 보고 판별할 수 있다고 정신의 내적인 원리를 설명한 베유의 말은 스티븐스나 베유가 다 같이 생각한 원리의 동적인 기능에 대한 쉬운 예시라고 볼 수 있다. 해체 — 베유가 생각하는 것은 자기의 해체이지만 — 습관적인 눈으로 보던 사물의 해체를 의미할 해체는 창조의 중요한 한 국면을 이룬다. 스티븐스가 "해체"란 말을 쓴 것은 당대의 문명을 말한 것이지만, 그가 생각한 바와 같이, 그의 시대의 문명뿐만 아니라, 모든 창조의 노력 — 사실상 모든 지적인 활동 또는 예술은 창조된 것의 해체와 새로운 창조 둘 사이의 회로 속에 움직인다. 물론 이 해체란 보다 적극적인 파괴를 말하기도 하지만, 단지 습관적 사고나 지각을 괄호 속에 넣고 새로운 눈으로 본다는 것을 말할 수도 있다.

지각 체험 자체도 이러한 과정에 대한 가장 기초적이면서 또 원형적인 증거가 된다고 할 수 있다. 감각적 체험을 떠나서 성립할 수 없는 예술 그리고 시가 중요한 것은 바로 그것이 이러한 모든 것의 바탕이 되는 과정에

---

3 "The World of Things", George A. Panichas ed., *The Simone Weil Reader*(New York: David McKay Co., 1977), p. 427.

이어져 있기 때문이다. 지각에서 사물은 그 모습을 나타낸다. 예술은 그것을 보다 분명한 형상으로 포착하고자 한다. 이 형상에는 쉽게 논리로 환원할 수 없는—그러면서 그것에 이어져 있던—이념이 들어 있다. 그렇다고 이 형상이 영원한 것은 아니다. 그것은 형상의 끊임없는 변용의 한 국면에 지나지 않는다. 또 다른 한편으로 그것은 예술가의 마음의 역정의 일부이기도 하다. 그러나 이 모든 것이 심리적인 현상인 것은 아니다. 그것은 형이상학적 계시의 성격을 갖는다.

인식과 감각의 닫힘과 열림: 후설

지각과 지각에 뿌리한 예술의 형상화와 그 해체 그리고 재창조의 과정은 사람의 삶, 개인적인 그리고 집단적인 삶을 밑으로부터 받쳐 들고 있는 예술적 표현에서만이 아니라 일관성의 역정으로서의 사람의 삶 속에서 추적될 수 있다. 또 그것은 지각을 넘어 인식의 문제로서의 철학적 사유에도 있을 수 있다. 우리가 생각을 하는 경우에, 주의가 집중되는 것은 생각의 대상이다. 그러나 참으로 근본적으로 생각한다는 것은, 대상과 아울러 대상을 생각하는 주체를 생각한다는 것을 뜻한다. 그것은 움직임으로서의 마음과 움직임의 정지로서의 사유의 관계를 문제 삼지 않을 수 없는 것이다. 그리고 생각의 대상이 되는 것은 실재 또는 어떤 분명한 명제이지만, 그것은 움직이는 마음의 해체와 형성 과정의 결과물에 불과할 가능성이 있다. 후설의 현상학에서 사유와 사유된 것(cogito-cogitatum)의 관계는 핵심적 주제이다. 여기의 구분은 지각이나 인식의 현상이 마음의 움직임의 소산이라는 것을 시사한다. 물론 후설의 현상학적 연구는 사유 또는 지향성으로서의 사유가 구성해 내는 것들, 즉 노에마타(noemata)의 구조에 집중되었다. 그러나 사실 그의 더 큰 관심은 그에 맞서는 노에시스(noesis) 또는 주체의 움직임이었다고 할 수 있다. 밝히고자 하는 것은 지각되거나 사유되는 것의 변용의 가능성이고, 그것을 통하여 드러나는 본질이지만, 더 중요한 것은 그 뒤에 숨은 주체적 동인이라고 할 수 있기 때문이다. 이 점에 관한 그의 견해를 잠깐 살펴보는 것은 형성과 해체의 과정으로서의 지각이나 인식의 문제를 생각하는 데에 도움이 될 것이다.

사유자를 생각하는 것은 그 근본으로서 심리를 생각하는 것으로 간주될 수 있다. 그러나 말할 것도 없이 모든 철학적 관심은, 과학에서나 마찬가지로, 심리나 경험의 흐름을 초월하는 추상화 또는 이념화할 수 있는 가능성에 대한 관심이다. 이것은 쉽게 논리적 구조에 대한 관심이 된다. 수학의 근본에 대한 생각으로부터 시작하여 후설이 철저하게 심리주의를 배제하려 한 것은 잘 알려진 사실이다. 그러면서 동시에 그는 지각이나 인식에 개입하는 형상이나 이념성이 논리가 구성해 내는 구조의 한 부분이라고 하지는 않는다. 그것은 그보다는 구체적인 경험의 계기에 밀착된 것으로 생각된다. 그 출처는 심리도 아니고 논리도 아니다.

해체 철학 이전의 초기에 후설에 관심을 가졌던 데리다가 「생성과 구조 (Genèse et Structure)」라는 글에서 밝히고 있는 것은 바로 이 점이다. 의식이 지향하는 대상의 세계와의 관계에서 이념의 결정체라고 할 수 있는 의미는 반드시 어떤 논리적 구조에서 오는 것도 아니고 심리에서 생성되는 것도 아니다. 그것은 주관을 넘어가는 어떤 일반성을 가지면서도 동시에 주체의 활동에 밀접하게 관계되는 것이었다. 후설은, 데리다에 의하면, "사실적 의식에 있어서 논리나 수학적인 이념성의 규범적 자율성과, 동시에 그것이 주체성 일반 —— 일반적이면서 구체적인 주체성에 근원적으로 의존한다는 것"을 다 옹호하고자 하였다. 이 두 가지가 하나가 되는 것은 그것들을 초월하는 제3의 요인으로 인한 것이다. 그가 발견한 것은, "구체적이면서 비경험적인 지향성, '초월적 경험 —— 구성적이면서(constituante), 즉…… 생산적이면서 계시적인, 능동적이면서 수동적인 초월적 경험'"이다. 여기에 근원적 일체성, 능동성과 수동성의 근원이 있다. 의미 또는 감각(sens)의 가능성도 여기에서 생겨난다.[4]

일체의 구조, 법칙적 관계, 또는 심리적 동인 등은 이 근원으로부터의 발전이다. 이것이 드러나는 것은 현상학적 환원을 통한 현상학적 공간의 열림에서이다. 즉 이 공간 안에서 모든 것이 사실적 논리나 인과관계로 완전히 설명되는 것이 아니라는 것, 즉 "진리에의 무한한 열림"[5]이 선행한다는 것이 밝혀진다. 진리는 이 열림 속에서의 주체의 활동이다. 그러나 그것은, 되풀이하건대, 심리적으로 설명될 수 있는 것은 아니다. 심리는 어떤 형상적 움직임의 전달체일 뿐이다. 이렇다는 것은 데리다가 설명하는 바와 같이, "의식 안에는 그것에 완전히 속하지 않는 사안(instance)이 있다."[6]라는 것을 말하는 것이다.

그렇다고 후설이 사실의 법칙이나 논리를 부정하는 것은 아니다. 단지 그가 말하고자 하는 것은 그것을 초월하여 열리는 세계가 있다는 것이다. 거기로부터 시작하여 사실의 세계나 인간의 세계의 논리적 관계가 구성된다. 이렇게 후설은 논리적 진리의 밑에 초월적 구성의 근원이 놓여 있음을 말한다. 논리적 진리가 사실적 세계에 통용된다고 하면, 이에 대하여, 현상학적 공간은 "열림이면서, 괴멸이며, 구조의 가능성과 불가능성, 모든 체계적 구조주의의 조건"[7]을 드러내 준다. 수학이나 물리적인 명제들은, 의식의 지향성에서 근원하는 것이면서도, 너무 성급하게 받아들인 실증적 인과율을 절대시한 데에서 나오는 결과이다. 초월적 의식의 구성물의 사

---

4 Jacques Derrida, "Genèse et Structure", *L'Écriture et la différence*(Paris: éditions de Seuil, 1967), p. 235.

5 Ibid., p. 238.

6 Ibid., p. 242.

7 Ibid., p. 243.

실화는 심리나 사회적 사물 이해에서도 볼 수 있다. 이것은 사람의 "자아"의 경우에도 해당된다. 그것은 근본적으로 "스스로를 존재하는 것으로 구성"함으로써 존재한다. 이것은 어떤 개체적인 의지로 인하여서만 그렇게 되는 것은 아니다. 무엇보다도 그 구성에 깊이 개입하는 것은 역사이다. 물론 이것은 자아 자체의 역사적 통일성으로 쉽게 이해된다. 자아는 그 역사 속에서 자기 동일성을 유지한다. 그것이 역사의 직관적 형상(eidos)에의 접근을 가능하게 한다. 이 직관적 형상, 모든 것을 포괄하는 역사의 형상으로부터 "로고스의 분출, 이성의 한없는 과제라는 생각이 인간 의식에 일어나는 사건"이 발생한다.[8] 이성은 여기에서 탄생한다. 그리고 역사를 통하여 일어난 이성이 존재를 가로지른다. 여기에 스스로의 소리를 다시 듣는 수단으로서 글쓰기가 큰 역할을 한다. 그렇다고 역사적 이성이 존재에 대하여 외면적인 관계를 갖는 것은 아니다. "스스로를 목적(텔로스)이라 하고 스스로를 목적으로서 불러오는 이 로고스는 ─ 그 힘(듀나미스)이 작용(에네레르게이아)으로, 구현(엔텔레케이아)으로 향해 가는 이 로고스는 역사 속에서 일어나고 존재를 가로지르는, 그 위로 형이상학적 초월과 무한한 본질의 현실성이 내려앉아 주는 이질적 경험성이 아니다. 로고스는 역사와 존재의 밖에서는 무(無)일 뿐이다."[9]

이러한 요약과 인용은 혼란스러운 인상을 줄 수 있다. 그러나 여기에서 중요한 것은 근원에 있어서 이성은 의식의 관조적 열림에서 드러나는 초월적 주체의 이차적인 산물이라는 것이다. 그것은 현상학적 환원에 있어서 핵심적인 주체로 나타나는 초월적 주체의 활동의 소산이다. 그러면서도 그것은 역사 속에서, 그러니까 역사가 되는 의식의 지향이 스스로 지속

---

8 Ibid., p. 248.

9 Ibid., p. 249.

하는 것인 한, 스스로 분출되어 나온다. 객관적 구조적 질서는 그 업적이다. 그러나 그 자체는 끊임없이 그것을 넘어가는 움직임으로서만 존재한다. 현상학적 통찰을 빌려서 복잡하게 설명하여 본 이러한 일체의 의미와 감각 또는 진리의 공통의 뿌리는 보다 간단하게는 앞에서 살펴본 시적인 직관에서의 초월적 이념성의 뿌리와 크게 다른 것은 아니다. 그런데 이미 말한 바와 같이, 이러한 일체성 — 동적인 일체성은 현상학이 아니라도 대체의 철학적 반성에서 발견되는 것이라고 하여야 할 것이다.

주일무적(主一無適)

마음의 활동의 근원성은 유교 철학에서도 중요하다. 유교 철학의 엄격한 도덕주의는 너무나 알려진 것이지만, 여기에서도 그 도덕적 엄격성을 관장하는 원리는 어떤 경직된 원리로 말하여지지 않는다. 마음의 수련이 중요하고 그것이 다른 모든 관심에 선행한다는 것도 이러한 생각이다. 심학(心學)은 유교의 철학적 체계화를 시도한 성리학에서 핵심적 위치를 차지한다. 마음의 수련은 주로 마음을 하나로 유지하면서 동시에 유연한 상태에 두도록 하는 수련이다. 이것은 실천을 바르게 하기 위함이다. 그러나 마음의 수련이 동시에 사물의 세계를 있는 대로의 모습으로 드러나게 하는 데에 중요한 준비의 성격을 갖는 것도 틀림이 없다. 그렇기는 하나 심학의 핵심적인 경전인 『심경(心經)』에서 실천적 의미를 지나치게 중요시한 결과 마음과 세계의 인식론적 연결에 대한 고찰은 등한시된다. 여기에서 사물의 정형화에 이념성이 어떻게 개입되고 그것이 어떻게 의미를 갖는가에 대한 섬세한 분석은 찾기 어렵다. 이 점에서 그것은 세계를 도덕과 윤리적 함축을 가진 유추적 패턴의 반복으로 이루어졌다고 하는 것으로 만족하는 것으로 보인다. 사물의 인식에는 패턴의 인지가 개입되고 그것은 우주론적 근거를 가진 것으로 생각하는 것이다. 그러나 성리학에서 상정하고 있는 인식과 실천의 주체로서의 마음과 세계의 관계가 창조와 해체의 과정에서의 움직임을 이룬다는 관찰은 성리학 일반에 들어 있는 통찰이다.

퇴계의 『자성록(自省錄)』은 성리학의 저서이면서, 주자의 저서를 비롯하여 유교의 많은 경전들이 그러하듯이, 일상적 관찰과 고전의 주석을 유연하게 담고 있는 저서이다. 제목의 자성이란 말이 논어의 삼성(三省)의 요청에 이어진 자신에 대한 되돌아봄을 뜻한다는 것은 다시 상기할 필요가 있다. 동서고금에서 많은 것의 근원은 되돌아봄의 공간 속에서, 또 그것을 다듬는 데에서 되찾아진다. 물론 유교에서 맨 처음 되찾아져야 하는 것은 마음이다. 『자성록』에서, 부한(富翰) 김돈서(金惇敍)에게 주는 편지는 주로 마음의 수련에 대한 여러 권고로 이루어져 있다. 마음에 관한 퇴계의 담화는 대체로 주자의 말 "주일무적 수작만변(主一無適酬酢萬變)"이라는 구절에 대한 끊임없는 주석이라고 할 수 있다. 마음은 하나에 집중하고 자기 일관성을 지켜야 한다. 그러면서 그것은 하나에 머물지 않고 많은 것에 대응하여 움직여야 한다.

경(敬)과 만변(萬變)

이 마음에 들어가는 것은 경(敬)의 상태에서 시작된다. 김성태 교수는 이것을 주의라는 심리학적 개념에 연결시킨 바 있지만,[10] 영어로 옮기면서 사용되는 말 mindfulness, apprehensive awareness, reverence 등은 이 주의의 분위기를 전달해 준다. 경은 사물에 대하여 조심스러움과 두려움을 가지고 주의하는 것을 뜻한다. 이것은 마음을 집중한다고 하여도 그것이 반드시 적극적으로 어떤 것을 추구하기보다는 수동적인 상태에 있을 것임을 요구한다. 이 마음의 상태는 움직임과 고요함을 동시에 지니고 있

---

10 김성태, 『경(敬)과 주의(注意)』(고려대학교출판부, 1989, 증보판) 참조.

다. 그것이 움직이지 않을 때, "심체(心體)가 허명(虛明)하고 본령(本領)이 깊이 순수하게"[11] 된다. 그렇기 때문에 그것은 하나에 집중하면서도 모든 이치를 포함하고 모든 일에 유연하게 대응한다. "사람의 마음[은] 허령(虛靈)하여 측량할 수 없고 만 가지 이치가 본래 그 속에 갖춰져 있어서 사물에 감(感)하기 이전에 지각(知覺)이 어둡지 않"다. 그리하여 "구태여 한 건 한 건의 일마다 다 생각하지 않더라도 겉으로 비추고 두루 응하는 묘용(妙用)이 있"다.[12]

마음이 비어 있으면서도 만물을 다스릴 수 있다면, 사물을 생각하고 처리하는 데에 있어서도, 그 생각은 고정되어 있어서는 아니 된다. 그것은 늘 있음(有)에 매여 있어도 아니 되고, 그렇다고 없음(無)으로 도피하여도 아니 된다. 퇴계는 한 가지 일에 집중하는 것을 한 가지 일에 매이는 것으로 착각하는 일에 대하여 다음과 같이 말한다.

일이란 좋은 일, 나쁜 일, 큰 일, 작은 일을 막론하고 그것을 마음속에 두어(有)서는 안 됩니다. 이 '둔다'는 유(有) 자는 한군데 붙어 있고 얽매여 있음을 말하는 것으로, 정심(正心), 조장(助長), 계공(計功), 모리(謀利)의 각종 폐단이 주로 여기에서 생기기 때문에 마음에 두어서는 안 된다는 것입니다.[13]

그렇다고 생각하고 마음을 두고 하는 일을 포기하는 것은 불교나 노장에 있어서의 "고고, 적멸(枯槁, 寂滅)"을 가장 높은 경지로 생각하는 것이다. 일일삼성(一日三省)한다든지, 중(中)을 잡으라든지(윤궐집중(允厥執中), 『서경(書經)』) 스승의 말을 존중하고 실천하라든지 하는 것은 모두 필요한 일이

---

11 윤사순, 앞의 책, 114쪽.
12 같은 책, 116~117쪽.
13 같은 책, 118쪽.

다. "마음에 두는 것도 아니요, 아니 두는 것도 아닌 것(非箸意非不箸意)", 이 것이 요체이다.

마음과 실천과 이론

유교의 실천적 역점은, 이미 말한 바와 같이, 바른 마음의 자세를 바른 인식보다는 주로 실천의 영역의 선행 조건이 되게 한다. 이미 하나에 집중 하면서 머물지 않는 것이 만 가지 일을 당해 낼 수 있다는 공식에도 실천을 향한 오리엔테이션은 들어 있다. 실천은 큰 의미의 도덕적, 윤리적 또는 사 회적 행동만을 말하는 것이 아니라 작은 일상적 행동거지, 작은 일의 수행 등을 말하는 경우가 많다. 마음을 하나가 되게 하는 데에 기본 준비 자세인 경(敬)은 서예, 시, 독서, 착의(着衣), 간산(看山), 간물(看物) 등에도 성공적 수행을 위해서 필요한 자세이다.

그런데 흥미로운 것은 이러한 작은 몸가짐이 어쩌면 사물과 인식과 밀접 한 관계를 가진 것으로 생각되고 있는 듯한 점이다. 선(禪)에서 앉는 자세가 불교적 진리를 깨닫는 데에 중요한 예비적 조작이지만, 성리학의 발달에 불 교의 영향이 있었던 까닭도 있겠지만, 유교의 실천 윤리에서뿐만 아니라 지 적 수행에서도 몸가짐은 중요한 것으로 말할 수 있다. 김돈서에게 주는 서 한에서도 퇴계는 궤좌(跪坐), 위좌(危坐), 반좌(盤坐) 또는 바로 누운 자세(언 와(偃臥)) 등 앉고 눕는 자세에 대한 매우 자세한 논의를 펼치고 있다. 이러 한 몸가짐의 인식론적 관련에 대한(아마 분명하게 의식되지는 않는) 전제는 경 치를 말하거나 나는 새를 볼 때의 사람과 사물의 상호 작용 같은 데에도 들 어 있다. 퇴계는 경치(情境)는 객관적으로 존재하는 것이지만, 그것에 관하 여 시가를 읊는 것은 "사람의 몸과 마음이 함께 관계하는 일"로서 여기에서 도 경이 필요하다고 말한다. 나는 새를 본다는 것은 조금 더 순수한 인식이 나 자각 현상이다. 흥미로운 것은 이러한 인식에서 사실적, 행동적 개입 못지않게 이성적 움직임이 함께한다는 생각이다. 이것을 연장해 보면, 실천이나 행동이 인식에 영향을 주는 것처럼, 이성적 이해 또는 더 극단적으로는 이론적 이해가 실천이나 행동의 기저를 이룬다는 말이 될 수 있다.

새를 볼 때, "동쪽을 바라보면서 꼭히 자주 보고 끝까지 시선이 좇아가지 않더라도 마음은 이미 새가 앞에 날아가는 것을 헤아리게" 된다고 그는 말한다. 이것은 사람이 새의 움직임을 파악하는 것은 비상의 동작을 사실적으로 하나하나 관찰하는 것이 아니라 — 그 경우 그 비상은 제논의 움직이지 않는 화살과 비슷한 것이 될 수도 있다. — 일체적인 움직임으로 말하자면, 포물선의 이념성 속에서 파악한다는 것을 말하는 것으로 해석해 볼 수 있다. 퇴계가 새의 비상의 예를 든 다음 거울에 비치는 모습이나 밝은 빛이 사물을 비추는 모습의 예를 들고 있는 부분은 조금 더 쉽게 이해할 수 있다. 김돈서의 물음에 응하여 들고 있는 이러한 예들은 바른 인식 또는 지각은 신체를 정지 상태에 놓고 조용한 관조의 상태에 들어갔을 때 가능해진다는 것을 되풀이한 것이다.

신체적 조건(血肉之軀)에 매이지 않게 되면 편지에서 이른바 "선생의 마음은 마치 맑은 거울이 여기에 있어서 이곳을 통과하는 모든 사물이 절로 비추어지지 않음이 없는 것"과 같고 "거울이 사물을 좇아 비추는 것"이 아닙니다.

퇴계는 불과 빛의 비유를 덧붙여 다시 한 번 바른 인식의 과정이 어디까지나 능동적인 추구가 아니고 수동적인 수용의 결과란 점을 강조한다. 또는 중요한 것은 이 수동 상태라기보다 그 상태에서 가능해지는, 새의 비상이나 마찬가지로, 이론적 투시(projection)라는 말로도 생각될 수 있다.

일반적으로 사물이 통과하여 비치는 것은 마치 불이 하늘 가운데에 밝게

탑으로써 만상(萬象)이 두루 비치는 것과 같고, 사물을 좇아 비추는 것은 마치 햇빛이 일정한 사물을 좇아 내리비치는 것, 예컨대 응달진 벼랑의 뒷면이나 오두막의 아랫부분으로 스며드는 것과 같습니다. 이들 두 가지 말은 매우 비슷한 것 같지만, 실상은 크게 다른 것입니다. 어찌 후자를 전자로 의심, 혼동할 수 있겠습니까?[14]

이러한 퇴계의 관찰은 도가 통한 사람이면 제자리에 가만히 앉아서도 모든 것을 안다는 말로도 들리지만, 그것을 조금 더 좁혀서 생각하면, 구체적인 사물에 대한 우리의 지각이나 인식은 일체적으로 또는 어떤 일관된 이념성 속에서 작용한다는 말로도 이해될 수 있다. 이 생각은 앞에서 말한 바, 사실적 의식에 대하여 논리나 수학적인 이념성이 규범적 자율성을 가지고 있으면서 동시에 이 규범적 자율성이 구체적이면서도 일반적인 주체성에 근원적으로 의존한다는 후설의 생각에 지극히 비슷한 것이라고 할 수 있다. 경의 자세로써 허령하면서 열려 있는 상태의 마음 —— 주체의 공간에 사실의 세계가, 즉 새의 비상이 지각될 때, 그것은 반드시 낱낱의 사실적 증거에 의존하는 것이 아닌, 어떤 이념성의 개입, 마음의 미리 헤아림의 개입을 통해 그 지각 또는 인식 행위가 완성된다는 것을 말한다. 이때 마음은 주체의 구체적 준비와 행위를 의미하면서도 동시에 그것을 넘어가는 일반성을 가진 의식이다.

이념성의 근원

이 이념성의 근원이 무엇인가는 데리다의 설명으로는 형이상학적인 답변을 요청하는 질문이라고 했지만, 이것은 성리학의 경우에도 마찬가지라

---

14 같은 책, 121~122쪽.

고 할 것이다. 그것은 결국 성리학적으로 옮겨 생각하면, 이(理)가 무엇인가 하는 것이 될 터인데, 이치(理)가 사람의 마음에 있음과 같이 사물에 있다는 생각[15]은 성리학의 기본 공리이지만, 다시 그 근원은 무엇인가 하고 묻는다면, 그것은 우주론적인 진리에 의하여 설명되는 도리밖에 없다. 성리학적 설명에서 의식에 작용하는 이념성은 어쩌면 너무 쉬운 우주론적 설명으로 환원되어 그 진리에의 무한한 열림을 잃어버린다고 할 수 있다. 이 우주론은 대체로 위에서 여러 차례 비친 바와 같이, 지각 현상의 예들을 유추적으로 확대한 것이라고 할 수 있다. 더 깊은 설명이 있을 수는 있겠지만, 마음과 사물에 나타나는 이치에 대한 설명은 한편으로는 미적인 유추의 확대에, 다른 한쪽으로는 사람의 심정의 움직임과의 유추에 근거한다고 할 수 있다. 가령 이치가 마음과 사물에 있다는 명제는 퇴계가 정자중(鄭子中)의 질문에 답하는 편지에서 말한 것인데, 퇴계는 이것을 말한 후 계속해서 일월이나 사시의 움직임을 말하고, 생명체로서의 사람의 마음의 움직임을 설명한다. 이 설명에서 이(理)가 모든 것 속에 있음은 마치 해가 만물을 비추는 것과 같은 것이다.

해는 땅 아래에 있어도 틀림없이 밝게 빛납니다. 이것은 그 빛이 방출되어 달의 밝음이 되는 것만 보아도 알 수 있습니다. 그러나 겨울은 사시의 음이고, 지하는 지상의 음입니다. 지상의 햇빛이 겨울에 이르러 점차 미약해지는 것은 해가 미약해서가 아니라 궁극의 음이 그렇게 되도록 한 것일 뿐입니다.

이러한 시각으로 확인할 수 있는 자연 현상은 생명 현상에 대한 공감으

---

15 『퇴계선집』의 「정자중에게 답함」, 88쪽. "이가 마음에도 있고 사물에도 있다는 이론을 투철하게 알아야 합니다."

로 확대된다. 퇴계는 주자를 인용하여, "'천지의 마음은 다만 하나의 생(生)일 뿐이다. 무릇 사물은 다 생함으로써 이 만물이 있게 된다. 사람이나 만물이 생하고 생하여 다함이 없는 까닭은 그 생 때문이다.''심체(心體)'는 이 모든 것을 포함한다. 그리하여 '인(仁)은 물론 심(心)의 덕(德)이고, 지(智) 역시 심의 덕일 수밖에 없'"다고 말한다.

성리학에서의 이러한 공감적 유추의 사고는, 조금 전에 말한 바와 같이, 진리의 개방성을 제한하고 그것을 이미 존재하는 사회 윤리의 체계에 종속하게 한다.(물론 그것이 삶의 실천적 지혜, 프로네시스에 근거한 것이라는 것은 인정할 수 있다.) 그러나 마음에 있어서도 일정한 금욕적 환원의 수련이 세계를 보다 새롭게 분명하게 포착하는 데에 도움을 주는 것은 사실이다. 그러면서도, 되풀이하건대, 그것은 주어진 이데올로기적 도식에 의하여 제한된다. 이것은 성리학적 영감을 배경으로 하는 시에서 쉽게 눈에 띄는 현상이다. 지각의 열림에 있어서 사물에 대한 정확한 관찰은 중요하다. 이것을 언어로 조식하는 것은 무엇보다도 시이다. 동아시아의 정신의 기율에서 시가 차지하는 높은 위치는 여기에 관계되어 있다. 퇴계와 같은 철학자가 2000수 이상의 시를 남겼다는 것은 놀라운 일이면서 놀라운 일이 아니다. 모든 것은 정확한 시적 관찰에서 시작한다.

> 이슬 맺힌 풀은 부드러이 물가를 두르고
> 연못 맑고 산뜻하여 그 맑음 모래 한 톨 없어라.
> 구름 날고 새 지나감은 본디 서로 비춤이라,
> 다만 두려운 것은 때로 제비 물결 찰까 함이다.[16]

---

16 露草夭夭繞水涯, 小塘淸活淨無沙, 雲飛鳥過元相管, 只怕時時燕蹴波(「유춘영야당(游春泳野塘)」), 윤사순, 『퇴계 철학의 연구』(고려대학교출판부, 1980), 19쪽에서 인용. 번역은 새로 하였다.

이것은 자연 속의 풍경을 소박하게 그린 아름다운 시이다. 그러나 거기에는 성리학적인 구도가 숨어 있다. 맑고 깨끗한 작은 연못은 마음의 이미지이다. 그것은 자연의 모든 것을 비춘다. 또는 이 비추는 것들은 서로 대응을 이루어 하나의 조화된 통일성을 보여 준다. 그러나 이러한 마음의 균형, 그리고 마음과 세계의 조화는 곧 깨어질 수도 있다. 그것은 지나치게 가까이 오는 어떤 사물로 인한 것일 수 있다. 그러나 그 깨어짐의 가능성은 이미 성리학적으로 설명되어 마음을 참으로 깊은 의미에서 흔들지는 못한다.

직선의 사고와 공간의 사고

1. 깨우침과 일상

돈오점수(頓悟漸修)

불교에는, 깨우침을 이야기하면서, 그것이 홀연 오는 것이냐 아니면 오랜 수련을 통하여 점진적으로 얻어지는 것이냐 또는 홀연 일어나는 깨우침이 있은 다음에 수련의 오랜 여로가 시작되느냐 등등에 대한 논의가 있다. 마지막 경우는, 핑거렛이 말하는 의례의 경우처럼, 수행 이전에 그것을 위한 결단이 필요하다는 것에 해당된다고 할 수 있다. 결국 모든 실천적 또는 지적 실행에는 그 실행에 선행하는 결단이 있어야 한다고 할 수 있다. 다만 그중에 수많은 결단은 의식되지 않을 뿐이다. 학문의 경우도 그러하다. 그러나 대체적으로 말하여 그것을 반드시 깨우침이라고 하는 것이 옳을는지 어떤지 확실하지 않다. 그것은 깨우침이라고 할 때 대체로 놀랍고 갑작스러운 순간을 상정하기 때문이다.

인문 과학을 포함한 학문에 있어서도 깨우침에 비슷한 것들이 이야기되지만, 그것은 대체로 오랜 노력 끝에 이르게 되는 원숙의 경지를 말하는 것일 것이다. 그러나 깨우침에 비슷한 계기가 전혀 없는 것은 아닌 것으로도 생각된다. 그것이 사실이 아니라고는 하지만, 뉴턴이 사과가 떨어지는 것을 보고 만유인력을 생각하게 되었다는 말은 학문 또는 과학적 사고에까지도 그러한 깨우침의 순간이 있다는 말로도 들린다. 또는 칸트가 「과학으로서의 모든 미래의 형이상학을 위한 프롤레고메나(Prolegomena zu einer jeden künftigen Metaphysik, die als Wissenschaft wird auftreten können)」에서 "흄의 저작에 대한 기억이 나로 하여금 독단론의 잠으로부터 깨어나게 하고 사변 철학의 영역에서의 연구에 새로운 방향을 주게 되었다."라고 하였을 때, 잠에서 깨어난다고 한 것은 하나의 비유적 표현이기는 하지만, 그의 철학적 사고에도 돈오(頓悟)의 요소가 있었다는 것을 말하는 것으로 생각될 수 있다.

지각과 의식의 지평

깨우침의 체험이라는 것은 종교적인 체험에서 가장 두드러진 것이고 그 의미에 대한 해석은 종교학의 관점에서 주어지는 것이 마땅할 것이다. 그러나 세속적인 설명도 불가능한 것은 아닌 것으로 생각된다. 어쩌면 그것은 체험 일반의 원형인데 그것이 압축되어 일어난다는 점이 종교적 체험에서 다를 뿐이라고 할 수 있다. 종교의 돈오의 체험은 어떤 강렬한 순간에 일어난다. 그러나 그 순간은 모든 시간에 열려 있는 것이기도 하다. 이것을 공간으로 옮겨 보면, 이 체험은 하나의 점과 그것으로부터 방사하는 일정 크기의 또는 무한한 크기의 공간으로 이루어진 것으로 말할 수 있다. 다만 그 점은 하나의 점이면서 공간 전체에 일체가 된 것으로 느껴진다. 호직(胡直)의 체험에서 "불이 내 몸을 꿰뚫고 환하게 비추었다. ……사람과 하늘 안과 밖 사이에 아무런 틈이 없었다. ……나는 전 우주가 나의 마음이며, 그 영역이 나의 몸이고, 그 고장이 나의 마음이라는 것을 깨달았다." 할 때 이것은 모든 것이 일체가 된 것을 말한다. 그 내적인 구조에는 자아가 있고 우주가 있다. 결국 체험의 게슈탈트는 하나와 전체, 이 두 가지 극의 분리와 혼융으로 이루어진다.

여기에서 하나는 주체이고 전체는 그 주체의 대상 또는 표상으로서의 세계이다. 이것은 모든 체험의 원형이고 설명과 이해의 근본 유형이다. 현상학에서 모든 지각이나 인식 작용이 일정한 지평 안에서 일어난다고 하는 경우, 이것은 이러한 현상을 지칭하는 것일 것이다. 이 지평은 부분적인 것이기도 하고, 총체적인 것이기도 하다. 지평은 지향성에 따르는 각각의 지각 현상의 주변에 흐릿하게 존재한다. 그러나 그것은 모든 지각 현상 또는 의식의 근본적인 형식이다. 궁극적으로, 지평은 "그것 없이는 어떤 지각 현상의 설명도 완전한 것이 될 수 없는, 포괄적인 준거의 틀로서의 세계의 종합적인 지평을 말한다."[1] 그러나 일상적인 삶에서는 이것이 제대로 인식되지 않는다. 특히 지평이 일체의 세계를 포괄할 만한 것으로 나타나는 경우는 드물고, 이것이 직접적인 체험이 되는 것은 특히 예외적인 경우이다. 그러나 그에 비슷한 것이 일상적 체험에서도 전혀 없는 것은 아니다.

가령 자연의 숭엄한 광경 앞에서 사람이 느끼는 것과 같은 것이 그러한 것일 것이다. 호직의 깨우침, 또 그리고 다른 동아시아의 구도자들의 깨우침의 순간이 깊은 산에서 경험한 것이라는 것은 매우 시사적이다. 산은 거대한 자연의 모습——사람을 에워싸고 있는 거대한 테두리의 모습을 시각적 체험으로 제시해 준다. 그것은 숭고의 체험이다. 그렇다는 것은 그것의 총체적인 지각이나 인식이 사람의 능력을 넘어간다는 말이다. 그러나 동

---

1 헤르베르트 슈피겔베르크의 해설. Herbert Spiegelberg, *The Phenomenological Movement*, Vol. 1 (The Hague: Martinus Nijhoff, 1960), p. 161.

시에 우리는 주변의 어디에나 존재하는 땅의 모습을 볼 수 있다. 그것이 지구 위에 거주하는 사람에게 어떤 예외적인 영역을 가리키는 것은 아니다. 그것이 우리에게 비일상적 체험이 되는 것은 우리의 일상의 체험이 너무나 그 근원적인 형태로부터 벗어나 있기 때문이다. 이것은 특히 과학 기술의 사고가 지배하는 현대의 산업 사회에서 그러하다. 어떤 경우나 산의 체험은, 일상적 삶에도 있으면서 압축된 종교적 체험에 근접하는 것이기도 한, 세계의 지평에 대한 의식을 결정화(結晶化)하는 자연 현상에 대한 체험이다. 이것을 생각해 보는 것은 매우 흥미로운 일이 될 수 있다. 그것은 우리가 사는 세계의 어떤 측면을 보여 주면서 우리가 어떻게 거기로부터 멀리 있는가를 알게 한다.

산과 생활의 괴로움

이렇게 말하는 것은 산을 유사 종교적 체험으로서 긍정적으로 말하는 것이다. 그러나 그것은 일단은 피상적인 긍정에 불과하다. 산이 주는 체험의 진정한 의미를 알려면, 그 사실성과의 관계에서 그리고 세계의 객관적 이해에 있어서 그것이 무엇을 뜻하는가를 알아야 한다. 우리는 여기에 대한 물음을 매우 현실적인 데로부터 시작할 수 있다.

한국은 산의 나라이다. 그리고 모든 한국 사람은 산을 자주 찾는다. 우리가 산과 골짜기를 바라보면서 거기에서 기쁨을 느끼고 더 나아가 보이는 것 전체의 아름다움을 세계의 진리의 하나로서 느끼는 것은 큰 만족을 주는 일이지만, 우리는 그것과 동시에 산과 골짜기의 현실을 구체적으로 보지 않는 일에 관계되는 일이라는 느낌을 갖는다. 아름다운 산의 풍경 안에는 무슨 일이 일어나고 있는가. 숲의 나무 사이에 조촐하게 놓여 있는 집 안에는 누가 있으며 어떠한 생각, 어떠한 일을 벌이고 있는가. 아름답게만 보이는 나무들의 상태는 가까이서 본다면 어떠한 것이겠는가. 우리가 이러한 질문들을 가지고 앞에 보이는 산과 골짜기를 바라보기 시작하면, 삶의 모든 것이 아름다움의 광경에 포섭될 수 없는 것은 분명하다.

우리가 산에 둘러싸여 있다고 하더라도 긴급한 생활의 필요는 우리로 하여금 에워싸고 있는 환경에 주의할 만한 여유를 가지지 못하게 한다. 실제적 삶의 필요 속에서 우리는 주어진 세계를 수동적으로 바라보는 것이 아니라 거기에 능동적인 작용을 가할 궁리를 하여야 한다. 중요한 것은 산에서 얻는 심미적 기쁨 또는 사물 자체의 만족스러움이 아니라 기술적 조종의 필요가 규정하는 사물에 대한 기술적 개입이다. 이 점에서 우리의 의식은 엄격하게 통제될 수밖에 없다. 이것이 우리의 정신의 작용을 달리하게 할 뿐만 아니라 우리의 주의의 범위를 달리하게 한다. 실제적인 삶에서 우리는 목하의 일에 집중하여야 한다. 그 집중은 의식의 확산을 요구하지 아니할 뿐만 아니라 그것과 상충한다. 그리하여 대상의 세계는 관조의 넓음으로부터 일의 관점에서의 조직으로 개편되어야 한다.

2. 심미적 관조와 현실 세계

정황의 이념성

수년 전 미국의 철학자 리처드 로티(Richard Rorty) 교수가 한국에 왔을 때에, 나는 그의 저서들을 읽어야 했다. 그러나 여기에서 말하려는 것은 로티 교수의 저서나 철학이 아니고 그가 인용하고 있는 윌리엄 제임스의 어떤 글이다. 제임스는 미국의 애팔라치아 산악 지대를 가다가 숲을 잘라 내고 그 대신 그 자리에 흙더미의 채소밭과 초라한 오막살이집과 돼지우리를 만들어 놓은 것을 보고, 자연의 미를 파괴하여, 아름다운 것이 아니라 추한 건조물로 대체해 놓은 것을 개탄하였다. 그러나 그곳의 농부들의 정황을 알아보니, 그들은 그 나름의 생각이 있어서 그러한 일을 하고 있었다. 그들은 그곳을 농사할 수 있는 옥토로 바꾸기 전에는 만족할 수 없다는 것이었다. 이것을 듣고 제임스는 눈앞에 그가 본 "상황의 내적인 의미를 완전히 놓치고 있었다는 것을" 깨닫게 되었다. 그가 본 개간지는 나무를 남벌하여 황폐하게 만든 땅에 불과했지만, 농부의 눈에 "보기에도 흉하게 베어진 나무 밑둥들"은 그들의 자랑스러운 노력의 대가였다. 로티 교수가 인용하는 글에서 제임스는 말하고 있다. "나의 망막에 보기 흉한 그림에 불과한 터전은 농부들에게는 정신적 의미를 가진 추억을 상기시키는 상징이었고, 끈기와 노력과 성공의 찬가와 같은 것이었다."[2] 제임스가 깨달은 것은 그들의 상황이 "특이한 이념성(the peculiar ideality of their conditions)"을 가지고 있다는 사실이었고, 그가 보지 못한 것이 이 이념성이라는 것이었다.

물론 농부들은 제임스라는 사람의 뒤켠에 있는 학문적 세계의 이념성을 보지 못하였을 것이었으니까 피장파장일지는 모르겠지만, 로티는 한 사람 한 사람에 고유한 이러한 이념성으로 하여 각자의 삶은 각자가 스스로 만드는 수밖에 없다고 말한다. 그리하여 각자의 삶의 이 그 특이한 이념성을 끝까지 밀고 나가면, 자기가 형성해 나가는 특이한 삶의 기획은 극단적으로는 도착증, 사디즘 또는 광증에서 나온 것일 경우도 있을 수 있다. 그런 경우도, 모든 삶의 기획이 다 같은 것은 아니지만, 어떠한 기획이 다른 것에 우선하는 것이라는 필연적 기준은 있을 수 없다고 로티는 생각한다.

이념성의 한 특성
그러나 로티가 제임스의 글로부터 이러한 자유주의적 추론을 끌어낸

---

2 William James, "On a Certain Blindness in Human Beings", in *Talk to Teachers*(New York: W. W. Norton, 1958), p. 152. Richard Rorty, *Contingency, Irony and Solidarity*(Cambridge University Press, 1989), p. 38에서 인용하고 있는 것은 다른 판으로부터이다.

것은 제임스의 글을 너무 성급하게 읽은 때문이라고 할 수 있다. 제임스가 농부의 노력을 오해한 것에 대하여 마음속으로 사과하고 새삼스럽게 경의를 표한 것은 반드시 모든 사람의 기획 — 광증의 기획까지도 존중되어야 한다는 뜻에서 그러한 것은 아니다. 그의 존경은 제임스가 농부들의 개간 사업을 일정한 각도에서 이해하고 있기 때문이다. 그것은 그가 예로 들고 있는 다른 예들과의 연계 속에서 보아야 바르게 해독될 수 있다. 농부들이 하고 있는 일은 두 가지로 생각된다. 하나는 그것이 경제적 동기를 가지고 있다는 것이다. 그러나 사람의 모든 일이 그러하듯이 그것은 그러한 경제적 동기를 떠나서 그 자체로서의 의미를 가지고 있다. 장인의 일도 농부의 일이나 마찬가지로 공리적 동기를 가지고 있다. 그러나 그의 일이 장인의 일이 되고 그의 생산품이 예술적 가치를 가지게 되는 것은 일 자체와 제품의 완성 자체가 장인의 작업의 목적이 되는 부분 때문이다. 제임스가 농부들의 작업에 경의를 표하는 것은 그 일의 공리적 합리성 때문이 아니라 그의 일의 경도 상태, 그 이념성 자체의 자기 목적적(autotelic) 성격 때문이다. 제임스는 그것에 경의를 표하는 일반적 이유를 다음과 같이 설명한다.

삶의 과정이 그 과정을 사는 사람에게 열의를 전달하는 경우는, 어디에서나 그 삶은 의미 있는 것이 된다. 이 열의는 어떤 때에는 신체의 동작에, 어떤 때에는 지각에, 어떤 때에는 상상 활동에, 어떤 때에는 반성적 사유에 얽어 들어가 있다. 그것이 어디에 얽여 있든지, 거기에는 재미가 있고, 열기가 있고, 현실의 흥분이 있다. 그리고 '중요함'이라는 말이 가질 수 있는 유일하게 실감 있는 그리고 적극적인 의미에서의 중요함이 있다.[3]

---

3   James, op. cit., p. 152.

내면성과 세계의 열림

제임스의 이 농업 읽기는 다른 사례들에 이어진다. 한 예는 로버트 루이스 스티븐슨(Robert Louis Stevenson)의 어린 시절의 이야기에서 따온 것이다. 그것은 아이들이 밤에 품속에 등잔을 품고 자연의 외진 곳에 모여들었다가 그것을 서로 보여 주는, 아무런 의미가 없는 놀이에 대한 것이다. 놀이의 핵심은 단지 빛이 새어 나오지 않게 등잔을 간직하고 밤길을 간다는 것, 그리고 그것을 친구들에게 보여 준다는 것뿐이다. 재미의 일부는 아마 아이들이 자기들만의 비밀 결사와 같은 것을 가졌다는 데에서 오는 것일 것이다.

그러나 스티븐슨이나 제임스의 생각으로는 보여 준다는 것은 그다지 중요하지 않다. 그 기쁨은 "어둠의 기둥이 되는 우리가 우리의 어리석은 가슴 깊이에 허리춤에 등잔을 지니고 있다는 것, 그리고 그것을 혼자만 알고 있다는 것, 그리하여 고양되어 노래할 수 있다는 것"에서 오는 것이었다.[4] 이것은 깊고 넓은 마음의 무한성 속으로 해방되는 것을 뜻한다. 거기에는 기쁨이 반드시 수반된다. 사람들은 이 마음의 무한한 가능성을 희생함으로써, 전문적인 직업 그리고 특정한 의무에 헌신하고, 그 밖의 다른 모든 것을 외면하여 버리고 만다. 또 하나의 예는 철학자 조사이어 로이스(Josiah Royce)의 글에서 온다. 로이스가 그의 글에서 말하는 것은 이웃과 그의 고통과 기쁨 그리고 모든 생물체와의 사심 없는 공감에서 오는 해방감이다. 그것은 지금까지 죽은 듯한 외적인 접근으로 알던 것을 그 내적인 의미를 통해서 생생하게 보게 될 때 느껴진다.

---

4 Ibid., p. 153.

내면성과 자연

이러한 내적인 의미에 대한 신비스러운 느낌은 사람이 아닌 자연물에 의하여 자극된다. 세낭쿠르(Senancour)나 워즈워스 또는 셸리와 같은 시인들이 말하는 것이 이것이다. 비슷하게 영국의 박물지 저자 리처드 제퍼리스(Richard Jefferies)는 대지와 태양과 먼 바다 — 이런 자연 현상이 주는 일체감을 말한다. 제임스는 제퍼리스를 인용한 다음, 그런 자연과의 공감의 시간이 "상업적 가치의 관점에서는 값없이 보낸 시간"일 것이라고 한탄하여 말한다. 그러나 무가치를 무릅쓰고 그러한 시간을 경험하는 것은 중요한 일이다.

그러나 우리의 실용적인 이해관계가 그렇게 막무가내가 되어 죽음의 아우성으로 몰려오기에, 개인을 넘어가는 가치 그것의 세계에 대하여 어떤 넓이의 통찰을 가지려면, 삶의 큰 규모의 의미에 대한 통찰을 갖고자 한다면, 우리는 실제적인 세계에 대하여서는 전혀 무가치한 존재가 되어야 하는 것처럼 보인다.[5]

워즈워스에게 산이 영감의 원천이 되었던 것같이, 휘트먼에게는 사람들의 모임이 영감을 주었다. 그에게 사람들은 "세상이 현존한다는 것을 보여주는 광경, 그 헤아릴 수 없는 의미 그리고 중요성"[6]에 대한 느낌을 주었다.

감각적 공허로서의 전체

제임스가 드는 예로서 어쩌면 가장 흥미로운 것은 윌리엄 허드슨(W. H.

---

5 Ibid., pp. 159~160.

6 Ibid., p. 163.

Hudson)의 아르헨티나의 평원에 대한 묘사이다. 그는 쌀쌀한 겨울날 말을 타고 넓은 평원으로 한없이 간다. 한 5마일을 가면 모든 것으로부터 500마일은 상거해 있는 듯한 느낌이 든다. 동물 한 마리 움직이는 것이 없다. 그는 언덕을 올라 안개 낀 지평선을 향하여 멀리를 내어다본다. 그리고 다시 조그만 나무숲으로 간다. 결국 그는 같은 자리에 가야 편안한 마음이 된다. 평원에는 하루 내 아무 소리도 들리지 않는다. 풀잎 흔들리는 소리도 없다. 생각도 완전히 정지된다. 그러나 그의 상태는 "기다림과 깨어 있음(suspense and watchfulness)"의 상태이다. 그것은 생각하는 것이 아니다. 그에게 그것은 그와 그의 지능 사이가 차단된 상태에 있다는 느낌을 준다. 그러나 그것은 극히 강렬한 깨어 있음의 상태이다. 제임스는 이것이, "아무것도 일어나지 않고 아무것도 생각하는 것이 없고 아무것도 기술할 것이 없는, 모든 것이 비어 있는" 상태라고 말한다. 시간의 관점에서도 그것은 무의미한 텅 비어 있는 시간이다." 그러나 "그 내적 의미를 아는 사람에게는, 이것은 말로 표현할 수 없는 그것만의 의미로 맥동한다." 제임스는 이러한 생태를 경험해 보지 못한 사람은 불행한 사람이라고 말한다.[7]

전체로서의 세계와 그 체험

우리는 제임스의 사례들을 조금 길게 인용하였지만, 이것은 제임스 자신이 그렇게 하고 있는 것을 되풀이한 것이다. 제임스에게 그가 말하고자 하는 것은 설명에 의하여서보다는 자전이나 문학이 기술하는 여러 사례들에 의하여 예시될 수 있는 것이었을 것이다. 그럼에도 불구하고 여기에 일반화할 수 있는 특징들이 없는 것은 아니다. 제임스가 말하는 체험들은 변주가 되면서도 하나의 원형적 체험으로 수렴된다. 이 체험은 외면적인 것

---

7   Ibid., p. 169.

이라기보다 내면적인 체험이다. 그것은 사람의 내면에 깊이 잠겨 들어가야 얻어진다. 그러나 내면은 밖으로 다시 나아가는 통로이다. 내면은 대개는 자연을 향하여 열린다.

자연은 모든 생명체를 포함한다. 그리고 자연은 산, 평원, 해, 하늘, 먼 바다 등 큰 스케일의 자연이다. 여기에 전체성의 느낌이 있는 것은 틀림이 없다. 휘트먼의 경우처럼 많은 사람들의 움직임도 그러한 전체성의 느낌을 줄 수 있다. 이러한 것들은 심오한 의미를 전달한다. 그러나 그 의미가 실용적이거나 인간적인 것은 아니다. 허드슨의 경우는 이것을 가장 잘 보여 준다. 제임스가 이 사례에서 말하려는 것은 이러한 경험의 핵심이 궁극적으로는 아무것도 일어나지 않고 생기는 것도 없고 말할 것도 없는 공허에 있다고 하는 것이다. 이 마지막 예는 불교적인 무나 공의 체험에 가깝다. 그러나 그것은 어디까지나 경험적 성격을 가지고 있다. 허드슨이 말하고 있는 것은 "순수한 감각적 지각의 차원(the level of pure sensorial perception)"[8]이다. 그리고 이 원형적인 체험은, 허드슨의 경우는 조금 다른 듯하지만, 감각에 더하여 비이성, 고양된 감정을 수반하거나 그것에 의하여 매개된다.

두 개의 이념성

이렇게 제임스가 예로 들고 있는 일련의 문학과 자전의 기술을 볼 때, 그가 로티가 말하는 것처럼, 모든 개인적인 환상에서 나오는 기괴한 기획을 긍정한 것이라고 말할 수는 없다. 그가 말하고 있는 것은 세계의 전체에 대한 어떤 원형적 경험이다. 그가 잘못 이해했다가 다시 정정한 농업 개간도 이러한 특성을 가졌다는 점에서 —— 즉 고유한 이념성으로 표현되는 강

---

8   Ibid., p. 166.

렬한 내적인 지향을 가졌고 그것이 다시 이념성에 매개되어 넓은 기회에 연결된다는 점에서 긍정된 것이다.

그러나 어찌하여 제임스는 처음에 그것을 오해한 것인가? 그럴 만한 이유가 있었던 것이 아닌가? 오해의 근거는 그것이 제임스의 미적 감각에 어긋났기 때문이다. 그것은, 자연에 대한 심미적 접근이 그러하듯이, 자연을 전체적으로 보여 주는 것이 아니라 그 전체를 교란하는 일을 한다. 사실 위에서도 비친 바와 같이 그것은 보통은 "상업적 가치의 관점에서는 값없는" 일에 속한다. 그것이 그렇지 않다고 한 것은 그러한 실용을 위한 활동에도, 앞에서 말한 바와 같이, 그 나름의 삶의 열정이 있다는 것을 제임스가 새삼스럽게 생각한 때문이다. 여기에 비치고 있는 농업의 양의성은 실용적인 일과 심미적인 관조의 대조에 일치한다. 뿐만 아니라 그것은 세계에 대한 근본적으로 다른 두 태도에 깊이 이어져 있다. 이 대조 또는 모순은 이보다 깊은 대조로 인한 것이다. 세상을 이념화하는 근본적인 방법의 차이가 여기에 있는 것이다. 그러니까 그것은 단순히 실용과 심미 — 얼핏 생각하면 현실과 관조의 세계가 서로 대조되는 것이 아니라 두 이념이 대조되고, 그것이 세계를 보는 방법에 관계되어 있는 것이다. 제임스는 정황의 이념성을 이야기할 때 농부들의 이념성을 자신의 이념성에 대조하며 서로서로 다른 사람의 일의 이념성을 보기가 어렵다는 것을 말한다.

> 그들이 나의 케임브리지에서의 실내 생활 스타일을 보았더라면, 그들이 나의 정황의 이념성에 대하여 맹목일 것처럼, 나는 그들의 정황의 특이한 이념성에 대하여 맹목이었던 것이다.[9]

---

9 Ibid., p. 152.

제임스는 여기에서 이 두 개의 이념성을 단순히 타자의 이념성의 독해의 어려움으로 생각한다. 그러나 사실은 이 이념성은 근본적으로 성격을 달리하는 것이다. 그것들은 한 세계 속에 나란히 존재하는 것이 아니라, 한 세계를 달리 구성하는 관점의 차이를 만들어 낸다.

궤적의 질서와 복합성의 체계

사람의 사고는 시작하기 전에 이미 일정한 방향과 태도 또는 입각점 또는 관점(Einstellung, Stellungnahme)을 가지고 있다. 후설이 현상학적 환원을 말한 것은 이것을 조정해 보자는 뜻이다. 즉 선행하는 특별한 조정이 없이 일어나는 사고는 ─ 물론 그 방법론적 주의에도 불구하고 여기에는 과학적 사고도 포함된다. ─ 주어진 대로의 사물의 실재성을 그대로 받아들인다. 이것은 대상이 의식과의 대응 관계에 의하여 나타나는 것이라는 것을 망각한 것이다. 이에 대하여 현상학적 환원은 미리 정해진 태도가 없는 순수한 의식의 상태에 이르기 위한 방법으로 생각된다. 이렇게 하여 드러나는 선험적 주체에 대응하여 주어진 대로의 현상이 드러난다. 그러나 이러한 선입의 입각지가 없는 상태가 참으로 가능한지는 분명치 않다. 바타유는 후설의 선입견 없는 태도는 이미 세계에 대한 지적인 접근을 선결정한 것이라고 한 일이 있다. 모든 의식의 태도에 그러한 것이 있다는 것은 분명하다. 물론 그것은 최대한도로 방법적으로 순수화될 수 있다. 학문은 이러한 순수성에 이르고자 한다. 그러면서도 그것은 철저한 반성이 결여된 경우 또는 그러한 경우에까지, 미리 정해진 입장을 숨겨 가지고 있을 수 있다.

앞에서 말한 제임스의 농부의 이념성 밑에는 현실적인 관심이 스며들어 있다. 그것은 돈벌이에 관계되어 있다고 하겠지만, 반드시 그러하다고 하지 않더라도, 그의 개간 작업이 실제적인 기획의 일부인 것은 분명하다. 여기에 대하여 그것을 보고 풍경의 훼손을 한탄하던 제임스의 태도는 미적인 관조의 태도이다. 그런 다음 그가 자신의 생각을 잘못된 것으로 말할 때, 그것은 반성적, 성찰적 태도를 나타낸다. 이 두 태도는 연결되어 있다. 그것은 사심 없이 사물을 총체적으로 대한다는 점에서 비슷하다. 그러나 앞의 것이 대상 세계에 경도하는 데 대하여 뒤의 것은 그것이 의식 안에 비친다는 사실에 주의하고 그것을 다른 더 넓은 의식의 지평에 위치하게 한다는 점에서 다르다. 성찰은 반성을 포함한다. 이러한 여러 태도들은 단순히 병존의 관계에 있다고 할 수 있지만, 서로 갈등 속에 들어갈 수도 있다. 이 갈등은 이론적인 것이 될 수도 있고 현실에서 일어나는 것이 될 수도 있다. 심미적 관조의 반성의 태도는 즉각적인 현실 세계에의 개입을 필요로 하는 것이 아니기 때문에, 조금 더 여유를 가진 것이라고 할 수 있다. 그러나 갈등의 경우에 서로 다른 태도를 하나의 반성적 공간에 놓고 조정할 수 있는 것은 반성의 태도이다.

농부의 개간에 대한 입장은, 이미 말한 바와 같이, 실제적 태도로 일반화할 수 있다. 그것은 원래부터 농부 자신이 사회 안에 이미 존재하는 그러한 태도에 의하여 영향을 받은 결과라고 할 것이다. 그가 살고 있는 사회는, 그가 그것을 의식하고 있든 아니든 모든 인간 활동을 경제나 기업으로 간주하는 태도가 일반화된 사회일 것이기 때문이다. 그의 개간 기회를 움직이고 있는 것은 경제적 목적의 관점에서 합리적 태도이다. 그는 일정한 경제적 목적을 세우고 그것에 따라서 세계를 변형해 나간다. 변형의 행동은 그의 목적의 관점에서 합목적적 합리성을 가지고 있다. 이것은 과학적인 절차와 사고와 같은 원형에서 나오는 사고와 행동을 나타낸다고 할 수 있다. 단순하게 말하면, 이 과학적 사고는 세계를 하나의 점으로부터 시작하여 그것의 법칙적 운동의 구조로서 이해할 수 있다고 생각하는 것이다. 움직이는 물체의 상태는 그 위치와 속도 그 가속도를 정확히 측정할 수 있다고 생각하는 것이다. 경제 합리성은 실천적 세계에서 여기에 맞아 들어

간다고 볼 수 있다. 물론 그것은 과학적 세계관에 의하여 뒷받침된다.

일리야 프리고진(Ilya Prigogine)은 이러한 과학적 태도는 근본적으로 고전 물리학에서의 절차를 대표한다고 생각하고 그것을 단자의 운동을 추적하여 "궤적(trajectories)"을 그리는 것과 같다고 생각한다.[10] 고립된 단자들이 균질한 공간에서 가역적으로 움직이는 이러한 "궤적"의 과학에 대조되는 것이 "복합성의 과학(the science of complexity)"이다. 이것을 정확히 정의하는 것은 현대 물리학에 대한 정확한 이해를 요구한다. 그러나 여기에서 우리의 관심은 그것과 일상생활의 어떤 태도 사이에 존재하는 유사성이다. 즉 이 관점에서 흥미로운 것은 이 복합성의 과학이 앞에서의 궤도의 과학이 고립된 점을 주시하는 것이 아니라 물리나 화학적 현상의 큰 부위를 종합적으로 살펴보려 한다는 것이다. 즉 그것은 어떤 현상의 체계를 이해하려 할 때, "그것을 그 구성 요소들의 위치와 속도가 아니라…… 온도, 압력, 용적 등등의 일단의 '거시적인 패러미터(macroscopic paramenters)'로 이해하려 하고 또 이 체계가 보다 큰 환경과의 관계에서 갖게 되는 '임계 상황(boundary conditions)'을 고려한다." 이러한 접근 방법을 대표하고 있는 것은 열역학인데, 거기에서 관심의 대상은 입자 사이의 상호 작용으로 체계의 변화를 예측하는 것이 아니라 "우리가 밖으로부터 부여하는 변화에 체계가 어떻게 반응할 것인가를 예측하는 것이다."[11]

단자가 아니라 복합적인 구조를 살피는 것이 중요한 또 하나의 과학 분야는 생물학이다. 이것은 자연스러운 것으로 생각된다. 생명 현상은 유기적인 총체로서만 의미를 가질 것이기 때문이다. 생물학에서 복합성의 문제도 정확하고 전문적인 이해를 통해서만 평가할 수 있을 것이다. 그러

---

10 Ilya Prigogine and Isabelle Stengers, *Order Out of Chaos*(London: Flamingo, 1985), pp. 58~59.

11 Ibid., pp. 105~107.

나 여기에서도 주목하고자 하는 것은 전체적인 관점 또는 점이나 선보다
는 넓은 공간을 조감하는 관점의 중요성이다. 다윈의 진화론에서 자연 도
태(natural selection)라는 하나의 추진력으로 생물의 진화를 이해하려고 한
것은 모든 것을 인력이라는 하나의 힘에 의하여 이해하고자 한 뉴턴의 물
리학과 비슷한 것이라 할 수 있는데, 다윈과는 달리 유기체의 세계를 복합
적 체계로, 체계 전체의 변화 또는 체계들의 상호 작용과의 관련 속에서 이
해하여야 한다는 입장이 있을 수 있다.(단순하게 이해되는 자연 도태론에 전제
되어 있는 것은 단자들의 움직임과 상호 작용이 체계를 변화시킨다는 것이다.) 가령
스튜어트 카우프만(Stuart A. Kauffman)과 같은 생물학자가 밝히려고 한 것
은 개체를 통하여 작용하는 것으로 생각된 자연 도태의 기제가 어떻게 하
여 전체적인 체계 속에서 가능해지면서 또 제한되는가 하는 문제이다. 여
기에서 체계는 고정된 것이 아니라 자기 조직화(self-organization)를 통하여
질서를 만들어 내는 체계이다. 그것은 어떤 변이(mutation)를 자신의 일부
로서 수용하는 유기체이기도 하고 그 연장선상에서 다른 종들을 포함한
생태적 환경 전체이기도 하다.[12]

질서라는 관점에서 자기 조직화는, 열역학의 비평형 체계나 생물학에
서 나오는 증거로 뒷받침된다. 그러나 그것은 생명 현상 자체에 대하여 우
리가 취할 수 있는 관점이나 입각점에서 거의 저절로 나온다고 말할 수 있
다. 생명은, 앞에서 말한 바와 같이, 유기체 전체로만 이해될 수 있다. 물론
이 전체는 다시 환경과의 상호 작용에서만 성립하는 것이기 때문에 폐쇄
된 평형 체계를 이루는 것은 아니다. 그 구성 요소나 미리 주어진 관점에서
절단하여 그것을 재구성하는 것이 아니라면, 이러한 전체의 구성은 그것

---

12 Cf. Stuart A. Kauffman, "Themes", *The Origins of Order: Self-Organizaion and Selection in Evolution*
     (Oxford University Press, 1993), pp. 13~18.

자체의 관점, 다시 말하여 자기 조직화의 관점에서 이해될 수밖에 없다. 이것은 생물체를, 그 자체를 목적으로 생각하고 이성의 관점에서 이해하려고 할 때 취할 수밖에 없는 방법이 될 것이다. 프리고진은, 뉴턴의 물리학이 보여 주는 패러다임을 말하면서, 그것이 기술 조작에서 영감을 얻었다는 점을 강조한다. 그 물리학은 "기술적 조종과 이론적 이해를 통합"한 결과이다.[13] 그는 이에 대하여 복합성의 과학은 이러한 기술적 조작이나 사람의 현실적 또는 이론적 개입이 없이 주어진 현상을 이해하려는 노력이라고 생각한다. 생물은 조작이 아니라 그 자체로 이해되어 마땅하다.

현상학도 주어진 지각 현상을 주어진 대로 이해하고 기술하는 것을 그 최대 목적으로 생각한다. 어떤 경우에나 사물의 윤곽을 그리는 것은 대부분의 경우 일정한 관점을 포함하는 불완전한 스케치(Abschattung)가 될 수밖에 없다. 그러나 이것을 최대한으로 선입견 없이 주어진 대로의 형상에 접근하려는 것이 현상학적 환원의 목적이다. 이러한 주어진 것을 사람의 의도적 개입 없이 그 자체로서 보면서도 그 안에서 어떤 질서를 발견하고자 하는 태도는 심미적 태도의 기본을 이루는 것이라고 할 수 있다. 참으로 엄정한 세계 이해에 이르고자 하는 철학적 성찰의 밑에 들어 있는 것도 그러한 것이라고 할 수 있다.

앞에서 말한 농부 대 제임스의 관점의 차이, 그들이 가지고 있는 이념성의 차이도 이와 비슷한 것으로 생각할 수 있다. 농부의 이념성은 개입의 이념성이다. 그것은 현실을 실천적 개입의 관점에서 조직화한다. 그러니까 일상적으로 관찰할 수 있는 이러한 대조는 사실상 세계 이해에 대한 복잡한 과학적, 철학적 사고에 이어져 있다. 그러니까 여기에는 세계 이해의 근본적 차이가 있는 것이다. 그리고 일상적 실천의 영역에서 그러한 것은 아

---

13 Prigogine, op. cit., p. 39.

니지만, 이 차이는 궁극적으로 중요한 의미를 가질 수 있다. 복합성의 과학도 세계를 이해하는 것으로만 그치려는 것은 아니다. 세계를 바르게 이해한다는 것은 실천적인 함의를 갖는다. 궁극적으로 그것도 세계를 사람의 삶에 보다 맞게 재구성하거나 아니면 적어도 삶이 거기에 적응하는 데에 유용한 수단이 되지 않을 수 없다. 프리고진의 이론에서 볼 수 있듯이, 세계가 체계적으로 변하고 세계의 질서가 한 질서로부터 다른 질서로 변하는 것은 그 상황이 여러 요인의 집적으로 하나의 한계에 이르러 새로운 질서가 저절로 나타나게 되는 것을 말한다고 한다면, 선형의 역학과 사고에 의하여 그것을 변화시키려 하는 것은 불가능한 것이거나 무모한 것이거나 쓸데없는 모순과 갈등을 만들어 내는 일이 될 것이기 때문이다.

농부와 제임스의 태도의 차이는 그러한 장기적인 의미에서가 아니라고 해도 직접적으로 현실적인 의미를 갖는 것이기도 하다. 농부의 현실 개입적 이념성에 대하여 제임스의 이념성은 심미적인 것으로서 주어진 산의 풍경을 최소한도의 개입으로 그 자체로서 보는 태도에서 나온다. 어느 쪽이나 두 사람의 이념성은 미리 주어진 태도로 인하여 제한된 것이다. 아마 농부는 그것이 제한된 것이라는 것을 쉽게 인정하지 아니할 것이다. 그는 그것에 대하여 반성하지 않기 때문이다. 그러나 제임스의 심미적 태도는 보다 쉽게 반성으로 옮겨 간다. 그리하여 이념성의 제한된 성격과 여러 이념성의 다양한 가능성 그리고 그것들의 갈등의 가능성을 안다. 그러니까 제임스의 심미적, 성찰적 태도는 그로 하여금 사물을 보다 넓게 보고 또 그 뒤에 있는 폭넓은 가능성의 지평을 보게 한다. 이것은 뉴턴의 역학이 미세한 부분의 분석에서 출발하여 서슴지 않고 보편성에 대한 주장으로 나아가는 데 프리고진의 열역학이 체계 전체를 이해하고자 하면서도 과학적 이해를 거부하는 불확실성의 영역이 있음을 인정하는 것에 비슷하다.

이렇게 말한다고 하여 프리고진이 뉴턴 역학의 타당성을 부정하는 것은 아니다. 그것은 그 나름의 타당성을 가지고 있다. 다만 그것은 그것이 어떤 관점에 입각했음을 알고 다른 과학적 이해의 가능성을 인정하는 것은 필요한 일이다. 이것은 농부와 제임스의 대결에서도 마찬가지이다. 농부의 경제적 기획이 잘못되었다고 할 수는 없다. 사람의 생존은 필수적으로 자연에 대한 실천적 개입 ── 부분적 이점의 동기를 가질 수밖에 없는 실천적 개입을 요구한다.

그러나 그것만의 일방적 강조로는 정당할 수가 없다. 지난 군사 독재 기간의 자연시를 말하면서 그것은 노동의 삶에서 나온 것이 아니고 착취 계급의 한가로운 오락에서 나온 것이라고 말하는 사람을 보았다. 이것은, 전혀 틀린 말은 아닐는지 모르지만, 가렴주구가 특히 심한 상황이거나 한발이나 홍수 등으로 하여 피폐한 경우가 아니라면, 전통적 농촌에서 일하는 사람이 일에 열중한다고 하여 주변의 자연의 풍경에 대하여 전혀 무관심하였다고 말하는 것은 인간을 지나치게 단순하게 보는 일일 것이다. 그 결과가 결국 지주나 시장에 보내질 수밖에 없는 것이라 하여 심어 놓은 곡식이 자라는 것을 지켜보는 일의 즐거움이 없을 수는 없다. 곡식의 성장 자체가 사람을 보다 큰 자연 환경에 연결시켜 주는 일이었을 것이다. 또 작물에 대한 관심은 저절로 하늘과 땅의 조건과 그 변화에 대하여 의식을 가지지 아니할 수 없게 하는 일이었을 것이다.

대체적으로 전통적 사회에서 산다는 것은 근본적으로는 의식과 삶의 정향이 다르다고 하더라도 자연을 떠나서 사는 것은 아니고, 지금 우리가 생각하는 관점에서 보건대, 능동적 집중의 실제적 태도와 수동적 관조의 심미적 태도가 확연하게 구분되는 것은 아니다. 아마 그것들은 끊임없이 교체되는 관계 속에 있을 것이다. 이것은 우리의 삶의 일상적 연속 속에서 그러하고, 일의 삶에서 그러할 것이다. 일상적 순간에 일어나는 의식의 방향은 너무나 교체 작용이 빠른 까닭에 우리가 별로 의식하지 못하는 것일 것이다. 그러지 않고서야 일을 하면서 일의 의미를 상황 속에서 파악하지 못하게 될 것이다. 산의 광경을 보는 경우에도 사실은 우리는 계속적으로 움직이면서도 풍경을 보는 것이다. 움직인다는 것은 발아래의 현실적 조건에 주의하는 것이 아니면 아니 된다. 한 관점에서 산을 본다는 것은 상대적인 것에 불과하다. 그리고 조용하게 서서 한 자리에서만 자연을 느끼고 거기에서 기쁨을 얻는 것은 아니다. 땅도 발로 걸어서 우리의 삶의 일부가 되는 부분이 있다.

실용과 심미의 구분은 자연을 떠난 삶에서 일어난다. 이탈리아의 한 사회학자가 토리노의 노동자들과 한 농촌의 농민을 비교 조사한 바에 의하면, 농민들은 공장 노동자들에 비하여 오락을 덜 필요로 하고 그런 만큼 삶 자체가 즐거움을 포함하고 있었다는 것이 있다. 오늘날 실제적인 일로 인하여 지평적 의식의 협소화를 경험하는 것은 도시의 근로자들일 것이다. 이것은 공장에서 일을 하나 회사에서 일을 하나 마찬가지일 것이다. 더구나 오늘날 도시에서 주거의 형태까지도 사람을 보다 큰 지평으로 열어 놓기보다는 삶의 세계에 그것을 한정하며 특히 사람의 욕망 충족의 필요가 규정하는 대상들에 한정하게끔 설계되어 있어서 이러한 지평의 협소화는 더욱 조장될 수밖에 없다고 할 것이다.

그러나 삶의 만족의 문제를 떠나서 삶의 일면적 실용화는 그 관점에서도 문제를 가질 수 있다. 오늘날 실용적 태도의 문제점은 환경의 문제 등에서 드러난다. 이것은 사실 지구 전체를 우리의 부분적인 이해관계에서 나오는 이용의 대상으로 보는 것에 관계되어 있다. 그것은 다시, 앞에서 시사된 바와 같이, 근본적으로 세계에 대한 사실적 이해가 잘못된 데에로 이어진다. 어느 때보다도 오늘날, 자연의 전체에 대한 우리의 느낌을 높여 주고 이것을 포함하여 자연과 인간의 관계에 대한 폭넓은 의식의 화폭을 열어 주는 성찰적 태도는 한가한 도락의 성격을 가진 것처럼 보이면서도 궁극적으로는 인간과 세계의 균형된 관계를 유지하는 데에 중요한 역할을 한다 할 수 있다. 이것은, 과학적으로, 선형 사고의 모델에 입각한 과학적 사고에 대조되는 새로운 큰 체계의 이론으로 뒷받침되는 것으로 생각된다. 그러니까 관조와 성찰은 단순히 주관적인 선택이 아니라 보다 충실한 과학적 이해에 긴밀하게 연결되어 있다고 할 수 있다. 프리고진은 고정적인 역학과 열역학의 궁극적인 통합의 가능성을 이야기한다. 관조와 성찰은 실용적 태도로 하나가 되는 것이 바람직한 일일 것이다. 자연 경제에 입각한 삶에서 그것은 늘 하나로 조화되었을 것으로 생각되지만, 이 조화의 가능성은 현대인도 잊지 못한다. 이것은 우리의 일상적 삶에서도 느끼는 것이다.

산에 대한 명상

1. 산의 지각

공간과 시간의 넓이

산 되풀이하여, 한국은 산의 나라이다. 그리하여 적어도 현대적 도시들이 밀집한 건물들이 시선을 차단하기 전에는 한국인은 언제나 산을 의식하지 않을 수 없는 공간에서 생활하였을 것이다. 다만 오늘에 와서 산이 보이는 곳에서 거주하고 생활하는 것은 농촌 이외에서는 오늘날 값비싸게 얻어지는 큰 특권이 되었다. 그러나 아직도 산이 보이지 않는 것은 아니다. 그런 데다가 한국에서 국가적인 여가 활동의 하나인 등산은 어떤 경우에나 사실 쉽게 산의 체험을 제공해 준다. 이것은 사람이 가지고 있는 깊은 필요를 충족시켜 주는 것으로 생각된다.

공간 나는 다행스럽게 산이 많이 보이는 곳에 살고 있지만, 맑은 아침에 산 쪽을 바라보면, 구름의 그늘이 영롱하게 비추어 있는 맑은 하늘이 있고 부드러운 곡선을 이루며 이어지는 능선이 있고, 늘 그러한 것은 아니지만, 산 위에는 소나무들이 솔잎의 하나하나를 드러낼 듯하면서도 하나의 커다란 깁처럼 펼쳐져 있고, 또 화강암 바위들도 그 씻은 듯한 표면을 드러내며 놓여 있다. 밖으로 보이는 하늘과 산의 풍경은 보태고 뺄 것이 없는 그 나름의 완전함을 가지고 있다. 이것은 유독 나만이 산을 보면서 갖는 느낌은 아닐 것이다. 산이 일으키는 이러한 감탄 속에서 많은 사람들은 그들의 삶과 그들이 사는 세계가 하나 됨을 느낀다. 그것은 순간이면서 전체이다.

시간 그러나 이러한 느낌은 하나의 환상처럼 나타났다 스러지는 순간의 극히 가냘픈 통일에 불과하다. 다음 순간에 이러한 느낌은 사라지고 만다. 지금 내가 보는 풍경은 나의 기분이 그런대로 나쁘지 않을 만한 처지에 있기 때문이다. 이것이 일과성이라는 것은 나와 다른 처지에 있는 사람을 잠깐 생각해 보아도 분명하다. 앞에서도 언급했지만, 우리는 대개 등산객으로서 산을 보는 것일 터인데, 지나가는 손님으로서 산을 보고 있는 것이 아니라 산의 골짜기에 살고 있는 사람의 형편은 어떤 것일까. 그는 지금 가장 고통스러운 상황에 처해서 괴로워하고 있는지도 모른다. 그 고통은 아름다움이나 추함과는 아무런 관계가 없는 가장 현실적인 육체적, 물질적, 사회적 원인에서 오는 것일 수 있다. 그러면 우리의 찬탄의 순간, 황홀의 순간이 완전히 거짓된 환상에 불과한 것일까. 반드시 산에서 내려본 풍경을 말한 것은 아니지만, 산에서 내려보는 아름다운 풍경에 비슷하게 세상을 전체적으로 바라보고 그 아름다움을 말한 것으로서 슈베르트의 「저녁노을 가운데에서(Im Abendrot)」가 있다. 가사만으로는 불충분하지만, 카를 라페(Karl Lappe)의 가사를 다음에 번역해 본다.

오 그대의 세계는 얼마나 아름다운가,

아버지여, 세계가 금빛으로 찬란할 때,
내려 비치는 빛이 떠도는 티끌들을
반짝이는 빛으로 물들일 때,
구름 속에 빛나는 노을빛이
나의 고요한 창으로 내려올 때.

그대와 나에게 방황이 있으리라고
내 어찌 탄식하고 두려워하리
나 여기 가득한 그대의 하늘을
이미 내 가슴에 지닐 것이니,
이 마음 부서져 내리는 일이 있어도
빛남을 마시고 내 입술 빛으로 적시리.

슈베르트의 노래의 시간은 해 질 무렵의 시간이다. 그러나 긍정의 순간
은 우리에게 하루가 끝날 무렵인 해 질 무렵보다는 아침일 가능성이 크다.
우리에게 살 만한 느낌을 주는 사건 중의 하나는 좋은 날씨의 아침의 상쾌
함이다. 그것은 우리에게 짧게나마 하루를 지속하게 하는 하루의 첫 의지
를 북돋아 줄 수 있다. 이 상쾌함은 빛이 전혀 안 드는 좁은 공간에 갇혀 있
으면 모르거니와 우리가 움직이는 어떠한 공간에서든지 느낄 수 있다. 방
안에서 아침 준비를 한다고 하더라도 우리가 그렇게 의식하든 아니하든
바깥의 햇살과 공기는 방 안에 들어와 있고 또 우리는 그것을 알고 있는 것
이다. 그러나 창을 열고 밖을 내다볼 수 있다면, 하늘과 땅의 맑음은 한순
간 우리를 감격하게 할 만큼 우리에게 가득하게 다가오는 것이 될 수 있다.
그러나 이러한 매일의 기적은 우리의 생활의 곤비함 속에 곧 퇴색한다. 아
침의 상쾌함은 오후의 지루함이 되고 살아가는 사이에 고통과 절망의 순

간이 잦아진다. 그렇기 때문에 오히려 슈베르트의 긍정이 아침이 아니라 저녁 햇살이 비추는 온 누리를 보고 일어나는 것은 그 나름의 의미가 있는 것일 수 있다.

저녁 햇빛에 비추는 세계를 바라보는 것은 아침 햇살을 바라보는 것이나 마찬가지로 심미적인 만족감을 주는 순간이면서도 동시에 깊은 실존적 의미를 가지고 있는 일이다. 저녁의 햇빛은 어둠을 예상하고 있다. 그러기 때문에 그것은 더 한층 사라져 가는 밝음을 느끼게 한다. 그것은 시간 전부를 포괄하는 한순간이다. 우리는 저녁 햇빛에서 그것이 아침으로부터 낮을 거쳐서 어둠으로 향하여 가는 것임을 직접적으로 느낀다. 그리고 어쩌면, 아침의 햇빛까지도 어둠을 거쳐서 어둠으로부터 태어난 밝음이라는 것을 생각한다. 여기에서 어둠이란 상징적인 의미를 가진 것이기도 하다. 탄식과 주저와 방황은 삶의 어둠을 말하고, 햇빛 속의 티끌이나 나의 작음 그리고 창문까지도 세상의 일과 나의 왜소함을, 그리고 나의 모든 시간의 종말, 죽음을, 그리하여 그 슬픔을 표현하고 있다고 할 수 있다. 그러나 어떤 빛나는 순간은 언제나 그럴 수밖에 없듯이 짧은 것이지만, 어둔 것들을 감쌀 만큼 넓은 순간이기도 하다. 이 넓음이란 단순히 어둠에 대한 보상이 될 만하다는 뜻에서라기보다는 그것을 허용하고 수용하고 더 나아가 긍정할 만큼 폭이 넓다는 뜻에서이다. 또 어떻게 보면, 빛의 존재는 어둠으로 하여 의미 있는 것이라고 할 수도 있다. 슈베르트의 노래에서 찬탄의 시간이 저녁인 것인 그 나름의 깊은 의미를 가진 것이다.

노래에 말하여진 산천에 대한 찬미는 시간을 포함하고 있다. 그것이 고통과 절망에 대한 언급을 가지고 있는 것은 당연하다. 시간 속에 펼쳐지는 삶이 그러한 요소를 포함하게 되는 것은 불가피하다. 그럼에도 불구하고 저녁 햇살은 고통과 절망을 포함하는 모든 시간을 하나로 포용하고 그것을 종합한다. 산이 우리의 사는 공간을 하나로 종합하여 보여 준다면, 저녁의 햇빛은 적어도 상징적 압축을 통하여 우리의 삶을 하나로 종합하여 준다. 슈베르트의 저녁은 세계를 말하는 것임에 틀림없다. 그것은 시간을 포함하는 세계의 아름다운 조화를 말하는 것이다. 이러한 의미에서 우리가 보는 산도 시간을 포함한다. 공간과 시간의 넓이는 그 자체로서 우리의 마음을 커다란 긍정에로 이끌어 간다.

행복의 공간

산의 행복 산을 보고 세상을 보고 찬탄이 이는 순간은 그것이, 결국 어둠의 의식을 포함하게 되는 것이든 아니든, 적극적으로 실존적 의미를 가질 수 있다. 그것은 덧없고 허망한 것일망정 행복의 한 전형을 나타내 준다. 이렇게 말하고 보면, 행복이 무엇인가를 정의할 필요가 생기는 듯이 보인다. 그러나 단순히 우리가 과부족이 없이 자기 삶의 한복판에 있다는——자기와 자기가 사는 조건으로서의 삶의 터전과의 사이에 간격이 없이 편안한 관계에 있는 상태라고 임시로 정의해 볼 수 있다.(이 정의는 삶을 제한하는 부정적인 요소까지도 수용하는 것일 수 있다.)

하여튼 바라보는 산과 세계가 가져오는 행복의 한 원인은 바라보는 광경이 적절하게 큰 폭의 것이라는 데에 관계되어 있다. 그 폭은 우리를 우리의 삶의 좁은 집착으로부터 해방시켜 준다. 프랑스의 철학자 질베르 뒤랑(Gilbert Durand)은 높은 산에서 바라보는 풍경의 쾌감의 의미를 "왕자적 관조"의 느낌에서 찾았다. 여기에서 강조되어 있는 것은 아마 힘의 느낌일 것이다. 높은 데에서 펼쳐지는 풍경을 보는 것은 우리에게 아래 펼쳐진 것을 제압하고 있다는 느낌을 준다. 이것을 권력의 느낌이라고만 설명하는 것은 조금 단순한 것으로 생각된다. 아마 여기에 관련되어 있는 것은 보다 근원적인 생존의 의식이라고 하는 것이 옳을 것이다. 동물 생태학자들은 동물이 자기 영역의 일정한 지역에 대한 민감한 본능적 반응을 가지고 있다고 말한다. 이 영역은 특히 안전하게 지켜져야 하고 이것을 지키는 데에는 시각적 제어가 중요한 수단의 하나가 된다. 그러나 다시 말하여 이것은 단순히 힘의 필요 또는 권력 의지의 관점에서 생각될 것은 아닐 것이다. 생명체의 근원적 필요의 하나는 자신의 삶을 규정하는 근본적 조건의 확인이고 그에 대한 신뢰이다. 이것은 세속화되는 세계에서도 끊이지 않고 이어지는 삶과 세계에 대한 초월적인 근거에 대한 탐구에서도 볼 수 있지만, 일상적인 차원에서 어떤 공간에서 느끼는 편안한 마음에서도 나타난다. 그 중간에 있는 것이 어떤 트인 공간에 대한 느낌일 것이다. 산에서 보는 광경은 내려다보는 것일 수도 있지만, 올려다보는 것일 수도 있다. 내려다보는 경우에도 아마 좁은 골짜기 — 정복자가 내려다보는 골짜기보다는 먼 지평선에 이르는 것일 수 있다.

중국화의 전통에서 먼 것을 그리는 방법은 세 가지로 분류되지만, 먼 것을 가장 잘 나타내는 것은 깊게 먼 것(深遠)이다. 그리고 풍경화에는 사람이 미치지 못하는 곳이 있어야 한다는 화법의 지침도 있다. 산을 올려보며 또는 산에서 더 멀리 있는 산을 보며 느끼는 것은 제압의 느낌이라기보다는 그것을 우러르는 느낌이고, 그것이 제압에 관계되어 있다면, 그것은 생물체의 자신의 환경에 대한 일체감의 확인에서 오는 안도감에 유사한 제압감일 것이다. 그런데 이것은 작은 일에서나 큰 일에서나 있을 수 있지만, 어떤 종류의 거대한 자연의 광경은 특히 이러한 효과를 갖는다. 사막이나 바다 또는 산이 그러하다. 물론 이 감각이 우리를 지나치게 압박하여서는 아니 된다. 그것은 우리로부터 적절한 거리에서 작용하고 또 적절한 넓이 속에 느껴질 수 있는 것이라야 한다. 그러면서도 그것은 우리에게 극히 가까이 있는 것이다. 트인 공간에 대한 느낌은 심미적인 의미를 가진 것이라 하겠는데, 그것은 먼 광경의 호소력이 단순히 멀다는 데에서 오는 것만은 아니라는 것을 생각하게 한다. 바라보는 공간은 우리의 감각을 가득히 채워 준다. 미학자들은 흔히 서양 말에서 미학이라는 말이 희랍어의 감각적이라는 말, aestheai에서 나온 것임을 지적한다. 미적 체험은 세계가 우리의 감각에 맞닿는 데에서 일어나고, 어떤 때 이 맞닿음은 과부족 없이 적절한 것이 된다.

지평선 행복한 공간에 대한 느낌을 하나로 규정할 수는 없다. 시원하게 트인 넓은 공간이나 마찬가지로 아늑한 공간도, 그리고 직선적이고 기하학적인 공간이나 마찬가지로 곡선과 미로로 이루어진 공간도 행복의 필요를 다르게 충족시켜 준다. 산의 경우에 이 공간은 일정한 폭을 가진 것이라야 할 것이다. 그러나 그것의 한계는 일단은 지평선으로 정의되는 것이라 할 수 있다. 이 지평선도 크거나 작을 수 있지만, 적어도 가시적인 범위의 것이기는 하여야 할 것이다. 물론 지평선은 하늘의 둥근 궁륭을 포함한다. 거기에는 구름이 있고 해가 있고 별들이 있다. 그러나 그것들은 멀리 있으면서도 시각의 대상이 된다. 시각과 시각의 초월 사이의 긴장이 우리를 더욱 분발하게 하고 더욱 감각적으로 우리를 이끌어 들이는 작용을 한다. 지평선은 다시 한 번 나의 높이와 나의 이동에 따라서 그 범위가 달라진다. 이 변화 또는 풍경의 가능성은 기상과 천체들의 기묘한 존재나 마찬가지로 풍경 안으로 우리를 더 가까이 이끌어 간다. 그 변화는 급격한 것이 아니라 일정한 안정 속에서의 미묘한 변화이다. 큰 지평의 안정성에 바라보는 풍경의 근본적 의미가 들어 있다고도 할 수 있다.

세계에 대한 신뢰 바라보는 산의 일정한 폭 ── 감각적 가득함이 있으면서 일정한 거리 속에 펼쳐지는 일정한 폭의 공간은 우리에게 기쁨을 준다. 이것은, 같은 말을 되풀이한다면, 적절한 공간이 허용하는 것이다. 그것은 동시에 바라보는 것이 가능하게 하는 기쁨이다. 바라봄이 공간을 만들어

낸다. 바라봄은 생각에 비슷하다. 결국 우리가 세계에 편안하게 있다는 것은 세계의 작용이라기보다는 우리의 마음의 작용이다. 우리가 필요로 하는 것은, 프랑스의 철학자 장 폴랑(Jean Paulhan)의 말을 빌려, 세계에 대한 신뢰이다. 우리는 이것을 신념으로, 또 사상으로 대체하기도 한다. 그런데 산을 바라보는 데에서 우리가 얻는 것은 우리가 사는 세계에 대한 보다 직접적인 확인이다. 여기에서 우리는 보는 것만으로 세상에 편하게 있는 것이다.

본다는 것은 생각 이전의 생각이다. 그리하여 그것은 거의 삶과 일치한다. 그러나 삶 자체는 아니다. 세계의 풍경을 바라본다는 것은 바쁜 삶의 일을 잠깐 멈추어 세운다는 것을 말한다. 그리하여 그것은 잠깐 일손을 멈추고 일감을 되살펴보거나 나의 삶의 흐름 속에서 지나간 또는 지나가는 순간을 되돌아보는 것에 비슷하다. 이러한 점에서 산을 본다는 것은 생각한다는 것을 말하고, 그것이 주는 기쁨은 생각이 주는 기쁨 또는 생각이 열어 주는 기쁨이다. 다만 여기에서 생각은 한다기보다 주어진다. 그리고 그것은 눈으로 보는 대상에 일치한다. 거기에는 생각에 따르게 마련인 애씀도 없고 의식적으로 시도되는 생각에서와 같은 대상과의 거리도 없다. 생각은 감각에 일치한다. 산을 바라보는 일에서 우리가 조화와 통일의 느낌 —하나가 됨의 느낌을 갖는다면, 이 하나 됨은 생각과 감각의 하나 됨도 포함하는 것이다.

거대 공간과 그 변주

형상과 변주 이러한 통일과 조화 —풍경과 생각과 감각의 일치에서 핵심이 되는 것은 보는 사람의 보는 일, 생각 또는 세계에로의 열림이다. 그것은 나의 주관의 열림을 통하여 열리는 하나의 사건이다. 그러니만큼 모든 것은 자의적인 주관에 달려 있는 것이다. 내가 위치를 높이거나 좌우로 이동하면 내가 보는 세계의 구도가 달라지고, 더구나 전혀 다른 위치의 다른 사람의 관점에서는 세계는 전혀 다른 모습을 가진 것이 될 수 있는 것이 아닌가. 그러나 동시에 내가 보는 산의 풍경은 내 마음대로 만들어 낸 허상도 아니고, 객관적이고 독자적인 존재로서의 산에 무관계한 것도 아니다. 그러니만큼 갖는 내가 조화와 통일의 느낌도 완전히 허망한 것이라고 할 수 없다.

산의 풍경이 보는 나의 생각에 관계되어 있다고 하더라도, 앞에서 말한 바와 같이, 그것은 만들어 내는 것이 아니라 나에게 주어지는 것이다. 산이 널리 보아지려면, 거리가 있어야 한다고 할 때, 이 거리는 물리적 거리이면서, 심리적 거리이다. 이것은 산으로부터의 거리이면서 나로부터의 거리 — 잠깐일망정 번거로운 일상적 관심에 대한 나의 집착으로부터의 거리이기도 하다. 우리가 작심을 하고 그러는 것은 아니지만, 흔히 명상의 수련에서 말하는 초연함이 우리의 보는 일에 따르는 것이다.(사실 종교적, 정신적 체험에서의 어떤 정신 상태는 우리의 일상 속에 이미 들어 있는 것을 주제화하는 것이라고 할 수 있다.) 이러한 찰나적 초연함의 괄호 속에 — 현상학적으로 말하여 에포케에 나타나는 것이 바깥 세계의 풍경이다.

지질학적 거대 공간 말할 것도 없이 어떠한 인식이나, 그것은, 주관적이거나 주관의 형식에 의하여 구성되는 것이라고 하더라도, 인식의 대상에 의하여 제약을 받게 마련이다. 산이 산을 보는 우리의 눈을 제약한다. 이 제약은 우리가 바라보는 산의 경우에 더욱 강하게 작용한다. 우리에 맞서는 대상이라고 하더라도 큰 것은 우리에게 큰 영향을 미친다. 세계에 대한 우리의 태도를 규정하는 조건으로 대상의 규모의 크기는 매우 중요한 것이다. 추상적 인식론이 놓치는 것은 인식의 성립에는 정서적 정황이 있다는 사실이다. 규모는 보다 조심스러운 인식을 위한 정서적 조건을 만들어 낸다. 산은 우리를 압도한다. 그런데 이 압도는 단지 물질적인 측면에서만 그러한 것이 아니다. 산과 산이 거느린 공간의 크기는 인공적으로 만들어진 것이 아니다. 그리하여 그것은 우리에게 사람을 넘어가는 힘 — 지질학적인 과정이든 그 물질의 과정의 배경을 이루는 우주의 과정이든 아니면 다른 보다 초월적인 존재이든 사람을 넘어가는 현존을 생각하게 하는 것이다.

거대 공간의 느낌과 실존 생각한다고 말하는 것은 잘못일는지 모른다. 그것은 생각하는 것이 아니라 생각의 밑에 잠겨 있는 느낌을 아는 것이다. 분명하게 생각되지 아니하면서 어떻게 이 느낌이 존재하는가는 분명치 않다. 여기에는 메를로퐁티가 사람의 몸과 공간성에 대한 고찰에서 말한 바 "관상학적 의식"이 작용한다고도 할 수 있다. 사람의 얼굴을 보고 사람의 상태와 운명에 대하여 여러 가지를 즉각적으로 추정하거나, 또는 그에 대한 느낌을 가지고 반응하는 것과 같은 것일 것이다.

사람은 태어나면서부터 변화하면서도 한결같은 하늘과, 수없는 지형적 변용을 보이면서도 지속하는 땅에서 산다. 그러나 이 하늘과 땅이 우리의 의식 활동에서 의도되는 대상이 되는 일은 별로 흔한 일이 아니다. 그럼에도 불구하고 그것은 의식적, 실제적 삶에서 변함없는 근본적인 좌표로서 존재한다. 그리하여 하늘과 땅 그리고 그것이 시사하는 거대한 공간은 우리의 삶의 근간을 이루고 우리는 다른 많은 인상으로부터 그 바탕의 표정을 읽어 내는 것을 익혀 온 것이다. 그리고 그것이 실존과 의식의 안정을 보장한다. 하루하루의 삶에서 우리가 거쳐 지나가게 되는 외부 세계의 인상과 우리의 느낌과 생각은 얼마나 많고 혼란스러운가. 사실 이러한 것들로 이루어지는 의식의 상태는 환상이나 망상의 세계와 별로 다르지 않다고 할 수 있다. 그러나 그것이 우리를 미치게 하지 않는 것은 우리의 의식의 밑에 그러한 모든 것을 받쳐 드는 하늘과 땅의 좌표가 있기 때문이 아닐까.

공간의 좌표과 그 변주 이 좌표는 사람의 삶의 환경을 이루는 물질세계의 기본적인 인상들을 추출하여 가진 것일 것이다. 이것은 한편으로는 기하학적으로 추상화될 수 있는 좌표를 암시한다고 할 수 있다. 이러한 추상성은 수학의 존재 또는 우리의 일상적 사고에도 스며 있는 수학적 사고에서도 증거된다. 가령 자연 속에서 사는 삶에 비하여 도시의 삶에서 사람이 삶의 기저를 이루는 자연에 접할 기회가 줄어들게 마련이다. 그럼에도 불구하고 그의 삶의 거대한 구조에 대한 느낌은 언제나 거기에 있고 또 그렇지 않은 경우에도 회복될 수 있는 어떤 것으로 존재한다. 그러나 다른 한편으로 삶의 다양성은 삶의 거대 좌표가 기하학적 좌표보다는 다양하고 유연한 형태의 것이 될 것을 요구한다고 말할 수도 있다.

게슈탈트 심리학의 관점에서 회화를 해석하려고 하는 학자들은 — 가령 루돌프 아른하임(Rudolf Arnheim) 등 게슈탈트 심리학자나, 그 영향을 강하게 받은 곰브리치(E. H. Gombrich) 같은 사람들은 좋은 그림의 밑에 들어 있는바 어느 정도 일반화할 수 있는 좋은 모양, 게슈탈트를 말한다. 하늘과 땅과 산과 물과 나무 그리고 사람의 주거들로 이루어진 우리의 공간 환경에 대한 우리의 느낌 밑에 놓여 있는 것도 이에 비슷한 게슈탈트라고 해야 할는지 모른다. 그러나 이 게슈탈트가 고정된 레퍼토리에 한정되어 있다고 생각하는 것은 잘못일 것이다. 삶과 세계의 근본적 단일성에도 불구하고 우리가 현실로 부딪치는 그 표현은 얼마나 천차만별인가. 좋은 모양들은 삼라만상의 세계의 표정을 수용할 수 있는 것이라야 할 것이다. 그리고 달리 생각해 보면 단순화되고 일반화되는 좋은 모양들은 수없는 경험적 사실에서 추출된 결과일 뿐이다. 이 수없는 경험적 사실들이 바로 좋은 모양을 만들어 내는 실험의 현장이라고 할 수 있다. 그러면서 그것들은 끊임없이 좋은 모양에로 수렴해 간다. 그리고 단일한 삶과 세계를 이루어 낸다. 이것은 뒤집어서 말할 수도 있다. 삶과 세계는 원래부터 단일한 것이라고 할 수 있기 때문에 이 단일성이 수없는 다른 모양으로 표현되는 것이고, 이 단일성은 그것이 하나의 추상적 구도 속에 포착될 수 없는 것인 한 어떤 단일 구도가 아니라 좋은 모양에 접근해 가는 구체적인 경험적 사실 속에만 그것을 보여 주는 주체라고 말하는 것이라 할 수 있다.

지각과 삶의 깊이

제도와 관점 이 경험이 드러나는 현장이 우리가 산을 보고 세계를 바라보는 순간이다. 그렇다면 우리의 바라보는 행위는 주관적이면서 그것을 넘어간다. 그러나, 이미 말한 바와 같이, 내가 보는 산의 풍경은 아름다운 통일을 이루고 있지만, 이것이 반드시 풍경의 진실된 모습을 완전히 나타내고 있는 것은 아니다. 지금 내가 보는 통일된 그림은 내가 위치를 조금만 옮겨도 다른 것으로 바뀌어 버리고 만다. 다른 사람의 위치와 관점에서 그것은 전적으로 다른 것이 된다. 그러나 동시에 산에 대한 투영도는 모든 시점에서 가능하다. 어떠한 위치라도 그것이 산속에 있거나 또는 산과의 관계에 있는 자리로 남아 있는 한(사실 무한한 공간 내에 있는 위치는 다 관계를 가지고 있다고 하여야겠지만) 산과의 관계를 그려 내는 투영도를 허용할 것이다. 필요한 것은 이 투영도를 만드는 제도(製圖)의 노력이다. 그것이 어떠한 것이 되든지 사람들이 만드는 제도들은 근거가 없는 것이 아니며 그것은 객관적으로 존재하는 산이 허용하는 변용이다. 객관적으로 존재하는 산은 무엇인가. 모든 투영도의 총화가 객관적인 산이라고 할 수 있다. 다만 이 투영도의 수는 무한대에 이를 것이다. 그러면서도 이것은 산 자체가 될 수는 없다. 그것은 어디까지나 사람에게 나타나는 산으로 남아 있다. 다만 무한한 무리수가 일정한 정수에 가까이 가듯이 그 무한한 투영도들은 하나의 객관적인 산에 수렴될 것이다.

삶의 경험과 시각 우리가 고개를 들어 앞을 내다보는 것만도 이미 이 제도를 수행한 것이 된다. 우리의 시각이 이미 기하학적 관계를 내장하고 있다. 필요한 것은 고개를 드는 일이고 보는 일이다. 그렇기는 하나 이 경우에 어떤 위치에서 어떻게 하더라도 산을 하나의 통일된 그림으로 파악할 수 있는 것은 아니다. 조망이 좋은 자리가 있고 좋지 않은 자리가 있다. 좋은 자리란 산경의 조화와 통일을 가장 잘 나타내 주는 자리이다. 좋은 산경, 좋은 자리에 전혀 아무런 규칙성이 없을 수는 없지만, 그것은 다분히 보는 사람이 발견하는 것일 것이다. 그리고 그것은 보는 사람의 삶의 경로에도 관계되어 있다.

좋은 경치가 좋은 게슈탈트에 관계되어 있다고 한다면, 그것은 평면적인 의미에서의 일반화를 전제하는 것이기도 하지만, 보는 사람의 풍경에 대한 경험, 삶에 대한 경험에서 형성되어 나오는 어떤 본질적 형상의 성격을 갖는다고도 할 것이기 때문이다. 여기에는 물론 삶의 경로에는 예술사적 경험도 포함될 것이다. 뿐만 아니라 어떠한 풍경이든지 그것은 사람의 눈과의 만남에서 새로운 가능성을 열어 나가게 된다. 낯설고 서먹서먹하였던 경치는 살아가는 데에 따라 새로운 정스러움을 나타내게 되고, 마음에 새겨지는 경치로 바뀌게 된다. 그리고 이것은 단순히 친숙함만의 결과는 아니다. 친숙함을 통하여 자세히 보는 눈은 앞에 보이는 정경에서 새로운 면모를 발견하게 하는 것이다. 그것은 단순히 정서의 문제가 아니고 인식의 문제이기도 한 것이다. 독창적 예술 작품이 우리에게 새로 보여 주는 것도 이러한 것이다. 그것이 원래 좋은 것이었든 아니든 작가의 친숙하고 깊어진 눈으로 그의 대상물에서 새로운 좋은 형상을 발견하고 그것을 구성해 내고 우리에게 그것을 볼 수 있게 해 주는 것이다.

인지의 기쁨 좋은 풍경이 주는 감흥을 쉽게 설명할 수는 없다. 그러나 우리가 분명하게 의식하든지 아니하든지 간에 거기에는 인지의 기쁨이 숨어 있는 것이 아닌가 한다. 그것은 좋은 모양의 발견에서 오는 기쁨이다. 그러나 이 모양이 하나이면서 수없는 것이라고 한다면, 그것은 이미 있는 것을 재확인하는 기쁨만은 아니다. 그런데 무한히 변용하는 형상은 참으로 기하학적 원형의 변조에 불과한 것인가. 또는 기하학적 형상은 경험적으로 드러나는 형상적 사실들의 추상화이며 일반화인가. 아니면 현상계에는 기하학적 도형이나 좋은 게슈탈트에 수렴하면서도 그에 고정되지는 않고 무수한 경험적 현실 속에 투영되는 형상이 어른거리는 곳인가. 어느 쪽이든지 사람의 보고 생각하는 행위는 이 형상들이 구체화하는 고리가 된다. 그렇게 생각할 때, 문득 올려보거나 물끄러미 보는 풍경은 전혀 우발적인 것이면서도 어떤 현실의 과정 속에 있는 것이다.

우리는 현실의 세계를 생각하고 그것이 거울처럼 밝은 인식에 분명하게 투영될 수 있다는 인식의 원형을 가지고 있다. 보고 생각하는 행위의 무한한 전개와 그것의 사건적이고 형상적인 성격을 참작할 때, 세계를 비추는 거울은 무수한 거울들의 집합 또는 수정의 반사체들의 집합인지 모른다. 또는 그러한 수정의 반사체들이 바로 세계의 총체 그것일 수도 있다. 여기에서 우리의 작고 큰 관조와 사고는 이 수정 거울의 굴절을 만들어 내는 수많은 각도이다. 그것은 먼지처럼 작을 수도 있고 또는 투명한 날의 하늘처럼 거대한 것일 수도 있다. 그것은 변하기도 하고 지속적인 것이기도 하다. 또 그것은 밝음을 비추기도 하고 어둠을 비추기도 한다.

2. 산의 의미

지각, 인식 그리고 행동의 큰 테두리

행동과 그 테두리 앞에서 말해 본 것은 누구에게나 친숙한 경험이라 하겠지만, 그것은 사람의 삶과 생각에 대한 중요한 시사를 담고 있는 것으로 말할 수 있다. 불필요한 되풀이가 될 것을 무릅쓰고 그 시사하는 바를 교훈으로 옮겨 보기로 한다. 이 교훈은 사람의 마음이 어떻게 움직이는가에 대한 것이다. 산속을 가는 사람이라고 해서 늘 산 전체를 의식하고 있는 것은 아니다. 그러나 산속에서 무엇을 하든 산은 하는 일의 테두리가 된다. 아마 이것은 등산객이 아니라 산에서 사는 사람의 경우에도 마찬가지일 것이다. 산이 완전히 일상적인 삶의 테두리가 될 때 그것은 그러한 테두리이기를 그친 것처럼 보일 수 있다. 그러나 그 경우에도 그것은 반성적 천착을 통하여 회복된다. 교훈은 모든 지각, 체험과 사고는 일정한 환경 안에서 — 많은 경우 감추어져 있는 환경 안에서 일어난다는 것이다.

지각 심리학은 우리의 모든 지각 행위가 "형상(figure)과 그 배경(background)"의 구조를 가지고 있다고 말한다. 현상학의 큰 발견의 하나는, 이미 비쳤듯이 우리의 모든 행위 — 의지적, 개연적 또는 실제적 행위가 일정한 지평 속에서 일어난다는 것이다. 언어나 체험 또는 행위의 깊고 참된 의미는 단순히 표면에 나타난 것만 가지고는 알 수 없다. 이것은 실천적 의미를 가지고 있다. 우리가 하는 일 또는 하고자 하는 일도 배경이나 바탕에 관계없이 기획될 때, 그것은 결국 삶의 보다 큰 테두리에 의하여 부정되고 말 것이다. 그보다 중요한 것은 그러한 것이 결국은 큰 테두리를 파괴하고 교란하여 의도한 것 — 우리의 의도가 보다 나은 삶을 위한 것이라고 가정한다면 — 우리가 의도한 것과는 반대되는 결과를 가져올 수도 있을 것이기 때문이다. 물론 삶의 큰 테두리가 늘 일정한 것으로 규정되어 있는 것은 아니다. 그것은 역사적으로 형성되는 것이라고 할 것이기 때문이다. 그리고 역사 속에서 행동한다는 것은 이 배경 또는 바탕을 바꾼다는 것을 말하는 것이다. 그러나 삶의 테두리의 모든 것이 다 바뀔 수 있는 것은 아니다. 근년에 와서 분명해지는 것은 삶의 어떤 환경적, 생태적 조건의 불가변성 또는 장구성이다. 산의 체험이 말하는 것은 여기에 관계된다. 그것은 흔히 감추어져 있는 큰 테두리의 존재를 우리에게 보이게 한다.

테두리의 직접성과 간접성

원소적 바탕 산의 체험은 반드시 그 내용에 관한 교훈으로 그치지 아니한다. 그것은 사람이 대상 세계에 관계되는 방식에 있어서의 어떤 항구적인 조건을 말해 준다. 미국의 현상학자 알폰소 링기스(Alphonso Lingis)의 글에 「원소적 바탕(The Elemental Background)」이라는 글이 있다. 이것은 우리의 지각 체험의 배경의 문제를 다룬 것이다. 후설은 의식의 지향성이 예비되어 있는 여러 행위적 통로의 총체로서의 커다란 배경을 바탕으로 하여 가능하여진다고 생각하였다. 이 배경은 관념적 성격을 가지고 있다. 지각의 체험은 그에 선행하는 어떤 관념적 구도의 현실화로서 가능하여진다고 보기 때문이다. 다른 한편으로 하이데거도 비슷하게 우리의 체험은 그것에 선행하는 어떤 바탕 위에서 일어난다고 생각하였다. 그의 생각에 모든 현실적인 인식과 행위는 예비되어 있는 현실의 도구적 가능성 속에서 일어난다. 그러나 그것은 궁극적으로 존재의 열림에 이어진다. 이 존재의 열림은 무의 심연 위에서 일어나는 것이다. 그러니만큼 세계를 향하는 궁극적인 인식과 행위는 이러한 존재의 열림 그리고 그 무의 바탕을 되돌아보는 일을 의미한다.

존재의 피투성(被投性)은 되돌아봄이나 되돌아감에서 드러나는, 이미 주어져 있는 바탕으로 던져진다는 것을 말한다. 그리하여 이러한 모든 인간 존재의 움직임에 불안과 죽음의 예상이 뒤따르는 것은 당연하다. 링기스는 인간의 현존과 그 큰 바탕에 대한 후설이나 하이데거의 생각을 수긍하면서도 이 바탕이 멀리 추상적으로 존재하는 것이 아니라 직접적으로 감각적 경험으로 존재한다고 말한다. 그리고 이것은 후설도 착안한 일이다. 가령 링기스는 1934년의 후설의 한 텍스트는 그러한 생각을 엿보게 한다고 한다. 여기에 예가 되는 것은 물질적 존재이며 배경으로서의 지구이다.

지구는 (후설에 있어서) 이론적으로는 하나의 구체(球體)이고 혹성이다. 그러나 그것은 또한 우리의 감각적 경험의 배경으로 언제나 존재하는 어떤 것이다. 그것은 무게와 안정의 근원적인 원천이며, 풍경은 그 위에 안정한다. 그것은 옆모습을 가지고 있지 않고, 그 윤곽을 한눈으로 살필 수 없기에, 완전히 탐지될 수 없고, 지각의 대상이 될 수 없다. 그것의 현존은 근원적 또는 원소적이다. 그것은 공간에 있기보다는 공간의 아래에 있어서 우리의 직립한 자세에 대하여 공간 축에 따라 펼쳐지는 광경을 지탱한다. 그것은 멀리 있는 것이 아니다. 우리가 우리의 신체에 가까이 가거나 그것을 떠날 수 없는 것과 마찬가지로 우리는 그것에 가까이 간다고 할 수 없다. 우리가 어디를 가든지 우리는 여기에, 같은 지구 위에 있다. 그것은 원근법을 통해서 하나로 구성됨이 없이 존재하는 하나이다.[1]

지각과 전체 링기스는, 지구의 현상학적 의미에 대한 후설의 생각을 이렇게 해설하면서, 지구의 이러한 존재 방식이, 우리의 지각의 직관적 체험

---

1 Alphonso Lingis, "The Elemental Background", James M. Edie (ed.), *New Essays in Phenomenology: Studies in the Philosophy of Experience*(Chicago: Quadrangle Books, 1969), p. 36. 링기스가 언급하고 있는 후설의 텍스트는 *Umsturz der kopernikanischen Lehre in der gewœhnliche Interpretation. Die Ur-Arche Erde bewegt sich nicht*, May 7~9, 1934.

에 대하여, 그를 에워싼 ── 그리고 그것을 생산해 내는, 바탕이 존재하는 방식이라 말한다. 되풀이하건대, 그가 강조하는 것은 우리의 배경에 대한 체험 ── 그중에 가장 중요한 것의 하나인 지구에 대한 체험이 구체적이고 직접적인 것이라는 것이다. 그러니만큼 그 바탕의 추상성이나 실존적 불확정성을 강조하는 것은 옳지 않다.

링기스는 레비나스의 최초의 영역자이다. 감각적으로 직접적으로 체험되는 세계에 대한 강조는 레비나스에 들어 있는 생각이다. 우리의 세계에 대한 체험에서 가장 중요한 바탕을 이루는 것은 지구, 바다, 빛, 도시와 같은 거대한 원소적인(elemental) 현상이다. 사람의 삶의 원소를 이루는 이러한 것들은 우리를 둘러싸고 있으면서, 소유할 수도 없고 형체도 없고 시작도 끝도 없는 어떤 것이다. 그것들은 "하나의 체계로 조직화하는 기술적 목적성", "대상적 작용의 지표 체계"로 환원될 수 없다. 우리의 그에 대한 경험은 바다에서 헤엄을 치는 것과 같은 것으로 대표된다. 바다에서 헤엄치는 사람에게 바다는 감각적 즐김의 대상으로 그러나 그 실체의 파악을 허용하지 않는 환영(幻影)처럼 나타난다.[2] 이와 같이, 레비나스의 생각에 따라 링기스가 사람의 모든 대상적 체험의 바탕으로서 "원소적 배경"의 감각적 직접성을 강조하는 것은 일리가 있다고 할 수 있다.

그러나 그것이 전부라고 하는 것은 문제가 있을 것으로 생각된다. "원소"라고 부르는 인간 체험의 커다란 배경에 대한, 레비나스의 설명에 있어서의 대표적인 예는, 방금 말한 것처럼, 바다이다. 바다를 헤엄을 통하여 접한다고 할 때, 그것은 과연 대상화하여 파악하기 어려운 환경이다. 그러나 그렇다고 바다가 과학적으로 파악될 수 없는 것은 아니다. 이것은 산이

---

[2] Emmanuel Levinas, *Totality and Infinity: An Essay on Exteriority*(Pittsburgh, PA: Duquesne University, 1969), pp. 130~131. *Totalité et Infini*(1961)의 Alphonso Lingis에 의한 영역.

나 공기나 도시의 경우에도 마찬가지다. 가령 도시를 예로 들어 낯선 도시를 경험하는 사람에게 그것은 우리의 몸을 에워싸는 바다와 같은 면이 있다.(미셸 드 세르토의 걸어서 알게 되는 도시가 이에 비슷하다.[3]) 그러나 도시는 계획되고 시공되고 거주되는 곳이다. 계획의 단계에서 그것은 완전히 기술적 작용의 대상으로 존재한다. 물론 거주자에게 경험되는 도시가 기획된 도시와 같은 것은 아니다. 그러나 그것은 낯선 사람의 길 걷기에 드러나는 원소는 아니다. 아마 그것은 둘 사이의 중간에 성립하는 어떤 실체일 것이다. 산의 경험으로 돌아가서 산은 완전히 직접적 직관이나 체험의 대상도 아니고 그렇다고 추상적 관념도 아니다. 원소적이라는 것은 산을 보는 사람과 산과의 관계를 설명하는 데에 있어서 가장 적절한 개념이다. 산은 눈앞에 보이는 산이면서 그것을 넘어가는 전체성을 시사한다. 이러한 경험에서 목전의 것과 그 너머를 이어 주는 것이 지평이다. 지평은 큰 테두리가 그보다 작은 이곳 여기에 삼투하여 존재하는 방식을 가리킨다.

전체의 현존의 정서적 매개

지구의 제유 앞에서 본 바와 같이 지평의 경험에는 대체로, 특히 산이나 지구의 경험에는, 관념이나 감각 이외에 간단히 정의하기 어려운 정서적 요소 또는 감흥과 같은 것이 개입한다는 사실에 주목할 필요가 있다. 그것은 헤엄치는 사람에게 느껴지는 바닷물과는 다른 것이다. 레비나스는 바닷물의 감각성을 말하면서, 감각적인 향수를 가져온다는 점에서 그것이 망치와 같은 연장을 다룬다거나 빵 껍질을 눈앞에 본다거나 할 때의 느낌에 유사한 것이 있음을 말한다. 물질적 대상과의 감각적 접촉에도 그러한

---

3 Cf. Michel de Certeau, "Walking in the City", Simon During ed., *The Cultural Studies Reader* (London: Routledge, 1993).

것이 있다고 하겠지만, 좋은 산경에는 분명 감각적 즐김이라고만은 말하기 어려운 정서적 호소력 또는 감흥이 있다. 산은 단순히 감각으로 우리에게 다가오는 것이 아니라 지구 전체에 대한 제유(提喩, synecdoche)로서의 의미를 갖는다. 물론 그것은 추상적인 추리로 이어지는 관계가 아니라 우리의 감정을 통해서 직접적으로 느끼는 것이다. 순간과 한 지점에 한정된 우리의 지각에 작용하는 지평을 매개하는 것은 어떤 감정 상태이다. 가령 소위 높은 사람, 임금이나 대통령과 같은 사람의 앞에서 우리가 느끼는 외포감도 이에 비슷한 것이지만, 사실 우리의 현실 지각, 부분적이면서도 언제나 그것을 에워싸고 있는 환경에 이어져 있는 우리의 현실 지각은 생각보다는 이에 유사한 감정 —— 사실 단순히 주관적인 심리 현상이 아니라 바깥의 정세(情勢)를 말하여 주는 감정에 의지하고 있다고 하여야 한다. 전체는 대체로 배경의 또는 바탕의 감정으로서 우리에게 현존하는 것이 되는 것이다. 산은 감정의 제유로써 우리에게 지구를 지각하게 한다.

삶의 형이상학적 정서 그리고 여기에서 또 하나 우리가 주목하여야 할 것은 이 감정의 깊이다. 산이나 지구가 우리에게 감정적 의미를 갖는 것은 단순히 커다란 땅덩어리라는 사실로 인한 것이 아니라, 그것이 우리의 삶에 깊이 관계되어 있기 때문이다. 물론 여기에서 삶에 대한 관계란 실용적인 것이라기보다는 삶의 전체에 대한 느낌이다. 사람의 삶에 대한 느낌은 살림살이의 구체적인 현실에서 일어나면서도 형이상학적이라고 할 수밖에 없는 비실용적 성격을 갖는다.

지각의 사건

지각의 쇄신 그러나 산에 대한 지각과 인식 그리고 정서는 언제나 전체성의 느낌은 아니다. 그것도 많은 경우 국부적인 지각을 통해서 매개된다.

이때 중요한 것은 그것이 새로운 감각적 느낌을 주어야 한다는 것이다. 앞 장에서 이야기한 바 있는 이미지의 효과는 어디에서나 작용한다.

동쪽 울타리 아래 국화를 따다가　　　　　采菊東籬下
멀리 남산을 본다.　　　　　　　　　　　悠然見南山

　이러한 도연명의 구절은 작업의 중간에 문득 올려본 산을 말한 것이고 시 전체는 벽지에 은거하는 인생에 대한 감상을 말한 것이지만, 실제적인 일에 몰두하다가 문득 그것을 에워싸고 있는 보다 큰 테두리로서의 산을 의식하게 되는 것을 말한다. 시를 하나 더 들면, 정지용이 「춘설(春雪)」에서,

문 열자 선뜻!
먼 산이 이마에 차다

라고 갑작스럽게 다가서는 산의 느낌을 말하였을 때, 그것은, "옹숭거리고 살아날 양이/ 아아 꿈같기에 설어라"라는, 생활의 심경에서 나온 것이면서도, 그것이 "옹숭거리고 사"는 삶의 실용적 맥락과 대조된다. 산을 보는 감정이나 감흥은 작은 지각 체험에 촉발되어 삶의 실용적 맥락을 넘어가는 형이상학적 해방감을 가져온다. 이 형이상학적 해방감은 어떤 적극적인 의미를 가진 것이 아니라 주어진 삶으로부터의 거리감일 수도 있다. 순간의 의아감도 그러한 거리를 만든다. 그러나 궁극적으로 이 의아해하는 마음은 실존적 전율을 동반하는 것일 수도 있고 또는 삶의 초월적 근거에 대한 외포 또는 외경에로 이어지는 것일 수도 있다. 우리가 의식하는 지평에는 이 모든 것이 잠재적으로 관계되어 있다. 그런데 이러한 느낌은 막연하면서 어떤 이념적 진리에 대한 직관에 이어져 있는 것이라고 해야 할는

지도 모른다. 후설이 생각하는 것처럼 모든 경험적 사실이 철저하게 이념적인 구도의 가능성에 의하여 구획되어 있는 지평을 바탕으로 하여 일어난다면, 형이상학적 정서는 개념적으로 정의되지 아니하면서 하나의 이념적 성격을 가진 것이라 할 수 있기 때문이다.

관조적 정지

거리의 관조 형이상학적인 것이 이념성을 가졌으리라는 것은 그 체험이 정서나 감각의 직접성을 가진 듯하면서도 그것이 사실적으로 주어지지는 아니하기 때문이다. 실제에 있어서는 사실성 이상의 어떤 것도 직접적으로는 주어지지 아니한다. 그러기 때문에 먼 거리나 깊이에 대한 느낌은 엄격하게 따지면 착각일 수도 있다. 후설은 입체적 사물에 대한 지각은 감각으로 인지할 수 없는 부분, 우리의 눈이나 촉각에 와 닿을 수 없는 부분에 대한 이념적 구성을 포함한다고 생각하였다. 그러면서도 우리는 앞에 있는 책상과 같은 물체를 전체적으로 지각하는 것을 느낀다. 이와 같이 거리나 깊이는 이념적으로 구성되고, 거기에 실존적 느낌이 따르면 그것이 형이상학적인 것으로 느껴지는 것이라고 할 수 있다. 그러나 우리가 느끼는 바로는 이념보다 정서이다. 이 정서가 먼 것을 현존하게 한다.

우리가 사는 현실의 핵심이 물건을 만지고 신체를 움직이는 공간에 있다고 한다면, 지평의 체험은 어디까지나 가능성으로서의 열림에 머문다고 할 것이다. 이것이 현실이 되는 것은 말할 것도 없이 우리가 그 지평을 가로질러 여행함으로써이다. 물론 우리는 여행하지 않더라도 먼 곳에 대하여 많은 것을 알 수 있다. 학교에서 배우는 지리 과목의 목적은 바로 이것이다. 이렇게 습득하는 지식은 산을 보는 때의 지평적 의식과는 상당히 다른 것이다. 그것은 먼 것에 대한 의식이면서도 일상적 삶의 의식 — 먼 것에 대한 의식의 삶의 도구의 일부가 되는 그러한 일상적 삶의 의식의 일부가 된다. 사람들의 삶은 직접적인 상태에서 도구적인 세계 안에 있다. 그리하여 그들이 어떤 관심을 가지고 목전의 일을 넘어가는 지평을 의식한다고 해도 그것은 이 도구적으로 기획된 세계에서 일정한 도구적 관심이 그려 내는 궤적으로 따라가는 일이 된다. 과학적 지식이나 사고는 반드시 일상의 실용적 연쇄 속에 있는 것은 아니다. 그것은 언제나 목전의 것을 넘어가는 전체적 체계 속에 있다. 그러나 이 전체성은 추상적으로 주어진다.

이에 대하여 우리가 보는 지평이나 산은 한 번에 지각으로 주어진다. 실생활이나 과학의 도구적 세계는 하나의 체계를 이룰 수 있지만, 그 체계가 전체로서 매 순간 속에 존재할 필요는 없다. 합리적 절차에 있어서 전체는 일단 납득된 다음에는 부분 속에 현존할 필요가 없다. 수학의 운산은 이성적 연쇄를 이루면서도, 이 연쇄가 운산의 매 순간에 현존할 필요가 있는 것은 아니다. 지평은 물론 우리의 시각에 나타난다. 또 그것은 우리에게 어떤 정서를 불러일으킨다. 그러나 그것들은 실용성이나 과학적 관심과는 거리가 있는 느낌이다. 지평이나 산은 그 거리로 인하여 우리와 복잡한 실용성이나 운산의 세계를 벗어난다. 그것은 순수하게 봄과 보임의 공간에 한 번에 존재한다. 다시 말하여 산은 그 거리와 크기로 하여 거의 자동적으로 관조라 부르는 태도를 유발한다. 그것은 사물에 대하여 일정한 거리 — 그러니까 실용적인 의도로부터의 일정한 거리를 유지하면서 사물이 나타나는 그대로를 보는 것을 말한다. 이것은 어떤 사물의 있는 그대로 또는 그 미적인 성질의 관점에서 보는 것을 말하지만, 세계의 일체의 것을 그러한 거리 속에서 보는 것을 의미할 수도 있다. 이 후자의 경우 그것은 종교적인 태도에 가까이 간다. 그러나 사물을 일정한 거리에서 나타나는 그대로 보는 일은 일상적 삶에도 깊이 끼어들어 있다. 그것은 넓고 깊은 것일 수도 있고 짧고 옅은 것일 수도 있다.

앞에 인용한 도연명이나 정지용의 시구에서 울타리 저쪽의 남산이나 문밖의 먼 산―"서늘옵고 빛난 이마받이"로 다가서는 산은 일상적 삶의 한순간이다. 그러면서도 우리의 의식 생활에서 이러한 관조적 정지가 의식적이고 방법적인 것이 될 수도 있고 거의 반성적인 계기를 얻어 주제화되지 못하고 사라져 버리는 수도 있다. 일을 하다가 멀리를 올려보는 일상적 행위는 조금은 의식적으로 반복됨으로써 하나의 습관이 되고 삶의 일부가 된다. 그리고 그것은 보다 큰 의미에서의 관조의 훈련을 위한 계기가 될 수 있다. 그런데 사람 사는 데에, 삶의 테두리의 전체에 대한 의식이 중요한 것이라고 한다면, 관조적 태도는 실용성을 떠나면서도 유용한 삶의 일부분을 이룬다고 보아야 한다.

관조의 기쁨과 전체성 이러한 관조의 유용성을 되풀이하여 말한다면, 관조적 정지는 우선 세계와 사물의 세계에 대하여 사람들이 가지고 있는 향수에 깊이 관계되어 있다. 그것 없이 삶은 기술적 목적성 속에 편입되어 한없이 수단화되고 삶 자체의 즐김도 기쁨도 행복도 없는 삶이 될 수 있다. 관조는 사물 또는 대상 세계에 대한 즐김의 관계의 일종이다. 그러나 여기에서 더 중요한 것은 조금 전에 말한 바와 같이 삶의 전체에 대한 느낌이다. 즐김의 원인도 여기에 있을 것이다. 관조의 순간에 삶 전체는 직접적인 정서로 존재한다. 그러나 그것이 반드시 표면에 늘 느껴지는 것은 아니다. 그것은 다른 행동과 사고와 감정의 바탕으로서 존재한다. 그러면서 행동의 여러 면들을 통제하는 것이다. 그리고 이 바탕 위에 서 있을 때 저절로 세상과 사물의 세부에 대한 주의가 가능해진다고 할 수 있다.

경 관조는 조금 더 강화될 때 앞에서 설명한 바 있는 "경(敬)"이 된다. 이미 말한 대로 경은 영어로 사람들이 mindfulness, 즉 마음 씀이라는 뜻으로 번역하는 일이 종종 있거니와, 퇴계가 이를 설명할 때, 경은 주로 일상 행동거지에서의 조심스러운 태도에서 나타나는 것으로 설명된다. 그것은 가령, 걸음을 걸으면, 걸음 걷는 일에 정신을 집중하는 상태를 말한다. 『성학십도(聖學十圖)』의 「경계잠(敬齊箴)」 부분에서, 말을 타고 개미집 두덩을 피해 나아가는 예는 아마 주의의 세심함을 설명하는 가장 재미있는 예가 될 것이다. 그러나 이러한 주의는 전체적인 공경의 마음에 의하여 뒷받침된다.

지각이나 인식의 대상과 그 바탕의 관계를 말하면서 이것을 경에 연결시키는 것은 그것을 지나치게 윤리화하는 것이 될 수 있다. 그리하여 여기에서 윤리적이란 어떤 특정한 윤리 체계보다는 어떻게 사느냐 하는 원초적인 문제, 푸코의 용어를 빌려, "자신을 돌보는 기술"이라는 뜻에서 이해하는 것이 좋을 것이다. 그러나 이러한 연결을 통하여 우리는 바탕의 문제가 앞에서 말한 바와 같이 실용을 떠나 있으면서 실용적 의미를 갖는다는 것을 생각하게 된다. 또 그와 아울러 우리는 이 바탕을 돌아보게 하고 그것에 힘입어 주의를 깊이 하는 관조가 삶의 중요한 계기임을 확인한다.

관조의 실제적 행동의 교환 하던 일을 멈추고 주변과 멀리를 바라보는 일 —관조는 오늘날처럼 기술이나 사회적, 정치적 행동의 관점에서는 낭비적이거나 퇴행적인 것으로 치부한다. 그러나 앞에서 말하려고 한 바와 같이 그것은 자연스러운 삶의 과정의 일부이고, 그것에 빼놓을 수 없는 중요한 계기이다. 뿐만 아니라 그것은 자연스러운 즐김과 자유스러운 삶의 구성 요인이다.(자유로운 삶이란 것은, 원인과 결과, 동기와 행위 그리고 의무와 수행이 강제적 연쇄 관계가 아니라 내부로부터의 영향과 선택의 바탕 위에서 이루어지는 삶이기 때문이다.) 그것은 더 나아가 삶을 심각하게 받아들이는 데에 필수 사항이다.

사건으로서의 개체와 보편

실존적 개입 앞에서 말한 미적 관조라는 미학의 개념은 흔히 무사공평한 마음에 이어져 있다. 그러나 그것이 사실이라고 하더라도 그것은 매우 특이한 관점에서의 무사공평함이다. 그렇다는 것은 과학적 사고에서의 무사공평함과는 사뭇 다른 것이기 때문이다. 이 차이 가운데 아마 가장 두드러진 것은 그것이 무사공평이라고 하더라도 개인적인 관점에 완전히 박혀 있는 무사공평함이라는 사실이다.

산을 보는 우리의 눈은 해야 할 일에 대한 강박적 집착으로부터 마음을 옮겨 앞의 풍경을 보는 것이지만, 엄밀하게 말할 때, 이것은 앞에 있는 것만을 보는 것은 아니다. 그것은 풍경을 보면서 보이는 풍경 안에서의 나의 위치도 보는 것이기 때문이다. 이것은 모든 보는 행위에 다 일어나는 일이라고 할 수 있다. 보는 일이 생물학적 기능을 가진 것이라고 한다면, 이것은 당연한 일이다. 생물학적 관점에서 보는 대상에 못지않게 중요한 것은 그것과 나의 관계이다. 가령 시각의 대상이 다른 생물체일 때 그것의 성질과 아울러 그것과의 거리나 비교적 우열 등은 중요한 관심사여서 마땅하다. 그런데 산과 같은 커다란 광경 앞에서 또는 그 안에서 보는 일에서도 그것과 나의 관계는 시각 체험 안에 저절로 끼여드는 것으로 생각된다. 보는 거대한 광경에 압도되는 느낌을 갖는다는 것 자체가 대상과 나의 비교가 없이는 있을 수 없는 것일 것이다. 그러나 눈앞에 펼쳐지는 풍경에 대한 나의 관계는 기본적으로 어떤 크기의 공간 안에서의 나의 오리엔테이션의 문제에 의하여 동기 지어지는 것이라고 할 수 있다. 이 오리엔테이션은 작게도 크게도 작용한다. 산길에서 걷는다는 것은 발밑을 조심스럽게 살피면서 간다는 것을 말한다. 그런데 이 조심스러움이란 단순히 발을 잘못 디뎌 넘어지는 것만을 두려워하여 일어나는 느낌은 아니다. 산길을 갈 때, 특히 그곳이 시야가 막히지 않는 곳이라면, 사람들은 발밑을 살핀다고 주위를 돌아보고 위를 올려보게 마련이다. 오리엔테이션의 문제는 몸과 공간에서의 움직임과 공간 그것과의 밀접한 연결 속에서 일어난다. 앞에 광대하게 펼쳐지는 풍경은 이 연장선상에 있다. 그러면서도 커다란 풍경을 보고 장엄함의 느낌을 갖는 것은 하나의 관조적 정지의 순간, 심미적 순간을 이룬다.

진리의 사건 이 관조와 심미의 순간은 진리의 순간이기도 하다. 저기에 저런 모습으로 산이 있다고 하는 것은 그것을 객관적인 실체로 확신하는 행위이다. 이 확신은 몇 가지 계기를 가지고 있다. 나는 산을 보고 산을 보는 나를 보고 그것을 아우름으로써 산의 객관적 실체를 확신하는 것이다. 그러니까 확신은 두 가지의 변증법의 결과에 근거한다. 보는 나와 그것을 다시 보는 나가 있다는 것은 둘 사이에 간격이 생긴다는 것이고 또 두 개의 나 사이에 변증법적 교환이 일어난다는 것을 말한다. 이 변증법은 숨겨져 있어서 직접적인 인상을 준다. 그러나 더 중요한 것은 나와 산과의 사이에 일어나는 변증법이다. 산은 틀림없는 실체이면서 나와의 관계에서 확인되는 실체이다. 세계에 대한 과학적 접근에서 이것은 보이지 않게 되지만, 과학적 인식론에 대한 비판의 하나는 과학의 밑에 들어 있는 주관적 관심을 도외시한다는 것이다. 결국 지각과 인식을 뒷받침하는 모든 지평 가운데에서 가장 근본적인 것은 실존적 관심이다. 이에 대하여 심미적 태도는 이 관심까지를 포함한 상태에서의 에포케(epochè, 판단의 중지나 보류)에 기초한다고 할 수 있다. 그런 면에서 그것은 우리의 일상적 태도에 극히 가까이 있으면서도 멀리 있다는 역설을 내포하고 있다.

개체와 보편성 심미적 태도에 개입하는 주관성에 대해서는 본다는 사실 — 또는 여기에서 유독 문제 삼고 있듯이 산을 본다는 사실과 관련하여 조금 더 고찰해 볼 필요가 있다. 모든 예술 작품에서 예술적 개성의 개입이 절대로 중요하다는 것은 우리가 예술 작품을 대할 때마다 잘 아는 일이다. 광고나 통속 예술과는 달리 심각한 예술적 목표를 가졌다고 할 수 있는 사회주의 리얼리즘의 결정적 오류는 예술가의 개성을 빼놓고도 좋은 예술 작품이 산출될 수 있다고 생각한 것이다. 그러나 베토벤의 음악은 그의 대부분의 작품에서 베토벤적인 특성을 가지고 있다. 정선이나 반 고흐의 작품이 고귀한 것은 그것들이 어느 것이나 분명한 인격적 서명을 가지고 있기 때문이다. 그러나 다른 한편으로 마음 내키는 대로 자의적인 상상력이 훌륭한 작품을 만든다는 생각이 있다. 그러나 이것이 사실이라면, 상식적 규범을 가장 멀리 벗어난 작품이 가장 좋은 작품일 것이다. 그렇다면, 그것이 어떻게 하여 여러 사람에게 호소력을 가질 수 있을 것인가?

좋은 작품은, 언제나 금방 또는 당대에 알아주는 것이 아니 되더라도, 결국은 어떤 보편적 호소력을 갖는 것이다. 그리고 방금 말한 바와 같이, 그것이 동시에 가장 개성적인 것이라고 한다면, 답은 이 명제의 역설적 결합에서 찾을 수밖에 없다. 그렇다고 한다면, 우리는 개성적인 것이 보편성에 가까이 갈 수 있고, 보편성이 개성적인 것에 가까이 올 수 있는 것이라고 생각하여야 한다. 사실 사람들의 개성이 보편성에 가까이 갈 수 있다고 하는 것은 모든 사람들이 받아들이고 있는 것이다. 사람들이 훌륭한 사람이라고 생각하는 사람은 바로 그런 사람을 말한다. 교양이나 수양의 개념이 말하고 있는 것이 그것이다. 심신을 도야한다는 것은 보편적 인간이 된다는 것을 말한다. 그렇다고 도야된 인격이 아무 특징이 없는 평균적 인간이 된다는 것을 말하는 것은 아니다. 자신의 마음을 닦는다는 것은—또는 더 넓게 심신을 닦는다는 것은 자신의 인격을 자신의 것으로 닦으면서 동시에 보편성을 구현한다는 것을 말한다. 거꾸로 우리가 보편성을 알게 되는 것은, 그것이 인간의 삶과 관련되는 한에 있어서는, 뛰어난 개인에 구현됨으로써이다. 그렇다고 이 보편성이 반드시 미리 알려져 있던 어떤 것이 개인을 통하여 예시되는 것을 의미하는 것은 아니다. 그것은 구체적인 현현을 통하여 비로소 그러한 것으로 인지되는 것이다. 그것은 조금은 짐작되었다 하더라도 구체적 현현을 통해 소급하여 새로운 가능성으로 존재했던 것으로 인지되는 것이라고 할 수 있다. 이것은 모든 인간적인 수월성을 두고 하는 말이지만, 사실 과학의 세계에도 그것이 인간에 관계되는 면에 있어서는 해당되는 일이라고 할 수 있다.

과학적 명제에서의 새로운 발견이란 무엇인가? 결국 새로운 발견이란 오래전부터의 사물과 우주의 법칙을 들추어내는 것에 불과하다. 그럼에도 불구하고 그것이 새로 발견된다는 것은 그것의 탄생이 개인적인 능력과 수련과 운수에 의하여 ─ 물론 인간의 집단적 역사의 업적을 발 딛고 서면서 ─ 매개된다는 것을 말한다고 할 수 있다. 예술가가 수양된 현자일 수는 없다. 그는 높은 정신의 세계 ─ 본질의 세계를 지향하는 사람이 아니다. 그러나 그러니만큼 더욱 그는 체험의 세계의 개체적 현상에 민감하다. 그러나 그것은 거기에 내재하는 특수와 보편의 변증법 속에 파악될 수 있어야 한다. 그리고 적어도 그의 예술적 순간은, 엘리엇이 말한 바와 같이, 비개성 ─ 또는 개성적 비개성의 순간이어야 한다.

형상의 변주 그러나 개체와 전체의 변증법은 모든 생명의 발현의 통상적 과정이라 할 수 있다. 가장 아름다운 꽃은 관념 속에서만 존재할 수 없다. 그것은 하나의 개체로서의 꽃 그리고 그것의 한 송이에 구현됨으로써 현실이 된다. 그러기에 이 현실은 관념 속에서 예상되었던 것에 완전히 일치하지 아니한다. 모든 생명체는 각 유기체에 고유한 원형의 구현이지만, 동시에 그러한 구현 ─ 반드시 원형의 복사가 아닌 구현을 통해서 현실이 된다. 그런데 이러한 변증법은 더 가까운 일상적 지각 체험의 원리이기도 하다.

우리가 산에서 산을 볼 때, 나는 산을 내 식으로 보는 것인가? 나는 그저 볼 뿐이다. 그리고 우리는 내가 보는 산이 있는 대로의 산임을 안다. 그러나 조금만 되돌아보면, 내가 보는 산은 그것을 보는 순간에 밀접하게 관계되어 그렇게 있다는 것을 우리는 안다. 내가 찾아가 본 산은 같은 산이라도 그때마다 다르다. 어떤 산에 대한 감동적인 경험은 다시 되풀이하려 하여도 되풀이되지 않는다. 그것은 일회적인 체험이다. 그것은 반복되지 않는다. 그러나 그렇다고 그것이 내가 만들어 내는 것도 아니다. 이것은 다른 많은 일회적인 경험과 마찬가지로 잃어버린 체험을 기억 속에 되찾는 것이 쉽지 않은 데에서도 알 수 있다. 내가 보는 산은 공간적으로도 일회적이지는 아니하면서 독특한 것이다. 우리는 우리가 보는 산의 모습이 내가 서 있는 위치에 밀접하게 관련되었음을 안다. 우리가 동료에게 이 자리로 와서 조금 바라보거나 내려보라고 하는 것은 바로 이것을 알고 있기 때문이다.

　　우리의 일상적 지각 체험, 가령 후각이나 미각의 경우에, 수박의 맛을 알려면 먹어 보는 도리밖에 없다는 데에서 우리는 지각으로 체험되는 사실들이 극히 개인적인 직접성을 가지고 있다는 것을 안다. 그렇다고 그것이 개인적인 환각이라고 말할 수는 없다. 이 수박이 맛이 있으니 먹어 보라는 권고는 바로 개인적 체험의 보편적 진실성에 대한 믿음을 표하는 것이다. 그렇다고 어떤 특정한 대상에 대한 모든 사람의 지각적 체험이 똑같은 것은 아니다. 뿐만 아니라 같은 사람에 있어서도 그것은 경우에 따라서 달라지는 것임은 앞에서 말한 바와 같다.

　　세계는 개인적 지각 능력과의 관계에서 늘 새로운 사건으로 드러난다. 그런 의미에서 사람의 지각적 체험은 언제나 세계의 새로운 양상을 드러내고 그것을 풍부하게 한다. 이 과정을 보다 분명히 하는 것이 예술 작품이다. 일본의 호쿠사이(北齊)의 우키요에(浮世畵)에 후지산을 주제로 한 「부악삼십육경(富嶽三十六景)」이라는 것이 있지만, 이것은 그 시도에 있어서 물리적 현상과 보는 관점의 변증법이 어떻게 세계의 사건적 다양성을 새로이 드러나게 하는가를 예시하는 것으로 볼 수 있다. 다만 여기에서 첨가하여야 할 것은 이 드러남이 어디까지나 예술가의 내면적 수련과 기량적 연마에 대응하여 나타난다는 것이다. 앞에서 말한 바와 같이 여기에서 우리가 확인하는 것은 다시 한 번 개인적 수련과 개인을 초월하는 실재의 사건적 일치를 확인하는 것이다.

체험적 사실의 다의성과 일체성

지각 체험의 일체성 지각과 그것의 재창조로서의 예술 작품에서의 특수와 보편성의 일치는 형이상학적 설명을 필요로 할 것이다. 그러나 그 외에 달리 여기에서 흥미롭게 생각해 볼 수 있는 것은 위에서 말한바 개인적이면서도 다개인적인 또는 간주간적인(intersubjective) 지각 체험의 일체성이다. 흔히 보듯이 관점의 다양성은 개체 간의 갈등의 원인이 되게 마련이지만, 미적 체험에서는——그 한 예로서 산을 보는 체험에서는 그러한 갈등이 별로 존재하지 않을 수 있다. 사람들 사이의 갈등이 당연한 것으로 되어 있는 오늘의 사회 상황에 비추어 이 점은 잠깐 더 생각해 볼 만한 사실이다. 물론 간단한 답은 이미 나와 있다. 즉 관점의 차이에도 불구하고 그것이 곧 갈등의 원인이 되지 않는 것은 말할 것도 없이 이해관계가 개입되지 않기 때문이다.

여기에서 이해관계란 물질적인 것이기도 하고 주체와 주체의 사이에 존재하는 투쟁적 관계, thymos(격정, 플라톤의 『국가』에서 수호자의 정서 혹은 성향을 가리킴)의 관계이기도 하다. 아마 산을 보는 사람이 부동산 투자자라고 한다면, 그들의 개인적인 입장은 잠재적으로 갈등 상태에 들어갈 것이다. 투쟁적 관계의 빌미로서 조금 더 분명치 않은 것은 산에 관한 어떤 지적인 또는 미적인 관점이 강조되는 일이라고 할 수 있다. 지적인 발언은 보이지 않으면서도 있을 수 있는 다른 발언과의 대치 관계에 있는 것이 보통이라고 할 수 있다. 이것은 마음속에서만 진행되는 사고의 경과에서도 그러하다. 있을 수 있는 여러 관점과 해석의 내적 대치를 뚫고 앞으로 나가는 것이 사고이다. 여기에 대하여 산의 아름다움을 보는 심미적 관점은 부동산의 관점에서의 갈등, 또 지적인 관점에서의 대치 비교의 관점을 떠나서 성립한다. 그러나 심미적 관점도 아마 분명한 언어로 표현된다면, 그것도 갈등의 원인이 될 수 있을 것이다. 심미적 평가는 이미 체험을 벗어나서 사회적 경쟁의 상태로 들어가는 것이기 때문이다. 체험에 대한 발언이 반드시 평가의 성격을 갖는 것이 아니라고 하더라도 발언이 되었다는 점에서 벌써 그것은 갈등의 가능성을 열어 놓는 것일 수 있다. 도대체가 사회적 소통을 겨냥하는 것이 아닌 것까지도, 언어는 사회적 성격을 갖는다. 언어적 표현은 그 자체로 잠재적으로 투쟁적 성격을 갖는다고 할 수 있다.

그럼에도 불구하고 엄밀한 의미에서의 지적인 그리고 심미적인 태도에서 투쟁은 극한적 갈등에까지 나가지 않는다고 할 수 있다. 지적인 판단에서는 다른 관점을 고려하지 않고는 사고의 진행 자체가 불가능하고 그러니만큼 그것을 수용하거나 적어도 균형의 상대로서 인정할 준비가 되어 있어 마땅하다. 그런 데다가 그것은 주어진 사실 증거를 바탕으로 진리 주장을 할 수밖에 없기 때문에, 적어도 순수하게 지적 판단의 절차를 따르는 한 완전히 주관적인 것이 될 수는 없다. 산을 보는 데에 있어서, 논쟁자의 처지는 두 가지 조건, 즉 경쟁적 관점의 존재와 사실적 증거의 존재를 도저히 무시할 수 없게 되어 있다. 산의 존재는 그것을 보고 그것에 대하여 어떤 판단을 내리는 데에서 절대적인 사실적 증거로서 눈앞에 너무나 압도적으로 확인될 수밖에 없다. 심미적 관조의 경우는, 언어적 표현을 통하여 사회적 공간으로 진출하기 전에는, 조금 다른 관점에서 생각하여 볼 만하다. 심미적 관점에서 사실성 ─감각적인 체험의 대상으로서의 사실성은 절대적이다. 심미적 관점에서 그것은 판단이나 그 언어적 판단 이전에 그 힘을 인간의 감성 위에 발휘한다. 그리고 산의 거대성이 이 힘을 피할 수 없는 것처럼 느끼게 하는 데에 도움을 준다. 지적인 객관화 또는 과학의 경우와는 다른 것이지만, 거대한 사실적 증거의 강력성은 주관적 관점에 투쟁의 여유를 크게 남겨 주지 아니한다.

침묵과 감성의 현실

침묵의 합일 두 사람이 같이 산을 보고 그 감흥을 공유하는 것은 그 감흥을 말로 표현하지 않아도 가능하거나 아니면 감흥은 오히려 그쪽에 더 크다고 할 수 있다. 그들은 침묵의 공감 속에서 산의 아름다움을 그 평화와 함께 향수하는 것이 될 것이다. 침묵은 그 자체로서 평화의 조건이 될 수도 있지만, 그것은 동시에 사물 세계의 다양성을 허용하는 행위라고 할 수도 있다. 그런 경우에 그것은 언어의 일의성에 대조된다. 사물의 다양성은 언어적으로 표현하여 다의성 또는 모호성이라고 할 수 있다. 레비나스의 관점에서 모든 대상은 절대적인 타자이다. 그것은 사람의 지각이나 인식에 의하여 포착될 수 없다. 아마 그것이 다양성 또는 다의성을 드러낸다는 것은 벌써 그것이 타자로서 사람과 대면한다는 것을 말하는 것이다. 이 대면이 이루어지는 것은 인간의 감성적 기관들 — 감각이나 지각 또는 감정을 통하여서이다.

다시 한 번 말하건대 예술은 이러한 감성의 계기를 확대하고 반성적으로 수용한 것이라고 할 수 있다. 간주간적 화합 또는 융합의 모델은 예술의 예에서 암시될 수 있다. 신비평가들은 시의 언어의 특징으로 그 모호성 또는 다의성을 들었지만, 시의 언어는 언어를 넘어 사물의 다양성으로 나아가고자 하는 언어라고 할 수 있다. 시에 반드시 수반되게 마련인 감정도 이에 관련되어 있다. 앞에서 말한 것처럼 감정은 사물의 모호한 현존에 대한 증표이다. 그러나 이 감정은 많은 것을 하나로 융합하는 매체가 된다. 그것은 사람과 사람, 사람과 사물 간의 중간 지대를 형성한다. 음악은 이러한 매체의 융합에 형태적 완성감을 부여하는 예술이라 할 수 있다. 거기에서 소리와 감정은 가장 완전하게 합일할 수 있다. 물론 여기에서 합일을 가능하게 하는 것은 형식이다. 그것은 무정형의 사물에 형체를 주는 원리라고 할 수 있는데, 그것은 동시에 정신의 요구에 완전히 대응하는 것이라고 할 것이다.

사물의 원리나 정신의 원리로서의 형식이 완전히 고정된 것은 아니다. 그리고 그것은 정신의 주관적 과정이기도 하고 객관적 세계의 과정이기도 하다. 물질과 정신이 부딪치는 사건적 과정의 한 양태가 형식이다. 물론 이러한 과정 그리고 거기에서의 형식의 의미를 밝히는 것은 간단히 말해질 수 있는 것은 아니다. 다만 여기에서 말하고자 하는 것은 이러한 융합의 과정이, 앞에서 문제로 삼아 본 간주간적 화합에 하나의 바탕이 될 수 있다는 것일 뿐이다.

진리의 길

부정과 긍정

1. 방법적 부정과 부정의 체험

우리의 지각과 인식 그리고 그 형상화는, 정도를 달리하여, 앞에서 말한 해체의 과정을 포함한다. 사람의 마음은 그것을 통하여 스스로의 지속을 확인한다. 그러나 이 과정에서 더 중요한 것은 한편으로는 세계를 있는 그대로 인식하는 것이고, 다른 한편으로는 그러한 인식에 사람의 마음이 그것을 넘어가는 이념성 또는 이성을 향하여 열리는 것을 경험하는 것이다. 이것은 다시 말하여, 우리가 세계와 사물을 창조적인 신선함 속에서 경험하게 되는 일이면서, 스스로를 그 과정의 일부로서 확인하는 일이기도 하다. 그러나 이것을 순수한 마음의 움직임으로만 이해하는 것은 그 중요한 동기를 놓치는 것이다. 진리를 향한 단심이 어디에서 오는 것인가 하는 것은 보다 존재론적으로 설명되어야 하는 어떤 것이지만, 마음의 고요한 움직임 속에도 실존적 동기는 들어 있다. 그리고 이 동기가 없이는 마음의 움직임 그리고 그것의 세계와의 일치는 의미 있는 사건이 되지 못한다.

앞에 논한 해체와 창조를 포함하는 마음의 과정은 인문 과학의 연구 방법과 목표의 기본적인 구도를 이루는 것이기도 하다. 그런데 여기에서 볼 수 있는 이론과 그 실존적 계기의 일치와 차이는 마음의 과정의 실존적 의미를 드러내 주는 좋은 예가 될 수 있다. 맨 처음에 우리가 생각한 과제는 여러 가지 확신과 실천적 행동의 계획을 분석, 평가, 선택하는 일이었다. 그것을 위하여 필요한 것은 마음이 스스로 안에 되돌아봄의 공간을 만들고 그 공간에서 배치되는 여러 가능성을 검토할 수 있는 자유를 얻는 것이다. 그러면서 마음은 객관적 세계에 일치할 수 있어야 한다. 그러기 위하여 마음은 주어진 대로의 세계를 괄호 속에 넣고 회의와 부정의 과정을 거치면서 사물과 사건의 흐름의 복수성으로부터 스스로를 하나의 통일성으로 구성 또는 재구성하여야 한다. 그러나 이 모든 움직임의 밑에는 해체의 위협이 들어 있다. 그것은 방법적이면서도, 무화의 위협을 가진 것이다. 그리하여 해체의 밑에 놓여 있는 허무는 단순한 방법을 넘어간다.

인문 과학적 탐구는 전통적으로 고전이 되어 있는 전적들이나 의례를 공부하는 것으로 되어 있다. 그러나 어떤 경우에나 전통에서 전수되는 것이 고스란히 전달되는 법은 없다. 가장 안정된 환경에서도 고전은 해석의 노력에 의하여 매개되어야 한다. 그리하여 그것은 새로운 시점에서 이해할 수 있는 것이 될 뿐만 아니라 새 상황에서 유용한 것으로 변용될 수 있다. 고전의 의미는 새 독자의 마음에서 새로워지고 또 새 마음을 만드는 일에 도움을 주어야 한다. 고전은 새로운 물음의 대상이 된다. 여기에서 의문과 동의, 이해와 그 수정이 일어나게 된다. 그러는 사이에 텍스트에는 틈이 벌어지고 텍스트 너머에 새로운 빈자리가 있는 것이 발견된다. 그리하여 이미 정해져 있는 것 가운데 새로운 자유의 변두리가 생긴다. 동시에 인문 과학적 탐구의 마음이 깊은 어둠 위를 가로지르는 교량에 불과하다는 것을 알게 되기도 한다.

이러한 어둠과 부정의 경험이 모든 사람에게 일어나는 것은 아닐 것이다. 방법적 회의가 있기는 하여도 그것은 극단적인 것이 되지 않고, 대체로 학문의 세계에 머무는 한 우리는 현실 세계에서 실존적 선택에 부딪치는 것은 아니다. 우리가 생각하는 것이 물리적 세계이든, 사회이든, 아니면, 사회를 관류하고 있는 주관적 의지의 세계이든, 우리의 생각은 비개인적이고 익명의 관점에서 모든 것을 일반화한다. 우리는 일반화된 성찰적 지성이 되는 것이다. 그러나 구체적인 상황에서 개인적인 선택에 부딪칠 때, 우리는 공적 세계와 공적 담론의 틈에 들어 있는, 그러면서 그것의 밑바탕을 이루고 있는 우연성들을 발견하게 된다. 세계와 사회가 아무리 이성적으로 구성되어 있다고 하더라도, 개인의 실제적인 결단은 언제나 일반적 법칙으로 통제될 수 없는 실존적 위기 — 무의 세계 속으로 빠져들어 가는 것과 같은 위기를 느끼게 된다. 이 위기의 느낌은 어떤 순간에만 일어나는 것이 아니고 사회에서 정해 놓은 삶의 길을 벗어나 스스로의 삶의 길을 선택할 때 계속적으로 우리를 따라다닌다.

2. 실존의 모험

그러나 이 길 없는 길에 들어가는 것은 어떤 사람들에게는 바로 경험 세계의 깊이와 그 창조적 세계를 경험하는 일이 된다. 어쩌면 여기에서 앞에서 말한 모든 마음의 움직임들은 현실적 모험이 된다고 할 수 있다. 나의 실존의 순간에 세계는 구체적인 사건이 된다. 그러나 그것이 하나의 전체성이 되는 것도 이 순간에 있어서이다. 이때 세계는 미지의 전체로서 우리의 선택에 대하여 커다란 배경으로 나타난다. 그것은 하나의 큰 위협이라고 할 수도 있다. 그 뒤에는 바로 죽음의 가능성이 숨어 있다.

사실 우리가 세계를, 의식적으로 또는 암묵리에, 하나의 전체로 이해하는 것은 이 죽음의 그늘 아래에서 일어나는 실존적 사건이다. 물론 이것은 현실이라기보다는 가능성이고, 에피파니이고, 초월적 전체성이다. 여기에 대하여 나 자신도 그 안에 있으면서 또 그 밖에 있는 초월적인 주체로서 구성된다. 실제에 있어서 나에게 나타나는 세계는 극히 작은 일부이다. 그러나 부분성은 벌써 세계의 무한함에 대한 나의 존재의 유한성을 드러내 준다. 무한성 속의 유한성 ─ 이것이 무상한 그러나 실감에 찬 나의 경험에 생생한 느낌을 준다. 이 실존의 순간은 진정한 해체와 허무의 순간이기도 하지만, 세계 전체에 대한 총제적인 긍정의 순간이기도 하다. 여기에서 해체는 다시 창조로 움직여 간다. 그런데 이 모든 움직임에는 이미 이념성이 개입되어 있다. 무한이나 무상의 실감은 경험적 사실을 넘어가는 어떤 것 ─ 그러면서도 경험임에는 틀림없는 어떤 것을 지칭한다. 해체나 창조도, 그것이 사실적 사건 이상의 체험과 결단을 포함하는 한에 있어서는, 이미 이념적 투기로서의 성격을 가졌다고 할 수 있다. 이 모든 것은 주체적 의식의 한 계기이면서 동시에 세계의 가능성이다.

　다시 말하여 부정과 긍정의 근원적인 또는 원초적인 체험은 학문적 연구에 속하는 것은 아니다. 학문은, 인문 과학의 경우에도, 과학적 탐구의 조건들, 그 합리적 방법론과 연구 과제를 가지고 있어야 하고. 그 움직임에는 하나같이 명증성과 확실성과 증거가 수반되어야 한다. 학문 안에 일어나는 불안정성은 전체적인 안정성의 방법적 불안정성에 불과하다. 그러나 학문적 탐구의 원초적 또는 원시적 뿌리를 상기하는 것은 필요한 일이다. 앞에서 시사한 바와 같이 구체적이면서 일반적인 모순의 변증법으로 인하여 무한한 창조적 움직임이 될 수 있는, 이념성이 일어난다. 그리고 이성적인 원리는 여기에 단초를 갖는다. 제도화된 학문에 있어서도 새로운 시험은 그 창조적 에너지를 이 원시적인 시작에서 얻는다고 할 수 있다. 과학적 또는 인문 과학적 성찰도 실존적인 걱정과 관심이 여는 공간 안에서 일어나는 것이라고 할 수 있다. 데카르트의 첫 전기 작가 아드리앙 바이예(Adrien Baillet)는 그가 방법을 모색하는 동안, 그가 "진리에 대한 사랑"과 관련하여, 얼마나 "격렬한 불안감"에 시달리고 "머리에 불"이 이는 것을 느끼고 "한껏 저상한 그의 정신으로 하여금 환영들을 보게 한 열기"에 시달렸는가를 전하고 있다.[1] 앞에서 언급한 바 있지만, 그의 주저들이 서사적 성격을 가지고 있는 것은 심히 흥미로운 일이다.

그것은 다시 한 번 반복하여 지적하자면 그의 방법이 일시적인 기량의 습득이 아니라 개인적 정신의 역정의 소산이라는 것을 말하고, 이성의 존재 방식에 중요한 시사를 해 주는 것이다. 즉 진정한 이성의 근원은 그 방법적 효율성을 넘어가는 근원으로부터 나오는 것이다. 이것은 서양의 정신사에서 계속 관찰할 수 있는 것이다. 다만 중세적 일체성에 가까웠던 데카르트와 같은 경우와는 달리, 과학과 정신의 역정은 서로 다른 독자적 영역에서 존재하게 되었지만, 이 두 가지는 원래 하나의 시대적 테두리 속에 존재하였다고 할 수 있다. 몽테뉴나 루소, 괴테, 워즈워스 등의 자전적인 기록 등은 과학적 발전의 시대에 나온 것인데, 이것은 전체적으로 시대의 정신적 삶의 일부를 이루는 것으로 간주되어야 할 것이다.

3. 부정의 체험: 몽테뉴 등

이러한 작가들의 예는 찰스 테일러의 글에서 거명한 것을 빌려 온 것이

---

1 Adrien Baillet, *Vie de Monsieur Descartes*(Paris: La Table Ronde, Collection Grandeurs, n. d), pp. 35~37.

다. 테일러는 현대 서양 문명의 기원을 "근본적 반성(radical reflexivity)"에서 찾는다. 그것은 모든 것의 근본을 자아를 돌아보는 데에서 찾으려는 입장을 말한다. 이 입장은 데카르트, 로크, 칸트 또는 "그가 누구이든지 간에 대부분의 현대인"이 나타내고 있는 것이지만,[2] 데카르트의 방법적 성찰에서 가장 분명하게 볼 수 있다. 이 반성은 회의를 통하여 명증성과 과학적 합리성으로 나아간다. 그러나 동시에 테일러는, 이것과는 다른 보다 어둡고 분명하게 내면적인 반성의 전통이 있음을 지적한다. 여기에서 진리는 물리적 세계에 있는 것이 아니라 사람의 마음 안에 있다. 이 전통은 아우구스티누스로부터 시작한다.

아우구스티누스는, "밖으로 나가려 하지 마라, 진리는 사람 안에 있으니."라고 말한다. 그리고 자신 가운데, 즉 "자신이 자신에 임하는" 곳, "자신의 현재성의 내밀함" 안에서 신을 발견한다.[3] 그러니까 중요한 것은 사람의 내면 그리고 거기에 잠재해 있는 능력 가운데 신의 자취를 찾는 것이다. 내면의 탐색과 수련은 바로 진리와 신에 이르는 길이다. 아우구스티누스의 내면 지향은, 이미 말한 바와 같이, 루소, 괴테, 워즈워스로 이어진다. 그러나 테일러의 생각에 가장 전형적인 인물은 몽테뉴이다. 몽테뉴의 주제는 자아의 진리를 확인하는 일이다. 나의 정체성은 무엇인가? 나는 참으로 누구인가? 이러한 것을 문제로 하는 자아 탐구는 매우 위험한 일이다. 몽테뉴에 드러나듯이 이것은 "무서운 내면적 불안정성"[4]을 겪어 가야 한다는 것을 의미한다. 그의 경우, 이 불안정성은 어떤 확실한 진리에 의하여 극복되는 것이 아니라 자신에의 고유한 삶의 형식, "유동 상태에 있는 자

---

2 Charles Taylor, "Inwardness and the Culture of Modernity", in Axel Honneth et al, ed., *Philosophical Investigations in the Unfinished Project of Enlightenment*(Cambridge, Mass: MIT Press, 1992), p. 103.

3 Ibid., p. 104.

4 Ibid., p. 106.

신 특유한 삶을 표현하는 모양들"을 발견하는 데에서 찾아진다.[5]

테일러가 "근본적 반성"— 아우구스티누스적이든 데카르트적이든—을 서양의 전통만이 지닌 문화적 특성으로 말하는 것은 매우 유감스러운 일이다. 이것은, 많은 전통에서 발견될 수 있는 정신적 체험이라고 해야 할 것이다. 다만 서양에서 그 가능성의 두 가닥으로의 분리는 인간성의 단편화를 가져오면서도 동시에 그것을 방법적 역점으로 하여 역사적 일관성을 발전시켰다고 할 수 있지 않나 한다. 그 결과 내면적 탐구로 나아가는 내면화는 단순히 "부정의 길(via negativa)"을 통하여 진리의 확신으로 나아가는 것이 아니라 체험적 현실에 밀접하게 연결되어 있는 발견의 가설과, 그것을 초월하여 있는 형이상학적 계기를 동시에 유지할 수 있었다. 또 이러한 애매성의 고뇌를 그대로 유지할 수 있었던 것은 과학적 이성의 방법적 집요함의 모범으로 뒷받침되었다. 물론 과학적 진리의 도구적 성격과 그 확신이 가져온 인간 세계의 단편화 또한 부정할 수 없다는 것은 사실이다.

4. 부정의 체험: 퇴계 등

하여튼 우리는 앞에서 주자 그리고 퇴계의 마음에 대한 관찰로서, "주일무적 수작만변(主一無適酬酌萬變)"을 언급하였다. 이것은 마음을 되돌아보면서 진리를 수용할 상태에 이르게 하는 내면의 길을 나타낸다. 이 과정에서 중요한 것은 그 정신적, 이론적 측면이지만, 우리는 여기에서 얻어지는 내면적 수련의 실존적 측면에도 주목할 필요가 있다. 마음의 수련은 공부나 행동에 있어서의 지행일치 또는 몸가짐의 수련만이 아니라 보다 고

---

5 Ibid.

통스러운 "부정의 길"일 수도 있다. 퇴계는 20세에 이미 무리한 공부로 몸이 야위는 소화 불량증에 걸렸거니와,[6] 일생 계속된 신병과 관직 임명과 사퇴의 반복은 학문의 길이 그에게 적지 않은 고통의 길이었음을 말한다고 할 수 있다. 그러나 몽테뉴가 경험한, "무서운 내면의 불안정성" 그리고 "순서도 없고 이치도 없는, 기이한 환영과 괴물들"[7]의 환각은 불교적인 수행의 체험에서 더 많이 볼 수 있다. 중국의 구도자들의 기록을 빌려 보건대, 13세기의 조흠(祖欽)의 경우, 구도는 아침부터 저녁까지 한시의 평화도 밝음도 없이 어지럽고 혼란한 "의심의 수련"으로 시작된다.[8] 한용운의 시 「?」에서, "인면(人面)의 악마와 수심(獸心)의 천사"와 같은 내외가 뒤바뀐 이미지나, "미친 불에 타오르는 불쌍한 영(靈)은 절망의 북극에서 신세계를 탐험합니다"와 같은 선악이 뒤바뀐 세계에서의 외침과 같은 것도 수행의 길의 어둠을 말하는 것일 것이다.

5. 대긍정

테일러는 서양의 근본적 반성을 설명하면서, 내면으로의 전환에 부정의 순간이 있고 긍정의 순간이 있음을 지적하고 있다. 몽테뉴는, 위에서 잠깐 언급한 바와 같이, 부정에서 긍정으로 나아간다. 아우구스티누스도 영혼의 어두운 밤을 거쳐서 신앙으로 나아간다. 데카르트는 철학적, 지리적 방랑을 거쳐서 독일 울름의 더운 방에서 악마의 속임수를 생각하면서 동

---

6 윤사순, 앞의 책, 4쪽.

7 Taylor, op. cit., p. 106.

8 Pei-yi Wu, *The Confucian's Progress: Autobiographical Writings in Traditional China*(Princeton University Press, 1990), p. 79.

시에 방법적 확실성을 예감한다. 이 부정과 긍정은 서로 연결되어 있다. 그것은 정신의 역정의 불가피한 변증법이다. 유교에 있어서 이러한 변증법의 시련은 그렇게 가혹하지 않은 것으로 보인다. 그러나 그러한 시련이 없는 것은 아니다. 논어에서 나온 말이기는 하지만, 여러 저자의 자전의 제목이 "곤학기(困學記)"가 되어 있는 것도 그러한 과정의 불가피함을 표현한 것이다. 16세기의 호직(胡直)의 『곤학기』에 기록되어 있는 것처럼, 학문의 길에는 병과, 불안과 잠 못 이루는 밤과 괴이한 환각의 괴로움이 있다. 그러나 마지막에 호직은 "인간계와 비인간계를 꿰뚫는, 전 우주와도 일치하는 자아의 한없는 연속성"을 발견한다.[9] 16세기 후반 17세기 초의 고반룡(高攀龍)의 긍정적 진리의 체험은 더 극적이다. 이 순간은 대체로 자연과의 교감이 일어나는 때이다. 긴 여로의 끝에 깊은 산속에서 잠을 깬 그는 물소리가 차고, 그 맑음이 뼈에 사무침을 느낀다. 그다음에 곧 그는 깨달음의 순간을 경험한다.

> 내 마음에 남아 있던 불안은 말끔히 사라졌다. 내 어깨를 누르던 만근의 무게가 가벼워졌다. 나는 마치 번갯불에 얻어맞은 듯, 불이 내 몸을 꿰뚫고 환하게 비추었다. 나는 이 변화와 완전히 일체가 되었다. 사람과 하늘 안과 밖 사이에 아무런 틈이 없었다. 나는 전 우주가 나의 마음이며, 그 영역이 나의 몸이고, 그 고장이 나의 마음이라는 것을 깨달았다. 모든 것이 밝고 허령하였다.[10]

이러한 극적인 긍정의 순간은 한용운의 시의 여러 곳에서도 볼 수 있다. 한용운에게 그가 님이라 부른 진리의 참모습은 대체로 침묵과 부재의 뒤

---

9 Ibid., pp. 122~123.
10 Ibid., pp. 139~140.

에 숨어 있지만, 「찬송(讚頌)」과 같은 시에서 그것은 화려한 송가의 대상이
된다.

> 님이여, 당신은 백 번이나 단련한 금결입니다.
> 뽕나무 뿌리가 산호가 되도록 천국의 사랑을 받으소서.
> 님이여, 사랑이여, 아침별의 첫걸음이여.

이러한 긍정의 찬가는 구도의 끝에 오는 정신적 자산일 것이다. 그러나
다른 한편으로 이러한 자산이 맹목적 확신의 근거로 작용하는 수가 있는
것도 부정할 수 없다. 그런 경우 우리는 이러한 긍정이 부정과 긍정, 해체
와 창조를 포함하는 정신의 과정의 일부라는 것을 기억할 필요가 있다. 그
리고, 앞에서 말한 바와 같이, 이것이 단순히 확신이 아니라 방법을 가진
이성으로 발전할 때, 그것은 보다 넓은 탐색의 길을 열어 놓는 것이 될 수
있다. 그러나 이 탐색은 다시 사실적 이성을 넘어가는 어떤 것에 근거하여
살아 움직이는 것이 된다.

6. 과정 속의 이성

반성적 자아의 단련에는 어둠의 속을 향한 여로가 있고, 또 지금 막 살
펴본 것과 같은 긍정의 순간이 있다. 물론 이러한 여정이 학문의 길이라고
할 수는 없다. 다만 이러한 것이 있다는 것을 잊지 않는 것은 중요하다. 학
문은 이러한 계시의 순간보다는 반성과 성찰의 일상화에 관심을 가지고
있다. 그 원리는 합리성이나 이성적 질서이다. 그러나 우리의 반성과 성찰
은 합리적 일상화를 통하여 외면적, 기계적인 수단으로 전락한다. 그것이

외적인 방법과 형식을 넘어서 계속적으로 열림과 숙고의 공간으로 유지되는 것은 그것이 그 합리성을 넘어가는 깨우침의 체험에 이어짐으로써이다. 그렇다고 그것이 계속적인 이성과 주체의 과정의 밖에 존재하는 영감으로만 존재하는 것은 아니다. 이러한 전 과정을 다시 회상하는 것은 오늘의 시점에서 중요한 일이다.

오늘의 한국 사회는, 끊임없이 성급한 의견과 신념과 확신을 요구한다. 실천의 장에서 그것이 필요하지 않은 것은 아니지만, 마음의 복잡한 역정으로부터 단절된 신념 그리고 정책들은 결국 인간의 단편화, 사회의 단편화를 초래하는 것이 되기 쉽다. 가장 중요한 것은 이성과 개인적 체험의 시험을 거치지 않고, 쉬운 독단론을 구하는 것이 아닌 주체의 힘을 기르는 것이다. 회의와 탐색의 여로는 그 존재 방식의 한 부분이다. 모든 것이 그것으로 끝나는 것은 아니지만, 주체는 경험의 애매성을 존중하면서 그것을 통하여 스스로를 다져 나간다.

외적인 수단으로서의 이성은 이야기의 이성에 귀 기울여야 한다. 이야기의 시작에 주인공은 흔히 오류에 빠진다. 그것이 그로 하여금 정신의 역정을 가게 하는 단초가 된다. 그러나 그가 바른 길을 찾고 바른 답을 찾았다고 해서, 그의 오류의 과거가 의미를 상실하는 것은 아니다. 이야기는 순수한 논리에 의하여 움직이지 않는다. 진리는 오류로부터의 유기적인 성장의 결과이다. 그리하여 오류는 진리의 한 부분이 된다. 과정은 최종의 결과 속에 완전히 흡수되지 아니한다. 중요한 것은 진리를 찾는 정신이 지속되는 것이다. 우리의 지각 체험의 형성에, 진리의 깨달음에 그리고 윤리적 실천에서 그것의 인간적 의미를 살리는 것은 이 진리를 찾고 있는 정신의 지속이다. 그렇다고 진리가 이야기 속에 완전히 흡수되는 것도 아니다. 그러면서 그것과 완전히 따로 존재하는 것도 아니다. 그것은 마치 사물 위에 명멸하는 어떤 환각의 불처럼 존재한다. 그것은 이야기의 계기마다 그것을 밝혀 주는 빛이 된다. 그러면서도 그 빛은 비유가 시사하는 것처럼 마치 태양이 땅 위를 비치는 것과 같이 그 영원한 진리를 드러내 보인다고만 할 수는 없다.

사건과 상황의 위에서 비추어지는 빛은 그때그때 이야기의 밖에 별도로 존재하지 않는다. 그 진리는 그 과정에서 고유한 것으로 빛을 낸다고 할 수 있다. 또 그 빛을 어떻게 포착하는가 하는 것은 보는 사람의 시각 작용에 달려 있다. 그리고 그것은 그 시점에서 그의 도덕적, 윤리적 결단의 가능성을 연다. 그러나 그 가능성은 오래 지속하지 않는다. 이러한 관계는 말하자면 태양의 광선이 어두운 우주 공간을 통과하여 지구에 도달하고 비로소 사람의 눈에 밝은 빛을 드러내는 것과 같다고 할 수도 있다.(살인의 현장에 우리가 있게 되었다고 할 때, 살인 직전과 직후에 우리가 취해야 할 바른 행동이 전적으로 달라지는 것과 같은 것이 하나의 예가 될 수도 있을 것이다. 죽음이 일어나기 전 우리의 행동은 목숨을 구하는 데에 집중되는 것이 옳을 것이다. 일단 죽음이 일어난 다음 우리의 행동은 살해자를 어떻게 할 것인가 하는 문제가 된다.)

진리의 사건적 성격 ─ 그것이 일정한 사정이나 사건에 고유한 것으로서 발생한다는 것은 우리의 감각 또는 지각의 작용에 이미 들어 있는 것이다. 우리의 외부 세계에 대한 감각적 체험은, 가장 기초적인 경우에 있어서도, 지각 작용에 의하여 객관적인 세계에 대한 의미 있는 형상의 인지가 된다. 조금 달리 말하면, 우리가 지각하게 되는 세계는 원초적으로는 물질적으로 주어진다고 할 수 있다. 그러나 그것이 지각되는 것은 형상적 구성을 통하여서이다. 현상학적으로 말하여, 의식의 지향성에 대응하여 나타나는 현상은 언제나 질료(hyle)와 형상(morphe)의 종합으로서만 의식의 지평에 나타난다. 그러면서도 질료의 신비와 형상의 신비는 우리로부터 멀리 있는 것은 아니다. 그것은 우리에게 극히 가까이 있으면서도, 합리적 인식의 대상으로 주어지지는 않는 신비로 남아 있다.

김우창

1936년 전라남도 함평 출생. 서울대학교 문리과대학 정치학과에 입학해 영문학과로 전과했다. 미국 오하이오 웨슬리언대학교를 거쳐 코넬대학교에서 영문학 석사 학위를, 하버드대학교에서 미국 문명사 박사 학위를 취득했다. 서울대학교 영문학과 전임강사, 고려대학교 영문학과 교수와 이화여자대학교 학술원 석좌교수를 지냈으며 《세계의 문학》 편집위원, 《비평》 편집인이었다. 현재 고려대학교 명예교수, 대한민국예술원 회원으로 있다.

저서로 『궁핍한 시대의 시인』(1977), 『지상의 척도』(1981), 『심미적 이성의 탐구』(1992), 『풍경과 마음』(2002), 『자유와 인간적인 삶』(2007), 『정의와 정의의 조건』(2008), 『깊은 마음의 생태학』(2014) 등이 있으며, 역서 『가을에 부쳐』(1976), 『미메시스』(공역, 1987), 『나, 후안 데 파레하』(2008) 등과 대담집 『세 개의 동그라미』(2008) 등이 있다. 서울문화예술평론상, 팔봉비평문학상, 대산문학상, 금호학술상, 고려대학술상, 한국백상출판문화상 저작상, 인촌상, 경암학술상을 수상했고, 2003년 녹조근정훈장을 받았다.

김우창 전집 14

산과 바다와 생각의 길

1판 1쇄 찍음 2016년 8월 12일
1판 1쇄 펴냄 2016년 8월 26일

지은이   김우창
발행인   박근섭·박상준
펴낸곳   (주)민음사

출판등록   1966. 5. 19. 제16-490호
주소   서울시 강남구 도산대로 1길 62(신사동)
              강남출판문화센터 5층 (우편번호 06027)
대표전화   515-2000 | 팩시밀리 515-2007
홈페이지   www.minumsa.com

ISBN   978-89-374-5554-4 (04800)
ISBN   978-89-374-5540-7 (세트)